U0164880

【劉再復文集】㉗〈劉再復詩文集〉

共悟人間

劉再復
劉劍梅 著

題贈知己摯友再復兄

古今中外，洞察人文。
睿智明澈，神思飛揚。

——高行健，著名作家，諾貝爾文學獎獲得者。

煌煌大著，燦若星辰。
光耀海南，特此祝賀。

——李澤厚，著名哲學家、思想家。

一枝巨筆，兩度人生。
三十大卷，四海長存。

——劉劍梅，劉再復長女，香港科技大學人文學部教授。

出版説明

劉再復

香港天地圖書有限公司即將出版我的文集，二零二二年出齊三十卷，這是何等見識、何等作為、何等氣魄呵！天地出「文集」，此乃是香港文化史上的盛舉，當然也是我個人的幸事、大事，我為此感到衷心的喜悦。

我要特別感謝天地圖書有限公司。「天地」對我一貫友善，我對天地圖書也一貫信賴，我曾為天地圖書的傳統題詞：「天地遼闊，所向單純，向真，向善，向美。圖書紛繁，索求簡明，求質，求精，求好。」天地圖書的前董事長陳松齡先生和執行董事劉文良先生都是我的好友。和我情同手足的文良好兄弟雖然英年早逝，但他的夫人林青茹女士承繼先生遺願，繼續大力支持我的事業。此文集啟動之初，她就聲明：由她主持的印刷廠將全力支持文集的出版。三四十年來，「天地」歷經多次風雲變幻，對我始終不離不棄，不僅出版我的《漂流手記》十卷和《潔白的燈芯草》、《尋找的悲歌》等，還印發了《放逐諸神》和八版的《告別革命》，影響深遠。現在又着手出版我的文集，實在是情深意篤。此次文集的策劃和啟動乃是北京三聯前總編李昕（現為商務顧問）和天地圖書的董事長曾協泰二兄，他們怎麼動起出版文集的念頭我不知道，但我知道他們都是性情中人，都是出版界老將，眼光如炬，深知文集的價值。協泰兄和李昕兄商定之後，請我到天地圖書和他們聚會，決定了此事。讓我特別高興的是協泰兄拍板之後，天地圖書的全部脊樑人物，全都支持此事。天地圖書總經理陳儉雯小姐（陳松齡的女兒）直接代表天地掌管此事，編輯主任陳幹持小姐擔任責任編輯。其他參與「文集」編製工作的「天地」同仁經驗豐富，有責任感且好學深思，具體負責收集書籍、資料和編輯、打字、印刷、出版等事宜，讓我特別放心。天地圖書全部精英投入此事，保證了「文集」成功問世，在此我要鄭重地對他們說一聲謝謝。

閱讀天地圖書初編的文集三十卷的目錄之後，我的摯友、榮獲諾貝爾文學獎的著名作家高行健特寫了「題贈知己摯友再復兄：古今中外，洞察人文。睿智明澈，神思飛揚。」十六字評價，一言九鼎，讓我高興得好久。爾後，著名哲學家李澤厚先生又致賀，他在「微信」上寫道：「煌煌大著，燦若星辰。光耀海南，特此祝賀。」我的長女劉劍梅（香港科技大學人文學部教授）也發來賀詞：「一枝巨筆，兩度人生。三十大卷，四海長存。」我則想到四五十年來，數十卷書籍，至今之所以不會過時，多年不衰，值得天地圖書出版，乃是因為三十卷文集都是純粹的學術探索與文學創作，而非政治與時務。政治以權力角逐和利益平衡為基本性質，即使民主政治也改變不了政治的這一基本性質。我的所有著述，所有作品都不涉足政治，也不涉足時務，所以站得住腳，贏得相對的長久性。

我個人雖然在三十年前選擇了漂流之路，但我一再說，我不是反抗性的政治流亡，而是自然性的美學流亡。所謂美學流亡，就是贏得時間，創造美的價值。今天我對自己感到滿意的就是這一選擇沒有錯。追求真理，追求價值理性，追求真善美，乃是我永遠的嚮往。我對此無愧無悔。我的文集分兩大部份，一部份是學術著述，一部份是散文創作。無論是人文學術還是文學創作，我都追求同一個目標，持守價值中立，崇尚中道智慧，既不媚左，也不媚右；既不媚上，也不媚下；既不媚俗，也不媚雅；既不媚東，也不媚西；既不媚古，也不媚今。所謂中道，其實是正道，是直道，是大道。

最後，我還想説明三點：一是本「文集」，原稱為「劉再復全集」，後來覺得此名不符合實際，因為收錄的文章不全。尤其是非專著類的文章與訪談錄。出國之前，特別是上世紀七十年代末與八十年代初的文字，因為查閱困難，幾乎沒有收錄集子之中。所以還是稱為「文集」較好，可留有餘地。待日後有條件時再作「全集」。二是因為「文集」篇幅浩瀚，所以成立了一個編委會，我們不請學術權威加入，只重實際貢獻。這編委會包括李昕、林崗、潘耀明、陳松齡、曾協泰、陳儉雯、梅子、陳幹持、林青茹、林榮城、劉賢賢、孫立川、李以建、葉鴻基、劉劍梅、劉蓮。「文集」啟動前後，編委們從各自的角度對「文集」提出許多很好的意見，所有的意見都非常珍貴。謝謝編委們！第三，本集子所有的封面書名，全由屠新時先生一人書寫完成。屠先生是《美中郵報》總編。他是很有才華的追求美感的書法家。他的作品曾獲國內書法比賽中的金獎。

「文集」出版之際，僅此説明。

於美國科羅拉多州波德
二零一九年十二月三日

目錄

出版説明　劉再復……5

《共悟人間——父女兩地書》　劉再復　劉劍梅……11

《滄桑百感》　劉再復……293

劉再復簡介……562

劉劍梅簡介……563

「劉再復文集」書目……564

《共悟人間——父女兩地書》

劉再復
劉劍梅

謹以此書此情
獻給至親至愛的奶奶葉錦芳
——父親和我的第一家園

劉劍梅

二零零零年三月
於美國馬里蘭大學

#《共悟人間——父女兩地書》目錄

女兒·女性·女神（自序） 劉再復……19
父親·個體·孩子狀態（自序） 劉劍梅……25
論我所熱愛的那個世界……32
論《桃花扇》之外的生活……36
論精神之旅……40
論文化氣脈……44
論齊物之心……48
論生命場……54
論德謨克利特之井……59
論大器存於海底……63

論生中之死 66
論享受黎明 72
論父愛的形式 76
論母愛的悲劇性 80
論愛的困境 87
論嬰兒狀態 92
論安逸 96
論人性與佛性 100
論智者大忌 104
論不隔之境 108
論人生分期 112
論生命狀態決定一切 117
論靈魂的根柢 123
論快樂的巔峰 128
論羅素的三激情 133

論多次再生 137
論貴族子弟的平常心 141
論性格的詩意 144
論拒絕世故 149
論慧根與善根 152
論受難情結 155
論思想的韌性 159
論外婆意蘊 165
論女性話語與漂流文學 170
論女性式寫作 173
論女子做學問 176
論女子散文 180
論預言的潰敗 186
論天下襟懷 190
論審美眼睛 195

論漂流美學 203
論文化之鄉 206
論生命濃烈也是形式 209
論腔調 212
論《紅樓夢》方式 215
論文學之尺 219
論張愛玲的局限 227
論傅柯的相對思維 234
論個體本體論 241
論寬容 245
論人的複製 249
論學術與生命的銜接 253
論傳記文學 257
論藝術革命 264
論文學信仰 270

附錄一：《讀滄海——劉再復散文》序（劉劍梅）〔存目〕 274
附錄二：《讀滄海》後記（劉再復）〔存目〕 274
附錄三：性情中人與理性中人的雙重雕塑
——《劉再復海外散文選》序　劉劍梅 275
附錄四：《劉再復海外散文選》後記　劉再復 282
後　記　劉劍梅 285
後記補　劉再復 287
為自救而寫作
——再版感言　劉劍梅 290

女兒·女性·女神（自序）

劉再復

（一）

北京師範學院退休教授，我的摯友呂俊華老師在給我的信中說：「你有兩個聰穎單純的女兒，這是一種超人間力量的安排。」呂老師似乎是個有神論者，他認定個人要在荒謬混亂的力量包圍拉扯中保持自身的完整和尊嚴，心中必須存有另一種力量，能聽到另外一種聲音和感受到另外一種超常的秩序與尺度。我雖然是個無神論者，但也喜歡作類似的形而上假設，相信在一個高於人間的某處，有一觀看着我們的眼睛和評價我們的力量，並相信在現實中它常給予我暗示。兩個女兒的純真天性，就被我看作一種暗示。她們暗示我：不要忘記天賦的美好性情而去追逐永遠難以滿足的身外之物，那裏是一個填不滿的黑洞。

歌德曾說：「永恆之女神，引導我前行。」一個作家離開女神的引導是不可思議的。因此，作為無神論者的我，又假設兩個女兒就是上蒼派往人間引導我前行的「女神」，不過，只是常作鬼臉的小精靈似的非權威的女神。

女兒對我的導引並不是世俗意義的那種「指示」，而是一種自然的啟迪，天籟的命令。自從她們降生之後，我便奇怪地感到有一種來自天外的清新氣息在影響着我。這種影響是無言的。女兒天然地生活在仕途經濟世界的彼岸，天然地遠離爭鬥、猜忌、仇恨，因此也天然地對人類採取絕對信賴的態度。尤其是小女兒劉蓮，更有性格的詩意。儘管她尚未進入小學就會讀金庸小説，聰明過人，但從來也不懂得計較，不知「算計」是何物。到溫哥華的時候，她已是十五歲的少女，聽了神學院的教授講一段人生經歷，便信了基督。她覺得這個只活了三十三歲的木匠之子被釘上十字架並化作神為窮人服務的榜樣，是值得學習的。於是，她又從聖經中吸收美好的愛意。

劍梅比劉蓮大十歲，天生不喜歡政治，總是浸泡在文學中，也天然地遠離名利場。她的生活一帆風順，在國內讀的是北京大學中文系，出國後，在哥倫比亞大學讀博士學位，遇到的是王德威這樣年輕有為的老師，畢業後又順利地當起瑪里蘭大學的助理教授。所以我特別希望她能保持好性情。人過中年之後，我更覺得好性情的難得。劍梅已踏入知識界的門坎。知識固然能造就人，但知識也能化作權力腐蝕人。一旦擁有知識和相應的名號，便可能把自己視為「高等人類」開始爭奪名位而看不起社會底層的工農。許多學者雖名聲在外，卻腐敗在內，非常自私、冰冷。這種人生，是拿着性情去與魔鬼交換知識。「知識也能腐蝕人」，許多很有知識的人未必充份意識到。但劍梅似乎天生就感悟到這一點，所以她一再告訴我，她要反抗這種腐蝕。像一個知音，她也從這樣的角度理解我。這便形成我們對話的基調。

一九八九年夏天，我在故國南方猶豫一個多月，要不要出國，始終拿不定主意。後來妻子菲亞想到應當問一問孩子，於是就打電話給小梅，沒想到她的聲音斬釘截鐵：「走吧，走得愈遠愈好！」她出國後我問，為甚麼這麼想？她説她想得很簡單，沒有那麼多問題，尤其是沒有那麼多「男人的問題」和「名人的問題」。她只想到，爸爸的時間不能再丟失了，一些好性情也不能再放在「鬥爭場」中消耗了，只有遠處才可安放平靜思索的心靈。現在出國已整整十年了，想想以往，覺得她説的「愈遠愈好」確有道理，有空間距離，所有的思索才返回率真冷靜。走出「鬥爭場」之後，覺得世界真大。

〔二〕

從女兒的「天啟」中，我感悟到「女兒」這一意念在文學中異常重要，覺得曹雪芹把少女視為美的象徵非常有道理。少年女子天生在「仕途經濟」之外，即天然地站立在「泥世界」的彼岸。泥世界以名聲、地位、金錢把男人誘入其中，使他們互相廝打，然後個個都滾上一身泥巴。這身泥巴不是大自然中素樸的泥土，而是發着酸臭味與銅臭味的污穢。《紅樓夢》的主角賈寶玉所以能處污泥而不染，至死保持着天真與清氣，全靠女兒國中年輕女神的指引。他這塊天外的頑石，獲得靈氣之後來到人間，很可能再被人間的朽氣腐蝕掉，從而變成爛泥或者再次化作冰冷的石頭，然而，林黛玉等少女的眼淚柔化了他，拯救了他。她們那些未被世俗塵土染污的、發自天性最深處的淚水，正是蒼天的甘霖。這些生命之露，繼續養育着賈寶玉的靈氣與性情，使他從彼岸世界帶來的那塊寶石依然發出純正的光芒，而免於被世俗世界的濁泥所同化。聶紺弩臨終之前一再嘆息他此生此世最大的遺憾是沒有寫下《賈寶玉論》。我不知他的最後的論文要說些甚麼精彩的話，而如果讓我來為他作續篇，我要寫的寶玉，便是一塊被眼淚所柔化的石頭，一個被女兒國的女神引導前行而保持真性真情的生命。在大觀園的女兒國裏，只有一個男子可以寄寓其中，這就是賈寶玉。其他男子對這個國度只能窺伺、覬覦、掠奪與侵犯。在曹雪芹的審美眼睛裏，「女兒」就是美，就是真，女兒國就是美的共和國，塵埃包圍中的淨土。寶玉有幸也成為淨土中人。他的最後的出走，乃是自我放逐。此時，他的雙親雖在，但是讓他存放真性真情的女兒國已經消失，能夠賦予頑石以永恆之性的淚水已經乾涸，父母之鄉中能給予他的只有虛假與迷惘。到此再也別無選擇，只有「告別」了。很明顯，在曹雪芹的巨著中，「女兒」正是引導寶玉前行之純真女神。

〔三〕

讀大學的時候，教我《西洋文學史》的鄭朝宗老師特別愛護我，一再提醒我要留意西方文學中的英雄與美人，尤其是那些年輕女性。他說，希臘史詩中英雄為最美的女性海倫而戰爭，戰爭的雙方無所謂正義與非正義，兩邊的英雄都為美而傾倒，而流血。但丁閱覽地獄是羅馬詩人維吉爾把他帶到地獄的門口，而這位被稱為「羅馬時代的荷馬」的大詩人又是受但丁生前的女友、此時的女神貝亞特麗齊的委託而來的。詩人們正是在永恆之女神的導引下認識了世界的過去與未來。莎士比亞所創造的世界文學巔峰，巔峰上的星辰全是女性，如米蘭坦（《暴風雨》）、朱麗葉（《羅密歐與朱麗葉》）、苔絲德蒙娜（《奧賽羅》）、娥菲莉亞（《哈姆雷特》）、克莉奧佩特拉（《安東尼與克莉奧佩特拉》）、伊摩琴（《辛白林》）、伊莎貝拉（《一報還一報》）、鮑細霞（《威尼斯商人》）、貝特麗絲（《無事生非》）、羅瑟琳（《皆大歡喜》）、薇奧娜（《第十二夜》）等等，這些女性溫柔而堅貞，總是做出男子未能做出的事業。她們不僅具有男子不可比擬的美貌，而且具有男子所沒有的對於愛情的堅貞，連恩格斯都稱她們是一些「可愛而奇怪的女性」。所以「奇怪」，就是她們具有男子所沒有的神性——擺脱男子世界權勢慾望的清脱之性。相互傾軋的世界，就像《羅密歐與朱麗葉》中兩大家族勢不兩立，在豪宅中進行着無休止的熱戰與冷戰，而身處家族中的兩個情侶則如冰清玉潔，與家族毫不相干。朱麗葉在想念羅密歐時説：「你的名字就是我唯一的仇敵。」她生活在純真的情感世界中，只有愛人的名字日夜折磨着她的心靈，用中國話説，這是唯一的冤家。除此之外，男人世界那些名聲、地位、權勢的焦慮她是沒有的。父輩的敵人也不能成為她的敵人。她天生沒有怨恨，沒有仇敵，沒有幫派。我曾告訴劍梅，朱麗葉這種性情才是我們的「大方向」。莎士比亞筆下眾多美麗而聰明的女子，每一個都是引導我前行的女神。

（四）

在與劍梅的通信中，我從未想去教誨她。但的確渴望她能成為莎士比亞筆下這種可愛的女性，而不希望她按照學院裏所學到的「女權主義」那種觀念來塑造自己的性格。女權主義對於我來說，一直是可怕的。倘若可信，也絕不可愛。女權主義的前提是男人對女人的壓迫，這有社會學的意義。但社會學意義不等於文學意義。倘若把女權主義帶入文學，就可能產生毀滅女性美的效果。可以設想，如果莎士比亞當時被女權觀念駕馭他的筆桿，那麼世界文學史長廊就不會有朱麗葉、苔絲德蒙娜等一系列最動人的女性形象，人間的情感世界就會乏味得多。托爾斯泰不喜歡莎士比亞，他覺得莎士比亞筆下各種不同性格的人物，其腔調與語言都是一樣的。然而，托爾斯泰的成功，卻遵循着與莎士比亞同一的絕對的美學律，這就是把女性視為美的象徵，在精神深處讓女性導引男子前行。他在《戰爭與和平》中塑造了娜塔莎，在《安娜·卡列尼娜》中塑造了安娜，在《復活》中塑造了瑪絲洛娃。這三個不朽的女性正是托爾斯泰的精神導引者。在托爾斯泰的審美眼睛中，女性是絕對需要與男性有大區別的。她們需要有女性的溫情，一旦男性化，這種溫情就會消失。他絕對不能容忍女性變成男子一樣的所謂「強者」、「強人」。他說，他希望女人是柔弱的，甚至經常有病，一個完全不會生病的強壯的女人，簡直就是野獸。他這種極端化的見解，表明他對文學的一種堅定認識，即文學的「優美」範疇永遠屬於女子，「壯美」範疇則屬於男子。女子雖有瞬間的壯美，但不應當成為女人的基本審美特徵。這種審美觀不是不尊重女性，恰恰是在尊重女性權利的同時尊重女性的特點。當代時髦的潮流是用男子的特徵去同化女性，在中國當代文學中出現的李雙雙、江水英等形象，就是用男子的粗糙性格去同化女性。可是，這種女性表現出來的只是豪言壯語包裹着的變態性格，一點也不可愛。

在社會學意義上，女權主義確認女子與男子具有同等的社會地位與社會權利，這是有道理的。在文化上，大男子主義的敍述也的確是一種不合理的權力敍述，中國的某些史籍把女子當作「禍水」的敍述就是一種錯誤的敍述。女權主義對此進行批評是很有説服力的。但是在文學寫作中，卻必須確認男子與女子有生理上與心理上的差別。文學把人視為生理存在特別是視為心理存在，更重視心理差別。在生理上，男子會長鬍子，女子則不能；在心理上，女子的情感更為細緻敏感，更把情感視為最後的真實。只有正視女性的特徵，文學才能動人。女權主義對文學可能形成的嚴重的危害，就是造成性別的混亂，瓦解女性那些最動人的美學特徵，使文學失去最根本的精神導引，也喪失文學的審美向度。這是一個非常尖鋭的問題，它涉及文學的整體變質的根本問題，所以我不能不藉寫序言的機會，鄭重地説説。

我的這些看法是很古典的，與女權主義的現代批評可能格格不入，也可能無法使劍梅心悦誠服地接受。但是，這並不影響我們的對話，反而會使我們的討論走向較深的領域。

一九九九年十月三日

父親‧個體‧孩子狀態（自序）

劉劍梅

（一）

我常常覺得自己很幸運，能夠生活在一個書家之中，有一位正直的父親幫助我鋪墊人生之路。雖然十歲以前，因為父母兩地分居，一年只能見到父親一次，可我從來都沒缺少過父愛。那時，我和媽媽、奶奶住在偏僻的福建山區小城，爸爸每年從遙遠的北京來看我們，都會為我帶來巧克力，讓我在看不到他的時候，仍然時時泡在蜜糖的想像世界裏。所以我童年時對父親的思念，是與巧克力聯繫在一起的。

十歲以後，我隨媽媽到了北京。那時爸爸在事業上剛剛起步，花在我和妹妹身上的時間很有限。不過，在我的記憶中，爸爸每寫一部著作，總是把他的構思告訴我，把我當做他的一個小知音。其實當時我只不過是一個中學生，半懂不懂地聽着，居然有時也能煞有介事地發表意見。我想我和父親在文學上的對話關係是從那時開始的。上了北大中文系後，我更是時時挑戰，對他的文學理論總愛表達自己不同的看法。因為年輕氣盛，我的口氣常常大得不得了，可父親並不生氣，反而加以鼓勵。後來我們一家人漂流到海外，我在美國學府裏繼續深造文學，我們的這種對話漸漸落實到紙上，於是就有了這部《父女兩地書》。

父親很愛我和妹妹，稱我們姊妹倆是他的鏡子。他對我們倆的關懷有所不同，對我嚴格些，在事業上總是要求我執着，而對妹妹則是更多「溺愛」，任其自然發展。這大概就是為甚麼我比妹妹多些心思，而妹妹比我更加純真無瑕。不過我們姊妹倆跟父親都是無話不談，連自己找對象這樣的「私事」也喜歡跟他說。父親來到海外後，遠離社會的喧囂，人變得越來越放鬆，心理狀態恐怕比我還年輕。如果說我和妹妹能一直保持健康的性格，那絕對是得益於我們的父親。他身上有一種鄉村田野的質樸與寬廣，隨和又能夠包容一切。因為他的影響，我和妹妹的心裏都不設防；因為不設防，所以活得輕鬆、快樂。

（二）

中國的父親形象歷來是嚴正的。「父親」所代表的是家庭權力，是一套固定的社會價值觀。「五四」徹底反傳統，帶來的則是一套相反的「弒父文化」。文化大革命對父系文化進行摧殘後，給我們帶來了很深的負面影響，那就是一種「紅衛兵心理」，橫掃一切，有破無立，一味反權威，甚至是為反權威而反權威，彷彿惟有這樣才能顯示個性，才最接近真理。

我和父親的關係，很早就超越了這種簡單的「權威／反權威」模式。父親對我這一代人的思想有一種好奇的態度，對我的成長過程是以一種「欣喜」的眼光看待的。由於他的鼓勵，我更願意與他交流，溝通。父親自己的思想不斷「流動」，他對我的塑造也就不是停滯的，我在他的眼裏也不是那種「永遠長不大」乖女兒。既然他的思想不是一成不變的，他就不會以男性社會的「凝視」眼光來束縛我，而我也不會只是以簡單的「弒父文化」來拒絕他給我的愛和影響。這種特殊的父女對話關係，使得我對父輩文化首先是繼承，然後才是質疑；也使得我對父親首先是愛與尊重，然後才是爭論。

我在事業上與父親的承繼關係是非常明顯的。沒有他，我不可能以文學作為我的終身事業。我曾與朋友說：我可沒甚麼雄心壯志，我讀文學既不是為祖國也不是為自己，而是為我爸爸。這雖是開玩笑的話，但有一點是真的：從報考北大時選擇專業到前往美國讀碩士和博士，都是因為父親的緣故。文學在美國院校裏，已經遇到危機。很少學生願意把文學作為自己的專業，尤其是剛來美國的移民，一般都選擇讀經濟、電腦這些比較容易找工作的專科。可父親為我展示的文學世界，令我眷戀不已；他給我的鼓勵，使我從未停止過對文學的熱愛與追求。

除了在文學上繼承了父親的事業，在性格方面也是一樣的。父親給我最大的教育是「童心說」。在他的新作《獨語天涯》裏，父親這樣寫道：

> 回歸童心，這是我人生最大的凱旋。
>
> 當往昔的田疇碧野重新進入我的心胸，當母親給我的簡單的瞳仁重新進入我的眼眶，當人間的黑白不在我面前繼續顛倒，我便意識到人性的勝利。這是我的人性，被高深的人視為淺薄的人性，被淺薄的人視為高深的人性。
>
> 此刻我在孩童的視野中沉醉。大地的廣闊與乾淨，天空的清新與博愛，超驗的神秘與永恆，這一切，又重新使我嚮往。揚棄了假面，才能看到生命之真和世界之真。
>
> 我的凱旋是對生命之真和世界之真的重新擁有。凱旋門上有孩子的圖騰：赤條條的渾身散發着鄉野氣息的孩子，直愣愣的張着眼睛面對人間大困惑的孩子。

「童心」、「赤子之心」是一種品格，一種視野。這是父親給我的最大的財富。父親常告訴我，由於人生的艱難和社會環境的惡劣，人很容易變得世故，我們應當拒絕世故，永遠保持一種天真天籟。拒絕世故，就是拒絕從利害關係的角度去考慮寫甚麼、說甚麼，而用純樸的赤子之心直面事實與真理。聽了父親的話，我心裏常常蹦蹦直跳，覺得自己才三十剛剛出頭，但天真已丟掉不少，可要小心。如果丟掉赤子之心，讓世故壓倒學問，這學問恐怕也沒有多大意思。

【三】

張愛玲在〈談女人〉一文中曾說：「男子偏於某一方面的發展，而女人是最普遍的，基本的，代表四季循環，土地，生老病死，飲食繁殖。」又說：「超人是男性的，神卻帶有女性的成份，超人與神不同，超人是進取的，是一種生存的目標。神是廣大的同情，慈悲，了解，安息。」父親也一直把柔和的女性視為「神」性，認為美好的女子如同永恆之女神，她們會引導詩人們飛升，會引導男人遠離塵世間的各種誘惑。他還認為女性是美的象徵，希望我保持「弱女子」的溫馨與美。

我在博士論文中不時用到學院派的女權主義理論。父親常常怕我成為過激的「女權主義者」與男性化的「女強人」。在這方面，他的看法是古典的。他不喜歡李雙雙似的性格與形象，不喜歡革命文學裏失去女性美的粗糙形象。相反的，他為《紅樓夢》中的女性王國所陶醉並認定真性真情的女子才能體現文學的審美向度。

其實，學院派的女性主義理論是多樣複雜的，並不只是簡單地反男權。西蒙．波娃（Simone de Beauvoir）在《第二性》中曾指出：「女人並非是天生的，而是後天形成的。」這種說法是為了讓人們認識到，女性不是由天然的本性所決定的，而是由社會、政治、文化所規定的產物。也就是說，女性主義所要做的工作，是要梳理清男權社會的權力結構是如何製造、定義及限制女性的。女性的定義及其性別（gender）的定義，決不可以脫離歷史語境而單獨存在，相反，這些定義與種族、階級、倫理、性愛、地域等各種話語都有着糾纏不清的關係。所以，女性主義理論不僅拒絕把性別定義成一個固定的認同，而且反對把女性看成是一個全球性的統一的整體。它並不局限於壓迫和反抗的二分法，而是積極參與對話語和權力關係的討論。目前的女性主義理論，重視歷史性和差異性，比如說第三世界的女性主義就不完全認同第一世界的白人女性主義理論，而同性戀的性別定義就不能認同異性戀的性別定義。

我受了女性主義理論的影響，而不能完全接受父親對女性的看法。我也不大明白許多國內的女作家，為甚麼要特意強調自己不是一個女性主義者。我能夠體會到父親希望我成為美好女性的願望，但我反對將「美好女性」神化，當然也反對女子男性化。由於自己並不完美，我更看重「人性」，而不是「神性」。我自己與其他女子就有差異，我的知識背景和我看問題的角度與其他女子肯定有不同之處，我對女性主體的認同和我說話的位置（position）有關。

在〈金庸小說中的性別政治〉一文中，我曾分析金庸筆下的女性起到了引導少年男俠超越父輩價值體系的作用。其中有一群美若天仙，讓人無法逼視的少女，美到似乎不食人間煙火。這種神話固然極其尊敬女性，可是並不真實，它忽視了人間女子具體的痛苦。相對而言，我更喜歡黃蓉，她既精靈古怪，又有點小心眼，可愛極了。而金庸筆下的「壞女人」、「怪女人」群像也寫得比神似的美女群像好，因為這些壞女人超越了男性中心社會對女性的規定以及對女性固定的「凝視」。

我羨慕近於「神性」的女子，但我作為女性，更理解女性真切的痛苦。在女性的書寫中，我喜歡更貼近真實女性的作品。比如說，張愛玲的小說，經常以平凡女子的遭遇為故事，體現人類於生存困境中的掙扎；丁玲的某些小說，像《我在霞村的時候》，雖然政治概念減弱了小說的文學價值，可是，她的女性觀點卻在對女性身體的描述中頑強地表現出來；蕭紅的《生死場》，驚心動魄地把抗日背景下女性與國家的關係暴露在女性書寫裏；而當代小說家如王安憶、西西、李昂等筆下的性別政治，都非常耐人尋味。

雖然我在女性主義上與父親的觀點不同，可是我卻很理解父親所說的「神性」。我知道，那是做人方面他對我的期待，他不願我陷入名利場中，他希望我有超越的力量，進入文學殿堂就像進入大觀園裏那個一塵不染的女兒國。

（四）

我與父親的這本兩地書，實際上是他海外漂流生活中思考的繼續。例如〈論嬰兒狀態〉、〈論母愛的悲劇性〉、〈論受難情結〉、〈論人生分期〉、〈論拒絕世故〉等，都是對人生永恆命題的思索。雖然他以父親的口吻與我探討這些問題，可是討論形式，並非是說教式的，而是一種極其個人化的聲音。這種聲音，並不代表整個父輩，並不是一輩人的聲音，而是屬於他自己的。

在〈論《桃花扇》之外的生活〉對話中，他借用王國維的兩個世界，即《桃花扇》世界和《紅樓夢》世界來討論人生。他認為我很幸福，天生就生活在象徵着哲學、宇宙和文學的《紅樓夢》世界裏，天生就超脱象徵着政治、國民和歷史的《桃花扇》世界。他則不然，他是一個總是在這兩個世界之間徘徊與徬徨的人。父親之所以羨慕我，是因為他深刻地體會到，能夠生活在個人化的世界裏是極其幸福的。

雖然他説自己是一個分裂人，雖然他沒有辦法完全放下沉重的使命感，可他卻以一種非常個人化的眼光看家園，看世界，看歷史，看生活。在《獨語天涯》中，他寫道：「我不再欠債。我已從沉重的階級債務和民族債務中解脱。這是生命的大解脱。一陣大輕鬆如海風襲來。輕鬆中我悟到：此後我還會有關懷，然而，我已還原為我自己，我的生命內核，將從此只放射個人真實而自由的聲音。」他又說：「我喜歡獨自耕耘，遠離人群的目光。美國作家愛默生說：『我愛人類，但不愛人群。』人類整體是真實的，每一個個體也是真實的，但一團一團人群的真實卻值得懷疑。」可以說，父親的整本《獨語天涯》都是屬於他個人的聲音，這種聲音是對類似創造社那種集團的聲音的拒絕與分離。正因為如此，我不覺得他在兩地書中的聲音，可以代表整個父輩。相反的，他是一個很有別於他那一輩人的人。他對故鄉的重新定義，他寫於家園之外的思索，完全是對他那一代人的反思。

父親的聲音雖然非常個人化，卻絕非尼采式的個人主義。從我們的對話裏，可以看到他恰恰主張作家對祖國、對現實、對人類的生存困境要有一種大關懷，而且這種大關懷不應該是空洞的，而應該是個人的、具體的，惟有這樣才能深刻。他總是說，越個人，越屬於人類。比起父親，我在對人類的關懷上，遠沒有他的熱情，更沒有他的執着。所以我選擇逃避，選擇躲在學院的城牆裏。在這一點上，我從內心是佩服父親的。

兩地書中的代溝好像不夠明顯，也許是因為父親雖然是長輩，可他更是一個自由的個體的存在。他尊重每一個體，自然也尊重我的聲音，所以我們的對話是平等的對話。為此，我更覺得兩地書寫得快樂。

一九九九年十二月二十日

論我所熱愛的那個世界

爸爸：

你寄來的三本《西尋故鄉》已經收到。我留了一本，另兩本已交給了夏志清老師和王德威老師。週末，我把每篇文章都細細讀了一遍，讀後心癢癢的，也很想寫散文。散文能把自己所熱愛的一切都自由地表現出來。我能想像你寫完《漂流手記》三集後，心裏有多美。

在你的散文裏，除了聶紺弩、馬思聰、傅雷、孫冶方、施光南是你最心愛的名字之外，我和妹妹，還有媽媽也是主角。你在中國時，總是被社會上無數「重要的」事務纏身，無暇顧及我們。我常覺得家裏門庭若市，人來人往，像個旅店而不像個家；爸爸好像離我們很遙遠。自從一九八九年你被迫漂流異鄉後，倒是對我們念念不忘。雖然你丟失了祖國，可是我和妹妹卻重新得到了自己的父親。你的漂流對我們來說，反而是件可喜可賀的事——我們這個家因你從公共空間走回私人空間變得更完整了。

不過，你在書中把我說得太理性了，其實我常常被情緒所左右。我確實有點莊禪味，把名利看得很淡，覺得在名利高牆上爬動的人生肯定是失敗的，但我有時又很想「出類拔萃」，爭取人生的光榮。這很像魯迅所說的，中了莊周的毒，因此有時很隨便，有時又很峻急。人真的難以完美。說人不完美才是真理。不過，我知道你是在勉勵我，勉勵我往更好的地方走去。

你在這部新的集子中，重新定義「故鄉」，重新定義「祖國」，這是很有意義的。這幾年你一直在對國家進行分解，然後在文學上揚棄（放逐）權力意義上的國家，而追尋情感意義上的國家。這種分解與重新定義，使你的散文打破了「鄉愁」的模式。我國文學自屈原始，一直就有鄉愁的模式。他和他之後的許多作家詩人創造了許多「鄉愁」的動人詩篇。現代和當代文學更是着迷於「感時憂國」（夏志清語）和「涕淚飄零」（劉紹銘語）的主題。這種揮之不去的永恆的眷戀，當然與中國傳統文化心理有關。你刻意反「鄉愁」，而且反得很自然，融入了自己的個人經驗，對這一文化母題進行反思，我覺得很有意思。這是發前人所未發。在中國作家筆下，故鄉常常被理想化和浪漫化。其實，故鄉不是一塊永遠不變的土地，故鄉有時很明亮，有時又很黑暗。即使把故鄉視為美麗而遙遠的夢幻，也應把這種夢幻視為流動狀態才好。故鄉跟着人流動，這故鄉才是活的，而且才有更豐富的內涵。我記得托馬斯．曼（你在《漂流手記》的開篇就提到他）說過這樣的一句話：「我走到哪裏，哪裏就是德國。」德國是托馬斯．曼的祖國，但是當德國被法西斯主宰的時候，他就拒絕承認希特勒的政權是自己的祖國，而認定自己那顆蘊含着德國優秀文化的心靈才是祖國。他就是揹着這一意義上的祖國流亡到美國的。當時，像他這樣選擇流亡之路的，還有愛因斯坦和布萊希特等世界第一流的頭腦。我相信他們也有這樣的祖國觀念。所以，我覺得你重新定義祖國並不唐突。我希望你繼續深化對故鄉、國家的思考，我也會留心這一題目。

你雖然着意打破「鄉愁」的模式，但我又感到你有另一種鄉愁，也可以說是另一種眷戀。我一時也說不清這是怎樣的一種情感，你有空談談嗎？

小梅

一九九七年五月二十日夜

* * *

小梅：

你的畢業論文已接近尾聲，應一鼓作氣把它寫完，散文以後再好好寫。散文寫作雖如說話那麼自然，但畢竟蘊含着生命的激情。如果一面進入理性邏輯，一面又讓生命的波浪翻捲不已，可能會太累。不過，你如果真的不吐不快，可以在週末給我寫信。書信也是散文，你這次寫給我的信就是一篇不錯的散文。

我很喜歡你在信中所說的一句話：散文可以表現我所熱愛的那一切。我的散文也是這樣。我用我的筆雕塑心靈，並展示我熱愛的那個世界。每個人、每個作家都有自己熱愛的世界。你，妹妹，還有在我散文中常常提起的聶紺弩、馬思聰、傅雷等名字，就屬於我熱愛的那個世界。《百年孤獨》的作者，我們熟悉的大作家加西亞·馬爾克斯名滿天下之後聽到各種讚辭，但只有一九八一年法國總統密特朗說的一句話使他最為感動，以至使他禁不住熱淚盈眶。這句話就是：「你屬於我所熱愛的那個世界。」這是密特朗在愛麗舍宮頒發給馬爾克斯榮譽騎士勳章時說的，我一直記在心裏。每次想起這句話，我心中便會湧起不可抑制的情感。

我所熱愛的那個世界是甚麼？它在哪裏？它是一個國度還是一個部落？它是黃花地還是百草園？它在此岸還是在彼岸？我既說不清也無法命名。也許老子的「名可名，非常名」，在此倒可為我辯解。你發現我在打破地理意義上的「鄉愁」模式之後彷彿又產生另一種鄉愁，另一種眷戀，這是真的。我的眷戀就是對於「我所熱愛的那個世界」的眷戀，我的鄉愁也正是對於「我所熱愛的那個世界」的沉思、憧憬與嚮往。這一令我時時縈繞心頭的世界，就是我的良知故鄉和情感故鄉，因此，我的依稀可覺的鄉愁，可說是一種良知的鄉愁和情感的鄉愁。說到這裏，你大約已經理解，我的「西尋故鄉」，尋找的正是「我所熱愛的那個世界」。

每個真的詩人作家，都會有一個他們所熱愛的世界。這個世界不屬於現實，不屬於公眾，它只屬於自己。這是詩人作家自己構造的理想國即精神王國。這是人間的權勢、錢勢、氣勢不可侵犯的王國。這個世界是「空」的，因為它排除了現實的一切妄念和慾念，但正因為這樣，這個世界便騰出最廣闊的空間，可以容納你真心喜愛的一切，可以容納你的希望與期待，可以容納你生命的本真。這是一個赤子之心可以縱情微笑、漫遊、言説的地方，是一個形而上思索可以展開自由雙翼的地方。人只有現實體驗是不夠的，人還需要有神秘體驗，需要有夢境。我所熱愛的世界，也可以説就是夢境，但這種夢境，有自己的秩序、尺度和眼睛。我常用夢境中的眼睛看着你，把你看作和我一起從另一超驗世界來到地球上的小伴侶。除了你，還有許多其他的一些伴侶，即我精神上的友人、戀人與兄弟姐妹。他們不僅在中國，也不一定都呼吸在我看得見的地方；但他們都屬於我所熱愛的那個世界。

你有幸從事文學，生活在精神深層之中。你一定也可以逐步構築一個屬於自己所熱愛的世界，把無價值的東西排除在這個世界之外。倘若尚未形成這個世界，你也可以先尋找你真摯熱愛的世界。例如我現在就非常清楚地知道今生今世自己最愛的世界是莎士比亞、曹雪芹、歌德、托爾斯泰創造的世界。他們的世界也屬於我——屬於我用整個心靈去體驗和領悟的美麗星空。如果你尋找到甚至已經構築了一個很美的、由衷熱愛的世界，你將找到永恆的幸福與靈感的源頭。

爸爸

一九九七年五月二十一日

論《桃花扇》之外的生活

爸爸：

讀了你的信，我好高興。儘管我知道你天然地愛我，但此次你鄭重地説我屬於你熱愛的那個世界，是有另一深情的。我知道你為了生活，不得不做些「必須」做的事，包括給報社寫些社會批評與文化批評。這些事固然也表現出你的人格之境，但你心中另有一個永遠屬於你的世界，你的園地，你的心靈與情感之邦。那是你的夢鄉，你的「桃花園」，你的「理想國」。詩人作家應該都有自己堅守的一片乾淨的熱土，陶淵明把「五斗米」從生命中拋出去之後，回到了自己熱愛的那個世界，從而贏得不朽的詩章。李白到宮廷之中，那裏到處都有金饌玉盞，但不是他所愛的世界。他所愛的世界，在山水明月之中，在詩詞的情韻之中，在他想像的仙山瓊閣之中。我能知道，你所熱愛的那個世界是怎樣的一個天地。

我可能會比你幸運。這不是説，我從此將生活在大洋的另一岸，而是説我天生不像你有那麼多關懷，那麼多中國知識分子的「濟世」之思。家園的焦慮常常糾纏着你，儘管你已放下一部份，但不可能全部放下。這對於你，大約是一種宿命。莎士比亞的《仲夏夜之夢》描寫那個仙王，他知道有一種花汁，在人們睡覺時滴在他的眼睛裏，當他醒來時，第一眼看到誰，他就對誰傾其所愛。你張開眼睛首先看到的是中國，你也將對中國傾其所愛。愛的對立面不是恨，而是冷漠。你將永遠不會對中國冷漠。你的關懷將會激盪到最後的時日。我和你不同，我天然地缺少「國家興亡」的憂思，甚至缺少最起碼的閱讀新聞的興趣，我不準備將來會有一天為國家大事操心。黃剛每天都閱讀許多報紙，有《紐約時報》也有中文的《世界日報》，可我很少去翻閱。和妹妹一樣，頂多翻翻其中的文學藝術信息。

我將來也得有個職業，或教書，或研究，或當「House Wife」；也得忙忙碌碌，也得流點汗水，但是心思肯定要簡單一些，輕鬆一些。這輕鬆，不就是幸運嗎？不過，你不要擔心，輕鬆，並非「輕浮」。在我所選擇的領域裏，我也會好好去讀、去寫、去教、去傾其所愛。

小梅

一九九七年五月二十二日

* * *

小梅：

我真的很羨慕你。你確實將生活得比我輕鬆，比我幸運。而且我也希望你有別於我的生活方式。

讀了你的信，我便想起王國維的兩個世界，即《桃花扇》世界與《紅樓夢》世界。王國維把這兩個世界加以比較，說前者有「故國之戚」，而後者則有人生之思。他說：「故《桃花扇》，政治的也，國民的也，歷史的也；《紅樓夢》，哲學的也，宇宙的也，文學的也。此《紅樓夢》之所以大背於吾國人之精神，而其價值亦即存乎此。」如果我們借用王國維所闡釋的兩部名著的象徵意蘊，那麼，你正是一個生活在《桃花扇》之外的人，而且是一個生活在《紅樓夢》世界中的人。我雖然常有故國之戚，但其實是一個分裂人，一個總是在《桃花扇》與《紅樓夢》之間徘徊與徬徨的人。我的本性屬於《紅樓夢》，而在現實社會中，卻不得不置身於《桃花扇》之中。換句話說，是身在《桃花扇》，心在《紅樓夢》。你的幸運，是沒有我的徘徊與徬徨，沒有身心的分裂，可以完全生活在自己傾心的哲學、宇宙、文學天地裏。儘管你的選擇，「大背於吾國人之精神」，未能成為匡時濟世之才，但我不會譴責你，倒要為你高興。

說生活在《紅樓夢》的世界裏，當然不是指生活在貴族的府第之中，而是指生活在一個審美的形而上的沉思國度裏。只有在這樣的國度裏，人的生命才能保持本真本然的狀態。常聽到人們感慨，在後現代的世界中，生命已化作碎片。其實，在一切現實的功利的世界裏，生命總是要分裂為碎片，就像《桃花扇》裏的桃花扇，這一情感的象徵，最後一定要被撕成碎片；只有在《紅樓夢》的世界裏，生命才可能是完整的，而且是本真本然的完整。

王國維在以《桃花扇》和《紅樓夢》這兩書比喻兩個世界的同時，還用希臘與羅馬這兩個大歷史意象來說明我們的故國缺少的是希臘精神維度。他說：「中國之哲學美術，遠不如希臘。不特科學為遜泰西也。但中國古人，素擅長政治及實踐倫理學。與羅馬人最相似。其言道德，惟重實用，不究虛理。」王國維告訴我們，中國缺的不是羅馬，而是希臘；不是《桃花扇》，而是《紅樓夢》。因此，在海外有一平靜的心境，作點補缺的工作，也未必不是對中國的貢獻。「虛理」形而上的世界，那是一個最精彩的世界，你有幸生活在其中，意味着你的生命起點是那個產生《伊利亞特》、《奧得賽》和維納斯的希臘，也就是說，你是從世界一開始就生活着的人，這是何等的幸運。

羅馬可視為力的象徵與征服的象徵，而希臘可視為與此相對應的美的象徵。談起希臘，我固然想到赫克托爾與阿喀琉斯這些男性大英雄，但我更多地想到海倫與維納斯。談起羅馬，我則想不起任何一個女子的名字，只會想起凱撒、安東尼、屋大維和鬥獸場裏的獅子。由希臘體現的人類永恆的天真、女性的魅力和審美的向度，才是真正值得詩人學者着迷的。王國維真了不起，這位先知型的人物，和梁啟超等近代啟蒙者不同，他不是鼓吹中國需要斯巴達精神，而是需要希臘的美與形而上。他最後自沉昆明湖，是他意識到的理想王國已在現實中徹底毀滅，希臘與《紅樓夢》所暗示的世界在另一空間。他願意以生命去尋找這一空間。

出國後，我用審美維度的視角觀察中國現代文學，寫了〈論中國現代文學的整體維度及其局限〉。這篇論文的主要意思是說，中國現代文學只有《桃花扇》的維度，即只有「政治、國家、歷史」的維度，而缺乏《紅樓夢》的維度，即缺乏哲學（叩問存在意義）、宇宙（叩問神與自然）的維度。《紅樓夢》具有四維空間，既有「國家、社會、歷史」維度，又有哲學、超驗、自然維度。中國文學在二十世紀的狀態，乃是《桃花扇》狀態，它並未真正進入海倫的希臘與林黛玉的《紅樓夢》，它缺少維納斯與林黛玉這些女神的指引，缺少美麗絕倫的女神所代表的審美諸向度和永恆的魅力。

你未必能充份地意識到我所點破的這一切，卻自然地選擇一種《桃花扇》之外的精神空間，在哲學、宇宙、文學的形而上世界裏得其大自在與大自由，這真是幸福。你得到蒼天賜與的一把扇子，那不是李香君撕碎的扇子，而是描畫着從海倫到林黛玉的故事的扇子。在扇子的開翕之間，你思索的問題將比我思索的問題更加久遠，這些問題將是四面八方的心靈所共有，但首先屬於你。

爸爸

一九九七年五月二十三日

論精神之旅

爸爸：

你出國以後，我和奶奶、妹妹掛念極了，對媽媽也掛念極了。不過，我們相信媽媽比較容易適應新環境。她有一片可以安生的土地，有一個她所摯愛的你就夠了。但你內心太豐富、太敏銳，加上你原來的故國、故鄉、故人情懷太重，每一種思念都足以把你置於死地，我們實在是很擔心。沒想到，有那麼深的「戀土情結」的你從此要開始浪跡天涯了。我和黃剛已考完了托福，準備到美國深造，這樣對我們的未來好，而且可以減少一點你們在美國的寂寞。此時，我和妹妹也只能給你和媽媽致以最衷心的遙遠的問候，願蒼天大地保佑我們的爸爸媽媽在另一片土地上能生活得很好。

妹妹也很思念你們，但她仍然生活得很快樂，她還沒有足夠的知識與經歷理解你的遠行，沒有我和剛剛因為理解遠行內涵而帶來的不安與苦痛，你可以放心。最可憐的是奶奶。她守望的三個兒子本來就有兩個在遠方，本來她就仰仗於你，如今你卻到了更遠的遠方。幸虧我和妹妹在她身邊，從根本上安慰了她。將來我和妹妹也出國，對她的打擊就更大了。中國恐怕再也找不到像她這樣一個二十六歲失去丈夫之後就守住丈夫亡靈和她的兒子的女人。中國文化經過「五四」的革命竟然還有這麼大的力量抓住奶奶的堅貞，真是不可思議。不過，從奶奶這種奇蹟般的堅貞不二的人生經歷中，可以看出奶奶有一種忍受孤獨、寂寞的強大的內心力量，所以你也可放心。從奶奶身上我也看到了你的影子，你對事業有那麼強的韌性，甚麼惡劣的命運都無法壓倒你和征服你，壓力越大你就越是堅韌，這種性格真是奶奶賜與的最寶貴的財富。想到這裏，我對你在海外就放心了一些。

昨天老舅到北京，就住在我們家裏。他談起你小時候的許多故事，讓我和妹妹笑得前俯後仰。講了故事後，他一本正經地安慰我們說，再復這個人雖放不下故鄉故園，但能放得下名利。他說你小時候記憶特別好，讀過的書，連細節也忘不了，但學校授予的獎狀與稱號你總是忘記。他說你在小學五年級時壟斷了所有獎狀，包括「學習模範」、「勞動模範」、「紀律模範」，但問起你時，你只記得自己是「捕鼠英雄」，送了七十八條老鼠尾巴給學校。聽了這些故事，我覺得很有道理。這種看淡名利的性格可能會幫助你在異邦生活下來，心裏不會有過多的失落感。

人出名以後，經常會被名利所淹沒，忘記了如何過好一個普通人的生活。美國的名作家菲茲傑拉德（F. Scott Fitzgerald）的最後崩潰，還有海明威的自殺，都與承受不了名利的巨大壓力有關。我比較欣賞像福克納那樣選擇簡單生活的作家。福克納平時只是呆在家裏寫作，每當人們問他關於文學方面的問題時，他也只是自謙道：「我只是一個農場主。」這種逃離公眾仰慕和媒體包圍的簡單生活是每一位出色作家的榜樣。雖然，這意味著作家身後的傳記會少一些精彩的情節，可是這樣的作家反而贏得更多人的尊敬。我想你在美國的生活一定是寂寞和單調的，但我知道你一定有勇氣面對這種新生活。

聽老舅說，你的俄文在大學裏是頂尖的，只可惜你那時沒機會學英文。雖然你現在年紀大了些，我相信你也一定能把英文攻下來。學會英文，你就像是有了翅膀，可以在異邦的任何一個角落自由飛翔。

小梅

一九八九年十一月五日

* * *

小梅：

讀了你的信，感到十分欣慰。轉眼間，我和媽媽已出國四個月了，這四個月我覺得格外漫長，和童年的時間感覺差不多。以前總是以為思念是甜蜜的，這回才知道思念真能折磨人。幸而和你們通了幾次電話，減輕了思念的痛苦，否則恐怕要窒息而死。今天，讀了你的信，感到一陣輕鬆。

舅舅說我放得下名利，但放不下對故國、故土、故人的想念之情，這是真的。以往我把自己看作是故國故鄉的一部份，現在則把故國故鄉視為自己的身體的一部份。到了大洋的這一岸，才具體地感到自己的根確實在另一片大陸。每一位朋友，每一位親人都是根，往日感到平平常常的每一條街道，每一個書店，每一個激勵你的朋友，此時都是身體中的一支脈搏，更不用說你、妹妹和奶奶是怎樣讓我牽掛了。密茨根湖畔有蜻蜓，有蝴蝶，有草莓，有蒲公英，我一見到，就想起你們和故鄉。在故鄉看着我長大的老舅了解我，他知道我放不下情感，而能放下另外一些無價值的東西，這一點確實幫助了我。我兩次到巴黎，都想起雨果在一八五三年為《頌歌與民謠》所寫的序言中所說的話：從棚店向皇宮攀登，可以說既罕見，又崇高；從謬誤向真理攀登，那就更罕見，更崇高了。前一種攀登，每行一步，都有收穫，更加舒適，更加有財有勢；後一種攀登，則截然相反，在和這種從小就深受其影響的偏見的激烈鬥爭中，在這種從謬誤到真理的漫長而艱苦的攀登中，在這種似乎把人的一生和他思想的發展作為象徵人類進步的縮影的攀登中，每升一級，總得為精神上的收穫作出物質上的犧牲，總得放過某種利益，拋掉某些虛榮，捨棄人世間的名利，拿自己的財產、自己的家庭和自己的生命去冒險，也在所不惜。這是雨果在流亡中寫下的話。我不敢說自己擁有真理，但確實選擇的是一條追求真理的跋涉之路，倘若有錯，那也是攀登真理之峰時的迷失。最終也會走上真理之路的。既作這種選擇，就得有所犧牲、有所拋卻、有所捨棄、有所苦痛，不必為此而怨天尤人。我是這麼想的，也許這是傻想，但這種傻想幫助了我，使我意識到，這個湖畔，這個異邦的草園，是個美好的路標，我的更加艱苦但也更加廣闊的第二人生，就從這裏起步。

這半年我的確嚐到了孤獨的滋味，但是朋友、書本、大自然都在幫助我。好幾次我拿著書本坐在密茨根湖畔的岩石上，一面讀書，一面沐浴秋天清新亮麗的陽光，享受着從未有過的寧靜。此時，我的心胸向歷史敞開着，也向大宇宙暢開着，書本中那些偉大的名字和他們的聲音，一一進入心的深處，我安靜地領悟他們的教誨，覺得自己的思想在悄悄生長，心在悄悄生長，在這樣的情景下，我突然想到，只要擁有這種可以寧靜思索的時刻，就值得生活。在岩石上坐累了之後，我會在湖邊的草地上散步，但不願意走到任何陽光照不到的陰影中去。在金黃色的陽光下久了，覺得陽光有一種熱能轉成的推動力，它把我一直推到很遠的地方，遠離噩夢的地方。

爸爸

一九八九年十一月七日

論文化氣脈

爸爸：

我已註冊，開始了在美國的學習生活。科羅拉多大學是一所很美麗的大學，坐落在 Boulder 城裏。Boulder 城基本上是個大學城，是個以中產階級為主的小城，沒有很富的人，也沒有很窮的人，是那種還多多少少保留了美國新教倫理和清教精神的地方。丹尼爾．貝爾曾讚賞這類美國的小城鎮，因為它們比較少受後現代大工業社會的衝擊，比較少受現代享樂主義的影響，仍然強調工作、清醒、儉省、節慾和嚴肅的人生態度。Hollywood 的電影常常在屏幕上誇大美國人的自由生活方式，好像所有男男女女在性愛上都很隨便，我來了才發現並非如此。這個小城的人們，很有道德、家庭和宗教觀念，很強調一些嚴格的社區公共準則，換句話説，他們很有「公德心」。街上乾乾淨淨，一塵不染，路上總有陌生人向你友好地打招呼。沒到這裏之前，以為這裏一定瀰漫着中部高原的鬥牛士的野氣，沒想到，感受到的卻是很濃的古典氣與貴族氣。

大學本身建在山腳下，每次騎車上學都得爬上一個大坡。有時騎不上去，就只好推着走，那坡實在太陡了。我和黃剛現在還買不起車子，過一段時間再説吧。學校的建築是用紅砂岩砌成的，又厚實又明麗。洛磯山蜿蜒起伏，雲裏諸峰顯得很雄偉，遠處還可看見負雪的巔崖，這是我們學校的大背景，看久了，覺得這山彷彿是一幅被放大了以後縫在天邊的圖繡。秋天的校園真美，翠綠的草地，多彩的楓葉，與紅色的樓房互相映襯，燦若夢境。僅僅這片窈然深碧的草坪，就夠你傾心沉醉，我想你和媽媽肯定會喜歡這個小城和這所大學的。

我在科羅拉多大學東亞系裏拿的是助教助學金，除了免學費外，我教中文每個月的工資是六百美元，所以生活沒有問題。我的導師是葛浩文，他在美國的翻譯界大名鼎鼎，許多著名的中國當代小說都是他譯的，我跟他一定能學到不少東西。美國的教學體制跟中國的很不一樣，我需要一段時間適應一下。我比較喜歡課堂上自由活躍的氣氛，美國的老師總是鼓勵學生發表自己的意見，培養獨立思考的能力。研究生的課程主要是以討論的形式組成，老師會事先佈置閱讀的任務，上課時大家七嘴八舌地發表自己的意見，絕對不是填鴨式的教育。

有的時候根本看不完老師佈置的文章和書。我的英文雖然還過得去，可是一個星期要讀完幾本枯燥的理論著作卻很困難。就算讀完了，有時也半懂不懂的。討論時，我當然只挑出自己理解的部份發表意見，不懂的地方就聽聽老師和同學們的看法。好在我剛來美國時，在芝加哥大學旁聽了歐梵叔叔的研究生課程，當時他還常常請你、李陀叔叔、黃子平老師、甘陽、許子東還有 Benjamin Lee 加入他的演講討論行列，有時還邀請到世界各地的著名學者來演講。你們當時精彩的唇槍舌戰真使我受益匪淺，可以說，我的西方理論小底子和思考方式是那時打下的。有了這底子，現在細讀德里達、傅柯、拉康、巴赫金還有法蘭克福學派的著作也不會那麼雲裏霧裏、糊裏糊塗的了。西方的形而上體系已經龐大得讓我害怕，而這些新起的哲學家們又建築一套解構形而上的體系，更使人畏懼，但已走向這條路，就得好好走下去。

小梅

一九九零年九月二十日

小梅：

你到科羅拉多大學，算是正式進入美國深造了。你在校園裏學習幾年，一定能把美國學術長處學到，這一點我並不懷疑。但我擔心你愈是讀書，智商就愈低。美國大學的文科學系，原創性並不太強。最有創造活力的地方往往不在校園裏，而是在紐約等一些文化信息密集的城市。所以你在完成專業訓練的同時，不妨多翻翻各種刊物雜誌，留心美國社會，注意閱讀美國這部大書、活書。書本中的美國，我早已讀過了，但是到了西方之後，眼中的美國與書中的美國大不相同。美國政府認識中國也往往是從書本上認識的，結果往往弄錯。美國學術界對中國的認識水平也不高，他們看到的只是表層的中國。

還有許多留學生，到了美國之後，除了學習專業，完全站在美國之外，對美國的認識也十分膚淺。他們生活在校園裏和書本中，並沒有真正走進美國社會深層之中。要了解美國社會，需要生命的投入，用生命去體驗、去感受。對美國文化和整個西方文化也應如此，第一步是擁抱它，第二步則必須用生命去體驗它，甚至是提升它，這樣才可能把握住美國文化乃至整個西方文化的氣脈。如果能把握住中國的文化氣脈，又能把握住西方文化的氣脈（不是表象），而且把兩大氣脈加以連接、打通，最終說出、寫出一些於人類社會的前行確實有益的意見，那就算是沒有白來留學了。

* * *

文化的獨立性是應當確認的。以前我們這代人學到的是文化被政治和經濟所決定的道理，對文化獨立性的道理缺少了解。其實，各種大文化都有它的長處，可以互補，不要強調它的衝突，更不要以文化衝突暗示政治衝突，造成世界新的緊張。我說「文化氣脈」可以相通，也是這個意思。「文化氣脈」是中醫語彙，貌似抽象難尋，實則可以具體把握，但這需要有知識積累和見識，然後抓住氣脈中的關鍵點，即「文化穴位」。中國有些根本的文化穴位，如《山海經》，殷周文化，春秋戰國文明，魏晉風骨，漢唐氣魄，宋明理學，明末散文，《紅樓夢》等等。美國的關鍵文化穴位，則簡單一些，大約是《獨立宣言》、《人權宣言》、傑佛遜思想、門羅主義、羅斯福改革、杜威實用主義等等。文化比較，自然應從具體的文本、細部入手，但兩大氣脈和基本文化穴位的把握，也有益於你的開悟。

你在二十二歲大學畢業後就離開中國，只是學到一點中國文化的基本常識，尚未深刻地感受中國文化氣脈，而到了西方，則剛剛要踏進美國文化大門，兩頭都是空疏，不可驕傲。但是，你如果從此有意識地在閱讀中感受、體認兩種文化的氣脈所在，就一定能月月年年有所長進，不至於落入只爭一個博士桂冠的留學悲劇。

爸爸

一九九零年十月八日

論齊物之心

爸爸：

告訴你和媽媽、妹妹一個好消息：我通過博士論文答辯了，從今天起，我就是Dr. Liu（劉博士）了。我的論文答辯委員會有五位教授，他們對我很滿意，王德威老師也很高興。答辯的過程中，我遇到許多難題，不過，我都沉住氣，將教授們的「發難」一一駁回。答辯完，有位專門從事女權主義研究的女教授誇獎我的論文寫得很好。後來，同學們祝賀我，把我帶到酒吧裏慶祝一番。剛才給你們打電話，不知道你們到哪裏去了。我先發一封傳真信給你們。

博士的路真是漫長。我來美國七年了，兩年在科羅拉多大學讀碩士，五年在哥倫比亞大學讀博士，中間過「五關」斬「六將」，好不容易才拿到這張文憑。七年寒窗苦，總算有了結果。當了博士自然是高興的事，但我好像也不是那麼激動，總覺得路途才剛剛開始，以後還不知道怎麼走。倒是想到考試中有一個簡單的問題我竟一時答不好，這就是「你在寫中國女作家的那章裏，引用了很多第一世界的女性主義理論，可是你的研究對象是第三世界的女性寫作，你如何以批評的眼光看待這一問題？」我知道這個問題是針對這章中我的批評聲音和批評立場不夠鮮明而提的，但一時噎住，真不好意思。連這樣的問題都答不好，還算甚麼博士。此時給你寫信，臉還紅着。

在西方院校接受一些理論訓練，有好處，也有壞處。這一點我有自知之明。好處是換了一種不同於東方的思維方式，這種思維方式很講究理性與邏輯。我以前寫中文的理論文章，比較注意文采，注意鋪墊，但經常繞着圈子說話。自從開始寫英文文章後，我才改成很直接的寫法，從第一個論點到第二個，再到第三個，一環扣一環，是直線形的思路。但是也有壞處，因為西方院校的文學理論有一套固定模式，我努力掌握這套模式和語言，卻也被它束縛住了。比如讀一篇當代小說，原來敏感的文學感覺好像變遲鈍了，先考慮的不是我的直覺，而是要用甚麼理論去分析這篇小說，是用新批評，還是用結構主義，還是用解構主義？是與現代主義、後現代主義有關，還是與女權主義或是後殖民主義有關？最糟糕的是，在引用西方的理論時，時常犯套用大詞、術語的毛病，缺乏自己的語言及自己的批評聲音。我想今後最需要注意的就是要跳出理論的束縛，真正進入一些有意義的問題，逐步形成自己的批評風格。

西方學院的人文研究是不斷地追求「新潮」的。我剛來美國時，正趕上解構主義大為時興，東亞文學領域的學者們為了打破漢學研究的老思路，紛紛藉用德里達、巴赫金、拉康等人的理論來閱讀文學作品。從解構主義的角度看文學和歷史有它的優勢，它使我們學會質疑統一的、連貫的、整合的思想史，質疑全能全知的敍述聲音，質疑本質論與二分法。由於歷史是人寫的，所以它與虛構的文學在多大程度上可以區分開來也成了人們爭論的熱點。後來又一度時興女權主義與後殖民主義的研究，令我們看文學史時，不只是在符號分析上打轉，而是探討話語與知識是如何參與歷史真實的創造的，以及知識背後的權力關係是甚麼等問題。現在又時興跨學科研究，時興文化歷史與大眾文化的研究。總之，這些理論「新潮」讓我目不暇給。從中確實學到不少的東西，但也時時迷失在這些「新潮」裏。

幸運的是，我能跟王德威老師學習。他的英文好，中文更是寫得華麗和優美。在教授我們運用西方理論時，他很重視培發我們自己的批評聲音。最重要的是，他不但西方的理論掌握得非常純熟，文學感覺以及文學史的知識也是一流的。所以，作為他的學生，我也很重視「史論結合」，重視對文學史的一些命題進行重新思考。現在我拿到博士學位了，可是接下去還得找教職，這又是一個新的階段。爸，我還很需要你的鼓勵。

美國的博士論文有一個固定格式，在開端的 Acknowledge 裏，作者可以把寫作的過程交代一下，並且感謝你想感謝的人。以前我跟朋友們總是取笑得了獎的國家運動員老是有一套套話，「首先感謝黨，其次感謝人民，然後感謝單位領導……」誰都感謝了可就是忘了提到對他們真正有幫助的人。對於我來說，博士論文的 Acknowledge 倒是給了我一個好機會來感謝所有幫助過我拿到學位的人。我首先感謝王老師對我的培養，還有我的碩士導師葛浩文對我的提攜，以及夏志清教授、李歐梵教授、劉紹銘教授、鄭樹森教授、劉禾教授、林培瑞教授和奚密教授對我的關懷和點撥，當然還有教過我的 Paul Rouzer 教授、Michael Tsin 教授和唐小兵教授。然後我感謝我的同學和朋友們對我的支持，這裏面，我的好朋友 Ann Huss 曾幫我改過許多英文論文。我最要感謝的就是你，我的爸爸，是你最早把我領進了文學的殿堂，是你一直鼓勵我、啟發我與教導我；感謝你這些年作為我的父親，我的老師，我的朋友所付出的一切。我還要感謝奶奶、媽媽和妹妹，她們是我永遠的家園。最後，我要感謝黃剛，他多年的愛、理解和照顧，使我能夠有始有終地走完漫長的讀書生涯。

小梅

一九九七年十二月十五日

* * *

小梅：

知道你的博士論文答辯已通過，真是高興，應當祝賀你。你從五歲開始讀書，讀了整整二十五年，也該畢業了。我們本是農民之家，你爺爺開始發奮，但只讀到高中，我也只讀到大學，只有你不僅讀完碩士，還讀完博士。經歷了二十五年的寒窗之累，不簡單。你知道一鼓作氣的重要，中間未曾鬆懈或輟學，這是很對的，許多人被學位拖到中年時代，這樣留給以後獨立創造的時間就太少了。我並不迷信學位，但贊成你有一段時間接受西方嚴格的學術訓練，吸收他們重在邏輯與本文分析的學術長處，也提高英語的閱讀與寫作水平。從大陸出來的留學生，已出現一群可以從事雙語思考與雙語寫作的知識者了，你進入這一行列，非常幸運，中國的人文科學研究進入雙語世界之後，眼界就會擴大，水平就會提高。我和我的幾位好友，都對你寄予厚望。

你說你並不怎麼激動，而且還為自己的缺點臉紅，這很好。我能說的，也只是希望你永遠要這樣保持一顆平常之心。以平常之心，對待你獲得的碩士、博士學位；以平常之心，對待你即將得到的助理教授職位；也以平常之心，對待你未來可能獲得的榮譽和可能遭到的曲折。

我發覺有些從大陸來的留學生，常帶一種病態情緒。他們認為自己是大陸年輕一代的尖子精華，闖了數不清的關口（最後是闖了托福關、簽證關），才來到汪洋滄海的彼岸。沒想到，到了美國卻要到餐館和圖書館打工。把自己定位於塔尖上的人物，卻被拋入社會的底層，於是便產生一種巨大的反差。這種反差所產生的心理傾斜便派生出情緒。倘若沒有產生過份激烈的「反帝」情緒，也會影響自己冷靜地觀察世界。有些漂流到海外的知識分子，在國內時名聲很大，原以為到了西方之後，另一個世界將以紅地毯來歡迎他們，沒想到，這個世界也逼着他們要用自己的雙腳去在荊棘與沙礫中踩出一條路，於是也就感到失望與不平。這些學者作家在大陸時被社會捧壞了，寵壞了，八十年代以來又以為自己高舉自由的旗幟，到了大洋彼岸便要受到優待。這一心態，與當年魯迅指出的以為十月革命勝利之後新政權便會以牛奶麵包來招待他們的詩人的心態一樣，都缺少平常之心。你有了學位之後，沒有因此把自己定位在高高的塔尖上而自鳴得意。這種平常之心，是一種品格，又是一種力量。它可以幫助你免於驕傲與盲目，可以幫助你不斷往前走，一旦驕傲，就走不遠了。

平常之心是一種自然之心。到海外之後，這種心態從根本上拯救了我。在國內時，我也曾「暴得大名」（胡適語），生活得那麼熱鬧，但到了海外，一下子落入無底的寂寞之中。我所以很快就獲得心理平衡，原因就是我並不把自己看得太重要。你大約看過我的「自己並不那麼重要」的散文。人的尊嚴不是把自己視為「要人」，而是把自己視為「人」。即視為平常但又擁有尊嚴與追求意義的人，對自己充滿信賴但又拒絕自我拔高與自我膨脹的人。我從莊子那裏不是接受「無為」的消極，而是接受他的齊物觀，並把它化作自己的齊物之心。所謂平常之心，就是齊物之心，就是平等地對待他人他物的心靈原則。當了博士，似乎比別人高了，但偏不看得比別人高，仍然確認心靈的平等，人格的平等，這便是齊物。將來有一天，你著作等身，也不站立在著作之上，不以為自己高出人家一頭，這種心態也是齊物心態。「一闊臉就變」，「得志便猖狂」的人，離這種心態最遠。辛棄疾的詞云：「我見青山多嫵媚，料青山見我應如是。情與貌，略相似。」也是一種齊物心態，和大自然尚且要平等相待，更何況對於人呢？

人的尊嚴並不在於高人一等。能平等待人，能以平常的心態對待萬有萬物，這種廣博的情懷也是一種尊嚴。基督的尊嚴，並不是高坐雲端、俯視下界的尊嚴，而是平等待人、愛一切人與寬恕一切人的博大情懷的尊嚴。我尊重基督，但不入教。我並不喜歡有組織的上帝，倒喜歡像禪宗大師慧能這樣的人物。他是禪宗真正嫡傳的「六祖」，後來真的是徒滿天下，名滿天下。他成為一代宗師之後，仍然保持平常之心，依舊是尋常百姓本色，幼年時他「艱辛貧乏，街市賣柴」，成為大師後仍然「混跡於農商漁獵」之中。因為有平常之心，所以他處處都能悟道，在擔水劈柴中也能徹悟到前人未曾思索到的大道理。明代農禪的代表慧經，也具有慧能一樣的人格。他出家後四十餘年，除了二、三年行腳外，都在峨峰山下「鑿山開田，不憚勞苦」，而他成為禪宗大師，被尊為「壽昌古佛」之後，依然以平常之心「牽犁拽地」，將钁頭變為禪杖，在躬耕中悟示佛法。慧能、慧經這兩位禪宗大師，一面生活在形而上的精神世界，一面又生活在日常的世界中，因此，他們的思考便與社會底層的生命脈搏連接起來，使自己的思考顯得又深邃又廣博。他們的尊嚴感寄寓於追求目標的神聖感之中。這種神聖感是無邊無際的，走上幾個台階，仍然離最後的目標很遠，因此，登上一個階梯之後，其心靈依舊是平常的，自然的。

我們常聽人勸說，要把眼光放遠一點。這話是很重要的。一個學者或作家如果有一種遠方的眼睛，即設想自己原是宇宙深處的生物，能從遠方來看地球、看人，就會看出世俗眼睛看不見的東西。愛因斯坦臨終時囑咐親人在墓誌碑上寫着一句話：愛因斯坦曾到這裏走過一回。他正是用遠方的眼睛來看地球與人的，因此，他說，一個人在宇宙中不過是一粒塵埃，和一棵樹，一座山一樣，都是一粒塵埃，地位再高，名聲再大，也是如此。沒有甚麼好計較的。有了地位，別太得意，沒有地位，也別氣餒，因此，他也沒有那麼多世俗的所謂成功與失敗的煩惱，身上很少矯情，和我們當代一些名人很不一樣。我想，愛因斯坦的眼光便是齊物的眼光。你當了博士，具有這種齊物的眼光也許是最要緊的了。

爸爸

一九九七年十二月十八日

論生命場

爸爸：

我已在馬里蘭大學落腳了，租了一套公寓，其中只有一間房，一個廳，租金每月八百元。看來這裏的房價也跟紐約一樣貴。我已經去過學校了，這個學校的規模相當大，大概是因為離首都近，所以沾了點國府建築的冷峻特點。學校的建築基本上是由紅磚房組成，許多紅磚房前都配上幾根厚實的白柱子，很有氣派，顯然受了白宮建築的影響。學校的校園沒有科羅拉多大學那麼美，但也有自己的特色。學校大到不開車就很不方便，所以我買了輛新車。我所在的亞洲與東歐語言文學系算是個小系，系中有俄國語言文學、希伯萊語、日本語言文學、中國語言文學和韓國語等專業。中國部份有三位教授兩位講師，教授裏面除了我負責文學以外，另外兩位是語言學教授。

黃剛也來幫我安家。我們商量一下，有一個願望，想過些時候，買一座大一點的房子，至少有四間臥室，有兩層和一個地下室。過兩年你那裏的工作結束之後，我們希望你和媽媽到這裏和我們一起住。你們一層，我們一層，不會互相干擾。我們當然有私心，你們來了，我們「大樹底下好乘涼」，媽媽可以照顧我們，三餐可吃熱菜熱飯；而你來了，我便可以和你經常商討點文學問題。將來有了孩子，你們又是天賜的最好的老師。除了這一私心之外，我們也覺得過兩、三年，你們就六十歲了，也該放鬆一些，不要再為謀生而煩惱，可以安心做你們願意做的事，把心放在你們願意存放的地方。我們這裏離白宮及其附近的許多博物館和國會圖書館只有三十分鐘，離海一個小時。比起你們那裏，雖然離大自然略遠些，可離費城、紐約只有幾個小時的車程，東部的許多所常青藤大學離這裏也不算遠，所以文化氛圍比 Boulder 濃厚些。這幾樣，對爸爸你還是有吸引力的。昨晚我對剛剛說，書的吸力，海的吸力，東部文化的吸力，加上親情的吸力，説不定可以把爸爸吸引過來。

可以說，我這裏處於都市文化與田園文化之間。比起紐約，雖然遠沒有紐約文化的繁華與多樣，可華盛頓也有不少藝術展和電影節。比起 Boulder，這裏沒有那麼壯美的洛磯山，但是我們也可以常常開車去海邊看風帆。如此自由地徘徊於兩種文化之間，既不會太喧囂，也不會太寂寞。你在《西尋故鄉》談到過我以前抄給你的一副對聯：「居軒冕之中不可無山林氣味，處林泉之下還需有廊廟經綸。」你還引了我的話，「用現代人的眼光看山林確有一塵不染和人間淨土之感，但反過來，常居深山之人亦得常常領略大都市的文化氣息才好。」我當時是為了說明都市文化與田園文化的互補關係的，因為你太愛自己後院的那片綠草地了，每天看書寫作後總在那片地裏勞動、徘徊、冥想，怪不得你的朋友在金庸小說研討會上笑稱你為「科（州）老農」（是金庸小說中的人物名字「柯老農」的諧音）。你現在不缺安靜，但也應離熱鬧多元的都市文化近些，這樣的人生，可能更為豐富。

我這兩年，要用工資多買點英文書，中文書也得買一點。前幾天，我買了一套三十年代《良友畫報》的複印本，八百美元。以後我還要多買點原始資料。剛才，我翻翻《良友畫報》，非常有趣，像翻閱歷史。才閱讀幾個小時，便發現時間真是冷酷，幾十年就淘汰了那麼多時髦的東西，然而，有些好的東西也被當代的所謂主流文化忽略了。通過《良友畫報》，我對三、四十年代的上海都市文化也略微有所了解了。歷史，還是需要自己來發現、來闡釋，光讀教科書是靠不住的。

小梅

一九九八年八月六日

小梅：

你和剛剛希望我和媽媽過一兩年能夠到馬里蘭定居，這得讓我好好想想。

其實我也喜歡和你們一起住，只是捨不得離開這個地方。昨天我開車到山裏的小城玩，一路看着眼前的藍天，簡直不敢相信這是真的，如此透明、潔淨、高遠的藍天，真捨不得離開它。車子往前開，明知道永遠到達不了藍天，卻有一定奔向夢境的愉悦。這個時候，我不僅有種沉醉感，而且有種幸福感。在大海裏浮游，會擔心沉沒，但沉浸在藍天裏，則只有快樂與遐想了。來到 Boulder 之後，我對大自然的感覺日益敏鋭，覺得人的尊嚴與價值，與大自然的透明、潔淨、高遠是絕對相關的。我不知道你那裏的天空是不是也這樣讓人神往。

還有屋後這片草地，我更是離不開它。開金庸小説研討會時，在草地上開，六、七十個朋友，從沒見過它的客人都感到驚訝。日本的岡崎由美在草地上走了幾圈，不敢相信，她説這個草園倘若在日本，那就是一個奇蹟了。而我喜歡這草地，是因為一坐在地上，心就會靜下來。在草地裏有你和你妹妹送給我的搖椅，坐在椅上讀着莎士比亞的《仲夏夜之夢》或金庸的《天龍八部》，你想想有多美。

五年來，藍天、草地，還有草地上的白樺樹，已在我身邊構成一種「場」。這是物理場還是心理場，是物感場還是靈感場，我説不清，姑且稱它為生命場吧。我在樹下，既是思索，又是沐浴。很奇怪，在這個時候，我會格外清楚地看到自己，看到自己內心還殘存的浮躁與歷史留下的傷痕。一切缺陷都顯得格外明晰。更奇怪的是在這個場裏，我會覺得身上的文化氣脈全被打通，思緒特別流暢。放一本《紅樓夢》或莎士比亞劇本，會覺得書中的人物一個一個透亮透亮的。此時有描述她們的衝動，但又覺得語言的無力，再多的語言也難以表達這一瞬間的感覺。這是沒有任何概念、理念所遮蔽的感覺，從大自然生命場放射出來的是最清新的感覺。

對於地理文化我學得不多，也不相信地理環境可以決定一切。但相信不同的自然環境和歷史文化傳統確實會形成一種生命場。這種生命場用自然科學的語言很難描述，但如果用中國文化中的特殊範疇——「氣」來描述，卻可以稱為「氣」場。我國的幽燕地帶多俠氣，浙江一帶多戾氣，五台山、峨嵋山多祥氣（因此也出了許多寺廟和尚），這幾乎是中國人的共同感覺。北京多官氣，上海多商氣，也是共同感覺。周作人在〈上海氣〉一文中，說「上海氣」特別可厭。周氏溫和，但對上海氣的鞭韃卻毫不客氣，他說：「我終於是一個中庸主義的人：我很喜歡閒話，但是不喜歡上海氣的閒話，因為那多是過了度的，也就是俗惡的了。上海灘本來是一片洋人的殖民地；那裏的（姑且說）文化是買辦流氓與妓女的文化，壓根兒沒有一點理性與風致。這個上海精神便成為一種上海氣，流佈到各處去，造出許多可厭的上海氣的東西，文章也是其一。」他還說：「上海文化以財色為中心，而一般社會上又充滿着飽滿頽廢的空氣，看不出甚麼飢渴似的熱烈的追求，結果自然是一個滿足了慾望的犬儒之玩世的態度。」周作人的文章寫於一九二六年，距離今天已有七十多年，不知上海氣有沒有減弱，而我卻清楚地知道，自從文化大革命之後，北京也沾染了許多上海氣，並產生了說話完全過度、犬儒玩世的痞子文學。周作人所說的上海氣已「流佈到各處去」，不幸而言中。

幽燕的俠氣，峨嵋的祥氣已經不見，上海的犬儒氣流佈各地，浙江的戾氣風行全國，這便使我嚮往具有「清氣」的地方。洛磯山中和我們所住的小城，真有一股清氣。我能具體地感受到。聽說洛杉磯西來寺的和尚，常來山中吸取清氣，感悟大宇宙的啟示。我在這裏寫的文章，比在國內時少些怨氣，恐怕也是得益於這股清氣。

在這個生命場中，我常本能地撫摸身邊的小草。每一根小草都那麼柔嫩又是那麼堅韌，我知道我有一天從這個世界上消失之後，這些小草還會生長下去，它們這個綠色的集體與天空中的群星一樣將永存永在。浩瀚的天宇是神秘的，身邊這些小草也是神秘的，雖然撫摸的是小草，但接觸的則是永恆。在這個場上，我還叩問自己，你為甚麼離開故國逃到這裏？這裏不僅無親無故，也沒有甚麼榮耀可以充塞你的生活。然而，我很快就可以回答，這裏對於我，是最真實最可靠的地方，惟有在這裏，思索不再被騷擾，心靈才存放於我最願意存放的地方。或存放於宇宙，或存放於歷史，或存放於自然，或存放於夢與冥想，或存放於花葉與草葉，全都由我選擇。人們只知給自己的沉重的肉身尋找寄寓之所，甚至可以為這肉身建造金碧輝煌的殿堂，但少有人意識到，給心靈尋找一個可以安居、可以自由思索與自由表達的處所是何等重要。小梅，我生怕離開這個地方到你們那裏，會丟失這個場所。

爸爸

一九九八年十月八日

論德謨克利特之井

爸爸：

來到馬里蘭大學已兩個月了。這個學期我只需要教兩門課，一門中國詩歌翻譯，一門中國現代文學史。其他時間我都用在讀書研究，繼續提高、豐富我的畢業論文，爭取早些完成我的第一部英文著作。最近我把第三章改完，心裏一陣輕鬆，並想到，時間真的太重要，有時間讓我沉下心來，好好讀書思考，就會有心得、有收穫。

在舊金山州立大學時，那裏的同事和學生都很好，我很喜歡他們，此刻也很想念他們，可惜每個學期要教四門課，天天忙於教學。我去舊金山前，夏志清先生曾叮囑我要好好教書，他說將來桃李滿天下該多有意思。我個人也很喜歡教學，可能是繼承了媽媽的教學基因，從小就「好為人師」。我的學生們都很喜歡我，每個學期結束時，我都收到許多鮮花和禮物，真是滿有成就感的。有幾位美國男學生還寄了卡片給我，上面寫着：「老師，我們愛死你了。」真是有趣得很。不過，我發現，過於沉浸在教學中，整天忙着備課、講課、批改作業，長此以往，可能一輩子要生活在文學常識的層面，只是輸出自己以往所學的常識，而沒有多少時間來輸入新的知識。我有些恐慌，所以最後還是狠心選擇馬里蘭大學。馬大屬於研究性大學，想在此拿到終身教職，不僅要教學好，更重要的是要有研究成果，所以這個地方除了時間多壓力也大。壓力可把人往深處推進，雖然苦些，但有好處。我生性懶惰，有壓力才好。

我的同一代人和比我年長十歲左右的大哥大姐們，有傑出者，但也有許多人在文化大革命中染上「破字當頭」的壞脾氣，或多或少都在自己身上留下紅衛兵「造反有理」的遺風。這種脾氣和遺風又形成一種古怪的文化性格，就是不願意坐下來作艱苦的建設性的研究，而想「一破定天下」，即靠打倒權威而「暴得大名」，結果愈「破」愈淺。這種「破字當頭」的策略能取得短期效應，但時代風氣一變，就不行了。我已警覺到這種策略的虛幻與危險。我不會走這種路。既然有幸贏得一個從容讀書思考的機會，就要從這種集體性格中走出來，避免時代病。只是走出來之後應當走向何處，有時也會迷惘。不過，近日我已想清楚，應當一步一步走向深處。你說對嗎？

小梅

一九九八年十月十八日

* * *

小梅：

你選擇到馬里蘭大學恐怕沒有錯，這不在於這個學校名聲大、「級別高」，我們不必有這種世俗的念頭，不必去爭此虛榮。重要的是在這種研究性大學的確可以贏得時間，真正的無形之資與無價之寶就是時間。除了時間，壓力也是好的。把你推向深處的壓力，對於你這種懶人是絕對必須的。

中國人喜歡講「人往高處走」，這一世俗的觀念容易誤導人們往名利的階梯上作無休止地爬行。其實，作為學人，應當興趣的是「人往深處走」。我一直用這句話勉勵自己。你往深處走的條件比我更好，環境、基礎、語言都可以幫助你。你能意識到時代病，感到需沉下心來，這是很要緊的。沉下去，才擁有大海。這種「深處意識」將使你受益無窮。

說到這裏，我想起「德謨克利特之井」這個意象。你知道，德謨克利特（約公元前四六零至前三七零年）是古希臘傑出的唯物主義哲學家，原子說的創始人之一，其著作達七十三種，可惜留下只有少數的一些片斷。他有一句名言，叫做「事實真相在井底」。因有這句名言，人們後來就把儲藏秘密、儲藏真理的深處稱為「德謨克利特之井」。我們應當走向德謨克利特之井。

不知道你喜歡不喜歡愛倫·坡的小說。他就用過德謨克利特之井這個意象。他寫的短篇《幽會》裏說過一句話：「寶藏只會在深淵裏。」這句話我讀過便忘不了，現在雖已爛熟於心，但從未失去它的新鮮感。記得《幽會》裏曾描寫道：有許多強壯的游泳者跳入水中，尋找他們想找的寶藏。但是，他們不敢進入深淵，所以尋找也只能是「徒勞」。我們做學問，正是以尋找精神寶藏為職業的人，可是，這寶藏在浮淺的表面是找不到的，這就決定了我們一生必須不畏艱辛地工作，不怕勞苦地往深處下沉。任何捷徑都是表層之路，它不可能通向深淵。你今年三十一歲，徹底打掉心存僥倖的念頭，下決心一輩子往深淵靠近，這將形成你的一種境界與抱負。

猶太人有句諺語：「不要靠近深淵。」我不喜歡這種太聰明的告誡。在《獨語天涯》中，我特寫了一小節隨想錄批評這一格言。我喜歡的是馬克思的「科學的門口如同地獄門口」的話，從事科學就不怕有墮入地獄、墮入深淵的危險。科學上有成就的人都是敢於獻身於科學的人，即抱着「我不入地獄誰來入」、「我不靠近深淵誰靠近」的決心與信念從事自己的事業。最後贏得「寶藏」的人都是這些獻身者。走入德謨克利特井底去發現真理的人，也正是這些獻身者。

在《幽會》這篇小說的前邊，引述了小說敘述者奇切斯特教區主教亨利·金在其妻子的葬禮上所說的一句話：「為我呆在那裏！我一定會在那空谷裏同你相會。」這個「你」，我們不妨把它設想為獨居在德謨克利特深井裏和其他深淵中的「真理」，我們也應當對它呼喚：請你呆在那裏，我一定在深淵中與你相會。

爸爸

一九九八年十月二十日

論大器存於海底

爸爸：

你來信中贈給我「德謨克利特之井」這一意象，真是好禮物。昨天晚上想了好久，覺得記住這一意象，對我來說是極為重要的。人其實很容易變成「浮游生物」，老是在江湖的表層漂動。你那天問我：人是「少年得志」好還是「晚成大器」好，我一時竟答不出來，因為心裏雖然明白晚成大器好，但總有及早成名的念頭在心底作祟，便猶豫起來。昨晚我至少想清了一點，就是知道「少年得志」可能帶來一種危險，即會變成「浮游生物」。一旦得志，便會滿足於表面的名聲，生活在虛幻中，不容易深下去。這才記起你以前提醒我的錢鍾書先生說的那句話：「大器從來晚成。」（《錢鍾書散文選》）他的意思是說大器晚成才是學者生長的規律，不可在少年時就急於求成，陷入浮躁。昨天想起這句話時，便想到，人間大器都在德謨克利特井底，或者說，大器都在海底。

悟出這個道理已不容易，而實行起來恐怕百倍、千倍的不容易。錢先生不僅知道這一道理，而且找到「管錐」這一深挖井底的辦法，幾十年如一日地深錐下去，不管世事如何變遷，憂患如何騷擾，就是不放手中之「管」，一直往深處探索，這種精神要學到就很難。我擔心自己將來會讓你和媽媽失望。如果失望，要究起原因，恐怕就是我缺少管錐不止的韌性，不過，此時既然有這點自知之明，我當然會盡可能努力。

除了必須戰勝自己的惰性之外，還得戰勝虛榮心，這一點也是昨晚想到的。今天早晨，我把這一醒悟告訴黃剛，他說：這太對了，你昨晚的思考真有成果。確乎如此，我想到，在井底、海底是寂寞的，井底海底的默默行走誰看得見？誰給你鮮花與掌聲？當同齡人已在商場上變成千萬、億萬富翁，在官場上變成塔尖明星，在文壇上變成風雲人物的時候，你卻還在井底海底一錐一錐地開鑿，人們不知道你在幹甚麼，以為你是傻子，是笨伯，是呆鳥，連愛自己的親人與朋友也等得不耐煩，這種時候，倘若虛榮心未滅，就難免要動搖。虛榮的慾望真的最難戰勝。能不怕寂寞，數十年不倦地研究深思，是需要心靈力量的。在美國，吃得不錯，也許體力還可支撐，但這種心力即意志力與精神力是否足夠，我卻不敢打保票。

謝謝你，爸爸，從今天起，德謨克利特之井的意象將會常常讓我想起。

小梅

一九九八年十月二十五日

* * *

小梅：

接到你的信，真使我高興。你醒悟到的道理，對於你未來是多麼重要。沉下去，管錐下去，你雖寂寞，但一定會有大快樂。

你的信還使我想到應當尋找一下德謨克利特之井的形式和內涵。在喧囂的大街和慾望沸騰的社會中固然找不到德謨克利特之井，但在校園與講壇上，德謨克利特之井也未必就會自動向你展現。恐怕每個作家與詩人都應當自己去尋找、去發現。陶淵明在人們羨慕的官場中發現人生的迷途，那是一片精神的荒原，於是，他回到茅屋農舍中，在那裏發現生活，也發現了德謨克利特之井。這個井，就是日常生活中的無限之美和無限詩意。就從這裏挖掘下去，沉下去，這裏有一個美麗的大海，人們視而不見的大海。但丁找到的德謨克利特之井則是那個一層又一層的地獄。地獄的門上寫着：「你們走進來的，把一切希望拋在後頭吧。」門內便是地獄的深淵，這是人性惡的深淵，是罪孽的深淵。但丁通過對地獄的描述，把人的靈魂一層一層地剝開，剝得如此深邃與令人驚心動魄。陀斯妥也夫斯基最初的德謨克利特之井，該是他的「地下室」，這是一個異常寂寞的地方，但就從這個地方出發，陀斯妥也夫斯基一步一步地向靈魂的深處挺進。在人類的文學史上，很難找到第二個作家，像他這樣深刻地剖析人們的靈魂。靈魂也是個大海，人的全部豐富、複雜與精彩就在這個海底。《卡拉瑪佐夫兄弟》展現的正是這一大海的奇觀。我所以要談文學的懺悔意識，正是希望自己不要當一個社會表層的法官或審判者，而應當以罪人的身份潛入人類靈魂的海底，在那裏發現污濁中的清白，清白中的污濁，即發現靈魂的雙音與複調。我寫《性格組合論》，也是為了使文學邁入人性的深海與靈魂的深海。

對於我國的文學，最值得我們驕傲又最值得我們學習的是《紅樓夢》，曹雪芹是一個偉大的人性論者。他找到的德謨克利特之井，是人的真性情，是情感的深井與大海。而引導人們在大海中航行的，不是中國人所崇尚的聖書典籍，而是那些未嫁的少女，是林黛玉、晴雯、尤三姐等未被世俗塵埃所污染的女神。在曹雪芹眼中，少女便是天地精英，便是本來就存在於天地間的大自然。世上最有價值的，就是這些美麗的、拒絕名繮利索的生命自然，她們的天性，是一個被曙光所照射的原始海洋與原始宇宙。在海洋的深處與宇宙的深處，站立着她們洞察人間全部齷齪的眼睛與性靈。如果說，陀斯妥也夫斯基開掘的是精神的深度，那麼，可以說，曹雪芹開掘的是性情的深度。他們倆人都是在大海之底行進並擁有大海之美的先驅者。

爸爸

一九九八年十月三十日

論生中之死

爸爸：

黃剛的爸爸已經去世一年了。去年我和剛剛從紐約來到馬里蘭以後，馬上開始為他爸爸和他兩年前去世的媽媽找墓地。我們前前後後看了十幾個地方，最後終於選定了一個墓地公園，離馬里蘭大學有二十分鐘的車程，叫Parklawn。這個墓地公園很安靜，也很美。所有的墓碑都躺在綠草地裏，幾乎沒有立着的墓碑。青青的綠草地被茂密的樹林圍繞着，草地上有親人們送來的各種顏色的鮮花，坡上坡下一片靜靄，走在其中，心中惟有純淨的思念與回憶。生與死的界限，就在咫尺之間，它是清楚的，也是模糊的。綠影、花香、陽光，在這裏連接着地老天荒般的永恆，也閃爍着曇花一現般的幻象。我們把剛剛的父母，我的公婆，葬在這片美麗的天地裏，但願祥和之氣永遠伴隨着他們美麗的靈魂。

剛剛與我同歲，短短的兩年時間，他一下子失去了雙親，我陪着他不知流了多少眼淚。他是獨子，父母走後，只剩下他孤零零的一個人，我是他最親的人了。他最大的遺憾是還沒有報答父母，父母就甩手而去了。這是終身無法彌補的遺憾。這兩年是他最難過的兩年，他總是問我，為甚麼這樣痛苦的事情會接連發生在他的身上？為甚麼別人的父母還健在，可他卻再也見不到他的父母了？每次他問我類似這樣的問題時，我都無言以對，惟有替他感到心疼。為了安慰他，我只好說，你將來總有一天會在天堂裏與你父母重聚。因為剛剛的父母都是基督徒，剛剛也信基督教，所以他從我的這句話裏得到了一些安慰。為了能與父母在天堂相聚，必須重新面對生活，繼續熱愛生活。如果他不相信死後的世界，我就不知道該如何去安慰他。

爸，你七歲就失去父親，你是怎樣面對這樣的悲傷事？

我不知道一個唯物主義者是如何面對死亡的？他面對死亡時，是不是比有神論者灑脫？然而我寧肯相信人死後有天堂，也有地獄；我寧肯相信冥冥之中自有主宰；我寧肯相信輪迴轉世以及涅槃解脫。這些超現實的信仰讓我對生命的奧秘多一分尊重，讓我對世界的理解多一種視力。孔子說，「不知生，焉知死？」可我想，不懂得死也同樣不能理解生。

已經去世的傅偉勳教授在生前曾致力於生死學的研究，我讀過一本他推薦的《西藏度亡經》。這本書中所講的生命的本質在於心，心的本質即純粹的光明。據書中所說，恆長的流轉不息的現象世界並非是真實的，一切事物，是思緒或思緒之間關係的反映，是由「絕對意識」產生的普通力量來維繫的。因此絕對意識在人死後的瞬間，便以偉大的明光表現出來。這種光是生成萬物的母體，一切思緒的根源。它不存在於外界的表象中，而只有通過冥想、修行而意識到自己的存在時，才能體會到內在輝煌的光芒。所有偉大的詩人與修行者都希望與這種光融合在一起。死後的亡靈如果不畏懼這種本質的、純粹的、輝煌的光明，就能超越輪迴，達到涅槃。顯然，這本書不僅是對死者的超度，也是對生者進行的「死亡教育」。這本書所講的光是為了引導死者不要對肉體執着，它同樣也教育我們活着的人，不要懼怕死亡，不要迷戀現世輝煌燦爛的表象，不要在自我意識中產生迷惘和混亂，而要面對真實，擁抱我們生命的本質，擁抱偉大本性中的亮光。

最近我看了一部 Robin Williams 主演的電影 *What Dreams May Come*。這部電影探討的也是死亡問題。由 Robin Williams 主演的男主人公 Christy 是一個善良的兒童心理醫生，他有一兒一女，還有一個與他真摯相愛的妻子。他與妻子都熱愛繪畫，平時都通過繪畫來表達愛情。然而，災難很快就來到他的幸福家庭。先是他的兒女雙雙車禍身亡，接着他本人也出了車禍，離開了人間而升入天堂。這個天堂是Christy個人的，而且他一眼就認出它與妻子送給他的一幅畫境完全相似。那裏是和諧亮麗的大自然，在山巒與河流間有他與妻子共同設計的「夢中房」（dream house），一切都美妙無比。他在天堂中遇到了車禍身亡的兒女。可是，不久他就得知妻子由於忍受不了痛苦而自殺。基督教是不允許人自殺的，所以他的妻子下了地獄。出於對妻子的熱愛，他決定下地獄去拯救妻子。由於妻子沉迷於黑暗與痛苦中，她已經不認識Christy了，也聽不進他的勸告與引導。Christy最後決定放棄天堂，在地獄裏永遠陪伴妻子。這一決定感動並喚醒了他的妻子。於是，他們在電影結尾一同回到天堂，回到他們的夢中房。

令人驚嘆的是這部電影的攝影語言，它以獨特的方式帶我們走進有如畫境般的天堂。天堂中最吸引人的是顏色，好看極了，五顏六色的，是印象畫派的那種鮮明的色調，配合着明亮光波的流動，有着自然界瞬息萬變的美。Christy走在他的天堂裏，好像走在鮮豔的顏料上，一筆一點都是生動的。整部電影結合了繪畫的想像力，用色彩的語言進行思維與對話，所有的色彩都催人思念與冥想。我被天堂中這些弦樂般的色彩所感染，不由自主地愛上了這種清晰可愛的「心象」。這部電影充份表現了「天堂在你的心裏，地獄也在你的心裏」的主題。Robin的個人化的天堂就是他的心象，是他活着時夢想的所在。他的妻子下了地獄，也是因為心裏瀰漫着痛苦、黑暗與死亡，無法自拔於心中的地獄。最後他堅貞的愛情改變了妻子的心象，使二人能雙雙奇蹟般地返回天堂，並且再生。

我不知道人死後的世界是甚麼樣，是佛教所講的輪迴？還是基督教的天堂地獄？我雖然沒有像妹妹那樣選擇基督教，像媽媽那樣選擇佛教，可我相信上帝，相信神靈，相信萬物自有它的歸所，相信善良的人擁有美麗的靈魂，相信美麗的靈魂在肉體死亡後仍舊存在，相信我們活着的人要不斷地修行，要努力保存心中的那一片淨土。在信仰普遍失落的二十世紀末，在慾望高度膨脹的世界裏，我們更應保護自己心中的天堂，更應以巨大的勇氣直視心中那片輝煌的明光。

雖然剛剛也許一輩子都忘不了失去父母的傷痛，可他卻比以前成熟多了。他和我這兩年受到的「死亡教育」，讓我們更加珍惜現在擁有的一切，也讓我們在忙忙碌碌中不忘進行一些生生死死的思考。

小梅

一九九八年十一月二日

* * *

小梅：

黃伯伯去世後，黃剛陷入哀傷，你受他的感染，文字中也有許多「悲涼之霧」，難得你們有這一份情意。以前你遠離宗教，黃伯伯去世後，你們卻向神靠近。我雖然是個無神論者，但尊重宗教，也支持你的近似宗教的獨特的信仰：相信上帝，相信萬物自有它的歸宿，相信善良的人所擁有的靈魂在肉體死亡後依然存在，相信我們活着的人要不斷修行，要努力保存心中那一片淨土。

你對死亡的思索是積極的，哀傷並不意味着消沉。我也常常思考死亡，你注意到孔子的「不知生，焉知死」的命題，而我更喜歡海德歌爾的「不知死，焉知生」的哲學，儘管這兩個相反的命題都很有道理，但我還是更喜歡後者，這大約是因為我對死亡的認知，乃是為了加深對生命、生活的認知，也就是說，對死的領悟是為了今天，不是為了明天。不是為了明天的天堂，而是為了今天更積極地拆除各種地獄，包括外在地獄（社會）與內在地獄（自我）。宗教哲學家們一定會說，地獄是永存的，怎樣也拆除不了，但我還是要知其不可為而為之，要向地獄挑戰，尤其是「自我」這個最後的地獄。這是一個無所不在的，無論你走到哪裏它都跟隨着你的地獄。自身的一切虛榮的嗜求，一切貪得無厭的慾望，一切排斥與嫉妒他人的邪念，一切停止奮發的懶惰，還有面對着一點塵埃似的成績而產生的驕傲等等，都是自我的地獄。想到人總有一死，就會覺得這些慾念（邪念）的荒謬，想到人最後難免要落入無可逃避的大虛空，就會覺得人間一切金光耀眼的大虛榮的確沒有意義。我真希望你在青年時代就能對自我地獄有所覺悟。在注意薩特的「他人是自我的地獄」這一命題之外，更注意「自我是自我的地獄」這一命題。前一命題可幫助你獨立處世，堅定地在各種壓力與誘惑面前作自我選擇；後者可以幫助你清醒與謙虛，避免自己成為妄心妄想妄為的狂人。

關於死亡的哲學思索太豐富了，幾乎每一個哲學家都有一套關於死亡的見解，但是，影響我最深並且一直幫助我積極生活的一種見解，卻是在中學時代就讀到的莎士比亞的一段話。莎士比亞說：

> 所謂生命這東西，究竟有甚麼值得珍愛呢？在我們的生命中隱藏着千萬次的死亡，可是我們對於結束一切痛苦的死亡卻那樣害怕。

這句話出自《一報還一報》，至今我還能背誦。它除了減少我對總死亡的懼怕之外，就是讓我更加抓緊時間努力生活與擁抱生活。「我們的生命中隱藏着千萬次的死亡」，這是每個人都在經歷着的生命事實卻是極少人能意識到的生命真理。我很感激莎士比亞提醒我這一真理並且在少年時代就擁有這一真理。它使我除了對「總死亡」有所領悟之外，還能自覺地、不斷地領悟生命全過程中的一次又一次的死亡。如果這種死亡可稱為日常死亡的話，那麼，可以說，我的積極生活態度，全是來自對日常死亡的領悟。自從第一根白髮在自己的頭上升起，我便意識到生命的一部份已開始凋落。一根白髮的出現，是一次死亡；一個積極前行的念頭的自我撲滅，是一次死亡；一個美好日子的虛度，是一次死亡；一個和自己的靈魂息息相關的師長、親人與朋友的逝世，我更是具體地感到自己血脈一角的死亡。如果一個夜晚，我認真地讀書寫作或努力工作，這個夜晚有所悟、有所得，我便覺得這個夜晚的生命是活着的。如果我以無聊的嘆息消耗掉這個夜晚，我便會意識到我在這個夜晚中的生命已經死亡，它已化為無可把握的黑暗的一部份。在文化大革命的十年歲月中，我的生命是一片漫長的空白。那時，我每天都感到多次的死亡，每天都要殺死許多正直的念頭，每天都要埋葬許多真摯的情思，甚至連以往積累下來的知識和道德信念，也紛紛與時代狂潮同歸於盡。在最狂亂的日子裏，我連對父母、師長的愛都面臨着死亡。我的榮幸，是我很快就意識到這種死亡，而且不屈不撓地與這種死亡抗爭。如果說我是這種意義上的戰士，我倒願意接受「戰士」的稱號。

爸爸

一九九八年十一月四日

論享受黎明

爸爸：

那天在電話裏和你訴了許多苦，覺得現代女子真累，肩膀的兩側都沉重。本來一肩挑着教學研究已夠累了，現在懷孕又挑起生育孩子的重擔，更是不勝負擔。你說「五四」運動得益最大的是知識女子，運動使林黛玉、薛寶釵們走出大觀園進入社會，和男子一樣創造自己的名聲與業績，我不知道你這裏有沒有調侃的意思。「五四」運動固然使婦女的社會地位提高，贏得一次從舊倫常觀念束縛中擺脱出來的解放，但是，也使婦女的肩膀多了一副重擔，家庭的擔子之外又加上社會的擔子。人間社會到處充滿着爭執不下的悖論，說婦女進入社會是解放當然有充份理由，但說婦女還是留在鍋邊廚房裏，閒時也讀點詩書，似乎也不是沒有道理。我現在就感到婦女的雙肩挑即雙向重壓，壓得我兩腳發軟。倘若黃剛賺的錢足夠養家，我覺得自己還是當個家庭婦女為好，做點家務活之後便可以靜下心來讀書寫作，享受一點林黛玉、薛寶釵式的安靜與輕鬆。林、薛的詩社，並未進入社會，她們的佳作無需出版，但也沒有名聲之累。她們的生命其實比較完整，不像我現在，在家庭與社會的壓力下完全像是碎片，不僅時間是碎片，連精神也難以集中，人們看不出是碎片，這只不過我竭力支撐着的結果。

雙重擔子壓着，如果勤勞一點還可對付過去。可是我的天性又不是一個像你那樣勤勞的人。我有「嗜睡」的毛病，一旦睡不夠，腦子昏昏沉沉，就懶洋洋的。現在有個孩子在肚子裏，懶散更有理由。其實，我也不滿自己這種精神狀態，但總是改變不了早晨起不來的習慣。幸而上午常常沒有課，否則我更會覺得天天不得解放。這也許是小時候你和媽媽送給我的習慣，或許是我十八歲那年生了一場病後留下的問題，這種精神狀態的問題，我真需要你的「救贖」！

小梅

一九九八年十二月五日

* * *

小梅：

你喜歡睡懶覺，這都怪我小時候沒有認真地喚醒你、提醒你。我覺得這一點可能會影響你將來的成就，今天我不得不用書面的形式來補償，希望你能考慮改變一點生活方式，除了趕文章開夜車而不得不起晚之外，其他時間希望你都能早起。

我的缺點是需要午睡，長處是能夠早起。林語堂在《生活的藝術》中說晚上睡前與早晨起床後讀書的習慣使他受益無窮，這一點我很有同感。早晨讀一點，有所悟，白天裏再想想，便成了自己的知識，一旦化入心中，又成了自己的血脈心性，這種長期的積累，其力量難以估量。

不知道你讀過《曾國藩家書》沒有？他在書信中一再要求自己的兄弟要早起。他說「欲去驕字，總以不輕非笑人為第一義。欲去惰字，總以不晏起（即不晚起）為第一義。」戒驕戒惰，需要記住這兩個「第一義」，這是我常想到的話。（《曾國藩家書》第一百七十一書，咸豐十一年正月初四）曾國藩教他的子弟不離八本，即「讀古書以訓詁為本，作詩文以聲調為本，養親以得心為本，養生以少惱怒為本，立身以不妄語為本，治家以不晏起為本，居官以不要錢為本，行軍以不擾民為本」，這是他的教子八本。你已為人師表，我不敢教你，但曾國藩這八本倘若你能借鑑，當受益無窮。其中的「立身以不妄語為本，治家以不晏起為本」，實在值得我們一起記住。曾國藩該如何評價，現在和將來都還會有爭論，但人格是獨立於政治層面之外的東西，他的人格品性是值得尊敬的。他當了大官，但他告訴自己的兒子（紀鴻）說：「凡人多望子孫為大官，余不願為大官，但願為讀書明理之君子。」他說他當官二十餘年，從「不敢稍染官宦氣習。」勸自己的子弟也不要染上仕宦之家驕奢倦怠的作風，而應當「讀書寫字不可間斷，早晨要早起」，「吾父吾叔，皆黎明即起。」早起不過是一生活細節，為甚麼曾國藩如此看重，不惜一再嘮叨，最近我想清楚了，曾國藩不在乎一個人官位的高低，而在乎一個人的生命狀態。早起，正是一種健康進取的生命狀態。

你因為總是晚起，可能不太了解擁有黎明的快樂。如果你能改變習慣，每天六時起床，你就會覺得一天最美好的時刻就在黎明中。黎明中清新的空氣，柔和的曦光，都是養育心性最好的藥物，我對宇宙、人間、生活的熱愛，一大半是從黎明中獲得的。這個夏天，我每天早晨都坐在瓜棚旁邊讀書，此時，見不到太陽，但可以看到撒滿大地的晨光，在晨光中思想，會覺得天地間的一股清氣、祥氣流入書中與胸中，為我洗掉對人間的許多偏見，在這個時辰中寫作，文字也自然會減少許多躁氣，更不會有戾氣。許多妄語，都出於不清醒的時刻，黎明總是提醒我拋棄妄語。

卡繆的一段話常鼓舞着我，他說：「這道唯一的亮光，就足以使我心中塞滿迷惑的、迴旋的喜悅。……假如我心裏還感到有點焦慮的話，那是因為我想到，這無法攫住的片刻，就像水銀球從指縫間溜逝。那些想要站出這個世界之外的人，就讓他們站出去罷。我不再為自己哀傷，此刻我見到了自己的誕生。我高興地活在這世界上，這個世界便是我的王國。」這段話出自《卡繆札記》。我對黎明的亮光的感受，就是這種恐懼與喜悅的交織。我害怕它會流逝，害怕這一束給我喜悅和信心的亮光會消失。黎明的亮光，正是帶着神性的大自然的精華。

爸爸

一九九八年十二月十日

論父愛的形式

爸爸：

寫這封信的時候正好是美國的「父親節」，由於最近忙着趕寫畢業論文，竟然忘記了給你寄卡和買禮物，你不會怪我吧？雖然這是美國人的節日，可是入鄉隨俗，何況我又不在你的身邊，更是不應該忘記這一日子。不過，在我的心目中，你是一位極其特殊的父親，你不僅給予了我普通父親能夠給予的愛，而且你是我心靈上的朋友。

中國傳統的父親總是過於冷峻，不管自己內心有多孱弱，還是要樹起一個權威的形象，好像不這樣就不足以讓自己的子孫走正道、求功名、盡孝職。你不是這樣的父親。在十歲以前，我每年只能見到你一次，那時你和媽媽老是分居兩地，我也只能在等待中默默成長。住在福建山城裏的我，常跟同學們誇耀，我爸爸住在北京，見過毛主席，讓天天享有父親之愛的朋友們羨慕我。你每次見到我，總是格外寵我，節衣縮食地帶來北京的巧克力和臘肉，那都是山城中的稀罕物。你給我講故事，無論是小說中的故事，還是你自己「編造」的故事，都開了我的「鴻濛」，使我開始熱愛文學。後來我和媽媽搬到北京，你不久又成了名。雖然關心我的時間仍舊有限，可在我的印象中，我喜歡把自己的所有事情都告訴你，包括我喜歡的男孩子。惟有你的心胸可以容納我的一切，我的喜怒哀樂和我的「秘密」。你從不讓我感到那種虛假的令人生畏的威嚴，而是讓我們互相從心靈上溝通，在這兩代人的心靈和思想溝通中影響着我，塑造着我。與下一代人心靈相通的慈愛才是堅實的慈愛。

周圍的朋友們，跟我的年齡都差不了多少，但是我卻經常聽到他們抱怨與父母之間難以真正對話，父母總是單方面地要求兒女盡孝職，可並不了解自己的孩子已飄流在中西文化之間，也不了解私人生活空間父母也是不可侵犯的。我與你一直都沒有這種心理障礙，與你交流總是讓我感到溫馨。你的心靈是寬容的，當我與你辯論時，你欣賞的是我這一代不同的思維方式和我活潑的思想，你的理解讓我感到快樂，也讓我願意去理解你作為一個人、一位父親、一位學者內心的痛苦和幸福。

如果沒有你，我也許不會走上文學的道路。尤其在美國求學的這段日子裏，如果不是你的鼓勵和「逼迫」，我大概早已改行了。把自己的子弟逼上艱苦而光明的道路，逼上充滿焦慮又充滿喜悅的人生，逼上挑着重擔攀登真理的山峰，這大概正是天底下最好的父愛的形式。

感謝你終於使我愛上了文學。這一工作使我比旁人多了一個世界。這個世界如此迷人。它的最深處的內核，是真的永遠不會熄滅的人性的太陽。它的光芒撫慰着人間，也撫慰着我，叫我做人要豐富，但又要單純、善良，對人永遠不要失去信念。它讓我在充滿慾望的世界中不會迷失自我，並多了一種視力看待人生，多了一副「詩意心腸」珍惜人世間所有的真情和愛意。爸爸，你讓我欽佩的不僅是你的學識，而是你的拒絕世故與拒絕勢利的心靈。我為有你這樣一位父親而感到驕傲，也為能與你平等地在文學精神世界中漫遊而感到喜悅。在此，讓我祝你父親節快樂。

小梅

一九九八年六月十八日

* * *

小梅：

讀了你在父親節裏所寫的信，非常高興。你是在中國和美國的新文化中生長的，但仍然能對父親保持真摯的敬意和愛意，這也不容易。

在我國「五四」新文化運動中，「非孝」的觀念曾像炸彈似地爆破過。第一個提出「非孝」的，就是施光南叔叔的父親施存統先生，他是共產黨的第一代思想家。可是施光南叔叔一直很孝敬他的父親，可見人類對父輩的敬意是很難通過文化革命擊碎的。施存統先生當時提出「非孝」並非沒有理由。中國在很長的歷史時間中，確實以「孝」的名義扼殺過年輕的生命，魯迅所深惡痛絕的《二十四孝圖》中的故事就是明證。因此，當時提出「非孝」乃是「救救孩子」的一環。然而，我們不能離開當時的歷史情景而把「非孝」當作普遍的絕對原則而喪失對父輩的敬意和理解。

我希望你能把對父親的敬意推向整個父輩、祖輩，推向你的所有老師，包括教過你的老師和沒有教過你的老師，也推向從孔子和蘇格拉底開始的所有人類的思想大師與文學大師，永遠對他們懷着敬意。這樣，你就會站準自己的位置。永遠對他們懷着溫情與敬意，你將終身受益無窮。

在文化大革命中，當時的權勢者提出一切關係都是階級關係，包括父子、兄弟、師生、夫妻之間的關係也是階級關係，這才是真正的「亂倫」關係。人倫是人性文明的一部份，不可以毀掉，而師生關係也是人倫的一項基本內涵。在這一點上，台灣做得比大陸好。台灣一直保持着「尊師重道」的傳統，那種橫掃父輩師輩的造反脾氣，在台灣雖然也有，但不像大陸那麼嚴重。當代中國的陳勝吳廣，主要是在大陸的文化界裏。「造反」是捷徑，理論學術捷徑裏擠滿了聰明人。

我還很高興地知道你已從文學研究中感受到自己多了一個迷人的世界。這種感受是絕對準確的。文學確實是一個豐富迷人的心世界，這是任何物世界所不能比擬的無比精彩的世界，但只有不怕艱苦而進入它內核的人才能感受到它的大美大麗。我在《論文學的主體性》中實際上已說過，文學不僅是人學，而且是「心學」。只是這一心學與王陽明那種思辨式的心學不同，它是情感式、形象式的心學。勞倫斯說文學中也有思想，但它是有血液的思想，有思想的血液；而我們也可以說，文學乃是有血液的心學，有血液的美麗的心世界。我們有幸以此為職業，自然應當珍惜。職業中的艱辛和各種磨難，自然不應有太多抱怨。你能理解我的「逼迫」與嘮叨，把這些嘮叨視為父愛的形式，真使我高興。

爸爸

一九九八年六月二十四日

論母愛的悲劇性

爸爸：

一九九九年五月十八日，是我的人生旅程中一個最難忘的日子。我做媽媽了。

我跟黃剛給兒子起的英文名字是 Alan Huang，Alan 在英文中的意思是快樂與和諧。我們也很喜歡你給 Alan 起的中文名——黃宗煦。「宗」字既可紀念文化意義的中國，又可時時勉勵 Alan 不忘繼承家庭中的良好傳統，黃剛的外祖父馬思聰和你都為 Alan 樹立了好的榜樣；而「煦」字給人和和暖暖、如浴春風的感覺，意思與 Alan 的英文名暗合。有的朋友說給孩子起中文名可一定要小心，因為它會影響孩子的一生。我雖然半信半疑，可也不敢含糊，想來想去，最後敲定 Alan，是希望兒子將來能夠擁有一個平穩的人生。當然，追求飛揚的人生更有出人頭地的可能，可一個人若能幸幸福福、和和美美地度過一生也是極為不易的。正如張愛玲所說的「人生安穩的一面有着永恆的意味」，我就是愛這永恆的意味，放在哪個時代都是一樣的。

你曾說過，比起你這一代，我的路是很順的，沒有甚麼大悲苦，也沒有甚麼大歡樂。順順利利成長，順順利利讀書，上完小學上中學，上完中學上大學，北大畢業後來美國留學，拿到哥倫比亞大學的學位後又找到了馬里蘭大學的教職，從頭到尾都是滿順利的，雖然有點小波折，可也都算不了甚麼。在愛情婚姻方面，我也非常幸福。跟黃剛從在北大相識相戀到一起出國留學，到結婚生子，一直是朋友們羨慕的一對。我能有如此順利的人生，除了大時代的原因以外，最要感謝的是你和媽媽。沒有你們精心的培養和教育，我不可能這樣一帆風順。這些也只有到了為人父母之際，才能真切地體會到。

以前在文學作品中常常讀到有關「母愛」的主題，的確，母愛是一個寫不完的永恆的母題。冰心的作品得到廣泛讀者的喜愛，就是因為她立足於這種不受任何政治風波所侵擾的愛，給缺乏人道的時代帶來了博愛的精神。我做了母親，才發現想做一個被人歌詠的母親其實很難。對我來說，最難的是母愛中的「無條件的犧牲」。人們常說，偉大的母親之所以偉大，是因為她的愛是一種天性，全人類的母親都是一樣的，愛自己的孩子可以做到無條件地為孩子犧牲一切。令我感到慚愧的是，我恰恰沒辦法完全做到這一點。

Alan 誕生前前後後，我總是處於煩躁狀態，而且無法控制這種煩躁。我實在沒想到做母親會這麼難，要受這麼多的罪，不光是身體像吹氣球似的變得非常臃腫，情緒也隨着身體的變化而變化。懷孕時，拖着笨重的身體堅持教學；分娩時，由於 Alan 是個八磅十二盎司的大嬰兒，生得很困難。這些都還好，最麻煩的是，他出生以後，我和黃剛的生活整個改變了，覺也睡不好，書也讀不好，文章也沒心思寫，天天圍着他團團轉。好在媽媽這個暑假從你那裏趕來幫我，不然更是亂了套了。可媽媽暑假一回去，我可怎麼辦？怎麼才能像原來那樣又教書又寫作？怎麼才能找到一個合適的保姆？就算請到合適的保姆，我是否能夠專心地搞學術？我若是不好好教書寫作，過幾年很可能拿不到「鐵飯碗」。美國的現實就是那麼殘酷，稍有懈怠，便可能滑入深坑。一想起這些，就很煩。再加上我的奶水不夠，Alan 一直不停地亂哭亂鬧，他的哭聲一次次地告訴我是一個失敗的母親。而我的情緒越壞，奶水就越少。給他餵奶粉吧，醫生和朋友卻都一再告訴我母奶有免疫力，別放棄，可我試了許多的法子還是不管用，媽媽天天做魚湯、雞湯、排骨湯給我喝，還給我吃中藥，最後的效果都不佳。由於奶水不夠，Alan 每個小時都在鬧，我每個小時都要餵奶。我覺得自己已經徹頭徹尾地變成了一頭母牛，除了餵奶，就是為增加奶水而奮鬥，再也別無它想。

「母親」的形象，原來就是一頭「母牛」形象。我現在感覺最強烈的就是，我已經變成了一頭母牛，我已經不存在了，唯一有知覺的是我的乳房。我們平常歌頌母愛時，可以把它昇華，把它推廣成一種博愛的精神，但現在我才明白，母愛是很具體的愛，是日常生活中最瑣碎的愛。可憐的女人們，被這瑣碎的愛所淹沒，連頭帶腳全都沉沒，看不見自己，忘記自己，犧牲自己，這就是母愛。無論你是否想「無條件犧牲」，你注定是犧牲了。

我曾在西方藝術史的畫冊中看到過這樣的一個雕像，這個雕像叫做《威仁多夫女神》(the Venus of Willendorf)，它是舊石器時代的產物，在澳大利亞被人發掘。我被這一雕像深深吸引，同時也被這一雕像深深打動。「威仁多夫女神」一點也不美，她沒有眼睛，沒有鼻子，沒有嘴巴，沒有耳朵，她的臉部被稻草繩一圈圈地圍着，臉部像是被囚禁起來，一點個性也沒有。她的乳房碩大無比，沉甸甸地耷拉在胸前；她非常肥胖，臂部大大的，腹部像是懷孕的樣子；她沒有手，也沒有腳，但是大腿異常粗壯和結實。作為女神，她絕對不代表美，而是代表母親——永遠地懷孕着，永遠地哺育着，她生活在自己的身體裏，被自己的身體所囚禁。沒有眼睛，所以看不見外界的景象；沒有耳朵，所以聽不到外界的聲音。她是女性這一性別最本質、最原始、但又最不性感的體現。令我感慨的是，天下所有偉大的母親都像這個女神一樣，有如大地，有如大自然，充實而溫暖，是天下兒女的來源也是他們的歸宿，但母親自己卻是盲目的，看不見自己也看不見外界，只為着生育而在那裏呆呆地挺立着。

有些學者在評論冰心的作品時，曾指出她不能超越自己的性別，尤其是母性的主題，對具體的現實環境缺乏關懷。這類批評實際上仍是以男權父權的批判價值為標準，以社會批評的唯一尺度來衡量冰心的女性寫作。對他們而言，冰心的寫作不能超越自己的性別，過於纏綿在母愛的旋律中，於是不能達到所謂「偉大作品」的標準。我則不這麼看，我偏偏喜歡冰心寫作中過多過滿、過於感情化的母愛主題。我偏偏要質疑所謂衡量「偉大作品」的標準。只不過我覺得冰心作品中的女性缺少個性，她們不約而同地認同「母愛」，但這種母愛卻是社會秩序中早已規定好了的母愛。她歌頌的女性，全都認同母親的形象，全都有犧牲精神，全都為男權社會中的「崇高價值」而犧牲，她們就像「威仁多夫女神」一樣，是盲目的，盲目中自己的主體意志消失了。

你也許不同意我的想法，但我認為，只有真正體驗到了女性身體生育的痛苦，真正體驗到了瑣碎生活對女性、對母親的囚禁，才明白我們是否應當重新定義「母愛」，重新書寫「母愛」的主題。母親是否也應該有自己的個性和價值，母親不應該只是為了另一個主體而無條件犧牲的客體。她也應該像父親一樣，在愛自己孩子的同時，仍然保持自己的獨立存在。我希望母親的臉部是美麗的，是有性格的，同時也是喜悅的，不能只是為了犧牲而活着。

你曾寫過《慈母頌》，也許我也應該寫一篇《慈母頌》，為了奶奶、媽媽和我自己而寫。

小梅

一九九九年六月十八日

* * *

小梅：

你有了這次當媽媽的體驗之後，對母愛、對人生的認識就比以前深刻了。我好幾次和你說，心驗是不能代替體驗的，真正深刻的認識都是來自體驗，尤其是來自刻骨銘心的大體驗，所以我一直認為，惟有自身的體驗才是最可靠的。母愛的覺醒，母愛的發生，都來自這種痛苦的體驗。

在你走入社會之初，本該輕鬆一些去拚搏，不應立即揹上「母親」的包袱，這實在是個沉重的包袱。但我又想到，這也好，這有益你去體驗人生的一個重要方面，有益於你的人生更加完整。你將是個人文學者，這種體驗有助於你對社會、歷史、人的理解與同情。我對我們這一代人的「勞動鍛煉」，只是譴責它的強制化，並不否定鍛煉的必要。青年時代的痛苦體驗，使我對中國社會的認識大有長進，人間的疾苦也從此深深地打烙在我心靈的深處，在這種體驗中所產生的同情心便根深蒂固，甚麼力量也打不掉。我在寫作中所表現出來的全部心靈傾向，正是自己的體驗所決定的。

母愛是人生的一部份，它與整個人生一樣，帶有很強的悲劇性。一個女子，為了實現她對孩子的愛，必定要付出巨大的代價，經歷自己料想不到的各種苦痛與折磨，而且不一定能得到甚麼報償，這便是悲劇。「可憐天下父母心」這句話所以能打動人，就因為它道破了父愛、母愛值得哀憐的悲劇性。每次奶奶向我們要錢的時候，我就感到一種罪孽，一種憐憫，我常常因為沉浸在思索中而忘記日常的責任，當奶奶發出聲音時我才驚醒。你想，一個痛苦地生你、育你，把一切都獻給你的母親，在滿頭白髮的時候，還向你乞求一點養老的小錢，這不是悲劇是甚麼？即使給了錢，如現在我們每月每年都給她寄點錢，就能算甚麼「報償」嗎？就能減少悲劇性嗎？恐怕還是不能。人總是要老的，奶奶難以逃脱這種悲劇，我和你媽媽也難逃這種悲劇。我們已經看你長大到三十一歲了，但我們何曾看到你有甚麼愛我們的「行動」？只要你成長得好，我們就高興了。你恐怕也難逃這種悲劇。你不能期望你付出心血與汗水，三十年後能得到小煦的報償，不，那時他和你一樣，進入人生的另一層面，他有他的負擔，他可能已開始另一輪悲劇。我們唯一可以做的，就是盡可能保持親情的溫暖，使這種親情在人生的過程中相互滋潤心靈，這就叫做「相濡以沫」。我寫《慈母頌》也是一種相互滋潤，可是你奶奶讀不懂。「相濡以沫」

可能是唯一能減輕人生悲劇性的藥方。真情愈是真摯，悲劇性就愈淡。現代社會被金錢席捲一切之後，也正在席捲這種親情。在西方，人際的溫暖、親情的溫暖正在逐步消失；在中國，也會如此，這就使人生的悲劇性加深。Boulder 最近建造了一座新的敬老院，就在我們家對面的小橋那邊，每次我散步到那裏，都能看到幾個孤苦伶仃的老人迷惘地看着天空，我便想到人生真是難逃這場悲情。他們並不缺錢，缺的是親情該有的暖流。

所謂親情的滋潤，也就是愛的滋潤，這是母愛與子愛的互為滋潤。你想想，爺爺英年早逝，如果不是奶奶的母愛滋潤我，我的人生悲劇豈不是要從童年就開始揭幕。我的靈魂，我對人類的信賴，沒有因為父親的死亡而受傷，全仰仗母愛的滋潤。母愛的偉大，不僅表現於孕育、生產的痛苦，而且表現於後來用自己的全部身心去滋潤孩子，承擔養育教育孩子的責任，倘若孩子進入青少年時代之後走上歪門邪道，還得和孩子一起承擔罪孽。

你的母性剛剛覺醒，就感到母愛的偉大；覺醒之後，你再讀讀一些悲劇作品，感受就會與覺醒前有所不同。你就會覺得悲劇中衝突的雙方都擁有理由。賈寶玉、林黛玉的一方有充份理由，賈政、王夫人的一方也有充份理由。有悖論，有二律背反才是悲劇。年少時讀《哈姆雷特》，總是進入不了衝突的內核，現在讀來，感受就大不相同了。惟有此時，才能理解哈姆雷特的猶豫。他的復仇是多麼艱難呵。他愛他的父親，復仇是為父親復仇。父親的鬼魂糾纏着他，鬼魂的提示和哀求，是一種絕對命令。但是，在他面前，橫亙着他的母親，這個母親曾用自己的乳汁和身心之愛灌溉過他、滋潤過他。母親的清白被染污了，但母愛的偉大依然不可抹煞。哈姆雷特如果殺死仇人（叔父）便傷害母親，這種母子之愛牽制着他，使他手中的利劍沒有自由。《哈姆雷特》中的主要人物，無論是哈姆雷特本人，還是哈姆雷特的父親、母親、情侶，每個人都帶有很深的悲劇性。

你在信中說要重新定義母愛，意思是說當了母親，不能為孩子而犧牲，當了媽媽仍然要保持自己的獨立性。事實上，這並不新鮮，哪個父親母親不這樣想？這樣想，無非是想逃脫人生的悲劇囚牢。但是，我可以告訴你，這一悲劇囚牢是無可逃遁的。你既生下了孩子，你就在與世界的較量中，交給世界一個人質，這一命運的人質就一定牽制着你。一九八九年，我和媽媽來到西方，和你們姐妹倆相隔汪洋大海，我們最有獨立存在的條件了，但恰恰是在那個時候，我們最掛念你們，想念起你們時簡直有一種揪心的惆悵。父愛與母愛的悲劇在此時表現得最為強烈，明明可以「獨立」卻獨立不了，明明可以享受自由之輕，卻偏偏更深地感受到責任之重。這個時候，不管是「自由」理論還是「獨立」理論，都只是自欺欺人。這雖然是悲劇，但也恰恰證明悲劇主體是人，不是禽獸，不是遠離了子女之後便不認識子女的禽獸。人注定永遠要在自由之輕與責任之重中徬徨、徘徊、焦慮，注定要肩負自己未必願意承受的重擔，注定要為自己的子女「付出」一輩子。不過，這種「付出」，並非付出自己的事業。我和媽媽也為你和妹妹付出過，但我們並沒有付出事業，沒有犧牲自己的目標，相反，我們把這種「付出」也看作是一種自我實現。你現在能寫文章，能生孩子，人生開始放出一點光彩，我們也覺得這點光彩與我們微弱的付出有關，所以我們也很高興，並覺得我們的悲劇性人生淡化了一些，覺得悲劇中也有壯劇在。

爸爸

一九九九年六月十九日

論愛的困境

爸爸：

以前你對我說過，孩子落地，正如太陽升起。真的是這樣，在小家庭的平面上，有了這孩子，黃剛和我都覺得滿屋生輝。在孩子而前，我突然覺得自己成熟了，所有的脾氣都可以在他面前改變。

太陽升起時，揭示了黎明，揭示了早晨，揭示了新的一天將佈滿光明。而小孩的誕生則向我揭示了健康，揭示了責任，揭示了母性，揭示了我的青年時代即將結束。最後這一點，使我着急。我過去實在是不知道珍惜時間的。這孩子的到來彷彿代表造物主通知我：以後你的時間將一部份流入我的身上，你的時間將愈來愈緊，生命之愛與事業之愛的衝突將愈來愈烈。

此時，我最強烈的感覺還是愛把我推入困境。毫無疑問，我會熱烈地愛孩子，但是，他將橫站在我與事業之間，他將與我爭奪時間，他一點也不知道我的緊迫感，一點也不允許我怠慢他。過一個月，我又得教書，又得修改英文論文，時間本來就不夠，而這個渾沌而強有力的生命卻要緊緊抓住我。怎麼辦？想到這裏，我就浮躁起來，甚至恐慌起來，我怕我的書籍我的事業會全毀在這個「愛」之上。人生的困惑常常就是這樣產生的，這個小太陽就把我推入困境之中。

分娩前，我讀過池莉的一篇散文，題為〈怎麼愛你也不夠——獻給我的女兒〉。這篇紀實性的散文，沒有做過母親的人，沒有親生經歷過人生這一大變動的人，是寫不出的。比起池莉，我不知幸運多少倍。她從懷孕，到孩子出生，到請保姆，到找房子，每一步都是那麼地艱難。我實在應該感謝她精彩的「新寫實主義」的文筆，細細地不厭其煩地記錄下一個母親生活的本原狀態。雖然只是她個人的經歷，可是她為天下所有的母親寫了一個共同的「傳」與「史」。母愛是一個全人類的超種族超個人的母題，可同樣是寫母愛，池莉寫的母愛，不是抽象的，而是真實的，生活的，個人的。這樣的母愛，雖然少一點詩意，可卻觸摸到了每一個母親的心靈。她的散文裏有這樣的一段話：

我懷抱女兒，坐在陽台上餵奶。這是我最安穩的一刻，我在這片刻裏常常前思後想，發現現實生活擊碎的東西太多太多了。而且某一現實可以從一點出發，擊中我們四面八方的浪漫，也可以超越時空，擊向歷史和將來。

有一點是可以自慰的，作為作家，苦難的日子裏常可以得到許多對生活真面目的認識。

原來愛本來就是一種困境，是生活的賜予，也是生活的重擔。伴隨着愛的，除了喜悅之外，竟有這麼多的束縛、焦慮、恐慌、無奈、迷惘。跟池莉一樣，經歷了這一場做母親的滋味後，才認識了生活的原質。現在，回過頭來看自己以前寫的詩句，也才真正體會到甚麼叫「為賦新詞強說愁」了。

小梅

一九九九年七月十五日

*　*　*

小梅：

「愛總是把人推入困境」，這是你的一個很重要的體會。有了孩子之後，你的一切，包括時間，都被孩子所佔有，於是，你着急、焦慮，這都是正常的。我還要告訴你，這才剛剛開始，以後你還有許多苦要吃，你一定要有更充份的心理準備。你在上一封信裏說：愛，孩子，已把母親變成母牛。不錯，孩子將要使你的生命繼續變形，變成保姆，變成奴隸，變成牛馬，變成愛嘮叨的「小媽子」，變成神經過份敏感的「小巫婆」。你要小心。但只要你有心理準備，也可避免。

你提起愛的困境，這很有意思。現在你正好沒事，我想借題發揮和你聊聊。愛的對立面未必是仇恨，恨中其實有着熾熱的愛。愛的真正對立面可能是冷漠。我所以常常為文化批評辯護，就是看到批評乃是一種參與社會的熱情，即一種對社會的關懷與愛。在中國現代作家中，沒有一個像魯迅那樣愛中國又那樣恨中國，魯迅的憎恨，是恨其阿Q式的同胞的不爭，自然更是憎恨那些吞食同胞的黑暗的鬼蜮，這恨乃是愛的深刻表達形式。因為愛憎的交融，大愛者便常常陷入憎惡和被憎惡的大困境之中。我一直把十字架視為愛恨交叉的困境。大愛者被釘在十字架上，這是人間的無可逃遁的悲劇。

冷漠把自己置之度外，倒不會陷入困惑。人到年紀大的時候，就容易冷漠，那是因為愛的減退與消亡。所謂成熟，也往往是冷漠。與冷漠不同，愛總是熱烈的，熱烈地擁抱是非、擁抱苦難、擁抱善惡，因而，也總是不滿、不平。這個時候，生命在燃燒，但愛也就陷入種種困惑之中，人間的是非、善惡並不那麼簡單，並非只有黑白兩面；而且真實的東西往往被掩蓋着，我們往往看不清。像奧賽羅這樣的大悲劇，不是善惡的倫理困境，而是人類生來就無法看清真實的困境，也就是大愛者的盲目與盲心。莎士比亞是人類文學史上最偉大的作家，他的悲劇《哈姆雷特》所以成為舉世公認的經典，就因為它從多種角度揭示了愛的困境。愛把哈姆雷特抛入各種愛的交織之中，在要不要為父親復仇的背後是各種愛的衝撞，當他舉起為父親復仇的寶劍時，他立即陷入把寶劍指向母親的危險。米蘭．昆德拉把小說視為對人類生存困境的某種答問，甚有道理。所謂學問，也可以說是對愛的大困境的領悟。

叔本華說人在本質上是一場悲劇，悲劇之源是慾望。而我寧可把這個悲劇之源視為愛。人總是努力去愛，但往往不能愛其所愛，而如果能愛其所愛，又總是被所愛者推入困境，甚至推入絕境。林黛玉就被所愛者推入絕境。愛得最深，悲劇性也最深。《奧賽羅》中苔絲德蒙娜，她是一個貴族之女，她高貴、高潔、美麗、正直，她的愛是人類一種最難得的戰勝種族偏見、門第偏見和美醜偏見的大愛，但她卻被自己所獻身的愛者所殺戮，這便構成千古不衰的一種震撼。這是愛把她推入死境的大悲劇。不過，當奧賽羅也自殺的時候，她的靈魂也會從死境中走出來。妃格念爾常使我聯想到俄羅斯知識分子的悲劇。十九世紀的俄國知識分子，十二月黨人，他們很多人出身貴族，其中也有女子。《俄羅斯的暗夜》的作者妃格念爾就是一個。他們出於對祖國的大愛，拋棄了貴族生活，為一個愛的目標獻身，但他們一個個被流放，被送上斷頭台，最後他們的革命並沒有改變俄羅斯的貧窮與專制。直到現在，俄羅斯仍然翻不過身來。俄國知識分子的悲劇性實際上比中國知識分子的悲劇性還要深刻。

就我個人來說，何嘗不是因為愛而陷入困境的悲劇。在國內時，我可以說是帶着感激的心情去愛自己的國家和自己的同胞。在我成名之後，許多朋友勸我要小心謹慎，只要小心，一定前程無量。可是，我哪能想到世俗意義上的所謂前程。我只是帶着愛不斷前行。但是，到了一九八九年，我終於陷入愛的困境。要從困境中擺脫，也只有出國。我所寫的文字，所提出的觀念，從總體上說也是出於愛，但卻招惹那麼多的批判與憎恨，這不是悲劇是甚麼?!

愛會把人推入困境，也會把歷史推入困境。我對李澤厚的思想最欣賞的是歷史主義與倫理主義的悲劇衝突。倫理主義講的是善，是他愛；但是，歷史的前進又不能不犧牲一些人的利益，不能不藉助魔鬼——人的慾望為動力，從這個意義上説，歷史確實是無情的，也就是説，歷史一定會在愛與踐踏愛的悲劇中前行。愛注定要陷入二律背反的困境之中。

爸爸

一九九九年七月二十三日

論嬰兒狀態

爸爸：

剛才我坐在電腦屏幕前開始寫作的時候，小煦「哇」地哭叫起來，我不忍心，走過去在他腮邊一吻，他竟然立即停止哭泣，立即沉靜下來。兩個多月的嬰兒，已能感知母親的愛，真是奇蹟。嬰兒最傻，但感覺也最靈。這是天生的沒有人間知識參與的感覺，這種感覺的年齡只有幾十天，但它卻準確無誤地辨別出注入他身上的感情流。

剛才這一體驗，使我興奮不已，並想到：沒有人間知識參與的感覺，是最真最純的感覺。如果一個人在「學」飽知識之後，能夠回到這種嬰兒狀態，仍然具有一種純粹的、毫無雜念的人性第一感覺，那真是一種幸福。想到這裏，我對你最近幾年一再思考童心、作「返回童心」的努力便有了深一些的了解。老子在他寫《道德經》時已經對宇宙人生瞭如指掌，用時行的話說，他已經「洞察一切」了。但是，他卻在洞察一切之後回歸嬰兒狀態與保持嬰兒狀態。他在第二十章中說：「荒兮其未央哉，眾人熙熙，如享太牢，如春登台。我獨泊兮其未兆，沌沌兮如嬰兒之未孩，儽儽兮若無所歸。」意思是說眾人熙熙攘攘，在進入狂歡節的時候，我渾然獨處，像個混沌未鑿的嬰兒。而這種嬰兒狀態，恰恰是他與俗人不同的所在，也是他自己的身心嚮往的歸宿，所以他說：「專氣致柔，能嬰兒乎？」

你在海外將近十年，但我從未聽過你一句怨天尤人的話，尤其是最近幾年，說話作文更是平和，而文學感覺和藝術感覺卻更為靈敏，對此，我也曾想過這是為甚麼？今天突然想到，你是回歸嬰兒狀態，即贏得一種最好的心靈狀態與感覺狀態。這種狀態使你潛藏的能量釋放出來，就像嬰兒的啼哭一樣，發自最真實的身心深處。你的確是一個很幸運的人，竟然能回到這種狀態。現在人都變成比較世故，連我的同齡人「世故」的也很多，而你卻沒有被世故所佔有，既沒有被各種艱難困苦的命運所壓倒，也沒有被各種誘惑所歪曲，依然保持一種表面上「沌沌兮」實際上感覺最靈敏又最純真的狀態，你自己應當為自己高興。

前兩天和媽媽、黃剛談聖經，我說上帝禁止亞當、夏娃吃智慧果一事，永遠會有爭論，這是一對永恆的悖論。倘若不吃智慧果，我們今天的人類還是處於蠻荒狀態，與猩猩、猴子的生活相去不遠，誰願意過這種日子？但是，吃了智慧果之後，先不說是果核變成了原子彈、氫彈，單說人變得世故、狡猾、虛偽，就是巨大的代價。知識分子比一般人吃了更多的智慧果，飽食之後多數都自我膨脹，膨脹到最後，成妖成精的也不少。倘若沒有成妖成精，能保持孩子狀態的似乎也不多。我害怕自己不斷吃智慧果，從東方吃到西方，將來有一天也會成妖成精，害怕果核也在我身上長出臭架子和各種鬼魔脾氣。媽媽說我在胡說，可我真的有此擔憂。不過，能警惕在先總是好。

剛才小煦在搖籃裏又哇了一聲，這一聲是輕輕的，不是抗議，他大約很贊成我今天所寫的話。

小梅

一九九九年八月一日

* * *

小梅：

你所說的「嬰兒最傻但感覺最真最靈」，很有道理。老子的「沌沌兮」也是一種憨傻狀態，但他卻又是感覺最靈敏的狀態。他的五千言道德經，讓後人闡釋不盡。他對宇宙、自然、人生的感悟內容，至今我們讀起來還感到新鮮。他的回歸嬰兒狀態，就是一種大徹悟。尼采在本世紀初才說出回歸「嬰兒階段」的話，比老子晚了三千年。老子極端地說出「絕聖棄智」的話，認定棄絕智慧，對百姓有百倍的好處（「民利百倍」）。以前我完全無法理解，今天，我倒想到，知識與財富一樣，積累得太多太飽的時候，也會危害身心的健康。財富太多，會危害人的靈魂，這一點容易看到，但知識太多也會危害人的靈魂，則不容易看到。許多做學問的人，到最後不僅無法從學問中跳出，而且變得非常冰冷、世故，以至世故大於學問，就是被知識所危害。所以我覺得最幸運的學者是他獲得知識並由此獲得對宇宙、社會、人生的穿透力與洞察力以後又有力量返回嬰兒狀態。這是在時間形式上向過去回歸而在實質上則是向未來前行，所以我稱之為「生之凱旋」。但這種回歸極不容易，這意味着要放下艱苦拚搏而得來的許多東西。人總是樂於眷戀已經獲得的名聲與地位，「太牢」（盛宴）與「春台」（舞台）總是使人終身追求不厭。

嬰兒狀態就是自然狀態。嬰兒就是大自然，嬰兒的啼哭是一種天籟，所以他一啼哭，你就會聽到大自然的召喚，有所感動。少男少女，也是一種大自然。曹雪芹在《紅樓夢》中把少女比作清水，那是大自然的清新與清純。結婚之後，人進入社會，便失去自然。人的生命活力與靈魂的活力，本來也是一種自然力，但是在獲得知識之後，也可能被各種本本吸盡自然的活力而變成教條主義者。我很喜歡海德歌爾的「永恆的活火」這個哲學意象，我也把它理解為人的存在活火，先於本質的自然的活火，回歸嬰兒狀態，可以讓這種活火繼續燃燒。正是這樣，所以也可以說，只有回歸孩子狀態，快要消失的生命才能重新釋放出它的能量。世故的人，一定無法實現這種釋放，他們的才華已埋葬在「看透紅塵」的消沉之中與被「豐富經驗」所蠶食之中。你看出我的心靈狀態還好，如果我再給你作註，那麼，我就要告訴你，好的明證就是生命的能量還繼續像幼年時代那樣尋求發散與放射，並無死亡跡象。

這些年，你妹妹和我們住在一起，帶給我很大的愉快。我喜歡你妹妹陪伴着，並不是特別寵她，而是覺得她便是大自然，至少可以說，她與自然緊緊相連。人在嬰兒時期、少男少女時期與外部自然有着更多的聯繫。他們喜歡天空、海洋、大地，沒有甚麼少男少女是喜歡被困在書齋裏的。你妹妹一直在讀書，一面受知識的重新塑造，一面則天真地保持着自然狀態。在社會中，人和自然需要有一定合理的比例，人才能保持靈魂的健康。紐約的比例就有點失調：人太多，自然太少。我們這裏，人與自然的比例正好，所以玩起來很愉快。在家庭中，人與自然也得有個合理的比例較好，全都是「知識老人」，沒有孩子與少年，就會因為缺少自然氣息而損害身體與靈魂的健康。《紅樓夢》中的榮國府，林黛玉、晴雯、鴛鴦等少女一死，府中便缺少大自然，就更讓人感到窒息。隨着年齡的增大，人的身心之內那些自然部份就會逐步退化，離大自然愈來愈遠。所謂修煉，不是別的，正是修煉保持嬰兒狀態，不斷開發自己身上和自然聯繫的部份。不是愈煉愈世故，而是愈煉愈天真。聰明人能修煉到有點傻就好了。

爸爸

一九九九年八月四日

論安逸

爸爸：

休息三個月之後，我精神好多了。娃娃一墜地，我就有一種解放感。懷着另一個生命，雖有自豪感，但畢竟沉重，這回把擔子放下，身體輕鬆了許多。生命（我）可以產生生命（娃娃），生命（娃娃）也可以改變生命（我），這十個月，我簡直被這一傢伙所主宰、所改變。現在我不讓他改變，他竟哇哇大哭，哭聲好響。

你所說的出身於何處和避免被安逸所誤的道理，我也很有感受。我雖還努力，但不如你用功，內心還是怕苦得很。娃娃的環境更好了，倘若比我還怕苦，還「貪圖安逸」，恐怕就沒出息了。所以我們都不要太寵他，尤其是你。小時候，你唸着魯迅的「俯首甘為孺子牛」，還果真讓我和妹妹騎在你背上，你以後可別這麼寵小煦。

說起生長環境，我便想到小煦一兩歲之後，放到你們那裏可能最好。科羅拉多高原上的山水真能陶冶人，我在那裏讀書時，就覺得 Boulder 的地氣特別好。這些年讀你的散文，更覺得你文中含蓄着那裏溫厚的地氣。我希望小煦能在這種吉祥之地生活。

其實，我跟妹妹的人生觀是不同的。我一直抱着「悲劇哲學」的觀點，而妹妹則傾向「快樂哲學」。這大概是因為我們倆生長的環境不同。我上北大的時候，中了太多叔本華的毒，認定人生本是一場悲劇，我們每個人毫無選擇地被拋到這個世界，既無奈又茫然。那時，我又正好屬於失去信仰的一代，尼采宣佈上帝死亡了，而現代主義小說展示的又全都是人的困境，想來想去，人生真如「等待戈多」一樣荒謬，而且充滿了「二十二條軍規」，我們人類無論怎樣努力都走不出這一怪圈。這樣越想越走進死胡同，幾乎無以自拔。我們班上就有位年輕詩人戈麥自殺了，死時才二十歲出頭。我們八五級文學班，詩人尤其多，抱有人生悲劇想法的人也很多。好在我當時常常與你討論，你積極的人生態度讓我改變了許多。我記得你說過，看到人生的荒謬固然是對的，但要有勇氣反抗荒謬，不能過於消極。不錯，人生即使真的完全是一場悲劇，我們也要精彩地把它演完。

妹妹十三歲來到美國，從小在國外長大。她很善良，心地很好，但有時過於天真。在美國，有句口頭禪，就是要「享受人生」（enjoy life），妹妹就是覺得應當享受人生的人，所以她比我活得輕鬆。信奉快樂哲學的人，是熱愛生命的人，大多數美國人都跟妹妹一樣，很有李白的酒仙氣質，「千金散盡還復來」，抓緊時間體驗人生中每分每秒的快樂。但是，正如你有次批評她的，傾向「快樂哲學」的人，一遇到挫折就垮了，因為生活過於安逸，就沒有作好足夠的心理準備正視人生的陰暗面。

我和妹妹很幸運能生活在這樣的一個家庭裏，雖然生活不富裕，但你和媽媽都那麼疼愛我們，而且時時有你能做我們的精神嚮導。我同意你說的，「安逸」其實是瓦解人的最可怕的東西。不過，我認為，更重要的是父母對孩子的引導。不同的人生觀，會產生不同的生活態度。在美國，生活確實很安逸，但有一部份美國人還保留一些清教徒的傳統，兢兢業業，勤勞節儉，照顧家庭，追求完美的精神生活。這些美國人雖然也很懂得享受人生，但更懂得珍惜人生和勤奮上進。本傑明·富蘭克林就是一個實事求是、看重品行的新教徒。他說，世上有十三種有用的品德：不喝酒、沉默、有條理、果斷、儉省、勤奮、真誠、公正、溫和、清潔、安寧、貞節和謙遜。可惜，一些過於追求自由主義的美國年輕人，已經逐漸拋棄了這一良好傳統。

小煦將來的生活會比我們都安逸，所以我和剛剛更得好好教育他。但願將來你也能幫我們教育小煦。剛剛希望他信基督教，這樣以後在精神上有所依託，這點我也同意。另外，我想培養他的獨立精神，這在美國是很重要的。很多美國父母，在孩子十八歲時就讓他去外面闖蕩，我想是怕他太眷戀安逸，失去獨立生活的本領。還有，我和剛剛將來一定要跟小煦好好溝通，這是教育孩子最好的途徑，就像我和妹妹甚麼話都願意告訴你，你也就能替我們「排憂解難」了。

小梅

一九九九年九月二十三日

＊　＊　＊

小梅：

你妹妹把你分娩前後的錄像帶放給我看了。看了我直想落淚。你提着大肚子還要講課，分娩後眼睛腫成那個樣子，我實在不忍多看。以前你和妹妹出生的時候，我並不知道你媽媽分娩的情況。這次看了你的行狀，才更了解當母親不容易。不過，不經過這場痛苦，母性是不會覺醒的，也不會真的了解母親的艱辛。

從錄像帶裏看到娃娃胖胖的樣子，實在可愛。此時我想到，他出身在你和剛剛這樣一個家庭（我和媽媽、妹妹當然也是其家庭背景的一部份）是非常幸福的。你和剛剛，一個從事經濟，一個從事文學，家境富裕而又不缺精神之源。和你出生時大不一樣。你出生的時候，我和媽媽雖然已經工作，但工資合起來只有一百元人民幣，家分兩地，還要養活奶奶和關照外公一家，實在非常艱難。然而，你童年時代的家境也成就你，使你知道民間的疾苦，父母的艱辛，也使你知道用功奮發，從而也才有你今天。這都是「安逸」二字在你的童年、少年、青年時代未曾伴隨你。「安逸」其實是瓦解一個人的最可怕的東西，但你避開了它。你現在一天不工作，就不安，說明你已把「享樂」移到事業上了，與人間那些貪圖安逸的人大不相同。而娃娃出生在這樣一種環境，就很難嚐到人間的苦味了，將來他很容易陷入安逸之中。一陷入安逸，就難免平庸，這點既然想到了，也就順便說說。昨天我問你妹妹，你喜歡出身在我們這樣的家庭嗎？她說喜歡。我問為甚麼？她說她不願意出身在極端的家庭，即不喜歡出身在宮廷貴族之家，也不喜歡出身在極端貧窮之家，而我們乃屬中等之家。其實，極端貧窮之家很能錘煉人的意志。我的青少年時代就生活在極端貧窮之中，這一經歷使我受益無窮，至今我還有兢兢業業，一天到晚伏案讀書、寫作十幾個小時也不覺得累，全得益於少年時代的貧寒。你曾說，你們這一代人和我們這一代人最大的區別在於我們有「沉重的使命感」而你們沒有。而我要說，最大的區別在於你們沒有經過磨難，而我們卻經歷了許多磨難，從身體到心靈都飽經磨難。磨難真可造就人的靈魂。在美國十年，我看到美國的物質文明高速發展，但文化卻處於低迷狀態，年輕人從身體到性情都顯得粗糙，這顯然與他們的生活過於安逸、缺少磨難有關。

分娩後是身體最弱的時候，你不要看書，只可閉目養神。

爸爸

一九九九年九月二十六日

論人性與佛性

爸爸：

這幾天李陀叔叔到紐約，他和我談了許多文學問題和作家故事。他說在他認識的中國作家中有兩個人具有佛性，一個是你，一個是王安憶。聽到這一說法我很高興，不過，我對佛學一點也沒有研究，只知道佛的慈悲與寬容。

在我心目中，一個人要具有佛性，首先應該先具有人性。把愛推己及人，把人道關懷徹底化，也許就接近佛性。在學界，人們談到人道主義時不免小心翼翼，因為當西方霸權主義試圖以其話語擴充、合併及主宰第三世界時，資本主義的人道主義是它征服世界的手段之一。如果用話語權力的關係來分析人道主義的話，那麼人道主義在殖民與被殖民的語境裏並不是透明的，而是屬於西方霸權話語的一部份。不過，我覺得談論人性沒有必要守着傅柯的概念不放，我相信人道主義精神是一種基本的、人類需要擁抱的價值。

李陀叔叔的大女兒、也就是我的好友那日斯最近在《讀書》上發表了一篇關於建築的文章，題為〈阿爾瓦．阿爾托：現代建築中的另類〉，談的正是人道主義在現代主義建築中的意義。世界著名的芬蘭現代建築師阿爾瓦．阿爾托在二十世紀二、三十年代很早就開始實踐現代主義，但是，當他成為現代主義者時，並沒有盲目地照搬柯步西耶「從零開始」的革命口號，反而注意到現代主義建築對人性的撲滅，以及對歷史、傳統、自然和文化的拒絕。所以，他很重視如何在「現代」的同時還具備人性。他認為「建築師的任務是重建一種正當的價值秩序」，「建築師的任務也是將機械時代人性化」。雖然他自己的作品很有現代氣息，可是他很強調建築中的人道精神，他說：「只有當人處於中心地位時，真正的建築才存在。」而且，他批評道：「現代人，尤其是西方人，被理論分析影響得太深，以至於他的自然洞見力和即時接受力已經非常薄弱化了。」

我很喜歡那日斯的這篇文章，因為她找到了一個極好的範例說明優秀人性與人道關懷永遠是需要的，即使是在現代式的建築物中也應有這種關懷，更不必說文學了。她的這篇文章也讓我更理解你對人道主義的堅持，更理解你的一些理論看法。你一直把文學的中心看成是「人的存在」，雖然喜歡現代語言的敍述方式，卻不喜歡一味玩語言玩技巧、墮入「語言陷阱」中的文學作品。這些觀點都是因為你認定文學一定要有深厚的人性內涵與人道關懷的內涵。

我所講的這些，都是一種認識，而真的佛性，卻並非認識，而是心靈。李陀叔叔所說的佛性，一定也是指心靈屬性。那麼，作為心靈屬性的佛性，它既有優秀人性的基礎，但又超越人性並照耀人性。人性太脆弱，人要戰勝自己身上的人性黑暗面，恐怕還是得借助一點佛性的光明。說到這裏，我不敢再妄談下去了，只覺得自己距離佛性實在太遠。

小梅

一九九九年一月二十三日

＊　＊　＊

小梅：

李陀談的是佛性，而不是佛學。對佛學我也沒有研究，只有一點常識，我也不想和你談這些常識。李陀只是借用「佛性」概念說明某種性格特點，你不要鑽牛角尖。不過，我想藉此和你談一點人的情懷。

我在幾篇文章中都說過這樣的意思，中國當然也缺少文化知識，但是更加缺少文化情懷。我為甚麼喜歡蔡元培、胡適，就是他們的文化作風很好，有了成就有了名聲之後仍然很謙虛，不稱霸，不隨便說長道短，挑剔人家的缺點。蔡元培的「兼容並包」，既是一句口號，又是蔡元培本身的性格，這一性格也可視為佛性。學術界中人常喜歡褒此抑彼，十分尖刻，但蔡、胡不這麼做。原來攻擊胡適的人很多，我讀了這些攻擊文字之後更尊敬胡適。攻擊者選定胡適來打擊，只是他們的一種藉以抬高自己的策略，而他們的成就與人品卻遠不如胡適。錢穆先生的著作有七十多部，我只讀了二十部左右，而他的一句話留給我特別深刻的印象，就是對待我們過去的歷史，要有一種溫馨與敬意，要有一種理解的同情，我想，這就是佛性。這與流行的追究歷史罪責的態度完全不同。把知識變成權力，甚至變成霸權，這就更談不上佛性。有了名聲之後，人往往會變態，以為自己真了不起，這就中了魔了，原先好端端的人性也染上了魔性，這一點我們實在應當警惕的。茨威格有一句話給我很大的教益，他說：「……一旦有了成就，這個名字就會身價百倍。名字就會脫離使用這個名字的人，開始成為一種權力、一種力量、一種自在之物、一種商品、一種資本，而且在強烈的反衝下，成為一種對使用這個名字的本人不斷產生內在影響的力量，一種左右他和使他發生變化的力量。」他還說：「頭銜、地位、勳章以及到處出現的本人名字都可能在他們的內心產生一種更大的自信和自尊，使他們錯誤地認為，他們在社會、國家和時代中佔有特別重要的地位。於是他們為了用本人的力量來達到他們那種外在影響的最大容量，就情不自禁地吹噓出來。」茨威格認為有了成就並非注定要落入這種魔窟，他說：「一個天性對自己持懷疑態度的人，他就會把任何一種外在的成就，看作一種恰恰要在那樣微妙的處境中盡可能使自己保持不變的責任。」茨威格這些話寫在《昨日的歐洲》的〈又回到世界上〉一節。這部書由三聯出版，你一定要找來讀讀。如果你記住茨威格這些話，你就不會淺薄地翹起尾巴，也不會貌似高深而實際上非常幼稚地自我吹噓。

我對一些比我年輕十歲、二十歲、三十歲的朋友本來是有所期待的，但這十年來我對他們卻常常失望。這不是他們的文章寫得不好，而是他們寫了一些文章和一點著作之後就自我誇張起來，就說別人不行。對別人的長處感覺非常遲鈍，而對別人的弱點卻感覺非常敏銳，這就堵死了自己接受他人長處的路子。如果說有甚麼佛性的話，我想最重要的是應當放下自己的已經變成權力與資本的名字，謙遜地開放自己的胸襟，容納他人的長處。佛性的確不是認識，不是知識，而是心靈，是性情。知識講究邏輯，講究深淺，而心靈與性情卻無所謂深淺之分。母親的眼淚，愛人的眼淚，你說它很淺，但也很深。人間關懷，美好心地，你說它很淺，但也很深。佛性中的寬容慈悲，也是如此。給你回這封信，也是希望你能對別人的長處保持敏感，而對於別人的短處，則不要那麼聰明地看得那麼清楚，還是傻一點，迂一點，遲鈍一點，謙虛一點為好。謙遜，虛懷若谷，騰出心靈空間容納萬象萬法，這倒是與佛經中所講的「空」性相符。

爸爸

一九九九年一月二十六日

論智者大忌

爸爸：

昨天你在電話中説，人不可太聰明。所有取得大成就的人都是並不愚蠢但又不是太精明的人，我覺得很對。這使我想起《射鵰英雄傳》中的大英雄，金庸筆下的郭靖，他很傻，沒有心機、心術，沒有人生技巧與策略，然而，他學到了天下最高的武藝——「降龍十八掌」，成為頂天立地的武林巨人，而他的伴侶黃蓉雖然聰明，卻沒有郭靖的那一股執着的傻勁，所以她只學到了撥弄「打狗棒」的粗淺功夫。我雖是個女性，但也不能學黃蓉，還是得學郭靖。只是郭靖的心性，也不是容易學的。

記得你講《紅樓夢》時，一再讚美賈寶玉的傻勁。這位貴族子弟，不懂得享受貴族的榮耀與世俗的「幸福」，卻老是對着人間的不平發呆。他的這份呆氣與同情心，看來是傻，但內裏卻是對人間的大關懷。這是他修煉了無數年代，棄絕了石頭的冰冷，才有了這份熱，這份愛與慈悲。事實上，賈寶玉比誰都聰明，不必説與那些酸秀才相比，就是與他的父親、叔叔、堂兄弟相比，也是高出他們千百倍，但他在世俗的眼中，卻是一個呆子、一個傻子。所謂大智若愚，賈寶玉就是典型的例證。有知識的聰明人，孜孜以求，矻矻以修，修煉到最高的境界，似乎並不是修到「洞察一切」的極度精神，而是修到有點傻，有點拙，你説是嗎？

小梅

一九九六年二月六日

* * *

小梅：

讀了你的信，想起古羅馬哲學家、政治家（也是悲劇作家）塞內加說的一句話：「精明過頭，乃智者大忌。」這句話可以作為座右銘。你本來就不精明，也許不需要用這句話提醒你，但能記住也好。記住了，就會記得做學問（包括寫作）只能下笨功夫，不能老是去找甚麼策略和捷徑。在捷徑上堆滿取巧者的屍骨，只是我們看不見。

人確實有聰明人與愚人之分。以《紅樓夢》中的人物來說，除了傻大姐之外，像薛蟠、趙姨娘等恐怕只能歸為愚人之列，而林黛玉、薛寶釵、王熙鳳等自然屬於聰明人之列。然而，在聰明人中則有四種不同狀況，第一種是有智慧的人，林黛玉、賈寶玉正是這種人；第二種是聰明人，如薛寶釵等；第三種則是精明的人，其典型是王熙鳳；第四種是機靈鬼，乃是小聰明的人。第一種人能感悟宇宙人生、歷史文化，身心深厚，卻容易被人視為傻子；薛寶釵雖是很聰明的人，卻沒有大智慧，她的聰明乃是會做人，結果落入了世故。比薛寶釵更聰明的是王熙鳳，可是，她卻聰明過頭，成了精明。精明是特別會算計，甚麼都在自己的股掌之中。精明已不太妙，倘若精明過度，就會危害自己。王熙鳳最後就是這個下場，所以曹雪芹給她的命運詩示是：「機關算盡太聰明，反算了卿卿性命。」《紅樓夢》中還有一些聰明人，如小紅等，是聰明中較低級的巧人，只能算是機靈鬼。學界裏的機靈鬼一多，投機取巧之風就會盛行。痞子、流氓、無賴，都不笨，但都是一些耍貧嘴的機靈鬼。《三國演義》中的諸葛亮、曹操都是屬於具有大智慧的聰明人，可惜身在政治場上便生出許多心機。曹操不喜歡楊修，恐怕是他覺得楊修精明過頭。

在人類精神價值創造中，有大智慧的人便創造出一流作品，如荷馬、但丁、莎士比亞、歌德、托爾斯泰、陀斯妥也夫斯基等都是屬於這種創造境界。歷來聰明的作家很多，但有大智慧的作家不多。聰明的作家只用頭腦寫作，而具有大智慧的作家，除了用腦，還投入全生命，全心靈。聰明過頭，就會拋棄心靈，還就頭腦，就一定寫不出好作品，甚麼都算計清楚了才動筆，甚麼靈感都被算計所撲滅，還有甚麼精神創造？然而，創作生態環境一旦惡劣，文化專制一旦嚴酷，就會產生一大群既精明又機靈的作家，這種作家對環境的適應力極強，大部份才氣都用在應付「安全」上，只剩下一點點才氣說實話。本世紀中國文壇上出現了一批這樣的「巧作家」，但都未能成為大氣候。

有大智慧的文學，除了文字好之外，還有兩項一般聰明的作家缺少的東西：一項是文字之中的大關懷；一項是文字背後的大視角，即哲學態度與內在視野。這兩項都是文學背後的大文化。有這兩項，就不怕人家說自己笨，文章也不怕「拙」。文章怕的是「弄巧成拙」，倒不怕自然之拙。自然之「拙」中常常有「大巧」在，也就是渾然天成的大智慧在。

塞內加所說的過度聰明乃智者大忌，與莊子的自然思想相通。莊子講真正有大智慧的聖人、至人、真人等，都是一些知道「大寧」即大自然之理的人，而不是一些靠人為取巧的人。過度聰明，人為性太強，反而落入小知之道，而忘記「大寧」的境界。莊子說：「小夫之知，不離苞苴竿牘，敝精神乎蹇淺，而欲兼濟道物，太一形虛。若是者，迷惑於宇宙，形累不知太初。彼至人者，歸精神乎無始，而甘冥乎無何有之鄉。水流乎無形，發洩乎太清。悲哉乎！汝為知在毫毛，而不知大寧。」這段話，陳鼓應先生譯得很好，且抄錄給你：「凡夫的心智，離不開應酬交際，勞弊精神於淺陋的事，還想要普濟群生引導眾物，以達到太一形虛的境界。像這樣，卻是為宇宙形象所迷惑，勞累形軀而不認識太初的境況。像那至人，精神歸向於無始而沉湎於無何有之鄉。水流於無形，動作純任自然。可悲呵！你的心智拘泥在毫毛的小事上，而不知道大寧的境界。」我說人與文章不怕「拙」，就是能保留太初的混沌，文字自然地從這原初的精神故鄉中流出，絕不賣弄技巧與學問。

聰明過度，所以是大忌，用莊子的語言來表達，就是徹底地打破了從母親身上帶來的那片「渾沌」，即與生俱來的那一片天真。教育，灌輸知識是必要的，但不可粉碎這片天真。莊子在《應帝王》篇所講的「渾沌」不可開鑿的故事就是這個意思。（南海之帝為儵，北海之帝為忽，中央之帝為渾沌。儵與忽時相與遇於渾沌之地，渾沌待之甚善。儵與忽謀報渾沌之德，曰：「人皆有七竅，以視聽食息，此獨無有，嘗試鑿之」。日鑿一竅，七日而渾沌死。）要人永遠不「開竅」，這是過份了，但說人天性中的天真不可開鑿，讓它保持「渾沌」狀態卻很有道理。詩人之所以是詩人，就是至死他們都保持着原始宇宙賦予的一點渾沌狀態，拒絕人間的世故、勢利侵蝕這片渾沌，也拒絕聰明伶俐開發這片混沌；因此，他們始終守住善良與正直，始終擁有赤子之心和赤子情懷，所吟詩篇也達到聰明人不可企及的境界。可惜我們這些「現代人」，知識愈多，離人的原始本真狀態愈遠。我真不知道人是在進化還是在退化。

爸爸

一九九六年二月九日

論不隔之境

爸爸：

在科羅拉多大學讀書時，我寫過談論王國維的文章，事實上是一次「作業」。幸而是英文寫作，倘若用中文，你一定會笑我淺陋。我當時確實想得不深，但對境界說卻很認同。你曾說，人與人的差別，詩文與詩文的差別，最重要的是境界的差別，這種想法大約也是來自王國維。

從科羅拉多到紐約，從紐約到馬里蘭，輾轉七、八年，我學業上有所長進，對「境界」的領悟可能也會比以前深些。你昨天在電話裏說領悟境界說，最要緊的是領悟「不隔」二字，即領悟「不隔之境」。我聽了之後便聯想得很多。王國維說「語語都在目前，便是不隔」，「池塘生春草，空樑落燕泥」等二句，妙處唯在不隔。這正是詩詞的第一要義：必須「形象」。也就是說不能被理念、概念所隔。如果用典故太多，也會被典故所隔。文章所以不可賣弄，其實也與此有關。一賣弄就會被詞章和所玩的各種「技巧」所隔，反而掩蓋了真情真性。

現象學講究直觀對象，即在把握對象之前先把理念、概念「懸擱」，這一意思與「意境說」完全相通。我讀現代詩文，常為一些詩人被理念所隔而惋惜。郭沫若寫的《女神》，形象磅礴照人，「妙在不隔」；而他後來的詩歌，特別是晚年的詩，卻被「理念」、「主義」、「立場」所隔，沒有味道了。聞一多、徐志摩、艾青的詩所以好，也是妙在不隔。而李金髮、卞之琳的詩，我總是讀不進去，這可以說它「晦澀」，其實也是詩情被某種觀念所隔。當代的「朦朧詩」開始時獲得成功，但現在一些新詩，「朦朧」得太過份，又被技巧與策略所隔，讓人難以讀懂。如果讀詩需要以「猜測」作為中介，那麼詩歌就會慢慢失去它的讀者。

到海外讀書，接受了許多新概念和新的學術方法。讀書過程，也是接受學術訓練的過程。經過十年的磨煉，至少是比十年前更懂得學術規範與學術紀律了，也更懂得尊重有學問的人，不會胡亂「造反」與「爆破」，不會加入文化界的「水泊梁山」。然而，我也警惕一點，就是讀書研究，也不要被太多概念術語所隔。如果滿腦子是傅柯和薩依德，但筆下沒有屬於自己的思索和見解，這也不會有甚麼價值。你曾告訴我，作為知識人，先是要擁抱知識，接着還得穿透知識、提升知識。這個意思就是說，學了知識可別反被知識所隔。「知識就是力量」這一命題固然是真理，但說「人生識字糊塗始」也未必就是謬誤。留學，留學，我很怕愈「留」愈「隔」，愈「留」智商愈低，徒有一個「博士」空殼。

小梅

一九九八年十月八日

* * *

小梅：

一提起王國維和他的境界說，我就有許多話想說。前些時一位朋友問我：「二十世紀中國的文學理論著作，你最喜歡的是哪一本？」我竟脱口而出地說：《人間詞話》。這部詞話，並非巨著，但每一節都有真知灼見，其中的「境界」說，更是一種真正由中國學者提出的大批評尺度，可說是精彩之極。文學批評的關鍵是要有真切的鑑賞力，能道破批評對象的要害，不在於長篇大論。近幾年來，大陸的文學批評文章故作學問狀的現象太多，學術語言玩得走火入魔，其結果是語言反而遮蔽了真問題，正如詩歌被語言遮蔽了真生命、真性情。

語言遮蔽了真問題、真生命，就是「隔」。王國維的「境界」說，其目標是在創造一種「思無疆」、「意無窮」的境界，達到這一境界的唯一橋樑是一個「真」字，所以他說「能寫真景物、真感情，謂之有境界」。

關於文學藝術的境界問題，談論的文字汗牛充棟，我不想多說。今天我想藉此談談人文境界。我覺得人文境界的清澈高遠，同樣有一個不隔的問題，即有一個不被各種妄念所遮蔽的問題。王國維在《人間詞話》中，對李後主的詞評價極高，說「詞至李後主而眼界始大」，形成一大氣象。還說宋徽宗的《燕山亭》詞不過是自道身世之感，而「後主則儼有釋迦、基督擔荷人類罪惡之意」。這句評語乃是《人間詞話》的文眼，從中可看出王國維把釋迦、基督「擔荷人類罪惡」境界視為最高的人文境界。李後主原是個帝王，突然變成了囚徒，這種巨大的反差和變動，很容易產生仇恨和復仇心理。越王勾踐從帝王變成囚徒之後，內心燃燒的就全是怨怒。但李後主沒有仇恨，反而從自己的身世中領悟到人間的苦痛，並產生了一種大悲憫之情。「流水落花春去也，天上人間」，語語都在目前，也語語都從心出，雖有對江山的緬懷，但沒有捲土重來的殺氣。語語中對人生滄桑的感慨，既是個人的哀傷，又是人間共同的悲情，只有不被仇恨所隔、不被虛榮所隔的心靈才能吐出這種真詞真詩。

佛陀和基督屬於不同宗教，卻有一個共同點，這就是都打破人類的等級、種族、國界之隔，愛一切人與寬恕一切人。作家的大襟懷，也在於他們沒有貧富之分、貴賤之分，而以齊物之心面向人間。民族主義的境界所以不高，就在於他們心中有國界之隔與種族之隔。一個具有民族主義情緒的作家，頂多只有故國之憂，不可能有「擔荷人類罪惡」的境界。我對基督的尊重乃是對其不被世俗利害所遮蔽的大愛的尊重。而對佛陀，則有一點是我格外敬重的，這就是它打破了人與物之隔，把愛推向一切生命、生物，從而達到大慈悲、大圓融之境。佛教的「空」境，正是打破一切人為之隔而包容萬物萬象的廣闊境界。

前幾年我在香港時買了一部《世界百科名著大辭典·文學藝術卷》，該書的第一頁第二個條目便是〈人間詞話〉，但它對王國維的境界說的解釋則完全不對。詞條說，王國維「從總的傾向看，更偏向有我之境」。其實，王國維所推崇的最高的詞境即佛陀、基督之境，恰恰不是有我之境，而是排除人我之隔，也排除自我之隔的無我境界。這是打破一切世俗遮蔽，也包括自我遮蔽的境界。人最難衝破的隔，不是他隔，而是自我之隔。禪宗講究成佛之道不可傳授，全靠自己去領悟，各種棒喝都在打破種種執迷不悟，其中有一種執迷，就是「我執」。一個知識者，如果執迷於名利，執迷於虛榮，就難有高遠的人生境界。禪宗的要點，可以說就是打破各種「隔」而達到「不隔」之境。「不隔」便是「透」——看透、穿透。《紅樓夢》的《好了歌》，正是告訴我們要看透權力、功名、金錢等各種幻相，不為各種財色、器色、女色所隔。一旦了斷這些羈絆，人生境界就大不相同。

爸爸

一九九八年十一月一日

論人生分期

爸爸：

昨天收到你的生日賀卡，謝謝你。在三十歲的時候，我通過博士資格考試並找到工作，這也可以算是三十而立了。你在賀卡中寫到：「你三十而立，乃是自立而非他立，此後的人生也應是自立的人生，仰仗自己的力量，一步一步走下去。」

在這個生活的江津渡口上，我想到人的生命分期和一些思想家的說法。首先自然是想到大家都知道的孔子的話：「三十而立，四十而不惑，五十而知天命，六十而耳順。」耳順如此之難，我尚不能理解，只是偶爾也覺得自己聽起讚揚話心裏就美滋滋，而一聽到批評的話就不高興。這恐怕也可證明自己現在還遠離耳順。

你在文章中所提到的尼采把人生分為「駱駝階段、獅子階段、嬰兒階段」，我也注意到了。對這三個階段，可以用存在主義的哲學語言闡釋一大篇，但我還是簡單地想到自己已經結束了駱駝階段，該進入獅子階段了。結束學生生活進入另一場拚搏。人生的創造期，應當在這個階段。駱駝是堅忍的象徵，獅子卻是力量的象徵。我意識到這個階段，更需要力量，需要探索、嘗試、奮鬥的活力。我是一個女性，這種活力當然完全是內在的精神創造力，而不是外在的那種叱咤風雲的樣子。我可能永遠當不了那種從內到外都像獅子的「強者」。去年你讓我讀幾本洛夫先生的詩，我讀了之後注意到他用「石、火、雪」三個大意象來概述人的歷史。世界本來沒有人，就像賈寶玉原來只是一塊頑石，但是經過無數年代的進化，石頭有了靈性，終於變成人。人在世界上站立起來之後，最重要的是發現火，自己的生命也像火一樣燃燒。

燃燒過後，生命冷卻，像雪一樣飄落並化入大地，歸於「石室」即墓地。任洪淵叔叔在〈洛夫的詩與現代創世紀的悲劇〉論文中對此作了精彩的闡釋，他說「如果換一種體驗方式，我們也可以把洛夫詩世界的『石／血／雪』之原型，看作『黑色／血色／白色』三原色。『黑色』是無色無形無我無物的原始混沌。『白色』是無色無形無我無物的終極空無。中間，瞬息即逝的，是有色、有形、有我、有物的『血色』的生命。」我把這種對人的歷史的詩意概括帶入人生的思考，覺得自己正好要踏入有色、有形、有我、有物的「血色」的生命創造時期，這個時期，生命是需要燃燒的，熱情是必要的。這點我總算是意識到了。

此時給你寫信，我又想到愛默生的分法。他說，人生可分為希臘時期、浪漫時期和反省時期。在愛默生的辭典裏，希臘就是人類的童年，所謂希臘時期指的當然就是人的童年、少年和讀書成長時期。對於我來說，這個希臘時期實在太長了，侵犯了我浪漫時期應當享受的許多快樂。按照他的劃分，我現在才真正進入浪漫時期。愛默生為甚麼用「浪漫」來概括人生的主要階段，我開始覺得奇怪，後來才慢慢悟到這是一個從本本中跳出，開始用生命大自然即靈魂的活力自由探索的時期。沒有框框，沒有拘束，沒有偏見，敢想敢說敢寫，自由地創造，自由地表達，這也可以說是浪漫。而且這才是大浪漫。談點戀愛，發點傷感，敍點悲歡，這只是小浪漫。中國當代文學中似乎小浪漫太多，缺少莎士比亞、雨果似的大浪漫。缺少想像力、創造力，缺少天馬行空的大精神，就是缺少大浪漫。愛默生的分期法啟發了我：進入人生的中期階段，一面要腳踏實地，一面則要讓生命充份燃燒，始終保持靈魂的活力。

爸爸，你的浪漫時期似乎不夠長，在我的記憶中，你出國之後已進入了反省時期，而且反省出許多果實。

小梅

一九九七年十一月十八日

小梅：

你一進入三十歲，就進入人生分期的形而上思索，這可以把眼光放遠一些，很不錯。我也注意到你提及的孔子、尼采、愛默生、洛夫等人的思想，並覺得無論是哪一位，他們都有可啟迪我們的地方。

愛默生的「希臘、浪漫、反省」三期，說得十分精彩。你把浪漫分解為大浪漫與小浪漫對我也很有啟發。其實，人類文學史上最偉大的作品，如《伊利亞特》、《奧得賽》、《神曲》、《羅密歐與朱麗葉》、《浮士德》、《唐璜》、《堂．吉訶德》、《安娜．卡列尼娜》、《卡拉瑪佐夫兄弟》、《尤里西斯》、《洛麗塔》哪一部不是大浪漫？我國的《紅樓夢》也是大浪漫，大浪漫中有大真實、大性情、大關懷，這才能成其偉大作品。有些作家以為小說中加點「性作料」，放點做愛場面，便是浪漫主義，其實這是小浪漫。人的抱負、理想、雄心、夢，也往往包含着大浪漫，世界大同的理想，也是一種大浪漫。即便是學問家，他們企圖為天地立心，為歷史立心，也是大浪漫，雖然做不到，但知其不可為而為之，就是一種大精神。莊子扶搖直上九萬里，也是大浪漫。人進入社會拚搏，有點這種鯤鵬之志才好，即使立志做生意，也要如鯤鵬去當個企業家，別只想當小商小販。人的心理的確不可太俗，太猥瑣，太勢利。愛默生用浪漫來概括人生主要階段的內容，說明他心思不凡，想得浩浩蕩蕩。

浪漫的對立面其實不是現實，而是世故與勢利。世故的人，失去對人類的信賴，也失去生命的激情，並不幸福。世故者當然也聰明，可惜往往只有精明而無大智慧。對於孔夫子的「三十而立，四十而不惑」，我曾受其鼓舞，但對「五十而知天命」，則始終懷疑。我覺得天命永遠不可知。好學的人，愈是追求知識，愈是感到宇宙的難知，天命的難知。倘若以為自己已經掌握了天命，人也容易變得世故。

* * *

我寧可承認自己的無知，要不斷嘗試，不斷叩問，不斷冒險，這也許也可算作浪漫。

浪漫之後確實需要反省，這一點尼采想不到，或者是根本就拒絕反省。然而，他認為人最後要回到嬰兒狀態，卻是極為精彩的思想，我們不妨把這種回歸視為廣義上的反省。愛默生的三階段其實是不夠完整的，如果他能在反省階段之後再補充一個「二度希臘時代」就更好。反省可使人深化對世界的認識，反省之後頭腦一定會更清醒，對人生一定會看得更透。但是，如果不能在具有洞察力與穿透力之後返回孩子狀態，那麼，他可能就會變得過於冷漠、冷峻。我常和朋友開玩笑，倘若看穿世界之後而不回歸嬰兒，他就會成精成妖成怪，渾身冷嗖嗖，絕不可愛。我認為張愛玲最後就回不到孩子狀態，她並未「成精」，但太冷了，這顯然影響她晚年的成就。其實，只有回到孩子狀態，生命能量才能充份釋放出來。

洛夫先生的「石、火、雪」三意象與三階段，也很精彩。而雪的象徵意蘊是「空無」。空無不是消沉、頹廢，而是放下一切功利的寧靜，是對現存之「有」和「色」的叩問與告別。只有赤子，才能悟到空，才能悟到無。像葛朗台那樣的錢癡錢迷，像朱元璋那種權力帝王，他們到死亡前夕的最後一刻都想緊緊抓住黃金與皇冠，怎能悟到空無。所以，雪既是空無的象徵，也是赤子情懷的象徵。洛夫晚年所作的〈走向王維〉的詩中，這樣寫道：「……前些日子，有人問起：你哪首詩最具禪機？／你閒閒的答曰：／不就是從『積雨輞川莊作』第三句中／漠漠飛去的／那隻白鷺／」人走到最後時節，能像一隻漠漠飛去的白鷺，這只有赤子才能贏得的幸運。

如果我們對「浪漫」有另一境界的理解，那麼，第二人生時期除了讀書研究之外，就應當好好看看世界。康·帕烏斯托夫斯基在他的散文中曾提到波斯詩人薩迪把人的一生分為這樣的三段。這位詩人與尼采所主張的人應「及時而死」（最好的四十歲就死）相反，主張活到九十歲以上。倘若活到九十，那麼，第一個三十年應當獲得知識，第二個三十年應當漫遊天下，最後三十年才從事創作，以便把自己「心靈的壓模」留給子孫後代。能否活到九十歲先不討論，但薩迪把「漫遊天下」看得如此重要，對我們應當有所啟迪。你對創作躍躍欲試時，我所以並不熱心支持，心裏就想到薩迪的話，覺得你雖然有了第一個三十年的完成，獲得了許多書本知識，但缺了「漫遊天下」這一大經歷。杜甫所說的「讀萬卷書，行萬里路」的道理與薩迪相通，你還不能算是「行萬里路」。漫遊天下是讀天地間活的大書，用德里達的話說，是「眼睛致命的張開」，即打開視野。視野一廣闊，人就全然不同，你在第一個三十年所學到的知識也會奇怪地獲得生命。作家靈魂的活火全是在與「天下」的撞擊中才燃燒起來。八十年代我國文學中新崛起的作家，雖然第一時期讀書的時間不長，但他們上山下鄉，在底層社會滾打，也等於漫遊了半個天下，所以他們的作品，便有生氣。天才必須經過苦難的磨煉，才能放出光澤。我這十年，命運把我帶到西方，又把我帶到亞洲、歐洲許多地方漫遊，生命能量贏得一次大釋放，這使我的內在生命真正伸延了，尤其是目光伸延了。我的《漂流手記》就是生命伸延後的「壓模」。當然，我們不必真的需要用三十年的時間專事漫遊，但生命歷經的第二階段需要擁抱天下則是無可爭議。擁抱之後，你生產出來的「心靈的壓模」才是堅實的。

爸爸

一九九七年十一月二十日

論生命狀態決定一切

小梅：

我說生命狀態與心靈狀態決定一切，本意是說，一個人的快樂與幸福，並不取決於他（她）在做甚麼，有甚麼職位和名號，而取決他的生命狀態與心靈狀態。這是我在海外十年體驗的一種心得。

通常人們都以為一個人一旦擁有很高的權力或很多財富，就擁有快樂，其實不然。賈元春在回家省親時對自己的父母兄弟說了一句大實話，就是宮廷並「不是人的去處」。這一信息足以說明，宮廷裏的人並不幸福。我相信，宮廷裏的人，絕大多數，生命狀態、心靈狀態並不好。擁有巨大財富的人，生命狀態與心靈狀態也不一定好。巴爾扎克筆下的葛朗台，積下許多錢，但唯一的快樂，就是在夜深人靜時獨自欣賞黃金，他對任何人都不放心，包括自己的女兒，他心中不僅緊繃一根弦，可能有一百根、一千根。他以為天下人都可能是盜竊他的黃金的盜賊。財富與權力一樣，對人的心靈總是無情地危害、腐蝕、堵塞。許多高官與財閥，到了晚年便沒有朋友，因為權力與金錢早已吞食所有的真誠，他早已生活在權力與金錢的交易之中。而一個只有勢利而沒有真誠的人，不可能幸福。與擁有權勢錢勢的人相反，我們知道的莊子是很窮的，他靠賣草鞋為生，但他卻有思想，有想像力，生活在精神創造之中，他才是幸福的。所以快樂，並不取決於地位。

身處高位的人，他的心靈狀態如果很好，例如他非常仁慈、寬容而且「耳順」，那他就會生活得很好。唐太宗能聽取魏徵的告誡，說明他心態好。他的心靈狀態影響了唐代的整個國家、社會的文化心態。敢於吸收外來文化的漢唐氣魄與當時君王的心靈狀態有很大的關係。與唐太宗相比，朱元璋的心靈狀態就不好。他的心胸被猜忌所佔據，對臣子民沒有信賴。這種皇帝雖然權傾一切，但並不是一個快樂的人。在世界的君王史上，我最喜歡談論的可能還是拿破崙，他是我所知道的外國最有浪漫氣息的皇帝，生命狀態與心靈狀態極好。他可以在馬上連續行軍十五小時。當了皇帝之後，他在睡覺之前交代給隨從的是，如果有壞消息，你們要及時把我叫醒，而有勝利的消息則不要打擾他，這與那種喜歡部下「報喜不報憂」的心態大不相同。

拿破崙也有野心，但他的野心包含着為歷史立心的進步傾向，《拿破崙法典》說明了他的心靈指向。他的野心也可視為當時法蘭西征服世界的雄心。野心內涵中有石破天驚的人間宏圖，有資產階級打破一切封建王冠的抱負，因此，野心中包含着無以倫比的熾烈的生命活火，這是一種極其精彩的生命狀態。在拿破崙出現的幾個世紀之前，莎士比亞曾描述一個宮廷中的野心家，這就是麥克白。分析麥克白的文字很多，但我們如果從生命狀態這一角度來看他，就會覺得他的心靈狀態壞極。作為藝術形象，莎士比亞寫得太成功了。但作為供我們觀照的人，這個人的野心卻是十分被動，十分脆弱，十分黑暗。當他殺了器重自己的國王後，他同時也殺死了自己的睡眠，他無法再安穩生活下去。麥克白的悲劇是他良心尚存卻無法根據良心的指令而根據外在力量（也包括自身的野心）的指令去謀殺國王，這一錯誤，使他在陰謀得逞之後也同時撕毀了自己健康、正常的心靈狀態。在宮廷中的野心家，其心靈狀態都是很壞的。沒有一個壞蛋，心靈狀態是美好的。

處在闊境中的權貴不一定幸福，而處在窮境中的窮人卻不一定不幸福。嵇康就很窮，他靠打鐵為生，但他也生活得很好，一身硬骨與正氣。陶淵明離開官場回到隴畝之中，李白感慨「安能摧眉折腰事權貴，使我不得開心顏」，都是覺悟到，在官場宮廷之中，不可能有自由的生命狀態，只有回到大自然之中，心靈能量才能釋放出來。才華固然是天賦的，然而，如果心靈狀態不好，這才華也不可能充份放射出來。

這三四年，我寫〈童心說〉，建立童心視角，其實也是一種自救。人進入暮年，心中容易充塞暮氣。黃昏氣息容易把人變得冷漠與世故。老年人心靈狀態一惡化，對世界就會產生仇恨。老人的心理「狂躁病」就是這樣產生的。有這種病症的人在洞察人生之後也看透紅塵，因此總是尖刻地對待他人，熱衷於訴說別人的缺點，而對自己則無休止地宣揚與自我膨脹。所以我說，有學問的人，只有當他在穿透世界之後返回到孩子狀態，他的人生才是幸福的。

我們是從事精神生產的人，同樣在這個職位裏，其命運也不同。我就看到許多同行，心理過於緊張，對名聲地位過於敏感。心態一旦太緊張，就活得沒趣。對於名聲過於重視，會使人沉重，使人不得不耗費巨大精力去進行自售，還會嫉妒別人的成就和貶低別人的成就，使自己陷入苦惱之中，造成心靈狀態的惡化。人間赤子的生命狀態所以好，就因為他們放下了名利追求的慾望。

生命狀態與心靈狀態，彷彿看不見又彷彿看得見，它似乎抽象，但又很具體。例如你告訴我，你有時渾身是勁，甚麼都想到嘗試，有時則懶洋洋，甚麼都不想動，這就是不同狀態，是可以感覺到的。我今天寫信給你，也是希望你能保持健康而有精神的生命狀態。其實我自己也是如此，不過，當懶蟲在咬嚙我的時候，有一種聲音會提醒我，這就是休謨書中引述法國外交家與歷史學家杜博的一段話：

> 一般說來，對於心靈最有害的，莫過於老是處在那種懶洋洋的毫無生氣的狀態裏了，它會毀掉一切熱情與事業。為了從這種使人厭倦的狀態中擺脫出來，人們就到處尋找能引起他興趣和值得追求的東西，如各種事實、遊戲、裝飾、成就等等，只要這些能喚起他的熱情，能轉移

他的注意力，不論引起的激情是些甚麼，即使它是使人不快的，苦惱的，悲傷的，混亂的也罷，總比枯燥乏味有氣無力的狀態要好。……

這一聲音常常提醒我。只要這一聲音在耳邊環繞，我就會從有氣無力的狀態中驚醒。最可怕的狀態正在活埋我的生命，挺起身來，擺脫這一看不見的墳墓！我對自己說。然後我會尋找一些方法打破這種半死亡狀態，例如去爬山，去游泳，去看電影，去找朋友談心，或者再讀讀永遠讓我心愛的莎士比亞。

爸爸

一九九八年三月二十八日

* * *

爸爸：

讀了你的信，我真是獲得力量。休謨引述的杜博的那段話，可說是給我一劑極好的藥方。我也應當記住這一聲音，讓它像鐘聲一樣經常提醒我。有氣無力的狀態，看來不僅是生理狀態，更多的恐怕還是心理狀態。

除了自己獲得力量，我對自己的爸爸也更了解了。我常常想，爸爸為甚麼總是那樣孜孜不倦？總是那樣奮鬥不息？成功征服不了你，失敗也征服不了你，順境不會讓你趾高氣揚，逆境也不會使你灰心喪氣。魯迅說，不少人四十歲之後就不像人樣，而你卻年紀愈大，心靈愈年輕，也愈有思想的活力，那一股靈魂的不朽的活火總是在你生命深處燃燒，這是最讓我高興的。可這是為甚麼？我常常想着。記得有一次我問你，爸爸，你怎麼總是那麼有精神？你回答說：在海外，最要緊的是要當一個心理的強者。讀了這封信，我才明白你一直自覺地當一個心理的強者，一個自覺地保持健康強大心靈狀態的人。你在《讀滄海》的散文詩中說，大海對你的啟示，最重要的就是它自身是健康和強大的，它的生命總是不斷地流動着與革新着。保持滄海般的活潑的生命狀態，這是你所有的成功中最大的成功。

我喜歡淡泊處世，不喜歡介入「男人的問題」，因此不在乎各種虛幻的外在價值，總是嚮往莊子的逍遙遊。但這種處世態度，也常常使我對懶洋洋狀態缺少警覺。不追求虛榮，這自然不錯，但爭取生命的意義並非虛榮，這種爭取和努力還是需要的。讀了你的信後，我又去翻翻孫依依翻譯的弗洛姆著的《為自己的人》(*Man for Himself*)。這本書的幾句話曾激動過我，今天重溫一下又覺得格外清新：「如果人鎮靜地面對真理，他就會認識到，人除了通過發揮其力量，通過生產性的生活而賦予生命以意義外，生命並沒有意義。只有時刻警惕，不斷活動和努力，才能使我們實現這一任務。」弗洛姆還說：「人決不會停止困惑，停止好奇，停止提出問題。」這些話和你所說的「生命狀態」一聯繫起來，我突然有所領悟，覺得我們既然從事這一職業，那麼，要保持有生氣的生命狀態，就得堅持我們的「生產性活動」，不斷提出問題，不斷叩問和質疑。你在許多篇散文中，一再闡釋「漂流」的意義，說漂流就意味着沒有句號，沒有停頓點，就是要用一雙孩子的好奇的眼睛不斷地發現世界，讓生命不斷地進入問題，這些意見與弗洛姆完全相通。弗洛姆還說，人自從喪失了伊甸樂園，喪失了與自然的一體性，人就成了永恆的漂泊者；奧德賽、俄狄浦斯、亞伯拉罕、浮士德等都是偉大的流浪者，人類的縮影。人正是在被上帝放逐後繼續前進，不斷努力，通過填寫知識答卷上的答案，變未知為已知，才存在與發展下來。

不斷漂泊，不斷提出問題和尋求答案，也許正是保持活潑生命狀態的關鍵所在。看來，我也得有點漂流意識。寫到這裏，我想，我得到一個學位固然值得高興，但我明白，一個人的快樂並不取決於學位，而是取決於贏得學位之後爭取更高人生意義的生命狀態，知道這個道理之後，更值得高興。

小梅

一九九八年三月三十日

論靈魂的根柢

爸爸：

昨天在電話中聽你談論靈魂的根柢，心中一震，並很快地從腦子裏跳出一個意念：我和同齡人多半屬於「無根的一代」。前些年我和海外的年輕朋友也談論無根的一代，但那是指沒有家國觀念的漂泊者。這回你講的無根，是沒有靈魂的根柢。我覺得自己也正是無根族的一員。

黃剛的爸爸媽媽去世之後，我們的精神都有點惶惑。在虛空中我們才覺得他們生前信仰基督教並非沒有道理。宗教的確可以給人們提供靈魂之根。我和黃剛無所信仰，他父親去世之後，我才臨時抱佛腳，用基督教中的天堂概念來安慰他，口裏唸唸有詞，心中卻毫無着落。就在那一瞬間，我第一次羨慕有信仰的人。

中國沒有西方式的嚴格意義上的宗教，但在「五四」之前，中國人還是有自己的靈魂的根柢。這一根柢，來自孔夫子的儒家文化，或者說來自儒道互補的傳統文化。不管儒家學說有多少問題，但它畢竟提供了中國人和中國知識分子一種心靈準則。可我們這一代人根本不把孔子的學說作為靈魂。在我的心中，孔子的話是留下了一些，但並不構成自己的心靈原則。在十九世紀和這之前的知識分子，孔子是他們心中的根，可到了我們這一代，只剩下了根鬚，甚至連根鬚都不是。

到了美國之後，我雖然讀書，努力掌握些西方文化知識，但真正問起自己從哪些學說中吸取靈魂的資源，培育自己靈魂的根柢，卻完全說不上。我讀你的散文，知道你把美國開國元勳傑弗遜等的思想，即那些對自由和尊重人類天賦神聖權利的思想真誠地吸收到自己的血肉中，化作你的信念，這說明你在重新培育自己的靈魂之根，而我卻連這點也沒有。我意識到，你把各種宗教的優秀思想和各種學說的優秀思想努力吸收，就是為了壯大自己的靈魂之根和提高自己的精神境界。許地山先生也是這樣。他的散文〈落花生〉，常常教育着我，此時想來，這文章的背後，是有一種靈魂的根柢支持着。他不是某一宗教的教徒，但擇取各種宗教的愛義，還吸取各種文化的精粹，這也會形成自己的靈魂。

你曾寫過「喪魂失魄的時代」，感嘆靈魂的失落。你的語言溫和一些，而阿城的「豕狗時代」，則非常激烈。他在一九八五年就發覺「五四」運動之後，中國人斷了根，到了九十年代末，他的感慨就更深。他的這種說法，並非罵人，而是痛切地感到時代失去魂魄。人沒有靈魂，確實會成為豬狗、禽獸、流氓，想到這點，我都要冒出冷汗了。

小梅

一九九九年三月十二日

* * *

小梅：

我們經常聽到談論學問的根柢與學問的功力，但很少聽到談論靈魂的根柢與功夫。前天我們談論之後，我又想了想這個問題。

我到巴黎的時候，有一強烈的感覺是巴黎有靈魂。「這是一個有靈魂的城市」，我把這種感覺表達在〈悟巴黎〉中。先不說個人，就說一個國家，一個民族，一個城市，它的靈魂是可感覺到。此時我想說的是，巴黎不僅有靈魂，而且有雄厚的靈魂的根柢。法國的自由靈魂不會轉風轉向，就是因為靈魂之根紮得很深。無論是到羅浮宮、奧賽宮還是到巴黎聖母院、先賢祠，我都有這種感覺。先賢祠建造於一七五五年，原先叫做聖·熱納維埃芙教堂，法國革命後才把教堂改為埋葬法國偉大兒子的墓地，伏爾泰、盧梭、雨果、左拉、布萊葉、馬拉、米拉波等都在這裏安息，這些名字都是法蘭西的靈魂，每個名字都是法蘭西靈魂的一道強大的根柢。我到先賢祠那一天，正是麗日當空，在陽光照耀下，我想到：這裏的每一個「先賢」的名字份量都這麼重，其靈魂的內涵本身就是一個廣闊的天空。因為五次到巴黎，所以我還贏得時間去參觀名播四海的拉雪茲神父墓地。墓地坐落在巴黎最東頭的第二十區，範圍很廣，我們只能按門口買到的墓地地圖去尋訪自己愛戴的靈魂。當時我一看到靈魂的名單，就禁不住心跳，除了我原先知道的偉大的巴爾扎克和莫里哀在這裏之外，這時才知道歌德、普魯斯特、拉封丹、繆塞、王爾德、蕭邦、鄧肯、斯泰因以及大畫家安格爾、畢沙特、莫迪里阿尼都在這兒。這都是巴黎的靈魂啊！每一靈魂的根都深進海底，然後穿越藍色的滄浪，伸向世界的各個角落。可惜我沒有時間去參觀幾乎與拉雪茲神父墓地齊名的蒙馬特墓地，朋友告訴我，那裏不僅埋葬着法國的偉大作家斯湯達、小仲馬、龔古爾兄弟、戈蒂埃，還埋葬着德國詩人海涅，每個名字都讓我低首沉思。而讓全世界瞻仰不盡的羅浮宮，那些偉大的畫家的名字和作品，則是讓我永遠說不盡的。那裏的每一幅畫都是巴黎靈魂的根。無須別的論證，只要列舉一些名字，就可以知道巴黎的靈魂具有怎樣的根柢。法國在一七八九經歷了一場大革命，但沒有文化大革命，他們的政治傾向可以不同，但都共同保衛住自己的靈魂。一個民族的靈魂不是靠人為去「大樹特樹」的，而是靠積澱，靠自己天才的兒子去創造和積累。

美國靈魂的根柢就不如法國雄厚。它的歷史太短，積累有限。但因為歷史太短，所以他們更珍惜歷史。他們的開國元勳、開明總統和思想家華盛頓、傑弗遜、富蘭克林、林肯都是他們珍貴的靈魂，而馬克·吐溫、傑克·倫敦、惠特曼也是靈魂的一角。

中國的靈魂根柢本來也是雄厚的。這一根柢主要是孔子的學說，但是到了「五四」運動時期，中國的知識者發覺這一靈魂過於陳腐，它已不能負載中華民族的強大身軀繼續前行，因此，就把這一靈魂打成碎片，並想借用法蘭西的靈魂，但沒有成功。後來找到馬克思主義靈魂，但根柢不深。

國家與民族的靈魂有根柢的雄厚與薄弱，而一個人的靈魂也有根柢的厚薄之分。馬爾庫塞把靈魂分為高級靈魂與低級靈魂。低級靈魂只能用錢幣去塞滿，我們且不去說它。而高級靈魂則包含着境界、氣質、品行與精神，這種靈魂是否堅韌，便與根柢有關。我們感慨人性的脆弱，實際上是靈魂的脆弱。魯迅在批判國民性時，說中國人常常一轟而起，一轟而散，這就是靈魂沒有根柢。根不深厚便容易隨風轉向。文化大革命中，人們發現「風派」特別多，這全是沒有靈魂之根所造成的。魯迅一再批判流氓和流氓性對文學文化領域的危害，說這些流氓今天信甲，明天信丁，今天尊孔，明天拜佛，需要你時，講「互助說」，不需要你時，講鬥爭說，沒有一定的理論線索可尋。這種理論線索，也是一種靈魂的根柢。流氓沒有靈魂，痞子沒有靈魂。痞子文學雖然生動可讀，但其致命傷是沒有靈魂。靈魂連根拔的時候，就會導致流氓主義。

對於個人，如果講靈魂的根柢還嫌太抽象，那麼，換種通俗的說法，便是心靈的底子。一個人心靈美好的部份有沒有底子，底子雄厚還是不雄厚，是可以觸摸到的。底子太差，就容易受到誘惑，一個紅包，就可以打碎你的「純潔」；一番恭維，就可以使你暈頭轉向；一個桂冠，就可以對着邪惡啞口無言；這就是心靈底子太薄的緣故。心靈底子薄弱的人，既經不起成功，也經不起失敗，掌聲和挫折都會把他打垮。做學問其實也與心靈的底子有關。心靈中美好部份一強大，就敢直面真理，敢發前人所未發，有膽有識，也才不怕探求路上的苦辛，具有百折不撓的韌性。優秀的學者，一般都需要有底氣、有膽氣、有正氣，而這正氣都與心靈的根柢相關。寫了一兩本書就自我吹噓，到處自售，也是缺少心靈雄厚的底子。像托爾斯泰這樣的人，即使他已建造了一座人類世界公認的文學高山大嶽，也想不到炫耀自己；折磨他心靈的，只有人間那種無休止的暴力和扒在田野裏灑着汗水的奴隸。這種強大的心靈，是不會被時勢、權勢與金錢所左右的。

爸爸

一九九九年三月十三日

論快樂的巔峰

爸爸：

最近我和幾位朋友聚會，大家都談起你。他們說，在海外漂流的知識分子中，你的心靈狀態是最好的。要是用世俗的眼睛來看，你丟失的東西是最多的，但你並不在乎。你從「山頂」掉入「谷底」，但你依然在「谷底」裏思索，而且思索的鋒芒又從谷底射向山頂和山頂之外。你不是沒有孤獨與憂傷，但你又把這些孤獨與憂傷加以「玄化」，把「被孤獨所窒息」的感覺變成「佔有孤獨」的感覺。你在形而下的層面遭到挫折，卻在形而上的層面上收穫這挫折，從挫折中領悟到更深刻的道理。因此，你不是怨天尤人，而是抓住這段豐富的人生旅程努力工作與寫作，一篇篇、一本本地問世，尤其可貴的是這些文字不卑不亢，不迎合、不媚俗、不自售。你既對着自己的朋友、親人訴説，也對未來無數年月的知音訴説。該説的話就盡興地説，不願意説的話，一句也不説，從而使你的天真猶如一束芬芳。我的幾位朋友都説，你的確是個心理上的強者。內心世界藏匿着非常堅韌的東西，只是我們說不太清楚，這種東西是甚麼？是理想？是信仰？是性格？是氣質？是意志？我好像缺少這個東西，要不，我怎麼老想偷懶？我雖然也熱愛我們這一行，可我怎麼沒有你那種不斷工作的歡樂？你彷彿從不倦旅，奇怪。

作為你的女兒，我也想作為你的一個知音，至少是半個，即對上述問題能有所了解。這十年來，我們比在國內相互交談的機會多了，但畢竟不住在一起，而且各忙各的，因此也沒有多少時間可以談談你的「內心秘密」。將來有一天，我要來「解構」你的心靈狀態，也許抓不住要領，你會感到失望，所以今天，我把我們幾位朋友交談的信息告訴你，請你給我一個回應。

小梅

一九九七年八月五日

＊　＊　＊

小梅：

讀了你的信，知道你和你的幾位朋友對我的評論，十分高興。我並不是喜歡人家捧場的人，但是中肯、準確的描述，我是高興的。例如你說我是個心理的強者，應當說是準確的。有人說，你們這一代大陸的知識分子，經過政治運動和勞動改造的千錘百煉，神經自然是堅韌的，其實未必。勞動場所，政治場所，包括牛棚、牢房等，並非注定會養育堅強的心理，這些場所也可能粉碎人的意志。集中營的效應是雙重的，從集中營走出來的人，有的堅強得像鋼鐵，有的則從此失去人格的勇氣。關鍵還是在於自身。作為一個寫作者，經歷過苦難，也不一定就能寫出好作品。有經歷，還要有感覺，而且感覺是關鍵。把苦難反映到文字中來，並非就是文學，但是，如果能夠從多種視角來審視苦難，並能對苦難進行形而上思索，就很有意思，這些苦難經歷就可以化作無盡的思想與情感的資源。

在海外這十年，我的確很少怨天尤人，相反，我常常對「天」與「人」心存感激。經歷過一次瀕臨死亡的體驗，我對這個世界更加依戀。此次大體驗，猶如一次雷霆的震撼，讓我「驚醒」，而「醒」的內涵竟是如此簡單：這個地球，是宇宙中最美的所在，是蓄滿鮮花、青草、森林、河流的土地，我以前把它忽略了。因為太忙，眼睛難以從書本移向書外更加遼闊的天空與大地。如果那一年死了，我給另一世界帶去的印象就太偏窄了，而對這一世界的認識，也太膚淺了。總之，那次大體驗之後，總的結果是讓我更加熱愛生活。一個熱愛生活的人，也會遇到生活的各種挑釁，但他不會因此而埋怨生活。

這個世紀科學技術發展得太快，快得使我們缺少時間對現狀進行思索。第二次世界大戰之後，經濟迅猛發展，市場席捲一切。中國現在也是如此。物質潮流的洶湧澎湃帶來精神的萎縮，這是一個事實。在這種時代空氣之下，道德是一個被普遍嘲笑的對象。在中國文學界，以往又以道德法庭代替審美法庭，一些偽道德的說教敗壞了人們的胃口，這樣，一講起道德就更加被嘲笑。在探討歷史、社會問題時，確實不能以倫理主義取代歷史主義，確實不能以道德評價取代歷史評價，這一點我和李澤厚的對話錄裏已講得很多，但是，當我們在談論個體人生的時候，我們是不能不把道德視為最重要的精神本體的。你是我的女兒，我不能不用徹底的語言告訴你：道德不僅決定着你的成就，而且還將決定你的這一生是否擁有深厚的、真正的幸福。在海外十年，我的一切快樂的源泉都是來自內心反潮流的道德感。我覺得我所做的一切都問心無愧，我覺得我所做的一切都沒有違背良善的本性，於是，我便贏得坦然，贏得自在，贏得說話的理直氣壯。康德把地上的道德律與天上的星辰相提並論，這是一個偉大哲學家對宇宙、歷史、人生最重要的感悟。這一感悟給我的啟迪，不是逼使我寫出《論文學的主體性》，而是讓我知道，甚麼才是人生的精彩，甚麼才是幸福取之不盡的源泉。

十幾年前，我在閱讀康德與寫作《論文學的主體性》時，又很榮幸地讀到一部讓我永世難忘的好書，這就是英國學者威廉·葛德文所著的《政治正義論》。這本書使我把從小就開始的一種追求變成自覺。十幾年前，我和你一樣，覺得自己內心有一種特別的東西，這種東西使我生命老是燃燒着，光明的部份總是壓倒黑暗的部份。無論經歷怎樣的困難、不幸和苦痛，總是能感悟到生的價值與生的愉快。生活中一面熱烈地愛戀着，一面也憎惡着，無論如何總是不能與品行卑劣的人沆瀣一氣或為虎作倀。你說這是甚麼原因？是性格原因還是命運原因？我也不清楚。但讀了這本書之後，其主題告訴我，那是因為你有一種天生的對於善良道德的熱愛和傾慕。這一點決定了你是一個幸福的人，即使陷入劫難之中也不會失去驕傲與快樂。這本書的一些啟悟性論述的語言，至今還一直在鼓舞着我。我隨手引述幾段給你看看。威廉·葛德文說，「道德是人類最好的天賦」，「只有道德是配得上被看作是導向真正的幸福的，導向最實在、最持久的幸福」。「個人愉快的持久程度，情操的優美程度，是同他的道德成正比例的」。「善心是一個永不枯竭的源泉」。「豐碩的成就肯定在某種程度上是同磊落的節操相聯繫的」。「在思想中經常充滿莊嚴的想法的人，不太可能墮落到甘心去追求為一大部份人類所熱衷的那些低級的事情」。

《政治正義論》第一卷第四篇〈見解在社會和個人中間的作用〉，分析了世間幾類被視為幸福的人，這些人包括擁有財富過着豪侈生活的人，擁有風雅過着「瀟灑」生活的人，但是，只會享受的人並非是真正快樂的人。真正的快樂是一種被善所推動的公正無私的快樂。他說：「完成過一件寬仁厚愛的行為的人知道：沒有一種肉體的或精神上的感覺能夠同這個相比。為了整個民族受益而鬥爭的人超越了機械的交易和交換的觀念。他們不要求感激。看到他們得到好處，或者相信他們將要得到好處，是他自己的獎賞。他登上了人類快樂的高峰，公正無私的快樂。他享受人類所有的一切的善以及他所看到為他們保留的一切可能的善。沒有人像忘記個人利益的人那樣真正增進了他自己的利益。沒有像只考慮別人的快樂的人那樣收穫到如此豐饒的快樂。」

我所以不厭其煩地引述這部著作中的話，是想讓你知道，為甚麼我漂流海外之後仍然享有豐饒的快樂。你一定會相信，當我在自由表達對人類的信賴和為苦難的靈魂申訴的時候，我的確走上了人類快樂的巔峰。當我的心靈無所欺瞞、無所顧忌、無所算計的時候，我才真正明白「幸福」二字。引述威廉·

葛德文的話，不僅為了我，也為了你，我希望你永久地擁有幸福，常常生活在幸福的巔峰中。物質享受與顯示風雅，對你來說太容易了，但常常生活在高境界的快樂中，卻不容易，進入這一境界的人是需要艱苦跋涉與心靈洗禮的。這些人要有偉大的同情心，而且要有記憶，他們不會忘記天底下到處都有惡意、冷酷與殘暴，這個住着各種生物的地球到處都有邪惡，對地球的依戀是不能放棄與這些邪惡進行抗爭的，然而，抗爭中不是擴大仇恨，而是以悲憫去化解仇恨。

爸爸

一九九七年八月八日

論羅素的三激情

爸爸：

讀了你的〈羅丹的啟迪〉，我真的受到了啟迪了。茨威格這個作家不僅才華洋溢，而且非常單純、謙虛，這種人格在現時的中國，比較難以找到。生活中和文學生涯中還是要有自己的楷模，你竭力推崇的茨威格，應當是我的一個楷模。你說過，有才華已很難，有才華而有思想就更難，而有才華有思想又有品格，三者兼而有之，就更是難上加難。茨威格大約就屬於這三者兼備的作家了。最後這一點的難處我沒有太多體驗，而且常常不太在意。

茨威格說，他從羅丹身上得到三點啟示，一是偉大人物心地總是最好的；二是偉大人物的生活總是簡單儉樸的；三是偉大人物的工作總是聚精會神的。每一點說起來都容易，但做起來很難。例如說，心地要好，就得對比自己強的人不嫉妒，對比自己弱的人不擺架子，對自己犯下的過錯和欠下的心債，要有負疚感，對弱者與殘廢人要有同情心等等，這都不是很容易的。心地肉眼看不見，但能感覺到。不可視的東西，往往更重要。聚神會神也不容易，尤其是踏入社會之後更不容易。我剛剛踏入社會，總覺得社會在與我搶時間，各種關係都讓你難以精神集中。除了社會，自己的意志薄弱也是個原因，我總是經不起誘惑，放不下許多瑣事。前些時，我對自己這種缺點有所警惕，特把卡繆的一句話，寫在桌邊的筆記本上，卡繆說：

心的貞潔——不要讓你的慾望四溢，不要讓你的思想四散。（《卡繆札記》）

小梅

一九九六年十月八日

* * *

小梅：

那天我告訴你茨威格關於羅丹的三點啟迪，是想告訴你，你要注意採集世上一些最美好的情思，以造就你自己。你真的留心了，而且有所領悟，這很使我高興。人活在世上本就不容易，倘若要活得更像人樣，要使人生有些光輝，就更不容易。曾國藩的「八本」，茨威格的三啟迪，都能幫助我們努力做好一個人。當然，每一個人所處的時代、環境不同，我們不必機械地理解，而應對其精髓進行吸收，也正是從這一意思出發，我還要你注意一下羅素的三種激情。羅素說：「三種單純然而極其強烈的激情支配着我的一生，那就是對於愛情的渴望，對於知識的尋求，以及對於人類苦難痛徹肺腑的憐憫。」他解釋說，他所以追求愛情，是為了減輕孤獨，「還因為愛的結合使我在一種神秘的縮影中提前看到了聖者和詩人曾經想像過的天堂」。而他又以追求愛情「同樣的熱情追求知識」，因為「我想理解人類的心靈。我想了解星辰為何燦爛。我還試圖弄懂畢達哥拉斯學說的力量，是這種力量使我在無常之上高居主宰地位。」最使我感動的是他的第三種激情，這就是同情弱者的人道激情。他說：「愛情和知識只要存在，總是向上導往天堂。但是，憐憫又總是把我帶回人間。痛苦的呼喊在我心中反響、迴蕩。孩子們受饑荒煎熬，無辜者被壓迫者折磨，孤弱無助的老人在自己的兒子眼中變成可惡的累贅，以及世上觸目皆是的孤獨、貧困和痛苦——這些都是對人類應該過的生活的嘲弄。」

我所以要把羅素的這一思想告訴你，是因為我覺得，這三者的結合是完整的生命激情，是一個真正的人的生命組合。許多人的人生有婚姻，但未必有愛的激情，但這種激情畢竟比較容易，僅有這種激情的人生有快樂，但未必精彩，也未必有大幸福。具有大幸福的人應當對於知識和對於弱者投以生命的激情。愈來愈多的人正在把知識當作商品當作獵取名利的手段，並未把追求知識化作一種生命的激情。如果我們與這種半學人半商人區別開來，而在追求知識中把生命放進去燃燒，那麼，我們的人生境界就會大不相同。好的學者與好的作家應當退出市場的道理就在這裏，一進入市場與名利場，就難以保持生命純然的激情。

第三種激情，也是人生的一種強大動力，在中國能深切感受到這一點的人不一定很多。中國的當代學人，往往鄙視人道激情，以為這是膚淺的。但對人道激情，恐怕只能用「有無」去衡量，而不能用「深淺」去苛求。把人當人，是至淺的道理，又是至深的道理。人道主義的理論雖不能算「深刻」，但要說明人道主義為甚麼總是無法在中國生下根來，人道激情總是與高深而冰冷的學者無緣，卻是一個相當深的問題，這涉及到中國學者「世故大於學問」的問題，涉及到中國格外成熟的勢利、虛偽、狡猾等性格問題。羅素是一個卓越的思想家，但他不僅不輕蔑人道激情，而且把它視為人生動力。如果說，我是一個有動力的人，那麼，與羅素一樣，人道激情也是一個大的動力源。弗洛依德說「性壓抑」是文學源，而對於我，「良知壓抑」也是根本的動力源。對人間底層弱者的同情與愛，既帶給我憂思，也帶給我力量。休謨有一段說明人道激情可以使人充滿力量的話，一直在我耳邊迴響。他說：

最柔和的慈愛、最無畏的堅毅、最温厚的情感，對德性的最崇高的熱愛，所有這一切都成功地使他震顫的心房充滿生氣和力量。當一個人反省內心，發現那些最騷亂的激情都已經變為正確的、和諧的，發現各種刺耳的雜音都已經從迷人的音樂中消失，那該是何等的欣慰！

爸爸

一九九六年十月十八日

論多次再生

爸爸：

這幾天讀了你新出版的《漂流手記》第四卷，覺得你真是一步一步往前走。十年前你聲明你在告別第一人生，進入第二人生，果然第二人生是另一個樣子。你的《獨語天涯》，真下了功夫，幾乎每段都有意境、思想，文字如此凝煉，確實不容易。我把你的這部散文，看作是你完全撤退到個人立場的標誌，以前的散文當然也是你的個性，你的個人的聲音，但是，你還沒有把「個人立場」與「人民立場」、「群眾立場」完全分開。這回分得很清楚。分開，並不等於背離。你用個人的立場、個人的視角來理解「人民」、「群眾」、「多數」，反而更真切。文學本是充份個人化的事業，你的這一「撤退」將使你的文章更屬於你「這一個」。

你在《獨語》中引用克爾凱郭爾的話說，雖然在人世中生活的人不少，但卻很少有人真正長出一顆心來。這當然不是指誰都擁有的心臟，而是指屬於自己的有血有肉的靈魂。要長出這樣一顆心，確實無法「依靠群眾」，只能靠自己每一個白天和每一個夜晚去努力培育。當這顆心是屬於自己並且是真的時，寫出來的東西才有意思。我也讀過克爾凱郭爾日記，記得他說過：「在上帝的眼裏，在無限的靈魂的眼裏，那些曾經活着的和正在活着的千千萬萬人並不構成一個群體，他看到的只是一個一個的個體。」「然而，提供給行政部門的都是個體的虛妄的替代品——一些人！讓我們集合起來，抱成一團，然後我們才有可能做出安排。於是群體之所在便是最嚴重的腐敗所在。」（《克爾凱郭爾日記選》，第一零六至一零七頁，上海社會科學院出版社）群體中的互相依賴、互相排斥，確實會腐蝕個人靈魂的活力和扼殺創造的活力。從群體主義的國度走出來的人，一般都缺乏獨立的生活能力與思想能力就説明了這點。你很早就意識到自己是在群體的「卵翼」下生長的，所以出國後便努力培育屬於自身的一顆活潑的、不為時尚所左右的心靈，這顯然是很對的。

你在給我的信中激勵我要不斷地往深處走。作為一個學人，一個思想者，確實需要往深處沉下去。而作為一個生活着、拚搏着的人，則又需要不斷往前走，即不斷地捨棄昨天之自我，創造今天與明天新的自我，對昨天的人生有所告別。我看到的你，便是一個不斷前走的人，並感到你的第二人生到了此時，似乎又有所飛躍，你説對嗎？

小梅

一九九九年十月九日

* * *

小梅：

你的感覺很準確。我確實不斷地經歷着生命與思想的再生。一個人是可以有多次再生的。從精神的層面上説，人可以有多次死亡與多次再生。「鳳凰涅槃」的故事在有思想的人身上可能不只一次。多次再生，便有多次的告別，多次的童年，多次的走向新鮮的目標。人能觀賞到自己新的誕生，是一種極大的幸福。

十年前我因為經歷了一次大事變，從故土移居國外，所以就特別明顯地感到生命發生裂變，誕生了第二人生。十年過去了，經過一番「臥薪嘗膽」，此時我覺得自己又有新的誕生。此次誕生不像十年前那麼明顯，不是那種「飛躍」式的裂變，而是經過十年積累而達到一個模糊的邊界，在這一邊界上，我有一種「回歸童心」的衝動。《獨語天涯》的主題其實就是這種衝動。我在《獨語》中說：回歸童心，回到孩提王國，用童心視角觀看一個被金錢與權力弄髒的世界，正是我的人生的最大凱旋。我發現自己所尋找的故鄉，就在天真的兒童共和國裏，我的生命本體與本真就在這裏。你可以再讀讀《童心說》的第一節與第二節以及「寫給童心作家與其他思想者的致敬語」一節。如果可以把《獨語天涯》視為我進入第三人生的路標，那麼，第三人生就可以視為「回歸童心」的人生。在習慣性的思維中，孩提王國屬於過去，而在我此時的思維中，孩提王國也屬於未來，屬於我的晚年，這樣，就發生一個童年與晚年相接、過去與未來相接的生命現象。

所謂第三人生，也許正是尼采所說的「嬰兒階段」。這個人生階段的內涵，對於我來說，此時顯得特別明晰，這就是再一次進入生命的「山海經」時代——最本真的童話時代。女媧、精衛、刑天、羿等，再次成了我最親密的夥伴。他們幫助我「了卻舊債」，即了卻往昔的是是非非、恩恩怨怨，重新用童心的視角最後地看看世界。我相信，這一了卻，將使我離過去的噩夢與陰影更遠，也將贏得更大的自由。了卻舊債，並非放棄責任，而是真的了卻過去那個時代留給我的各種精神包袱。我生活的時代和你不同，我曾經從精神深處接受過「階級鬥爭神聖」這一套觀念。這些觀念浸透到生命秩序、思維方式之中，從而改變了人的氣質、思路，即改變了人的基本生命狀態。在海外，我發覺在政治立場相互對立的雙方，其基本生命狀態、思維方式卻完全相同，這就說明，一個大時代在所有的人身上都留下結果，同樣，在我身上也留下結果。了卻這些結果，不能靠理念，也不能靠知識。理念難以真正征服理念，知識也難以真正征服知識。所以我要爭取一個新的生命狀態，爭取又一次生命再生，重新開始一種帶有本體本質意義的生命秩序。你很敏感，能讀出我的這種人生自救。

爸爸

一九九九年十月二十日

論貴族子弟的平常心

爸爸：

美國的學校暑假特別長，我除了繼續寫畢業論文和讀有關的書籍之外，也可讀讀自己最喜歡的書，因此也重讀《紅樓夢》。這回讀的時候不知不覺地留心一下榮國府、寧國府的「府第文化」，也就是中國的貴族文化。這種文化淺層的飲食、裝飾、慶典等都極盡虛榮，秦可卿之死，是死的虛榮的極致；而文化深層的良知系統、倫理系統、情感系統等則已分裂，賈寶玉、林黛玉都生活在裂縫中。

你曾寫過「賈環執政」，注意到府第中一些子弟的心態。賈環是府第文化「造就」出來的痞子，他粗夯、刁頑、偏狹，但他是姨娘之子，在府第裏地位確實較低，多少受點壓抑，時時尋找出頭報復的機會。因此，當賈母、王熙鳳死而寶玉、賈蘭出門赴考時，他便佔府為王說：「這可要給母親報仇了。家裏一個男人也沒有，上頭太太依了我，還怕誰！」於是，就在幾天裏，他偷賈府裏的東西，宿娼濫賭，無所不為，還策劃把自己的年僅十三、四歲的親姪女巧姐兒送給外蕃王爺作妾。賈環在府第裏屬於下等貴族子弟，但是他一旦有了執政的機會，就會天不怕、地不怕地幹起壞事。而府第中的上等貴族子弟，如賈珍、賈璉等，本應當是府第棟樑，可是，他們個個都有一種府第文化的心態，在賈政面前他們當然是裝乖巧，而一旦出門，則胡作非為，宿娼納妾，連仗着府第勢力的薛蟠，也活活打死人。以前聽老師講清史，說八旗子弟原是英勇善戰，而一旦離開沙場原野進入府第大院，不用多少年便被院裏佳饌美女腐蝕得沒有一點精神。但是，他們卻有一種心態，以為天下是他們的老子打下的，當然應當繼續佔有天下，在他們的心目中，這天下也與俘虜差不多，應當屬於自己。貴族子弟這種天生的優越感，往往毀了他們自己。

中國的革命摧毀了貴族的府第，摧毀地主、資本家的特權，這是歷史的進步。凡是革過命的地方，社會都比較平等。這一革命的功勳是應當肯定的。但是，解放之初，也給革命功臣高級幹部建造四合大院，這些大院也形成大院文化。我有些同學也是從大院走出來的，他們雖然沒有榮國府子弟那種派頭，但也滋養一種不同平民子弟的心態，這也是一種佔有天下的心態。現在不是打江山的時代，而是做生意的時代，這些子弟便通過做生意滿足坐江山的慾望，這是一種情結的轉移。

我所以注意府第文化，乃是為了更深地了解賈寶玉。賈寶玉是府第文化的反抗者與叛逆者，他的靈魂被府第文化所壓抑，但沒有被府第文化所吞沒。他的自由性情本身就是對府第文化的叩問與質疑。他對府第文化的批判，不是直接訴諸言論與文字，而是用他的行為語言。他與諸女子的愛戀，都是對府第文化的反叛。你很喜歡賈寶玉，是不是可以談談他的文化精神。

小梅

一九九七年八月五日

* * *

小梅：

你所講的府第文化，是一個很值得研究的題目，尤其是府第文化心態，更值得研究。人類之中有一些為社會獻身的大仁大義大勇者，他們的心態是「我不入地獄誰來入」的心態，而貴族府第的子弟的心態，則是「我不進天堂誰來進」的心態。這是一種天生的優越感。

賈寶玉雖然是貴族子弟，但他沒有半點的府第文化心態，也沒有任何優越感。許多紅學家都談論過賈寶玉，但是，沒有指出來，賈寶玉的偉大精神——作為貴族子弟的偉大精神，正是他的平常之心和這顆心所負載的平常精神。他在府第裏的地位是很高的，然而，恰恰是他具有齊物的眼光，平等地看待、對待一切人，尊重一切人的人格。在他眼裏，擁有貴族地位的王爺與沒有任何社會地位的奴婢都是人，而每個人、每個個體都是重要的。所以每個奴婢之死，都會帶給他傷感。更不用說晴雯這個讓他產生感情有過愛戀的奴婢。他在《芙蓉女兒誄》的祭詞中說晴雯「身為下賤，心比天高」，這說明賈寶玉看人不是看其身份的貴賤，而是看其心靈境界的高低，這是一種完全超勢利的眼光。放下我的信後，你應立即去把《芙蓉女兒誄》找來反覆吟誦幾遍。這篇千古絕唱與《離騷》那種牽掛家國君王的憂思不同，它感傷的是一個很平常、很美麗的個體生命。這是一種哀悼、思念人間小女子的大悲情，是一種把世俗眼裏毫無地位的奴婢視為天使的翻天覆地的大悲歌。這正是最無勢利即最美的情感。每次讀罷，我都激動得難以自禁。

賈寶玉在榮國府裏，本是當然的「接班人」，他的長兄賈珠夭折之後，他的地位更高。他是府中驕子，第中珍奇，再加上賈母的特別寵愛，本可以驕奢淫逸，但他偏偏在特殊的地位中保持一顆平常之心，一顆和一切人的心靈可以相通的心。甚至可以和那些粗魯的人，如薛蟠等也可以相處，可以一起喝酒作歪詩，表面上看，他也有俗氣，其實，這正是他的平常之心的一種表現。

從賈寶玉身上，我常想到貴族子弟的偉大精神。貴族子弟並非注定要被優越感與佔有慾所羈絆。貴族子弟一旦具有平常之心與同情心，他就會放射出卓越的精神。俄羅斯十二月黨人，他們都是出身貴族，但他們具有平常之心，具有平民意識，自願為平民的利益去獻身，所以顯得更加偉大。因此，他們的悲劇是更深刻的悲劇。

爸爸

一九九七年八月八日

論性格的詩意

爸爸：

你對人的性格似乎很敏感，常聽你說「性格導致命運」。你認為歌德說「性格決定命運」可能說得太重、太絕對，還是用「導致」準確一些。我也朦朧地覺得性格確實可以導致命運。你還研究過文學中的人物性格，寫了《性格組合論》，你是不是覺得在創作中也應當注意性格與命運的因果關係。

有些叔叔跟我開玩笑，說你爸爸偏愛你妹妹。其實，你對我們倆都一樣愛，即使有些偏，我也能理解。妹妹小我十歲，總得給予更多的關懷，只是你和媽媽別把她寵壞了。妹妹的性格和我的性格不太相同，她似乎更浪漫一些，更愛「玩」，但她天真、爽朗，不知計較，的確是非常可愛的。我似乎更執着一些，也許我小時候吃過苦，所以也實際一些。我喜歡把房子收拾得乾乾淨淨，即你所說的「有板有眼」，這是和浪漫不同的理性，當教師，是需要理性的。理性之中，有時便太嚴正，好批評，「好為人師」。不過，我覺得自己又很脆弱，批評別人可以，讓別人批評就不舒服，心理承受力很差。只是我不會記恨而已。妹妹恐怕也是如此，我一批評多了，她就反感。當然，對少年和孩子，還是要多激揚其優秀之處。我對學生倒注意了這一點。

我和朋友、同學相處得相當好，老師對我都很好，一個真誠的朋友圈子、師長圈子使我感到這個家庭之外的人間很不錯。這其實也是命運。能生活在人際的溫帶中，而不是生活在酷熱酷冷的寒帶與熱帶中，這就是幸福。而這種幸運似乎也與性格有關。儘管我沒有妹妹那麼多的熱情，但對朋友還是真誠的，她們比我強時，我不嫉妒，她們比我「差」時我不覺得「差」。強與弱，成功與失敗，常有世俗的尺度，如果超越了世俗的目光，如你常說的，看人最要緊的是看其心靈狀態，那麼，失敗者與弱者，心靈常常比成功者與強者更美。許多成功的「大人物」都很卑劣，而許多失敗的小人物都很高貴。不過，這裏也包含着對「性格決定命運」這一論斷的質疑。有的女子性格很健康可愛，本該有幸福的命運，卻偏受冷漠、打擊，非常悲慘，《紅樓夢》中的晴雯就是這樣的人。她的性格多麼真純，但是，邪惡的環境容不了這種真純。壞環境吃掉好性格的例子很多，因此，說「性格導致命運」，似乎又需要有個「正常環境」的前提，也就是說，惡劣的環境不能強大到壓倒一切，以至性格完全無能為力。當然，性格也可反抗環境，但環境一旦強大到如泰山壓頂，這種反抗也就無能為力。晴雯不是不反抗，而是黑暗太龐大。這樣想，你覺得對嗎？

小梅

一九九五年九月一日

* * *

小梅：

要說清性格與命運的關係，可能需要寫一本書，至少需要一篇論文，這兩者的關係，並不是那麼簡單的直線因果關係，這其中也有你所說的環境因素以及你未提到的時間因素（機緣等）。所以我不願意搬用歌德的決定論，但又接受歌德的提醒，把性格視為導致命運的一個非常重要的主體因素。所謂性格悲劇，就是性格導致命運的悲劇。《哈姆雷特》、《奧賽羅》、《麥克白》、《李爾王》都是性格的悲劇。

在這些悲劇中，我們看到悲劇主角的性格衝突，也看到這種衝突（特別是衝突中的性格弱項）怎樣導致他們的命運。我的《性格組合論》，強調的是對於文學中的人物性格，不可「本質主義」地用好、壞、善、惡去概括。一旦本質化就會簡單化。性格總是包含着衝突、對立，包含着悖論。絕對壞（或說絕對惡）的性格不能構成性格悲劇，麥克白暗殺信賴自己的國王，背信棄義，但莎士比亞並未把他寫成絕對的壞人，他的性格充滿矛盾。其性格方向中的二律背反，才構成精彩的悲劇。黑格爾的《美學》一書，其中論及悲劇時就講到這一點，值得認真讀讀。（朱光潛先生翻譯的文字極好，讀起來像讀散文。）悲劇主角在性格衝突中最後必須作一選擇，這種選擇便導致命運。選擇得太久，太猶豫，如哈姆雷特，也導致命運。極其豐富的性格導致極為曲折的命運，文學如果能展示這種過程，就會顯得十分精彩。

今天，我不想和你多談美學，而想和你談談現實性格。你所描述的自己和妹妹的性格都是準確的。我不太承認自己的「偏愛」。愛有不同形式，我對你的愛與對你妹妹的愛，其形式有點不同。為了推動你成為學者，自然要嚴一些。不過，我得承認，我很喜歡你妹妹的性格，這是一種非常健康、非常美麗的性格。每次想到你和妹妹，我就會想到性格的詩意。你那種看淡名利、無嫉無猜、看到朋友比你強而不嫉妒的性格就有詩意。而你妹妹，至少是青春時期的妹妹，其性格更明顯地富有詩意。曹雪芹說少女屬於水世界，從妹妹身上，你便可確信這一點。她的性格的詩意就是她的清泉般的天真，這是真正的無猜無嫉無爭無垢的天真。在很小的時候，她就不許我們說半句奶奶的缺點，是奶奶的絕對「保皇黨」；長大之後，她的這種情緒又移向她的同學、朋友、老師，她絕對不許我們說她們的缺點。在她的絕對裏，有一種對人類的絕對信賴。她的成績那麼優異，但絕對不會瞧不起成績差的同學，有一次我取笑她的一位兩科不及格的同學，她就不高興，說：「你也不看看她家裏多窮，回家還得抱弟弟。」她對待甚麼都很真，在美國的籃球比賽中，完全站在麥可·佐頓一邊。有次麥可被打敗，她受不了，跑到房裏哭。她的這種淚水真會柔化許多頑石鐵石。林黛玉的眼淚就柔化了賈寶玉這塊頑石，所以他沒有陷入濁泥世界之中。林黛玉的眼淚便是詩。

我們不能要求文學作品中的人物性格都有詩意。然而，一部大作品中應當塑造某些富有詩意的性格。莎士比亞、曹雪芹和托爾斯泰筆下的人物，其性格帶有詩意的很多。這種詩意的性格很難描述，不像故事那麼容易複述。然而，詩意性格可以感受到，我們可以感受到林黛玉性格的詩意，但很難感受到《金瓶梅》中潘金蓮性格的詩意。不過，文學作品中許多塑造得很成功的形象，其性格並無詩意，像薛蟠、賈璉、賈雨村等，就一點詩意也沒有，但不能說寫得不成功。它的成功，或者說它的詩意是在作者對他的諷刺或幽默的筆調上。薛寶釵就其人物性格，也刻劃得十分精彩成功，對她的描寫也富有詩意，但她的性格不是真正具有詩意的性格。她太世故，太練達，似真人，又似假人。世故是天真的大敵。世故會毀滅天真和毀滅性格的詩意。人一旦進入官場、商場、名利場，性格的詩意就會蕩然無存。在政治場合中，政客的性格沒有詩意，但富有原創性的政治家性格則富有詩意，華盛頓、傑弗遜、林肯以及甘地、馬丁．路德金、曼德拉都有詩意。拿破崙的性格也很有詩意，他帶著《少年維特之煩惱》上戰場，把戰爭看得像文學，不太在乎成敗，就很有詩意。薛寶釵當然不是處於官場、商場，但她處於爭奪地位的關係中，因太會做人也失去了天真。

性格的詩意與天真天籟密切相關，但詩意的性格不僅僅表現在天真上。有些非天真的雄偉性格、崇高性格、剛毅性格，也很有詩意。像凱撒、唐太宗、彼得大帝都很有詩意。這是一種力的詩意，如同獅虎鷹鷲，屬於壯美的詩意。雄偉的性格，包含着很高的智慧，但這種智慧不是心機。心機沒有詩意。在中國近代人物中，就其性格而言，我除了特別喜歡王國維之外，還比較喜歡梁啟超與章太炎，這兩人都敢於直言，敢說該說的話，很有智慧，但沒有心機。尤其是章太炎，學問很大，政治資格也老，但常常像孩子，他痛罵稱帝的袁世凱，袁世凱也拿他沒有甚麼辦法。袁世凱與章太炎的關係，是一個毫無詩意的野心家與一個富有詩意的學者的戲劇。只要是頭腦與人性健康的人，都只會愛章太炎而不會愛袁世凱。

爸爸

一九九五年九月五日

論拒絕世故

爸爸：

在《今天》雜誌上讀到你的〈童心說〉，你寫道，「回歸童心，這是我人生最大的凱旋」，「我的凱旋是對生命之真與世界之真的重新擁有」。這兩句話使我想得很多。

自己的父親把「回歸童心」當作人生最大的凱旋，而我總不能在年僅三十歲的時候就失去童心，就學習一套人生的技巧和策略，開始世故起來。從教我寫文章如何「起承轉合」起，二十幾年中你既是我的父親又是我的老師。黃剛有句話說得很對，他說：「你比我更幸運之處是你有一個父親作為你的心靈導師。」然而，許多人都不知道，你對我最大的影響，並非在「作文」，而是在做人。作文難，做人更難。但你不是刻意去做人，變成「很會做人」的人，而是向做假人的各種策略與技巧挑戰，即向「世故挑戰」。

我還想到，人生的凱旋最重要的應當是心靈的凱旋。你常對我說，不要太計較一時的得失，一時的成功與失敗，但對心靈的優劣要有敏感。由此我想到休謨所說的人性的高貴與卑劣的區分，是必須守住的一種心靈邊界。我偶而也會感到一種心靈的勝利，例如當我看到同一輩朋友，當了作家贏得名聲，我也會在剎那間產生一種不健康的情感，心裏嘀咕說，這沒甚麼了不起。但過後我卻反省，覺得這是一種人性劣質的表現，於是，又懷着欣喜和正常的心情去欣賞同輩朋友的成果。此時，我便覺得自己獲得一次心靈的勝利，是戰勝虛榮的勝利。我在這種勝利後，感到一種說不出的快樂。

我把你的數十則〈童心說〉都仔細讀了，讀後我真的感到你獲得了心靈的勝利，你的回歸童心，意味着你放下世俗的許多精神重擔，意味着你撕毀社會逼迫你曾戴上的各種「面具」和緊綳在你心中防範他人的「弦」與「堡壘」，意味着你放下往昔的是非恩怨只面對自己的良知和你感悟到的真理和光明。回歸童心，真的是一種大解脱與大自由，我能想像你的內心具有怎樣的快樂，只是我不知道用甚麼語言來祝賀你。

小梅

一九九七年十一月一日

* * *

小梅：

你能看到我的回歸童心的內涵，真使我非常高興。這説明你並沒有死讀書。你能夠看到天真與世故的對立，知道回歸童心之所以是人生的凱旋——心靈的勝利，乃是對世故的拒絕，這真使我高興。許多閱歷豐富的人，包括金錢上富有與知識上富有的人，最後都走入世故，被世故所征服，完全喪失赤子之心；我們能看到這點，然後盡量地保住正直與天真，便是一種勝利。許多偉大的思想家與作家，敢於向世故挑戰，所以到了晚年仍然像孩子一樣單純，這是很值得我們誠心誠意去學習的。我所以喜歡托爾斯泰，就是覺得他直到晚年，還像一個孩子，一點世故都沒有。他的出走，是孩子的行為語言，而不是老人的行為語言。是心的語言，而不是腦的語言。這種語言包含着他的全部天真。儘管是孩子的語言，它卻向世界宣告：我拒絕世故。每次想到托爾斯泰的「出走」，我都激動不已。

我在美國多年，可以説，相當喜歡美國人。這原因就是美國人較為天真，一般都沒有世故。美國文化從總體上説，沒有歐洲文化的深刻，也沒有中國文化的成熟，在許多方面甚至讓我覺得相當膚淺。但是，美國文化的膚淺中有天真，沒有世故。他們甚至很看不起世故。一個人如果顯得事事洞明，很有心機，美國人是不喜歡結交為朋友的。因為沒有世故，所以就坦誠、直率、誠實，不說假話與敷衍的話，不會做「今天天氣哈哈哈」這種應付場面的圓滑相，也因此，他們最憎恨撒謊，你一旦撒謊，他們就會認為你無價值。克林頓的白宮私情被揭露後，美國人不是不能原諒他的私情，而是不能原諒他的撒謊。克林頓是比較年輕的總統，美國人本來喜歡他具有較多的平民氣息而較少世故，而一旦撒謊，就暴露出內裏的世故來了。膚淺而有天真的文化是可愛的文化，膚淺而又世故的文化，則一定不可愛。我在大陸、香港、台灣，都看到一些膚淺而又世故的文化人，學識不多，卻擺出一副姿態，精明得很，我不喜歡這種人。

在《紅樓夢》中，我不喜歡薛寶釵、襲人這種人，並非像某些紅學家那樣，是因為她們代表着封建思想傳統，而是因為她們太世故。尤其是薛寶釵，她有太多的生存技巧與做人技巧，所說的話往往不是從心靈中流出來的，而是從利害關係的考慮中說出來的，不像林黛玉那樣直抒胸臆，敢說敢罵敢於歌哭。她的真性情完全被世故所扼殺。在中國學術界中，有許多薛寶釵似的人物，非常聰明，但沒有天真與真性情。我也害怕與他們接觸，他們的世故大於學問，大於思想，和這種人在一起，很難交流由衷之言，很累又沒有意思。

你理解得很對，回歸童心，就是征服世故、戰勝世故。人的經驗、知識多，可能讓人變得很有智慧，也可能讓人變得非常世故，如同老狐狸。人首先需要擁抱知識，但擁抱之後，還得用生命去穿透知識、昇華知識，讓知識變成活潑生命的一部份，而不是把知識當作資本，當作敲門磚，當作面具，如果這樣，就會變得世故起來。

拒絕世故，拒絕成為薛寶釵，這是我給你的贈言。

爸爸

一九九七年十月二十八日

論慧根與善根

爸爸：

錢鍾書先生有一觀點，就是學士不如文人。他說「文人慧悟逾於學士窮研」。類似的觀念在《管錐編》一再出現。這才使我想到許多詩人作家確實比學者聰明。

我很喜歡「慧悟」二字。嚴羽在《滄浪詩話》中所說的「妙悟」，我也喜歡。但慧悟卻使我知道妙悟並非憑空而來，它需要有智慧的助力。你在〈散文與悟道〉一文中說，寫一篇散文，總是先有所悟才下筆。有所悟，便有所得。「所得」的便是思想或者說是屬於你自己特殊的情思。藝術發現恐怕就在這瞬間的頓悟之中。

不過，籠統說學士不如作家，似乎也不妥。錢先生所說的學士，是指中國傳統的經士、註家、學究，並不是我們現在所說的思想家、哲學家、史學家這類學者。這類學者的大慧悟，常常會「驚天動地」。柏拉圖、尼采、康德、馬克思等，就可說是驚天動地。學者之中，有的是學大於識，有的則是識大於學。有的則是學識兼備。飽覽詩書之後，如果未能慧悟，恐怕就難以有識。像我這種所謂「博士」，多半只是如錢先生所說的「窮研」與「學究」，將來也只能算是個「書櫥」，天底下努力讀書的人處處都能找到，但真正具有「詩識」、「文識」、「史識」、「器識」的人卻很少。尼采的許多思想觀念，我並不贊成，但讀他的書，卻不能不承認他才華過人，思想的激浪一直追拍着你。而這位洋溢着識見的思想家，並不是一個向書本討生活的人，他甚至主張要丟開書本。他的學說，主要是靠慧悟。我當然不可能走尼采這種路，但我非常羨慕他的慧悟能力。所謂天才，恐怕就是一種具有高度慧悟能力的人。

小梅

一九九九年一月

* * *

小梅：

「慧悟」一詞確實可以讓我們想得很多。你說得對，「頓悟」、「妙悟」背後得有智慧的助力。有知識不一定能悟，知識變成力量也不一定能悟，知識只有昇華為智慧才能算是悟。知識與智慧是不同的，知識只有當它融入生命並化作對生命的一種觀照能力時，它才會變成智慧。因此，智慧總是與內在生命和內在視野有關，知識則未必。

因為你提起「慧悟」，我便想到「慧根」。慧根與慧悟都是佛學的術語。我是佛學的門外漢，但對佛學中的「慧根」、「善根」這兩個概念非常喜愛，當八十年代我國作家在「尋根」的時候，我暗自也在尋根，但尋找的是自己身上的慧根與善根，覺得可以去發現和培育這兩種根蒂。除了在自己身上尋找、發現與培育之外，還可以在書本、朋友以及社會中尋找。具有慧根和具有善根的人都可以作為朋友，兩者兼得的則可以建立很深的友情。我相信你有善根，你總是對人抱有信賴，不會算計，不知嫉妒，不會看輕比你弱的人，也不會嫉妒比你強的人，做錯了事會感到不安，這正是善根在起作用。在我心目中，善根是蒼天的偉大賜予，它是真正的無價之寶。人世間的誠實、正直、善良、仁厚、慈悲、同情心、獻身精神及各種類型的偉大情懷，都是善根所生。善根扎在生命的最深處，人類史上的大師，他們所創造的不朽的精神森林，都與其生命深處埋藏着的善根有關。

大善不一定就是大智，但它能導致大智。他們以大悲憫的情懷感受世界，結果感悟到許多聰明人感悟不到的大真理，走到別人難以企及的精神境界。

你讀了整整二十五年書，算是掌握了一些專業知識，但這些知識，只有當它轉化為觀照萬物萬有尤其是觀照人的生命才華，才有價值。所謂天才，就是把知識、感受轉化為大智慧和創造形式的特殊能力。而實現這種轉化，全靠身心中的慧根。所謂慧悟，就是扎在生命深處的慧根在某一瞬間推動生命達到對宇宙萬物或社會人生的一種本真觀照和特殊發現。精神價值創造者的靈感、靈性、發明、創造、「筆下生花」等等，全都是慧根派生出來的。

慧根與善根是先天就有的還是後天生長出來的，這是一個爭論不休的問題。按照孟子「人之初性本善」的說法，人一生下來就有善根，但他沒有說人一生下來就有慧根。而按照基督教的「原罪說」，則認為人一生下來就有惡根，但它也沒有回答人生下來之後是否帶着慧根。我一直把這兩種說法視為一對悖論，確認人生下來均有微弱的善根，也確認有微弱的慧根。在作這種形而上的假設之後，我覺得重要的是對善根與慧根的開拓與培育。沒有培育，這兩種根都不可能壯大。微弱的善根與慧根沒有意義。正是需要培育，所以我覺得「修煉」是必要的。修煉包括讀書、思索、反省、實踐等等。兩種根都需要苦汁水的灌溉。我至今還想不出有用蜜糖水澆灌出來的強大的慧根。慧根與善根都沒有成熟之日，它的強大是沒有邊界的。

那麼，慧根與善根是生長在腦子裏還是心裏？我覺得主要是長在心裏。有人用腦子寫作，有人用心靈寫作。作家所以往往勝於學究，原因就在他們不僅用腦子，更重要的是用心靈。托爾斯泰、陀斯妥也夫斯基、卡夫卡等都是用心靈寫作的人，他們完全不必頭腦化、學者化。如果學者化，上帝一定會發笑。

爸爸

一九九九年一月

論受難情結

爸爸：

前幾天在《明報》星期日週刊上看到記者對你的專訪。題目用的是《劉再復被苦難抓住心靈》，這是你談話的主題。在你看來，這是陀斯妥耶夫斯基等俄羅斯作家最高貴的品格。十九世紀俄羅斯的偉大作家，從托爾斯泰、契訶夫到陀斯妥耶夫斯基、高爾基，確實個個被苦難抓住心靈，都有偉大的同情心與憐憫情懷，也可以說，都有一副基督心腸與菩薩心腸。康·帕烏斯托夫斯基在《面向秋野》中說契訶夫常在夜裏，關掉電燈，獨自久久坐在黑暗中，兩眼望着窗外，雪在那兒靜靜地閃着白光，而憂傷和不安卻在他的心裏迴蕩。康·帕烏斯托夫斯基批評許多回憶契訶夫的文章忽視他的眼淚，關於契訶夫哭過一事隻字不提。契訶夫的小說，每一篇都讓人感到好笑，但每一篇又都催人落淚。他的笑的背後是大慈悲。美國這個世紀的作家，也有被苦難抓住心靈的。但是，當代作家似乎正在把一切故事喜劇化，與十九世紀俄羅斯作家的心靈傾向很不相同。

你的散文中有許多苦難記憶，特別是關於飢餓和文化大革命的記憶。這些記憶，既屬於你個人，也屬於民族大集體。這些苦難記憶在你筆下得到提升，化為各種意象，例如〈語狂〉、〈套中人〉、〈黑夜裏的荒原狼〉、〈還不清的滿身債〉等等，在《人論二十五種》中，你描述了許多苦難，而這種苦難又通過幽默的形式表現出來。在〈奇異的牡丹花〉中，你又通過幾乎是寓言式的散文（形虛實實）講述苦難的故事，這說明，你在努力尋找表現苦難的多種手法，既擁抱苦難又超越苦難，並不希望自己完全陷入苦難之中。我想，這一點是非常要緊的。我看到你的散文視野愈來愈寬廣，這與你雖然描述苦難，但又與苦難保持一種距離有關，進得去又出得來，投入大關懷與大同情，又擺脱控訴模式與譴責模式。描述苦難時很容易陷入這種創作模式。其實，描寫苦難而又賦予苦難以某種喜劇形式，反而會使苦難進入另一精神層面：揭示人世間的大荒謬。

散文確實是個人全人格的展現，你的散文比任何其他理論都更能證明你的心性和思想的韌性。你雖然經歷過劫難，卻從不怨天尤人，這種情緒離你非常遙遠。作為女兒，我比別人更敏鋭地感覺到父親靈魂的健康。這和身體的健康一樣使我高興。我雖然不太關心社會政治，但畢竟生活在社會中，因此也看到苦難不僅壓倒了一些人，而且也使一些人的心理產生病態，或太消沉，或太狂躁，或被苦難抓住後不能昇華。

小梅

一九九五年十一月二日

* * *

小梅：

「被苦難抓住心靈」，這是人格；而如何從苦難中昇華心靈與塑造心靈，這是創作。兩者的和諧，的確是需要費心思的。曹雪芹流了十年的辛酸淚，這説明他是怎樣地擁抱苦難，但他寫出來的是《紅樓夢》，是偉大的心靈圖景與社會圖景。

苦難是一種思想資源。受過磨難與沒有受過磨難是不一樣的，尤其是肉體的磨難。文學作品的「大氣」與「小氣」往往與作者是否受過磨難有關。我讀莫言的作品，覺得他比蘇童、余華等的作品更有深度，這顯然是與莫言的童年、少年時代經受過苦難有關。但是，苦難還需要生命去提升，否則，苦難就會限制自己的眼界，使自己無法從苦難中擺脫。被放逐，會形成放逐情結；坐了牢，也會形成牢房情結。牢房中的囚徒充滿焦慮，總想大喊大叫，在牢房中很難冷靜，走出牢房後也難冷靜。陀斯妥耶夫斯基的偉大，是他坐了牢之後，依然冷靜地觀察社會人生，眼界不停留在牢房裏。他在牢房之中卻領悟到牢房之外的牢房，想到人間現實社會那些更大的苦難和永恆的困境。他想到的不是自己坐過牢，而是無數已經死亡和正在死亡線上掙扎的軀體與靈魂。個人的苦難只是人類困境中一段微小的插曲而已。因此，他的作品不是簡單地譴責牢房，而是把自己視為永恆的罪人而感到自己對人間的不幸負有責任。俄羅斯偉大作家的大關懷大情懷都是從這裏產生的。

人在獲得成功之後保持平常之心很難，而在經歷苦難之後要保持平常之心也很難。如果我們像基督那樣，上過一次十字架而又復活了，那麼，我們能否像基督那樣保持平常之心與仁慈之心，就很難說了。也許，我們會選擇另一人生方向：把苦難化作拳頭，無情地向十字架的製造者報復，到處煽動仇恨哲學和鬥爭哲學，到處宣揚自己的偉大故事與神奇故事，眼睛只看到曾經釘住自己的十字架，而不是十字架所代表的無限廣闊的天地之間的苦難兄弟。

在二十世紀的政治家中，像甘地，馬丁·路德·金，曼德拉等，確實是值得人們敬佩的，他們坐牢之後，受盡苦難，卻沒有改變他們的和平的、非暴力的信念。曼德拉從牢房走出來之後，不是從事復仇的事業，而是和平地實現他的目標。受難之後，容易扮演兩種角色，一是英雄的角色，一是受難者的角色。英雄要求人們崇拜，受難者要求人們恩賜，這都不是高境界。甘地等人值得尊敬，是他們在受難之後拒絕充當這兩種角色，而想到自己的受難只是無數受難者中平常的一個，最重要的是還有無數受難者還在受難之中。

受難之後如果能保持平常之心，便可贏得平靜平實的心境。這十年，我在美國固然找到一張平靜的書桌，但是，更為重要的是在書桌旁，我贏得一顆平靜的心靈，這顆心靈不僅沒有堵塞我的視野，而且不斷地開闢新的視野。前些天，我在草地上散步，就想到如何用多種眼光去看待苦難。在《俄狄浦斯王》作者眼中，苦難是一種宿命；在基督眼中，苦難是通向天堂的階梯；在莊子眼中，苦難是幸福的兄弟和向幸福轉向的前提；在叔本華眼中，苦難是人類的本質；在愛因斯坦眼中，苦難只是一個瞬間。在作家眼中，苦難是故事；在思想家眼中，苦難是啟迪；在政客眼中，苦難是敲門磚；在漂泊者眼中，苦難是旅途中的一個點，一脈滋潤心靈的泉流。

爸爸

一九九五年十一月八日

論思想的韌性

爸爸：

你的散文選已編好了。出國前的散文編一集，起名為《讀滄海》，後一集是從你的《漂流手記》中選的，書名尚未想好。兩部集子我都寫了序言。能為你作序，這是你賜予的父愛，我十分珍惜這一個機會，想好好寫，寫好些，但畢竟還是幼嫩，難以進入你的精神世界，可能會使你失望。

這回通讀了你的散文，更清晰地看到你的心靈腳印。你的散文就是你的心靈史和心靈傳記。愛默生曾說過：「斯特拉斯堡大教堂就是斯坦巴赫人歐文的靈魂的真實的副本。真正的詩歌就是詩人的心靈；真正的船就是造船的人。」你一再說，要善於感受人，感受心靈，這回我又一次地感受你的心靈。我相信，你用文字展示這一心靈，你的靈魂真實的副本，將是留給我和妹妹最寶貴的財產，倘若我不知它的價值，我將枉此一生。我還相信，此後的人生途中，假如太陽無光、星辰隱晦，這顆心靈也會給我一盞不滅的明燈，它將照亮我繼續走向曙色初臨的早晨。

你出國前與出國後寫的散文風格很不一樣。出國前寫的基本上是散文詩，幾乎沒有敘事要素，出國後寫的也抒情，但有敘事，所以顯得更為厚實。然而，不管是前期還是後期的散文，背後都是有血肉的思想，這也許可稱為「情思」。你自己也一再歌吟羅丹的《思想者》，把自己界定為「思想者種族」、「思想者部落」的一個成員，而且不斷地呼籲「讓思想者思想」，讓思想自由地呼吸，以至把自由思想看成人的全部尊嚴，因為把握住這一點，所以我把你的散文視為卡繆式的思想者散文，這是一種以思想為生命、把思想視為身體、骨骼、肝膽本身的散文。教科書中和理論書中的思想，可能是一種邏輯，一種思維；而散文中的思想，則是一種血的蒸氣，心的旗幟，一種跳動着生命脈搏的信念。這種散文，不是身外之物，而是身內之身，心中之心。

學習寫作之初，你就對我説，寫作者最重要的是要有思想，有思想的人就是一個脱俗的人。因為有你的提醒，我讀書也側重讀思想，精神生活中的呼吸也大體上是思想的吞吐，我的生長，主要也是努力吸進歷史與現代傑出哲學家與文學家的思想。但是，我現在已深深地感到，要有思想，已不容易，而要在思想中投入生命，把思想化為有血液與心靈，更不容易。我經常處於思想的蒼白狀態，覺得自己能想到的別人早已想到，要發前人所未發，不知從何人手，苦思冥想也想不出道道，惟有空空蕩蕩對着空空蕩蕩，四壁之內只有一個蜷縮在沙發上困乏的軀殼是真實的。此時，我甚至懷疑自己是不是配得上生活在人類的形而上世界中。爸爸，你能幫助我走出這種困惑與恐懼嗎?!

小梅

一九九八年九月二十日

* * *

小梅：

你的兩篇序文都寫得不錯。在你編選的集子後面，我添加兩篇後記，為你助興。近幾年我仍然很有寫作慾望，但沒有多少發表的慾望。現在大陸的朋友要出我的書，我自然高興，但絕對不會興奮，其實再過十年八年出版也無妨。我的《獨語天涯》以梭羅的話作為結束語，他說：「作家，該過着恬淡的生活，他們不應選擇群眾活動的方式，而應當單獨地向着人類的智力和人類的心曲說話，對任何時代都理解他的知音傾訴。」我很喜歡這段話。既然是向着任何時代都能理解的知音傾訴，就不用着急。有的知音正在誕生，有的知音尚未誕生，而已經生活在故國的同時代的知音，他們早已讀過我的一些作品，我並不急於向他們傾訴。這種發表慾望的淡泊，也包含着自我信賴。我不怕自己的名字與文字被遺忘。倘若沒有價值，本就應當讓人遺忘，沒甚麼好抱怨；倘若有價值，你即使一百遍地呼籲社會「忘記我」，社會還是不肯忘記。休謨在談論藝術鑑賞時說：「一個糟糕的詩人或演說家，仗着權威的支持或流行偏見的作用，也許可以風靡一時，但是他的榮譽是決不能持久的，也不會得到普遍的承認。當後代或外國讀者來考察他的作品時，戲法就戳穿而煙消雲散了，他的毛病也就現出了原形。與此相反，一個真正的天才，他的作品歷時愈久，傳播愈廣，他所得到的讚揚就愈真誠。在一個狹小的範圍裏，敵意和嫉妒真是太多了，甚至同作家親近的熟人也會減弱對他的成就的讚賞，但是一旦這些障礙消除，那自然的，動人心弦的美，就會發揮出他的力量。」我們不是天才，但要相信休謨所說的這一真理，相信障礙和敵意無法持久，相信真誠向真向善的心靈擁有未來，它能夠隨着時光的推移而愈加清新亮麗。對於至柔的心靈，我們恰恰必須有至剛的信念。

你給我的這封信，證明你已意識到思想對於人與學人是何等重要。只要你真的有思想，那麼，每一天，每一個結結實實的日子都會屬於你。不管你是讀書還是讀社會，只要你用思想去讀，就一定會有收穫。時間在有思想的人的心裏與手裏，不是那麼容易流逝的。以思想的鋤頭與鐵鍬去墾植世界，這是我們的人生特徵。學問對於我們來說，不是一種姿態，一種架子，一種顯耀知識的展覽室，而是一種真理的渴求，思想的歷險。人們常說的所謂學術領域，對於我們，可能僅僅意味着以思想去耕犁的生育的大地。不管是在科學院裏還是大學裏，你我都是以研究為職業，泡浸在這種職業中，我們所以不會感到乏味，就因為我們並非卡片的奴隸與書本的奴隸，而是能夠用思想去發現世界的探尋者。山海經、易經、尚書、先秦諸子，我們的祖先已說過一千遍一萬遍了，但我們仍然可以談出新意，說出新話，這就全靠思想的照亮，無限的樂趣就在這一重新照亮之中，快樂的巔峰也正是在思想的發現之中。

你有了思想的自覺，這真使我太高興了。我敢說，思想的自覺是學人最高的自覺。這一自覺將帶給你無窮的幸運，你的人生將會擺脱平庸，擺脱虛妄，最重要的，你將會擺脱蒼白。許多聰明人的言說與文章，儘管並不缺少流光溢彩，但最後給人的感覺是精神內涵的蒼白，這就是其中缺少精彩的思想。人（包括學人）上了年紀之後，很容易變成世故，以至世故大於學問，這就因為他們已沒有足夠的思想力量繼續前行，也沒有思想力量反省自身，在衰老懦弱之中，只有靠一些人生的技巧與策略來支撐殘存的人生了。

出國之前，我已意識到有思想的重要，但並未真正意識到思想之難。聶紺弩老伯在臨終之前，特用毛筆抄錄他的兩句話贈給我：「文章信口雌黃易，思想錐心坦白難。」出國後我一直帶在身邊，此刻還把它掛在書房裏以作為座右銘，而真正領會到這詩句所提示的意義還是近幾年。聶老一生寫了許多文章，經歷過許多瀕臨死亡的劫難，最後鑄就一副中國少有的錚錚人格，他的文章有底氣，有骨氣，有正氣，不是一般文人所能為，現在我已明白，他的文章境界如此之高，乃是他錐心思慮的結果。他的文字是肝膽的苦汁寫成的，而膽汁寫成的文字只能贏得極少數的知音。佔據社會多數的市民是讀不懂的。散文是作家其人格的顯現，一點也無法摻假，只有像聶紺弩這種穿越牢獄、穿越劫難之後而昇華的靈魂，才能獻給我們那種硬骨鏗鏘的文字。在現時的散文中，真有思想的文字很少。那種知識的小展示和思想小體操的散文，不是思想者的散文。把無關痛癢的小機智視為散文的上品，這是評論界的誤讀，它反映着評論者正在被市民文化心理所同化。思想小體操也不是真思想。真正的思想者是羅丹雕塑的那個形象，那是全身心的投入與燃燒，那是把思想確切地當作生命的本身與全部，那是直逼事實與真理的無畏的開挖與奮進，那是不顧權勢的壓力與誘惑的精神歷險，甚至是對死亡的迎接。西方第一個偉大的思想者是蘇格拉底，但他最後被雅典的民眾判處死刑。這些無知的群眾認為他的思想是有毒的，他們的愚昧的鼻子聞不到蘇格拉底思想的芳香。我們的泉州老鄉，明代的思想家李卓吾，他是一個真正的思想者，他的散文，靈魂結結實實，旗幟堂堂正正，絕非一般文人的隔鞋搔癢，尋章摘句，所以朱氏王朝非把他置於死地不可。明、清的龐大文字獄，對付的就是幾個手無寸鐵的腦袋。整個人類的思想史，都在告訴我們，真正的思想者不僅要有思想，而且要堅強地思想，要不怕「思想可能會燒死自身」地思想，要敢於面向權勢、腳踏荊棘地思想。「我不入地獄誰來入」，思想者倘若沒有這種不惜被拋入地獄的剛強性格，就只能去做一些迎合世俗判斷和趣味的文字表演和語言小體操。說到這裏，我想讓你也記取我經常想起的愛默生的一句話，他說：

一個偉大的靈魂要堅強地生活，也要堅強地思想。

我們應把這句話當成座右銘。有了這一座右銘，我們也許會少點脆弱，多點挺進的勇氣和思想的韌性。愛默生的思想環境其實比我們好得多，但他還是感到沒有堅強的意志力難以思想下去。他當時面對的思想困難是貧窮、孤獨與自我障礙。他認為，一個思想者走老路和接受社會上流行的風尚、教育與宗教是容易而愉快的，但他注定要走自己的路，要情願忍受苦難地走自己的路，這樣就使他實際上是和社會、尤其是受過教育的社會站在敵對的地位上，就不能不歷經艱難，何況，個人在思想途中又會常常「氣餒、徬徨」。面對身外身內的敵者，如果缺少思想韌性，就會從挑戰、質疑、叩問變成迎合、俯就、媚俗，完全失去思想者高貴的特徵。

如果說，美國的思想者需要堅強，那麼，中國的思想者更需要堅強。「五四」和「五四」後的魯迅，曾用不同於愛默生的語言，充份地表述這一點。他的批判國民性的許多文章實際上都在告訴人們一點，這就是中國的改革者（包括思想者）面對的不是幼稚的腐敗，而是成熟的腐敗；面對的狡黠不是一般的狡黠，而是成熟的狡黠；甚至面對的愚昧、虛偽也不是一般的愚昧、虛偽，而是成熟的愚昧、虛偽。這些愚昧、狡黠、腐敗、虛偽，是四千年積習下來的大愚昧、大狡黠，是用最神聖的名義和語言層層包裹、包裝起來的大虛偽、大腐敗。阿Q這麼一個農民與村民，他的自我欺騙，他的自虐、自負、自悲，也不是幼稚的自虐、自負、自悲，而是幾千年傳遞下來自我麻醉和精神上的自我逃遁。面對這種「成熟」，中國的思想者更需要思想的韌性。

爸爸

一九九八年九月二十五日

論外婆意蘊

小梅：

近日讀書，發現馬賽爾·普魯斯特有一篇很有意思的小品，題目叫做《外祖母》。他在文章的一開頭就說：「有的人活着不依靠力量，就像有的人唱歌不依靠嗓子，這些人更讓人感興趣，他們用智慧和情感代替他們所缺少的材料。」這篇散文所寫的「外祖母」（不是普魯斯特的外祖母，而是他的好友弗萊爾的外祖母）就是這樣一個不靠力量而靠情感活着的人。普魯斯特說，貫串這位母親畢生的是偉大的愛，終日的思念耗盡了她的心血。每當普魯斯特的好友、她的外甥弗萊爾要出去旅行的時候，她都會掉淚——像小姑娘似的眼淚，她害怕他會結婚，然而外孫真的結婚之後，她又愛外孫媳婦，「三個人一天也不分離，三個人一天也不吵嘴」。普特斯特說這位外祖母是「一本才智橫溢而又熱情洋溢的書」，對她可以進行一種心靈閱讀。

我在幾年前所寫的〈別外婆〉，主題與普魯斯特的《外祖母》相通。我說外婆：「她有根深蒂固的人生責任感，但她唯一的責任感，就是愛，天然的、無邊的愛。她把這種責任推到很遠很遠的地方，不管我和我的兄弟姐妹走到多遠的天涯，都感受到她的愛。」把愛作為自己的唯一責任，這就是我概括的外婆人生意蘊。這種意蘊正是世間許多女子的共同特徵。我外婆也是屬於普魯斯特所說的那種不靠「力量」活着的人，而是靠「愛」活着的人。外婆的心血，靜靜地流入你奶奶的血脈，也靜靜地流入我的血脈。小時候，我幾乎可以聽到寂靜的流水聲——外婆愛的水流沿着血脈的河道，涓涓地流入我的胸間。

一種偉大的母性由此而屹立。

女權主義作為一種文化批評策略和作為爭取女子地位的策略，我能理解。無論如何，女子與男子在人格上應是平等的。然而，我並不贊成女子的男性化，一味像男子那樣追求「力量」，從而喪失女子的溫情特點，像外婆似的那種女子的天賦特點。女子眼裏擁有比男人更多的眼淚是正常的，像普魯斯特筆下的外祖母，年邁時還老是流着小姑娘似的眼淚是非常可愛的。所謂「女強人」，她們往往可敬而不可愛。只有當女強人在事業上表現出力量，而在人性上依然有一種平常心與溫暖的愛心時，才是可愛的。也就是說，即使被社會認定為具有強大力量的時候，在人性中具有懦弱的一面，可能是很有必要的。也許只有這懦弱，能幫助女子保持一點美好的性情。你對女權主義比較關注，很想聽聽你的想法。

爸爸

一九九六年三月十日

*　*　*

爸爸：

普魯斯特所寫的《外祖母》的確讓我想起了我自己的外祖母和祖母，她們對我的愛絕對是無條件的，每次想起她們，我的淚水就禁不住湧流出來。我想念她們，覺得奶奶、外婆就是真實的故鄉。許多次我都有過很衝動的念頭，想把年邁的她們，接到美國，天天住在我的身邊，讓她們好好享受一下人生，可是我又怕她們經受不了長途的顛簸，也怕她們忍受不了異鄉的寂寞。

普魯斯特描述的外祖母，你的外婆（也就是我的曾外祖母），還有我的外祖母和祖母，都是一輩子生活在情感生活中的人。正像你所說的，她們唯一的責任就是愛，愛是她們生活的全部。想到她們，就想到偉大的愛，想到母性的光輝。雖然她們的愛不代表力量，卻比力量更長久，更廣闊。「聖母」般的永恆，也在她們的身上。她們象徵的母性，是慈悲，是同情，是忍耐，是日常生活的忙碌與辛勤，是苦難的承受者與溫暖的製造者。我們中國的外婆們，一生不知經歷過多少磨難，她們對民族國家也許不太關心，也許不太了解，但她們對兒孫們無私的愛，早已大過所有的大概念。

中國外婆們的偉大母性，以及她們對苦難的忍受，已經在中國現代作家們的「母親形象」裏得到了體現。冰心最早以晶瑩透明的文字歌詠母愛廣闊的包容力，馮沅君的〈慈母〉、〈隔絕〉寫到了母女間的親密關係，丁玲的《母親》是舊時代裏具有新意識、敢於獨立自主的母親。這些女性作家對「母親」的肯定與歌詠，既有永恆性，又帶有她們那個時代的氣息。在「五四」文化對封建父權進行瓦解的大背景下，這些女性作家對「母親」的認同，是女性的一種自覺意識。

比起這些對「母親」的歌詠，馮德英的《苦菜花》中所描述的母親，則更多的是政治概念的產物。至於另外一些把母親與祖國的苦難聯繫在一起的作品，其重點不在於表現「母愛」，而在於表現國家民族意識。這類作品一般都顯得有些矯情，回蕩着郁達夫〈沉淪〉中那著名的句子：「祖國呀祖國！我的死是你害我的！你快富起來，強起來罷！你還有許多兒女在那裏受苦呢！」正如批評家周蕾在《女性與中國現代性》一書中所指出的，這類作品暗含了作家心理的焦慮，而且受到意識形態的影響。可以說，「母親」成了負載父權意識的工具。

毫無疑問，冰心等女作家對「母親」的歌詠，是對意識形態的超越，更突顯母親的永恆性，也就是神性，其意義在充斥着政治色彩的中國現代文學史上是巨大的。不過，我卻覺得太多的歌詠會把「母親形象」典範化，會把「偉大的母親們」固定成一個標準，而這一標準毫無疑問還是帶有男性社會對女性的期許，以及對其他「有缺陷」的女性的否定。王德威老師在〈做母親，也要做女人〉一文中寫道：「『神話化的母愛，『天職』化的母愛，不代表社會敍述功能的演進，反可能顯示父權意識系統中，我們對母親角色及行為的想像，物化遲滯的一面。」他在文中列舉了中國現代文學中各式各樣的母親形象，有苦難母親，勇氣母親和邪惡母親等，甚至有巴金的《第二的母親》裏的同性戀母親。王老師從母親形象的多樣性及變調這一角度，來探討「母」性和「女」性兩者微妙的張力，並指出「母親的意義，有其歷史文化的互動因素，不應永遠視為當然，也不能化約為中性、固定的角色；同時，做母親不易，做女人更不易呢。」（《小說中國》，第三一九—三二六頁）

西方的一些女性主義文學理論則更為激進地指出，男性對女性表面的理想化實際是在掩蓋男性恐懼女性的特質。於是，許多女性主義者都志在修改、解構及重建男性文學遺傳下來的女性形象，尤其是那種天使與怪物的典型兩極性形象。比如說桑德拉．吉爾伯特（Sandra Gilbert）和蘇珊．古芭（Susan Guba）在她們的著作《閣樓中的瘋婦》（*The Madwoman in the Attic: The Woman Writer and the Nineteenth-Century literary Imagination*）中，以尖銳的語言指出，那些「永恆的女性」是被動、溫順、沒有自我、沒有故事的生物；而「怪物女性」則更有自我意識，更有故事，也更不透明，讓男性意識比較難以滲透，如莎士比亞的貝基．夏普（Becky Sharp）、貢納梨（Goneril）和里甘（Regan），還有一些傳統的巫師女神，如斯芬克斯（Sphinx）、美杜莎（Medusa）、錫西（Circe）、加里（Kali），以及莎樂美（Salome）等。正因為「瘋婦」形象對正常的男權社會秩序容易造成威脅，許多女性作家因而更認同「瘋婦」，在她們的作品中出現了許多瘋婦形象。通過這些怪物、巫婆和瘋女人，女作家的焦慮和憤怒得以釋放，再者，她們能改變父權文化強加在她們身上的定義。也許正因為此，張愛玲才寫出《金鎖記》裏陰冷惡毒的母親，而殘雪在《蒼老的浮雲》裏以超寫實的手法寫出了迫害與被迫害狂的母親。

我所講的全都是文本策略，是閱讀手段與性別政治。在生活中，我熱愛和尊敬我的外婆與祖母，我愛她們的單純、無私與慈愛。我也許一輩子都不可能成為她們那樣的女性，但是我卻渴望永遠沉浸在她們博大的愛裏。這就是你所講的外婆意蘊，人們在其中所體會到的，永遠是溫暖，踏實，深厚，是家，也是人間天堂。

小梅

一九九六年三月十五日

論女性話語與漂流文學

爸爸：

我們前幾封信中討論的情感故鄉、良知故鄉和文化故鄉，其實在開拓「寫在家園之外」（Writing Diaspora）的空間。Diaspora 這一詞彙，原來是用來描述古代猶太國亡於巴比倫後猶太人在外的散居，後泛指漂流在家園之外的人。在後殖民主義理論中，許多理論家把 Diaspora 當作一種隱喻，用來討論文化認同和文化邊界問題。寫在家園之外，並不一定局限於地理意義上的寫作，而是更多地指涉文化邊緣性寫作。你在海外的寫作便屬於寫於家園之外的一種，尤其是你的散文，常常遊離於東西文化的隙縫之間。

由於我自己的研究一直關注着女性寫作和女性身體表現的問題，因此也注意到女性話語和流亡文學的關係。四十年代初期，張愛玲以小說集《傳奇》和散文集《流言》名震文壇。流言，本來是指「流言蜚語」的流言，但張愛玲在抒寫《流言》的過程中卻着意創造一種真正屬於自己的流動性話語。周蕾在她的《女性與中國現代性》一書中曾用「女性化的細節」來概括張愛玲的寫作方式。她說張愛玲戲劇化的細節描寫是一種結構，「所被結構的是人性的中心，也就是中國現代性修辭中所接納的那種理想的和道德的原則。」於是，那些理想主義者慣用的大一統的名詞，如中國、革命和大寫的人等，在張愛玲的女性寫作中，被細緻而反覆地分解與消融了。

令張愛玲大紅大紫、成為奇蹟的地方是日本統治下的上海。她雖然沒有流亡，可是她的女性寫作卻真正實現了內心的自我放逐。張愛玲在《紅樓夢魘》自序中這樣寫道：「以前《流言》是引一句英文——詩？

Written on Water（水上寫的字），是説它不持久，而又希望它像謠言傳得一樣快。」這種「水上的寫作」一方面與女性溫柔如水的説法暗合，另一方面又極其深刻地勾勒出女性話語的流動性。法國女性主義批評家露西·伊蕾格瑞（Luce Irigaray），曾在她的理論中把女性的原質描述成一種流質體，一種相對於男性中心固定化話語的流體。她的理論與張愛玲的「水上的寫作」不謀而合地指出，女性化的語言是「流言」。這種「流言」的魅力就在於它常常遊離於中心之外，攪亂男性邏輯和句法體系。張愛玲的《流言》不僅是女性的流言，而且是自由的散文體，它無拘無束地流動於現代與傳統之間、東西文化之間，閃爍着亮麗多彩的姿色。所以，她雖未流亡，卻以流言的寫作方式實現了對國家話語和主流文學的放逐。在流亡文學中，女性説流言，其故鄉在何方？「欲歸」或「前往」何方？這恐怕是流亡文學需探討的另一課題。

小梅

一九九七年五月一日

* * *

小梅：

你談到的流亡與流言的聯繫為我對「故鄉」的思索帶來了女性話語的視角，我想你説的流動性話語不僅是女性敍事所依賴的基本模式之一，也是漂流文學不可缺少的一種寫作狀態。

如果女性的寫作方式是一種「水上的寫作」，是流動的，那麼女性的地方性及對家園與故鄉的認同就不可能只有一種，相反地，它應該由多種差異性話語組成，具有其歷史與多元性特徵。最近美國有位非洲血統的學者 Henry Louise Gates Jr. 寫了一本很有意思的書，叫《十三種看黑人的方式》。他選擇了十三位成功的黑人，包括著名將軍 Colin Powell，黑人穆斯林領袖 Louis Farrakhan，舞蹈家 Bill T. Jones，作家

James Baldwin 和歌唱家 Harry Belafonte 等，來重新看待及討論黑人，從而對傳統經典化和合法化的黑人定義構成了質疑。雖然這些成功的黑人能代表他們的族裔，但又不能完全代表，所以他的言外之意是做非裔美國人的方式其實又不只是這十三種。由此，我聯想到我們是否也有十三種甚至更多種做中國人的方式。

歐梵在他的文章〈中國話語的邊緣〉中強調了他個人的立場，他稱這種立場為「中國的世界主義——一個不嚴格的稱號，但它既包含對多元文化的接受，又有效地跨過了所有保守的國家的分界線，也就是說，這是一個有目的性的邊緣話語，意圖在重新組構邊緣。」我想，他這一立場的結果必然產生多種做中國人的方式。而你的導師王德威和 Jeanne Tai 合編的當代中國小說集 *Running Wild* 中，也匯集了許多不同的中國人——香港、台灣、大陸、旅美華人，旅新西蘭華人——看待世界人生的不同角度，他們對中國人的定義有許多差別，但這些差別使得中國人的定義不再本質化。

其實，國家是一種硬性的邊界，而文化、情感、良知及你所說的「女性話語」，卻擁有一種軟性的可流動可變化的邊界。這兩種邊界的結合毫無疑問會產生十三種或更多種不同的做中國人的方式。十年前我就一再說，應當尊重每個人所選擇的存在方式，那種用某一種存在方式統一其他存在方式的企圖只能導致專制。

當然，對我來說，最真實的做中國人的方式就是做真實自己，即保持我的個人尊嚴和個人偏愛而且不放棄責任的自己。說開去，就是我既不崇尚國粹，又不全盤西化；既不排斥他人，又不盲從他人；既不停留地浪跡四方，又固執地堅守「我所熱愛的那個世界」；既遠離故鄉又時時擁抱着自己編織的故鄉。

爸爸

一九九七年五月三日

（發表於一九九七年六月一日紐約《明報》）

論女性式寫作

小梅：

前兩天給你發信後又想到一個問題，這就是「流動性話語」是否只屬於女性？男性話語是否就是固定化的非流質語言？像蘇東坡那種既有「大江東去」又有「十年生死兩茫茫」所抒發的不同感情，算不算是一種流動？像辛棄疾那種既有「楚天千里清秋」，又有「更能消幾番風雨」所表現的不同風格是否也可看作是一種「液態」？其實，文並不一定如其人，唐太宗李世民是勇戰沙場的一代雄主，而他的詩卻很有女人氣。錢鍾書先生在《管錐編》中有一節專講「文如其人」這一判斷並不確切。他舉了潘岳、李商隱等許多作家詩人的例子，還說到唐太宗雖是沙場統帥，「然所為文章，纖靡浮麗」。這「纖靡浮麗」，豈不正像「女性話語」？你現在常以女性視角看文學，我的問題可供你思考和批評。

女性主義的崛起為文學理論批評帶來了嶄新的視野，迫使人們不得不重新審視與考察歷史上被壓抑、被抹殺的非主流敍事，而這些非主流敍事往往能夠出乎意料地改寫主流文學和大敍事模式的歷史及整體性話語，開闢與挖掘以往被官方文學史所埋葬的空間。從這方面看來，女性主義具有深遠的意義。但是，我並不贊同某些女性主義者過於「單一」的批評角度，彷佛女性主義一定得打倒、取代男性話語，彷佛男性敍述便是霸權敍述。這又是以一個中心取代另一個中心了，又重新被二元論所羈絆住了，你說對嗎？

爸爸

一九九七年五月五日

* * *

爸爸：

你雖然從未寫過關於女性主義批評的文章，可是你提出的問題卻非常中肯，其實這些問題也是許多女性主義批評家常常爭論的問題。

早期的女性主義者所持的論調是，只有女性寫的作品才能「真實地」指涉女性話語。這一論點在七十年代及八十年代初期相當時髦，比如 Patricia Meyers Spacks 就極其重視作家的性別，她說：「女人寫女人，寫些甚麼？她可以在她的寫作中模仿男人或尋求一種無性之性，但是最終她一定是作為一個女人在寫作的：難道還有甚麼其他途徑嗎？」（Patricia M. Spacks，一九七五，《女性想像》，紐約 Knopf 出版，三十五頁）然而，這種論點卻忽視了本文自身的特徵，並且一味地追求所謂「真實」性。在羅蘭．巴特、福柯及德里達宣佈「作者的死亡」轉而強調寫作自身的方式後，女性作家的性別是否能確保作品中女性話語的真實性就變得異常可疑。我認為作家的女性性別特徵是不能保證作者一定能製作出一個女性主義文本的。就拿丁玲來談吧，《莎菲女士日記》時期的丁玲最具女性主義精神。在這篇著名的小說中，她從女性的身體和性慾出發，對男性的中心話語不遺餘力地進行大膽的抨擊。後來丁玲逐漸屈從於意識形態，她筆下敢哭敢愛的新女性在三十年代初期戲劇性地轉成了「資產階級意識形態」的代表。但是，即使在四十年代的延安時期，她也並未完全喪失女性主義的獨特視角。她備受爭議的小說《我在霞村的時候》和她的文章〈三．八節有感〉，一方面認同延安的意識形態，另一方面又不可抑制地流露出她對女性身體、女性命運的深刻關懷。但在毛澤東的延安文藝座談會講話之後，我們可以發現她的作品已完完全全依附於權力，再也沒有以往那種銳利的女性聲音了。從丁玲的例子，我們不難得出結論，那就是，女性作家的性別並不能決定其作品就一定包含女性話語的真實性。換句話說，這種所謂「真實性」的本身亦是本質論的產物。

當代的女性主義者（尤其是第三世界的）更加重視女性話語的多樣性。由於女性的文化、地域、政治、歷史背景有很大的差異，女性的寫作經驗是不能只用壓迫／反抗的二元化語言來描述的。二、三十年代的現代女作家白薇曾感嘆「女性沒有真相」，她認為在男性中心的社會中，女人永遠都不可能找到其真相。但用當代女性主義者的話來說，女性原本就沒有真相，女性經驗的差異性正是對任何本質化「真相」最有力的質疑。

至於你信中提到的如何斷定「女性式寫作」的問題則更為複雜。我想，人為地規定一種理想化的語法、邏輯和聯貫性來審定「女性式寫作」是不切實際的。相反地，不刻意地尋求女性式寫作和非女性式寫作的界限，而是從「話語的位置」出發，結合作者自身的政治、歷史位置和性別特徵，以及作品的敍述方式、角度、語言，還有讀者的閱讀策略，才能更好地分辨出女性話語的書寫。

所以，我所說的「流動性話語」當然不只屬於女性，它也有可能屬於男性，但這要從作者、文本、讀者的全方位角度及其歷史、政治、地域文化的特殊性角度來判斷，你同意嗎？

小梅

一九九七年五月八日

（發表於一九九七年六月九日紐約《明報》）

論女子做學問

爸爸：

經過這一年的掙扎，我總算謀到了一份工作，今年九月就要去加州州立大學舊金山分校的外語系任教了。這一年的求職過程，對於我來說實在是一種「煎熬」。忽喜忽憂，一顆心被種種渺茫的希望牽扯着，總沒個着落。有時，我真的懷疑起自己是否真正適合在學院裏發展。女人做學問，好像很少有做得很成功的。

最近讀了一本朱天文的小説集《花憶前身》（王德威主編，麥田出版），其中有朱天文回憶她的老師胡蘭成的文章，論及女人做學問。胡蘭成曾「苦口婆心」地對他的女弟子説道：「今要復興美感，比理論學問還難。理論學問我是做了，但你們不必要同時來做。以前代代男子學美感，非其所長，因不及女子的是第一手，男子亦居然做到了使理論的學問美化。今女子來學理論學問，亦非其所長，因不及男子的是第一手，但非有不可。」他認為女子做理論取的是反逆精神的一點。這一説法倒也非常符合當代女性主義批評家的做法。

我初讀女性主義理論時，只覺得艱澀難懂不知所云，彷彿這些女學者故意要證明給世人看：她們比男性理論家還要理論化。後來讀進去後，倒也找到了一條規律，那就是，她們的「破」多於「立」，「解構」多於「建構」。所謂的艱澀，是由於她們理論批評角色的遊離性造成的。比如説，哥倫比亞大學比較文學系的著名教授斯皮瓦克（Spivak）就是一個很好的例子。她的理論建構於女性主義、西方馬克思主義和解構主義的基礎上，但同時又與這些理論基點拉開距離，遊離於其中。我從女性主義的角度看問題，確實常常看到一些宏觀歷史敍述所掩蓋的非主流敍述。這些被視為「邊邊角角」的地方，往往能出其不意地改變我們看待歷史的看法。但是，所有的理論都有其局限性。尤其是當我運用西方理論來探討中國的問題時，更是發現這一過程中充滿了「斷章取義」的偏頗。即使當今學者已注意到回歸歷史、回歸本土的必要，可是如何回歸、如何撇開高深莫測的理論術語而窺見事實的真諦，卻仍是一個難題。

我雖然不同意胡蘭成所說的女子做理論學問非其所長，因為這種說法的背後是一種大男子主義，但是卻也體會到，女子（或男學者）若能以感性的知性來洞察世間的條理，卻也能達到邏輯思維所不能達到的地方。這種感性的光輝自有一番「真味」在其中。不過，以感性見長的人又常會先有結論，再有推論，個人主觀色彩濃於客觀推衍，像胡蘭成的理論文章就多屬這一類。他的「陰性」及「嫵媚」的文風時時浮現紙上，理性的思維總是沉迷於他自身設計的耽美姿態中，我想，這彷彿是做學問的另一個陷阱，你說對嗎？

小梅

一九九七年五月十日

* * *

小梅：

你即將畢業而且即將到舊金山州立大學去任教，應當熱烈地祝賀你。但這又是一個人生的江津路口，又面臨新的生活，在這個時候有點不安和惶恐是自然的。

你對胡蘭成的批評很有意思。

我只讀過一部份胡蘭成的作品。他的文字確實很有才氣，但也有酸氣，我並不太喜歡，他的文章雖美，可是甚麼問題都沒有說透。如果處於青年時代，我可能會更喜歡他。

就胡蘭成所說的「女子做理論學問非其所長」這一觀點來說，就有些似是而非。說它「似是」，乃因為女子與男子確實氣質不同，心理、生理結構都有差別。以情愛來說，男子的生理要求更多些，而女子則更注重心理要求。這種差別也反映在精神創造和藝術創造中，女子形象一般都代表審美向度，而創造主體（女作家）更多的是仰仗感覺，而非頭腦。此外，我們翻閱中國與世界的思想史、哲學史、學術史，確實很少看到女子的名字，這一事實可能正是胡蘭成立論的根據。但是胡蘭成忘記一點，就是在中國與世界有限的文明史上，婦女一直是被排斥於學問領域之外的。在西方，「發現婦女」比「發現人」（文藝復興時代）遲了兩個多世紀。周作人說：「西洋在十六世紀發現了人，在十八世紀發現了婦女，十九世紀發現了兒童，於是人類的自覺逐漸有了眉目。」（〈苦茶隨筆·長之文學論文集跋〉）這一描述大抵沒有錯。這就是說，西方直到十八世紀的啟蒙時代，婦女才被發現其智慧，才被確認也有精神價值創造的可能。在這之前，理論學問界甚至在討論「婦女有沒有靈魂？」靈魂有無，尚且是個問題，哪裏還談得上做學問？十八世紀之後，西方才開始出現居里夫人、喬治·桑這些光輝的女性的名字。因此，世界理論學問史上沒有婦女的名字，並不能說明婦女天生就不具備做學問的素質。中國婦女比西方婦女更慘，直到「五四」運動才在發現人的同時被發現，先覺者才抬出易卜生的娜拉，為婦女「搖旗吶喊」，在這之後才出現冰心、廬隱、丁玲、蕭紅、張愛玲所構成的女性文學史（古代雖有李清照這一特例，但構不成女性文學史）。至於學術史，女性的崛起才剛開始了幾十年，這自然很難與已有幾千年歷史的男子學問相比。因此，男女做理論學問的短長最好還是不要急於下結論。我說這些，無非是要你別中胡蘭成的毒，而丟失了從事學術首先必具的「決心」。這「決心」乃是真正的成功之母。當然，做學問的路子各有不同，你所說的「以感性的知性來洞察世間的條理」，也不失為一條道路。

爸爸

一九九七年五月十二日

（發表於一九九七年七月六日紐約《明報》）

論女子散文

爸爸：

我在北大的同班同學及好友杜麗莉（筆名杜麗）去年給我寄來了一本她新出的散文集《美好的敵人》。這本精緻可愛的散文集被出版者列為九十年代的新生代、新女性、新作品之一，據編者興安所言，九十年代中國女性寫作的繁榮標誌着「女性狂歡節」的到來。

細讀麗莉的作品，不難發現她受張愛玲的影響頗深，正如她後記中所寫的，「我沒有想過要寫出多深刻多厚重的東西——那不是我的特長。假如有人看了說，噢，原來女人這樣看問題，我就很高興。」她的這種寫作觀念起源於張愛玲所擅長的「女性化細節」的寫作方式，也代表了前一段時間在國內盛行的「小女人散文」或「小女人文學」。

在這本薄薄的集子中，我最喜歡的幾篇分別是〈女人的垃圾〉、〈秀髮飄散〉、〈傾斜的女人〉和〈脆弱的器皿〉。從標題即可知麗莉在試圖勾勒女人同生活中一些不起眼的、微不足道的事物的緊密關係。比如在〈女人的垃圾〉中，她這樣寫道：

女人的垃圾大都是感情的垃圾，這是她們跟男人不同的地方。波德來爾有一首詩把拾垃圾者比喻成詩人，我則寧可比喻成女人——拾垃圾者那種彎腰屈背、在垃圾堆裏謀求飯食的形象多麼像是失去愛情的女人沉溺在回憶中撿拾往日的愛情。沒有比女人更熱愛垃圾的了，我時常從一個女人的面、精神中窺見隱藏在她心中的那些丟不掉的垃圾。女人靠垃圾為生，垃圾是她們的麵包、水、空氣。

從這段文字中，我們可以看出麗莉煞費苦心地展示一種獨特的「小女人情懷」。這種「小女人情懷」沒有任何雄心壯志，最多只是在詞語中尋找某種親切感人的「家園」，而這一家園往往與實實在在的女人生活，比如頭髮、廚房和器皿，甚至與女人的陰暗面——垃圾——聯繫在一起。相對於意氣昂揚、英姿颯爽的激進女性主義者而言，這種「小女人情懷」似乎過於保守，只是一味地沉迷於「自戀自足」的女人情節中。然而，在我看來，它卻有着獨特的文化內涵，尤其在這喧囂迷亂的世紀末文化氛圍中，它執着地揭示着一種生活的原質與原形。

在〈傾斜的女人〉一文中，麗莉從她年輕時心高氣傲，瞧不起廚房中的女人談起，然後寫到她自己步入「而立之年」後對這一看法的轉變，中間還聯繫到日本女作家吉本香蕉的處女作《廚房》——一種麗莉從未聽到過的真實的聲音，這日本女作家所表達的對廚房這一女人空間異常眷戀的感情使麗莉不由自主地聯想到她自己的母親與廚房既真實又悲傷的特殊關係。我咀嚼着麗莉文中這樣的一小段文字，心中油然升起的不是一種幽怨的萬般無奈的情緒，而是對肩挑着生活重擔而不傾斜的女人一種莫名的敬意，這敬意當然也包括對我自己的媽媽的敬意：

尤其是，女人在廚房裏的姿態——或站，或蹲，或跪，我都視之為一種堅定的生活姿態。兩腳踩着廚房的地，就彷彿踩在了生活的本質上，踩在了萬物的真諦上，踩在了樸素的真理上。

這段文字深扣人生的真諦，令我深深共鳴。是的，如果只是簡單化地宣佈男性與女性之戰，而忽視生活中無論世界如何千變萬化依舊切實存在的本質，卻也是走入了另一迷津。在前幾封信中，我曾與你探討飄流文學與女性流動性語言的相關之處，指出女性語言的「水上寫作」常常自然而然地超越任何國界或任何男性中心話語所設置的理念邊界。但我今天想與你討論的卻是，女性流動性話語對權力邊界的逾越往往是立足於女性自己所真實認同的空間之上。

我上個月在《明報》發表的一篇短文〈女人與空間〉中簡明地闡釋了我的這一看法。以往的女性主義者，如維吉尼亞．伍爾芙，為了反對納粹法西斯主義和國粹主義而提出過這樣的口號：「事實上，作為一個女人，我沒有國家。作為一個女人，我不想要任何國家。作為一個女人，我的國家就是整個世界。」這樣振奮人心的語言在某種程度上是很有意義的，尤其是在她所處的那個以國家主義為名而行恐怖屠殺之實的年代中，這一吶喊表達了全世界人們渴望和平的心聲。從這一語言出發，我們彷彿也覺得麗莉所寫的「廚房」和其他女人的隱秘的私人空間都是屬於超越國界的一類，世界上各個國家的女人都彷彿共享這些私語。

但是，當代的女權主義者，尤其是第三世界的女性主義者，則強烈反對這一「大同式的」和諧的女性聲音，相反的，她們認定不同的政治、文化、歷史和地域背景不可能使她們異口同聲地發出這種聲音。比如殖民地的女性，她們所處的地域，積澱着歷史的傷痕和記憶，這些傷痕與記憶深深地印入她們的腦海，不可能被輕易地抹去。於是，對地理政治的認同使她們寫出了充滿「異質」的文字，毫不示弱地挑戰帝國主義霸權。這類女權主義者往往找出自己與所居住之空間複雜的情感與文化認同關係，從而建立起區別於第一世界女性主義者的批判立場。這一強調空間地理政治差異性的女性主義批判基點，不滿足於女人只是擁有「自己的空間」，而是進一步探尋自己的空間如何滲透着具體的個人經驗、種族歷史和認同傾向。

我認為私人的空間在拓展成世界化、全球化的空間後，可以用來對抗狹隘的民族主義；而堅持女人的地域性卻也不可缺少，因為它常是挑戰帝國主義霸權的一個很好的策略，由此產生更為複雜的差異性。故二者相輔相成，缺一不可。一味地重視全球化的本質化的「女人性」，會製造一種「女人國」的大同世界的假象，加深男性與女性之間的鴻溝；同樣地，一味地強調女人的地域政治認同，也會盲目地去追求最原始、最單一的性別政治，反而約束了女性主義的流動立場。

回到麗莉的散文集，我覺得她過於追求女人的共同特徵，而缺乏對女人之間差異性的更豐富的描寫。她對女性的認同，雖然細膩，雖然是從她的個人經驗出發，也卻過於整體化、本質化。女人好像面部都比較模糊，而情感的流動卻是那麼地統一，這未免太單一。

不過，我很欣賞她所講的「回到生活的本質」。因為無論各個派別的女權主義者有何種理論招數，女性在生活中永遠是真實的。麗莉對這一真實生活原質的敏感，深深打動了我，讓我在萬里之外的美國仍有與她促膝相對細細私語的感覺。

小梅

一九九七年五月十五日

* * *

小梅：

麗莉的散文和你對她的評論都很有意思。麗莉給我的印象是十年前你的樣子——一個靦覥的小姑娘，可現在竟然寫出這樣富有個性的文字，而且被人稱為新生代的女作家了。生命真是有趣，她總是不知不覺地把清新的果實推到你的面前，讓你感到驚喜。

生命這一土地最可信賴，只要勤於耕耘，就能種植出連自己也難以置信的花木。你的少年朋友有像婁正鋼這樣的畫家、書法家，也有像麗莉和孟暉這樣默默沉思的創作者。現在你周圍還有Ann、田小菲、沈雙、娜日斯這些聰穎過人的同伴，這些朋友你都應該珍惜。有傑出的同學與朋友與你共赴人生長途的旅行，你會覺得人生更可愛。夏丏尊先生在〈中年人的寂寞〉一文中說過，「學校教育給我們的好處，不但只是灌輸知識，最大的好處，恐怕還在給予我們求友的機會上。這好處我到了離開學校以後才知道，這幾年來更確切地體會到，深悔當時毫不自覺，馬馬虎虎地過去了。」（《平屋雜文》第一零一頁，開明書店）夏丏尊先生的散文平實無華，他的話很實在。你雖然即將結束學生生活，但他這一人生經驗對你應當是有啟迪的。

麗莉的散文，正如你所說的，她執着地揭示了女子生活的原質與原型。這是沒有被外在世界特別是意識形態世界所改裝的生活的原版，它是最平常的，但又是最真實的。人無論是追求偉大還是安於平常，只要在選擇之後覺得自己乃是一種真實的存在就好，就可能對之產生眷戀。麗莉寫的也是一種感人的真實的生命存在。

麗莉是很聰明的，她知道文學創作的一種最有效的、與社會科學研究的理性要求完全不同的文本「策略」，就是把自己的藝術發現推向「極致」。所謂充份個性化，就是把自己的發現、自己的情感、自己的沉思推向極致。一旦推向極致，就會走出自己的路。文學創造切忌四平八穩，這一道理她悟到了。從八十年代初期至今，我國新出現的傑出作家都不約而同地使用這一策略。如果不是把原始生命力的躍動推向極致，就沒有莫言；如果不是把歷史的大悲愴推向極致，就沒有李銳；如果不是把南方的萎靡頹敗推向極致，就沒有蘇童；杜麗莉和其他當代女作家把「小女子情懷」推向了極致，寫出了生活的原質，這就表現出寫作特色。你批評她未免太單一，那是女性文化批評的視角，但得承認，作家把某一觀念片面化是無可非議的。

近十年來對生活原質的敏感其實是開始於一些年輕的小說家的，如李銳、李曉、池莉等都抒寫了生活的原質。但在散文中着意去寫而且用女性的眼光去觀照的，麗莉可算是捷足先登了。寫生活的原質，作家需要用直覺的眼光，即把任何概念擱置一旁而直接觀照的眼光，這正是審美的真諦。以往我國作家眼前的屏障太多，這些屏障就是概念、主義和各種意識形態觀念，當然也包括民族國家主義。你說私人的空間在拓展成世界化、全球化的空間後，可以用來對抗民族主義；而堅持女子的地域性又可對抗帝國主義，這是有道理的。詩人本就是天然地與帝國對立（民族主義也可能是民族帝國主義）；審美直覺本就是政治意識形態天然的消解液。當然，杜麗們在注意生活的原質時未必想到她們的文學創作本身實際上乃是對各種主義的反叛。

爸爸

一九九七年五月十八日

論預言的潰敗

爸爸：

我已近「而立之年」，心中不免有些恐慌。那感覺就好像一個賭徒面對着自己眼前逐漸稀少的賭注，豪情與愁情並進，互相擁擠着，不知怎麼宣洩才好。擁有青春的時候，人總是「財大氣粗」，有着無邊的勇氣和莫名的驕傲，在挑戰權威和摧毀偶像中神氣地成長。但是，真的長大以後，才發現萬事萬物自有其秩序和規範，無論經過怎樣的繁榮與頹敗，仍是各歸其所。

現在正是世紀末，無論是華麗的，還是素樸的，都面臨着時間的深淵，再往前踏一步，也許會葬身於絕境，也許會神奇地像白鳥似地拔地飛起，撲向不見邊際的天空。但一切都是未知數，就像「荒人」所說的，「這是頹廢的年代，這是預言的年代。我與它牢牢的綁在一起，沉到最低，最底了。」（朱天文《荒人手記》，時報出版）我於是想像着上個世紀末的梁啟超及其他的同志們熱熱鬧鬧的一場「新小說」革命，好似整個國家的命運都可以被操縱在筆下，好似新生的太陽能夠從容地從他們的氣宇軒昂中昇起；我還想像着「狹邪小說」繁繁瑣瑣的禮儀和欲夢欲醉欲死的豔情，以及耽美文字中不可阻擋的頹廢；想像着晚清「偵探小說」、「科技小說」、「公案小說」、「武俠小說」中形形色色現代與傳統的混雜、碰撞和交融；顯然，那是一個「眾聲喧嘩」（巴赫金語）的時代，每個人都在預言着，每個人又都在恐慌着。這個世紀末與上個世紀末最不同的就是「預言的潰敗」。每個人依然恐慌着，但卻缺少了預言的熱情，因為革命以及新生的意識形態中有着無數暗藏着的謊言。你和李澤厚伯伯的《告別革命》

便是在告別這些謊言。但是，我們在這一世紀末中所剩下的是甚麼呢？是先鋒派作家們在歷史想像的空間中隨意性的編織和拼湊，還是台灣「世紀末的華麗」的一代作家們精心書寫的「色情烏托邦」，或是大眾文化中眩目、浮華、喧囂的「新鴛鴦蝴蝶派」和「新狹邪小說」？我不知曉，也不願去預言，惟有隱隱地恐慌。

正如張愛玲在《自己的文章》中所寫的：「我發現弄文字的人向來是注重人生飛揚的一面，而忽視人生安穩的一面，其實後者正是前者的底子。又如，他們多是注重人生的鬥爭，而忽略和諧的一面。其實，人是為了要求和諧的一面才鬥爭的。」她認為，強調人生飛揚的一面只存在於一個時代裏，而人生安穩的一面則是超時代的，「存在於一切時代」，雖然「每隔多少時候就要破壞一次，但仍然是永恆的。」因而，在她的小說中，都是些追求人生安穩的小人物，失敗了，也沒有悲壯的感覺，而是留下了一個「蒼涼的手勢」。這一手勢是一種未完成的姿態，永遠持續着，啟示着匆匆忙忙的人間過客。我便是被這一手勢啟發着的一個過客，在世紀末的深淵前，看着所有的精美和粗糙的筆跡，一點一點地逝去，但仍在不停地書寫。

朱天文在《荒人手記》中試圖通過書寫來救贖，來延續生命的意義。「我只好寫，於不止息的綿綿書寫裏，一再一再鐫深傷口，鞭笞罪痕，用痛鎖牢記憶，絕不讓它溜逝。我寫，故我在。直到不能再寫的時刻，我把筆一丟，拉倒，因為我再不會有感情有知覺有形體了。如此而已。」對此，我有深刻的共鳴。是的，惟有書寫能將我與滿身傷痕的歷史聯繫在一起，惟有書寫能讓我與安穩的人生同生共滅，惟有書寫能讓漂泊的寂寞有一個歇腳處，所以我三十歲以後的人生恐怕也只有在書寫中尋求意義了。

小梅

一九九七年五月二十日

＊　＊　＊

小梅：

你的道路是很順的，沒有挫折因此也沒有太多的痛苦體驗。我覺得「體驗」與「心驗」是不同的。體驗是帶有生理性質的經歷，而心驗則純粹是心理性質的。有生理性的「切膚之痛」，才有深刻的心理印象，即有「刻骨」之痛，才有「銘心」之悟。我在五七幹校、文化大革命及一九八九年中都有刻骨銘心的體驗。你總是吃得好好睡得飽飽的，沒有「勞其筋骨，餓其體膚，空乏其身」的體驗，只有人之常有的憂慮，對於這種憂慮，倘若不是心靈太脆弱，是可以找到化解的路子的。

但你此刻的憂慮，你讀了《荒人手記》之後所產生的徬徨感，卻不是世俗意義的憂慮與徬徨。這種徬徨裏倒有時代的內涵，可說是歷史的傷感。你感悟到上一個世紀末乃是預言的時代，而這一世紀末則是預言潰敗的時代，這是對兩個時代相當真切的心理反映。這個世紀末確實沒有預言，沒有憧憬，沒有夢。這個世紀把甚麼都否定了，先是否定上帝，之後是否定人，最後自然是否定一切夢。現在我們看到的世界，是金錢堵塞着熱腸，是權力撕碎着良知，是勢利的黑頭巾蒙住人類展望遠方的眼睛。這個時候，世界變得好像一具龐大的死魂靈。照說，此時應有許多大作家產生，他們應敢於直面死魂靈並敢於對它進行重生與復活的呼喚，他們應當創造新的大預言。

要知道，儘管二十世紀把許多預言變成謊言，但人永遠是需要有夢和預言的。可惜我們卻看到太多的作家與這個時代一起喪魂失魄，一起追逐時髦、眩目、浮華，一起遺忘人的最後目的和最後的實在。我贊成張愛玲所說的應重視「和諧」、「安穩」的價值，並不遺餘力地批評那種令人心寒的「鬥爭哲學」，但是，我們卻永遠需要激勵人生飛揚的一面，決不能以麻木來求得安穩，以窒息靈魂的語言來求得和諧。無論如何，我們對於美的精神的日益潰敗，是必須發出反叛的聲音的。你在徬徨中還想到要不斷地寫，這也是一種反抗，但我希望你能寫出自己不慕奢華而又不屈於潰敗的文字。

爸爸

一九九七年五月二十二日

（發表於一九九七年七月十三日紐約《明報》）

論天下襟懷

爸爸：

平時，我的台海朋友和大陸朋友都相處得很好。雖然大家來自不同的地方，但在異國他鄉，在美國這個「大熔爐」裏，還都相處得樂融融的。可最近，我的台海朋友一見到我，就爭論台獨和大陸導彈的問題，語氣間頗帶點火藥味。我的大陸朋友們，其中有些也磨拳擦掌，火氣沖天。總之，現在的朋友聚會可沒往常輕鬆了。

我在所有的這些論爭中，常常感到非常失落。我也非常愛國，但是，我所愛的更多的是文化意義上的中國。在海外，「中國」的概念尤其複雜，根本沒辦法只從政體的意義來描述。這裏的中國人來自不同的地理環境，有來自香港的，有來自台灣的，有來自大陸的，有來自東南亞的，也有在美國土生土長的。當然，這些中國人的語言也五花八門，有英語，有普通話，有廣東話，有台灣話等等。有意思的是，海外的每個中國人的文化認同也都很不一樣：有人非常崇拜西方文化，總以西方的價值尺度評說一切，完全像一個「假洋鬼子」；有人堅守中國傳統文化，把一些舊的條條框框全都移到美國；還有人則在兩種文化間遊蕩徘徊，鐘擺似地根據自己的喜好做出選擇。反正，中國人的定義在海外並不簡單，大一統的中國人概念實際上是不存在的。現在遇到了這種火藥味十足的論爭時，我也無法簡單地選擇「敵我相對」的任何一方，因為，在我心目中，「敵人」是人造的，是暫時的。

這種「多種中國人」的概念在海外的學術界也逐漸受到人們的重視。比如說，以前美國校園裏亞美學與東亞學是兩種截然不同的學科，亞美學專門研究在美國土生土長的亞洲人的文化，而東亞學則研究亞洲本土人的文化。我的朋友沈雙的博士畢業論文就是研究亞美文學史的。據她說，亞美文學史至今只有 Elaine Kim 十多年前所著的唯一一本，而且這本書的思維受六、七十年代左派社會思潮的影響，老有個被壓迫的、第三世界的、勞工階層的主旋律，老是尋根，並且總是尋到亞裔的社區——唐人街。現在的亞美研究的範疇受到重新界定，學者們不僅只研究第二代或第三代移民，還對第一代移民的文學與文化也開始考察。這樣一來，就不得不跨學科了，至少得跨東亞學的學科。像白先勇、聶華苓、於梨華等作家關於海外生活的中文寫作，是算亞美學，還是算東亞學？這樣的問題，從表面上看只是有關學科界限的問題，其實它也迫使我們對整個「中國人」的概念不得不重新進行思考。

我曾讀過一篇介紹泰戈爾的英文文章，由此得知原來泰戈爾一直對狹隘的愛國主義和民族主義採取堅決批評的態度。在給朋友的一封信裏，他這樣寫道：「愛國主義不能成為我們最後的精神避難所；我的避難所是人道。我不會以寶石的價值來買玻璃，而且在我有生之年，我也不會允許愛國主義勝過人道。」一他的小說《家與世界》（*Ghare Baire*）寫的就是這個主題。在小說中，主人公 Nikhil 是個社會改革的熱心人，但是對愛國主義有保留看法。他的妻子 Bimala 因而對他很失望，轉而愛上了他的朋友 Sandip——一個積極反英的愛國行動者。然而，Nikhil 拒絕改變他的看法，他說：「我願意為我的國家奮鬥，但是我崇拜的是比我的國家更偉大的人的權利。像崇拜上帝那樣崇拜自己的國家是給它帶來詛咒。」隨着故事的發展，Sandip 對沒有參加奮鬥的國人感到憤怒，於是，他開始對付不順從組織命令的人，或者燒燬他們菲薄的股票，或者對他們進行人身攻擊。Bimala 終於認清了 Sandip 的愛國情結和宗派主義，以及暴力行為。最後，Nikhil 冒着生命危險幫助了他的妻子和其他受難者，而他妻子的政治浪漫故事就此結束。

這篇小說引起了很大的爭論。盧卡奇認為泰戈爾是劣等的小資產階級作家，為英國警察做精神服務，並且故意漫畫甘地。但是有的批評家認為，這篇小說實際上是對狹隘的愛國主義和民族主義發出警告，警告他的國人，不要因為反英的印度獨立運動而完全排斥外國文化的影響。在現實生活中，泰戈爾對英國殖民統治也不時地提出尖銳的批評，他批評的立場同樣是站在人道的原則上。

我同情泰戈爾的批評立場。在世界文化日趨國際化的今日，狹隘的愛國主義尤其是危險的。只有多元的大環境才能允許我們認真探討自我（self）和認同（identity）的問題，才能允許我們有開放的眼光來接受跟我們不同的文化。當然，有的朋友曾提出異議，他們說人道主義是第一世界的產物，是霸權主義的幌子，而且國際化的視角忽視了「第三世界」所面臨的文化問題。我想這些問題都值得深思，但我們也應該看到不同種族、不同國家的人至少要有某種共同的關懷，那就是人道的關懷。不然的話，我們又會落入非白即黑的思路裏。這次雖然有的朋友因為愛國而互相排斥，但我相信，等這陣子過去，大家肯定又是好朋友。

小梅

一九九八年四月六日

＊　＊　＊

小梅：

讀了你的信，知道你也反對民族主義情緒，這使我高興。九七年我和李澤厚有篇關於民族主義的對話，也是反對民族主義，等會兒複印後寄給你看看。

每個作家每個人都會有民族情感，我們也有民族情感。民族情感是一種自然情感，本沒有甚麼不好，但民族主義卻是一種意識形態，它在某個歷史時間中可能是合理的，而在另一些時間場合中卻是不合理的。魯迅在二十年代一再關注被壓迫民族的文學，這些文學主要是東歐的一些弱小民族的文學，它們的民族主義內涵是一種反抗，沒有甚麼不好。但是，希特勒講民族主義，就不好，他是利用德國人的自然情感，把民族情感演化成民族帝國主義情感，這當然是不可認同的。

民族主義，主權與人權，這些問題作為理論說起來很複雜，我不想多寫了。這裏我只想與你共勉，希望你既保留民族的自然情感，又把這種情感推己及人，即把它推向他人他鄉他國。民族自然情感中包含着鄉土情感、搖籃情感、母親情感、兄弟情感等等。把這些情感推向天下，應是一個作家必要的情懷。誰也不會懷疑孔夫子不愛國，但是他的精彩名言卻是「四海之內皆兄弟」。這一名言對我影響很深，這是一種把鄉土的兄弟之情推及天下兄弟的大襟懷。我們應當把它視為一種真理，一種不可變更的心靈原則。

這種襟懷與基督、佛陀的襟懷相通。基督的愛一切人，正是把天下的一切人視為兄弟。基督實際上是一個奴隸的首領與弱者的首領，但他把愛奴隸的情感推及到愛一切人。佛陀的普渡眾生，也是把慈悲憐憫之心推向天下一切兄弟。釋迦牟尼、基督、孔子有一共同點，就是他們都打破國界線，把愛推向整個人類。馬克思講「工人之祖國」，「解放全人類」，也是打破國界線。《國際歌》是無國界之歌，是非民族主義之歌。泰戈爾所以那麼強烈地把人類愛放在國家愛之上，也是因為他天然地打破國界線。大心靈不可能被國界所限制。有這種情感，是很幸福的。我們不追求偉大，但擁有這種情懷，卻是我們要追求的偉大幸福。

所以說是幸福，就因為這種襟懷打破了心胸中人造的長城。海外十年，我不斷地領悟王國維的《人間詞話》，也不斷地領悟他的「不隔」之境。於是，我先是打破教條之隔而直面事實與真理，之後又打破名利之隔而面對良心和贏得心靈的平靜，最後又打破國界種族之隔而尋找情感的故鄉。我所說的放逐諸神與放逐國家，便是掃除心中設置的城垣，不再被各種狹隘的妄念所隔，盡可能地擴大自己的胸襟的廣度。心靈的自由度與胸襟的廣度關係最為密切，幸福度也與心靈自由度、胸襟廣度成正比。

你二十歲剛出頭就出國，打破國界之隔，對你來說並不難，對我來說則是很不容易的。我四十八歲出國，是一個天生的愛國者，至今仍對中國充滿戀情。但我的愛國，主要是愛同胞兄弟，出國之後，我悟到這種愛不可被「國界」、「種界」、「族界」所隔。這是心得，雖不成理論，但寫給你，對你未來贏得人生的幸福可能是有益的。

爸爸

一九九八年四月八日

論審美眼睛

爸爸：

最近台灣女作家朱天文來到華盛頓的作家協會演講，題目是《來自遠方的眼光》。我一直很喜歡她的小說，因為她有一種特殊的才情，把光怪陸離的世紀末台灣都市描寫得玲瓏剔透。她的文字華麗得近乎奢靡，而惟有這種文字，才能勾勒出一個藝術的、美學的、頹廢的「色情烏托邦」。作為胡蘭成的弟子，她的行文間不免胡腔胡調，但並不造作，這也是一種本事。

她的小說雖然有「吊書袋」之嫌，可也足見她平日閱讀之博。作為小說家，她卻熟讀我們這些學院派讀的理論書，如傅柯的《性史》、本雅明的《發達資本主義時代裏的抒情詩人》、李維史陀《遠方的視角》、薩依德的《知識分子論》等等，這一點讓我很佩服。她的電影理論知識和美術史知識也很豐富，還曾經為侯孝賢的電影《悲情城市》、《好男好女》和《海上花》做過編劇。以前跟李陀叔叔談起中國當代作家，記得他批評過許多作家的知識準備不夠。他說寫小說也跟彈鋼琴一樣，沒有任何捷徑可言，是一級一級往上提高的，也要經過每日的苦練與積累，讀的書不夠多就不能成為大家。這點我很同意。當然，有的作家不讀理論書，是怕失去生活的直覺，怕理論先行。我覺得朱天文就處理得很好，她懂得如何把理論和哲學情感化。

這次她來華盛頓演講，我正臨近分娩之際，錯過了機會。不過，聽你轉述她在 Boulder 的演講，似乎也是同一個題目——《來自遠方的眼光》。我在當地報紙上讀到了她的講稿，覺得她找的這個角度很好，因為作家看世界是需要有獨特的視力的，她談的恰恰是「看」的多種方法和可能性。她先從李維史陀的人類學家的眼光談起，從遠處看自己所屬的社會。其實，她最近的小說都是以這種眼光截取生活的片段的，站在距離之外，帶點冷漠，顯得老練而蒼涼，文字雖然嫵媚妖嬈卻只是一個極盡唯美的姿態。然後，她談到侯孝賢的《海上花》也是採取這種「看」法，突出故事的前景而淡化戲劇性，這樣確實能把晚清狹邪小說中頹廢的美學「mannerism」（姿態）表現出來。

我更感興趣的是她所談的「荒人的眼光」。她引用艾略特的詩：「我是拉撒路（Lazarus），來自死境／我回來告訴大家，把一切告訴大家。」對於她而言，這「荒人的眼光」依舊是來自遠方的眼光，只不過，這次越發的遠了，是來自死境，來自常人無法觸及的深淵。她認為，《荒人手記》中，死境的暗示也許可以是人的慾望的深淵，無法探視的深淵。而作家就應該有勇氣去一探死境，把在那裏看到的告訴大家：「回來的人，他將『同時以拋在背後的經歷，和此刻面對的情況，這兩種方式來看事情，他有這雙重視角（double perspective）』。回來的人，他知道邊境在哪裏。邊境之內是甚麼，跨出邊境之外又是甚麼。他知道，最大的張力都發生在邊境上。那些曖昧不明、自相矛盾、多重性、歧異性，一切的參差對照，都在邊境上發生。回來的人因深知邊境的界限在哪裏，知道多深，他去觸犯那界限的量度就有多深，他所發動起來的力量就也有多深。」

這荒人的眼光彷彿是從張愛玲的「蒼涼的手勢」中衍化而來的。雖然朱天文講的是看的方式，實際上是在談她小說後面的哲學意蘊。好的小說後面往往都有哲學內涵支撐着。我想，荒人的眼，就是那種隱藏於字面意義之下、隱藏於行為舉止之間、隱藏於「言在此而意在彼」的東西。它是小說的第二視力，是朱天文對世界終極意義的思索。

除了選擇邊境、死境的視角，她還選擇薩依德所說的「業餘者」的視角。因為業餘者可以衝破專業的束縛，擺脱專業的有限眼界和權力的壓迫，回到單純的喜愛中，恢復事物的初始性和獨特性。在高度資本主義的專業分工和分割下，業餘者擁有自由的空間和周轉的餘地，以避免成為機械的奴隸。在這一點上，朱天文看到業餘者的眼光與本雅明的理論是互相呼應的，因為，本雅明早就看到高度資本主義的商品時代，藝術已失去了它的原創力，失去了原本的氣味（aura）。本雅明的「遊手好閒者」的角色就是薩伊德的業餘者的角色，「遊手好閒者」同完全被機械化了的芸芸看客不同，他有一個「回身的餘地」，他通過在擁擠不堪的人群中漫步，「展開了他同城市和他人的全部的關係」。這正如朱天文所言：「業餘者的眼光，他是薩依德的。加上人類學遠方的眼光，他是李維史陀的。加上荒人的眼光，他是本雅明的。這些聚集起來的眼光，賦予它一個具體形象，它會是，『發達資本主義時代裏的抒情詩人』」。

從朱天文聚集起來的這些眼光中，可看到她把理論詩化、情感化了，看到她選擇的所有「看」的角度，都是為了把她自己的個人經驗從傳統和經驗的世界中分離出來。她是一個孤獨的人，或者說她特意選擇孤獨，特意把自己的感覺建築在廢墟上，建築在虛無中，建築在死境裏。這樣的選擇，使她在機械化的、重複性的後現代商品社會裏，還能夠堅守自己清醒的意識，還能保留本雅明所說的個人世界裏的「氣息的光暈」，不讓它被專業分割，被典範限制，被商品淹沒。

這些聚集的眼光，追求的是本雅明給波德萊爾的定義——「他的詩在第二帝國的天空上閃耀，像一顆沒有氛圍的星星」。荒人的眼也是沒有氛圍的星星，是虛無，是幻滅，在荒蕪的沙漠化的都市文化裏一無所依，但是，它卻是文明崩潰前的見證人。

這些聚集的眼光，具有現代主義的核心精神，同時也是廿紀末的啟示錄。它像艾略特最著名的詩作《荒原》一樣，表現出現代世界的巨大呆滯和混亂，以及生活在「荒原」中的空虛的人的恐怖；它像貝克特的《莫非》一樣，認為虛無就是最真實的存在；它像托馬斯·曼的《魔山》一樣，發出尖利的解體警告；它像二十世紀所有的重要作品一樣，表現出失去宗教信仰的當代人的絕望感。

同樣有「荒涼的手勢」作為書寫的大背景，相比之下，張愛玲更為世故。正如王安憶所說的，「張愛玲是站在虛無的深淵邊上，稍一轉眸，便可看見那無底的黑洞，可她不敢看，她得回過頭去。她有足夠的情感能力去抵達深刻，可她卻沒有勇敢承受這能力所獲得的結果，這結果太沉重，她是很知道這份量的。於是她便自己攫住自己，束縛在一些生活的可愛的細節上，拚命去吸吮它的實在之處，以免自己再滑到虛無的邊緣。」（王安憶《漂泊的語言》，作家出版社，一九九六年，四百六十三頁）朱天文則鼓勵着自己走向深淵，走向死境，回來給當代人一個警告，所以她的小說《荒人手記》不乏「警世之音」：

> 我站在那裏，我彷佛看到，人類史上必定出現過許多色情國度罷。它們像奇花異卉，開過就沒了，後世只能從湮滅的荒文裏依稀得知它們存在過。因為它們無法擴大，衍生，在愈趨細緻，優柔，色授魂予的哀愁凝結裏，絕種了。（朱天文《荒人手記》，時報文化出版公司，一九九四年，六十五頁）

然而，朱天文並未提供真正的救贖之路。她自己選擇居身於書寫中。通過書寫，通過建造頹廢美學的書寫，她發現了自己存在的意義。但這頹廢美學的書寫達不到真正的救贖，如黃錦樹所評論的，「《荒人手記》中的『救贖』也只不過是一種詩意的詠嘆」，是不完足的，是一種無奈。朱天文生活的年代是世紀末，不像西方現代主義所處的二十年代仍然是藝術和自由擴張的時代，仍然是為書寫的創造性歡呼雀躍的時代。朱天文的時代注定了她的孤獨，注定了她的頹廢美學只能是自我欣賞、自我救贖、自我修行的一種姿態，這裏其實充滿了悲劇性。

我對她所說的這些凝聚起來的眼光有一種認同，可能跟我生性淡泊有關。我也是愛從遠距離看社會，對人生也有一種悲劇感，也願意不顧孤獨地生活在書寫中。不過，如果我寫小說，大約很難像她那樣，把頹廢美學當作唯一的救贖之路。我更願意像意大利現代小說家朱塞佩·博納維利在《撒拉遜人的故事》的後記中所說的，通過故事重新找到與故鄉親友和母親在感情深處的聚會點。我將會把書寫看作是對希望的一種永恆追求，看作是與不同的心靈聚會的場所，看作是生命之間互相感動的方式。

如果我們認為《荒人手記》是一部寓言作品，我們也必須考慮它的語境。王德威老師把它與「狂人的眼」做了一個比較：

> 她的荒人在鑽營同志情慾的過程中，已以最不可能的形式，又一次質詰了魯迅狂人當年的國家慾望。從革命同志的情寫到愛人同志的情，現代中國文學走了一大圈，志氣變小了，但也更好看了。（王德威《花憶前身》，麥田出版，一九九六年，十頁）

可見時代也能塑造出不同的「眼」來看世界。

小梅

一九九九年五月十日

* * *

小梅：

朱天文在我們這裏演講的時候，我也去聽了。她講得的確很好。沒想到她這麼有思想。作家有才氣的多，但有思想的不多。

她講作家的眼光我又恰好特別興趣，前幾年，我在《漂流手記》的第一卷中就寫了「第二種視力」，講得正是作家應超越一般人的視角，培育自己特殊的視力。審美的眼睛本身就是一種超勢利也是超世俗的眼睛。歌德説人生下來最重要的是用眼睛看世界，作家更是如此。一個作家，如果他善於「視角轉換」，他就會不斷超越自己，避免自我重複。如果他有「視角創造」的自覺，那麼，他的作品就可能更有原創性。

九四年我在溫哥華時，請李澤厚去玩玩，並和梁燕城對話。（梁先生後來整理出兩篇對話錄發表於《文化中國》）當時，李澤厚就提出一個我非常贊成的觀點。他説：「哲學是一種視角的選擇，或稱道路的探尋，可以有各種各樣的視角和道路。」説人是一種使用和製造工具的存在，這是一種視角；海德歌爾説人是人與人的世界的共在，這也是一種視角；宗教哲學則把人説成是神創造的存在，這也是視角。視角不同，闡釋出來的道理就完全不同。

哲學視角較為抽象，文學視角則較為具體，我們還是稱文學視角為審美眼睛更好。朱天文如果用俗人的眼睛來看同性戀，就難以免俗，但她用「荒人的眼睛」，這就看出其中驚心動魄的故事。同樣，如果她用「凡境」的眼睛看情愛（包括色情），也難以免俗，但她用極境的眼睛，也就是所謂遠方的眼睛來看情愛，這就又贏得另一番驚心動魄了。以前我在文章中講過愛因斯坦因為用宇宙遠方的眼睛看人看世界，所以他就看出人不過是宇宙中的一粒塵埃，不可驕傲。極境眼光（遠方眼光）可以使人的眼睛增加許多維度，具有大智慧的作家作品，我們閱讀後常會朦朧地感到他們有種很難描述出來的超驗維度在其中，例如讀《哈姆雷特》、《白鯨記》，《紅樓夢》，都會有這種感覺。其實，這些作家都有一種超驗的極境的眼光。

作家的前世今生之感，導致文學作品的「前世維度」和「創世維度」，這也是極境眼光派生出來的。如果僅從輪迴之說來認識前世今生，還不免會陷入世俗視角。而如果用極境的眼光來看待生命，把生命看成一個連續的生命鏈，看成是一個生生滅滅的無限過程，那麼，對於現實（今天所發生的故事），就會有一種全新的領悟。大愛大慈大悲也就會從中發生。朱天文所以會寫出「我站在那裏，我彷彿看到，人類史上必定出現過許多色情的國度罷。它們像奇花異卉，開過就沒了，後世只能從湮滅的荒文裏依稀得知它們存在過。……」就因為她是用一種包覽整個人類歷史的全境眼光來看待生命故事的。我國小說《紅樓夢》其博大精彩無人可比，也完全得益於作者曹雪芹完全跳出「凡境」的眼光，而用「極境」、「全境」的眼光來看人間、看歷史、看生命。我們把今生今世的寄寓之所看作「故鄉」，曹雪芹卻嘲笑我們「反認他鄉是故鄉」，從極境的眼睛看來，故鄉當然不在此處，它至少是在無數萬年之前女媧的補天處。在極境的眼睛之下，被世人所追逐的黃金府第不過是個齷齪之所，那些暫時被拋入黃金府第的靈性生命，個個都覺得與這個府第相處而不相宜，個個都絕望而歸，慟哭而返。《紅樓夢》從《好了歌》到整個結構，都把名利、權力、金錢看得那麼輕，把人的真情感看得那麼重，這都是極境眼睛中的價值觀念。與《紅樓夢》相比，《金瓶梅》的作者就完全沒有遠方的眼睛，《三國演義》、《水滸傳》也沒有。

視角的轉換，超越凡境眼光的極境眼光會帶給文學作品全新的風貌，這一點也許一經點破你就會明白，但有另一點你未必能明白的，就是極境眼光會給作家帶來一種大愛大慈大悲。佛陀、基督的眼光正是一種極境的眼光，在佛陀的眼中，地球上的人類就像恆河裏的小沙粒，與愛因斯坦所說的人類不過是宇宙中的一粒塵埃意思相通。這種看法，便是偉大的「齊物論」，它將導致平等地看待每一生靈的襟懷，導致大悲憫與大悲愴。佛學最後追求的「空境」，乃是放下一切世俗妄念而包容萬物萬法的無限心胸之境，達到這一境界所以很難，可能正是因為我們很難擺脱世俗的眼光而贏得超越的眼光。如來的微笑是永恒的，因為他已獲得這種眼光並擁有心中的大慈大悲。

爸爸

一九九九年五月十二日

論漂流美學

爸爸：

讀了你的信後，我更能理解你的《西尋故鄉》了。故鄉，就是屬於你所熱愛的那個世界。這個世界是你用全部心靈所擁抱、所尋求的最美麗的地方。換句話說，我覺得你已經把這一世界主體化了。正因為主體化了，故鄉才沒有一個固定的一成不變的外形，而且也難以用現實的字眼來命名。

最近我讀愛因斯坦的文集，有這樣的一段話吸引了我的視線。他說：「我是一個真正的『孤獨的旅行者』，我從未全身心地被我的國家、我的家鄉、我的朋友，甚至我的直接的家庭所擁有。在所有這些紐帶面前，我從未失去過一種距離感和一種孤獨的需求。」看來，他也有一個自己深藏的世界，這是他心中的世界，可說是他的心中之心。他所謂的孤獨感與距離感，使他能與心中的世界竊竊私語。這個世界好像是在腦中或心中的一個國度，一個至真至善至美的國度。這一國度，也許是他從小就用人類最美好的寶石積澱而成的。他常常與這個「祖國」和「故鄉」對話、商量，並傾聽它發出的道德與智慧的絕對律令。你所熱愛的那個世界，好像也是這樣一個心靈國度與心靈鄉土。

文學和學術相比，它的長處正是它的不確定性。你的「祖國」、「故鄉」的內涵不易確定，這反而使你不斷追尋和不停地流浪。你在〈流浪〉中說得很好，流浪就是沒有結論，沒有固定的起點與終點。流浪的過程就是不斷叩問，不斷接近你熱愛的那個世界的過程。從這個意義上說，作家詩人就是永遠的尤里西斯，永遠的猶太人。你出國之後，雖然孤獨，但從不後悔，心境很好，這可能與你從精神的深層上理解流浪的意義有關。

另外，我很喜歡你行文間常有的那種自嘲精神。這種自嘲是對自我的一種審視、調侃與反諷，它使你自身的主體變為多重的主體。如果沒有一種距離感，是無法達到這一層次的。

小梅

一九九七年五月二十五日

＊ ＊ ＊

小梅：

你在信中提到愛因斯坦腦中心中深藏着一個只屬於自己的美麗的世界。這一信息對我來說真是太重要了。昨天晚上我被它衝擊着，怎麼也睡不着。你知道，「睡不着」對我這樣一個嗜睡的人意味着甚麼。

因為愛因斯坦的內心有一個懸掛着太陽的世界，所以他的世界觀格外明晰。這一世界觀在利己主義十分猖獗的今天，我們實在應當「念念不忘」。他說：「人類存在於斯土，是為了他人——尤其是與自己休戚相關的人，以及因同情之心所繫結的無數陌生人。我常深切感到，我的物質和精神生活，不知拜受多少別人（包括現存和已死人們）的惠賜和幫助。人家既投我以桃，至少應報之以李，我該如何努力才能報答社會呢？我常為這些問題而攪亂心靈的平靜。」

愛因斯坦所講的「孤獨的旅行者」也與我的心思最相通。我因為放逐——漂流，才與各種紐帶保持距離。這些紐帶包括愛因斯坦所說的「我的國家、我的家鄉、我的朋友、我的家庭」，還包括各種妄想、妄念、妄結以及我的名號、我的地位、我的著作。不能被這一切所擁有，不能被這一切留住腳步。

漂流，便是從各種紐帶的牽制中走出來，從而使自身從固定體變為自由體，並開始在更高的精神層面上流動。因為被放逐，我才有可能經歷一次瀕臨死亡的體驗，也因此對人間產生一種特別的依戀。因為漂流，我才領略到這多姿多彩的世界有多美，而創造這多姿多彩世界的人類有多偉大。站在達·芬奇、密該朗其羅、羅丹的畫與雕塑面前，和站在大峽谷、尼加拉瓜大瀑布面前的感受是一樣的：無論如何，我只能謙卑。我所以不停地寫作《漂流手記》，完全是因為漂流中才贏得對自由的充份體驗，才感悟到世界與人生的無盡之美。難怪喬伊斯要説，「流亡就是我的美學」；「要想成功就得遠走高飛，在都柏林則一事無成」。

爸爸

一九九七年五月二十七日

（發表於一九九七年六月八日紐約《明報》）

論文化之鄉

爸爸：

你引用喬伊斯的話，把漂流當做美學，我覺得是一種很有意思的闡釋。在此，漂流成了一種人生姿態，揉合自我選擇的需求，在探測人性幽深詭譎與世事變幻的過程中，經營構織起良知與情感的「故鄉」。但我很想知道，你是如何看待文化故鄉的？

作為一個文化人，我們所生存的世界不可能是一個孤懸天外的封閉世界。我們常常掙扎於傳統陰影與文明蠱惑之間，徘徊於東西文化之間。就拿我來說吧，我的身上混雜着中國傳統文化遺留下來的基因，還有八十年代「文化熱」滋養起來的現代夢，以及美國高低文化對我無形的滲透。我每每在試圖認同故鄉文化之時，不自覺地顯露出自身的矛盾。然而，我從未感到過一種「認同危機」的焦慮，也從未被中國知識分子歷代相傳的「鄉愁」和鄉土情結所侵擾。相反地，我在雙語寫作中常能窺見歷史與文化的罅隙，或折衷於同質與異質的文化理念中，或浮游於夢幻與現實角力的空間裏。如果我把故鄉定義為文化家園的話，我發現我對它的認同是曖昧的、斷斷續續的、點點滴滴的。我的生命在這一文化雜體面前呈現出不可思議的多重向度，雖然缺少感時憂國的流風遺韻，卻儼然獲得了流動性的空間。這種文化雜體對我來說亦是流亡的一種形式，它賦予我多重的文化角色；而這些角色之間的對話又常會讓我自覺地自省與自嘲，在個人與國家之間尋找到一個駁雜含混的中間地帶。當我流離於文化雜體中，自我隨時面臨着被瓦解與重新構建的可能。這種流亡方式，不知你是否也有感觸？它是一種實實在在的「放逐」，而不是逃逸、深隱、空靈，或所謂唯美式的流亡。

小梅
一九九七年五月二十八日

* * *

小梅：

你信中彷彿有種無所皈依之感，為了找到皈依，你和你的同窗好友常念着中國文化與西方文化的中介地帶，好像那裏就是你們的文化家園。這一中介地帶的內涵是甚麼，是中西文化的重疊處還是分流處，或者是中國文化和西方文化都尚未佔領的空白領域？我還不太清楚。但有一點我和你們不同的是，我並不刻意去尋找中介地帶，我的文化家園一直是個非常廣闊的領域，它在一切養育過我的文化中。它既在中國文化之中，也在西方文化之中，甚至也在印度文化之中，泰戈爾就絕對是我的文化家園之一。如果不是在茫茫天地間曾有一位名叫泰戈爾的老頭，就不會有我的散文詩。

我雖着意定義故鄉，但並不想給故鄉一個確定的、本質化的定義。本質化的定義往往是一種陷阱。我對祖國和故鄉的重新定義，一是要打破那種以為權力中心即祖國的錯誤定義，這一點梁啟超早就做了。他認為祖國不是朝廷，不是君主，而是同胞兄弟（國民）。愛國，關鍵是對同胞兄弟的關懷。我一直接受這種定義。而我的故鄉定義更為廣泛。我認定，故鄉應是養育和造就我們的精神生命與情感生命的家園，而不只是出生地和出生地裏的單一文化。就美國來說，它的最有象徵性的文化搖籃是哈佛大學。

這一大學和東部文化鏈，是美國許多學者作家的精神故鄉。但是，恰恰是哈佛大學，它又以柏拉圖、亞里斯多德和一切包容真理的大心靈視為自己的故鄉。哈佛大學的校訓是：「讓柏拉圖與你為友，讓亞里斯多德與你為友，更重要的是讓真理與你為友。」（*Amicus Plato, Amicus Aristotle, Sed Magis Amica Veritas*）哈佛大學一代又一代的學子都把從柏拉圖、亞里斯多德開始的哲學巨流視為自己的哲學之鄉。如果他們不是這樣，而只是在美國本土內尋找自己的哲學家園，那麼他們只能找到一個杜威。杜威自有他的卓越處，但是只有杜威這一田野恐怕誕生不了偉大的哲學靈魂。因此，真正開放的博大的心靈是一定會承認他的文化家園是多元的。這一家園劃清了國家與朝廷的界限，不以忠君為愛國。我對故鄉定義的第二點是要打破祖國和故鄉的現實地域概念，強調祖國和故鄉超越性意義的一面。所謂故鄉，就是生命的原始本源與原始搖籃。談起生命，人們往往只想到那個看得見的肉體凡胎即生命的軀殼，而忘記生命的本體乃是軀殼之內的精神、靈魂和情感，只有後者才是生命最終的真實。如果這樣看，那麼生命本體的故鄉在哪裏？這就不能簡單地規定為誕生軀殼的那一個地點，而應當把一切養育過我們的精神本體與情感本體的太陽、土地、人都視為搖籃，視為我們的皈依之所。

一個像愛因斯坦這樣偉大的靈魂，不能說他的文化家園和精神故園就是以色列或德國，他當然有超越以色列和德國的更廣闊更深遂的精神本源。今天任何一個偉大的詩人和作家，雖然都有出生地意義上的故鄉和祖國，但他的情感家園一定既在他的出生地，又在超越這一出生地的沒有任何邊界的更廣闊的地方。

爸爸

一九九七年五月三十日

（發表於一九九七年六月十五日紐約《明報》）

論生命濃烈也是形式

爸爸：

這幾天我正在為你編選散文集，分上、下兩卷。國內寫的和國外寫的分開。我已寫了序言的初稿，序中我引了王安憶的話，她對散文的見解很中肯。她說：「散文，真可稱得上是情感的試金石，情感的虛實多寡，都瞞不過散文。它在情節上沒有技術可言，同語言的境遇一樣，它有就是有，沒就是沒。」她還把張愛玲的散文與卡繆相比，說張的散文雖然開始涉及人生的內容，也能理解人生的悲傷與虛無，但其思想與情感，都還是她的小說的邊角料，是零碎碎的東西，最終仍是解脱出來，站在一邊，成了一個人生戲劇的鑑賞者；而卡繆則是一個沉浸於思想、創造思想的作家，他的散文有着一些重要的事情，它重要到與人的存在有關，它是一些對人生大問題的苦思冥想，他的寫作是不留退路的思維方式，一無圓滑之氣，也無世故之念。王安憶這段話給我很大的啟發，你的散文無疑是屬於卡繆型的，也是不留退路的思索，完全沉浸於思想。現實對你壓迫愈重，你的脾氣就愈倔，思考也就愈深。你把生命投入散文，又把歷史投入散文，把人格與思想直接放射出來，幾乎沒有折光。倘若有一點圓滑與世故，這種光芒可能就會折射得彎彎曲曲。王強曾對我說，你父親的散文有一種大氣，這種大氣，可能正是王安憶所說的與存在相關的宏觀思索，從描寫大自然的《讀滄海》到描寫歷史的〈傑弗遜誓辭〉、〈徘徊冬宮〉等都有這種大氣。

上集（國內部份）我按照不同形式分為四輯，下集我找不到形式的分類辦法，想按內容區分。我模糊地感到你的散文有一種特別的形式，但此刻說不清。

小梅

一九九八年六月六日

＊　＊　＊

小梅：

王安憶這篇對散文的談論，確實很好。散文的確摻不了假，情感、思想一旦貧困，散文一定也蒼白，使用再多的「文本策略」也沒有用。到海外後，我所以繼續寫散文，也是因為我有了第一人生之後又開闢了第二人生。第一人生好像是第二人生的前世之維。多一生命之維，思想自然就會更充實。魯迅的散文真了不起，他的精神內涵，不僅中國現代作家無人可比，世界上的散文家也少有人可與之匹敵，原因便是他有深廣的大感憤。周作人的散文自然、沖淡，某些篇章也有很高的境界（如談論希臘文化），但沒有魯迅的與人間苦惱相通的大感憤。魯迅的感情也是沒有退路的思索，拒絕一切圓滑與世故的對於生命困境的思索，字裏行間全是有血肉、有蒸氣的思想。

關於散文的形式，我也嘗試作些變化，但我最終悟到，思想的飽滿，生命的濃烈，本身就是一種形式。思想飽滿、生命濃烈之後形成的文字變成一種浮雕，這浮雕也是形式，所謂力度，所謂氣度，既是內容也是形式。外形式的變化其實不難，但內形式的構成卻不容易，內形式就是思想與情感的浮雕。文體更重要的是表現在內形式上。

二十世紀我國的現代散文有兩大脈路，一是以魯迅為發端的感憤之脈；一是以周作人為發端的閒適之脈。兩者都有成就，但我更喜歡魯迅這一脈。周作人這一脈的作家有俞平伯、林語堂、梁實秋等。中國太黑暗，敢於和黑暗肉搏的魯迅人格也最難得。這種人格外化的散文，情思濃烈，文字包含着鋼質鐵質，於是便自成獨特的散文文體。周作人的文字雖十分純熟老道，但缺乏魯迅的鋼質鐵質。魯迅自始至終用心靈寫作，周作人在開始時（「五四」）也用心靈，並高揚人文旗幟，但後來則逐步只用頭腦寫作，抄書太多。用腦寫作，固然冷靜，但缺乏思想的飽滿與生命的濃烈。張愛玲似乎也是一個到後期只用頭腦寫作的人，卡繆可不是這樣。

說到大氣，我就想到茨威格的《異端的權利》與《昨天的歐洲》。後者你可能未曾讀過，我勸你一定要讀。一部散文，概括了一個時代，表達了人類共同的最高的願望，歷史、思想、情感、文采、人格，全都在其中洋溢。他是二十世紀的散文天才。這種散文屬於深厚的土地與深厚的心靈，與淺薄的市民社會沒有太大關係。

爸爸

一九九八年六月九日

論腔調

爸爸：

最近我翻翻自己寫過的文章，覺得很不滿意。無論哪一篇文章，要是有機會重寫，都會寫得好一些。尤其是二十歲左右在學校寫的文章，更覺得幼稚。雖說「不悔少作」是有道理的，但了解少作的弱點也是必要的。少作存留着天真，這是好的，但少作的主要毛病是每篇都同一腔調，有一種「學生腔」，或許也可以說是一種「作文腔」。你曾調侃我說，「你的散文怎麼像唱歌？」當時我不服氣，現在才知道有道理。寫文章一有唱腔，就不自然，成熟的作品恐怕得自然，刻意雕琢或裝腔作勢肯定是文學的大敵。

我幸而沒有參加文化大革命，但讀小學時趕上末期。那時的作文全是紅衛兵腔。到美國後，因研究需要，也翻讀當時的文章作品，真好笑，幾乎是一律的紅衛兵腔。尤其是各省市、自治區的致敬電，其腔神腔調對創造本身具有毀滅性的危害，對中國二十世紀文學和社會文化也有很大的危害。本世紀下半葉的紅衛兵文風、獨斷性文風、大批判文風乃至流氓文風，始作俑者，正是創造社。

以創造社為開端，後來的左翼文學的許多作家，也落入革命文學腔中。我研究的對象蔣光慈等，就很明顯。魯迅常挖苦他們。巴金雖不是左翼作家，但他的《霧》、《雨》、《電》也是左翼文學腔，筆調較幼稚，後來的《寒夜》就沒有腔，顯得比較成熟。我所喜歡的張愛玲，當時就有意識地將自己的作品和「五四」文藝腔以及左翼文學的腔調區別開來。一區別開來，就有屬於自己的個性與格調。沈從文的長處也是不拿腔拿調。汪曾祺師承沈從文，但開始時還有些腔調，到了八十年代，腔調就沒有了，顯得成熟和諧，因此被批評家們所推崇。阿城的作品不多，他所以也受批評家推崇，除了他着意恢復漢語的魅力之外，便是他沒有一般作家容易帶上的文藝腔。

九十年代影響較大的青年作家王朔，開始發表的一些作品，還能讓人感到新鮮，後來就形成一種王朔腔了。上海、香港、台灣人較正經，他們不容易接受這種「痞子腔」。王朔如果完全陷入自己的腔調之中，以後就難再前行了，而如果學習王朔，只學這種腔調，那就更沒有前途。它可能沒有王朔的批判力，卻只學到流氓腔。

你曾經介紹我讀周作人談論散文寫作的一些文章。我讀後的確受到啟發。他說他不敢講自己的散文寫得最好，但敢說懂得散文的優劣。他的標準是看寫得自然不自然。他說，不懂得寫文章的人，一拿起筆就像上舞台，要拿腔拿調表演一番，這就不自然。放下表演的念頭，着筆就自如從容。現在想起來，周作人講的要義，便是寫作不要落入一種腔調，更不要拿腔拿調。現在我一進入寫作，就想到周作人的警告，先放鬆一下。這種自覺，使我慢慢從作文腔中擺脫出來，少作矯情。這點進步，你也許會感覺出來。

小梅

一九九八年十月十日

* * *

小梅：

你提到的是文學寫作中的一個重要問題，文章中有種腔調，這是寫作的幼稚病。在學生時代和初學寫作時，難免會有這種幼稚病。你能有擺脱腔調的自覺，説明你更了解書寫的特點，也説明你已告別寫作的幼稚期。你在寫作課裏如果能提醒學生注意這一點，對他們將會有很大的幫助。

在中國現代文學的創始階段，魯迅和周作人這對兄弟，是非常特殊的現象。現代白話文的寫作，在二、三十年代只是實驗階段，有點腔調本是難免，但周氏兄弟沒有腔調，因此文章也顯得最成熟，最有個性。新文學形成明顯的集體腔調確實是創造社。他們在「五四」時「表現自我」、「為藝術而藝術」而進入「革命文學」階段之後，「創造腔」就非常明顯。你所說的「紅衛兵腔」、「致敬電腔」、頌詩腔，其實都是「創造腔」的伸延。在現代文學研究中，以往沒有人從這一角度，認真地指出創造腔對二十世紀中國文化的危害。

一個作家陷入自己的某種模式化的腔調中或陷入在文壇流行的腔調中，未必能知道。從五十年代至七十年代大陸的詩歌，幾乎都是一種腔調。當時寫詩的人很多，但都有一種亢奮空漠的腔調。在集體的腔調中，唱出一點「反腔調」的聲音，就會被包圍與扼殺，但可能是最有價值的聲音。郭小川的《望星空》，就是「反腔調」的傑作。文學批評者應當對腔調有敏感能力，才能發現好作品。當年別林斯基、涅克拉索夫説到陀思妥也夫斯基的《窮人》時那麼興奮激動，評價那麼高，正是他們在流行的腔調中發現一種反腔調的空谷足音。

腔調，説到底是種「作秀」。用頭腦寫作，可能會作秀；用慾望寫作，則一定會作秀；只有用心靈寫作，才會避免作秀。大作家沒有腔調，就因為他們的文字都從心靈中流出。

爸爸

一九九八年十月十五日

論《紅樓夢》方式

爸爸：

剛才我在《明報月刊》上讀了你的〈《紅樓夢》閱讀筆記〉。記得你說你寫了五十節，但刊登出來的只有二十節，我真想都讀一讀。你那麼喜歡《紅樓夢》，「寧可失去北京城，也不能失去《紅樓夢》」，這種文學情感真讓我感動。你因為擁有《紅樓夢》而贏得一種幸福感和排除孤獨的力量，這種感受，我還沒有。但我也很喜愛《紅樓夢》，以後還要好好讀，好好領悟。記得你寫過，聶紺弩老伯在臨終之前有一個未了的心願，就是想寫出一篇《賈寶玉論》。你在這些隨想中似乎也在猜測聶老的所思所想。賈寶玉這個形象真是太豐富了，他好像很傻、很笨，其實是一個具有大愛、大慈悲、大關懷（自然也是大聰明、大智慧）的人，所謂大智若愚、大情若癡者，大約賈寶玉就是了。

說實在的，和這個世紀的西方前列名著如《尤里西斯》相比，《紅樓夢》要偉大得多。從閱讀感受來說，讀《紅樓夢》簡直整個生命都要被它拖進去，真真是「引人入勝」，而讀《尤里西斯》則像跋涉高坡，辛苦得很。倘若不是從事文學研究這一職業，我寧可不看。難怪福克納說要像教徒讀《聖經》那樣才能進入《尤里西斯》的世界。我總覺得《尤里西斯》雖然手法有原創性，寫得格外細緻，但失之太繁，繁得讓人受不了。這也許是中國人的閱讀心理無法適應喬伊斯這種寫法。連翻譯《尤里西斯》的譯者蕭乾也這樣說過：「《優利賽斯》我想應該把它翻出來，不一定印很多，得讓人作參考，讓人知道究竟它是個甚麼東西。……但就我們國家的現實來說，去寫這個東西就太說不過去了。」這段話是十幾年前他在接受香港《開卷》雜誌的採訪時說的。也許有人聽了會覺得奇怪，而我卻能理解。

小梅

一九九九年二月六日

* * *

小梅：

你對《尤里西斯》的看法，很有意思。而翻譯《尤里西斯》的蕭乾老先生竟還有中國作家不可學習喬伊斯的觀點，也很有意思。也許我的心理比較開放，各種文體都能容納，加上我喜歡閱讀散文（不會因缺乏故事情節而感到乏味），讀《尤里西斯》時又比較從容，所以也是覺得津津有味。不過，今天想起來，還是覺得讀托爾斯泰的《戰爭與和平》及陀斯妥也夫斯基的《卡拉瑪佐夫兄弟》有意思，更不用說讀莎士比亞了。二十世紀的小說有許多新寫法，也有很高的成就，但與十九世紀相比，我總覺得還是十九世紀的成就更高。二十世紀的小說，從卡夫卡開始，許多作家把小說變成大寓言，中國作家也學習了這一點。寓言往往負載一種觀念，一種哲學，一種對世界的大感受與大發現，但弱化了故事情節和人物性格，這種寓言式的小說與傳統小說相比，優劣得失何在，是一個需要研究的大題目。

至於《紅樓夢》，我覺得它實在太精彩了，太了不起了。我對《紅樓夢》的愛可說是一種酷愛。所以我慶幸自己出生在《紅樓夢》之後。如果誕生在這之前，此生此世沒有《紅樓夢》相伴，我會覺得人生要乏味得多。在海外，有《紅樓夢》放在案頭，就根本不會失去故鄉與祖國。中國文學批評家應當有自己的視角，而《紅樓夢》就提供我們一個最精彩的參照系。眼睛裏裝進《紅樓夢》，對其他作品的優劣就會看得很清楚。《紅樓夢》點亮我的一切，當然也點亮我的審美眼睛。你雖然是從事近、現代文學的研究，但不要被專業所束縛，要從狹隘的專業中漂離出來，好好讀《紅樓夢》。愛因斯坦說過，不能光讀現代的作品，還要讀古典的作品，人才能深厚。而《紅樓夢》可說是我國古代文學和古代文化的集精華之大成者。中國文化的精華之最，我覺得並非在於孔子、孟子、十三經等，也不在於二十四史，而是《紅樓夢》。這部偉大小說所蘊含的真性情才是中華民族的真金子。這一奇蹟的產生不知經過多少年的積澱。我在《獨語天涯》中寫出了一點點的心得，因為覺得可說的話太多，乾脆就提綱式地說話。例如其中的一則，我說我國的古代小說，大體上都是一個情節暗示一種道德原則，惟有《紅樓夢》是多重暗示。一個人物的命運，都有多重暗示，這一點就可寫一篇很有意思的論文。

中國文化史的經典著作，從孔子到朱子，其思維方式其實都是「聖人言」的方式，即「聖人道出真理」的方式，並未把真理「開放」。後來形成獨尊與權力，與此有關。而《紅樓夢》則用完全開放的方式去看待被各種人尊為真理的古代經典，並敢於提出叩問。這種叩問不是控訴與審判，而是質疑，但又有同情的理解，所以《紅樓夢》中沒有世俗視角中的好人壞人之分，不把悲劇視為幾個「蛇蠍之人」作惡的結果。衝突的雙方都擁有理由，都有某種「善」。這一點，王國維是先覺者，他對《紅樓夢》悲劇的認識，後來一直無人可比。我說《紅樓夢》是一個無是無非、無真無假、無善無惡、無因無果的藝術大自在，就是指它的開放性。《紅樓夢》是一個多維世界，不僅有現實的一維，還是超驗的一維。其人性世界，也是多維的，賈寶玉的大性情用世俗的語言說，他是一個泛愛主義者，而用文學批評的語言說，他是一個人性多維的豐富世界。與《紅樓夢》相比，《金瓶梅》就大為遜色。它只有一個現實世界，沒有超驗世界（也沒有超驗語言）；它只有世俗的因果、善惡判斷沒有超越的開放眼光，更沒有現實描述背後的哲學態度。

把文學話題擱下。你以後學習與鑽研中國文化，也可從《紅樓夢》入手，這部小說中的日常生活與日常關懷，是最具體、最生動的中國文化，儒家、道家、釋家，理學、心學、禪學，全都可以在其中學到或悟到。尤其是儒、道之前的《山海經》，更是與《紅樓夢》直接相連。從《山海經》到《紅樓夢》，中間又有魏晉風骨、唐宋詩詞、明末性情，把握住這一脈絡，便可把握住故國的自由文化氣脈。這一氣脈可能正是中國文化的未來指向。你從現在開始，有空就翻翻《紅樓夢》，不斷領悟，十年以後，你的內心一定能豐富得多。我們不必像時人那樣把研究《紅樓夢》當作敲門磚，當作政治工具和夤緣求進的階梯，所以，《紅樓夢》是屬於我們的。

爸爸

一九九九年二月九日

論文學之尺

小梅：

近日《亞洲週刊》讓我回答三個問題，歸結起來只是一個意思：對本世紀中國小說得失的總評價。其中特別問到，從世界文學史的眼光看，本世紀有沒有偉大的小說？有與無的理由是甚麼？這又涉及到白先勇先生所說的本世紀中國有沒有偉大作家的問題。關於這點，我在被限定於只能是八百字的篇幅裏，作了一個簡要的回答，現寄給你看看，你也可藉此想想這個問題。特別是甚麼才算「偉大作品」的問題。

白先勇教授認為文學的價值最後還是看其文字藝術，從這一標準出發，他覺得本世紀中國沒有偉大作家，包括魯迅。因為魯迅只有兩、三本短篇小說集。反而是張愛玲的小說更有價值，因為她的文字是「五四」前的白話。

我已寫了一篇短文表明我不能贊成他的看法。因為他評價文學作品只講文字藝術，不講精神內涵，這實在說不過去。本世紀下半葉語言哲學氾濫，語言被視為人類本體和最後的精神家園，許多作家玩語言、玩形式玩得走火入魔，因此，文學語言被強調到壓倒一切的地位。白先勇是位出色的作家，他未必是受語言哲學的影響，但也有這種看法，使我感到非常困惑。

文學固然是一種語言藝術，但它又不僅是一種「語言形式」，也不僅是一種「藝術」，它還是一種帶有精神內涵的審美現象，即既有審美形式，又有通過審美形式去實現的精神內涵和其他社會歷史內涵。

偉大的文學作品都有高度的精神內涵。當文學從自己的高峰上跌落下來的時候總是文壇強調、突出審美形式而鄙視精神內涵的時候。大量作家玩語言、玩形式玩到走火入魔，便是文學衰竭的一種徵象。十幾年前，李澤厚就論證一個觀點，即審美先於藝術、大於藝術。藝術產生之前，人類在勞動中和在與大自然發生關係中，就有了審美感受，所以說審美先於藝術。而一些被人類觀賞不盡的長城、金字塔、教堂等，是審美對象，而人們從中得到崇高、偉大的審美感受，不僅在於它是建築藝術，還在於它的巨大精神內涵，或者說，還在於它的巨大象徵意蘊。偉大的文學作品有如金字塔，既是藝術，又是大於藝術。在我國的詩詞史上，文字之美達到絕頂的如司馬相如、周邦彥等都不能算是偉大作品，反而是蘇東坡、陶淵明、辛棄疾、陸游贏得更高的成就，原因是後者具有更深廣的人間大關懷。周邦彥作為宮廷詞人，他的詞可以說是工麗工雅到極點，可惜內容上卻犯了明顯的貧血症。我不是不喜歡周邦彥的詞，香港羅忼烈先生所註的《周邦彥清真集箋》這幾年我常常吟誦，其富麗精工真令人驚嘆，但讀後真是提不起精神。王國維說：「美成深遠之致，不及歐、秦，唯言情體物，窮極工巧，故不失為第一流之作者。但恨創調之才多，而創意之才少。」（《人間詞話》）所謂創調，可視為詞的形式美，而創意則是詞的精神內涵了。沒有深廣的精神內涵，使得周邦彥在中國詩歌史上無法成為李白、杜甫、蘇東坡似的偉大詩人。

在世界文學史上，我比較熟悉的是俄國文學史。我敢肯定，托爾斯泰與陀斯妥也夫斯基的文字語言不如屠格涅夫的精工絢美。你讀讀屠格涅夫的散文詩和他的《父與子》、《獵人日記》就會明白。但是托爾斯泰與陀斯妥也夫斯基的精神內涵則是無以倫比的博大，在他們的小說中，有兩個世界，一個是肉體的此岸的世界，一個是靈魂的彼岸的世界，他們對這兩個世界都進行了大叩問。在現實世界中，他們又對戰爭與和平，人生的最後實在是甚麼，人活着的意義等根本性問題進行叩問，這都是屠格涅夫望塵莫及的。

近年來，批評界一些朋友竭力推崇汪曾琪的小說。汪曾琪的小說別有一番意味，讀來津津有味。他致力於恢復漢語魅力的努力，揚棄一切火藥味，如同化外之人進行寫作，在語言文字上確實是很美的；但是，他的小說的精神內涵卻顯得單薄，比沈從文還差一級，更不必說與魯迅相比了。張愛玲的文字也很美，沒有雕琢的痕跡，現代內容的敍述中帶古雅味，這很不容易，但其精神內涵卻絕對無法與魯迅相比。魯迅的小說與散文，接觸了時代的根本，與他生活的時代脈搏緊緊真正相通，大感情中常有大啟蒙，後來又超越啟蒙，叩問人生的意義（《野草》）。

白先勇教授在評價文學作品時掌握的批評尺度除了失之偏頗之外，還有一個問題是我們雖可用世界文學史的視角來看中國文學，但不可有歐洲中心論。像《紅樓夢》這樣偉大的作品，可與人類文學史上任何一部最偉大的作品和任何一部最偉大的小說比美，但是，曹雪芹在世界上的影響遠不如莎士比亞，這與中國在世界上的地位有關，說起來複雜。中國文學有自己的傳統，這首先是偉大的散文、詩歌傳統。孔子、孟子、莊子的散文，《史記》的散文，就是我們的文學傳統。世界文學史上少有像《史記》這種氣魄宏大的散文，概括幾個歷史時代的散文，融人物、事件、見識於一爐的散文，語言文字極為雄麗精粹的散文。在考察中國現代文學成就時，不要忘記散文。魯迅的散文成就實際上超過他的小說成就，如果看不到魯迅散文的成就，僅把他的小說孤立地審視，就會覺得他的作品還單薄些，說他偉大顯得勉強，但如果把散文與小說加起來，說魯迅的偉大就可以理直氣壯了。魯迅在自己的散文中投入時代，投入歷史，投入生命，投入對中國社會與中國文化的精闢見解，這很不簡單。你可以在魯迅書中找到最深刻的學識、史識、文識、器識、詩識、知識，這是在其他學問家與作家的作品中找不到的。現在，我把對《亞洲週刊》的談話附在信後，讓你參考。

此次評選，逼得我重新翻閱和思索本世紀的一些有代表性的中文小說。從總體上說，這些小說取得兩項不可磨滅的成就：（1）共同創造了一個有別於《紅樓夢》、《水滸傳》等古代白話小說的中國現代漢語小說寶庫，在小說創作量上超過以往任何一個世紀，使小說進入中國文學的正宗範圍。（2）由於對社會現實的格外關注，這些中文小說便成為二十世紀中國特定歷史時代的一面巨大的鏡子，並對中國的社會面貌和歷史進程產生了巨大影響。

然而，也應坦白承認：本世紀中國小說創作成就不夠理想。從世界文學史（包括中國文學史）來觀察，只有魯迅的《阿Q正傳》等小說加上他的散文（包括雜文）堪稱偉大作品，其他的就未必稱得上。這裏應當聲明的是，甚麼才算偉大、很難掌握。我雖然使用「世界文學史」視角，但並不接受歐洲中心論。按其中國的文學眼光，散文雜文才是文學的主脈，而魯迅散文的成就是世界文學史上罕見的。因此，如果小說加上散文，魯迅當然無愧是偉大的作家。倘若撇開散文，僅談小說，《阿Q正傳》等就難以和《紅樓夢》、《戰爭與和平》、《卡拉瑪佐夫兄弟》、《尤里西斯》等史詩性的小說相比，也就是說，《阿Q正傳》等小說的「偉大」，也是有限的偉大。本世紀所以未能產生舉世公認的史詩性的偉大小說，其原因大約有三點：

（1）本世紀中國社會處於大轉型、大動盪時代，作家難以逃脫國家興衰的重擔，因而缺乏從容的時間從事個體精神價值創造，也無法從容地思考人類生存發展的一些更根本的問題（如生存困境、人性困境、精神家園等），因此，很難在世界範圍內產生巨大影響。

（2）「五四」之後，中國作家創造了另一種漢語，進入另一種寫作方式，嚴格地說，「五四」後這八十年，還只是這種漢語寫作方式的開始階段和試驗階段，要真正達到成熟，還需要時間。

（3）本世紀中的一些時期，文學生態環境不好，人為的干預干擾太多，以致使上半葉的一些有代表性的作家在下半葉無所作為，又使五、六十年代新起的作家在大思路上發生問題（陷入敵我、社資衝突的極端世俗視角）。

八十年代中國小說出現新的氣象，一群中青年小說家改變原來的思路，語言文字也日趨成熟，並產生了一批傑出的作品。他們是二十一世紀中國文學的曙光。

關於諾貝爾獎問題，我在今年一月《聯合文學》中發表了〈百年諾貝爾文學獎與中國作家的缺席〉長文中已作了分析，也回答了些問題，有興趣的朋友，可翻翻看。這裏不再贅述。

爸爸

一九九九年五月三十日

＊　＊　＊

爸爸：

文學批評的尺度不只一種，極端地說，人的主體有多少種，文學之尺大概就有多少種。如果我們天真地設想，每個文學之尺都如明鏡如秋水一般純潔清正，那我們就太簡單化了。事實上，所有的尺度後面，都隱藏着一定的知識結構和權力關係。我相信傅柯的「知識/權力」的理論有助於我們思考文學之尺。比如，哲學或精神內涵和語言是甚麼關係？文學之尺在一種語言和另一種語言相碰撞並發生意義交換時會有甚麼調整？一種文化可不可能毫無偏見地認識另一種文化的內在機制？文學之尺是完全公正的嗎？有沒有能夠超越特定歷史意義和文化氛圍的文學之尺？

以往世界文學史的眼光基本上是歐美文學史的眼光。即使是以這樣的眼光看問題，我們是取哪個時期的尺度呢？比如說十九世紀和二十世紀的小說就很不同。十九世紀小說的創作意圖、人物性格、敘述方式和主題是明確的，一般着眼於對道德原則或人生真理的宣示，多數以全能全知、無所不在的敘事方式出現，最後總是試圖引導讀者得出明確的道德結論。而二十世紀的現代小說則排除語義的確定性和明晰性，表達的僅僅是作者對人生的感受和體驗，主題大體上都是表現世界的荒誕、人生的無意義、主體的迷失和精神危機，即阿多諾所說的「二十世紀的情緒」（阿多諾，《美學理論》，法蘭克福，四一—四三頁）。從語言方面講，傅柯認為，由於語言擺脫了所指的控制，而造成語意的喪失和向外的擴散。

二十世紀初期小說很有新意，是西方資本主義社會的批判者與叛逆者。但是，當它們逐漸被人們接受而成為時尚後，便丟失了它的批判能力，失去了先鋒的特色。後來，現代小說往後現代小說過渡，但其過渡的界限至今仍令人爭論不休；不過，後現代小說更注重對小說形式的顛覆和解構，用沙特的話來說，「小說正在進行自我反省」。法國的「新小說」，如羅伯—格里耶（Alain Robbe-Grillet），納塔莉·薩魯特（Nathalie Sarraute）和克洛德·西蒙（Claude Simon）就對寫作本身的形式和敘述進行解構甚至自嘲式的模仿，認為現實是語言造就的，傳統小說的反映現實是虛假的，小說要揭穿這個虛假的現實。我在哥倫比亞大學時，曾讀過一些這類的小說，但難以接受，因為讀得很累。這些小說瓦解了我們傳統的閱讀經驗，閱讀的快感消失了。你所說的，許多作家玩語言、玩形式玩得走火入魔，文學語言被強調到壓倒一切的地步，實際上與「新小說」很接近。

如果不把後現代的小說放回歐美小說發展史上看，我們實在是很難接受與理解。現代主義小說還有陽春白雪與下里巴人之分，後現代主義則衝破雅俗文學的界限；現代小說仍有某種形而上意義，如哀嘆人生意義的丟失，及嚮往主體、價值、意義的回歸等；而後現代主義卻認為所謂意義只不過是人的虛構，寫作僅僅是語言遊戲，意義的差異只是語言組合的差異；現代主義仍有「寓言」性，後現代主義則充滿了反諷（parody），對古典文學名著裏的題材、形式等進行變形的嘲弄。不過，因為後現代主義是一個複雜的多元體，很難以某一派來描述，所以可以說，它更是一種文化現象。從小說史的角度上看，「玩語言、玩形式」的小說有它的意義，因為它們是要重新定義小說。就像美術史上所有新畫派的出現，都是對藝術這一定義的重新闡釋。

所以說用世界史的眼光看中國小說，我們是借用哪一種對文學的定義、哪一個文學派別的眼光呢？連世界文學史都有自己的歷史，我們又怎能忽視中國文學特定歷史時期的人文環境呢？我們用歐洲中心論的文學尺度，是不是把自己總是限定在落後的「第三世界文學」的規範呢？這樣看中國小說，是不是永遠都看不到所謂的「偉大的作品」呢？在這一點上，我與你的質疑是相同的。不過，你把精神內涵與語言分開，我略有不同的看法。

你的文學之尺更重視精神內涵而反對把語言作為根本，我想，這是一種「回歸古典」的思路。丹尼爾·貝爾曾說過，「我們的祖先有過一個宗教的歸宿，這一歸宿給了他們根基，不管他們求索反徬徨到多遠。根基被斬斷的個人只能是一個無家可歸的文化漂泊者。那麼，問題就在於文化能否重新獲得一種聚合力，一種有維繫力、有經驗的聚合力，而不是徒具形式的聚合力。」（丹尼爾·貝爾，《資本主義文化矛盾》，趙一凡等譯，三聯書店，一九八九年，一六八頁）從你的思路來看，你似乎在試圖求索一種類似宗教的文化聚合力，因為你知道，漂浮在語言和形式上，是永遠沒有根基的。所以，你反對以語言為根本。

我也不同意過份地玩語言，但我認為，精神內涵和語言是不可分的。這牽涉到「表現」（representation）的問題。精神內涵也要靠語言和形式才能表現出來。以往我們都以為語言是自然的、明晰的、反映現實的工具，但是結構主義語言學改變了這一看法。我們進入語言系統時，已經被這一套系統的種種規範、語碼和權力所限制及左右，根本就沒有一種超驗的、透明的純淨的、擺脱一切意識形態和權力關係的語言。所以不是我在説話，而是話在説我。當然，真正優秀的作家，懂得從語言的內部着手遊戲之、改造之，以各種陌生化、間離化的手法賦予語言新的意義。比如説，魯迅的語言，既保留了部份古典漢語，又充份開發了現代漢語，於是，這二者之間自然而然就有了一種張力，有如他的思想，也常常在傳統與現代之間彷徨。

語言大概永遠都是一個牢房。語言內涵的多義性：不確定性、歧義性是否能負載作者的精神內涵？當我們陷入語言的遊戲中，我們是否已經丢失了自我？這些問題都沒有簡單的答案。但我相信，文學之尺是多樣的，你的和我的就很不同。你對二、三十年代經歷了民族歷史大波折大災難的文學作品有着更深的同情與理解，我則更喜歡年輕的一代，因為他們對漢語的運用和創新為我們帶來了新的文學空間。

小梅

一九九九年六月三日

論張愛玲的局限

爸爸：

我請海立從國內帶來兩套《張愛玲文集》，一套送給你，一套留着自己讀。我讀過你的〈也談張愛玲〉，你說張愛玲是悲觀主義者，對社會、對人生、對愛情都是悲觀的。而悲觀哲學給予她第二視力，使她從繁華中看到荒涼，類似艾略特等西方詩人從資本主義的大繁華中看到人性的荒原，這些見解對我是很有啟發的。

這些年我可以說是細讀了張愛玲。她在中國現代文學史上可說是奇蹟。《傾城之戀》、《金鎖記》的確是可與《阿Q正傳》、《邊城》並肩的最完美的中篇。「五四」以來開創的現代文學，用另一種語言寫作，如你所說，只是在實驗。在三十年代，現代文學受左翼的激進思潮影響很深，而她卻能站在潮流之外，這倒使她獲得個性。作家柯靈在他的文章〈遙寄張愛玲〉中曾這樣寫道：

> 我倒是想起了《傾城之戀》裏的一段話：「香港的陷落成全了她。但是在這不可理喻的世界裏，誰知道甚麼是因，甚麼是果？誰知道呢？也許就因為要成全她，一個大都市傾覆了，成千上萬的人死去，成千上萬的人痛苦着，跟着是驚天動地的大改革……流蘇並不覺得她在歷史上的地位有甚麼微妙之點。」如果不嫌擬於不倫，只要把其中的「香港」改為「上海」，「流蘇」改成「張愛玲」，我看簡直是天造地設。中國新文學運動從來就和政治浪潮配合在一起，

因果難分。「五四」時代的文學革命——反帝反封建；三十年代的革命文學——階級鬥爭；抗戰時期——同仇敵愾，抗日救亡，理所當然是主流……我扳着手指頭算來算去，偌大的文壇，哪個階段都安放不下一個張愛玲；上海淪陷，才給了她機會。

上海傾覆，給了張愛玲成功的契機。也許因為戰爭，她對人生的體會才走向深刻。她選擇的創作立足點，是自覺的。一九四四年，她在〈自己的文章〉一文裏，主張要重視人生和諧和安穩的一面，她的這種提法，在充滿鬥爭、革命和戰爭的時代，是反潮流的。她說她寫不出「時代紀念碑」那樣的作品，題材中沒有戰爭，沒有革命，只是抓住人類在一切時代之中生活過的記憶，甚至只是寫些男女間瑣碎的小事情。正是這種逆反，使她獲得了成功。

我很欣賞張愛玲的這種思路。我國的新文學太看重時代性，幾乎只有「現在」之維，所以寫的便都是現實的肉搏，而忽視永恆性，即「任何時代」都存在的人生困境。張愛玲說，文學的和諧和永恆性，乃是人的神性，也可以說是婦人性，這話說得極好。文學如果只表現鬥爭，表現力，那只是男人性，魔性；只有表現出和諧的一面，永恆的一面，才有女人性。與男子的力的象徵相反，女子則是審美的象徵。中國現代文學的所謂主流，如革命文學、左翼文學，致命的弱點就是力有餘而美不足。

我對張愛玲很着迷，主要是因為她的寫作是一種屬於女性的寫作。在〈談女人〉一文中，她寫道：「『超人』這個名詞，自經尼采提出，常常有人引用，……說也奇怪，我們想像中的超人永遠是個男人。為甚麼呢？大約是因為超人的文明是較我們的文明更進一步的造就，而我們的文明是男子的文明。還有一層，超人是純粹理想的結晶，而『超等女人』則不難於實際中求得。在任何文化階段中，女人還是女人。」

張愛玲對女人的論述，句句着眼於「本質化」的女人，與當代流行的女性主義理論可以說是格格不入的。當代許多西方女性主義理論，強調性別定義中的歷史性、社會性和政治性，強調分析出性別定義後面的話語關係和權力關係。她們反對以生理的差異來談女人，因為那是本質論的說法，這種說法容易把女人固定在男性社會規定的性別差異中。比如西方女性批評家 Luce Irigaray 的理論指出，女人在傳統西方文化的表現體系中，永遠缺乏主體性，因為她被拜物教的表現形式所控制。所以，在男性中心的語言裏，女性是無法被真正表達的。而另一位女性批評家 Monique Wittig 則引進「女同性戀」這一「第三性」來超越異性戀差異對女人的束縛，從而超越男性社會對性別的定義。

然而，張愛玲卻對女子與男子「永恆性」的差異津津樂道，把這種差異歸結於自然。在她眼裏，代表男性的超人只生活在一個時代裏，而女人則是超歷史，超時代的。不過，她所謂的「超等女人」並不意味着像「聖母」或「神女」一般完美的女性，相反的，卻是那種在實際生活中掙扎的平常女子，是那些有小性子，矯情，做偽，眼光如豆，狐媚子似的女人。也就是說，她所謂的永恆性恰恰是與實際生活牢牢繫在一起的。用她自己的話來說：「女人把飛越太空的靈智拴在踏實的根樁上。」於是，她筆下的女性都是些無法超越現實生活的女性，是繡在屏風上的鳥，把自己的生命和聰明才智淹沒在油米醬醋和世故人情中。因為這種實際生活中的女性在各個時代都比比皆是，是最基本的存在，所以，我們從她們身上看到的是生命的本身，是永恆的真實的存在。她們不是「神女」，無法引導男子飛升；她們的平凡、斤斤計較與戀物，既與男性想像中的完美女性相距甚遠，又對「男子的文明」缺乏建設，更不是那種傳達高尚的革命理想的英雄女性。

有意思的是，正是張愛玲的這種「本質化」的女性書寫，使得她在男性中心的語言體系中找到了自己的語言。用批評家周蕾的話來說，張愛玲極度着眼於細節敘事，在雕飾性的瑣碎的描寫中流連忘返，而這種充滿細節的語言，既是頹廢的，又是女性的，對立於男性社會裏那些大的概念，如國家，民族，革命和階級等。

我自己非常喜愛張愛玲的女性化的語言，雖然她筆下的女性很世故，又常常是拜金主義者，可是很真實，具有日常生活的品質，是近人情的。她似乎在物質生活中發現了一個女性的新世界，她毫不掩飾內心對物質的愛悅與迷戀。因為通過物質化的女性生活，她實實在在地觸摸到了生命的本原與本體。所有的這一切，對於她來説，遠比啟蒙和救亡更為重要。

她耳朵上戴着個時式的獨粒假金剛鑽墜子，時而大大地一亮，那靜靜的恆古的陽光也像是哽咽了一下。（〈華麗緣〉）

有美的身體，以身體悦人；有美的思想，以思想悦人。（〈談女人〉）

女人的物質性，女人的身體，是久遠的，恆古的，超越政治和歷史的。「有一天我們的文明，不論是昇華還是浮華，都要成為過去」。這裏所指的文明，是以男性為中心的文明，是以道德理念為中心的文明；而這樣的文明，會隨着時代的變遷而轉移、變更甚至坍塌。相反的，只有張愛玲的類似謠言的《流言》和寫在水上的書寫，才有可能在「意義」消失的時候，還存活下來。

不過，現在大家對張愛玲的讚美之辭過多，很少人談她的局限性。不知你是怎麼看待這個問題的？

小梅

一九九八年五月一日

小梅：

讀了你這封信，也像聽你妹妹唱歌一樣，非常高興。你談的文學之和諧美，確實是中國現代主流文學所缺少的。

在中國現代文學史上，除了張愛玲之外，追求文學的和諧美的，還有沈從文與汪曾琪等。汪曾琪曾說，人們都在追求「深刻」，但我卻在追求和諧。描寫人生飛揚、壯烈的一面確實容易「深刻」，但是，這種深刻如果沒有人性的基礎，就會變得非常可怕。張愛玲說那只能製造「超人」，卻不是人。其實，和諧中的人性之美，也可以具有人性之深。張愛玲的《金鎖記》就有人性的深度。我喜歡金庸的小說，是他的小說兼有力量之美與人性之美，前者主要體現在男子形象身上，後者主要體現在女子形象身上。世界文學史上最成功的作家，都是兩者兼而有之。

儘管我也喜愛張愛玲，但並不喜歡她的冷氣。和諧，在她的字典中，只是與「鬥爭」相對立的人性概念；其實，作為人與作家，她與社會一點也不和諧。她有一種反社會的倔強人格。這本是無可厚非的，但她太自戀，把社會看得太壞，強調「人心險惡」，缺乏對人類的絕對信賴，這卻不是我願意仿效的。我理解她，但不願意師法她。我更願意在文學作品中多放一點熱量。

張愛玲確實不簡單，這我在〈也談張愛玲〉中已說過了。而她的局限，我卻沒有好好說過。傅雷曾經批評過張愛玲的缺陷，其中有句話我一直難以忘卻，他說：「聰明機智成了習氣，也是一塊絆腳石。」而且說：「王爾德的人生觀，和東方式的『人生朝露』的腔調混合起來，是沒有前程的，它只能使心靈

* * *

從灑脫而空虛而枯涸，使作者離開藝術，離開人，埋葬在沙土裏。」傅雷甚至認為，張愛玲的作品有種「淡漠的貧血的感傷情調」。這一批評，顯然是過重了。其實，張愛玲的作品深處並不缺少血液，傷感中也不乏對社會的批判。但說她「聰明機智成了習氣」，卻是一種很有水平的提醒。所謂「聰明機智成了習氣」，便是世故。優秀的作家要不斷往前走，要走得很遠，光靠「聰明機智」即靠頭腦寫作是不夠的，她還必須靠心靈，靠心靈中那一片永遠不知社會險惡的呆氣與熱情。在中國現代女性作家中，冰心沒有世故，而張愛玲卻有點世故。冰心的小說寫得早，其精神內涵和文字技巧不如張愛玲，但她的主要成就是散文，散文中有她非常美的全人格，有她不滅不朽的母愛與童心。這一心態從未被世故所征服。張愛玲在一九三五年與蘇青的對談錄中強調「社會上人心險惡」，這固然是事實，但是，一個作家卻不能因此而處處設防或者對社會冷漠。偉大的作家，特別是王國維所說的那種「客觀的詩人」，其實都看清了社會的眾生相，甚至可以說是穿透了社會眾生相。然而，他們並不因此而學會一套對付社會的策略，而是保持自己的天真天籟，從社會世相走出來，「入乎其中，出乎其外」。托爾斯泰就是這種人，他在穿透社會、洞察人生之後又返回了孩子狀態，所以離「世故」很遠。

深刻的作家大約都能看到「人心險惡」。不能看到人性的黑暗，作品就容易流於膚淺。但是，這並不影響作家的社會關懷。大作家必定有大關懷，大慈悲，大同情心。包括對險惡的人心，也應有一種大悲憫。這種大關懷與大悲憫，是從生命深處發出的激情。張愛玲似乎缺乏這種激情。因此她寫的人物都很世故。筆下人物可以世故，但作家不能也跟着世故起來。人生飛揚的一面本來並不壞，糟糕的是把這一面極端化、唯一化，並以此排斥人生和諧的一面。反之，把「和諧」的一面強調到極端化、唯一化，絕對排斥人生飛揚的一面，鄙視社會一切正義的吶喊，並因此陷入自戀，這也是悲劇。我這樣說，不是苛求張愛玲，而是說，張愛玲如果變得熱一些，作家的大關懷多一點，她將會獲得更高的成就。尤其是晚年，她一定會釋放出更高的才華。

你很喜歡張愛玲的小說，十分欽佩她的聰明機智；將來你如果有機會寫小說，可學她的技巧和筆觸，但還是保持你的傻氣與書呆氣為好，不必太伶俐。

爸爸

一九九八年五月五日

論傅柯的相對思維

小梅：

昨天你在電話上談了對《告別革命》的意見，說李澤厚和我在對傅柯的解構主義進行批評時，缺少對解構主義的肯定。我希望你能再詳細地談談。

我讀傅柯全靠中譯本。先是讀了張廷琛等先生譯的《性史》，之後讀了你的老師王德威譯的《知識的考掘》，接着又讀了劉北成、楊遠嬰譯的《瘋癲與文明》及《規則與懲罰》（監獄的誕生）。傅柯已全面進入美國大學的文科課堂，他的名字是最時髦的名字。在課堂裏，你自然讀得比我細緻。我閱讀的功夫可能下得不夠，但還是讀進去了。雖然和李澤厚批評了傅柯，但主要是不贊成把解構當作一切，不贊成在反對本質主義的時候拋棄對本質的把握而走向絕對的「相對主義」，從而使價值判斷成為不可能。作為人文科學工作者，當你的價值判斷權利發生動搖的時候是不能不捍衛這種權利的。何況，一旦價值判斷成為不可能，那麼對於真理的信念也就應當拋棄，這也不是可以輕易認同的。不過，在流行於美國校園的時髦的學者（如德里達、拉康、李歐塔等）中，我最佩服的還是傅柯。他確實是一位全新的歷史學家與思想家。他展示的一套人文相對論，確實質疑了歷史乃是某種崇高的進步的神話。整個龐大的西方形而上知識體系，經過他的解構，確實使我們清醒地看到神聖不可侵犯的「知識」，往往都陷入「權力」結構之中，因此，重要的已不在於說了甚麼，而是誰在說。他道破了這一點，不是對某個權威的挑戰，而是對西方幾百年來整個權威體系的挑戰。毫無疑問，這對我具有巨大的啟迪。

傅柯是一個聰明到極點的人，竟然找到一個人人都在談論的「知識」與「權力」作為切入點，「揪」出知識背後的主宰者。以往傳統的研究方法都是在追究本質，把「特例」排除在外，而傅柯卻抓住「特例」，抓住「性」、「監獄」來加以解構，從而說明本質主義的獨斷與荒謬。我覺得，解構主義的最大特點與功績，也可以說最重要的思想與精神，是把問題與意義歷史化與動態化。一經動態化，原先歷史教科書所描述與說明的一切，就不能再把它視為「本質」與「真理」，而只是那位作者所講的故事。每個有權力寫歷史書的人，都可以講出自己的一套故事。因此，所謂歷史，乃是一個被講述的故事，歷史是動態的，你定義的概念與你所揭示的所謂歷史真理也是動態的。不存在着不變的概念，性，監獄，瘋癲，文明，規則，懲罰，每一個大概念，其內涵都是不斷變動着的。一些權威所界定的概念、範疇和他們所說的「真理」，往往離真理（終極真理）還很遙遠，「四海而皆準的真理」更無存在的可能。真理也具有歷史性與動態性。

四十歲以前，我常常記住列寧的思想：「具體問題要具體分析」。這自然是比離開具體分析的獨斷論好。但是，列寧所說的分析還是靜態的分析。他沒有強調分析的動態化，而傅柯強調的則是分析的動態過程。靜態比較容易把握，比較簡單。所謂本質化其實就是簡單化，本質主義也許可以叫做簡單主義。一旦本質化、簡單化，思維的活性就被壓抑住了。所謂「靈魂的活火」，就會被撲滅。西方自從啟蒙運動以來，理性思考獲得巨大的成果，我們自然應當尊重與學習這一成果。但是，理性一旦失去對手，失去挑戰與制衡的力量，理性也會變成反理性，這就是理性壓抑。西方學界近二十年來一直在反抗這種壓抑。在這反抗中，傅柯確實是一位孫悟空式的戰將。打破理性壓抑對於他來說，就是打破「本質」的壓抑，打破「終極真理」的壓抑，打破靜態概念、範疇的壓抑，打破簡單化、獨斷化思維方式的壓抑。

傅柯對西方形而上體系的解構，又是一次尼采式的整體顛覆，並不管顛覆後怎麼辦。正如尼采宣佈

「上帝死了」之後並不考慮沒有上帝、沒有精神家園的人類怎麼辦。在宣佈真理死了之後再出現的一個沒有真理的世界將是最可怕的世界，沒有對上帝的敬畏也沒有對真理的敬畏的人類其實只有一條出路：走向流氓主義與犬儒主義。正是想到這點，所以我覺得在閱讀傅柯之後保持一種對傅柯的批判態度是必要的。

爸爸

一九九七年一月三日

＊　＊　＊

爸爸：

傅柯確實是美國大學校園（文科）的主要關注對象之一。王德威老師所譯的《知識的考掘》自然也是我的必讀之書。和其他學校的同學、朋友在一起談學術，也難免要傅柯長、傅柯短的。不過，我得承認，在讀到你和李澤厚伯伯的對話錄之前，我只從接受知識的學生角度接受傅柯，缺乏批判與質疑的態度。你們的質疑，使我想到傅柯為了反抗理性困境而提出自己的新學說，而新學說出現之後產生新的困境也不能不思考。

我到西方之後，在專業化很強的校園裏，主要是讀中國近現代的文學作品以及西方學界對中國文學的評價，同時也讀些西方的文學理論經典。在閱讀中，對我啟發最大的還應當算是傅柯。你在信裏所談的「意義的動態化和歷史化」，的確是傅柯的思想貢獻之一。傅柯對歷史的重新定義，幾乎已經滲透到人文學科的各個領域。以往的歷史學家總是以重大政治事件或重要歷史人物來連接歷史，把歷史看成是一個連貫的、直線性的、帶有因果關係的系統。尤其在思想史、文學史、科學史、哲學史裏，學者們經常用「文化統合」的範疇，如世界觀、理想形態、時代精神來描述歷史。傅柯則對這種傳統的歷史哲學觀念提出質疑，他認為「本質」、「一貫」、「一統」的歷史主題是歷史學家自我中心意識的持續運作，而這種強行的大一統式的運作，一定會排斥歷史上各種歧異駁雜的糾葛。相反的，他看重的是「不連貫」、「歧異」、「斷裂」、「局限」等觀念。歷史在他的眼裏，不再是有關追本溯源的問題，而是有關「區別」、「局限」的問題，是有關「話語」間相互轉換、衝突的問題。

傅柯的解構主義取消本質、取消中心，但沒有取消意義。這點你和李澤厚伯伯似乎有點誤解。它沒有取消意義，它只是把意義歷史化與動態化，強調重新界定意義。在傅柯看來，所謂意義，只是意義界定者即權力主宰者設定的意義，只是為了適應知識框架的局部的意義。一旦框架被打破，設定的意義就會變得無效。就像愛因斯坦一旦打破了牛頓的框架，牛頓的公式就會變得無效。我想，這一點你是會贊成的，這些年你一再地重新定義「國家」、「故鄉」，也正是把「故鄉」等的意義動態化與歷史化。你的散文集子《西尋故鄉》，本身就是一種動態性的名字。傅柯把概念、範疇、意義動態化之後，真理便具有開放的品格，它就不是權力可以獨斷與獨佔的。

我在重寫文學史的問題上，受傅柯的影響很大。以往的中國現代文學史，以思想意識形態來描述歷史，雖然表面上是連貫的，可是卻因而對歷史的許多偶然性做出一廂情願的因果關係的解釋，忽視了許多邊緣性的無法被納入大一統系統的歷史瞬間和歷史經驗。傅柯的知識考掘學說和宗譜學，能夠幫助我們有力地質疑這種「放之四海皆準」的真理和意識形態。這種所謂「真理」其實是人為地強加給歷史的，它的真實性很值得懷疑。所以，傅柯對「本質論」和「目的論」一直都是不遺餘力地批判。他把重點放在對知識和權力關係的分析上，通過指出體系性的知識系統如何與權力互相轉化、互相促成，而找出以往史學可能遺漏忽視的各種從屬或分散的關係。我們在重寫文學史時，就應該拋棄直線性的進步的中國文學史觀，再現出官方文學史所遺漏的隙縫、鴻溝和片段。比如說，中國的本土文學傳統是如何被主流文學排擠、壓抑和遺忘的，它本身又是如何參與文學現代化的進程的，類似這樣的題目都很值得做。

因為我對女性主義和後殖民主義理論一直都很關注，所以注意到傅柯學說對這二者的影響是極其深刻的。在《性史》一書中，他提出了「壓抑假説」。這一提法極有創見，超越了以往壓迫／反抗的二分法。他提出的問題，不是為甚麼我們會受到壓抑，而是為甚麼我們會說自己受到壓抑。也就是說，他不把性的壓抑看成既定的歷史事實，而是把它看成是一個權力機制的網絡，而「壓抑」自身只是這個網絡的一個部份。他關心的是誰在說話，以甚麼觀點說話，促動我們說話的話語表述方式是甚麼。用他自己的話來說，是「權力的多形技巧」。他的根本目的不是要確立性的真相，或是揭示偽相，而是要揭示出這些說法後面的支柱，也就是知識結構與權力關係。以前我們只看到了被壓迫者被壓迫的一面，卻沒有看到，被壓迫者也同樣時刻在參與權力所玩弄的真理／謬誤遊戲。

女性主義理論，尤其是英美女性主義理論，因為受到了傅柯理論的影響，脱離了生理差異的性別本質論，不再把性別或是身體當作是生理結構，而是看到它們也擁有政治、文化結構，是各種權力劇烈衝突的場所。換句話說，身體的「真實」層面是無法與權力分開的。女性主義批評家們也盡量避免陷入本質化的男性女性、壓迫反抗的二元對立中，而是對說話者後面的主體立場給予更多的重視。比如說，是否一個女性主義批評家有權力代表沉默之女性發言？生為女性是否就意味有足夠的資本為女性發言？白人女性主義者是否有權力為有色人種女性發言？貴族女性是否有權力為底層女性發言？「作為女性發言」是否是由生理條件所決定，還是由一個策略或理論位置所決定？類似這樣的問題，都有傅柯學說的影子，都反對把女性的存在看作是她的構造上的性別，反對把女性的永恆特質與壓迫結果的存在形式聯繫在一起。所以說，女性主義理論並不只是反對權力，不是簡單地以建構女性的本質來取代男性的統治，而是關心現存的權力結構是如何轉化的，關心女性概念的歷史性和社會性。

同樣的，受到傅柯理論的啟發，後殖民主義理論所探討的，是一套有關政治思考、文化實踐的策略，以此來跳出二元對立的困局。比如說印度歷史學家帕特．察特傑就對西方殖民霸權話語在印度是如何產生新的知識／權力關係進行了有意思的研究。在他的著作《國家民族主義思想與殖民地世界》中，他超越了被壓迫者反抗壓迫者的情結，研究印度知識分子如何運用殖民者的霸權話語來抵制殖民者的統治，研究霸權主義話語如何在新的語境中產生出新的意義。像《東方主義》的作者薩依德和帕特．察特傑都明顯地受傅柯理論的影響，把東西方文化衝突看作是知識和權力運作的場所，通過分析知識的生產過程，來恢復歷史的本來痕跡。

不過我覺得你和李澤厚伯伯提出的問題也很值得人們思考，是否傅柯的理論陷入了「相對主義」？是否我們還是得堅持一些最基本的價值判斷？比如說，現在的文學批評已經與文學創作分離，自成一體，不再談文學的審美價值，而是談審美價值是誰制定的，是以何種知識體系制定的。這樣一來，評論家們都不重視文學本身的價值，即使對最差的文學作品也能頭頭是道地分析出一套權力關係來。這麼下去，文學就會面臨一個「非文學」的危機。

哥倫比亞大學的著名教授薩伊德（Said）和斯皮瓦克（Spivak）曾經對傅柯提出批評，他們認為傅柯的理論否定了知識分子的角色，否定了知識分子在專業領域所作的政治或理論的反抗，而且缺乏對他自身發言立場及位置的反省。在他的權力分析中，他沒有對自己作為一個法國知識分子這個特殊身份進行反省，其實，他自己的理論也是在法國特定的知識／權力關係下產生的，與法國的知識界的特殊性和具體性有着不可分的聯繫。所以說，傅柯理論的缺陷是過於迷戀分析權力結構的自行運轉，而忽略了知識分子的角色與責任。

王德威老師在他的譯著的導讀裏，提過這樣的一些問題：「考掘學」所探求的「話語結構」真正已擺脱傳統「超越觀」的束縛了嗎？是誰賦予了「考掘學」者「客觀」、「描述」的地位？傅柯對「權力」的強調，也不禁使我們疑惑，是否傅柯在不知不覺間已將權力形而上化，並因而向他反對的傳統思想靠攏了呢？這些問題的確很值得我們再思索。

小梅

一九九七年一月十日

論個體本體論

爸爸：

昨天我又仔細地讀了一遍你的《獨語天涯》。這一遍的感受非常強烈，雖然你自己說你已「了卻舊債」，完全獨立獨語獨行，但你又非常關懷社會。這一關懷的證據只要讀一讀〈寫給二十世紀的咒語〉和〈寫給時間與友人的備忘錄〉就夠了。讀了整部書，才深深感受到你的內心衝突。你就是你，這是個獨特的、豐富的存在，很難用某種概念來描述與定義。

不過，讀了你的〈獨語自序〉和另些篇章，我覺得你思索宇宙、人生的個人範式已經確定。前蘇聯理論家科恩（И. С. КОН）在《自我論》一書中曾經把你這種個人範式稱為「浪漫主義人的範式」，這是他用馬克思主義世界觀所作的概括，你未必同意，但他所歸納的這一規範的六項內涵，其中有幾項似乎能說明你在《獨語》中所表達的意思，例如：（1）人的「自我」是一種自主的東西，它不同於社會、文化、信仰、價值，簡而言之，它不同於任何人。（2）個人與社會處於相互衝突的狀態，這種衝突是經常的、不可消除的。社會壓制並同化個性，把個性納入無個性的標準化角色和關係系統（異化）。人的一切社會成功都意味着他作為個人的失敗，而表面看來失敗的東西其反面都是成功。（3）個體只有在自己和世界之間保持距離，才能挽救和保存自己的「自我」。個體應當經常遠離、躲避人群，標新立異，別出心裁，能他人所不能。這可以是遠走他鄉的旅行隱居山林或孤島，也可以是心嚮往之的神遊——懷舊或蟄居。但是這一定也是艱難的、危險的、別人很難做到的。（4）因為身體空間是有限的，所以內在精神空間，反求諸己就具有極大的人生價值。克爾凱郭爾寫道：「你知道，我很喜歡自言自語。我發現，在我相識者中間，最有意思的人就是我自己。」（5）浪漫主義者渴求人的溫暖、親密和自我揭示，崇拜不顧一切的愛情和親密熱烈的友誼是浪漫主義必不可少的標誌。但是，由於異化世界的一般規律和自身心理特徵的作用，浪漫主義者尋求知音的需求永遠得不到滿足；他總是生活在孤獨之中，這種孤獨既被説成是最大的不幸，又被説成是一切崇高心靈的常態。（6）人的「自我」雖是一種特殊的心理和精神實在，但它又是多重的。每一個人本身就富有很多的不同的可能性，他必須確定哪一種是真正的可能性。

科恩所描述的是以盧梭為代表的浪漫主義人的範式，這些描述用來説明你在《獨語天涯》中的主要思想，大約不太冤枉你。但是，説你與這一範式絕對相同，似乎又有問題。你是從經典馬克思主義學説中走出來的人，而且天生一副慈悲的胸懷，骨子裏又極其排斥利己主義和極端自我主義，因此，你又在尋找自我與社會的調和之路。馬克思主義是不贊成個人浪漫主義範式的，這一主義實際上是社會本體論，它與個人範式的個體本體論是對立的。但你似乎認為可以不對立，個人主義與人道主義可以統一。我在《獨語》中也讀到你的悖論。

＊　＊　＊

小梅

一九九九年十月三日

小梅：

你引用科恩《自我論》中「浪漫主義人的範式」來說明《獨語天涯》思索的要點，有一部份點到了「穴位」。但是，我所表達的畢竟是從東方到西方的一個很特殊的「自我」，是擁有地球上其他國度、其他地區的知識者所沒有的特殊體驗的自我。這個「自我」要發出獨語，也就是要發出自己獨特的聲音，有着特別的困難。

米蘭·昆德拉在《小說的藝術》的第一章〈被貶低的塞萬提斯的遺產〉中說，由於科學的高潮把人推到各專業學科的隧道裏。人越是在自己的學問中深入，便越看不見整個世界和自己，因此而陷入胡塞爾的弟子海德歌爾所稱為的「存在的被遺忘」。除了科學技術的力量，還有政治的、歷史的力量，這些力量越過人、超越人、佔有人。對於這些力量來說，人的具體的存在，人的「生活的世界」不再有任何價值和任何利益：它預先已被黯淡、被遺忘。正是在這種歷史情境下，塞萬提斯的小說才顯示出它的偉大與先知性，他的偉大藝術，正是「對這個被人遺忘的存在所進行的勘探」。我和李澤厚目前正在對話的主題正是探討這個被機器世界所佔有的人的存在如何再次得到解放，下一世紀如何使這一存在重放光彩。

我寫的是散文。自我始終是散文的主角。散文的好處是可以對自我的存在困境和存在意義進行直說（不是曲說）。我的獨語正是我的直說。而此次直說，乃是對世界與無數後世知音訴說我以往難以發出個人聲音的大苦悶和放開情懷直言的渴求。我告訴讀者以下幾點：

（1）過去我生活在「合唱」的語境中，今天我必須從合唱團中脫出以發出屬於我的名字的個人聲音。

（2）我的個體存在以往被群體存在所淹沒，我的本質也被群體的本質所規定，我必須努力使個體的存在先於群體存在而成為第一本質。

（3）在我個人的經歷中，個體的存在曾被遺忘，被佔有，但這佔有的力量主要不是科學技術（這與西方不同），而是階級鬥爭的浪潮，所以我的散文是對被階級鬥爭浪潮所抹煞的存在的探討。

我這樣做，不是把自我放在與社會絕對衝突的地位，而是籲求社會尊重個體並給予個體獨語的自由。這是向社會要求靈魂主權的一種詩意的努力。此外，我撤退到完全個人的立場，不是要塑造一種反社會的人格，而是拒絕以工具王國的成員資格去擁抱社會，所以我一面反抗螺絲釘，一面又反抗小尼采。小尼采是沒有社會關懷、沒有童心的尼采，是只知破壞、不知建設的尼采。尼采本人是一個具有巨大原創性的思想家，但後來效仿他的人卻變成絕對的狂妄的個人主義者，形成一種病態的反社會的人格。我的「自我論」，恰恰反對這種個人主義，因此，你自然會讀出我對社會的關懷。

爸爸

一九九九年十月八日

論寬容

爸爸：

讀了你的《西尋故鄉》感受到你處處都在重新定義故鄉。故鄉是賦予你生命本體意義的所在，而不是外加給你的精神枷鎖，這一根本感悟，將帶給你更多的精神自由。「五四」時期陳獨秀、郁達夫等文化先行者大聲吶喊，呼籲打破「國家」偶像，也是感到「國家」概念變成一種精神牢房。你不用他們那種大喊大叫的方式，不用理論的形式，而用詩意的、情感訴說的形式把「國家」、「故鄉」進行分解，放下「國家」、「故鄉」名義下的精神羅網，充滿喜悅地迎接良知故鄉與情感故鄉的曙光，你是一個幸福的人。

《西尋故鄉》中的〈再悟紐約〉一文，寫得真精彩。文中引了我的話，說明紐約給人的啟示乃是它的無所不包的寬容，的確，紐約的寬容，乃是地球上最龐大的寬容。紐約雖不完美、完善，但人生本就不完善，世界本就不完美，人們所期望的完善與完美只不過是暫時的虛幻與許諾罷了。讀了你引用的話，我心裏美滋滋的。不過，我不會驕傲，只會把「寬容」看作是父輩對我的期待並把「寬容」作為我的人生自覺。

我在想到寬容時也有苦惱，就是不知怎樣把握寬容的度數。讀古典，老想到恕道；讀魯迅，覺得報復也並非沒有道理；讀張煒的《古船》，又覺得還是不要陷入報復的惡性循環好。從事文學批評也有這個苦惱，我知道對作家應當寬容、厚道一些，但對有些作品有時也需作些入木三分、不顧面子的批評。

到了此時，才知道從事當代文學批評不容易。我寧可退縮到「文學史」的安全地帶，藏匿鋒芒，日子可以過得安寧一些。

小梅

一九九七年九月五日

* * *

小梅：

聽到你說你已有一種「寬容」的自覺，我很高興。寬容不僅有益於他人與社會，也有益於自身。寬容排除對人的苛求，排除對人的忌恨，排除對人的計較，可使自己免於世俗雜念的煎熬。許多聰明人最後被自己的聰穎所燒焦，就因為他缺乏寬容。你從小就心地寬厚，這實在是後天對你的賜福。人很難意識到自己擁有怎樣的心地。但有寬闊的無私無垢無猜的心地，有對人類絕對信賴的心地，有對同行對朋友對成功者與失敗者都尊重的心地，其價值是難以估量的。你如果能一生都自覺地保持這種心地，你就是一個永遠擁有「美」的人。

我喜歡「寬容」，除了天性使然之外，還得益於大數學家哥德爾（Gödel）不完備性定理（incompleteness）的幫助與支持，這一定理告訴我們，再完備的事物中也一定有不完備之處，再完美的邏輯之中也一定有錯誤。這種科學發現提高到哲學層面，便是人的思維體系包括最完美的思維體系，其中一定也有克服不了的誤區與漏洞。這一不完備原理及其哲學啟示，使我對人世間各種判斷不會陷入「非此即彼」——不是白就是黑，不是善就是惡，不是好就是壞的二極陷阱之中，而是充份地看到衝突雙方的理由，看到悖論，看到歷史與人的悲劇性，看到「我可能對，你也可能對」，看到互相矛盾的對立性的假設均有充份理由。你喜歡給事物重新定義，但你的定義只是屬於你，只屬於你的假設，並非真理。精神現象非常複雜，往往不是一個定義、一個答案可以解決的。上帝反對給人品嚐智慧果，恐怕是擔心，人掌握不了智慧的悖論，可能用自己偏執的智慧去互相殘殺。

在青年時代，我以為真有一種「四海皆準」的真理。其實，這是很幼稚的想法。我曾請教過余英時先生對中文「真理」二字的看法。他說了一席話對我很有啟發。他說：在英文世界裏只有 Truth 這個詞，這個詞只有「真」的意思，而我們把它翻譯成「真理」，「真」字加上一個「理」字就很重。理的概念在中國是很重的概念。這樣，一旦被說成「真理」，便是絕對的不可變易的結論。其實，世上沒有絕對意義的真理。我們應當把真理置於開放系統中，用開放的眼光來審視真理，而不應把真理放在封閉系統中，把它視為不可質疑的結論。

聽了余先生的談論之後，我又想起傅柯。傅柯在解構本質主義的時候把一切都相對化，以至把歷史相對成難以連結的碎片，這是值得商榷的。但是他把概念、問題、真理歷史化與動態化，卻是很有道理的。在他的動態化觀念中。你所界定的概念與範疇，你所揭示的所謂真理，只是在一定的時間空間中才是有效的，而在另一時間空間中就會變得無效。任何「真理」，都只是你自己設定的意義和你所創造的框架。歷史一旦往前流動，這一意義就會變更。余英時先生所說的必須用開放的眼光審視真理，就是要看到意義的流動性與歷史性，沒有任何一個權威可以壟斷對意義的解釋。

性、監獄、國家、階級、剝削、狂人等概念與範疇，古已有之，但是，每一個時代都對這些概念的內涵和意義重新界定。不能認為某一權威的界定就是最後的界定，就是最後的真理。權勢者所界定的狂人，是他和他所掌握的政治文化權力結構所界定的狂人，超越這一政治文化權力結構，狂人可能是最清醒的思想者。毛澤東所說的「階級鬥爭一抓就靈」，只是在他控制的權力範圍內而且只是在一定的時限內才是有效的，如果不分時間，不分空間，不分具體情狀，把此視為四海而皆準的真理，世界就只能陷入永不休止的斷殺之中。馬克思對階級的界定，對「剝削」的界定，對革命的界定，也只是在某些時空中才是有效的，越過一定時空，就必須重新定義。例如剝削的揭示是建立於剩餘勞動價值的發現之上的，而剩餘勞動價值的計算又賴以對必要勞動時間的計算。可是，馬克思逝世後一百多年，科學技術飛速發展，近幾十年來又有電腦科學技術的驚人發展，這一發展的結果使時間無限增值，使人工數月數年數十年才能完成的工作在瞬間的電腦屏幕上可以實現，在這種情況下，剩餘價值又該如何計量？在這種巨變中，馬克思「剝削」的命題又如何四海而皆準？

至於你所說的寬容的困境，的確是個問題。在遇到這種問題時，我的心靈原則，第一是堅持寬容；第二是對文學的忠誠。有了這兩項原則，我們就可以與人為善，就可以尊重事實，就可以避免說過頭話和譁眾取寵。我常常記取錢穆先生的話，他批評歷史，但對歷史採取一種理解的同情的態度，一種溫馨與敬意。我們對自己的批評對象，當然不能以「置於死地而後快」的態度，而是應有一種理解的同情，在這種態度下說該說的話，指出該指出的缺陷，就是一種美好的完成，至於被批評者能否接受，那是他們的選擇。他們也擁有拒絕的權利。你想逃到「文學史」的安全地帶，想法消極一些，但也不要勉強去作當代文學批評。

爸爸

一九九七年九月九日

論人的複製

爸爸：

最近有幾位朋友到我家裏，談論起科學技術的發展，談得驚心動魄。僅生物科學的發展就使我不知所措。現在已能複製羊，而有些科學家正準備複製人，如果真的複製出來，那可是驚天動地的事。其影響，其意義，其後果，當然就不是僅僅在科學技術領域。它對哲學的挑戰，對上帝的挑戰，對人的挑戰，都會是空前的。二十世紀的科學發展，也將把我們這些從事人文研究的人，逼出自己專業的書齋之外，不得不去思考一些對於我們是陌生的問題。不去思索，眼界就有限。

到了西方，隨着眼界的擴大，一些基本概念，如「人」、「自由」、「責任」等概念都變得非常巨大，大到自己也不敢輕易使用。我已感到，這些概念也正在經歷前所未有的挑戰。

在美國，我一心沉醉於自己的學業，連報紙也很少閱讀，這種生活狀態實際上是一種蝸牛狀態。今天，我對你講起人複製人的現象，也是偶爾讀到的消息，有一種被刺激的感覺，覺得最實用的領域正在向我們這個領域的想像力挑戰，這並非與文學無關。

複製人的事早就出現在一九一八年雪萊夫人（Mary Shelley）的文學想像裏。她的小說 *Frankenstein; or, The Modern Prometheus* 描述的人造人的故事至今仍讓人回味無窮，連 Hollywood 電影也對她的小說很感興趣。這部小說寫於浪漫主義時代，也只有浪漫時期才能對人的能力產生如此的幻想。Frankenstein 是一位學習自然哲學的學生，他造出了一個類似人的怪物並賦予他生命。這一怪物令人感到恐懼卻渴望被愛。它要求 Frankenstein 給它再造一個伴侶，被拒絕後，它便在自己製造者的新婚之夜殺死了他的新娘。Frankenstein 家毀人亡後，決心除掉自己造出的怪物。最後，他與怪物經過跑遍世界的一番追逐，終於在毫無人煙的北極相遇。他死後，怪物也因為感傷失去賦予它生命的人而消失在茫茫風雪地裏，希望自毀生命。

雪萊夫人在這部小說中提出了許多令人深思的問題：人是否能跟上帝一樣可以製造人？給予人的生命後，許多人倫關係將如何處理？被製造出來的人如何融入我們這個已規範好了的社會？他們對我們又會有甚麼影響？另外，我們應該怎樣看待科學與宗教的關係？Frankenstein 中的人造人的悲劇，是人看不到科學的有限性的悲劇，是人忽視人文關係、倫理關係的悲劇，是超人的悲劇，也是人只看到科學的進步力量而看不見宗教力量的悲劇。

現在看來，人造人的「克隆」技術已不只是想像，而是快變成現實了。處於世紀末，我們更是不能忽視這個問題。科學的、進步的時間觀會把我們帶到甚麼樣的地方？是理想王國？還是人類最後的毀滅，就像 Frankenstein 和他所創造的怪物一樣？人類的文明是面臨新的頂峰還是面臨最後的沉淪？

我不敢太過樂觀。在有些科學家的眼裏，搞人文科學的人似乎一無所用，但我卻覺得，如果沒有人文科學的啟示，科學會最終走向歧途。

小梅

一九九九年三月二日

* * *

小梅：

你信中提到複製人的事，在第一次聽到這一消息時，我的內心真是受到震撼。現在克隆人的誕生只是時間問題。它已不是能不能製造出來，而是製造出來的是甚麼樣的「人」？例如，造出來的是完整的人還是片面的人？是半人半獸，還是半人半機器？還有，製造出來的人自然年齡與心理年齡是否能夠統一？也許自然年齡是一歲而心理年齡已經五十歲、一百，這豈不是怪物嗎？最讓我困惑的是製造出來的人，有沒有靈魂？是痞子還是赤子，或是騙子？雪萊的夫人想像被造出來的人首先有慾望，除了生存需求之外，還有交往需要、情愛需要等，這回如果真的出現克隆人，他會有怎樣的慾望？他的慾望是普通人的百分之五十，還是普通人的十倍、百倍、千倍、萬倍？無論如何，克隆技術不僅是生物學的巨大突破，而且將對人的生命本質（當然包括人文科學）構成一次最嚴重的挑戰。

不知道美國國會、政府以及具有先進科技的國家能否允許克隆人的製造？允許與否，這裏有科學問題、現實問題，還有哲學問題。自由，本是提高價值的好東西，但自由是否還得有邊界？如果人的自由邊界沒有限制，自由可以達到挑戰乃至摧毀人的生命本質，這自由的價值是否會走向反面？而複製人，不僅涉及到科學家自身發明的自由，而且還涉及到創造物影響人類生存環境的問題，這一問題的哲學詰問應是：人有改變自身的權利與自由，但人是否有改變他人與改變人類的共同世界的自由？

人複製人將對人構成最大的挑戰。說人渺小和說人偉大都是對的，用遠方的眼光，即用無限宇宙的眼光來看人，人自然是渺小的。愛因斯坦這個偉大的宇宙旗手就用宇宙的眼光來看人，所以看到人不過是一粒塵埃。但是，如果站在地球的表面看人，又會發現人太強大了，強大到不是用他們製造的原子彈去摧毀幾個城市，而是強大到它將可以製造人來摧毀生命的基本形式，毀滅已有的倫理體系與其他文化體系。這種可怕的力量並未被人類充份意識到。

在世紀末我們能想到這些挑戰，就可能使我們在下一個世紀的眼界、思路更廣闊一些。十幾年前我講「思維空間的拓展」，十幾年後的今天更感到需要拓展。到海外這十年，我有一點切實的收穫就是擴大了視野。視野一擴大，人、世界、文學、歷史等等，甚麼東西在我們眼中就不一樣了。昆德拉談小說與別人談小說就不一樣。他不把小說視為只有黑白兩色，而是極為豐富、複雜的藝術，他看到人這一存在的深重危機，看到這一存在正在被科技被權威所佔有、所遺忘，正在陷入更深的困境，所以他認為小說應當是對這一被遺忘的存在進行勘探，應當是關於人的困境的問答，然後給人以震撼、以驚醒、以解脱。文學僅僅有美的語言文字是不夠的，還需要有足以震撼、啟迪人的提問。我國的小說在本世紀因現實太黑暗，社會制度合理性問題一直牽制著作家的心，而對於人類共同的根本困惑無暇思索，下一個世紀如果文化生態環境有所改善，作家就會獲得更高的成就。我也許就可以像薩依德所説的，從專業中漂泊出來，既當專業者，又當業餘人。不了解今日的地球和人，除了自身的原因之外，科學技術的發展實在也太快，速度太驚人，快得讓人們沒有足夠的時間思考。今天我們講起克隆人的現象，雖是偶然，但都有一種被刺激的直覺，覺得最實用的領域正在向我們這個人文科學領域的想像力挑戰，的確並非與文學無關。

爸爸

一九九九年三月七日

論學術與生命的銜接

爸爸：

最近田曉菲、沈雙、那日斯等幾位在紐約的朋友和我突然萌生一個念頭，想成立一個文學社，並起名為「西邊社」。我們這幾個人也可算是你說的那種「兩棲人」，不過，我們既是遊蕩於東、西方兩種文化之間，又是遊蕩於學術評論與文學創作之間。我和曉菲有些相似，雖然已拿到博士頭銜，而且一定會以學術、教學為職業，現在又正在被英文學術書籍的寫作逼得喘不過氣來，但骨子裏還是喜歡文學創作，我真想幾年後拿到終身職這一「鐵飯碗」後能夠寫點小說和散文。

這種念頭大約是早些年中了歌德那句話（理論是灰色的，惟有生命之樹常青）的毒，過後，又受了錢鍾書先生的影響，他就認定學者不如作家。這不是指文化地位，而是指對文學的領悟與鑑賞上，學者往往不如作家詩人聰穎敏銳，不如作家詩人具有真知灼見。他說，「詞人體察之精，蓋先於學士多多許矣」（《管錐編》第一冊，第六十三頁），「詩人心印勝於註家皮相」（《管錐編》第二冊，第七百八十三頁）；「秀才讀詩，每勝學究」（《管錐編》第二冊，第六百三十六頁）。這一點是你的鄭朝宗老師首先發現的。記得一九八八年他到我們的北京家裏時，還特別提起了這一點。鄭老師雖然寫出《西洋文學史》以作為你們的教材，但他下功夫寫作的卻是他的散文，惟有散文才是他的生命歌哭，才如青樹綠葉四季飄香。錢先生創作《圍城》之後，本來還想創作另一部長篇，可惜沒有完成。這也說明他所說的「學士不如文人」並非戲語。

到了美國之後，我為了贏得「碩士」、「博士」頭銜，八、九年全泡在學術裏，焦慮的全是怎麼寫好老師佈置的論文和畢業論文，評說的自然是別人的詩歌小說。十年寒窗，我對詩歌小說讀得不少，可能要比同齡的作家讀得更加「全面」（常要讀些不入流的小說），也掌握了西方評論界的一些批評視角，但是，我也自我懷疑，覺得真要和莫言、李銳、蘇童、余華等談論當代中國小說，未必有他們的真切，藝術感覺上未必有他們的「精緻」。四年前蘇童到美國來時，我和 Ann 等在紐約接待他，和他談得很高興，總覺得他比我有靈氣。我不能說自己一點靈氣都沒有，但是我擔心這點靈氣，早晚要被「學術」所吸乾。這回我要為潘耀明叔叔主編的《中國當代文庫（精讀）》編選《蘇童集》並寫一篇「導讀」，然而，寫之前我就幾回閃過這個念頭，還不如讓蘇童自己來「導」，他的「導」肯定比我的「導」生動、實在。

小梅

一九九六年三月三日

*　*　*

小梅：

讀了你傳真過來的這封信，我不能不坐下來給你回覆。

你已多次和我說過，以後要寫一點文學作品。看來這是你發自內心深處的要求，並非想走容易成名的捷徑。凡是從生命深處生長出來的萌芽，都不要輕易把它剔除。你在北京大學讀書期間所寫的散文詩，有自己獨特的語言與情思，可惜沒有不斷寫下去。但這已說明，你嚮往創作，並非空想。王國維說得很好，主觀之詩人，閱世不必太深。客觀之詩人，則閱世愈深愈好。他說的客觀之詩人，除了如杜甫似的現實主義詩人之外，應當還包括小說家與散文家。你讀大學時，閱世很淺，寫點散文詩正合適，而你現在假如要真的投身文學創作，就會覺得自己缺少「閱世」的準備。你今年三十歲，五年生活在混沌未鑿的童孩時代，二十五年生活在學校的雪白四壁之內，一直遠離人間風雨塵土，沒有多少刻骨銘心的感受，最好還是先放下「創作」的念頭，集中時間搞好教學與研究。倘若真要創作，也要多閱點世之後再說。

你進入學校當老師，也就是更深地進入人生與社會。你如果在英語世界裏認認真真地當一個教師，不是敷衍的而是實實在在的教師，你就能感受到這種職業異常崇高。我一直記得愛默生的一段話。他說：「就功績的輝煌說，就範圍的廣泛說，世界上主要的事業是培育人。」在愛默生看來，教師當然是在培育人，而哲學家、詩人也是在培育人。他把「培育人」視為世界中心的烽火，「時而從埃特納的唇間冒出來，照亮了西西里的山岬；時而從維蘇威的喉嚨噴出來，照亮了那不勒斯的塔樓和葡萄園。它是一道發自一千個星辰的光束，它是一個激勵一切人的靈魂。」如果你也在這個境界上看教師的職業，你就一定能體驗到人間一種最高貴的感情，這便是你創作的開始。在國內時，你媽媽一直當教師，可惜我們生活的年代，教師的職業卻讓人瞧不起，尤其是中小學教員。社會用勢利的眼睛看他們，把烽火看得全然無光。在社會的價值塔上，把官員視為塔尖，把教師視為地下室，這是價值觀念的致命顛倒。

學術研究中其實也有生命的烽火。歌德所說的「生命之樹常青，理論是灰色的」這一判斷只能說明一般的情況。錢先注的「學士不如文人」也只是在文藝鑑賞領域中才道破部份真理。錢先生所說的學士，指的是經生、學究、註家。他說經生「不通共事」，「於詞章文學，大半生疏」，「未嘗作詩，故多不能得作詩者之意」，這是事實。但中國的經生、註家、學究並不是代表真正的大學問家、大思想家。其實，人類歷史上的大學問家，從古希臘的蘇格拉底、柏拉圖一直到近代的康德、馬克思以及現在學院中經常談論的薩特、佛洛伊德、傅柯、哈本瑪斯等，他們的學問與思想都是生命處於困境中而噴射出來的。他們的學問，固然也產生於書齋，但與其說是書齋的產物，不如說是生命被壓迫之後的產物。所有具有原創性的學說，它們的孕育與誕生都是一種生命的燃燒。教條化和書齋化都是後來他們的門徒幹的好事。也就是說，原創的理論並不是灰色的，而是火焰般的赤紅色。

灰色的理論確實到處都有。本本主義者的拿手好戲就是把理論變成灰色。他們忘記影響世道人心的學術、思想、理論，本來也是生命之樹，它站立起來之後，還需要生長、發展、壯大，需要不斷吸收新的陽光與水份，結果它就僵化成灰暗的孤木。現在世界各國的文科學者又以「理論」為職業，學術變成一種飯碗，於是，考慮飯碗往往大於考慮真理；因此，便產生一群奇怪的學者，這些學者的特徵乃是世故大於學術，姿態大於學問。這種聰明人，學問的外殼是具備了，但沒有太多思想，更沒有生命的赤誠即生命擁抱真理的赤誠。你在美國的學院內奮鬥一輩子，最後如果也變成這種學士，變成滿身冷氣與酸氣，確實也沒有意思，不如及時退出寫點具有真性情的東西。

然而，我們也看到學術史上一些星辰般的光束，這除了歷史上人們公認的蘇格拉底、柏拉圖、孟德斯鳩、盧梭等之外，在我們生活的時代中，我們看到的一些學者，如德國法蘭克福學派中的馬爾庫塞、阿多諾、哈本瑪斯等，也很了不起的。他們的特點是把生命與學術相銜接，把思想與時代相銜接，始終面對生命困境並從中發現問題，始終不放棄一個知識分子最高貴的品性——敢於對權勢說真話和提出坦率的叩問。他們所有的「大哉問」都積滿膽汁、心汁或其他生命的液汁，其問號是殷紅的，決不是灰白的。如果你能向他們學習，找到一個生命與學問的連接點，就能找到一條自己的精神價值創造之路。

爸爸

一九九六年三月六日

論傳記文學

爸爸：

在美國呆久了一些，才發現美國人很重視傳記文學。美國的著名評論家Gore Vidal這樣說道：「對於美國人，一個作家的作品幾乎基本上是次於他的生活、或是他的生活方式的。」比如說，美國作家菲茲傑拉德的第三本也是寫得最好的一本小說——《偉大的蓋茲比》並沒有暢銷，而他去世後，他的朋友Edmund Wilson為他寫的傳記卻轟動一時。後來，更是有大量不同版本的傳記、評論和博士論文互相競爭，甚至Hollywood電影也參與了對菲茲傑拉德的再創造。菲茲傑拉德死時是四十四歲，即不年輕也沒有年輕時那麼輝煌，可有些傳記把他塑造成了一個永遠年輕、聰明、輝煌的作家，把他和他後來進了精神病院的妻子極力神秘化，製造了一個又一個非真實的「真實故事」。

爸，你以前寫過《魯迅傳》。你說，我們為甚麼需要傳記文學呢？如果傳記文學不能真實地表現出作家的生活、個性和內心世界，我們要它有甚麼用？難道只是製造神話，或製造一個又一個「故事」嗎？

當然，讀者們喜歡讀傳記文學，是想尋找一種與作家發生親密關係、甚至延長這種親密關係的途徑。讀自己所喜愛作家的傳記，是了解他「隱私」的一種方式。通過了解他的隱私，讀者可以自作多情地在作家與作品之間尋找某種因果關係。傳記似乎為你開了一個後門，這後門直接通向作家的私人空間，人們可以在這私人空間裏放肆地瀏覽徘徊，指指點點，為虛構的故事拉扯上一些實在的影子。

墨西哥的詩歌評論家 Octavio Paz 曾寫道：「詩人沒有傳記，他們的作品就是他們的傳記。」菲茲傑拉德在他的筆記本上也討論過傳記文學，他認為「從來就沒產生過一個好小說家的好傳記。因為不可能有。如果一個小說家是個好小說家，那麼，他一定是多種人」。「多種人」的說法倒是與你的「主體間性」理論中所講的「多重主體」相似，但是，如何才能表現出作家的多重主體呢？你真的能進入作家的每一重主體嗎？

寫維吉尼亞．伍爾夫傳記的人，有的側重她獻身事業、節省、自我懷疑的一面；有的側重她勢利、自以為了不起、只重視自己的世界而漠視外界的一面。眾說紛紜，讓你也不知道哪個才是真的伍爾夫。關於簡．奧斯丁的各種傳記，有各種不同的寫法。有的像寫小說一樣，似乎可以鑽進她的內心世界，做她內心的代言人；有的則採取純客觀的態度，只就事論事。寫尼采傳記的人，有的突出尼采「超人」的一面；有的則把他性格矛盾的一面與折磨他一輩子的梅毒聯繫在一起。類似這樣的例子舉不勝舉。

我自己在寫〈革命加戀愛〉的博士論文時，發現石評梅的傳記也有很多不同的版本。比如盧隱筆下的石評梅和別人所塑造的就非常不一樣。盧隱在她的長篇小說《象牙戒指》中，收集了許多原始資料，如石評梅自己寫的日記、書信和散文等，還有她們作為好朋友之間的「私語」。這些第一手的原始資料為我們展示了一個極其纏綿、感情上容易走極端的石評梅。我以前所知道的石評梅，是一個英姿颯爽、追求進步、追求革命的新女性。而《象牙戒指》中的石評梅，則是一個追求像《茵夢湖》中的那種浪漫、效仿林黛玉的多情善感的女性。早期的共產黨人高君宇無論怎麼希望得到她的愛情都徒勞無功，但高君宇死後，她卻每日去高君宇墓前哭泣，直到她自己三年後也病逝。她似乎熱愛死亡勝於熱愛生命，沉浸在沒完沒了的眼淚中，像莎樂美親吻約翰頭顱那樣地親吻情人的死亡。盧隱的寫作和她的那一代人，受西方浪漫主義的影響很深。在《象牙戒指》中，我們就能看到《少年維特之煩惱》的痕跡。

如果我們不相信盧隱版的石評梅，那麼讀一讀石評梅寫給她的朋友袁君珊的信，就會發現她確實是一個過於多愁善感的女子。在信中，她寫道：

如今我是一直沉迷着辛的骸骨，雖然他是有許多值得詛咒值得鄙棄的地方。不幸，天辛死了，他死了成全了我，我可以有了永遠的愛來安慰我佔領我，同時可以自然貫徹我孤獨一生的主張，我現在是建生命在幻想死寂上的，所以我沉迷着死了的天辛，以安慰填補我這空虛的心靈，同時我抱了這顆心去走完這段快完的路程。

我一直寫《濤語》的緣故，便是塹壁深壘的建造我們的墳，令一切的人們知道我已是這樣一個活屍般毫無希望的人。

我最愛處女，而且是處女的屍體，所以我願我愛的實現！從前我不敢說這樣大話，我怕感情有時不聽我支配，自從辛死後我才認識了自己，我知道我是可以達到我素志的。

不讀石評梅的信，不讀盧隱的《象牙戒指》，真是難以想像石評梅會把自己的愛情和生命建築在死亡上。但盧隱版的石評梅又太過忽視她追求革命的一面。石評梅的小說，如《歸來》、《紅鬃馬》、《流浪的歌者》、《白雲庵》、《匹馬嘶風錄》等等，沒有一篇不是寫革命的故事。我想她的人生還有積極的一面是盧隱所忽視的。

不過，從此我們也可看到任何傳記部是一種再塑造，是傳記作家對他所寫的對象的再造。它跟誰寫、怎麼寫有很大的關係。我因而非常懷疑傳記文學的真實性。傳記文學如何能確切地表達出主體的內心世界呢？如何在外面世界與內心世界中找到一個平衡點呢？

維吉尼亞·伍爾夫曾説過：「外界與內心的平衡畢竟是一個極其危險的事業。它們非常緊密地互相依賴着。」作為一個女作家，伍爾夫在她的日記裏常強調「門」的意象。當她的眼穿透門窗觀察現實生活時，她是通過內心去讀外界；當她回到門的這一邊，回到自己的房間裏，卻因着外界的真實而感受着自己的真實。如果門外是現實，門裏是內心，那這門只可以暫時保護內心的震盪，卻無法完全隔開兩個世界。如果外部世界是厚實的，而內心世界像她筆下的意識流一樣是流動的，那麼，每個作家（包括傳記作家）都是同時生活在兩個世界裏，而且無法辨別它們的不同。正如她在日記中所寫的：「生活是固定的，還是流動的？這對矛盾總是縈繞在我的心頭。」

傳記文學是客觀的反映，還是一個主體對另一個主體的再造呢？

小梅

一九九六年三月十二日

* * *

小梅：

你在信中所引的美國評論家 Gore Vidal 的話：「對於美國人，一個作家的作品幾乎基本上是次於他的生活，或是他的生活方式的。」使我十分驚訝。一個詩人，最重要的竟然不是詩，而是詩外的生活與功夫，這恐怕只有美國人才這麼想。

美國人天真坦率，但未免膚淺一些。他們不去把握作家作品中深邃的精神內涵，而重視作家在作品之外的外部活動。他們喜歡傳記文學，也是喜歡作家的活動故事，特別是帶有傳奇性的故事。Gore Vidal

的話，可視為美國國民性的一種表述。

在寫作《魯迅傳》的時候，即二十年前，我一見到傳記就買。在勁松我們的家中，有滿滿一書櫥的傳記，不知道你讀了沒有？那時我很喜歡傳記文學，尤其是外國人所寫的外國作家、思想家的傳記，但是，後來我對傳記文學的興趣逐步冷淡了，這除了國內寫作的傳記作品毀壞我的胃口之外，還有一個原因就是最終我認識到傳記文學多數都有一個弱點，即無法展示傳主尤其是大作家大思想家傳主豐富複雜的內心圖景。作家與思想家通過自己的作品（包括自傳）可以把自己的內心圖景展示得非常廣闊，但傳記很難做到這一點。最高明的傳記作者深知這種局限，因此，他們總是想辦法補救，但補救的手段也很有限。司馬遷《史記》中寫得最精彩的傳記是項羽本記，這裏項羽的一生主要是行為，而不是思想。但他畢竟是一個比劉邦高貴的貴族，他有戰鬥，也有情愛，他擁有比劉邦之流精彩得多的內心圖景。然而，一個遠離項羽數百年的史家，怎麼知道項羽內心想些甚麼呢？他除了仰仗想像力去作補充還有甚麼辦法呢？司馬遷寫項羽在烏江自盡之前有二個最精彩的故事，一是後來編成「霸王別姬」的故事，但在傳中只有寥寥數行，即「項王則夜起，飲帳中。有美人名虞，常幸從；駿馬名騅，常騎之。於是項王乃悲歌慷慨，自為詩曰：『力拔山兮氣蓋世，時不利兮騅不逝。騅不逝兮可奈何，虞兮虞兮奈若何！』歌數闋，美人和之。項王泣數行下，左右皆泣，莫能仰視。」這一情節感動了後代無數有情的英雄美人，但戲劇家們在再現這一故事的時候卻不能不加上許多項羽和虞姬的內心訴說。司馬遷深知傳記的局限，所以在第二個情節即生命最後瞬間時讓項羽說了一大段話，我懷疑這是司馬遷強加給項羽的，但是非加不可。當劉邦的數千騎兵追上來之後，司馬遷描寫項羽「自度不得脱」，便對自己身邊的騎士說：「吾起兵至今八歲矣，身七十餘戰，所當者破，所擊者服，未嘗敗此，遂霸有天下。然今卒困於此，此天之亡我，非戰之罪也。今日固決死，願為諸君快戰，必三勝之，為諸君潰圍，斬將，刈旗，令諸君知天亡我，非戰之罪也。」自刎前烏江亭長勸他渡江，項羽則笑曰：「天之亡我，我何渡為！且籍與江東子弟八千人渡江而西，今無一人還，縱江東父兄憐而王我，我何面目見之？縱彼不言，籍獨不愧於心乎？」項羽有沒有這些精彩的獨白，死無對證，只有天知道。如真的有，也只有項羽的身邊騎士和烏江亭長知道，可他們絕不會記錄下來，因此，我敢斷定這是司馬遷想像補充的。他作這樣的補充，卻顯得非常自然真實，幾乎找不到編造的痕跡。然而，像司馬遷這麼高明的傳記作家極少，而司馬遷本身在描寫其他人物時，也少有類似項羽的內心告白，傳記文體的局限還是可看清楚的。

傳記文類雖然有其局限，但像《史記》這種最成功的傳記文學卻極有價值。《史記》所以能獲成功並流傳澤溉後人，其原因是它既有史學家的考查功夫又有文學家的合情想像，前者使傳記具有可信性，後者使傳記具有可讀性。既真實又豐富，這才成為好的傳記文學。司馬遷是史學家，他具有史德、史識、史才，司馬遷又是文學家，他又具有詩德、詩識、詩才。他的人物敘述，既不是皇帝的敘述或代皇帝敘述（漢武帝並不高興），不是官方的政治性敘述，也不是詩人作家的浪漫性敘述，而是史家和作家相結合的個體敘述。

也許因為了解傳記文體的限制，所以高明的傳記作家（包括司馬遷）總是不願意把自己放在傳主的地位之下，不願意「平起平坐」，而是用一種比傳主更高的視野來觀察和描寫傳主，即把自己放在傳主之上，即使這個傳主是皇帝，是偉人，是聖人。傳記作家與傳主是必須保持距離的，這種距離可以遠遠地拉開。傳記作家可以近距離觀照，但更重要的是遠距離觀照。作者可以設想自己站在時空的大場合中（歷史大場合），用遠方的眼睛來看一看自己筆下的人物，相應的，心理上不是卑微的，緊縮的，而是開放的，博大的。這樣，在描寫與敘述中就融入一種評價。而這種評價不是教科方式的鑑定，而是參與敘述的內在眼光。國內所作的名人傳記所以乏味，最重要的原因是作者總是仰視着他的傳主，傳記成了對傳主的謳歌，謳歌中又沒有生命哲學與歷史視野。這與流行的小說史、詩史、教科書差不多，我們從中讀不出傳主人生道路上那些獨特的韻味。如果傳記作者對傳主無所發現，對其人生過程沒有提供任何精彩的認識，這種傳記就不會有甚麼價值。讀這種傳記不如讀傳主的作品。

爸爸

一九九六年三月十五日

論藝術革命

爸爸：

我在今年五月的《明報月刊》上看到了一組紀念「五四」與重新評價「五四」的文章，覺得很有意思。這組文章裏，我尤其喜歡白先勇和你寫的那兩篇。

白先勇老師在〈世紀末的文化觀察〉一文中認為，本世紀中國未能造就影響世界的文化巨人，包括魯迅小說的份量也不夠。這是因為從一九一九年「五四」運動到文化大革命，中國人對自己的文化破壞得太徹底，喪失了自己的文化根源。因此，他提議，我們要重新發掘、重新親近我們的文化傳統，來一個歐洲式的文化復興，才能銜接上世界性的文化。

你則從「文學不可革命」的角度來重新看待「五四」傳統。你提出「文學不可革命」的思想，不是抹煞「五四」運動的意義，而是批評激進思潮中的暴力革命心態和思維方式，因為這種心態與方式造成了二十世紀中國文學「滾雪球」似的負面效應。你在文中寫道：「文學的不斷革命，是二十世紀中國文學的巨大悲劇，也是『五四』文學革命的最大負面效應。從陳獨秀到後來的文學革命者均忘記，文學乃是艱苦、複雜、充份個體化的精神創造活動，而不是顛覆性的革命活動。文學的繼承性是無法從根本上打倒的，任何文學創造都離不開前代文學創造的歷史成果和經驗。」

我不太同意白先勇老師關於「中國沒有世界文化巨人」的論斷，因為所謂世界文化巨人的概念充滿了「歐洲中心論」的意識形態，是以歐美文化的尺度來衡量中國及其他世界各國文化的，忽視了特定歷史環境和特定人文環境的特殊性。不過，非常同意他所強調的文化根源的重要性，「五四」的白話實際上在某種程度上繼承了它要打倒的古典文學中的白話文學。

你的文章雖然出發點與白先勇不同，可一樣重視中國的文化和文學根源，對「五四」的「文學革命」提出批評，讓人們要重視「文學繼承性」的問題。我覺得，你與白先勇提出的問題很有意義，很值得人們思考。你們所共同反對的是這個世紀中國文學崇尚的追求「新」的思維方式。「五四」的文化人，引進了西方的現代性，以「新」來反抗「舊」，以「革命」來反抗「落後」，以「現代」來反抗「傳統」，用「進步」的時間觀來衡量文學作品。正如你指出的，其結果是「滾雪球」式的不斷革命：「五四」的「文學革命」遭到三十年代的「革命文學」的反對，之後便是三十年代的「大眾化」對「五四」白話的顛覆，便是延安文學對知識分子文學的取代，便是七十年代的「高大全」文學對五、六十年代社會主義文學的打倒。甚至八、九十年代的新文學現象仍然脫不了這一模式：傷痕文學，尋根文學，實驗小說，新寫實小說，一浪推一浪，總是新的很快就取代舊的。

我在北大讀書時，也有崇尚「新」的心思。以為凡是「新」的就是好的。其實，這種心態是受了西方現代性的影響。西方的工業革命，帶來了科學技術的不斷發展，但其後果是單向式的思維，純粹追求「進步」的時間觀。西方理論家馬特·卡里耐司庫（Matei Călinescu）認為，西方現代主義不同於現代性，着眼於內心的、美學的時間觀，對理性的、進步的時間觀進行了嚴肅的批判。但是，在我看來，現代主義自身一樣充滿了否定性，它滲入到各種藝術裏，採用陌生化的形式，迷戀震驚的效果，於是，它不得不永遠否定各種流行體裁，不停地製造更加先鋒、更為陌生化的新藝術形式。近百年來，各種流派一味翻新，不斷刺激，沒有一家能擁有足夠的責任感、影響力和深厚的精神蘊藏，最後只好一浪壓一浪，陷入到一個不斷造反的循環裏。這種循環，使現代主義對現代性的批判失去了原創力，漂浮在形式的表層上。

BBC電視公司曾製造過一個八集的電視紀錄片，題為《美國視力》，作者是Robert Hughes。這個紀錄片詳細討論了幾百件個人的藝術作品，包括繪畫、雕塑、建築、傢俱，攝影等等。作者認為，到了八十年代，美國的藝術因為追逐「新」而對藝術品的質量漠不關心，使整個藝術市場充斥了大量昂貴的假藝術。只要是新的，是激進的，或是顛覆性的，就被稱為是先鋒作品，也不管它是否是真正好的藝術。他批評道，美國藝術及其美國本身的中心神話就是迷信「新」，迷信人類的價值就是創新，但事實上，在藝術的領域裏，進步的模式和先鋒的神話，已經到了油盡燈枯的地步，連一具空殼或自我反諷的形式都難以保存。

除了西方工業社會大環境的影響以外，美國對「新」的不懈追逐與它早期新教徒建立「新世界」的心態有一定的聯繫，而中國則是因為長期被籠罩在落後國家的「危機感」下。然而，所謂「落後」，所謂「危機感」也是「新」的意識形態的溫床。這「危機感」迫使中國人永遠要趕超世界，永遠要向世界看齊，要革命、要進步，好像慢一拍都不行。理論家Gregory Jusdanis給這種現象起了一個名詞，叫做「延遲了的現代性」（Belated Modernity）。他的學術著作《延遲了的現代性和美學文化》（*Belated Modernity and Aesthetic Culture*），討論了希臘文學現代化與歐洲先行者之間的關係，並且批評了現代化理論中的「歐洲中心主義」與年曆式的視角，即直線形的進步時間觀。「延遲了的現代性」是一個陷阱，是以第一世界的眼光來審視第三世界的現代化過程，是意識到西方現代話語霸權的人強加於自己身上的枷鎖。中國人在「延遲了的現代性」的心理影響下，總是匆忙與惶恐，生怕老是處於落後狀態。

王德威老師在他的英文著作《世紀末的華麗》中，提出「被壓抑的現代性」（Repressed Modernity）的概念。他通過對晚清小說的重新闡釋而解構了「五四」神話。他認為，晚清小說中所表現出的四對辯證關係——啟蒙／頹廢，革命／衰退，理性／感情氾濫，模仿／摹擬——構成了自「五四」以來被壓抑了的現代性。其實，王老師的這種讀法，是為了換一條思路，試圖走出「延遲了的現代性」的陷阱。晚清小說時期是一個眾聲喧嘩的時期：啟蒙的「新小說」與頹廢的「狹邪小說」並置；一邊有梁啟超等倡導小說革命，另一邊又有王國維堅持中國的古典美學；既有很理性化的小說，又有「溢美」、「溢惡」、殤情、哀情小說的氾濫；既有諷刺現實時政的小說，又到處是舉擬反諷誇張的腔調；既有民族國家的呼籲，又有對外國科技文明的憧憬。恰恰是這樣的一個時期，難以用「西方的現代性」來描述，因為它不是簡單的追求進步的時期，也不是簡單的衰敗與潰散時期。可以說，它既是衰敗又是新生的開始，它既有吸收西方現代性的地方，又有徘徊於中國傳統的地方；它是一個充滿「異質」的時代。後來經過「五四」，有的異質因為時代的原因而被壓抑了，但在有些作家的筆下，仍舊能看到它們的延續。比如鴛鴦蝴蝶派的傳統，就繼承了狹邪小說《花月痕》的路數，而且我們在張恨水、張愛玲及金庸的虛構世界裏也能找到「被壓抑的現代性」的痕跡。

到了二十世紀末，我們又有了所謂的「後現代主義」。這個「後」字，又是崇「新」的思維模式，而且又是西方現代性陰影下的產物。後現代主義是否就比現代主義好？九十年代的大眾文化是否就比八十年代的菁英文化好？中國是否有後現代主義？類似這樣的問題是要提醒我們自己，不能再做簡單的價值判斷，不能以「新」為唯一的價值尺度。

小梅

一九九九年七月五日

* * *

小梅：

你對崇新心態的批評有點出於我的意外，也使我很高興。對於新的東西既保持熱情又有清醒的認識，這對我們來說是很要緊的。

給新的事物一種本質化的判斷顯然是不恰當的。我對新的事物天然有一種熱情。嬰兒是新的，每一天的露珠都是新的，我始終不會厭倦。在海外十年，我留心觀察美國，覺得這個國家雖有許多缺點，但它卻每天每年都在改革，或者說，每天都在革新。這裏雖然有市場的動力，但與這個國家的年輕也有關係。年輕總是嚮往新意。就我自己的經驗來說，寫作最難的是既要自然沖淡，但又要說點新話。沒有屬於自己的新話，能算是「創作」嗎？說真話難，說新話也難。韓愈說寫文章應把陳言務去。所謂陳言，就是新話的反面。新話、新意，無論如何應是評價文學藝術的一種尺度。

可惜甚麼都會走火入魔。守舊者走火入魔時，會憎恨乃至殺戮新的要求。中世紀宗教殺害科學異端和近代政治守舊者鎮壓異端，都是對「新」的恐懼。求新者也會走火入魔，最典型的事例就是本世紀的所謂藝術革命。

我在前三年所寫的〈告別藝術革命〉的短文中就批評畢加索之後的整個世界範圍內的藝術革命。這種藝術上的不斷革命，以推翻前一代藝術為目標，不斷地宣佈前代藝術已經死亡，而他們自己完全從「零」開始，乃是一代開天闢地的創世主。可是他們並沒有甚麼貨色，只不過是提出一個新的藝術觀念，其結果是以觀念代替藝術創造，以對藝術的褻瀆代替審美。剛出國時，我在巴黎參觀了蓬皮杜文化中心的後現代藝術展覽，之後，又在紐約觀賞了類似的前衛藝術，這才使我明白他們的所謂藝術原來是反藝術。給蒙娜麗莎塗上鬍子，這的確是別出心裁，也有力地表現出反藝術的觀念，但是，這種對美的「革命」本身有甚麼審美價值呢？端出個馬桶，弄出一些頭髮，然後讓人們去猜測其中的「微言大義」。

可是，我除了從中看到物質新材料和新技術取代藝術家的手藝以及看到藝術家創作個性與個人風格的完全消解之外，也就是藝術與非藝術界線的最後消失之外，其他甚麼也看不見。這種走火入魔的創新，我們是不能跟着跑的。這些創新者正在創造千百萬的盲觀眾與盲評論者，我們可不能被拖入這種盲人的行列。

二十世紀不斷追求時髦的藝術革命，倒給我一種「教育」，即不能以顛覆前人作為美學原則，也不可通過藝術革命去確立一種永恆的原則，一旦想確立，藝術危機就會到來。無論是文學還是藝術，其繼承性是永遠不可抹煞的事實。前人的偉大作品是常新的，我們永遠不會覺得荷馬、莎士比亞、達·芬奇會過時。藝術只有優劣之分。新舊之分也是優劣之分所派生出來的。

爸爸

一九九九年七月八日

論文學信仰

爸爸：

昨天在電話裏問你：你那麼勤勞，為甚麼我這麼懶，許多想做的事，總是拖，總是不能及時完成。現在，我在寫博士論文，每天像蝸牛一樣往前爬，進展很慢。聽說有人就是一直拖，拖了十年還沒把畢業論文寫出來。人的本性是懶惰的，我也一樣，不過，我不想拖過今年，決心在年底寫完。每次我與朋友們交流寫作經驗時，大家都提到寫博士論文必須有「紀律性」，每天規定自己寫一兩頁，不寫完就不能睡覺，否則可以永遠拖下去。但是，這種「紀律性」讓我覺得日子不好過。

不了解我們這一行的人，以為很輕鬆，其實我們幾乎找不到一個輕鬆的日子。我有時真的很羡慕在公司裏工作的朋友，他們一回家就可以放下身上的包袱，看看電視，聽聽音樂，好好放鬆一下。可是，做學問的人，卻一天到晚都有根弦緊緊繃着，連週末也一副「苦瓜臉」，寒暑假更是個電腦屏幕前的苦工。面對未來，想起前去的路，真有點害怕。

每次遇到新的朋友，人家問我，你是學甚麼的呀？我回答，是研究文學的。對方往往緘口，或不以為然地聳聳肩。在美國學文學的人越來越少了，大家都轉去學電腦、經濟或法律等，這些專業好找工作，薪水又高，不像文學這一行，很多人好不容易拿到博士學位，一樣是找不到工作。美國校園裏的文學研究，已經自成一體，幾乎不需要了解作者的生平及寫作時的情形，而是面對本文，做本文分析。我喜愛文學，本來是因為文學中有生命，現在面對的則是概念對生命的替代。有時我真的感到迷惘，忘記自己是為了甚麼來學這一行的了。現在又時興影視文化，書寫快成了過時的東西，更不用提很少讀者的文學理論研究了。八十年代，你的一本《性格組合論》一版再版，印數達到幾十萬冊，這在美國學界幾乎不可能。將來我寫的英文著作，如果有幾百個讀者就很不錯了。在這個講求實際的社會，學文學的不僅是邊緣人，更是多餘人。

最近我和幾位朋友都讀了薩依德的《知識分子論》。薩依德是我們哥倫比亞大學比較文學系的教授，因為他太出名，聽他的課要排隊，我們外系的同學擠不進課堂，只能讀他的書。不過，因為他畢竟是我們學校的教授，也就像在自己家園裏，加上他的學說影響這麼大，我也就格外留心他的思想了。今天我也無意和你討論他的東方主義等很受爭議的題目。只是有一個問題我想聽聽你的意見。他說，一個知識分子應當是個邊緣人，這我同意，但他又說應當是個業餘人，也就是說，應從專業中漂游出來。他說，僅僅守住自己的專業，其實是一種懶漢。他的這一思想對我有些震動。我本來就懷疑一輩子當個「文人」有甚麼意思，而且這些年看到大陸和海外的一些學者，包括你，也都涉獵思想領域。我有些同行的朋友，甚至想改行學法律和政治。在這種空氣影響下，我想到自己的路是不是狹窄了一些。我是不是也會被迫改行，把寫作和做學問當作業餘的愛好？如果真如此，豈不是也很可悲哀。

小梅

一九九五年八月五日

* * *

小梅：

其實你並不懶。嚴復說他「精於思，惰於行」，這是許多知識者的特徵。你也許就屬於惰於行的人。當然，和我相比，你還是不夠勤奮。

在讀書和下鄉鍛煉期間，我當過許多次「勞動模範」。愛勞動，似乎是我的天性。小時候上山砍柴，常常滿手傷痕，有時還被蜜蜂叮得滿臉紅腫，但也不覺得苦。出國後我更喜歡勞動，在草地上幹活，流淌點汗水，就像你妹妹唱歌一樣，感到特別快樂。這種習慣，不是「勞動創造世界」這種道理教給我的，而是一種情感導致的，這就是我對生活的熱愛。出國後，我最喜歡看的電視節目是Discovery（《發現》）。看到野生動物在大自然中的生活那麼艱苦殘酷，但牠們還是那麼強烈地想生存下去，而人類的生活是多麼好啊，事業，娛樂，談天，讀書，情愛，哪一樣都有說不盡的美妙。

對於寫作，我所以也不知疲倦，其實也源於對文學真正的熱愛。我批評文人的弱點（主要是甚麼時候都希望別人欣賞的弱點），但並不後悔當「文人」。從事我們這個職業的人，常常處於貧困狀態，但有一個好處是我們生活在自己心愛的領域中。深夜人靜之時，一個人獨坐於燈火下，讀完了一本書，常常會激動不已。有許多次，我自己激動地想着，我們生來竟然會欣賞莎士比亞，會欣賞曹雪芹，會欣賞托爾斯泰，這是多大的幸福啊！如果這一輩子，我們完全置身於他們的世界之外，我們會感到多大的遺憾？這一最平常的「會欣賞」的本領，恰恰是蒼天贈予我們的恩惠，我們應當滿心感激。每個人都可以創造意義，但我們是在一個最美的職業上創造意義。我們可以把心靈存放在最美又是最心愛的地方。

可是，許多文人其實並不真的熱愛文學。錢鍾書先生在〈談文人〉一文中說得很好。他說：「蒲伯（Pope）出口成章（lisp in numbers），白居易生識之無，此類不可救藥的先天文人畢竟是少數。至於一般文人，老實說，對於文學並不愛好，並無擅長。他們弄文學，彷彿舊小說裏的良家女子做娼妓，據說是出於不甚得已，無可奈何。只要有機會讓他們跳出火坑，此等可造之才無不廢書投筆，改行從良。文學是倒霉晦氣的事業，出息最少，鄰近着飢寒，附帶了疾病。我們只聽說有文丐；像理丐、工丐、法丐、商丐等名目是從來沒有的。至傻極笨的人，若非無路可走，斷不肯搞甚麼詩歌小說。因此不僅旁人鄙夷文學和文學家，就是文人自己也填滿了自卑心結，對於文學，全然缺乏信仰與愛敬。」錢先生這段話值得我們記取。倘若我們從情感深處，對文學具有一種「信仰與愛敬」，那麼，我們就永遠不知疲倦。

我還常常想起沈從文說過的一段話。他在一九三六年三月二十七日所作的〈給志在寫作者〉一文中，對年輕的寫作者說，對文學不能只有「興趣」，而應當有「信仰」。興趣原是一種極不固定的東西，隨寒暑陰晴變更的東西。所憑藉的如果只是一點興趣，那麼一首自以為是傑作的短詩被壓下，興趣也就完了。所以，沈從文特別說明：「對文學有信仰，需要的是一點宗教情緒。同時就是對文學有所希望。而這種希望，又因為文學有一種最高的功能，這就是它能消除一切界線與距離。」沈從文引述一位俄國作家的話來說明這一點，而我則喜歡用王國維的話來表述，這就是文學的最高功能在於打破一切隔，一切人界之隔，一切人心之隔，一切種族之隔，一切文化之隔。一個偉大的作家所以受人尊敬，就是他用精彩之筆，打破一切圍牆，消除一切界線與隔閡，讓人感到心靈相通與人際溫馨。

薩依德的《知識分子論》是部很好的書。他說知識分子不應被自己的專業所困，而應從專業中漂泊出來，這是很精彩的思想。然而，知識分子首先應是專業人，然後才是漂泊者，倘若沒有專業基礎，僅僅是個門外漢，那麼其漂泊也就和非知識分子一樣了。他說的「業餘人」，指的是知識分子不應當僅僅是個專業主義者，還應當關懷社會。沒有關懷，只能算「專業人」，不能算「知識分子」。這點講得極好。所以我還是希望你先緊緊擁抱你的專業，然後再用生命穿越專業，把關懷伸向人間。

爸爸

一九九五年八月十日

附錄一：《讀滄海——劉再復散文》序（劉劍梅）〔存目〕

（本文收錄於「劉再復文集」第㉓卷《三讀滄海》。）

附錄二：《讀滄海》後記（劉再復）〔存目〕

（本文收錄於「劉再復文集」第㉓卷《三讀滄海》。）

附錄三：性情中人與理性中人的雙重雕塑

——《劉再復海外散文選》序

劉劍梅

偶而翻翻父親收藏的友人與讀者的來信，發現有位朋友這樣寫道：讀你的書，發覺你是兩種人，一是理性中人，一是性情中人，而兩者都是真實的。這位父輩朋友講得很好。我父親一面從事文學與人文科學研究，生活在理性之中；一面又寫散文詩、散文，在文學中傾注自己的所憎所愛，生活在率真的性情之中。陀斯妥耶夫斯基在寫給他哥哥的信中說，他的創造一是靠「頭」，精神的最高需要的頭；一是靠「心」，有肉有血有愛的「心」。即使頭從兩肩上落下，身體內的心還會照樣訴說。他是腦中人——用「腦」生活的人，又是心中人——用「心」創造的人。一個作家，恐怕其本色應是心中人。康德曾說，他一生的大事件都是在大腦中展開的。如果借用康德的語言來描述，那麼，可以說，我父親的寫作，一半是在大腦中展開的，一半則是在心靈中展開的。他的《性格組合論》、《論文學主體性》等主要是在大腦中展開，而他的散文則主要是在心靈中展開。他用全生命、全人格抒寫他的心靈自傳，毫無掩飾。他的散文就是他的人格象徵與心靈雕塑。只因為他畢竟以文學研究為職業，又喜歡作歷史與哲學的探討，所以散文中除了蘊含着他的真情真性之外，又凝聚着他的種種思索，因此，他的散文便成了性情中人與理性中人的雙重雕塑，精神之旅與性情之旅的最直接、最坦誠的真實紀錄。

我常常覺得，上帝好像故意跟我父親開了一個巨大的玩笑：把向來有着很深「戀母情結」的他突然拋到了一個陌生的土地上。在毫無準備的情況下，他與故土之間絲絲縷縷的聯繫突然被割斷了。陌生的國度，陌生的面孔，陌生的語言，陌生的文化，這一切伴隨着他進入一九八九年的海外漂泊生涯。用他自己的話説，這是一次被迫性的「斷裂」與「再生」，一次新的「投胎」與「轉世」。由於他年近五十才開始學着適應新的環境，遠不是「靈童」，既無法完全割捨對故國的情感，又不能完全認同新的文化規範，於是他的「投胎變成了投荒，生命就在兩個母體之間的荒野地裏存活。本來就怪的胎兒變得更怪。思想和文字大約都帶着隙縫中的怪味和荒草味。」（見《轉世難》）我很喜歡「隙縫」這兩個字，它比「邊緣」或「極處」更好。「極處」總是連結着一種「高峰體驗」，艱苦攀登後至少還有一份「春光無限好」的大喜悦；「邊緣」也總是能夠伸展，把你引到一個新世界面前，給你某種重新進入中心的希望；而「隙縫」則只能是掙扎與苦鬥。在「隙縫」中，你別無選擇，只能在沒有路中尋找路。

記得在國內時，父親的散文中有「山頂」的意象。這一意象很有魯迅《過客》中的精神：不管山頂上有甚麼，不管是鮮花還是墳墓，總是要攀登，人生的快樂就在這攀登的過程中。到海外後，他卻以「隙縫」或「谷底」來代替充滿希望與激情的「山頂」意象。父親在《人論二十五種》中就稱自己是「隙縫人」，生活在兩道高牆、兩種文化的隙縫之中。有的讀者也許會誤解父親已從積極的「山頂」落入消極的「谷底」與「隙縫」中。其實不然，正因為他能夠領悟人生難以逃遁的困境和存在的悲劇性根柢，才敢於正視谷底與隙縫，在谷底的絕望中反抗絕望，在隙縫的窒息中反抗窒息。他在逆境中贏得了更深刻的詩意，即順境中絕對沒有的詩意。

在給我的信中，父親曾伸延喬伊斯的話這樣寫道：「漂流就是我的美學，漂流就是沒有句號，沒有終結，沒有彼岸。」漂流美學觀念使他對故鄉重新定義。在他的定義裏，家園不再僅僅是地理意義上的家園，而是情感的家園，靈魂的家園。它可以在你的頭上漂泊，可以在你的身邊微笑，可以在茫茫的黑夜中為你點起一支不滅的蠟燭，可以在沙漠中為你展示一片亮麗的綠洲。它是書籍，是良知，是母親，是妻子，是兄弟，是友人，是歷史，是記憶，是童心，是思想，它是歸宿又不是歸宿，它是父親不斷叩問人生終極意義的過程。父親選擇「隙縫」作為他的生存基點，選擇「漂流」作為他的美學，實際上是他思索人生、體驗人生的一種方式。這一方式所覆蓋的精神內涵，是世紀末任何喧囂浮華的耽美文字所無法轉述的。它屬於我父親的「心靈孤本」，獨特的人生原版。他的生命版本，不重複前人，也決不會為後人所重複。

自一九八九年漂泊海外以來，父親除了出版了學術論文集《告別諸神》、長篇對話錄《告別革命》（與李澤厚）、雜文集《人論二十五種》以外，還出版了五本散文集：《漂流手記》、《遠遊歲月》、《西尋故鄉》、《獨語天涯》和《漫步高原》，都屬於他的《漂流手記》系列。我所編選的這本集子，就是從這五卷散文集中選取出來的。

我在這本集子中按不同的形式內容分為八輯，前三輯最能表現他在海外生活期間的心情和精神狀態。父親這一代人與我這一代人最不同的地方，莫過於有無沉重的使命感了。縱使已經經歷了無數的災難，他們這一代人，仍然要拚着自己所有的氣力，去承受生命中難以承受之「重」。這幾乎是一種宿命。到了海外之後，他除了放不下「重」之外，又多了一種難以承受的「輕」。「輕」同樣也能使人窒息，它以無邊的孤獨包圍着你，以死一樣的寂靜嘲弄着你。漂流之初，父親寫道：「儘管被真誠的朋友包圍着，儘管妻子就在身邊，但總是感到孤獨。任何安慰，任何溫情，任何美麗的故事都無法抹掉籠罩於心中的孤獨感。此時，我才領悟到孤獨的龐大。穿越孤獨，就像穿越巨大的、無邊的夜宇宙，一切努力都是徒勞的。」（見〈孤獨的領悟〉）這種孤獨感的龐大，實在讓人不知所措。我至今仍記得父親被突然拋出故土時那副茫然無依的樣子。當時的我才剛過二十歲，無法理解他遠離家國的焦慮與不安。然而，這些焦慮與不安並不能影響他繼續進行詩意的思索。他仍以思想者的敏銳，對西方文化中物質文明所產生的「肉人現象」，懷着批判的態度。雖然我們同樣都徘徊在中西文化的邊緣，可是他對兩種文化體系帶着一份更深邃的思考。這種思考又使他的孤獨感的內涵一步一步深化、豐富，最後他竟然以能夠「佔有孤獨」而感到無限喜悅。《漂流手記》五卷正好反映他的這一心路歷程。

在海外，他最初的生活很不安定，滿世界漂泊，從芝加哥到波德（Boulder），再從波德到斯德哥爾摩，後又從斯德哥爾摩到溫哥華，最後才定居波德市。先後周遊近二十個國家。每次換一個地方，他都得把身外之物減輕又減輕，帶着最簡便的行李到新的地方。母親與妹妹一直跟着他，每次剛剛建設好一個家，又得趕快捨棄，重新輕裝前行。但是，不管怎麼取捨，他總是要帶着《紅樓夢》與聶紺弩浪跡天涯。祖國文化像行裝似地伴隨着他。我選了一些父親周遊世界的散文，這些散文不只是遊記，而且是心靈之旅。既遊山遊水，又遊心遊思。外界空間的變化，也使他的內宇宙變得更加奇妙。每到一個新的文化環境，他身上所揹負着的歷史和文化背景就會迫不及待地抓住新的夥伴，展開對話。通過對話，他的思想變得格外活潑，他開始重新觀照自我，開始「自嘲」，開始從傷感中解脫。我最愛讀他那些帶有「自嘲」口吻的文字，這些文字使他的單一主體變成多元多重主體，每個主體之間的相互對話都為他的自我重塑做着鋪墊。「自嘲」是超越自我、解剖自我的方式和途徑，名聲越大越是難以做到。然而，父親卻做到了。在漂泊旅程中，他對名聲刻意瓦解，對「永恆鄉愁模式」刻意顛覆，以往的漂流文學總是重複着沉重的鄉愁模式，「涕淚飄零」的老曲一遍遍地在遠遊者的耳邊回響，而父親則刻意給予解構。「自嘲」中的笑，比起「涕淚飄零」中的哭，多了一分距離，一種對話，它讓自我有了超越自我的力量，避免成為一種權力，也避免纏綿癡迷於自怨自艾中。

第四輯是父親對過去生活的回憶。從這些散文中，可看到故鄉在父親的定義中是「情感的故鄉」，而他是一位實實在在的「多情人」。過去的友人，友人們身上的人性光輝，友人所經歷的歷史磨難，這一切在父親的海外生涯中，變得異常清晰。祖國和故鄉在他的回憶中，不是大而無當的概念，不是拘泥於地理界限的「泥土意識」，而是一個個鮮活的生命個體，以及這些生命個體後面的歷史背景與情感背景。父親曾叮囑我，要珍惜你身邊的朋友，他們是你生命中重要的一部份。他告訴我，每次他失去一位心愛的朋友，都能感到自己生命的一部份在悄悄死亡。他緬懷亡友，也是在哀悼自己生命中逝去的那一部份。而這部份的生命並非完全屬於個人，它也負載着一個痛苦的時代。

在本書的第五輯中，我選擇了一些最富有實驗性的文字。通過引進半虛半實的形式——散文中最不常見的形式，父親故意抹去了人與獸的界限、實與虛的界限，主體與客體的界限，藉以表達存在的荒誕感和人性的頹敗。這些描寫黃鼠狼、巨牡丹、荒原狼的散文在海外發表後，曾引起激賞，但它近乎寓言，也許研究家們會覺得它不符合散文規範。

父親還喜歡寫雜文，這些雜文是一種情感性的社會批評與文化批評。我收在第六輯中。父親的雜文很有思想，而思想又有血肉，不像學院派的文字。這些雜文其實是反省性的。它一方面是「思他思」，另一方面是「思我思」。後者用他的話來說，「即把自己作為靜觀對象，對自己的建築進行批評，把自己的偶像打破，然後撿起有用的碎片，又找新的路。」（見〈最後的偶像〉、〈思我思〉）他文字鮮活，正是因為敢於打破自己曾苦心經營起的理論構架。以這種鮮活的語言去討論《紅樓夢》，討論歷史、電影、詩人和學者，父親獲得了一種書寫的自由，不受拘束地遊思於理性和感性之間，遊思於嚴肅文學和大眾文化之間。然而，他的遊思又時時刻刻帶有知識分子與生俱來的批判立場。在〈沒有酸氣的薩依德〉一文中，他除了認同薩依德的定義——「知識分子就是對權勢說真話的人」以外，還提出知識分子需要具有第三種批判，即自我批判。他自己便是抱着這種態度。

最後一部份是從《獨語天涯》的一千段隨想錄中挑選出來的。這些文字是散文的變奏，由筆記、隨想錄、散文詩、悟語等組成。通過不同形式的變奏，父親為我們揭示了一個真正屬於他自己的精神故鄉——童心的世界。在父親眼裏，「童心並不只屬於童年，形而上意義的童心屬於一切年齡」。如果人一生下來便是無所皈依的，如果我們所生存的世界只不過是他鄉，那麼，「地上的天國就是你的天籟世界，童心就是這天國的圖騰」。回歸童心，也就是要拋棄所有虛偽的假面，重新擁有世界之真和生命之真。父親的西尋故鄉，實際上是尋找到了他自己生命的本原。以童心視角看世界，對人生便有一份更寬容的理解，這正是他個人的生命哲學，也是他對整個世界詩人般的期待。

散文作為一種藝術形式，在文學創造中最需要自然與真實。詩歌可用曲筆，意象與意象之間是跳躍式的，不屬於我們日常生活中的那種邏輯；小說可保持虛構的權利，人物和情節與作者的關係可近可遠、可虛可實；然而，散文則大多以直筆出現，寫的都是真實所感與真實所想，很難掩蓋作者自己的人格，是一種人格轉化的形式。王安憶在〈情感的生命〉（見《漂泊的語言》，作家出版社）中，對散文有非常精彩的定義，她說：「散文，真可稱得上是情感的試金石，情感的虛實多寡，都瞞不過散文。它在情節上沒有技術可言，同語言的境遇一樣，它有就是有，沒就是沒。」王安憶把張愛玲的散文同卡繆的散文相比較，認為張愛玲雖然開始涉及人生的內容，雖然能夠理解人生的悲傷與虛無，但其思想與情感，都還只是她小說的邊角料，是零碎樣的東西，最終仍是解脫出來，站在一邊，成了一個人生戲劇的鑑賞者；而卡繆則是一個沉浸於思想、創造思想的作家，他的散文有着一些相當重要的事情，它「重要到與人的存在有關，它是一些對人生大問題的苦思冥想」，他的寫作「是不留退路的思維方式，一無圓滑之氣，也沒有世故之念」。我很同意王安憶的論述，而且認為父親的散文是接近卡繆的那種，是「對思想有感情的人」，能把「抽象的東西表達得情義綿綿」。

讀父親的散文，就彷彿看到他這個人，彷彿面對面地聽他講述他的漂泊之旅。我被他的描述所感動，他是那樣認真、誠實、一絲不苟地把他的悲歡告訴你，把他在新的生活裏的每點每滴的困惑與進步告訴你，把他在人間中的一切感悟告訴你，把他以童心擁抱歷史與今天的秘密告訴你。一切都是真實的，不摻一點假。作為他的女兒，我是他日常生活的見證人。我跟父親之間沒有兩代人固有的代溝，他的心靈永遠是開放的，對他所不了解的事物，總是好奇地問個不停。所有的朋友都喜愛他，因為他的心是一座永不設防的城。散文本來就是一種流動的、漂泊的語言，父親來到海外後，選擇散文作為他的主要寫作形式是很對的。他說：「我這些年喜歡寫些散文，就是因為我的心思已脫樊籠，所有的文字都出自己身的天性情思和再生的愛意。」（見〈初見溫哥華〉）只有散文這種自由的形式能夠負載他的漂泊之旅與心靈之旅。現在國內開始出版我父親的書籍，我真是替他感到高興。但願所有讀到這本書的讀者，不僅能夠看到我父親如何在漂泊的旅程中尋找情感的故鄉，而且也讓自己的心靈成為他寄託情懷的故鄉。

一九九八年八月二日

附錄四：《劉再復海外散文選》後記

劉再復

劍梅編選的散文集，上卷的各篇都在國內出版過了，我比較放心。下卷則是首次在國內印行，第一次和久違的故國朋友見面，必須多翻閱幾遍。翻閱時，就像翻閱九年的漂泊歲月，一頁一頁，如同一月一月，文字、時光、生命，難以分清，三者共同匯成情思的川流。所有的文字都讓我感到親切，因為它不僅幫助我度過許多孤寂的日子，還幫助我抹掉往日投下的陰影，把我重新帶到太陽的面前。今天，這些文字就要返回故土，我不免有些激動。

在海外，我除了繼續從事學術研究之外，還用了不少時間寫作散文。迄今為止，已寫了五百篇小品、隨筆和一千則隨想錄。積累真是一種力量。如果不是勤奮一些，隨時記下心得，到另一個陌生世界的新鮮感受就會消失。我以《漂流手記》為總題，把寫下的文字編成多卷本散文集，前三集《漂流手記》、《遠遊歲月》、《西尋故鄉》已出版，後兩集《獨語天涯》和《漫步高原》正在排印中。劍梅的選本，其篇幅雖然只是五卷散文的四分之一，但還是能看到我心靈的一些軌跡。

所以選擇散文作為創作的主要方式，是因為這些年我面對歷史的滄桑和個人的滄桑有許多話要說，而且需要直說。詩歌的曲說與抽象，不能適應我的情感要求。八十年代我喜愛的散文詩形式也不能適應我的要求，它也未免過於抽象和太偏於抒情，而我的滄桑感受則需要有更多的敘事與思考，需要更多記憶。儘管這些記憶已幾經積澱而在我身上個人化了。我必須通過對這些記憶的挖掘，反省自己和進行自我解構，然後走出噩夢；另一方面則是我出國之後便把生命投入西方世界的歷史，我以往與這一歷史無關，但現在身處這一歷史的產生之地，並在周遊列國中更深地感受它。這兩方面「生命與歷史」的交織與碰撞，帶給我無盡的思想與情感。這些思想與情感不可能讓意識形態所堵塞，也不可能讓程序太多的語言形式所堵塞，惟有散文這一開放的、飄動的、放鬆的文類，能幫我的忙，能幫我在四處浪跡與八方遊思中盡興地獨語與訴說。

劍梅更喜歡下卷這些漂流散文。我在上卷的〈後記〉中說，作為人，我不忍心她這麼年輕就喜歡我的徬徨、孤獨與矛盾；但作為文學評論者，我卻完全能夠理解。我知道劍梅的批評視角很特別，她多次告訴我：中國現、當代散文太「實」，缺少「無」的維度。甚麼都看得太實，就會失去沉思美與空間美。魯迅的《野草》所以不同凡響，就因為它具備「無」的維度。這種「無」乃是對現實的「有」的質疑與叩問。劍梅喜歡我在域外的散文，也是因為這些散文有了「無」的維度。這種「無」，並不是世俗意義上的「空虛」，而是在形而上層面對天地間的「無邊界」、「無答案」、「無因果」、「無必然」等的領悟，是對人們追逐的現有的「結論」、「宴席」、「桂冠」、「榮耀」乃至「終極真理」的懷疑。我的散文集的開篇，便是看不到時間邊界和看不到故園泥土這些「實有」的惆悵，之後我的全部徬徨都與我無法站立在已有的「結論」之上有關，都與我向宇宙深處和人生深處發出更深的叩問有關，包括我對故鄉重新「定義」，也與此相關。在國內時，我不喜歡與人論戰，就是怕陷入「正與反」這種兩極的太實的思路中，在人文科學中尚且有這種懼怕，更不用說在文學創作中了。在海外九年，我常沉醉於大寂靜中，開始時我害怕孤獨與大寂靜，現在卻為自己「佔有孤獨」和「佔有大寂靜」而有說不出的快樂。我能聽到「寂靜」——能聽到無聲中的聲音，這是「無」中孕育「有」、誕生「有」的聲音。我不僅感悟到「無」的大美麗，而且感悟到「無」的大自由。屈原的「天問」之美和陶淵明的大自由，我終於有所領悟。文學上那種謳歌模式與控訴模式所以未能成為真正的美文學，我也終於有了更深的領悟。惟有弱者與實用主義者才害怕孤獨與大寂靜，而強者與沉思者是一定能愛上天地間那些永恆的無邊無涯。

一九九八年十一月二十八日
於美國科羅拉多大學校園

後記

劉劍梅

我和父親的兩地書並不都是古典式的郵件通信。有時突然興致所致，我會給父親寫傳真，打電話，跟他談一些想法。我喜歡把我的想法告訴他，因為跟他交流是一種精神「享受」。他不僅每次都認真地對待我的「想法」，而且能提煉出我想法中的精彩之處，並把一些渾沌的「雜體」清晰化。我在美國的學院裏生活，虧得能有機會常常跟父親對話，否則早就被枯燥的理論觀念所淹沒了。

父親談人生、談文學、談理論，總是能觸摸到生命的質地、肌理。他多次告訴我愛默生的話：世上唯一有價值的東西乃是有活力的靈魂。他正是以靈魂的活力從事寫作的。即使對於高深的理論，他也是用「心」來咀嚼消化，把理論融化為生命的一部份。我在大學任教後，父親告誡我要學會「深入淺出」，不要故作艱深。經過寫這本《父女兩地書》後才悟到，「深入淺出」其實很難，不僅需要有深厚的知識基礎，還要有敏感和獨到的人生體會。我雖然也嘗試這樣做，可「功力」不夠，於是我寫的部份還是常常露出「蒼白」的生命姿態與心靈內景。

《父女兩地書》最早來自於一位朋友的提議。這位朋友就是紐約《明報》文學版的前任主編伍幼威先生，可惜他已於去年去世了，不能親眼看到這本書的出版。一九九七年六月，他約父親和我在《明報》每星期各寫一封信。本來進展得很好，可是不久因他被調離文學版而終止了。後來，父親和我認為「父女兩地書」是一種很好的形式，可以把兩代人的對話放在一起，於是，我們把以前陸陸續續寫的一些通信、傳真、對話收集起來，再添加了一些篇目，便成了這本兩地書。

由於我們的通信是隨意式的，並不連續，所以編排起來有些困難。父親提議不要以通信日期來編，而是以不同的主題作個大體上的分類分輯。在有些通信中，我常着眼於女性主義批評的角度，令我感到高興的是，這一角度深得父親的讚賞。不過，這一角度也使我在一些問題上與父親有分歧。比如說，我並不認同父親所欣賞的文學作品中的美好女性，因為我認為以往的審美價值尺度都不是透明的，而是帶有男性的價值規範，也被一定的時代所限制。我對女性自我與女性性別身份的自覺，使我更重視女性的生存狀態與特殊體驗，希望可以從這出發，對文明與女性命運進行重新的審視與徹悟。

很遺憾的是，由於我才在美國大學教書不久，主要精力都用在教學與寫英文著作上，不敢太分心從事中文寫作，因此，即使有《父女兩地書》這樣好的機會，我也未能多花時間加以推敲與修改。我希望父親能諒解我，也希望自己將來能寫出更好的作品，讓父親為我感到驕傲。在此，我要感謝父親為這本書花費的時間和精力。還有我的母親陳菲亞，為了替我省時間，她幫我謄抄了所有以前的傳真稿。還有我的先生黃剛，經常盡力幫我照顧我們一週歲的孩子，讓我有更多的時間讀書與寫作。

二零零零年六月六日於美國馬里蘭州

後記補

劉再復

讀了劍梅的後記後，我還想再說幾句話。

一九九七年六月，我和劍梅的部份兩地書開始發表。在這之前，我在香港《明報》的專欄上寫了一篇短文（題目就叫做〈父女兩地書〉）告知朋友。現將這篇短文抄錄於下：

紐約《明報》的「明月」副刊就要連載我和大女兒劍梅討論文學問題的兩地書，我為此非常高興。這要感謝副刊主編伍幼威先生的約稿與設計。

劍梅已臨近而立之年。從五歲開始讀書，至今已面對「寒窗」二十五載。五年前她在科羅拉多大學獲得碩士學位之後，又進入哥倫比亞大學東亞語言文學系，成為王德威教授和夏志清先生的弟子。在這兩位傑出的華裔教授和美國其他教授的扶持下，她學有所成，兩年前已通過博士資格考試，今年夏秋即將畢業，並將到三藩市的加州州立大學任教，開始新的生涯。

劍梅從小與人無爭，長大後又把名利看得很淡，她能在美國不斷進取，大半是因為我的逼迫。我在國內時太忙，私人時間總是被公共時間所割切，因此很少關心她；到了美國，我簡化了社會關係，贏得時間，就與劍梅格外親近。每個星期她一定會給我打電話或寫電傳信。她在第一封兩地書中就對我說：「你在國內時，總是被社會上無數『重要的』事務纏身，無暇顧及我們。我常覺得家裏門庭若市，人來人往，像個旅店而不像個家。爸爸好像離我很遠。自從一九八九年你被迫漂流後，倒是對我們念念不忘，雖然你丟失了祖國，可是我和妹妹卻重新得到了自己的父親。你的『漂流』對我們來說反而是件可喜可賀的事——我們這個家因你從公共空間走回私人空間變得更完整了。」劍梅說得不錯。我到海外後除了贏得「自由表達」之外，還贏得了「自由時間」，這兩項，對於寫作者來說，具有至高無上的價值。沒想到，它還帶給家庭以溫馨。人類的情感確實需要自由時間的滋潤。

因為同行，我們在電話上和書信上講的都是文學。我很喜歡聽她講讀書研究的心得，近幾年，我從她的講述中獲得許多思想活水。她確實幫助我保持了思想的活潑狀態。我英語不好，而她卻像我的一支觸角，幫助我在英語世界裏吸收許多新鮮的空氣和養料。李陀幾次對我說：你有劍梅這個小學術顧問真好。我尊敬的呂俊華老師則說：這顯然是蒼天着意的安排。從我們兩地書的對話中，朋友們可看到父與子的兩代，思路雖然有區別甚至有衝突，但完全可以互相補充、互相豐富、互相激活思維的靈犀。兩代之間，固然有溝壑，但也有美好的橋樑。如果兩代人相依相助，那麼，一加一，就會大於二。我和女兒的相加，得到的就是一種一加一大於二的生命數學。

在通信中，我覺得有兩個女兒相伴相隨，人生有意思得多。所以我在第一封信裏就對劍梅說：你屬於我所熱愛的那個世界。

（原載《明報》一九九七年六月十日）

從一九九七年六月十日到今天——二零零零年六月十日，正好整整三年。三年中，劍梅從舊金山州立大學移向馬里蘭大學，不僅擔任了助理教授，而且當上了小媽媽。雖然一切順利，但肩上的擔子的確沉重。於忙碌中，她還是和我一起完成了這部感悟人間之作，實在不容易。三年中，另一變化則是本書的推動者，比我年輕十幾歲的朋友伍幼威去世。去年他回國治病之前也是臨終之前，還特別叮囑：一定要把兩地書寫成，一定要拿到國內出版。那時他已癱瘓，連到機場也得靠人扶持，但還念念不忘這本書。每次想到這裏，我就難過，就有愧：我和劍梅的一些粗淺文字值得朋友如此期待嗎？今天，書籍就要出版了，可我除了哀傷之外還能做甚麼呢？我該如何把書籍呈寄於他的赤誠的靈魂之前呢？

二零零零年六月十日
於美國科羅拉多州

為自救而寫作

——再版感言

劉劍梅

「天地圖書」通知我父親，說《共悟人間》的第一版已售完，立即要印第二版。還告訴我們一個好消息：今年香港舉辦的國際書展，主辦單位事先請讀書家們評出三十部優秀書籍，《共悟人間》也中選，為此，薛興國先生還寫了一則推薦文字，發表在《明報》的「世紀」副刊上；這之前，我曾讀過陸鏗、潘耀明、戴天等先生發表在《信報》、《明報》上的推薦文章，文中激勵我的文字，使我感到非常慚愧，但也使我感到鼓舞。我父親已經走出他人的目光，不太留心外界的褒貶，而我畢竟是初出茅廬，對前輩的肯定，真感到喜悅，趁本書再版之時，我要在此認真地說一聲感謝。

除了書評文字之外，還有父親和我特別敬重的兩位前輩——金庸和范用也熱情地推薦這本書。今年五月，金庸在「天地圖書」的新書發佈會上，鄭重地向與會者推薦；范老則在北京全力向北京三聯書店推薦。為此，北京三聯書店還通過「天地」向我們約稿，但因事先我們已和上海文藝出版社簽約，所以就只好感謝三聯書店的好意。查良鏞先生、范用先生和其他前輩的深重情意使我深受感動，並幫助我獲得中文寫作的信心。

我父親認真地和我通信，不斷敦促我抽空進行中文寫作，用父親愛說的話來說是為了「自救」。美國是個商業氣很重的國家，它本來就富有，高科技的發展和好萊塢等文化工業又造成一代新貴。因為太有錢，就吸毒，就玩樂，就拚命享受。人的聰明才智雖然導致了科技與經濟的高度發展，卻也造成人本身的深刻危機。人類發明了新藥治療各種病症，但對精神沉淪卻是無能為力。這正是人類面臨着的另一種形式的生存挑戰，即太聰明、太富有帶來的挑戰。我雖在校園裏，但也感到安逸的挑戰，物質誘惑的挑戰。在此挑戰面前，父親和我選擇應戰的方法就是不斷讀書寫作。「寫作可以逃逸到最深的感受中」，可以進入精神的最深處。我父親一再説，惟有寫作，惟有不斷向內心深處行進，才能與人類歷史上最偉大的靈魂相逢。寫作於我，恐怕是最好的一種「自救」手段。

我們這一代人，是理想破滅的一代，又是相當自負的一代，因此，既缺少「救世情結」，又沒有自救意識。能到西方求學深造，就自以為「前途無量」，哪裏還會想到也有沉淪的可能？而事實上，深造固然長知識，但也會把自己塑造成西方學院裏的「規範中人」，自我的聲音越來越微弱，離「性情中人」就越來越遠。也就是説，腦子生長了，但心性卻未生長。陳寅恪先生説，「士之讀書，蓋將以脱心志於俗諦之桎梏」，也就是要培育脱俗的自由心志與獨立精神，這恐怕比掌握知識還難。我父親在通信中曾激勵我把生命與學術相銜接，始終面對生命困境並從中發現問題，始終不放棄一個知識分子高貴的品性——敢於對權勢説真話和提出坦率的叩問。惟有這樣的學問，才蘊含着人的靈魂。現在我雖不能説找到生命與學術的連接點，但至少已不再感到惶惑。

《共悟人間》只是我寫作生涯的開始。我清楚地意識到，能與父親作知音般的對話，乃是上蒼所賜，但今後我要依據自己的力量，更多地獨自感悟人間，努力往人類靈魂的深處探索，去尋找德謨克利特之井。在寂寞而充滿詩意的精神路上，我也許可以再度與父親相會。

二零零一年仲夏．香港

《滄桑百感》

劉再復

《滄桑百感》目錄

我的散文理念（代序） 303

輯一：猴年（二零零四）新作

亡靈的金唱片 306
走訪海明威 308
十字架大悲劇精神的復活 310
快樂園裏説快樂 313
深、淺二字論人生 315
親情與才情的雙重詩意 318
文學殉道者的光明——序徐啟華遺稿《智慧的痛苦》 321
阿諾·施瓦辛格啟示錄 324

雙向思維與大時代的基調 326
用大觀的眼睛看香港 333

輯二：獨家小品

最後的道德癡人 340
夢裏已知身是客 342
今昔心境 344
書園漂緒二十年 346
十年磨一劍 348
十項記憶 350
面對往昔的照片 353
青年時代的書目 354
十年漂泊有所思 356
香港魂 357
這幾年，常想念范用老先生 360
捨身外，守身內 362
又說「面壁十年」事 364

又聽善的呼喚——讀《池田大作詩選》 366
搖籃時期愛的方向 370
寫給祖國的祝福 372
童年的長度 374
復仇三部曲 376
不敢先進的故鄉 378
面向歷史的訴説 381
高行健的第二次逃亡（存目） 384
法蘭西的啟迪 384

輯三：心香一束

緬懷我的彭柏山老師——《他們的歲月》（彭小蓮著）序 388
又想聶老 391
被故國忽略的理性智慧——鄒讜教授祭 394
馬漢茂和他的中國情結——哀悼馬漢茂教授 398
最後的堂·吉訶德——悼念千家駒先生 401
面對受屈辱的亡靈——沈元先生祭 406

悲傷的八月——悼念岳父陳英烈先生 410
哭秋鵬摯友 412
寶崑兄，我懷念你！ 413

輯四：講稿七章

獨立不移的文學中人——在香港城市大學歡迎高行健演講會上的致辭（二零零一年一月三十一日） 416
高行健與作家的禪性——在《世界華文報告文學徵文獎》頒獎會上的講話（二零零一年十二月二日）〔存目〕 420
為方塊字鞠躬盡瘁的文學大師——在城市大學歡迎馬悅然教授講座會上的歡迎辭（二零零一年一月十六日） 420
教育、美育與人的生命質量——在「香港課程發展議會」退思日上的演講 423
慾望的權利與慾望的制衡 430
走出「民族主義」——在香港科技大學「民族主義講座」會上的發言（二零零二年四月十一日） 435
風骨·性情·慧悟 439

輯五：歷史情思

又做少年中國夢 444
論語言暴力——「語言暴力」現象批評提綱 446
可畏而不可信的學術年代 455
誰在統治中國？ 458
中國的地獄之門 461
器世界與情世界的衝突 463
心靈國有化的劫難 465
中國文化的原始精神 467
《告別革命》第五版前言（存目） 470
《告別革命》韓文版序（存目） 470

輯六：才學鑒賞

《「金庸小說與二十世紀中國文學」論文集》序 472
李澤厚的新五論 476
范曾畫品居上之上 478

序李劼歷史小說《吳越春秋》 485
赤子莫言 488
黃土地上的奇蹟 490
洛夫：走向王維的大詩人 492
讀西零的《總是巴黎》 493
對學院與城市的詩化叩問——林幸謙《原詩》序 496
題薛興國的《吃一碗文化》 501
百年成就不理想 502

輯七：世事雜感

新世紀第一篇 506
生態意識的覺醒 507
感覺殘廢 509
為妓女立傳 510
流氓的屁股摸不得 512
被歷史活埋過的作家 513
再談歷史的活埋現象 515

《二零零零年文庫》讚 517
鄧國光先生的新思路 518
無所畏懼與流氓主義 520
世紀終結前夕的鳴謝 522
走出無望村 523
漫步高原 525
從悲劇中學習 527
逃離表態文化 528
家鄉醜聞 530
〈家鄉醜聞〉補正 532
「資產階級」概念的重炒 533
文壇的市場「炒」作 535
書禁與出版改革 536
救救宋永毅 538
給同胞兄弟以安全感 540
宋永毅事案的教訓 541

批判型知識分子的消失 543
文學評論中的「胡來」現象 544
又見莎士比亞 547
格拉斯：充份燃燒的活火 549
仲夏夜之夢 550
仲夏夜第二夢 552
仲夏夜的噩夢 554
怪物五種（存目） 555
為甚麼不讓馬悅然到中國？ 556
走出平庸 557
後記：滄桑有感 560

我的散文理念（代序）

劉再復

詩人陳義芝先生主編的《新世紀散文家系列》，第一批推出林文月、董橋、蔣勳、楊照、余光中、張曉風等十二家的「精選集」，每部三二零頁左右，由九歌出版社出版，我有幸也被列入其中。按照編者的要求，必須在集子的前邊寫一則三百字左右的「我的散文觀」，給散文作個定義，於是，我遵命寫下一段：

> 散文作為文學的一大門類，大體上可分為敘事性散文、論說性散文與抒情性散文三種。敘事性散文向長度伸延，就派生出報告文學。如果敘事過於曲折，便向小說靠近，但它不是小說，因為它不許虛構，寫的一定是實人實事。論說性散文派生出雜文，寫長了便向論文靠近，但它一定不是學術論文，因為論文訴諸邏輯，而雜文等論說性散文筆端則帶情感。兩者都有思想，但前者是純理性的思辨，後者則是帶有生命血液的詩意的思索。抒情性散文倘若寫得抽象、濃縮、詩化一些，就變成散文詩。散文和詩相比，詩更多地使用曲筆，即更多地使用隱喻、象徵、比興、通感等手段，而散文則喜歡用直筆，即直接把作家自身的人格精神、生命感悟及社會歷史見識表達出來，因此，散文可稱為主體人格和生命感悟的文學存在形式。

如果不是三百字的篇幅限制，我還想說，散文有兩種不同的走向：一種是外向性散文，側重於抒寫歷史、時代、社會、人生世相等「客體」；一種是內向性散文，側重於抒寫作者「主體」內心的神遊與雲遊。我屬於後者。上一世紀九十年代傑出散文家余秋雨則屬於前者。但他的無法抹煞的成就，不僅是精彩地描摹客體，而且還用主體的光芒去燭照客體，並對客體提出詩意的叩問，從而使文氣充沛，文筆酣暢，並擴展了中國當代散文的視野與境界。我很欣賞這一散文奇觀，倒不欣賞對着這一奇觀嘰嘰喳喳、說三道四，甚至跑到「青年余秋雨」身上去尋找「小疵」的評論者。魯迅曾發現中國人不為失敗者（運動場上跑在最後的人）鼓掌，如今我們又發現：中國人也不為成功者鼓掌，而且總是處心積慮地想把成功者踩在腳下。這種民族劣根性如此頑固，如此成熟，真是令人驚嘆。

八十年代，我因提出「文學主體性」理論，被層層圍剿過，所以對余秋雨收到那麼多的熱槍與冷箭，並不奇怪。一九八九年，因為在天安門廣場發出一聲「救救孩子」的呼籲，不僅被迫流亡，我的散文也跟着遭殃。呼籲之前，除了頭上掛滿各種桂冠名號之外，散文也很幸運，獎勵，播誦，賞評，優選，進入教科書，熙熙攘攘。出國之後，儘管我的寫作更加用功，散文的精神內涵和技巧均有長進，僅《漂流手記》系列就出版了七部（包括《閱讀美國》），但在大陸卻被抹煞得乾乾淨淨。所有的文學刊物、散文選集、評論文章沒有一處敢安放我的名字。唯一例外的是三年前謝冕主編的《百年文學經典》，硬是把拙作《讀滄海》選入其中。謝冕是大陸最出色的詩歌評論家，天性又格外正直，才能闖出這一奇蹟。今年又有喻大翔的評論，也令我驚訝。大陸文學批評界向來跟隨「形勢」浮沉，追波逐流，沒有自身的尊嚴，所言所論也往往不可信，所以我並不在乎他們的「活埋」。於大陸的禁行中，幸而有香港和台灣的朋友在。我所以不會完全被剿滅，全仰仗於他們的真實友情與文學良心。此時我講這些「情況」只是想告知讀者，在今天中國的具體語境下，我的散文能進入「新世紀散文家系列」，並不容易。也想說明，在方塊字評論世界裏，還有正直、真切的審美眼睛在，不必悲觀。為此，我要感謝陳義芝先生，他偏居東南一隅，竟有眼光看到一種飄泊無定的生命的孤本，並讓它進入他的新世紀的散文家合眾國。

二零零二年八月二十六日
香港城市大學校園

輯一：猴年（二零零四）新作

共悟人间

亡靈的金唱片

去年十一月十二日，在北京一家美國公司工作的大女婿黃剛（馬思聰的外孫、劍梅的丈夫）打電話告訴我，説他昨天代表馬思聰到人大會堂領取了中國金唱片獎，説這是文化部支持的、由中國音像業協會和一些中央媒體聯合主辦的大獎活動。得獎的活人有馬友友、譚盾、劉德華、宋祖英、劉歡、劉詩昆等，得獎的逝世者則有他的外公馬思聰和雷振邦、小白玉霜。獎項各有命名，馬思聰得的是藝術貢獻獎。死人也獲獎，真是新鮮事。女婿不管死生今昔，只管高興。他的爸爸（黃康健）媽媽（馬碧雪）頭上籠罩着馬思聰罪名的陰影幾十年，現在都已去世，前年他的阿姨馬瑞雪也去世了。他作為馬家的第三代，不必再活在陰影之中，反而可以活在外祖父的光環中，心情當然與父輩大不相同。我跟着女婿女兒高興，新一代不必背負祖輩沉重的鬼魂，不必無端地被牽進那些本就荒謬的冤情噩夢中，真是幸運。剛才我在與小外孫玩沙拍水時還想到，將來他要是也聽祖老爺的金唱片，更不知往昔的故事，陪伴着歌聲與天真聽者的只有明麗的陽光了。苦難的歷史要是真的就在陽光中永遠終結，這有多好啊。

恰巧，就在得到這一金色消息之前的一個月，我同返美探親的女婿（還有我的妻子菲亞及女兒）一起到陵園去給他爸爸媽媽掃墓獻花，這才發現，和他們長眠在一起的還有馬思聰的姪子，去世不久的馬宇中。看到碑石上寫着他的名字，我心裏一陣感傷與哀痛，久久難以言語。女婿知道三四年前我還見過他，才五十多歲。他本來也是一個小提琴手，但是，文化大革命中受馬思聰的牽連，在關押時手被鋼絲繩扣住然後吊在樑上打，身體被打傷，手指也被折斷殘廢了。度過被酷刑的日子和發配到崑崙山的勞改歲月，他還是放不下音樂。到美國後，手不行了，就開一個小小的小提琴行，辛苦經營了幾年，最後還是被勞累所擊倒。他只是被馬思聰牽連的一家族人中的一個。其他慘烈故事（包括他另兩個弟弟）我真不願意再細說了。在傷感中，我不願意多想過去，只是在想，音樂，動聽的音樂，它既美妙，但又是多麼殘酷！如同其他藝術、文學、科學，也是很殘酷。為了它，多少人的心血被吸乾，多少人為它遭逢肉體的苦刑與精神的苦刑。無論是老舍、傅雷、嚴鳳英還是馬思聰、馬宇中，他們都為藝術付出了生命的代價。他們都是人類精神事業的殉道者。沒有殉道者，哪有金歌曲金唱片？

無論如何，金唱片獎授予殉道者，這是好事。這說明，主辦人是有靈魂的。歌聲沒有生死之界，亡靈的金旋律是永恆的。當馬思聰在唱片裏低吟着他的《思鄉曲》時，一定知道，故國畢竟有他最多的知音，有靈魂的父老兄弟畢竟是故國的主體和多數。也難怪他在海外流亡時幾度痛哭，思念故土之情揪心地折磨着他。我一直忘不了王慕理伯母（馬思聰夫人）告訴我的那個細節，有一次馬思聰竟請求妻子不要勸阻他，讓他哭個痛快。《思鄉曲》的作者是何等思念他的家鄉與知音啊！現在廣東已建立馬思聰紀念館，亡靈的歌曲又進入億萬同胞的心靈。九泉之下，身心受盡創傷的歌者應當會感到欣慰，而不會暗示自己的子弟拒絕走上領獎的講台。他應當會感到中國畢竟在告別與前行。歷史的不合理性只是暫時的，而從長遠上說，它應是合理而且是合情義的。

也是想到這些，所以我對女婿說，你代表外祖父的亡靈走上大會堂沒有錯，我們的眼睛應當投向前方。我所作的許多反省是必要的，但回顧也是為了前方。但願我們故國的父老兄弟，在穿越許多苦痛之後，也能多多把眼光投向前方。眼睛一旦放遠，真覺得人間並不缺少快樂與光明。

二零零四的新年伊始，我以此願望告慰地下偉大的歌魂，也以此願望祝福四海之內的中華同胞兄弟。

原載《世界日報》二零零四年一月五日

走訪海明威

此次告別舊歲之際，我和妻子女兒選定去佛羅里達遊玩。從白雪覆蓋的洛磯山下飛到紅花盛開的加勒比海岸邊，好像從冬天飛向夏天。美國的東南半島，氣溫將近攝氏三十度，遍地是鬱鬱葱葱的椰子樹、芭蕉樹、榕樹與鳳凰木，一派濃密的熱帶風光。

小女兒劉蓮剛拿到電腦工程碩士學位，滿心高興。兩年半時間邊工作邊讀書，非常辛苦，這回她要到佛羅里達好好地鬆一口氣，於是，眼睛盯着 Orlando 的環球影城和迪士尼樂園及海洋公園，而我則盯着南端海角上的基．威士特（Key West），那裏有海明威的居住地與寫作處。女兒理解我的心情，便在 Orlando 遊玩四天之後，駕車奔向邁阿密（Miami），在那裏參觀了鱷魚公園和浮華的海濱之後，便又驅車五個小時，直奔基．威士特。中間經過一個名叫 Key Largo 的小城，便駛向夢幻般的海上公路。這是我見到的最奇特的幾乎也是最美麗的公路。大約兩百公里的線路就像一條浮掛在海上的珍珠長鏈，一粒一粒的珍珠是小島，小島與小島之間是橋樑。最長的一座橋樑達七個 miles，真是難以置信。我不停地看着車窗兩邊的海水、海樹與海鷗，覺得自己是坐在急馳的波艇之上，海浪就在身邊翻捲。我對人類的崇拜總是從具體的創造物開始發生，這一回，在心中揚起的是對海的造物主與對海上夢幻之路的造物主的雙重敬仰，可說是天人合一的衷心讚嘆。

一到 Key West，我們立即撲向海明威故居。沒想到，被花木包圍着的兩層小樓擠滿了參觀的人，「故居」已多了一重「博物館」（Museum）的身份。講解員正在給來訪者介紹幾隻貓的名字和牠們的脾氣。

海明威生前除了酷愛釣魚、打獵之外，還喜歡養貓。他是一個充滿內在力量與內在氣魄的作家，連養貓也一養就是五、六十隻，現在主人不在了，但貓群還是繼續繁衍，每一隻生動的眼睛都在喚起訪問者對偉大心靈的緬懷。海明威在一九二八年（二十九歲）自巴黎返美，定居於此處整整十年。在這裏改定了《戰地春夢》（共修改十七次）和寫作了《午後之死》、《贏者一無所得》（短篇小説集），並從這裏出發，前往東非作狩獵旅行，返回後又完成了《乞力馬扎羅的雪》（另一譯名《雪山盟》）這一不朽名著。海明威在這裏雖然只有十年，一九三八年之後，他前往西班牙戰場，接着又作為特派記者在二戰烽煙籠罩中的歐亞輾轉，但是，他的靈魂始終在Key West周遭的滄海燃燒。一九四八年他回到古巴專心寫作，一九五二年出版了他的代表作《老人與海》，顯然與加勒比海雄渾而多種顏色的滄浪給予的靈感相關。沒有Key West，就沒有海明威。難怪他說："I want to get to Key West and away from it all."（我希望遠離一切而投身基．威士特。）

海明威的寫作室是在主房屋側翼的另一小閣樓上，房裏最重要的東西是一部打字機。他給自己安排了嚴格的時間表，上午打字寫作，下午出海打魚。他是個釣魚高手，曾釣過重達四百六十八磅的大旗魚和三百磅重的大鮪魚。展室裏有一張他一手拿着釣竿一手高高舉起大旗魚的照片，這是典型的海明威照片，滿臉是海的烙印和力的自豪感。站立在海明威的寫作室和大照片面前，我意識到：海明威，這是一個寫作中人，更是一個生活中人；這是一個陸地中人，更是一個海洋中人；這是一個社會中人，更是一個自然中人。很明顯，他與自然的關係大於他與人際的關係，他與大海的關係重於他與社會的關係。想到這裏，我突然升起一陣調整生命關係的衝動。我知道，這個瞬間，我受到偉大靈魂的啟迪，並且明白為甚麼《老人與海》這一讓人讀了之後就心旺氣旺的偉大寓言性作品會產生於海明威的筆下。「可以失敗，但不可以被征服」；「需要精彩的作品，但首先需要精彩的生命」。這種種精神不是在寫作室裏產生的，而是在與滄海的搏鬥中產生的。

走出海明威故地，我們來到積滿白沙的海灘。面對浩蕩無盡的煙波，我發現自己的雙腳所站立的地方正是真正的天涯海角。這樣的特殊地點是不可忘記的，這個地點所賦予的關於調整生命與外部世界的關係的感悟也是不可忘記的：此後，生命應當多多朝向大海，朝向大自然，朝向大宇宙。

寄自科州

原載《世界日報》二零零四年二月二日

十字架大悲劇精神的復活

昨天晚上和劉蓮去看新影片《耶穌受難記》（*The Passion of the Christ*），回到家中已深夜一點，但是睡不着。這回真是被震撼了。最近美國人到處都在排隊買票看這部電影，甚至有人暈死在電影院裏，顯然也被震撼了。

我以前是通過聖經或通過其他文學故事認識基督的。種種讀物都難免有點說教味。而《基督最後的誘惑》（*The Last Temptation of Christ*）又不免讓人感到這是對神之子的刻意解構。此次看到的基督，卻是逼真的、鮮血淋漓的、受盡折磨的基督。我相信這才是本真本然的基督。而且相信，這個基督形象在基督教史上具有劃時代的意義。人類發明的折磨手段如此野蠻、如此殘酷、如此瘋狂，真是難以想像。兩個半小時的影片，至少有一百分鐘的酷打、酷刑場面。鞭子帶着尖刺鐵牙，釘子這麼長，十字架這麼沉重，這回才有了感性印象。基督負荷人間的苦難，這苦難原來如此深重，慘重。然而，在十字架上，他卻一味關懷着別人，寬恕把釘子打進他的手掌心的人，用最後一口氣請求天父原諒這些把他摧殘得血肉橫飛的暴徒。連用鐵錘把釘子打進自己的血肉之軀的人都能原諒，哪還有甚麼不可寬恕的呢？基督的愛如此徹底，如此博大，如此具體，如此無可爭辯，怎能不感天動地呢？難怪空中落下了一滴大淚。這淚，是天上的，也是人間的。是從宇宙深處落下，更是從人的心靈深處落下。

把基督釘上十字架的，是羅馬人，更是猶太人。羅馬總督尚有不忍之心，他在猶太民眾和猶太教父們的情緒壓力下不得不下令處死基督，然而他下令後立即洗手，他意識到雙手已沾上神聖的鮮血。基督也是猶太人，但他被自己的同胞同族視為異端，因此，同胞們非把他置於死地不可。是猶太人把自己的精英，把自己最善良、最優秀、最偉大的子弟送上血腥的十字架的。基督作為神之子來到人間，是來幫助人類負荷苦難與罪惡的，可是，人類卻形成一種合力，硬把他推向十字架。這是人類的共同犯罪。影片中有一特寫細節表現一隻在十字架邊上配合鐵錘的握着釘子的手，那是導演 Mel Gibson 的手。他特意用這一細節說明，所有的人都對基督犯了罪，「我也進入共犯結構之中，我也犯了罪」。這是影片主題最深刻的地方。前年我和林崗合著《罪與文學》（牛津大學出版社），闡釋懺悔意識，講的正是這種「共同犯罪」的意識。所有的人都成了殺戮基督的共謀，殺戮最優秀生命的共謀。所謂良心，便是對基督受難的記憶，即記住與確認在形成人類整體苦難中自己也有一份責任。

基督的悲劇是最高價值被毀滅的悲劇，美國好萊塢能產生這樣的悲劇，而美國人竟然也能像觀賞《泰坦尼克》一樣地觀賞這部大悲劇，這說明：美國的悲劇意識正在重新覺醒，十字架大悲劇精神正在復活

共悟人間

與回歸。這是美國當代文化藝術一個值得人們注目的徵象。這也許是「九一一」現實大悲劇發酵的結果。這部影片的導演兼製作者 Mel Gibson 拿出自己的全部積蓄三千五百萬美元來製作，既是一種精神需要，也是一次冒險，有些電影發行公司不敢簽約，怕太沉重沒人看，大暢銷後當然後悔不迭。他們對於市場的預測，錯誤在於沒有估計到「九一一」大事件對美國人所產生的極其深刻的心理影響，富裕、快活的美國人不能不重新面對苦難、浩劫、犧牲，不能不重新思索良知責任。在觀賞此劇之前的一個月，我看了囊括好萊塢十一項獎的《魔戒》，這部電影除了它的大製作大場面讓人驚嘆不已之外，就是它也塑造了具有悲劇精神的英雄。影片的場面空前之大，但主題卻是善與惡的對峙，十分簡單，難怪高深的知識者不屑一顧。然而，正是這種簡單而壯觀的戲劇，表達了製作者面對全球生存苦難、生存困境的一種承擔精神。我看到的也正是一種「回歸」。

「九一一」事件發生後，我和大女兒劍梅在給《亞洲週刊》合撰專欄文章時，就一再批評美國當代文化太輕，甚麼都喜劇化，把真話也當作笑話。美國文學有以惠特曼為開端的英雄主義傳統，也有梅爾維爾、霍桑、奧尼爾構造的悲劇精神傳統，但是，隨着生活的日益安逸，其悲劇傳統已逐步喪失。我到美國十五年，一直想看看奧尼爾的戲劇，可是沒有一家戲院在演出，無論是好萊塢還是百老匯全都離奧尼爾很遠。難怪歐洲人會瞧不起美國文化，覺得它太淺薄。「九一一」事件後美國人似乎在恢復一些關於建國初期基本價值觀念的記憶，也在恢復一些對基督受難的記憶和對悲劇精神的記憶。倘若真如此，倒是美國文化的幸事，即在文化迷失的時候，多少還會找到一點「方向」。

原載《世界日報》二零零四年三月二十九日

快樂園裏説快樂

此次到佛羅里達，還約了年輕的「老友」王強、碧麗夫婦到 Orlando 一起遊玩聊天。他們倆在紐約州立大學獲得碩士學位後，本來都在新澤西州擔任電腦工程師，可是，六年前王強被北京新東方英語學院聘請去擔任教授與副校長，現在變成東、西方兩岸分居。此次我們相見真不容易。王強從北京飛到美國探親，還來不及休息又從紐約飛向南方。因為碧麗是菲亞（我妻子）在福建連城一中任教時的學生，所以她到北京大學英語系「讀書加戀愛」時，常帶着「同學加戀人」王強到我們家，二十多年來一直像是我們的子弟。他們倆天真聰明，英語都極好，現在國內出了三大本《王強口語》還附上錄音帶，不知有多少人跟着學。除了英語好之外，王強還嗜書如命，是個典型的「書癡」。九七年他倆到科羅拉多州來看望我們，一起逛山中小城，他竟然在幾個破舊的古玩店裏買到三本絕版舊書，其中有一本《賭博史》，至今我還記得。看着他那種如癡如醉的樣子，我想起一九八八年他到美國訪問時得到四千美元全部買了英文書，分文不剩，也沒給碧麗買件像樣的禮物。我喜歡這種無論讀書、寫作還是做事都進入癡迷狀態的「狀態中人」，喜歡和他沒完沒了地聊天。他在英語書海中撿拾的珊瑚貝殼，恐怕少有人知道。前幾年香港明報出版社出我的散文精選本，我請他寫導讀，他一氣呵成，寫得既有文采又有思想。此次我們見面，他們給我一個驚喜，是帶來神童般的五歲小兒子王坦，當然早就知道他們有個聰明的孩子，但不知道如此聰明。我們遊覽海洋公園，他拿着地圖指指點點，隨時告訴我們此時在園中的哪一個景點，像是引路的小天使。不管走到哪個館他都會進入評論分析。現在他已寫了幾本英文日記，讀了真讓我羨慕不已。這小神童，不僅帶給我們遊玩的許多樂趣，還帶給我們許多培育孩子的話題。

王強告訴我，他已不再擔任新東方的副校長了，但還在新東方集團的教育研究所當所長，正在熱心辦學，既辦中學也辦小學，他說他們正在作教育實驗，他還給學校提出一個最簡單的教育方針是三個「H」，即Happy（快樂）、Health（健康）、Helpful（樂於助人）。我一聽就叫好，連問：「這也是給小王坦的教育方針吧？」他們小兩口同聲回答說：正是。於是我們討論了一陣教育。不是在辦公室裏討論，而是面對滿園的花樹奇石討論，真是有趣。

王強說：「快樂」就是要讓孩子保持天真的天性，使他們從小熱愛生活，有了對生活的愛，自然就會積極地對待人生與事業。我補充說，「快樂」就是不要讓孩子太沉重，不要要求他們從小就當「共產主義接班人」，準備挑「革命重擔」，不要讓他們少年老成，喪失生命自然。王強說，「健康」是生理要求，又是心理要求。有強健的體魄才有精神，才有朝氣，才有一股勁，有健康的心理才能更熱愛大海、山脈、體育場。我補充說，「健康」包括身體的健康與靈魂的健康。兩者確實可以互動。身體強健可以產生屹立於天地之間的豪氣和對於未來的信心，強健者較少陷入小氣鬼與膽小鬼的行列。而靈魂的健康則不會產生嫉妒、仇恨、多疑、過份憂鬱等病態。中國的阿Q病，是靈魂病，但首先是身體委瑣病。長得不像人樣，往往會影響靈魂的直立。心地善良、正直而廣闊，自然也會使身體更強壯。王強說，「樂於助人」是道德的要求。有這條要求，孩子就不會自私。只要樂於助人的品質在心靈裏紮根，其他好品格都會生長出來。我補充說：對孩子的道德要求不必太高太多，太高太多而做不到就會作假，「作假」對人性的腐蝕最厲害。「樂於助人」的要求不高，卻是根本。從小就朝着「樂於助人」的心靈方向走，走出來的路絕對是正道。討論了「三個H」之後，我們又一起感慨了一番，覺得在生存競爭日趨尖銳的歷史場合中，從美國到中國，愈來愈注重培育「生存技能」，而不注重培育「生命質量」。其實生命質量才是教育的第一目的。快樂、健康、樂於助人就是為了塑造優秀人性，為了提高生命質量。人與人的差別，從根本上說，不是職業技能的差別，而是生命質量的差別。中國人有十幾個億，數量上世界第一，但是不知質量上居於第幾？說到這個話題，我們簡直又要感憤起來了。幸好碧麗說，瞧，小坦坦已經找到鯨魚表演的地方了。於是，在小神童的帶領下，我們趕緊往小山那邊跑，一邊笑一邊叫。

原載《世界日報》二零零四年二月十六日

深、淺二字論人生

在佛羅里達和王強談「三個H」（Happy, Health, Helpful）之後，又從「快樂」談到王國維。我說，王國維曾講過主觀之詩人閱世愈淺愈好，客觀之詩人閱世愈深愈好。所謂客觀之詩人恐怕是指現實主義作家，包括敘事詩人與小說家。王國維本身是個詩人，他閱世並不深，但想得深，學問也做得深，結果沒法接受在他眼中混濁的「亂世」，便投湖自殺了。過去我以為他被時代所拋棄，這倒是想得淺，如今覺得是他主動地把歷史從自己的生命中拋出去，這也許深些。聽我這番議論，王強說，撇開立場與是非，其實王國維這種人格是最漂亮的人格，他做人清淺，但做學問精深，思想更精深。這種人格如果推向社會，便是做人淺，做事深，也可說是做人單純，做事業則有雄才大略，好多事業天才都是這種人。

我極欣賞他這種說法，並立即給他作註：在政治軍事領域中，像拿破崙可算是這種人，他喜歡歌德，上戰場還帶著《少年維特之煩惱》，始終有些天真浪漫，但在事業上則充滿雄心與智慧。在文學領域，俄國的那群天之驕子，從普希金到契訶夫、托爾斯泰、陀思妥耶夫斯基，都是一些做人像孩子、做文章像大海的奇才，渾身都是詩意。王強補充說，儘管我們不太贊成尼采的許多觀念，尤其是超人的觀念，但他畢竟想得深；可是尼采做人卻很清淺，瘋瘋癲癲，性情極其率真，看到別人無端打馬，急得痛哭，也像個孩子。

談興很濃，我的思緒一下子駛向遠古，說起了《山海經》英雄的特點。倘若我們把女媧、精衛、夸父等當作神人合一的生命，那麼，這些英雄都極為簡單，根本沒有甚麼生死、榮辱、成敗觀念，但做的事業則深向最浩瀚的大海與天空，深向無邊的宇宙。中國的哲學家、思想家老子、莊子、慧能等，也都是做人清淺而學問、思想很深的天才。以老子為例，他在「圖書館」裏管書，出關時被迫著寫《道德經》，說「聖人皆孩兒」，呼喚人們要回歸「嬰兒狀態」，其實他自己就是一個老「孩兒」，就處於嬰兒狀態之中。他是一個「大智若愚」的典型，做人像個混沌傻子，一副憨態，做起《道德經》卻成熟得像智慧老神，其思想的觸角更是伸向歷史最深處和宇宙最深處。他的哲學奧妙，幾千年也說不盡，連海德歌爾也佩服得五體投地。老子、王國維這種類型的天才真可愛，可惜這種人愈來愈稀少，相反的類型即城府很深、思想很淺的人卻愈來愈多。換種說法，是處世之道很深而悟世之道很淺的人正在掌握人間世界的命脈。

王強接着說，也許我們可以用「深、淺」二字為尺，把人群分作四類：（一）做人清淺，做學問做事業博大精深；（二）做人很深，做學問做事業膚淺；（三）做人做事業做學問皆深；（四）做人做事業做學問皆淺。他說第一類最好，第二類最糟，第三類可畏，第四類可接近。

王強這一區分使我想得很多。我說，第四類其實就是多數的普通人，雖是平凡，卻沒有甚麼「深心」，也就是沒有甚麼心機、心術、心計，自然不可怕。魯迅說韋素園如清溪「淺而清」，比「爛泥的深淵」好，這種人多半可親，也有許多是可愛的。當然清淺不可變成淺薄的白癡、流氓、痞子。而第三類兩者皆深，確實可畏，甚至可怕。近現代中國的大人物，如毛澤東等，兩者都極深，都充滿深不可測的謀略策略。這類大才中，當然也有可敬的，但我寧可敬而遠之。當代一些著名中國學者，也常是兩項皆深，學問功夫深，但做人也很有功力，學術心術兼備，極為世故，對這種學人我總是難以衷心敬佩。以賽亞·柏林把學者分為狐狸型與刺蝟型兩種。學問做得如狐狸那樣深藏不露，或許不錯，但做人像老狐狸，卻讓人討厭。當然，最可怕的是沒有文化情懷卻有深心巨謀的人，許多陰謀家、野心家、政客都屬於這類人。兩項皆深者，幹壞事還有文化造成的心理障礙；而沒有文化的機謀家、陰謀家們卻幹甚麼壞事都是天經地義，魚肉人民絕不心跳。上世紀六、七十年代，文化大革命打掉中國的文化情懷，卻留下無數心機計謀，結果使這類人遍佈神州大地。

以往大陸熱中於對人進行階級分類，這乃是一種權力操作。而我們的分類，則純屬紙上談兵，遊戲而已，為的只是勉勵自己保持天真與勤奮，做一個處世淺些、悟世深些的學人。沒有權力背景的清談，正是旅遊中的一大樂趣。

原載《世界日報》二零零四年三月一日

親情與才情的雙重詩意

此次到馬里蘭大學看望劍梅，除了在草圃上跟着小孫子追逐蝴蝶與蜻蜓之外，就是敦促她編出一部中文寫作的集子。昨天，她的第一部英文著作《革命與情愛》（*Revolution Plus Love*）剛剛由夏威夷大學出版社出版，正在高興，便乘機又催促她。可是，她說：「過去所寫的好像是匆匆走過的台階，總覺得以後會往上走，還是等等吧。」無可奈何之下，我只好說：「你忙，我來替你編。」她點頭答應後竟然找不到許多已發表的文章，我只好憑記憶為她搜索了好幾天。我雖然有點不滿她如此漫不經心，但也喜歡她生來就有的不太看重名聲的脾氣。不知道為甚麼，她天生就有一種老莊氣質，雖喜歡讀書思考，卻更喜歡生命自然。劍梅的這種氣質，派生出與世無爭的從容與瀟灑，但也派生出不願意「拚命硬幹」的慢吞吞，遠不如我的刻苦與勤奮。

我的英文不好，對她的英文專著，只能讀懂大意，感受不了她的文采與格調。歐梵兄曾稱讚她的英文十分優雅，可惜我沒有品賞的幸運。而她的漢語文章，無論是散文還是論文，我則每篇必讀，也深知它的得失。前幾年，她和我合寫《共悟人間》，集中精神地練了一次筆，很有長進。以後，我們又應《亞洲週刊》總編輯邱立本兄的邀請，共同為該刊開闢《共悟天涯》的專欄，每篇近兩千字。她寫的這組文章（十幾篇）相當好，既有思想又有獨到的文字。香港許多朋友也十分讚賞。這之後，她又獨自寫了一組評論分析世界上一些女性藝術天才的文章，從〈費麗達：自我畫像的極致〉到〈「壞女人」的百年震撼〉，每一篇讀後都讓我驚喜不已。這些文章她真下了工夫。寫作時，她閱讀了評論對象的英文傳記或自述，參考許多英文評論書籍和文章，自己也認真地進行了思索。劍梅本來就擅長女性批評視角，此次她選擇的又是人間的女性詩意生命，因此，文氣痛快淋漓，對那些歪曲女性天才的世俗偏見，也作了相當尖銳的批評。這組文章，國內的文學藝術批評者由於難以閱讀英文原始資料大約較難寫出。我很欣賞她的這組文章，並覺得她找到自己的中文寫作路子——可以充份發揮自己特長的路子。這是典型的學術散文。其中有對女性天才的熾熱情感，有不容質疑的辯護，劍梅稱她們是擁有凱薩般靈魂的狂歡的女神，獻給她們以至情至性的禮讚文字；又從自己的女性批評眼睛，對她們進行超脱世俗的評論，從而在思想與文采中顯出詩意。可惜學院職業角色的既定邏輯卻要求劍梅必須立即進入第二部英文著作的寫作，否則這組文章不斷寫下去，成果一定會十分豐碩。

我不避諱和劍梅的父女關係，向讀者首先推薦她評述女性藝術天才的幾篇文章，同時也欣賞她在耀明兄敦促下所寫的小品文，如〈抱着娃娃到香港〉、〈第二祖國門前的徘徊〉、〈簾外秋雨正潺潺〉等，這些短小散文是她生命景觀的自我描述，不失真性真情。我曾調侃她的這些散文是「訴苦文學」，這些文字的確有許多人生艱辛的訴説，但在「叫苦」的背後卻讓人感到她如荷爾德林所説的執意追求詩意地棲居在大地上。在她的思索世界裏，詩意不是教授的頭銜，不是學問的姿態，而是生命之真與情感之真，是把具體的身邊的對孩子、父母、丈夫、姊妹、朋友的愛推向全人間的脈脈情懷。

劍梅把張愛玲的「流言」概念和法國的女性主義批評家露西（Luce Irigaray）的「流質體」概念加以引伸，把自己的寫作方式定義為「水上書寫」，並逐步成為一種自覺的寫作理念。我很喜歡「水上書寫」這一意象性理念，這説明劍梅確實拒絕固定化的寫作心態，嚮往不拘一格的精神漫遊者作風，而且還反映出她的寫作低姿態。水流總是在低處。在熱中爭奪話語權力的文壇中，寫作真是一種冒險，搞不好反而愈寫愈自大，愈寫愈不知天高地厚。水上寫作至少不會愈寫愈自大，而會愈寫愈自由，愈寫愈謙卑。

劍梅親情很重，她把《共悟人間》獻給奶奶葉錦芳，把第一部英文著作獻給我，在扉頁上特題下：「To my dear father, Liu Zai Fu」。讀了這句獻辭，我心裏一熱，覺得扉頁很美，書籍很美，這是中國文化留在劍梅心底的美，西方現代潮流沖洗不掉的人性之美。她說她要把《狂歡的女神》獻給媽媽（陳菲亞），這也讓我格外高興。她母親默默為我抄寫和為她做飯看孩子，從不求甚麼「名聲」，但女兒的心意一定會使她高興得很久很久。

劍梅小時候一片天真憨態，膽子又小，為了激勵她，我和她媽媽在她上幼兒園時把她的名字從「棠棣」改為「劍梅」，棠棣就算是她的字。棠棣之花乃是兄弟之花，我們期待她永遠擁有「四海之內皆兄弟」的襟懷，但又希望她剛毅自強，便給她一個俠女般的名字，盼望她帶着一點俠氣開闢自己的路。她後來果然不負我們的期待，在課堂上總是很敢提問，在海外的學術場合，也總是不迴避問題，很有質疑的勇氣。有次她的博士導師王德威教授對我說：沒想到劍梅還很有大將風度。今天我為她編輯集子和作序，心情格外欣喜，真感受到親情與才情的雙重詩意。

原載《明報月刊》二零零四年四月號
《世界日報》四月十二日

文學殉道者的光明

——序徐啟華遺稿《智慧的痛苦》

得知年僅五十一歲的啟華去世的消息後，我又一次發呆，接着便是感到心的疼痛，除了「心疼」二字，再也找不到其他字眼能說明我此時的哀傷。我從未為丟失桂冠、地位、權力、金錢而心疼過，但多次為丟失品學兼優的可敬可愛的友人而悄悄哭泣。施光南、金秋鵬（和我合著《魯迅和自然科學》）、楊小懷（《中華兒女》主編）等同齡或比我年輕的好友的去世，都給我沉重的打擊，如今啟華的永別，不知要讓我難過多久。

「八九」出國之後的頭兩、三年，我陷入孤獨之中。一天，突然接到啟華的電話，說他也出國了。這個消息使我高興了好幾天。一九九二年冬季，我們一家開車到大峽谷遊玩，和啟華約好在洛杉磯見面，可是人地生疏，一到洛城便像落入煙海之中，小車轉了半天，怎麼也找不到約定的地點，此次失之相逢，我們都遺憾了很久；更遺憾的是，我再也未曾見到過啟華，只是常常接到他問候的電話和他寄來的報紙。他多次約我寫稿，我也只是在張愛玲去世的時候，應約為他寫了一篇。儘管如此，我們倆人都覺得彼此總是在翹首相望。

沒見面也好。因為這樣，啟華留給我的印象總是十八年前在上海見到的那副俊秀的面容和那雙靦腆的、含蓄的、謙卑的眼睛。可是，正是這個低調的《文匯報》副刊主編，在八十年代用他的全副心力支持我的探索，毫無保留地為我推波助瀾。他對我說：「你的文章，無論是理論文章還是散文詩，我都一律發表。」這種絕對態度，使我深受鼓舞。一九八五年六月，我應他所約，寫了〈文學研究應以人為思維中心〉，他接到後立即打電話給我，說他將立即發出，並加編者按語，組織全國性討論，聲音是興奮的。果然，七月八日，文章就見報，接着便是牽動人心的熱烈討論。在他的推動下，我進一步把中心論點學術形態化，寫了《論文學主體性》，進一步引發更大範圍的論爭。今天國內外學界都知道我是八十年代「文學主體性」學案的主角，卻很少人知道是啟華拉開了「文學主體性」討論的序幕。一九八六年秋，文學研究所在北京召開「新時期文學十年」大型研討會，我做了〈論新時期文學主潮〉的報告，篇幅一萬五千字，他竟然決定要在《文匯報》全文刊登，我說《人民日報》已決定刊登了，他卻說，他們登他們的，我們登我們的。就這樣，出現了南、北兩大報同時連載（三天）我文章的特異現象，而製造這一現象的正是那個腼腆的上海編輯。讀着《文匯報》我才明白，這個說話聲音柔和的啟華很有大將風度，很有獨撐靈魂的內在力量。我當然知道，所謂「風度」、「力量」的背後，是他的充滿理想主義的主體解放，主體自由的追求。作為編輯，啟華的一生不知默默無聞地做了多少支持與扶持年輕作家的好事。他是一九七八年浙江省的文科狀元並因此進入北京大學中文系，自身很有才華，但是他的才華首先不是裝潢自己，而是澤溉別人。我是被他赤誠的汗水所澤溉的一個，因此，對他的比才華更難得的品格印象極深。

也許是八十年代這段經歷，啟華的名字一直是我心靈的一部份；也正因為這樣，不管他身處哪個報社，我都充份信賴他，覺得他獨撐的信念不會倒下；今天，讀了他始終愛戀的妻子孫愛華編輯的遺稿《智慧的痛苦》，完全證實我的判斷。他身處異鄉，仍然是那麼善良，那麼熱情，那麼揪心地牽掛故國人民的生命價值與生命尊嚴，每一次生命事故，無論是江西芳村小學煙花案還是南京湯山鎮下毒案，都使他寢食難安。每一次生命的無辜死亡，在他心目中都是大事件。他把對故國的愛又推向全世界，他譴責恐怖主義，但又提醒反恐強國要研究恐怖主義的原因，注意治本而不應僅止於治標。他關注故國的強大又關注故國的民主，而且一再告訴讀者，民主是為了人民的福祉和國家的健康，而不是為了讓他國他人「垂青」；他衷心支持現代化，但又告誡不要付出「喪失仁愛與平等」的代價；他呼籲司法獨立與報業開放，說「罪犯的逋逃藪，就是司法的荒謬處」，等等，這些意見是何等中肯、寶貴啊。

讀了《智慧的痛苦》才知道啟華是如此心事浩茫，如此未改一片赤子熱腸，也才知道他在報社重擔的重壓下還寫了這麼多的文章（此集之外還有許多文學論文與散文），他太放不下故園故國故人了，如果他像我如此崇仰禪宗慧能，也許可放下一些救世情結，多着眼於「自救」，也許可活得輕鬆些。我說過，文學事業與思想事業真是殘酷，它總是要把真誠的投身者的心血吸乾。啟華就是這樣一個被吸乾的文學殉道者。我雖未能與他作最後的告別，但相信他遠走時一定是毫無愧色的，因為他已經為自己追求的「道」鞠躬盡瘁，把生命中至真、至善、至美的一切留給人間了。

讀了啟華留下的文字，對啟華的逝世，更是增添一分傷感。魯迅先生說拿着亡友的遺稿，就像捏着一團火。真是這樣，不過，這團火雖然讓我感到疼痛，但它卻是光明，這是文學殉道者純正的光明，這是中國和人類進步事業擁抱者的天真的光明。

為此，我又要感謝愛華在悲傷中策劃編輯出這部遺稿，送給朋友這份光明，人間的情義是最後的實在，啟華在地母懷中一定會為他的有情有義的妻子感到驕傲的。

二零零四年四月十一日寫於美國科羅拉多州

阿諾·施瓦辛格啟示錄

阿諾·施瓦辛格（Arnold Schwarzenegger）現在已經當上美國加州州長了。他的競選真是一部有趣的戲劇，觀眾之多，對於他恐怕也是空前的。一個著名演員走上政治大舞台，確實是值得觀賞的人間活劇。反對者把雞蛋扔到他的身上，他臉不改色，連眼珠也不轉過去，無醜陋表現。僅此細節，就知道他是何等成熟的演員。

儘管我不是美國公民，純粹是戲劇的看客，但還是會有自然的心理傾向。我真不喜歡他那些蔑視女性的言論和行為。但是知道他可能會勝利，因為他的主要競選口號「打擊非法移民」肯定大得加州選民的人心。加州和墨西哥交界，墨西哥人動不動就闖入美國，並且正在改變美國尤其是加州。對來自墨西哥和其他國度的非法移民，加州是懷着恐懼的。聰明的阿諾了解民心，他的旗幟一定會贏得多數選票。

我不是政治家，真正感興趣的並不在此，讓我從阿諾競選中得到啟迪的是另外兩點：（一）他是年輕時從奧地利（一九四七年在奧出生）移民到美國，一九八三年才正式成為美國公民，資歷如此薄淺，竟然也可以競選美國州長。原先的傳統美國人並不把他當作新來的「異邦人」或「異鄉人」。這一情況和克林頓總統執政時的女國務卿也是美國歷史上擁有最高官階的女性官員阿布萊特（Madeleine Korbel Albright）一樣。阿布萊特出生於一九三七年，一九四九年十二歲時才從捷克進入美國。這兩個例子足以證明：美國社會是何等包容與開放，這種沒有資歷偏見的兼容並包，真讓它囊括了全世界的各種人才。美國的強國之本，並非技術，而是人才，它就能夠不拘一格地吸收各種人才。（二）阿諾是個演員，儘管他總是扮演正面角色，但畢竟是個演員。演員競選州長可以一舉成功，這不簡單。當然，在他之前，雷根也是演員，還當上了總統。這在中國，幾乎是不可思議的。在中國傳統的價值觀念裏，演員，哪怕是一流的演員（不必說雷根這種屬於二三流的演員），也不過是個戲子。雖然樂意看他們的戲，也鼓掌，也叫好，但在內心深處總是根深柢固地認定他們只是一個戲子，怎可入大雅之堂，怎可入超大雅的州長、總統殿堂?!至今中國人還是有這種傳統偏見，但美國人沒有，他們沒有這種固定的、僵死的、對人的限定。只要有智慧，演員完全可以從小舞台走上大舞台。只要他當上州長、總統，那麼，按照法制的規定，軍隊、警察、行政機關聽從他的命令，人們絕對不會在底下竊笑他原先不過是個戲子。

中國演員的社會文化地位之低，與戲劇的地位相關。在中國文學史上，戲劇本就不屬「正宗」，而屬「邪宗」。古代戲劇剛發生時，演員被稱為「優伶」，「優人」。「伶」司音樂，「優」主調謔，不過是人們茶足食飽之後尋歡取樂的工具罷了。為了「好玩」，開始被選上的「優人」，多半又是些侏儒侏儒畸形，自然好逗着玩。《史記》的〈滑稽列傳〉就說：「優旃者，秦倡侏儒也。」戲劇進入宮廷，演員也只是玩物，地位如同犬馬。宋元後泛稱戲劇演員為優人，高雅的士人是羞與為伍的，在他們的心目中，演員總是逃不脫古代的「侏儒」形象，哪能和官員儒生平起平坐，更別想當甚麼「大人物」。這種觀念可說已成了中華民族的集體無意識，積澱在深層文化結構中，難以改變。

和中國不同，戲劇在西方一直有很高的地位。希臘悲劇與希臘史詩並列為文學巔峰，悲劇作家索福克勒斯和幼里庇底斯簡直就是聖人。之後，莎士比亞的戲劇更是成為人類文學的偉大座標。在美國，奧尼爾的戲劇幾乎代表美國現代最深刻的思想。西方戲劇在文化上的崇高地位自然也波及到演員，於是，優秀演員不僅成了公眾的「偶像」，而且也可成為民眾的領袖。

美國人不僅對演員沒有偏見，對其他職業和出身的人也沒有偏執，白人、黑人、男人、女人、軍人、報人等等都可以競選總統，沒有門第偏執與出身偏見，這一點確實屬於比較先進的文化。當然背後的財力運作與集團權力運作，有時也黑暗，可未必屬於先進。倘若中國能揚棄它的黑暗處，借鑒它的先進處，那就會有許多更好的故事。

阿諾在影片裏的正面形象一直無法從我眼中趕走，所以他當了州長以後，我還是作了這些正面的思考，而且也願意繼續觀賞他今後的作為與作風。

原載《世界日報》二零零四年一月十九日

雙向思維與大時代的基調

八年前，李澤厚先生和我在《告別革命》對話錄中說，中國從古典社會進入現代社會，借用德國哲學家黑格爾的話來表達，是從詩歌時代進入散文時代。詩歌時代的基本符號是英雄傳奇、大激情和轟動效應。而散文時代則揚棄這些符號，而以普通人、平常生活和建設為特徵，散文時代的基調是低調的，平實的，從容的。我們所說的「告別革命」，實際上是在告別一個高調的、激進的、動盪不安的時代。

中國的時代性變遷與當代世界整體的變動又是相關的。整個世界在近十五年中最大的變動是從冷戰轉入經濟競爭，世界從以意識形態敵對為中心內容的時代轉入以財富創造為中心內容的時代，用已故史學家黃仁宇先生的話說，是從政治意識形態時代進入數字管理時代。數字變得比意識形態重要，意識形態退入世界的邊緣，這真是天翻地覆的變化。在這種歷史場合下，中國的大文化理念和思維方式自然也需要相應的改變和重新確認。

現在世界上有三種思維方式在進行較量，也可以說有三種思維方式可供我們選擇。第一種是單向度思維，這是直線的、獨斷的、命令式的、一個吃掉一個的思維，即「你死我活」的思維；第二種是雙向度思維，這是平等的、對話的、協商的、彼此互相尊重的思維，可稱為「你活我也活」的思維；第三種是恐怖主義自殺炸彈發生後出現的「你死我也死」的思維，這種思維用中國的話來說，就是「與汝偕亡」，同歸於盡。這是一種大家都等於零的死亡向度。我們當然要拒絕這種反人類文明的方式。有幸的是，中國文化裏雖然也有荊軻所代表的類似方式，但他不濫殺無辜。而且荊軻精神不是中國文化的主流與精華，在現代中國也沒有市場。此外，國際恐怖主義並沒有對中國構成很大的威脅，或者說威脅是最輕的，因此中國正可以充份珍惜這樣的歷史時機，在第一、第二種思維方式上作出選擇。上一世紀，我們曾選擇你死我活的鬥爭哲學，我們這一代人就是在鬥爭哲學的思維框架裏生長起來的。而現在，我們應當選擇另一種思維方式，即你活我也活的方式。其原因很簡單，因為時代變了。中國已經從革命時代進入了建設的時代。

在革命時代，說革命不是請客吃飯、不是溫良恭儉讓是對的，但在後革命時代即經濟時代，請客吃飯、溫良恭儉讓則是非常必要的，因為時代的中心已從戰場轉入飯桌即談判桌上。我在香港城市大學講課時說，香港喜歡請客吃飯，喜歡溫良恭儉讓，這很好，這就是有別於戰爭狀態和革命狀態的日常生活狀態。這就是散文狀態。香港的日常生活狀態是地球上最健康的狀態，香港的日常生活秩序，是地球上最完善的秩序。十五年來，我走過二十多個國家，認真閱讀世界這部大書，覺得一個國家或一個地區，最難的是有動力又有序，即社會充滿活力又有秩序，香港正是突破這種難點的大都市。它的人口密集度、車輛密集度、高樓密集度和經濟發展度都是世上少有。然而，它卻有序不亂，很不簡單。香港獲得如此巨大的成功，全靠香氣繚繞的飯桌和理性導引的談判桌，而不是靠硝煙瀰漫的戰場和激進的情緒。香港不僅幫助故國保留了做生意的記憶和商業的天才，而且提供了通過對話、談判、妥協、合作獲得大繁榮的歷史經驗。中國已加入世貿組織，毫無疑問，有智慧的中國人一定會在巨大的商業活動中學會談判，學會妥協，也將會意識到，世界上沒有甚麼問題包括政治問題不可以通過協商協調來解決的。也就是說，任何目標，包括政治目標，都可以用對話來實現的。六年前，中國用對話的方式成功地解決香港問題，同樣，也可以用對話方式和經濟方式解決台灣問題和其他政治難題。很可惜，馬克思的「全世界無產者聯合起來」的理想沒有實現，而西方的資產者倒是聯合起來形成了歐洲共同體，這就是經濟的力量。中華民族當然也可以通過經濟的力量重新聯合起來，這可能正是解決台灣問題的基本框架。我們在過去的那個世紀裏，經歷了太多的戰亂及其所帶來的苦難，我們在本世紀應避免重複那樣的歷史。

剛才我說時代的重心從戰場轉移到談判桌，是要說明一點，當下歷史的舞台變了，或者說，是當代的政治經濟大平台變了。那種一方消滅一方的單向度舞台將會成為過去，時代展示的是雙方共生共贏的雙向度新平台。因此，平等對話、談判協商、和平共生正在成為這個大時代的基調。首先是平等，沒有平等的態度就沒有對話和協商的前提。所謂平等，就是確認對方說話的權利和討價還價的權利，確認那種一方得一百分另一方得零分的簡單算式該進歷史博物館了。請注意：談判桌是圓桌（Roundtable），沒有高下之分與尊卑之分，每個參與者都擁有被充份尊重的一席之地。在談判桌上，任何一方都沒有權利居高臨下，即不可能獨尊、獨斷、獨贏，只能共贏與多贏。這種圓桌文化精神，應是經濟時代的基本文化精神。

在歷史的大平台上，過去那種你死我活的鬥爭哲學的思維框架將徹底終結。所有的矛盾包括富人與窮人的矛盾，都只能通過對話、談判即階級協調來解決，任何一方都不佔道德優勢。應當承認，歷史不是鬥出來的，不是戰火造出來的。歷史是建設出來的，是勞動出來的，是有產者與無產者用自己的頭腦、心靈、雙手、血汗共同生產、共同創造出來的。在整個歷史進程中，無論是有產階級還是無產階級，都產生過自己的英雄、偉人與天才。

馬克思、恩格斯在《共產黨宣言》中曾稱讚資產階級創造了人類文明的奇蹟，對其偉大的歷史功勳作了高度的評價。他們說：「資產階級由於開拓了世界市場，使一切國家的生產和消費都成為世界性的了。」（《馬克思恩格斯選集》第一卷，第二百五十四頁，人民出版社）當下的全球化潮流完全證實了馬克思的天才預言。但是，宣言第一節的第一句實質性的話卻不是真理，他說，「迄今為止，人類的歷史都是階級鬥爭的歷史」，強調階級鬥爭貫穿整個歷史過程並構成歷史的主要內容。這一基本思想是值得商討的。事實上，在人類歷史上，宏觀性質的生產關係的大改變，如從奴隸制變成封建制，從封建制變成資本主義制度，數千年中僅有幾次，其中劇烈的階級搏鬥只是歷史的瞬間。而更重要的微觀性質的生產關係的改變則連綿不斷。這些連綿不斷的改良變革才是歷史發展的主要輪廓。而微觀性質的生產關係的改變，都不是以暴力革命為主要方式。因為生產關係不只是所有制，它還包括許許多多人在生產活動中所結成的各種非常具體複雜的關係，這種關係的調節、改善、組織，是最麻煩的人類的基本工作，這不是「火與劍」能解決的。過去中國以為「革命萬能」，以為「階級鬥爭一抓就靈」，以為「所有制」改變之後則一切都迎刃而解，但一百年的歷史經驗告訴我們，這種想法太簡單了。歷史經驗還告訴我們，除了制度問題（所有制）之外，還有一個文化問題，即大文化觀念、大思維方式的問題，如果大家都活在「階級鬥爭萬能」的文化觀念中，再好的制度也沒有用。

值得慶幸的是，我國已走出階級鬥爭為綱的年代，走上建設現代國家的道路，這是偉大的歷史性轉折。有這一大轉折，才有中國今天的活力、生機和蒸蒸日上。有了這一歷史經驗的中國人，今天當然應當拋棄單向的鬥爭哲學，而把雙向對話上升為自覺，開始一個雙向思維的時代。所謂最先進的文化，首先應當在思維方式上是先進的，是走在歷史前沿的。然而，可以肯定，隨着財富的增加，貧富懸殊的現象還會加劇，富裕階層與貧窮階層的矛盾難以避免。但是，面對矛盾，我們是重複歷史上的「造反有理」、「劫富救貧」、「剝奪剝奪者」等觀念，還是相信「改良有益」，選擇對話、談判、妥協、調節的辦法呢？我覺得要在大時代中進行文化選擇，這才是最根本、最關鍵、決定一個世紀面貌的選擇。我們中國人應當到了從歷史文化的制高點上確認惟有階級協調、雙向平等對話才是解決一切問題的最好方法的時候了。自從一八四八年鴉片戰爭特別是甲午戰爭之後，中國人民一直蒙受着巨大的失敗的恥辱，這種恥辱感又演化成急於翻身的激進情緒和產生「你死我活」的激進思維慣性，儘管這種思維方式有其歷史的合理性，但並不是國家生存與人類生存的最好方式。今天，當歷史向我們展示另一種前途的時候，我們應當不失時機地拋棄「造反有理」的大思路而選擇「改良有益」的大思路，這才是充份和平、充份安寧、充份建設的大思路。所謂百年大計，這才是第一大計。

這裏，還應當說明的是，所謂雙向思維，不是沒有對立的聲音，而是要尊重不同的聲音，哪怕是反對派的聲音，也要給予表述的自由。俄國思想家扎米亞京說過一句很精彩的話，他說：「異端對人類思想的健康是必要的，如果沒有異端也應當造出異端。」雙向對話包含着對異端聲音的傾聽。因此，雙向思維方式又是寬容的方式，民主的方式。民主正是讓不同聲音通過一定程序參與社會進程的思維方式與組織方式。民主的對立項是專制，專制包括專制制度與專制人格。由於中國專制的歷史過於漫長，因此專制已經成了一種精神和心理的病毒，幾乎每一個中國人都難免成為專制的帶菌者，而多少都具有專制人格。尤其是中國的男人。甚至一些反對專制制度的人士也往往具有專制人格，動不動就使用語言暴力。許多農民革命領袖人物在革命成功之後仍然實行專制制度，就因為他們的人格與思維方式並未改變。其思維方式仍然是單向的，仍然是只知命令，不知對話；只知壓服，不知說服；只知唯我獨尊，不知互讓互尊。這裏，我不迴避問題而要坦率指出：自從中國打開大門之後，中國的「開放」大文化精神有了很大的發展，這種大文化精神導致了今天出現了我國近代以來最好的經濟態勢；然而，中國的「寬容」大文化精神卻沒有獲得足夠的發展。已故著名政治學家、芝加哥大學講座教授鄒讜先生臨終之前告訴我，他說他從青年時代開始就一直同情中國共產黨和中國革命，並對美國的中國政策進行長期的學理性批評，但他說美國在大文化上的寬容精神值得我們借鑒。在美國，如果你說一百句話，有九十九句是錯的，有一句是對的，它會吸收你的這一句真理，而不計較你的九十九句錯話。可我們中國，情況往往相反，那九十九句正確的話，人們不計其功，而那一句錯話，則常被抓住不放。這種狀況近年雖有所好轉，但仍然不夠。而「寬容」精神不足又會影響社會批評與文化批評的力度，導致缺少現代化進程中的輿論監督，從而缺少對慾望的一大制衡形式，即民間道德監督系統的制衡，這一缺陷，再加上法制系統的不完善，便使腐敗得以滋生，從而嚴重地腐蝕社會並導致社會的部份變質。因此，寬容不是縱惡，而是制衡。也就是說，寬容是建設現代文明的必要的文化條件。

正是在雙向思維的前提下，我在前年《亞洲週刊》的文章中提出了「第三空間」的概念。所謂第三空間，就是黑與白、正與邪、革命與反動這種極端兩項對立當中的中間地帶。在文化大革命兩派嚴重對立的情況下，沒有逍遙派的立足之地，這只是一種徵象。事實上，二十世紀階級鬥爭日趨激烈之後，知識分子一直沒有超越兩個陣營之爭的可能。連魯迅這樣偉大的作家也不確認知識者擁有隱逸的權利。二十世紀最大的文化教訓甚至可以說文化理念上最大的失誤就是消滅了第三空間，而對人進行黑與白、正與邪、革命與反動的極端本質化的簡單分類。分類是一種權力操作，兩極性的分法使知識分子、企業精英、媒體精英、社會建設者喪失其價值中立的可能，也丟掉了超越黨派的中性眼光。知識分子的天性應是天然地為人類為國家的多數人着想，沒有私利，只有對歷史負責與對人民負責的職業良心。這種特點，注定使他們不可能站立在全黑全白某個陣營之中。知識分子在本性上不是集團之人和黨派中人，而是集團之外的「檻外人」（《紅樓夢》稱妙玉為「檻外人」）。因此，第三空間也可說是一種「非黨空間」，一種獨立的超越非白即黑思維框架的非黨派空間。真正的企業家也是生存在這一空間之中的。有了這一空間，才有良知的自由和充份展示智慧的可能。可惜，非黑即白的思維框架總是吞噬這一空間。為了說明問題，我們不妨以金庸的小說《笑傲江湖》為例。這部小說的主角令狐沖，獨立獨行，超越正教、邪教兩大營壘的單向立場。他是所謂正教（五嶽派）華山派岳不群的弟子，可是，又與邪教（日月神教）中人交朋友。他既喜歡岳不群的女兒、師妹岳靈珊，又愛日月神教教主任我行的女兒任盈盈。他想超越生死對峙的兩大陣營而吸收雙方武功的精華，但兩派的首領都不允許他如此選擇。他的功夫高強，兩派頭目既想拉攏他又想殺害他。最後他和任盈盈遠離江湖，隱居在山林裏共同彈奏千古絕唱《笑傲江湖》。「令狐沖處境」可說是中國知識分子的典型處境，也是希望超越兩極對壘而專心致力文化創造和社會建設的人們曾有的共同處境。我說的第三空間，就是要充份尊重令狐沖的獨立精神，充份尊重令狐沖應有的三種權利：其一，批評的權利（不迎合、不依附的自由）；其二，沉默的權利（不表態的自由）；其三，逍遙的權利（不參與的自由）。在中國的文化史上，正因為有沉默的自由、有逍遙的自由，所以才會產生諸如《紅樓夢》那樣的代表着整個民族文化和藝術巔峰的偉大作品。我所說的知識分子的第三空間，指的就是這三種存在的權利。

我國偉大哲學家老子在兩千多年前就說道生一，一生二，二生三，三生萬物。我這裏所說的雙向思維，就是「二」。這個「二」，不是回歸到「一」（對立統一），不是「正」、「反」對抗後的「合」，而是派生出「三」，這就是第三空間，而第三空間又將派生出我們意想不到的現代城市文明的美好萬物萬象。許多好思想，好主意，好建設，將從這裏產生。讓我們把老子的思想看作偉大的預言，去迎接一個更祥和、更繁榮、更文明、更可愛的時代。

二零零四年三月十七日寫於美國科羅拉多大學校園
原載《明報月刊》二零零四年五月號

用大觀的眼睛看香港

此次到深圳參加「世界傑出華人基金會」組織的「時代華人大會」，並在會上作了《用大觀的眼睛看世界》的演講。我因為酷愛《紅樓夢》，便從「大觀園」這一園名中抽象出一種大觀的眼睛即大觀的視角。哲學的問題其實就是視角的問題，視角一變，一切都變。文學也如此，是用審美的眼睛看世界還是用政治的眼睛看世界，具有天淵之別。林崗和我合著的《罪與文學》（牛津大學出版社），主旨就是探討如何用超越視角取代世俗視角。所謂大觀的眼睛，便是超越的眼睛，便是宇宙的、哲學的、高遠的眼睛。愛因斯坦用大觀的宇宙極境的眼睛看世界，就發現地球不過是大宇宙中的一粒塵埃，一個人更是一粒塵埃，因此人應當謙卑，不可自我膨脹；但因為這粒塵埃又是大宇宙結構中的一個小點，它跟着宇宙運動，所以又獲得意義，不必消沉悲觀。愛因斯坦之前，釋迦牟尼也用大觀的眼睛看世界，因此也發現一個人在宇宙中不過是恆河中無數沙子的一粒。「恆河沙數」，「沙數恆河」，宇宙中的恆河又像沙子一樣多。用大觀的眼睛看世界，人生才會灑脫，愛因斯坦臨終前囑咐親者在墓碑上寫下一句話：「愛因斯坦到地球上走過一回。」只是「走一遭」而已，只是過客而已，不要忙着佔有，不要被無窮盡的慾望所捆綁。曹雪芹也是用大觀的眼睛看世界看人生，所以他才看到追名逐利的荒誕性。《好了歌》就是荒誕歌。「世人都曉神仙好，惟有功名忘不了」，「世人都曉神仙好，只有金銀忘不了」，用大觀的眼睛看人世間的沽名釣譽、巧取豪奪，是多麼可笑呵。難怪曹雪芹要說許多人的人生過程不過是「又向荒唐演大荒」。

先賢們或用宗教，或用哲學，或用文學，告訴我們的是一樣的道理（即莊子所說的「知通為一」）：這就是看世界看人生應當看遠一點，不要一著書就變成名利之徒，一有錢就變成守財奴和荒淫之徒，一有權力就變成暴君，一有漂亮的理念和招牌就走火入魔，全不顧蒼生福祉和人生的意義。

會上時間有限，有些熱心腸的與會朋友覺得不夠盡興，會下又讓我談「用大觀的眼睛看中國看香港」，盛情難卻，我便率性而談。《亞洲週刊》總編輯邱立本兄聽完敦促我把談話整理成文，我答應了一半，先把談論香港的部份整理於下：

用大觀的眼睛看地球，便可知道擁有生命的地球在宇宙中倘若不是唯一的，也絕對是稀有和嬌嫩的，因此也是最寶貴的。用大觀的眼睛再仔細看香港，又會發現，香港又是稀有中之稀有，嬌嫩中之嬌嫩，因此也是寶中之寶。

首先是稀有的。奧古斯丁說，「上帝之城」包含兩個部份，一是世俗之城，一是精神之城。以此概念表述，那麼，可以說，香港是世俗之城的極致，它擁有地球上最完善的日常生活秩序。環顧天下，不管是一個國家還是一個大都市，最難的是社會充滿活力而又條條有序。香港就是這種高度繁榮而又井然不亂的典型城市。我曾經歷過大陸階級鬥爭狀態的生活，更了解香港完善的日常生活狀態是何等寶貴。「不識廬山真面目，只緣身在此山中」，香港人身處香港，習以為常，未必知道香港淨土般、綠洲般、寶石般的稀有價值，未必能從血脈深處進行自我呼喚和互相呼喚：珍惜，珍惜，珍惜我們的無比可愛的家園——香港。說香港是世俗之城的極致，並非說香港沒有精神之城。深圳只有一所綜合大學，香港卻有八所，大學不是精神之所嗎？香港不是產生大思想家的好土壤，但其法治精神、誠信精神和崇尚自由的精神則是世上少有。然而，香港又是嬌嫩的，或者說，香港是脆弱的。香港是個彈丸小島，可是它卻擁有世間最高的人口密集度、高樓密集度和車輛密集度，顯然，它已多方面地超負荷。超負荷就容易折斷，容易崩塌。前些年，一場股災，就弄得人心惶惶，許多財主跳樓，這就是嬌嫩和脆弱。

因為稀有，所以要特別珍惜；因為嬌嫩，所以要特別愛護。當年捷克的革命英雄伏契克有句名言：要警惕呵，我是愛你們的。今天我想借用英雄的話對香港同胞說：要小心呵，我是愛你們的。

如此稀有又如此嬌嫩，該怎麼辦？關於這個問題，第一個作出回答的是鄧小平，他說：五十年不變。

「不變」二字，才是真見識，才是真經典。

世上有些事物是需要變，需要改的，原來是邪惡的、醜陋的、僵死的、沒有出路的，自然需要改，而如果原來就很美很完善則不需要改。中國的京劇本是完美的古典藝術，就不必改革，不改比改更文明。日本人聰明，他們的歌舞伎，絕不改革。香港如同京劇，歌舞伎，不改比改更文明，不變比變更符合香港的利益，也更符合中國和人類社會的整體利益。香港當然不是十全十美（世上沒有理想國與理想城），微觀性的改善改良永遠需要，但不可大變、劇變、突變。香港回歸前夕，我在《明報》的專欄中寫了〈天變而道不變〉的短文，說主權回歸，這是天變了，所有的中國人都會感到高興。但是，香港的「道」即制度不變，這又符合天理人心。一切改革都是因為日子過不下去，現狀無法維持，而香港人的日子本來過得好好的，幹麼要變要改革呢？改革不是目的，革命不是目的，共和不是目的，民主不是目的，老百姓過好日子才是目的。《易經》說：「天地之大德曰生。」這個「生」字，即老百姓的生存、溫飽、發展才是目的。道不變，五十年道不變，就是尊重這個「生」字。

提起《易經》，不妨把它說開去。在我心目中，中國有兩部天書，一部是《山海經》，一部是《易經》，兩部書皆玄妙玄奧，但不知作者是誰，彷彿是前一輪文明留下來的。關於《易經》的猜想與闡釋，其著作早已汗牛充棟，正如胡適所言：「《易經》這一部書，古今來多少學者做了幾屋的書，也還講不明白。」（參見《中國哲學史大綱》）他作了新的嘗試，從書中抽出三個基本概念（易、象、辭）講《易》也未必就講明白。他解釋說，易便是變易的易，天地萬物都不是一成不變的，都是時時刻刻在那裏變化的。這種解釋沒有錯。但我更贊成鄭玄（鄭康成）把易分解為三易：簡易，變易，不易。簡易是指事物總是由簡向繁演進；變易是指萬物生生不息，不斷變化；不易則是指萬物萬有不可人為地、刻意地去變化，而且有些部份是永恆的，不可變的。十多年來，我對《易經》不斷領悟，覺得「不易」法則特別重要。《易經》實際上是「易」與「不易」的辯證法。我們過去處於革命時代，總是強調「易」強調「變」，迷信「革命可以改變一切」的觀念，忘記世事人生有些基本原則是不可改變的，用現代時髦的語言說，是不可以「解構」掉的。例如「天地之大德曰生」，確認人需要生存、溫飽、發展，這種基本價值觀念就不可以推倒。「餓死事小，失節事大」，「寧要社會主義的草，不要資本主義的苗」等觀念就想改變天地大德之「道」，結果總是被歷史證明是荒謬的。《易經》中的〈象傳〉曰，「君子以立不易方」，就是說君子掌握着道（方即道）而不加改變。這是「不易」之理的第一層意思。第二層意思更為重要，就是易要順其自然，「順乎天而應乎人」（卦四十九），千萬不可人為地變，刻意地變，尤其是不可「妄冒」式地變。大陸五十年代的大躍進，就是刻意的妄進冒進。《易經》說：「無妄往，吉。」不妄行妄為才大吉大利。

說香港「天變而道不變」，便是說香港的政權易了但制度不易，鄧小平所說的「五十年不變」，便是五十年不易，即五十年中不要刻意地改變它的基本結構、基本框架、基本存在方式和生活方式。不易之理是關於香港的各種道理中最核心、最重大、最根本的道理。大道理總是管小道理。今天我拿出「天書」來與香港朋友聊天，無非是說，香港的不易之理才是香港的天理，才是香港的第一生命道理。天理之下，不是勸說香港同胞們能認識自己，守住海域上的這一片淨土，這一片家園，千萬不可激進，不可冒進，不可情緒化，不管理念有甚麼樣的衝突，都不可大唱劇變的高調，更不可以有重大變易的措施與行為。

我因為愛香港並深知香港的價值，所以在香港的見解上是個絕對保守主義者，因此兩年前就批評過「二十三條」操之過急，但後來香港特區政府收回了，又讓我高興。現在聽到愛國的調子和民主的調子都唱得那麼高，又擔心高調下會發生種種冒進。我能理解具有民主理想的志士們，但覺得民主絕對不可冒進，尤其是香港。文化大革命中我們吃過「大民主」的苦頭，倘若香港也想學習「文革」或台灣方式的民主，那日後一定也要大吃苦頭。

用大觀的眼睛看了看香港，密密麻麻的車水馬龍中分明看到「不易」二字。這才是最吉祥的字眼，愈看愈覺得不應當悲觀。

二零零四年四月十三日　美國

原載《亞洲週刊》二零零四年五月二日

輯二：獨家小品

共悟人间

最後的道德癡人

上一星期，遠在福建家鄉的母親病重住院，我便心慌了。十年歲月的激流沖走了一切，國內已沒有甚麼可牽掛的了，惟有年近八十的母親的康安，是我的頭等大事。

母親從二十七歲開始守寡，守了半個世紀。在如此漫長的生命途中，她沒有任何其他情愛故事。一生的傳略只有一個情節，這就是她和我父親相戀相守以及護衛兒子的情節。她以五十一年的孤絕，證明自己對丈夫的情愛堅如磐石和深似淵海。我曾說過，母親當了三代人的奴隸，先是當了我父親情感的奴隸，之後又當了兒子的奴隸。為了養活我們兄弟，她上山砍柴，下地滾泥，充當保姆，甚麼苦都不怕。最後又當了我的兩個女兒的奴隸。在北京時，好幾年我們一家五人擠在一間十二平方米的房裏和大約六平方米的大床上，幾次我看到女兒的腿橫壓在她的胸脯上，此刻的母親，完全是一個負重推磨的老黃牛。

想起母親，我總是想到《最後的莫希干人》（*The Last of the Mohicans*）這一意象，覺得母親正是中國最後的一個道德癡人。這個癡人，是中國傳統文化塑造的女性，遠離「五四」精神、遠離革命、遠離現代女權觀念的最後一個女性。在本世紀，這種女性已屬稀有生物，在下個世紀，就更不可能有了。這種女性的生涯是一種奇蹟，既是堅貞、堅忍、真誠、令人尊敬的奇蹟，又是守舊、過時、癡呆、令人困惑的奇蹟。這一奇蹟的雙重意蘊，使我不得不提示女兒：可學奶奶的品格，不必走奶奶的道路。我不忍心女兒選擇她的道路，這是一條崇高而殘酷的道路。我害怕天下有癡情女子把她當作楷模，為了實現人性高尚、規範的一面，毀掉人性生動、熾熱的另一面。

然而，作為兒子，我卻天然地把母親當作自己的心靈導師。在混沌初開的少年時期，她是把我引向絢麗的未來的女神，每天每天，她都用汗水與淚水澆灌着我的剛剛萌芽的良心與同情心。而在我學有所成、用知識報效社會的時候，她仍然是我的精神導師。我把她的人生視為一部巨著，在不斷的閱覽中，我學習到忠誠，學習到剛毅，學習到愛的韌性與信念的韌性。雙腳踩着崎嶇不平的道路，眼睛盯着前方美麗的目標，這種事業的韌性也是這部巨著賦予的。在我獨特的心靈孤本中，她的名字一直與荷馬、蘇格拉底、托爾斯泰的名字並列一起，儘管她缺少才華，不能像荷馬們給我以智慧，然而，她和他們一樣，給我一種大慈悲的精神。說到這裏，我突然想起了福克納。想起他在一九四零年二月於密西西比州所發表的獻給保姆卡洛琳·巴爾大媽的悼辭。大媽是一個黑人，生下來就處在受奴役的狀態中。在福克納的家裏，她是個僕人。然而，從福克納出生的那天起，她就投下母親般的愛。尤其是福克納的父親去世後，她更是耗盡全部心力體力，為福克納一家「獻出了整整半個世紀的忠誠與熱愛」。於是，這位母親般的僕人成了福克納的一位精神導師。福克納說，卡洛琳大媽成了他的「正直行為的一個積極、持久的準則」，從她那裏，他學會了說真話、忠誠、深情與摯愛。在福克納心中，一個站立在身邊半個世紀的奴隸與人類歷史上的大師一樣偉大。卡洛琳大媽是母親般的奴隸，我媽媽是奴隸般的母親，她們的命運與精神是相通的。今天，我在懷念為奴隸的母親時，相信她的道路將會隨着二十世紀消失，但也相信她的心靈原則將會長久地激勵着我，伴我繼續在風裏雨裏前行。

原載《明報月刊》一九九九年九月號

夢裏已知身是客

每次讀李後主的「夢裏不知身是客」後，聯想到自己，便想改一個字，即改為「夢裏已知身是客」。

愛因斯坦在臨終之前，囑咐他的家人在他的墓碑上只要寫上「愛因斯坦到過地球一回」。這位偉大的科學家經歷了人生的滄桑之後，只覺得自己曾到地球做了一次客人，過客而已，走一遭而已，並不覺得自己做了甚麼「偉大貢獻」，生怕人們忘記他。

大致是受魯迅「過客」精神的影響，我也早就意識到自己不過是一名匆匆的過客，不知從哪裏來，也不知到哪裏去，但確知自己是個漂流的過客，連在夢裏也知道自己是個客居他鄉的路人，從未有過「喧賓奪主」的非份之想。到美國，到瑞典，擔任的是訪問學者、客座教授，到香港也是客座客席，我喜歡這種名稱，它正好符合我的本份本色。

十幾年前在大陸，頭頂各種桂冠，難道就不是客人嗎？那時我在夢中也覺得是個客人，知道桂冠與軀殼早晚要灰飛煙滅，靈魂早晚要離開這個地方，或二十年後，或四十年後，或六十年後，總是要離開，總要走進已知的墳墓和未知的遠方。所謂故鄉、故園，也不過是暫時的寄寓之所，所以曹雪芹才告誡人們不要「反認他鄉是故鄉」。到了香港才一個月，已有好幾位朋友問我：以後還回大陸居住嗎？我回答說，可能回去，但回去只是作客，即使埋葬在那裏，也只是客人，只是來地球「走一遭」的客人。這雖然沒有「主人翁」的思想，不太有出息，但也有好處，這就沒有「佔有」的慾望，更沒有主宰他人的興趣。當一個過客，還想佔山為王、佔地為霸嗎？當然不會。這才悟到：不想當高樓大廈和其他各種權力大廈的主人，才有自由。倘若連一座小屋也不想佔有，就更自由。五年前我的北京小屋被劫走之後，真覺得甚麼債也不欠了，最後的負累也放下，自由多了。雖然從此在故國再也沒有安身立足之地，但也不氣餒，過客本來就沒有立足之地與常住之所。「無立足境，是方乾淨」，林黛玉給賈寶玉添補上的這句禪語，到了此時才算明白。

也許因為確知「夢裏已知身是客」，日子便輕鬆得多。既然是過客，便沒有過去的包袱，也沒有未來的包袱，時間彷彿只有「現在」維度，最重要的是當下的思想、文字、責任、心靈狀態。在《獨語天涯》中，我寫過這樣一段話：

> 時間把所有的人都變成過客，把萬物萬有包括最輝煌的人生都變成暫時的存在。意識到時間更改一切的力量，人才會認真地抓住現在這一刹那，把現在這一刹那視為惟一的實在，把理想視為延伸這一刹那和美化這一刹那的夢。

沒有昨天與明天的包袱和顧忌，也就沒有那麼多世故與心機，該說就說，該笑就笑，該罵就罵，用不着迎合與俯就，用不着和他人爭奪鮮花與掌聲。客人最知道沒有不散的筵席，最知道好就是了，了就是好，最知道此時此刻創造精神價值與享受生命權利的重要。

愛因斯坦最後的遺囑說明他確切地了解「過客」乃是人的宿命。難怪他生前要說「只追求真理，不佔有真理」，也就是說，只管耕耘，不管收穫。耕耘屬於現在。可見，過客雖然輕鬆，但並不輕浮。

原載《明報月刊》二零零一年一月號

今昔心境

五月間，上海文藝出版社出版了我在海外所寫的兩部散文集：《獨語天涯》與《共悟人間》（和劍梅合著的《父女兩地書》）。闊別故國十二年後，自己的作品能與同胞兄弟再次相逢，自然高興。雖然高興，卻不興奮。

書稿（即天地圖書版）是在幾個月前發出的。此次發稿的心境與十五六年前發出《性格組合論》時很不相同。那時急着出書，急着「問世」，今天卻一點也不急。只覺得已發表的作品和將發表的作品，都不過是留在雪地上的足跡。時間的光燄化解了白雪，也將化解雪上的腳印，無可逃遁。雖然尋求比肉體更久遠的生命，但我並不相信自己留下的足跡能夠永恆。這麼想之後仍然努力寫作，是因為寫作本身就是靈魂的呼吸。每部書都像生命的船隻，不斷地負載着身軀前行，每部書似乎都把我帶到新的地方，也都使我更貼近那個心靈憧憬之處，這種體驗使我難以停筆。不過，有一天，真的上岸了，到了一個該落腳的地方，這些船隻已完成它的使命，便可以放一把火燒燬，人間絕不會因此而減色。其實，出點書並不太重要。天地無言，最偉大、最美麗的宇宙天體並不著書立說。存在比語言更美。

急於「問世」，無非是急於成名。今天不急了，也不是因為已經有名，而是同樣感悟到偉大的存在不僅無言而且也無名。所謂宇宙，所謂天地，都是人給予命名的。除了偉大的天體存在本無名之外，好些偉大的語言創造也沒有名字，如我心目中兩部總是讀不盡說不完的「天書」——《山海經》和《易經》，就不知道作者是誰。遠古的天才作者在著寫這兩大奇書時，一定沒想到要趕緊發表，更不會想到流芳千古與萬歲萬萬歲等。海德格爾最欽佩我國哲學家老子，可是《道德經》卻完全是被迫寫出來的。海氏追問存在的意義，而老子則是存在本身。卓越的存在無須自售，無須爭名於朝和爭利於市。開啟二十世紀世界文學荒誕傳統的卡夫卡，臨終時叮囑友人燒燬自己的手稿，大約也是想到沒有他的作品，太陽照樣升起，星星照樣發亮。倘若卡夫卡在世時想到自己的小說要進入市場光榮榜和文學史英雄譜，一定寫不出《變形記》、《審判》、《城堡》等開創一個文學時代的作品。八十年代中期我發出《性格組合論》時想的不是這些，心境自然也就難以平和。

與十多年前在國內所寫的散文詩相比，在海外所寫的散文也很不相同。那時最能反映我心境的意象恐怕是「山頂」，不管山頂上有甚麼，就是要攀登，這種生命激情雖然至今還沒有完全消失，但更能代表我此時心境的意象則是「谷底」。谷底不是幽黑，而是靜穆；不是放歌，而是沉思。谷底比山頂更適合於默默修煉。谷底沒有無限風光，但有潺潺泉流。谷底不能像站立於山頂那樣容易吸引人們的目光，但有益於安靜地表達內心深處那些自由而真實的聲音。除了基調上的變化之外，在海外因為進入第二人生，便多了一個「第一人生」的前世之維。我真的把出國前的那段歲月當作「前世」。曾經寫過文章，曾經投入愛戀，曾經出過書籍，但這一切都是前世的事了。「前世」是資源，不是包袱。

從急到不急，從山頂到谷底，心境意象如此變遷，真覺得人生如夢如幻。

原載《明報月刊》二零零一年七月號

書園漂緒二十年

前年楊春時教授應上海文藝出版社《學苑英華》（「知名學者學術精粹叢書」）之約編就李澤厚的《探尋語碎》後告訴我，他將着手編選我的《語要》，命名為《書園思緒》，並要我作序。儘管覺得這種「學術精要」的形式不錯，但我並不熱心此事。其原因一是早已萬念歸淡，並不在乎「精英」、「精粹」、「經典」等可疑的「權威相」。二是深知此叢書中的余英時、季羨林、饒宗頤、許倬雲、李澤厚、金耀基、張光直等的學術是個「完成」，我卻是一個「未完成」。六七十年代的大部份時間消耗在書卷之外，沒有甚麼學術話語留下；八九十年代，雖已歷經二十年，但總覺得剛剛開始，遠未盡興。出國之後，雖然也繼續從事學術，深化了一些思考，但為了撫慰自己的靈魂，卻不得不用許多時間寫作散文，而學術上則只出版了《放逐諸神》、《告別革命》、《論高行健狀態》三本書和一些論文，這之外的兩三個學術專題，都只寫了一半。如果待這些專題完成了之後再編「精要」，也許會充實豐富一些。

十幾年前，我在上海文藝出版社出版《性格組合論》的前前後後，十分醉心於構築理論體系，本想在「組合論」之後再構築一個「主體論」系統，但是出國後卻把這一想法逐步打消。這大約是自己對學術的認識已向「生命」傾斜，即更注重學術與生命的銜接。我已不認為學問是純粹「做」出來的，而認為：學問乃是生命（包括個體生命與人類整體生命）處於某種困境中而被逼迫出來和燃燒出來的。因此，學問可定義為人類對生存困境、心靈困境、精神困境的叩問。這一認識，使我不再迷信體系，並對體系有所警惕。這就是覺察到體系固然能使邏輯嚴密，但也能使體系的構築者走火入魔，以為自己是「絕對精神」的掌握者，把生命體驗窒息於體系之中。其實，體系構架本身未必有真價值。真價值往往是構架中那些細部的思想。劉勰的《文心雕龍》，其價值並不在於它的體系架構，而在於其中某些局部的見解。而且就整體價值來說，它也未必比無體系的《滄浪詩話》高。後者其實更有真知灼見，也帶給作家更大的心靈解放。基於這一看法，我的學術思考便不再被體系所牽制，也不再被構築體系的概念系列所覆蓋，而是直接地進入真問題。近十年來我所寫的〈文學對國家的放逐〉、〈二十世紀三大意識的覺醒〉、〈中國現代文學的整體維度及其局限〉及與澤厚兄的對話錄《告別革命》等，可以說，都是坦率地提出問題和進入問題，所有的文字，都正如台灣評論家南方朔先生對我的概說：乃是「大哉問」。「大哉問」中雖然沒有體系，但有生命的蒸氣與思慮的活氣。

也許是心境格外自由使然，我的思考不僅不被「體系」所隔，而且也不被「知識」和「語言」所隔。作為一個知識人，當然必須孜孜不倦地追求知識、擁抱知識，但是，我覺得，知識者在擁抱知識之後更要緊的是用生命去穿透知識和提升知識，重新回到生命的本真狀態去面對事實與真理。知識能給人智慧，但也會給人造成幻象，以為自己真了不得，進而醉心於話語權力和知識權力，這樣，雖然滿紙是「教授語言」和「正義語言」，卻完全看不到思想的真誠所在。對着這種時行的學術風氣，我自然要選擇另一種屬於自己的路：拒絕話語權力遊戲。當今文壇，大話誑語氾濫，利用各種報刊場合排拒、攻擊卓有成就的作家學者，卻自稱「自由戰士」、「文章經典」、「人格好漢」等，種種策略，無非是想充當獨霸一方的話語英雄。這純粹是慾望，哪裏是學問？

打破體系之隔和知識、語言之隔，並不是為了破壞，而是為了建設。追求學術與生命的銜接，正是追求具有原創性的建設。學術應當打破教條陳規，但必須嚴格遵守學術紀律。連起碼的形式邏輯和起碼的文字誠實都不顧，還有甚麼學術可言？未讀過錢穆先生近八十部書籍中的任何一種，有甚麼資格打倒錢穆？上一世紀我國的學術革命與文學革命連綿不斷，水泊梁山四處林立，到處是「破字當頭」的水滸中人。這種狀況使我更加警惕語言文字的病毒，也更有意識地清除這種病毒。但是，這種病毒對我們這一代人浸染得太久，未必都能消除乾淨。除了警惕病毒之外，我還常常反省自己的寫作慣性，例如，較年輕時，我喜歡文章有「氣勢」。這其中固然有長處，但在氣勢中也往往蘊含着獨斷與凌人的盛氣，剔除盛氣與「霸氣」，也是我這幾年所作的一種努力。

篇末，我要感謝春時兄，他自身才華橫溢，學事又非常繁忙，完全不必做「書摘」這種苦力活，但他出於學術責任感和友情，還是一頁一頁地讀下我的著作。想到朋友的情意在，我就不敢偷懶。

此文是楊春時編《書園思緒——劉再復學術精粹》序言。
原載《明報月刊》二零零二年三月號

十年磨一劍

今天終於把《罪與文學》的書稿交給牛津大學出版社，鬆了一口氣。從上一世紀的八十年代末至今已整整十二年，我們從未間斷過對此書主題的思索與寫作。說「十年磨一劍」，在這裏就不算誇張了。這期間尤其讓我難忘的是在一九九零年六月至一九九一年夏天，在李歐梵教授邀請下，林崗特地到美國芝加哥大學來和我一起開始進入這個課題的研究，並寫出三章，刊登於《知識分子》雜誌。在海外，學術論文幾乎沒有地方發表，後來我們陸續寫出來的幾章也只好壓在抽屜裏了。一九九一年秋，我到科羅拉多大學，林崗回國，此後六年課題進展緩慢一些，但我們還是圍繞懺悔主題閱讀了一些宗教、文學、哲學、倫理學的書籍。一九九八年，林崗參加科羅拉多大學東亞系的《金庸小說與二十世紀中國文學》國際學術討論會，相逢中我們交流了思考的心得，確定了全書的框架並具體地擬定了章節，然後分別繼續執筆寫作。二零零零年秋天，我應城市大學的邀請來到香港，《罪與文學》便贏得最後完成的天時地利。我們在最近兩年的時間裏，一方面對過去寫下的部份進行補充修正，另一方面則把未完成的章節一一了結。在故國南方的天涯海角，我們除了在學校履行義務之外，其他時間全都沉浸在這部著作的書寫裏。寫得很投入，近乎「走火入魔」。這部書從中國寫到美國，從芝加哥寫到深圳香港，經歷有點特別。但變幻的時空和動盪的歲月始終無法沖走我們的思索。這點勞心勞作的韌性，是我們自己最感到欣慰的。

和林崗合著《傳統與中國人》、《罪與文學》，是我人生中最愉快的精神體驗。林崗比我年輕十八歲，可謂「忘年之交」。十五年前，他就被中國社會科學院破格提拔為「副研究員」，才華出眾。但他做人卻極為低調，從不宣揚自己。他和我一樣，嗜好形而上，喜歡在精神深處作雲遊逍遙遊，他的思想比我更為明晰，邏輯駕馭力量比我更強。在中國年輕一代的學人中，他是一個最為質樸的佼佼者，也是一個未被社會充份發現的才子。此次我們合著，各執筆其半，都下了一番苦功夫。通過研究，我們的思想都往前走了。儘管書名是《罪與文學》，但通過「懺悔意識」這一個切入口，我們對文學的本性，對文學的自由與責任，對文學的世俗視角與超越視角，對中國文學的宏觀長處與短處，對東、西方文學特徵的基本差異，對人類精神價值創造的「永恆」之謎，等等，都有了比以往更深也更真切的認識。十二年的探尋日子，我們的筆推着論題往前走，而論題也化作另一生命推着我們不斷向真理靠近。

一九九三年夏天，我在瑞典斯德哥爾摩大學東亞系擔任客座教授，道群兄到瑞國開會，知道我們在寫作此書，就鄭重向我們約稿。七八年後，我來到香港，他又不斷詢問和敦促我們寫下最後一章。此種信賴與熱情，乃是本書的精神能源之一，我們在此特表示衷心感謝。最後，我在城市大學時，張信剛校長和黃玉山、鄭培凱諸兄知道我在潛心寫作，給我創造了很好的人文環境，也藉此機會特致以衷心的謝意。

二零零二年五月三十一日

原載《明報月刊》二零零二年第八期

十項記憶

前些時，幾位來自大陸的朋友和我一起談論本世紀下半葉的經歷，每人都按遊戲規則說了十項印象最深、在記憶中難以磨滅的故事，我也「被迫」說了十項：

一、一九五一年的一天，小學老師奉命率領我們全校孩子，去參加公審十五名反革命分子的大會，又讓我們參觀槍斃後的現場。我第一次看到跪在台上、插着斬牌的犯人，還看到排列的屍體，流淌着的腦漿，噴灑在沙礫上和草葉上的血，還聞到血腥味，當時我剛滿十歲。

二、一九五二年，在「除四害」運動中，我創下捕獲七十八條老鼠的紀錄而被學校授予「捕鼠英雄」的稱號。這全靠我母親幫忙。但她性急，有次抓到老鼠之後託一位到學校賣糕點的熟人把老鼠尾巴交給我。因此領獎後，有位同學揭發：「英雄」的老鼠尾巴是從糕點小販那裏買來的，我親眼見！

三、一九六零年我們班（廈門大學中文系）的同學到廈門郊區海滄公社去勞動三個月，我餓得全身浮腫。一天，菲亞（我的妻子）在廈門師範學院分到五個火柴盒一般大的糠餅，捨不得吃，乘船渡海送來給我。在海濱的大樹下，我一連幾口全都吞下。肚子有了點小本後頭腦也清醒了一些，就問菲亞：這糠餅原是豬食吧！她說：不，你剛才的吃相就像豬八戒吞噉人參果。

四、一九六三年秋，我和社科院其他八十多名剛從全國各大學畢業的大學生到山東黃縣勞動實習。第一課是階級鬥爭教育課。憶苦思甜的老大娘馬遲氏痛說家史時大哭。我們聽不懂山東話但也不斷高呼「不忘階級苦，牢記血淚仇」的口號。過後，公社書記對我們說：她老糊塗了。憶苦憶錯了，說的全是前兩年困難時期沒飯吃的苦。

五、一九六六年六月，我從江西「四清」前線回到北京參加文化大革命，之後便目瞪口呆地看到劉少奇、鄧小平、賀龍、羅瑞卿、陸定一、周揚以及社會科學院內的侯外廬、孫冶方、錢鍾書等一個個好端端的革命家與學者，個個變成牛鬼蛇神、魑魅魍魎、害人蟲、爬蟲、蛆蟲和毛主席身邊的定時炸彈。那幾天，我心裏老是冒起毛澤東的詩句：「風雲突變」，「不周山下紅旗亂。」

六、文學研究所在批鬥俞平伯先生的會上，一位研究人員跑到廁所裏，拿出裝手紙的紙簍，戴在俞先生的頭上。

七、林彪猝死在蒙古之後，社會科學院和全國一樣進入清查林彪反革命集團的運動。社科院清查的重點是到中央軍委去給葉群當教師的兩個人，一個是歷史所的楊先生，一個是哲學所的邢賁思先生。楊先生揭發：葉群很不像話，有次還想調戲我。邢先生揭發：葉群很懶，連列寧的《哲學筆記》都讀不進去，要我事先把重點劃上紅槓槓。

八、一九七六年十一月，中央宣佈逮捕「四人幫」，我和好友金秋鵬高興得滿街跑時，發現菜市場為了歡慶勝利而出售冷藏多年的螃蟹，我們立即買了四隻，而且立即回家燒煮。可是，鍋蓋一揭，才發現除了四個發紅的空殼子之外，全是混濁的湯水，原來螃蟹在商店倉庫裏放了多年，早已腐爛、發臭。

九、一九七七年，我為了寫作批判「四人幫」的文章，到中組部訪問陶鑄夫人曾志（中組部副部長）。她告訴我，老陶被關押審查時，發高燒在病床上，看管人員還用強燈光直照他的臉，站崗不站在門口而站在床邊，硬是要逼死他。老陶身體那麼壯，死時只剩下五十幾斤。最後大便也拉不出來，都是她替他掏出來的。

十、一九九零年一月，我到華盛頓第一次參觀傑弗遜紀念館，其中一句話把我震撼得全身動搖：我向上帝宣誓，我憎恨和反對任何形式的對於人類心靈的專政！

原載《明報月刊》一九九八年十月號

面對往昔的照片

看到二十年前的自己：呆滯、刻板、顢頇，一身毛制服。真沒想到，他在以後的二十年中，除了還保留呆氣之外，完全是一個不知回頭的叛逆。他反叛以牛棚為圖騰的、自己也曾參與創造的錯誤時代，反叛以革命的名義剝奪人性與個性的教條，反叛使作家完全喪失自由並變得愚蠢、怯懦、虛偽、殘忍的文學公理與文學模式，最後又反叛輾碎生命和輾碎良心的坦克的履帶。至今，他還在反叛，以漂流反叛停留，以建設反叛破壞，以希望反叛絕望，以未定的叩問反叛既定的結論，以從四海八方吸收的光明反叛各種「高調」所掩蓋的黑暗。我的一切反叛只是因為愛。我太愛飽經風霜的故國同胞並明白一個知識者的天職在於「為人類服務」。

二十年前（一九七七）的自己，剛出版第一本與朋友合寫的著作《魯迅和自然科學》。寫作此書時的中國，只有狂熱，沒有理性；只有文化革命，沒有文化。我在巖壁荒漠的夾縫中只能通過研究魯迅而彎彎曲曲地生長。然而，我無法擺脱那個怪誕時代投下的怪影與陰影。因此，十五年後我寫了反叛自己的〈魯迅研究的自我批判〉。儘管這樣，魯迅的特殊性格仍然一直影響着我。它一面使我無法走進象牙之塔和玩弄語言的迷宮而始終熱烈地擁抱時代擁抱愛憎擁抱靈魂；一面又使我逃離政治媚俗與族群媚俗，超越「啟蒙」模態與「鄉愁」模態，不斷地叩問存在的意義和不斷地尋找情感的故園。

在過去的二十年中，我的生命發生過一次裂變，經歷過一次瀕臨死亡的體驗。這次體驗使我獲得了第二視覺與第二聽覺。這種聽覺與視覺，使我對世界產生特別的依戀並發現世界特別的美，包括「放逐」

的美。二十年前那雙呆板的眼睛明亮了，它發現尤里西斯的家，不是克利特島，而是漂泊征程中相伴的海洋和燃燒着星光與篝火的愛的心靈。

一九九七年一月九日於美國科羅拉多大學

此文是應台灣《聯合文學》之約面對第一部著作出版時的照片而抒寫的感懷。

青年時代的書目

初中讀冰心的《寄小讀者》與安徒生童話，開始喜歡寫作。高中則廣泛閱讀，高爾基的《童年》、《在人間》、《我的大學》三部曲更使我獲得寫作的力量。除了天性之外，我的「人性」全部被這個時期所閱讀的莎士比亞（主要是四大悲劇及《威尼斯商人》等喜劇）、雨果（《悲慘世界》）、契訶夫（短篇小說集）、泰戈爾（《園丁集》、《飛鳥集》、《新月集》）以及惠特曼、普希金、萊蒙托夫、海涅的詩歌所塑造。這些作品不僅令我沉醉於美的王國，而且使我確立了拒絕強權、同情弱者的心靈傾向。「大海，自由的元素」（普希金語）也開始在我心中發酵。大學期間，西洋文學史教授、我的老師鄭朝宗規定必讀的二十部經典（《伊利亞特》、《奧德賽》、《俄狄浦斯王》、《神曲》、《哈姆雷特》、《奧賽羅》、《十日談》、《浮士德》、《堂·吉訶德》、《唐璜》、《包法利夫人》、《悲慘世界》、

《高老頭》、《歐也妮·葛朗台》、《紅與黑》、《戰爭與和平》、《安娜·卡列尼娜》、《復活》、《罪與罰》、《卡拉瑪佐夫兄弟》等）讓我受益無窮，使我明白：人類歷史上最偉大的作品一定兼有兩個特徵，一是宏觀歷史構架下深廣的精神內涵；二是細部的詩意描寫。

大學期間，和我形影不離的書除了《楚辭選》、《唐詩三百首》、《宋詞選》、《古文觀止》之外，便是《紅樓夢》。《紅樓夢》為我樹立了文學的座標，並進一步塑造了我的「人性」。這部偉大小說對中國的全部文化進行了過濾，凝結成一部從神瑛侍者與絳珠仙草的情愛寓言開始的文學聖經，我的聖經點亮我的一切，特別是告訴我：文學不是頭腦的事業，而是性情的事業與心靈的事業，必須用眼淚與生命參與這一事業。

大學畢業到北京後，由於環境和職業的要求，我把大量時間投入對魯迅與馬克思的閱讀，幾乎全盤接受魯迅的歷史觀與世界觀，並深受其與黑暗肉搏、反抗絕望的人格精神的影響。但到海外，我又揚棄他的復仇情結與反怨道情結。儘管時間有限，但我還是努力閱讀了卡夫卡、卡繆、福克納等作家的代表作，他們的作品使我了解甚麼是文學的內在視野與精神深度。除了文學作品的閱讀之外，對我的人文理論產生影響的先是別林斯基的書，以後是黑格爾的《美學》和康德的《道德形而上探本》（唐鉞譯本）及史賓格勒的《西方的沒落》。最後這本書不僅提供了我觀看西方的鑰匙，而且使我更深地了解人文之維對於人類立足於世界具有何等重要的位置。

我們這一代人精神食糧非常粗糙，我只能在夾縫中硬咬住一些精華咀嚼，幸而我歷經許多磨難，可比未經風霜的人更容易進入人類天才所展示的思想。

本文係答《明報月刊》編者問（原載《明報月刊》二零零零年第七期）

十年漂泊有所思

到八月為止，我在海外已漂流整整十年。想想這十年，唯一感到可以自慰的，是十年沒有虛度。

此時想起了諶容的小說《減去十歲》。這部小說用寫實的筆法描述幾個荒誕故事，在輕快筆調的背後是中國人在文化大革命狂亂中共同丟失了十年歲月的悲辛。故事的開始是人們聽說中央要發一個文件，宣佈把大家的年齡都減去十歲，於是個個歡欣鼓舞。六十四歲的局長精神振奮，準備再大幹十年；三十九歲的中年夫婦獲得勇氣準備離婚，重新安排生活；二十九歲的老姑娘準備摘掉「大女」帽子，重返青春。諶容是我的同齡人，只想到減去十歲。如果此篇小說由俞平伯、馮友蘭、沈從文、蕭乾等人來寫，他們恐怕會想到中央文件通知的不應當只是減去十歲，而應當減去二十歲、三十歲，他們從一九四九年就開始當政治運動員而不斷消耗生命。馮友蘭有一對聯給自己的人生作了這樣的概述：「終身教研兩依據，一生文章半檢查。」馮先生於一九九零年十一月去世，在新中國旗下活了整整四十年，但消耗在自我批判、自我檢查和政治運動之中的時間恐怕足有二十年。

十年前我在決定是否漂流海外的日子，輾轉在腦子裏的一個重要念頭確實是時間。我於一九六三年大學畢業，接着便到山東、江西勞動、「四清」兩年半，接着便投入「文革」十年，實際寫作的時間只有七十年代末到八十年代末這十年。如果留在國內，大約還不至於坐牢，但寫一兩年的檢查、交代材料是免不了的，而一旦寫了檢查，整個創作心緒就會崩潰，九十年代的十年就會化為另一片廢墟，想到這一點，恐怖便壓倒其他念頭，於是斷然決定出走。現在想來，出走與其說是反抗，不如說是自救，是為了捍衛自己最後的黃金歲月。對於一個思想者，還有甚麼比這種歲月更為重要、更為「致命」的呢？

除了時間理由，還有一個自由表達的理由。也許是天性使然，也許是文學作品作祟，我一直喜歡「自由」這個字眼，而且把「自由價值」視為最高價值，但是，在國內時，儘管政府與社會對我十分器重，但我總覺得內心空間被堵塞，這原因便是覺得包圍着我的是一種把「自由」視為負面概念的反自由價值觀念。「砍頭不要緊，只要主義真」，這是崇高的，但以「主義」的價值尺度排斥自由的價值，卻很難使我認同。我寧可接受「生命誠可貴，愛情價更高，若為自由故，兩者皆可拋」這一崇尚自由的詩情。反自由的價值觀念是有問題的，它不僅會導致國家頭腦僵化，還會導致作家去製造無價值的垃圾。我不相信詛咒自由價值的思想與文學於人類會有益處，更不相信這種思想與文學能夠慰藉人類苦難的心靈。

原載《明報》一九九九年九月三十日

香港魂

在香港兩年多，總是不斷地聽到一些朋友對廖承志先生衷心的緬懷。廖先生的魂魄顯然在大海的上空與港島的記憶中徘徊。所有緬懷他的朋友都說，如果廖先生還活着就好。他活着一定會充份尊重香港現有的制度和生活方式，一定會從情感深處理解和守護「五十年不變」的歷史性諾言，一定不會擺出一副令人憎惡的激進而淺薄的左翼面孔。因此，香港也一定會比現在的狀況好得多。所有的緬懷都是衷心的，沒有半點虛情。一個人去世了那麼久，其名字還受到如此愛戴，僅此一點，就讓人受到教誨。

香港朋友還常常懷念另一個人，這就是蔡元培，他的墓地就在香港。而我發現對蔡元培和廖承志的懷念，主題是一樣的。這兩個先賢皆胸襟如同滄海，能容天下各色人物。蔡先生是教育家，又是一個徹底的「有教無類」的實踐者。不管何種出身，都有受教育的權利，一旦踏進校門，人格都是平等的。這種在黑板課堂面前人人平等的理念乃是蔡元培先生天性的一部份。他包容的教授，有革命的，有反動的，有保守的，有激進的，有左翼先鋒，也有右翼首領，可是蔡元培卻超越了「類別」劃分與黑白對壘而一概尊重。他拒絕武斷分類的權力操作，始終把每個人視為不可分割的「大制」。（老子語：大制不割。）只要有真才實學，不管是陳獨秀、周作人還是辜鴻銘、劉師培，他都敬重和喜愛。他看人不是用政治眼睛，而是用美學眼睛。美學家的眼睛是超勢利的，它只欣賞品格、智慧、才華、文章等生命花果，相信這一切是獨立於政治之外的另一層面的精神存在。世俗社會對人的分類，尤其是政治分類，常常造成對人的道德扼殺與政治扼殺，蔡元培絕不當這種殺手。他的「兼容並包」，並不是刻意設置的「政策」，而是他的本能。他生來就有「四海之內皆兄弟」的博大情懷，生來就酷愛美和真理，哪怕美和真理在「四類分子」身上，他也會愛的。

能理解蔡元培，就能理解廖承志。廖先生不是教育家，而是政治家，但他的精神氣質和心靈方向卻和蔡先生一樣。他作為中國共產黨在香港的代表，完全沒有共產黨高級官員那些常有的壞脾氣和官腔，也沒有毛澤東那種翻手為雲、覆手為雨的鬥爭策略，甚至連「政策」二字他也不願意老是掛在口裏，一切最開明的政策都融化在他心中。他工作着，而所謂工作只是以赤熱的心腸去理解團結各種不同黨派的人，與其說他是在「統戰」，不如說他在為中華民族開掘心靈大道和尋找人才。我相信，在他生命深處，連「統戰」二字都沒有。他所信賴的一個「部下」，香港左翼文化界的領導人藍真先生曾對我講起廖先生的故事。廖先生說愛國者也有各種愛法，就像七個音符，1、2、3、4、5、6、7，音符由人選擇，不能要求愛國都唱一個調子，更不可要求唱高調。廖先生如此珍惜一切愛國情懷就同蔡元培珍惜美與真理，哪怕愛國情懷在「四類分子」那邊，他也尊重與珍惜。廖先生是政治界的「有教無類」者，即「愛國無類者」。可惜，共產黨裏太缺少這種人，而太多的卻是與廖承志相反的唱高調、耍心術的膚淺激進分子。

幸而廖先生的心靈種籽在香港沒有完全消失，我在香港見到幾位很可愛的共產黨老幹部，身上都有廖先生的影子，或者說，都有廖先生的博愛之魂。例如曾任新華社統戰部長的何銘思先生（現任霍英東基金會主席），已八十高齡，但仍有一種天真在。我到香港後，許多官員都迴避我，我的名字依然像惡鬼似地立在他們面前，他們本能地意識到，和我這樣一個異端知識分子接觸是要影響烏紗帽的。可是，何銘思先生可不是如此怯懦之人，他對我格外尊重，格外親切。這是由衷的，一點虛情也沒有。我與他素不相識，但當他知道我到廣州中山大學演講的時候，立即邀請我到他苦心建設的南沙城，親自陪我參觀城中一個個嶄新的文化館閣、科學園地，還特地打電話請霍英東先生來看我。去年我離開香港前夕，他特地帶着他的老夫人、女兒、女婿，選擇離我住處最近的「又一城」餐館請我和我妻子。餐中說了一段讓我絕對不會忘記的話，他說，我想等你再到香港時帶你到粵北地區看看，看看那裏是怎樣艱苦貧窮，怎樣頑強生活，那裏離廣州只有兩百公里，可是土地貧瘠，長不出莊稼，那種社會底層真需要我們去關心。他女兒主持的「培華基金會」，正在粵北援助那裏的窮苦孩子上學，那天夜裏，我真的情感翻捲。沒想到，我見到的一個大財主基金會的領導人竟是一個充滿溫情充滿人性的老革命者。也沒想到，廖、蔡先生的博愛之魂還在香港活着的生命中伸延。

寫於二零零二年冬天

這幾年，常想念范用老先生

今年三月，北京三聯書店正式向我約稿，說范用老先生全力向編輯部推薦我和劍梅合著的《共悟人間——父女兩地書》，他們接受范老的推薦，希望在北京出簡體字本。可惜這之前我們已把稿子交給上海文藝出版社。約稿信是通過天地圖書公司轉來的，「天地」的朋友說，范老還請藍真先生代購五本《共悟人間》送給國內朋友看。聽到這個消息，我心裏湧起一股暖流：范老已八十高齡，身體又弱，但還是這樣謙卑，這樣認真閱讀，這樣實實在在地摯愛我和劍梅的書籍，該說甚麼呢？該怎樣表達心裏的無限敬意與謝意呢？

在北京時，因為忙忙碌碌，只見過范老兩次面。未見面時，就聽到讀書界講了許多關於他的好事。嚴肅的，稱故事主角為「老社長」、「老出版家」；輕鬆的，則稱他為「老書癡」、「老頑童」、「共產黨內的民主人士」。因此見面時便久久看着他。記得兩次我都幾乎沒有說甚麼話，用的只是眼睛的語言，范老一定會感受到這眼光是簡單的、素樸的，但含着好奇和仰慕：怎麼會有這樣好的人，專門替別人出書，專門替別人做事，專門替別人着想？林崗和我合著的《傳統與中國人》，他讀後高興，竟拿起筆來，親自為我們設計書的封面。那時，我心裏想：這不正是為我們「作嫁衣裳」嗎？於是，就感謝他。他卻說：前些年我們三聯靠炒冷飯過日子，現在需要新書，你們幫了我們，應當謝謝你們。他說話時閃爍的眼光也是簡單的、素樸的，至今我還會記得。

就是這麼點淡如清水的交往，出國後他卻一直關懷着我，散發着故國清香的短箋，通過香港的朋友轉到洛磯山下，幾句平實的、暖烘烘的話，像從藍空中降下來的神的祝福，直讓我相信滄海那邊還有愛我的山川土地和父老兄弟。還有一回，也是請朋友帶來的信，說他已讀了《告別革命》，讀了之後才知道國內許多非難這本書的人，只是讀了書皮。范老讀進去了，知道書中的內容並不可怕，但那些只讀書皮的人，神經脆弱，心理浮躁，看到「告別革命」四個字就緊張，以為李澤厚和我在配合帝國主義進行和平演變，對著書皮便「義憤填膺」。

去年剛到香港不久，天地圖書公司的朋友告訴我，范用老先生寫信給他們，說我的書他都有，就缺了一本《漫步高原》，請「天地」幫忙補齊。朋友說起這事時是淡淡的，很平常，而對於我，卻又像聽見了大事，心裏微微顫動：從北到南，從東到西，在這個世界上漂來泊去，竟然還有一雙真實的、真知的、溫暖的目光注視着我的足跡與心跡。這一刻，我真的感到有幸，感到被故國一顆很美的赤熱的書魂所厚愛的幸運。

在海外獨步林間小道的時候，有時突然會想到這個世界對人不太友好，即便是兢兢業業無所企求，也會遭到世界那麼多的熱罵與忌恨。連錢穆、錢鍾書、高行健這樣的好人與天才，也遭到那麼多攻擊與中傷。但有時突然又會覺得這個世界對人很友好。這十幾年，我對世界常常抱着感激之情，原因正是心中老是閃着一些溫馨友好的名字，從女媧精衛到曹雪芹，從荷馬到托爾斯泰，從聶紺弩到范用，從東方的朋友到西方的朋友，每一個閃着陽光的名字都在對我說：不要對世界失去信賴，也不要對故國故土失去信賴。

原載《明報月刊》二零零一年九月號

捨身外，守身內

一九八九年「六四」事件發生之後，大陸一些知識分子移居海外，其中的趙復三先生，是很有代表性的一位。他真的可以稱得上高級知識分子：學問好，人品好，又有廣闊的胸懷。九十年代的前八年，他在美國 Oklahoma 大學擔任教授，講授比較宗教學，退休時學校授予「榮譽教授」稱號。因為女兒的緣故，他離開北美後，便到比利時安度晚年。

趙復三先生為人謙和厚重，自己不事宣揚，也不喜歡他人宣揚。自售他售，都會使他食寢不安。到了海外，他更是處於幽居狀態，極少交往。因此，很少人知道他的情況。我因為是他在社會科學院工作時的同事和朋友，便和他保持着聯繫，並把他寄給我的兩則隨想和筆記，加了題目擅自寄給《明報月刊》發表。幽居狀態並非閒散狀態，他在海外，一直把時間表排得緊緊，一頁一頁地從事翻譯。他的英文水平之高，在國內時就很有名。那時他擔任社會科學院的副院長，主管外事，許多與他見過面的外國學者都嘖嘖讚嘆。旅居海外後，他沒有辜負自己的才能，從一九九一年開始，就着手翻譯弗里德里希·赫伊爾（Friedrich Heer）的《歐洲思想史》（*The Intellectual History of Europe*），因為只能在授課之餘和假期中進行，因此，歷時整整四年才完成。這之後，他又參與翻譯馮友蘭的《中國哲學史》和自譯《西方人的激情》。後者共五百頁，有許多心理學語彙，譯起來比較困難，他曾計劃用一百七十個工作日完成，不知脫稿了沒有。一個七十多歲的老學者，不管世事浮沉與榮辱升遷，孤身面壁，如此孜孜不倦地朝夕耕作，真讓我感動。

趙先生在國內時「地位」很高，不僅是副院長，還曾是常務副院長，頭上戴着許多桂冠頭銜。「六四事件」發生時，他是參加聯合國科教文會議的中國代表團團長。只因心靈上無法接受子彈炸開的孩子的鮮血，他毅然捨棄一切，決定留居國外。一九九四年我在加拿大卑詩大學訪問時，和林達光教授一起邀請他去作學術演講，當時有人問：趙教授，你後悔八九年的選擇嗎？他立即回答：不後悔！我學習了四十年才能寫下最後這一筆。其語言之決斷和心靈狀態之健康，又讓我感動。

在溫哥華相逢之後，我多次打電話給他。每次電話裏聽他敍說，都很高興。有一次他談到自己在海外的人生宗旨時，用了六個字加以概括，這就是「捨身外，守身內」。我一聽便激動不已。用不着他的解釋，我便知道「身外」與「身內」指的是甚麼。他已得到的身外之物，比別人更重更迷人更可炫耀於世，但他斷然捨棄；他的身內之物，則是人性底層所生長起來的正直、誠實、慈悲、摯愛、崇尚真理等優秀品格與情操，這一切非堅守不可。他在《歐洲思想史》的譯者前言中這樣自白，翻譯文學工作，「彷彿又把自己帶回不知折腰事功利的求學時代」。不錯，他除了守住道德的邊界之外，還守住少年時代的天真與剛勇，在歷史的混亂潮流中拯救出母親賦予的那一份人間真情真性。他的翻譯過程與寫作過程，也正是自我修煉、自我守衛的過程。在修煉與守衛中，他贏得了良知的清白與精神的昇華。這種看不見的身內之物才是無價之寶，它絕不是院長院士部長之類的桂冠可以比擬的。在一個聰明人爭先恐後折腰求榮、夤緣求進的功利年代，我知道挺直靈魂喊出「捨身外、守身內」六個字的份量，所以特記錄於自己的「手記」之中。

原載《明報月刊》二零零零年五月號

又說「面壁十年」事

去年夏季，牛津大學出版社出版了林崗和我合著的《罪與文學》，書「跋」以〈十年磨一劍〉為題。十年一劍，講的是「韌長」精神。漂泊海外期間，雖然還寫別的書，但心思確實未曾離開過「懺悔意識」的探究。大約十五年（包括在國內開始思考的兩三年），林崗從青年時代邁入中年時代，我則從中年時代走入近晚歲月。在一部著作中投入這麼多生命，隨之長出這麼多白髮，真不能不令人感慨繫之。《罪與文學》於香港推出後，北京的一家出版社本來也想出，但經過半年審查，說書可以出，但要刪掉最後三章（內容涉及《在延安文藝座談會上的講話》和高行健）。我們自然不能接受這種條件。《罪與文學》是靈魂之書，每一章節都有關於靈魂的深度叩問，我們提示作家守衛住靈魂，自然不能在故國讀者面前首先閹割自己靈魂的一角。堂堂正正的靈魂是完整的，絕不可「刪除」。出書不是交易，今天中國的寫作者已夠不值錢了，難道還要自我貶值、自我砍殺一番？反正書籍已經在尚存言論自由的香港出版，一出版就是個抹不掉的文化存在，就沒有時間與空間的邊界。

去年夏天講「十年磨一劍」，今年夏天又見到另一個「面壁十年」的朋友和故事，這就是趙復三教授和他所翻譯的巨著《歐洲思想史》（奧地利學者 Friedrich Heer 著、香港中文大學出版社出版）和《歐洲文化史》（彼得．李伯賡著、明報出版社出版）。半個月前，我接到趙復三教授和明報出版社寄來的書時，便愛不釋手，在陰涼的地下室裏一連讀了十天十夜，幾乎廢寢忘食。尤其是《歐洲思想史》，其厚實與精彩真使我驚訝。這才是真正的思想史，沒有任何複製性、沿襲性的思想史。歐洲的人文傳統如此雄厚，兩千年的思想流程如此繁複，要駕馭這個大題目真不容易。可是作者不僅把握了上層知識界少數精英的思想，而且把握了底層民間的思潮，眼光不僅注視德、法、意、英這些中心國度，而且涵蓋東歐、西北歐、西班牙等思想邊陲地帶。最後又突破歐洲中心觀念，把阿拉伯乃至中國、印度、波斯文化對歐洲的影響也描述出來。時間長度是二千年，空間寬度是整個歐洲乃至全世界，再加上作者採集的思想密度及評說深度，使全書形成一大巨構。趙復三教授從八十年代中期就廣泛閱讀歐洲哲學史著作，僅選擇希爾的書籍作為翻譯對象，就不知花了多少時間。一九九一年他在美國奧克拉荷馬市大學一邊講課，一邊開始翻譯此書，整整四年時間，每天每夜堅持不懈。雖然全書只有二十章、七百四十頁，但每一章都有綿密的註釋，少則幾十則，多則一百六十六則，涉及的重要人名、地名、社團名、流派名數以千計，每一則、每一個都得核實查正。一九九五年冬季我到香港時，把譯稿揹到出版社。清樣排出後，他又仔細勘校六次，每一次都不放過任何一個「敵人」（錯字）。其中一些重要概念，他反覆推敲，可謂「嘔心瀝血」。其認真的態度，中國從南到北恐怕找不到第二個。趙教授的翻譯遵循嚴復的「信、雅、達」三原則，但特別贊成朱光潛先生所強調的「信」字，為了這個「信」字，他面壁一年又一年，鈎辭索句，從奧克拉荷馬大學圖書館到比利時魯文大學圖書館再到耶魯大學圖書館，像是春蠶抽絲，不知歲月時序。文化事業真是殘酷，它幾乎要把一個赤誠投身者的心血吸乾。

雖是辛苦，但我卻為趙教授的重大完成而衷心高興。十四年前，他擔任社會科學院副院長時，常常忙得天昏地黑，時間全成碎片，哪能想到歐洲雙史工程？他在六十三歲時作出流亡海外的抉擇，讓人出乎意料，這固然是良知的呼喚，恐怕也是時間的呼喚。人生在某些瞬間是需要破釜沉舟的，甚麼都算計得太周全等於投機，能有強大的內心力量作出決斷，捍衛生命中最重要的東西，才是真豪傑。在海外，他贏得時間，全生命投入學術，終於為我們的方塊字民族留下一份特殊的財富，其卓著功勳將銘刻於歷史心中。當年國內的極左權勢者揚言，要把漂流於海外的知識人「憋死、悶死、氣死、餓死」，但是他們沒想到，海外的漂流文化已形成和大陸相對應的「半邊天」，而且天空日益輝煌。放下功名利祿的思想者雖然艱辛，但活得很好、很自在，他們的十年面壁，並非憋悶，而是贏得心靈活動的大前提。此一道理，正是希爾先生在《歐洲思想史》自序中道破的，他說：

……任何心靈的活動，若沒有一種「面壁十年」的精神是難以開展的，這種棄絕慾念的精神是入世修道僧對人世敞開胸懷時必須具備的特性。

原載《明報月刊》二零零三年八月號

又聽善的呼喚

——讀《池田大作詩選》

一九八四年九月，我作為中國「青聯」代表團的一員，應邀參加了日本創價學會舉辦的國際文化節，並第一次讀到池田大作先生的詩集，當時我強烈地感到這些詩給我一種善的呼喚。也許是我的青少年時代在國內聽了太多「鬥爭」的聲音和太多鼓動仇恨的聲音，一聽到善的呼喚反而感到特別新鮮。池田大作先生的善的呼喚，不是抽象的說教，而是從心底流出的真情感，是維繫人間社會最基本也是最神聖的價值訴求，是熱愛人的生命、創造人的生命環境（和平）、尊重人的幸福追求（自由）的最通俗的「天樂」。也許是因為心靈深處對這些天樂感到共鳴，因此，我對這位誕生於日本的思想家與詩人，一直懷着特別的敬意。

近日我從香港返回美國，再次生活在洛磯山下的寧靜裏。於窗明几淨中，我一頁一頁地閱讀剛剛出版的《池田大作詩選——理解、友誼、和平》中譯本（文潔若女士譯、作家出版社出版），又感到一陣欣喜，再次傾聽了十八九年前善的呼喚。

此次的感受和第一次的感受有些不同。如果說第一次感受的是新鮮感，那麼，這一次則是獲得一種善的信念，也可以說是善的力量。

近二十年來，我的生活經歷過許多動盪與滄桑，在曲折中，我的人生遭逢過危機，但也有許多新的領悟。有了這種經歷之後，再讀池田大作先生一些貌似平常的詩句，反而覺得其意義極不平常。試看他的《生命的寶冠》中幾句：

今天轉瞬即逝
將成為歷史
儘管你自己
過去有種種累積
遲早有一天
不得不注視

最後的落日
又有誰肯對
寶貴的黃金人生
增添燦爛的光輝
連命運最深的痛苦
你也應該能
悠然越過

面對歹毒的風暴
毫無悲傷
且當作極好的禮物
宛如完美的強者
而且
從內心深處
獨自微笑着高擎
永恆的榮冠

讀這首詩，我彷彿覺得池田大作先生是為我而寫的，我確實從中獲得鼓舞。我經歷過流亡，並在流亡中經受過瀕臨死亡的體驗，這也許正正是「命運最深的痛苦」，然而，該怎樣對待這種痛苦呢？是被死神恐嚇之後從此消沉下去還是把痛苦視為天賜的禮物呢?池田大作先生告訴我:你要當強者,要抹掉悲傷而繼續前行,而且要從內心深處獨自微笑着高擎生命的旗幟繼續前行。

人終有一死,確認這一點不是為了獲得消沉的理由,恰恰相反,確認「最後落日」是要在此時此刻有限的人生中努力發出太陽般的光輝。即使面對挫折、面對歹毒的風暴,也要重整生命,絕不讓光輝熄滅。這樣的詩意,沒有太多語言技巧,更沒有任何賣弄,然而,它卻給人力量,給人生與死的勇敢,對於我,還給了戰勝荊棘之路後的大喜悅。

池田大作先生的詩不是語言的小體操,而是暗示生命走向吉祥的鐘聲。我愈來愈不喜歡那種賣弄語言的謎語似的詩作,並早已看清這種詩作精神內涵的蒼白。我反對把文學當作政治的工具和道德的工具,但又絕對支持詩人們以善的大靈魂去影響人們的靈魂,並認為,作家詩人不僅應當擁抱善而且應當創造善。一個遠離「善」的作家絕不可能是「美」的。池田大作先生的詩句,所以平常卻又動人,其秘密就在其自然沖淡的詩句中蘊藏着善的大靈魂,這一靈魂的全部詩意的信息都在呼喚人間要護衛着最珍貴的東西,這就是時刻與你相關的和平、理解、友誼和對每一個生命個體的無條件的尊重。這種詩意是永恆的。

二零零二年十二月五日寫於美國科羅拉多州

原載香港《黎明聖報》二零零三年一月一日

搖籃時期愛的方向

法國卓越的思想家托克維爾在他的經典著作《美國的民主》中表述過這樣一個觀點：人的一切始於搖籃時期，童年影響人的一生。在這一名著問世之前，曾流行過這樣的看法，認為「一個人生到世上來，他的童年是在歡樂和玩耍中默默無聞地度過的；接着，他逐漸長大，開始進入成年，最後，世界的大門才敞開讓他進來，讓他同成年人往來。到這時候，他才第一次被人注意研究，被人仔細觀察他在成年才冒出的惡習和德行的萌芽」。托克維爾認為，這種看法是個「極大的錯誤」。與這種看法相反，托克維爾認為，萌芽不是在成人時期，而是在童年時期，所有的惡習與德行均發端於剛剛降生於世界的生命之初。所以他提醒一切天下父母與教育者說：

> 應當追溯他的過去，應當考察他在母親懷抱中的嬰兒時期，應當觀察外界投在他還不明亮的心智鏡子上的初影，應當考慮他最初目擊的事物，應當聽一聽喚醒他啟動沉睡的思維能力的最初話語，最後還應當看一看顯示他頑強性的最初奮鬥。只有這樣，才能理解支配他一生的偏見、習慣和激情的來源，可以說，人的一切始於他躺在搖籃的襁褓之時。（參見《美國的民主》第二章。中譯本第三十頁，北京商務印書館。）

托克維爾所說的，人的一切始於躺在搖籃的襁褓時期，不是嬰兒時期，而是童年時期乃至少年時期。他的這一判斷幾乎是無可辯駁的真理。我一直把這一真理視為培育人的秘訣，並把這一秘訣推向極端，認為童年時期幾乎決定一個人一生的基本面貌。也可以說，下一代的希望取決於下一代童年的心靈狀態與生命質量。搖籃，是出發點，又是決定點。

童年時期的教育如此重要，但無論是中國還是美國，教育恰恰在這個生命時間點上發生危機。前幾年，我曾在一篇短文中說，人類的童年正在縮短。在以財富為中心的時代裏，生存競爭空前激烈，天下父母都急於給幼兒灌輸生存技能，因此孩子們都過早地通過電視屏幕、電子遊戲機等浸泡到技術知識之中，過早地為日後的生存拚搏做準備，也過早成熟。父母「愛」的方向錯了，他們忘了保護孩子愛美、愛自然的天性，忘了培育孩子的健全人格與優秀人性是搖籃教育最根本的課題，忘了在本真、本然的心靈田地裏應當播下的第一批種籽是品性的種籽，不是技能的種籽。而對幼小生命的開發，首先也應當是開發心靈，然後才是開發頭腦。所謂方向錯了，是顛倒了主與次，顛倒了本體性與操作性，只知教育孩子「做事」，不知教育孩子「做人」；只知工具操作，不知生命質量。這種實用性方向的教育其實類似動物式的教育，動物只教「下一代」使用堅牙利爪和生存競爭，不知何謂心性與心靈。面對這種顛倒，天下父母與教育者是否應當考慮調整一下愛的方向。

說到這裏，我想起法國大啟蒙家盧梭的兒童教育思想。他認為刺激兒童學習成長的鑰匙不是死記硬背，鸚鵡學舌一樣地重複他們並不了解的知識，而是刺激他們的好奇心、想像力和發揮他們人體的官能，也不是光教育他們用口和腦學語言，而是教育他們學會用眼睛觀察事物，更重要的是要保護其內在的呼聲，也就是我們常說的「天籟」。道德的最初的源泉不是功利原則的甦醒，而是天籟的生長與良知的萌動。重溫一下盧梭的見解，只是想藉此說明：在搖籃時期，最要緊的是培育幼兒幼女（包括少男少女）有一種植根於生命深處的內在律令，一種認同人類基本價值的求真、求善、求美的心靈方向，一種健康的整體人格的萌芽與初型。

關美瓊小姐編輯《我們對下一代素質的期望》一書，請我作序。我所以樂於應允，正是因為她在做着一件建設人間搖籃的極有意義的工作，因此，我把她的邀請視為一種天籟的命令。雖是從命，卻力不從心。平時對教育缺少研究，此時只能表達一點對幼小心靈的關注而已。

二零零三年六月初
於美國科羅拉多大學

寫給祖國的祝福

一九四九年中華人民共和國成立的時候，我剛滿八歲，所以對故國土地上的巨大滄桑全然無知。但是，過後我和小夥伴們都用最純真的聲音高唱《解放區的天是明朗的天》、《東方紅》迎接新中國，覺得這個從苦難中誕生的新生祖國是屬於我的，是屬於我這個沒有父親的窮孩子的。因此，我的整個少年時代與青年時代都在唱着祝福祖國的歌。讀初中的時候，我是少年先鋒隊的大隊長，在全縣優秀少先隊員的暑期夏令營裏，我仍然是大隊長，絕對的乖孩子。當我領着小夥伴們唱著《中國少年先鋒隊隊歌》（郭沫若作詞，馬思聰作曲）的時候，我想到：我唱的是我對祖國的許諾，祖國為我祝福，我也為祖國祝福。

胡風逝世時，他的遺體遲遲未能火化，因為對他的評價有爭議。官方有種意見，說他帶着「複雜的心情」進入新中國，但胡風的家屬不同意。我雖是局外人，也不同意。因為我最早（在小學畢業那年）讀的新詩，恰恰是胡風歌頌新中國的詩，至今我還記得他面對毛澤東在天安門宣佈中華人民共和國成立的情景而喊出「時間開始了！」的詩句。時間開始了！一個詩人，一群詩人，一代詩人都在熱血沸騰中歡呼一個新時代新國度誕生了，這種感情像孩子一樣單純，怎能說是複雜？當時幾乎所有著名的作家詩人，從艾青、何其芳到老舍、巴金，都像孩子一樣赤誠地歌頌新中國，都帶着最素樸的天真和最高的期待為新中國祝福。

然而，在我的青年時代，卻看到為祖國祝福的歌者一個一個慘遭不幸和死亡。先是胡風入獄，接着是艾青的被流放，這之後，便是老舍自殺，巴金進入牛棚，馬思聰被鐵鏈抽打和逃亡，連那個《歌唱祖國》的作者，也被揪到滾燙的熱水裏而不得不逃往江蘇。最後這一故事是好友志明兄的母親告訴我的。她從江蘇來美國探親，敍說故事時我不敢相信，一問再問，她急了，說：「沒有錯，紅衛兵要煮的就是他。」近幾年，一聽到《歌唱祖國》的樂曲，就想起作者的故事，心裏難過極了。政治運動，階級鬥爭，橫掃一切的大革命，就這樣撕碎我的歌，我的少年先鋒隊的隊歌，我的祝福祖國的激情爛漫的歌，我的青春時代連着天空、連着大地、連着夢想的歌。

儘管祝福遭到挫折，儘管我已遠離故土，但我還是要衷心為祖國祝福。祖國畢竟是自己的生命，那裏有母親的語言，母親的河流，母親的森林與田野，還有依然想我愛我的父老兄弟姐妹。祖國是土地，祖國更是人，祖國是那些活生生的同胞同伴，是那些活生生的長者、幼者與歌者。我酷愛我的祖國，我祝福我的祖國在新的世紀中不再迷信暴力革命、階級鬥爭，不再重複毀了一代歌者的政治運動，不再讓我們的孩子對着牛棚裏的父母師長哭泣和咆哮。我還祝福，願和平、理性、寬容、摯愛、慈悲永遠連着祖國的旗幟與名字。

原載《明報》一九九九年九月二十三日

童年的長度

今年美國《生活》（*Life*）雜誌第五期一到，封面照片把我嚇了一跳：一個十二三歲的少女，美麗而憔悴，身穿粉紅色的性感外衣，唇邊塗着濃濃的口紅，微微低着頭。眼睛彷彿蓄滿風霜，完全沒有光彩，只是呆板而迷惘地凝望着你。照片右上角是編者所作的大題目：《青少年們的秘密生活》（*The Secret Lives of Teens*），題下還有這樣的提示與說明：圍繞着國家的真正的少男少女告訴我們：他們正在以性和毒品的隱私使你感到突然與震驚。打開刊物，其中的文章介紹說：美國現在有二千七百萬年齡在十三歲到十九歲之間的青少年，他們都是中學生。據調查，他們當中的百分之四十八具有性經驗，這是一九九七年的數字；一九九一年比這一數字還高，那是百分之五十四。

在閱讀這一期《生活》雜誌之前，我對美國少年兒童的性早熟已很驚訝。其中有一案件給我的印象尤其強烈。在我寄居的城市 Boulder，一位銀行家年僅六歲的女兒（名叫 JonBenét Ramsey）被謀殺了。

這一案件震動了美國，於是電視和各種報刊常有這位小女孩的活動畫面出現。我除了驚嘆案件的離奇之外，還驚奇這位小姑娘怎麼身處童年就如此老成、老練，一副小婦人模樣，小小年紀就參加選美競爭，還奪過冠軍桂冠，其打扮與動作全然不像一個孩子。自然年齡六歲，心理年齡恐怕有二十歲。

性如此早熟，這不是好事；而另一項早熟，即腦子的早熟，也讓我困惑。現在電腦和電腦遊戲機器已進入各個角落，美國兒童從三歲左右就開始進入電腦遊戲世界，尚未踏進小學校門就已在電腦熒幕上的暴力戰場、捕匪場、汽車摩托大賽場等處混了好幾年。不少孩子已學會本應在青少年時代才該學的種種技術。對於這一現象，有人高興，說智力開發得愈早愈好；而我卻感受到一種和性早熟一樣的恐懼與悲哀。因為我從中發現：人類童年的長度在縮短，天真的孩提王國在瓦解，一種佈滿自然芳香的心靈狀態被打成碎片。

二十幾年前在故國時，我也曾有「童年縮短」的感覺。那時我回福建探親，看到年僅八歲的女兒和她的同學正在寫批判鄧小平「右傾翻案」的文章，開口閉口階級鬥爭路線鬥爭，一時竟悲情湧起，悄悄落淚。這種悲情，不是政治的，而是人性的。我不忍心看到一個打着蝴蝶結小辮子的年幼女兒這麼早就背負災難性的政治重擔。人生固然是一場悲劇，但我不願意看到它過早地揭幕。從自身的經歷中，我知道，生命最純粹的歡樂全在童年這一生命的原始宇宙中，這一宇宙的邊界愈是寬闊，歡樂就愈長久。現在看到美國的少年過早地丟失孩提王國，我又湧起悲情。此番悲情我想到的是：人類正在用最先進的科學延長壽命的長度，怎麼沒有想到，倘若不能延長童年的長度，也應當保衛童年的長度。純真的生命畢竟比衰老的生命要緊。

這些年，我把尋回童心視為人生最大的凱旋，並常用童心視角看着包裝得愈來愈精緻的世界。我喜歡看到老人像小孩，於暮年中還持有天真與單純；而害怕看到小孩像老人，年少時心靈就佈滿皺紋與陰雲。可是，無論是西方還是東方，發生的偏是童年提前的流逝，不是流逝於貧窮的荒野裏，而是流逝於現代文明的聲光化電中。

原載《明報月刊》一九九九年八月號

復仇三部曲

中國現代有三部復仇主題的小說：魯迅的《鑄劍》；張煒的《古船》；余華的《鮮血梅花》。但在這篇短文中，我不作文學批評，只是感慨一點人文精神的變遷。

父親（或母親）被殺了，要不要復仇？對於這個問題，《鑄劍》沒有哈姆雷特式的猶豫，它斬釘截鐵地回答：我必復仇，而且要義無反顧、不惜自我犧牲地復仇。小說主人公眉間尺，原是一個連小耗子都害怕的孩子，然而，一旦復仇意識覺醒，他便在瞬間中成熟，並成為一個剛毅的勇者。為了替父親報仇，他求助於黑衣義士。黑色義士答應了，但要求他奉獻出兩樣東西：一是肩上的頭顱；一是手中的寶劍。眉間尺毫不猶豫地舉起寶劍削下自己的頭顱，然後由黑色義士提着復仇的頭顱去和怨敵進行一場生死廝殺並同歸於盡，其慘烈與壯烈，真是令人驚心動魄。《鑄劍》是《故事新編》中最精彩的一篇，其文字的奇氣和精神的特異，是二十世紀中國文學中少有的，但願有藝術界的高手能把它搬上銀幕。

《古船》則充滿哈姆雷特式的徬徨。主人公隋抱樸和弟弟隋見素的衝突和對話，正是人類靈魂兩半的緊張：兄長陳述着寬恕的理由，弟弟申訴着報復的理由，兩者都符合充份理由律，但作者顯然站在兄長一邊，他讓小說張揚一種思想：人間爭鬥不休，總是處於報復與反報復的循環之中，如果這種循環悲劇不能終止，那麼人類將陷入萬劫不復的苦難之中。《古船》是大陸當代文學中絕無僅有的具有基督精神的小說。這在西方不奇，在中國，則有些奇。它與《鑄劍》的觀念相反，主張寬恕敵人，包括寬恕那些曾經把自己的父母置於死地的人。

就我個人來說，我更能接受《古船》的思想。我害怕報復與反報復的血淋淋的圓圈遊戲。因此，《古船》一出版，我就在人民文學出版社的《當代》雜誌上發表評論，認為這是我國當代文學中真正具有懺悔意識的稀有小說。儘管我很難接受魯迅那種復仇的觀念，卻很喜歡《鑄劍》中那種為了一個目標而不惜拋頭灑血的精神，這種為了一個信念而讓自己的頭顱擲地有聲的精神，畢竟義薄雲天，磅礡着人類的尊嚴與驕傲。總之，我既喜歡《古船》的仁厚精神，也喜歡《鑄劍》的犧牲精神。

而在《鮮血梅花》裏，這兩種精神全都看不到。讓我們看到的是一片精神的虛空與意義的虛空。小說的精彩處也正是藝術地展現這種虛空。小說的主人公阮海闊和眉間尺一樣，有一把父親留下的寶劍和一個母親「為父報仇」的囑託。這把天下無敵的梅花寶劍非常神奇，一旦殺死敵手就會沾滿鮮血，只要輕輕一揮，鮮血便如雪花般飄離劍身，只留下一滴永久盤踞劍上，狀若一朵袖珍梅花。梅花劍幾代相傳，傳到阮海闊的父親，一代武林宗師阮進武手裏。已有七十九朵鮮血梅花，而經他在江湖二十年的拚搏，在劍上又增添了二十朵梅花，可惜在寶劍呈現出九十九朵梅花時，阮進武卻死於兩名武林黑道人物之手。這兩個仇敵是誰，始終是個謎，但母親告訴兒子：有兩個人知道誰是殺父的仇人，你可以去找這兩個人。於是，小說敍述了阮海闊尋找這兩個人的故事。然而，這是一場完全沒有精神、沒有意義、沒有希望的尋找，他走得愈遠，就離父親的英雄氣宇和母親的囑託愈遠。他的目標就愈顯得朦朧與混沌。父親是模糊的（只剩下微弱的符號），仇敵是虛空的（彷彿已不存在），復仇者的內心是混亂的（連出發的初衷也常遺忘），天下無敵的寶劍對他來說沒有任何意義。他不僅丟失了寶劍的意義，而且丟失了自身存在的意義。他沒有眉間尺的信念與激情，也沒有隋抱樸的徬徨與苦痛，他只是一個價值迷失的生命空殼。

我喜歡《鮮血梅花》，正是它在一個為父復仇的古老母題中翻出了新意，描摹了當代中國的一種精神現象：新一代子弟們踏上征途，卻丟失了父親的英風和母親的期待，還丟失了寶劍的靈魂和開啟存在意義之謎的鑰匙。我曾說當下中國人正處於一個喪魂失魄的時代，上述三個復仇故事也可作證：黑色義士與眉間尺早已死亡，古船也已沉寂無聲，而梅花劍已開不出第一百朵鮮花，中斷了九十九個英雄的故事。

原載《明報月刊》一九九四年八月號

不敢先進的故鄉

我的故鄉福建省，在宋朝時是中國最先進的地方。省中名城泉州市是當時最開放的國際性海港，至今還留着各種宗教與文化的遺蹟。到了明代，泉州又出了一個李卓吾，其思想在那個時代也是最先進的，他反叛宋明理學的教條，肯定慾望的權利和個體生命的其他權利，張揚個性，成為明末提倡真性情的新文學運動的先驅，贏得了湯顯祖和袁氏三兄弟的尊敬。近代以來，福建又出了嚴復、林琴南等人物，開了風氣之先。福建是一百五十年來最先打開海禁的省份，加上地靈人傑，本應是中國最繁榮的地方，可是，不但不繁榮，反而相當落後。一九八五年，我從費孝通先生的〈福建山海經淺識〉一文中得知這位老社會學家也在納悶。他說：「福建原來是個邊沿省份，和中原地區相比，也是個窮省。如果以人均國民收入為標準，把全國各省、區排個隊，福建一九八零年站在二十一位，離尾巴不遠；到去年，力爭上游，才到了十七位，還沒有超過中間線。又據說在解放前的一九四六年，福建工業產值只佔工農業總產值的百分之一，近於工業空白區。這是甚麼原因？過去不少人的答案是由於八山一水一分田，怪的是福建這部《山海經》不好。」

最近十幾年的情況雖然有所改觀，但與沿海的廣東、江蘇、浙江等省相比仍相距很遠。福建為甚麼總是走不到最先進的行列？這幾乎是個謎。猜謎者往往兼作醫生，均給福建開療治落後病的藥方。費孝通先生開的藥方是不要把「八山一水一分田」當作包袱，而要通過努力把窮山惡水變作「金山銀水」，還要「利用大海讓財富隨大浪滾滾而來」。費先生的藥方積極而有詩意，可惜只着眼於自然條件，沒有看到歷史條件。馮友蘭先生就站得更高更遠一些，他認為關鍵是福建缺少發展的歷史條件。他在晚年所作的《三松堂自序》中講了一段很有意思的話。他說：「像中國這樣的大國，各地方的經濟發展，是不平衡的，但因為是一個統一大國，經濟發展落後的地方，往往拖住了經濟發展先進的地方的後腿。例如福建、廣東這些地方，在宋代就成了和外國通商、交通的港口，如果聽其自然發展，像這樣的地方很可能比較早就有了近代化的生產，有了資本主義的生產方式。但它們上邊有一個統一的政府，這個統一的政府是封建社會的上層建築，是建築在內地封建經濟基礎上的。因為它是個專制主義中央集權的政權，它就壓住像福建、廣東這些經濟上先進的地方，不讓它們改變它們的上層建築。西方有一句話說，一個艦隊的速度，取決於其中最慢的船，中國的封建社會的統一的政權，到了後期，沒有起先進帶後進的作用，而起了使後進拖住先進的作用。」

馮友蘭先生看到，不是福建不願意先進，而是它受制於整體，被拖住後腿，先進無門。馮先生的文章發表之時，中國的情況正在發生大變動，當時鄧小平、胡耀邦等改革家已決定把廣東和福建作為特區，即提供給這兩個南方沿海省份率先「騰飛」的歷史機會。廣東省似乎意識到這一機會乃是千載難逢，就無情地前進。而福建卻顯得比較木訥，雖然也動彈，但不敢往前奮飛，兩省的局面大不相同。看到閩粵的差異，有識者皆批評我的故鄉不爭氣。我卻為故鄉辯護說：兩省雖然天時相同，但地利有別，廣東緊靠香港，兩邊語言又相通，歷史一提供條件，就藉香港的助力扶搖直上；而福建靠近台灣，中間隔的不是一泓海水，而是政治高牆，雖有特區之名，卻沒有太多特區之利，一旦海峽兩岸「三通」，高牆拆除，滄海互動，福建也會扶搖直上。

雖為故鄉辯護，但也承認故鄉常常不爭氣。這幾年東奔西走，總是聽到人們以嘲弄的口吻議論福建的兩件事：遠華案與人蛇集團。前年夏天在維也納、倫敦，也聽到人們嘲諷：「咳，你們福建！」據說有些歐洲國家領事館一見到護照上寫着「福建」，就先擱一邊。聽到這些議論，真為故鄉難過。更使我困惑的是，故鄉的醜聞傳遍全球，而內裏的思想觀念卻極為保守。聽潘耀明兄說，他主編的價值中立的《明報月刊》，全國各省市都允許進口，唯獨福建卡住，對刊物上一點知識分子溫和的異樣聲音，怕得這個樣子，真是奇怪。我的文章書籍已在北京、上海、遼寧、陝西、安徽、廣東等處發表，也唯獨故鄉害怕。前兩年廈門大學編輯鄭朝宗老師紀念集，竟然封殺我的悼念文章。鄭老師生前最愛的學生就是我，一九八八年他到北京，一再說：「我這把年紀北上，專程來看一老一少，老的是錢鍾書，少的是劉再復。」我也深深熱愛鄭老師，可是我的母校竟然不讓我在他的亡靈之前灑一滴眼淚，保守膽小到遠離人性的地步。我懂點「全息論」，從這兩件小事我便知道故鄉的基本信息，這種信息告訴我：故鄉未能先進，除了歷史、地理原因之外，還有「人」的原因，這是最根本的原因。故鄉要出息，首先人要出息。

面向歷史的訴説

十二月七日，高行健在瑞典皇家科學院發表題為《文學的理由》的獲獎演説。這篇漢語演説在發佈之前已譯成世界各種主要文字，講話時又同步翻譯。因此，可以説，除了離文學與自由太遠的耳朵，全世界都在傾聽。

儘管我熟知高行健的文學思想與文學立場，但傾聽之後還是難以平靜。一個兄弟般的朋友，一個曾像小偷把稿子裝在罐中埋入地下的朋友，卻贏得一個最莊嚴的歷史瞬間，在一個舉世敬仰的講壇上向人類訴説心聲，這一故事本身，就蘊含着説不盡的意義。

雖然高行健完全知道，獲得最高的文學桂冠並不等於進入最高的文學境界，至高的境界永遠深藏於文學作品之中。但高行健知道，這是一個歷史性講壇，中國作家在一百年的漫長歲月中只得到一次在此説話的權利，必須鄭重地説。因此他的講話不選擇幽默的基調，而選擇論述的方式。雖是論述，卻處處跳動着他個人生命體驗與藝術體驗的內在脈搏，從而表現為「個人面向歷史訴說」的散文特點。所謂「文學的理由」，最根本的理由在於，「當歷史那巨大的規律不由分說施加於人之時，人也得留下自己的聲音」，「人類的歷史如果只由那不可知的規律左右，盲目的潮流來來去去，而聽不到個人的聲音，不免令人悲哀」。人類之所以還需要文學，正是在歷史潮流的撞擊中「可以保留一點人的驕傲」。經受不幸與屈辱所打擊的民族與個人，尤其能了解這點驕傲的價值。

高行健通篇講話討論的正是在當今歷史場合下，實現人的尊嚴與文學的尊嚴是否可能，即保持一點人的驕傲是否可能。從二十世紀的歷史中，可以非常明白地看出，文學承受着雙重的壓迫：政治的壓迫與市場的壓迫。在雙重壓迫下的作家要獲得主體自由是否可能呢？高行健的回答是可能的。他告訴我們：能否取得自由，完全取決於自身。自由不是向政治權力祈求恩賜，也不是買來的，它取決於作家的生命狀態與心靈狀態。「說佛在你心中，不如說自由在你心中。」高行健的作品也正是這樣暗示：任何專制權力都是建立在人性的弱點之上，人心的黑暗導致政治的黑暗，政治的黑暗又製造人心的黑暗，兩者互為因果。文學藝術與專制權力相反，它恰恰以人性的光明燭照人心的黑暗，從而使人的尊嚴和自身的尊嚴成為可能。

有些朋友曾說，還是要下海賺錢才可能安心寫作，但是高行健不這麼想。正如他正是在文學做不得的專制年代才充份認識到文學的必要一樣，也正是在流亡海外、過着貧窮生活的時候才充份地守住文學的尊嚴。即使在「囊無一錢守」的日子，他也決不去迎合市場與讀者。「文學並非暢銷書與排行榜」，他從不生活在暢銷與明星效應的幻相之中。人的驕傲與寫作的驕傲正是在文學與市場的距離之中。

實現文學的尊嚴，除了作家自身的心靈狀態之外，還有一條同樣重要的東西，這就是寫作的真實、真誠原則。高行健在講演中說：「真實是文學顛撲不破的最基本的品質。」又說：「對作家來說，真實與否，不僅是個創作方法的問題，同寫作態度也密切相關。筆下是否真實同時也意味着是否真誠，在這裏，真實不僅僅是文學判斷，也同時具有倫理的涵義。作家並不承擔道德教化的使命，所以他們將大千世界各色人等悉盡展示，同時也將自我袒露無餘，連人的內心的隱秘也如此呈現，對於作家來說，幾乎等同於倫理，而且是文學至高無上的倫理。」這是高行健在諾貝爾崇高論壇上揭示的文學真理，也是人的尊嚴、人的驕傲成為可能最為關鍵的所在。在謊言佈滿地球的今天，這一表述顯得特別精彩。而從文學理論上說，高行健在這裏把一個人們思考得很久但沒有想清的問題即真與善的關係問題說得格外透徹。點破了這一真理，我們才可能理解喬伊斯、勞倫斯、納博科夫的文學價值，也才可能理解《紅樓夢》、《金瓶梅》的文學價值。

高行健的演講發表後，香港一些報道未能把握演說的整體風貌與視野，只是按照新聞效應的需要作片面的政治閱讀，從而把演講內容狹隘化了。實際上，高行健關於文學理由的表述，完全是面向歷史說話，也完全是面向整個人類社會在二十世紀的精神教訓說話，它不僅對東方訴說，也對西方訴說，它批評的是整個專制，而不是某個黨派。儘管高行健再三強調文學只是個人的聲音，但在此次講話中，他卻履行了知識分子的歷史責任。他的講話增加了我的信心：實現人的尊嚴與文學的尊嚴是可能的，文學的理由正是人的驕傲不會在利慾氾濫中沉淪的理由。文學只會以人性的光明燭照黑暗，而不會被黑暗所吞沒。

寫於二零零零年十二月十二日夜

高行健的第二次逃亡〔存目〕

（本文收錄於「劉再復文集」第⑭卷《高行健論》。）

法蘭西的啟迪

高行健獲得諾貝爾文學獎之後，法國從上到下的熱烈反應很讓我感動。幾個月裏，他的長篇小說《靈山》和《一個人的聖經》每星期的銷售量高達一萬五千冊。政府各級首腦給他的賀辭誠摯而富有詩意。總統希拉克親自提名授予他榮譽騎士勳章，並在通知的函件中表達了這樣的感情：「感謝您這偉大的作家，感謝您一生對自由追求不息，您傑出的成就與天才令我國感到榮耀。」與此同時，許多城市與大學紛紛授予他榮譽稱號，尤其難得的是法國第二大城市馬賽市也授予他榮譽市民的稱號。兼任參議院副議長的馬賽市市長多丹在授勳儀式上熱情地對高行健說：「從此之後，馬賽就是你的城市。」

比馬賽市更早授予高行健城徽的阿維農市，花費一百萬法郎（折合約十三萬美元）為高行健舉辦大型繪畫回顧展，並提供該市最著名的展覽館——主教宮作為展出地點；而時間又選擇在國際戲劇節期間。阿維農市以每年夏天舉辦國際戲劇節而聞名全球，今年的戲劇節從七月上旬開始，參演與觀賞的人數預計六十萬。這次戲劇節除了上演《生死界》和《對話與反詰》兩部戲，還有高行健作品的一系列朗誦會，包括配樂朗讀、演出他接受諾貝爾文學獎的演説辭《文學的理由》。法國最高級的劇院——法國喜劇院也決定二零零三年演出《週末四重奏》。這個劇院只演經典劇目，不演尚在人世的劇作家的戲，貝克特與熱奈的劇作也是他們去世後才演出的。

在阿維農市主教宮的回顧大展中，高的新作《另一種美學》與畫作一起合璧出版（有三種文字的版本，已出意、法兩種）。這部新著對二十世紀以理念代替審美的藝術革命進行全面質疑，可說是對西方當代藝術主潮的一次真正挑戰，直接針對也在法國流行的時代病症。我曾猜想，高行健的東方境界水墨畫和他的挑戰性理論同時發出，一定會引起法國當代主流藝術評論的反感。可是，沒想到，法國《世界報》的首席藝術評論家菲利浦·達蘭（Philippe Dagen）寫出長篇評論，認為高行健的繪畫確實獨特，其藝術構思與藝術精神確實完整。菲利浦·達蘭是法國當代藝術的權威批評家，《世界報》又是法國最大的報紙，他們對高行健的藝術觀念與藝術實踐如此理解與支持，這固然是高行健的勝利，但也説明，法國藝術評論的水準的確很高。

我在這裏陳述數字與事實，不是為高行健，也不是為法國，而是為我的祖國。我坦率地希望我的祖國能從法蘭西那裏得到啟迪：一個偉大的國家應當有高度的文化榮譽感，應當敬重每個生命個體精神價值創造的成就。文化是超越於政治的一種獨立存在，尊重這種存在一直是法國的偉大傳統。大啟蒙家伏爾泰曾為他的祖國擁有這種傳統而無比自豪。他在〈論應該尊重文人〉（《哲學通訊》第二十三封信）中說，英國有一優良傳統，「便是這個民族對所有天才的尊敬」，人們走到威斯敏斯特墓地，瞻仰的不是國王墓，而是這個民族為牛頓等偉人豎起的紀念碑，「以感謝他們對民族榮譽做出的貢獻」。但他又驕傲地說：「無論在英國，還是在世上任何其他國家，人們都找不到像在我們法國那樣重視藝術的機構。」高行健就生活在高度重視藝術的大傳統陽光下，因此，儘管他用漢語寫作，但法國覺得這位居住在他們土地上的文學巨子用中國文學豐富了法國文學，他們應為此而驕傲。他們衷心地珍惜這份光榮。

法國文化榮譽感所派生出來的另一種高貴的文化品質，給我更大的啟迪。這種品質就是對同行傑出者的衷心欽佩。用北京老百姓的語言來表述，就是：「你行，我就服了。」該服氣就服氣，服了就沒有嫉妒，沒有仇恨，沒有機心，沒有吹毛求疵，沒有玉中求瑕。政治傾向不同，成就估量不同，但沒有誹謗中傷，沒有卑劣的動機，沒有骯髒下流的語言，沒有企圖把諾貝爾文學獎「埋葬一萬次」的野心，沒有藉打擊卓越者以抬高自己的花招與謀略，所有評論文字都是乾淨的，所有評論者的人格都是光明的。

新文化運動的先鋒雜誌《新青年》一九一五年九月在上海創刊時的開卷文章是〈近世文明與法蘭西民主〉，嚮往的是遙遠的法蘭西文化。八十年後，高行健為中國新文化也為法國文化爭得巨大榮譽，他沒有辜負母親的語言，也沒有辜負「五四」精神和法蘭西精神。

發表於《亞洲週刊》二零零一年八月六日至八月十二日

輯三：心香一束

共悟人间

緬懷我的彭柏山老師

——《他們的歲月》（彭小蓮著）序

彭小蓮所作的《他們的歲月》，是一部個人傳記，也是一部歷史報告文學，正如茨威格的《昨日的世界》，寫的是個人的生活歷程，但又是一部二戰期間歐洲的大時代悲劇。

彭小蓮筆下的「他們」，是指她的父親彭柏山、母親朱微明以及與之相關的中國革命者。他們的歲月，是悲壯的，又是悲傷的。而他們的故事則是令我困惑了三四十年的故事。

彭柏山這個名字，對於香港人是陌生的，但對於經歷過一九四九年前後動盪歲月的大陸知識分子並不陌生，都會知道他是新中國開國之後不久的華東軍政委員會文化部副部長，上海市委宣傳部部長，被毛澤東點過名的「胡風集團」在上海的支柱。而對於我，彭柏山這個名字，則是我的生命與我的歷史的一部份。這個名字和這個名字所負載的革命、戰爭、死亡、苦難、眼淚、情誼、智慧、良心等等，深刻地影響了我的思想和道路。因為，這個名字，這個人，就是我的老師，在廈門大學中文系教我「寫作實習」課的老師。在全年級的二百個同學中，他挑選了二十個學生，並要我做這門課的「科代表」。我的作文一篇一篇地被他修改，稿子空白處到處是他的密密麻麻的「眉批」。正當二十歲的時候，在我面前出現的這些批評文字，這些關於語言、關於結構、關於如何抒寫社會與自我的最準確意義上的教誨，使我感到驚喜，並實實在在地感到有一隻充滿溫情的老作家的手臂在推着我向文學花果園靠近。我和我的幾個同學，都被告知這位老師是胡風分子，但我們不在乎，仍然不斷地跑到他那只有十二平方米的房子去聽他講魯迅，講殷夫，講柔石，講作文中的「學生腔」。我們衷心喜愛這位文武雙全的老師，喜歡坐在他的小床上聽他講話，那時我們都因為飢餓而得了水腫病，但還是陶醉在他的談論裏。他成了我們這群學生的「孩子王」，他全神貫注於培育這群「孩子」，一點也沒有過去的光環與陰影。他的過去是名副其實的革命英雄。一九四一年「皖南事變」，他受陳毅委託，冒死送密件去拯救新四軍二支隊，倖存後又轉戰大江南北，到了一九四九年，他已是第三野戰軍二十四軍的副政委（皮定鈞將軍就是這個軍的軍長）。他把自己的過去比作「戰馬」，把現在比作「黃牛」，並寫了一首《高傲的戰馬》的詩，表白他甘為祖國東南一群學子之牛的心願。我讀完這首詩後非常感動，想登在由我主編的用鋼板刻印的刊物《鼓浪》上或者黑板報《熔爐》上，但是，系裏的黨組織知道此事後警告我：他屬於敵我矛盾，文章不能登！一個寫過《崖邊》的左翼作家，一個為我們這些窮苦孩子浴血奮戰、差點死於疆場的將軍，連一首發自心底的短詩都不能在我們的黑板報上發表，這是為甚麼？此事震動了我。我幾乎要哭出來，不好意思地告訴彭老師，但他卻安慰我，叫我千萬別去爭。他想到的不是自己的得失，而是那些脆弱的嗷嗷待哺的弟子。

彭柏山老師從一個戰功赫赫的將軍變成一個連作品都無法在黑板報上發表的入另冊的教師，這並不是他的谷底。在胡風集團事件發生之後，他被逮捕然後又被流放到青海的蠻荒之地，由於戰友皮定鈞的幫助，他才得以在廈門大學「偷生」。但是，文化大革命前夕，他終於無法維持這個教師地位而被送到河南農學院充當圖書館管理員。文化大革命中，這位穿越戰火風煙的真正革命家再次作為「反革命」被揪出來鬥爭，而新的罪證竟是他的緬懷戰友的長篇小說《戰爭與人民》。為了這份感情，他受盡污辱，四肢被綑綁在四根柱子上，身上壓着裝滿石頭的箱子，然後被毒打，以至被打死，死時滿身紅腫，遍體鱗傷。彭小蓮「不忍」寫這段故事，但這個故事一直折磨着我。八、九十年代我不遺餘力地呼喚人的尊嚴與個體生命的權利，顯然與彭老師的死亡教育有關。他不僅用知識、用溫暖的手臂扶助過我，而且用他的整個生命歷程喚醒我重新認識革命，重新認識各種漂亮的名義、主義與曾讓我沉醉的大概念。彭老師的悲劇是真正的悲劇，他不是死於刀光劍影的沙場，而是死於「鶯歌燕舞」的凱旋門；不是毀滅於敵手之下，而是撞碎於自己的營壘之前。他在槍林彈雨中活了下來，卻被自己所憧憬的理念與信念所殺，而且至死也沒有放棄過信念。他拒絕與反叛過強加給他的「反革命」的命名，卻從未質疑過造成他的悲劇的原始前提。他不僅自己飽受苦難，而且牽連整個家庭陷入深重的苦難，尤其是帶給他妻子朱微明以無窮盡的浩劫。朱微明也被送入牢房，被泡在污水之中，她被折磨了整整四十年，沒有一天得到喘息。我無法卒讀彭小蓮筆下的母親的故事。故事裏的母親，身兼革命才女與翻譯家的母親，一肩挑着丈夫的「罪惡」，一肩挑着兒女的重擔，每一天都在服着肉體與精神的雙重苦刑。這種女性，是當今世界苦難最深重而精神卻最堅韌的女性，真的可歌可泣，可敬可佩。此時，我除了向她的高山巖壁似的靈魂深深鞠躬之外，只希望人們閱讀這本書，並從中知道：世上有一種生命是不會被任何艱難凶險的命運所擊倒的，他們在命運的打擊中，顯示着堅貞，顯示着正直，顯示着人的不屈不撓與大情大義。這種生命史，沒有權貴們的金碧輝煌，但高潔，清白，豐實，偉大。「秉德無私，參天地兮」，彭老師在最艱難的時刻，常以屈原的《橘頌》自勉，這兩句詩正好可以奉獻給他們高貴的靈魂。

彭小蓮不簡單。她從小野氣十足，不知有甚麼「責任」，長大後偏又有天賦的才華，當了電影導演，並有名聲，加上出國深造，受到西方個人主義文化的薰陶，更是獨立自由，完全可以拋開父輩的影子，但是，她卻天然地意識到她的家庭故事不僅屬於她的家庭，也屬於一個時代，而且是屬於這個時代最深刻的悲劇，這就是追求革命而毀於革命的悲劇。於是，她放下野氣，沿着父輩走過的數十年足跡，嚴謹地重新閱讀歷史，廣泛地搜集資料，硬是寫出這部憂患之作與性情之作。而更使我感到意外的是，彭小蓮寫得非常冷靜，沒有一句溢惡與溢美之辭，也沒有任何控訴與煽情，只是一頁一頁地描述着歷史和雙親真實的腳印。在作者看來，父輩的道路是他們自己選擇的，身上的沉重的十字架是他們自己揹上的，他們自己應負一部份責任。但是，她又知道，基督從十字架下來之後經歷過復活、再生並擁有生命的尊嚴，但她的父輩得不到尊嚴，所有的復活之路都被堵死，所有的日子都塞滿懷疑、屈辱和悲憤。於是，我們在沉靜的文字中又看到真實的血痕、深邃的眼淚與慘白的灰燼，人間的真情洋溢於書卷之中。彭老師與朱老師在地下讀了女兒這些文字，一定會感到欣慰，笑容一定不會再滲和着苦味。

二零零一年二月二十八日

原載《明報》二零零一年五月二十四日世紀副刊

又想聶老

這幾天，應《香港作家》主編梅子兄的約稿，為紀念巴老的百歲誕辰而寫了〈巴金的意義〉。不知道為甚麼，寫巴老的時候，竟特別想念聶老，想到如果他也活到一百歲該多好呵，那我無論如何一定要回北京去看他，這一情感的理由一定會壓倒政治理由和其他不回去的理由。可惜他永遠離開我了。我只能在緬懷巴老的時候也思念聶老。我說：聶紺弩在他生命的最後歲月（大約八年）裏，我是他的精神孩子，他是我的心靈導師，其人格一直是我前行路上的燈塔。「文章信口雌黃易，思想錐心坦白難」，他把他的詩句抄錄給我，讓我記住。這一座右銘一直伴我浪跡天涯。寫了這段話之後，思念之情仍然難以平靜，於是就找出一九八六年他去世後我寫的第一篇悼念文章〈初祭聶紺弩〉，現趁《漂流手記》新的一卷即將出版，就放入其中以自慰。

寫於二零零三年十月

初祭聶紺弩

聶紺弩老人，安然地嚼完最後一顆橘子，過了兩個小時，就靜靜長眠了。沒有一點聲響，沒有一句遺言，沒有一點死的徵兆與氣氛，就這樣，他和我們永別了。

這位像丹橘一樣高潔的詩人，正直秉性不可移的戰士，我心靈的導師，逝世之後，給我留下永恆的感傷。但是，看到他這樣靜悄悄、沒有痛苦地走，在悲哀中又感到欣慰。他實在太累了，一生除了革命、打仗、辦報、坐牢、勞動改造之外，還寫了二十七本文學集子。近幾年來，已經精疲力盡，但還在思索，還在掙扎，還在咀嚼自己的心。他已經消瘦到沒有一點肌肉，腿和胳膊幾乎一樣細，犯了哮喘病甚至連氣也沒有，只有揪心的乾咳嗽。不能翻身，一翻身就刺骨疼痛。可是他偏不屈服，咳嗽時還是顫巍巍地讀着，想着，有時還拿起筆想寫幾個字，筆拿不住，最後，連那麼輕的一支香煙也拿不住了。我知道他的心事是怎樣廣闊浩茫，心靈生活是怎樣活潑、豐富、奇特，但是看到他拿着顫抖的紙筆，只覺得他在服着精神的苦役，實在受不了。每每看到他這個樣子，就想起他懷念邵荃麟的詩句：「君身瘦骨奇嶙峋，支撐天地顫巍巍。」我知道科學世界和藝術世界正是像他這樣一些不幸又不屈的人所支撐的，然而，我實在受不了他那種拿着筆的「顫巍巍」的樣子。他該休息一下了，不應當再繼續渴飲人生的苦汁了。此時，我提起筆，一串眼淚灑落在紙上，我竟分不清這眼淚是苦味還是比苦味還要苦的甜味。

我也不願意多想他的過去，脆弱的心靈很難承受他的太沉重的痛苦人生。一九五八年初，他被錯劃為「右派」，送往北大荒勞改；「文革」中他因不滿林彪、江青而以「現行反革命」之罪被判處「無期徒刑」；直至一九七九年才被宣判無罪。他是個不幸者，但又是一個征服不幸的強者。他從來沒有被艱難的命運所擊倒，也從來沒有因命運的艱難而放棄真理。在鐵窗下，他仍然把自己的生死安危置之度外，繼續學習與思索，把《資本論》細細地讀了四遍，並在書頁上貼了幾千張寫着要點和心得的小字條。他告訴我，他讀懂一句，就在底下劃一道紅槓槓，最後，他把全書都劃滿了紅槓槓。今天，再看看這書，只覺得這些紅槓槓裏注滿了他的血痕與淚痕。撫摸這血痕與淚痕，真像觸到一團團火。這位《資本論》的偉大讀者，正是在煉獄的火燄中戰勝了魔鬼和死神的威脅，使自己不屈的靈魂獲得昇華。

晚年他發表的古典小説研究論文和《散宜生詩》，固然可看到他的眼淚，但也可聽到一種帶着樂天氣息的笑聲，我想，這正是他經受了苦難之後進而穿透了苦難而感悟到人生真理的一種愉快，正是他洞察了社會人生之後反而自由地駕馭人生的一種自豪感。晚年，他正是用這種心境從事卓越的精神勞動，寫出一篇篇令人驚嘆的、具有獨特的人生境界的文章。

他用中國知識分子特有的錚錚硬骨支撐着艱辛的歲月和超越了自身的痛苦，卻無法超越另一種痛苦，這就是他人的痛苦。他在自己受到折磨的時候，卻總是想着別人。去年十一月，他病得很重，提起筆就顫抖，但還是寫了一篇懷念馮雪峰的詩，其中有「識知這個雪峰後，人不言愁我自愁」。這是他的絕筆。這絕筆正透露出他的心靈與人間的憂愁如何相通。他晚年對我們祖國的改革表現出一種感人肺腑的關切，他深深感到此時中華民族所選擇的歷史方向是正確的。對聶老重重的心事，我曾有不少感悟，待以後情緒平靜下來，應該慢慢體味和細説。此時我陷在心送這位堅韌和睿智的長老的悲傷裏，只願他辛苦一生的靈魂，能盡快地在仁厚的地母懷中得到安息。

寫於一九八六年三月

本文曾發表於《北京晚報》

被故國忽略的理性智慧

——鄒讜教授祭

八月七日，鄒讜教授（一九一八——一九九九）逝世。九日，芝加哥大學下半旗哀悼，以最莊嚴的形式對鄒教授表達敬意和表彰他對人類學術文化的傑出貢獻。開學後，學校還將舉行隆重的追念儀式，以銘記這位獻身於學術、對真理充滿信念的思想家。本月十二日，《紐約時報》、《芝加哥論壇報》、《芝加哥太陽報》分別發表悼念文告，讚譽鄒讜先生是現代中國史研究權威，中美兩國關係史研究的奠基者。鄒教授完全無愧於這些崇高評價。

然而，一切哀榮都不能減少我的哀傷，自從得到死訊那一刻起，我便陷入更深的孤獨。在廣漠的人間，能夠關懷我並給我厚愛與智慧的老一輩學者，只有寥寥幾位。他們的名字都是我血脈的一部份。每個人從世上消失，都會帶給我落日般的悲愴。鄒讜教授的逝世，我直覺到的，便是人世間和暖的空氣更加稀薄：這麼好的知識分子，這麼好的真金赤子，這麼好的精神師表，就這樣無可挽回地隕落了。天道如此無情，怎能不讓我傷感不已。

在迷惘中，我給鄒先生的夫人、久病在床的盧懿莊教授打電話，可是說不出甚麼安慰的話，倒是盧教授清楚地告訴我：「鄒先生六月下旬到醫院時就吐了血，但他要醫生瞞着我。他只牽掛我的病，相信自己還可以活下去，所以去醫院時還帶上幾十本書。」這正是我預料的最後情景：鄒先生至死都不會放下書本與筆桿。早些年，他就犯有輕度中風、心肌梗塞、腎功能衰竭等多種病症，整個生活模式就是「一面與死神搏鬥，一面探求真理」。他曾對我說：「我們不能說自己已經掌握了真理，但要有對於真理的信念。」他正是一個死神立在面前也不放棄真理信念的人。

雖說鄒先生相信自己可以活下去，但似乎又有死亡的預感，就在他住院前幾天的六月二十日（星期天），他因讀了我和甘陽關於朱鎔基的文章而給我打了電話，並借此系統地講述他的幾個根本性的政治見解，其中包括：羅斯福新政前和新政後的資本主義的區別；中美關係的過去和未來（使用了羅密歐與茱麗葉的比喻）；對鄧小平、朱鎔基的評價；政府從全能主義政治撤退和從公民社會撤退；天安門悲劇應以「和解」方式代替「平反」方式等。儘管鄒先生帶着赤熱的語調鄭重地表述，但我完全沒有想到這是他獻予我的最後的一課和最後的心跡。這是何等寶貴、何等純正的人間絕響呵！

也許因為死神老是在面前徘徊，所以鄒先生在晚年特別抓緊時間「趕快做」。爭取時間，幾乎是他的壓倒一切的念頭。一九九五年夏，他讀完李澤厚和我的《告別革命》之後，給我們寫了長達四十五頁的長信（這是我平生接到的一封最長和沒有任何保留的激勵我的信），信的結尾，他告訴我們，他是個病號，寫字困難，手不應心，但每天還是堅持做兩三個小時的智力工作，人到此時，別無所求，只希望再有兩年半的時間，以完成論文集《二十世紀的中國政治》的編輯和其他一些論文的寫作。

我認識鄒讜先生是在一九八六年秋天。四月二十九日，北京大學授予他名譽教授的稱號。過後，胡耀邦接見和徵詢他對中國政治的意見。同年八月，他接受戴晴的採訪，在《光明日報》上發表了談話。我就在戴晴家所開的 Party 上第一次見到鄒教授。他留給我的印象是為人極其謙和，思想極為明晰，論斷極其理性。他雖然出身於國民黨元老（父親鄒魯）之家，但同情中國革命與中國共產黨。而各種見解完全與出身無涉，全是面對真理說話。我雖不懂得政治學，但他那些帶着真理品格的理念都像陽光直穿我的心胸，使我受到一次理性的洗禮。他告訴我，中國向民主過渡是非常複雜艱難的，不能操之過急。知識分子首先能做的是要幫助政府從全能主義政治的思維習慣上撤退下來。所謂全能主義政治，就是認定一個社會中沒有一個政治權力機構不能侵犯的領域，也就是說，這個社會之中的個人自由和個人權利沒有受到法律的保障。與全能主義基本特徵相應的全能主義思維方式便是「全輸全贏」、「你死我活」、「一個吃掉一個」的方式，這是一種總和等於零的遊戲。

一九八九年我到芝加哥大學之後，我們面對「六四事件」而感嘆吁唏，那時，我頭腦還有點發熱，而他卻冷靜地說，此次事件雙方都有錯，政府與學生同樣都是「全輸全贏」的思維方式，誰也不肯讓步妥協。他特別指出，政府的「四·二七社論」稱學生運動為「動亂」是不對的，其實，政府應當藉此發展自主性的公民社會，打破國家佔領全部社會領域的獨斷局面。而學生首先要學會當好負責任的反對派。不過，天安門事件可以做個案研究。果然，他經過幾年的努力，寫出了〈天安門：從宏觀歷史與微觀行動的角度看〉這篇四萬多字極為精彩精闢的論文，沒有譴責，沒有審判，沒有埋怨，它揚棄一切情緒，而以學者的最高理性和同情心，評述了這場悲劇。我既在論文的悲愴之音中感受到思想者對故國的大愛，又在論文的客觀分析中感受到一個學者最可貴的對歷史負責的理性智慧。這篇論文值得中國上上下下的官員民眾認真一讀。可惜鄒先生的學說卻是一種被故國所忽視的理性智慧。一個情緒化的民族很難接受這種理性的呼籲與救贖，這也正是鄒先生和一切理性思想者感到深深孤獨的原因。

此刻鄒先生是聽不到我情感深處的嗚咽的，也不會想到我在悲痛之中正在想到他快樂的時刻，想到他用那雙削瘦的、顫巍巍的雙手開着車一次次載我和菲亞到芝加哥的希臘餐館，想到他在聽到「四人幫」垮台時高興得唱起《大海航行靠舵手》，想到他老兩口聽到中美建交時興奮得徹夜不眠，想到他在讀了《告別革命》之後由衷喜悅得像個天真的孩子。鄒先生，你知道嗎？在想到這一切時，我要對你說：一個具有洞察力與穿透力的思想家在創造世界之後又返回沒有世故的無妒無猜的孩子狀態，這才是真正的人，才擁有真正的幸福。鄒先生，你就是一個擁有這種幸福的人。你可以自豪地安息了。

寫於一九九九年八月十四日

原載於《明報》一九九九年八月世紀副刊

馬漢茂和他的中國情結

——哀悼馬漢茂教授

馬漢茂（Helmut Martin）教授於六月八日突然去世的消息使我震驚，而且使我陷入深深的悲傷之中。國內外中國文學研究界恐怕沒有人不知道馬漢茂的名字，但恐怕也沒有人會想到，這樣一個強健、熱情、充滿活力、在東西方藍空中飛來飛去的學者，竟會英年早逝，死時還不滿六十歲。

馬漢茂是我交往的唯一的德國學者。一九八五年我們初次見面時，他才四十五歲，正是雄姿英發、滿懷抱負的年齡。他提出了一個和中國社會科學院文學研究所的合作研究計劃，希望能評價一百個有代表性的中國當代作家，書成後在中國與德國同時出版。當時負責管外事的副院長錢鍾書先生特地寫信給我，認為可以和馬漢茂教授合作。此事因為文學所的拖延未能實現，而馬漢茂則獨自完成了《現代中國作家的自畫像》一書（*Modern Chinese Writers: Self-Portrayals*）。在合作交往的過程中，馬漢茂給我留下三個很深的印象：一是中文說得非常好；二是他由衷地喜愛八十年代剛剛興起的新時期文學，而且已經熱情地向德國介紹；三是非常坦率，毫不隱瞞自己的觀點。既不隱瞞自己的文學觀點，也不隱瞞自己的政治理念，甚至不隱瞞自己走過的道路。他坦誠地對我說，十六七年前他還年輕的時候是個激進的左翼學生，非常嚮往中國革命，尤其是文化大革命，甚至想悄悄地跑到中國加入紅衛兵的戰鬥行列，後來因為大陸的大門關得很緊，他才到台灣大學中文系去做博士後研究（這之前他已獲得德國海德堡大學中文系博士學位）。

從馬漢茂直率的自白中，我才知道在我們見面時，他已經經歷過一個對中國的嚮往和幻滅的過程。他與歐洲的許多左翼知識分子一樣，在一九六八年的紅色風暴中熱烈地憧憬東方大地上橫掃一切的吶喊，可是，幾年之後又因為看到無數知識者走進牛棚和紅衛兵們自己也被「橫掃」進北大荒及深山老林而心灰意冷。然而，七十年代末中國的歷史變革又重新使他振奮起來，昔日的嚮往再一次復活，並且找到一種新的燃燒形式。難怪，我和他剛剛見面，就感受到他的滿身熱氣，與我在學院裏經常碰到的滿身冷氣的學人很不相同。顯然，他的心境是被他的一種深藏着的情結所左右的，這就是中國情結。

中國情結，是馬漢茂的生命之核，這一情結使他經歷了六、七十年代的第一次嚮往與幻滅，又導致他在八、九十年代第二次的嚮往與幻滅。後一次的幻滅，使他的人生帶上很深的悲劇性，這不僅是他個人的悲劇，而且是海外一群真誠而激進的漢學家對中國投入情感、形成情結、最後又因失望而無法解開情結的悲劇。我相信馬漢茂生命的最後時日的心境是憂鬱的，而且是很少人能夠理解與同情的憂鬱。

一九八五年我們見面時正是他的第二次嚮往的高潮，這一高潮一直延續到一九八九年。在這一年的突發政治事件中，他幾乎是別無選擇——只能和中國的大部份作家一樣，支持學生的民主要求，只有這種選擇才符合他的心靈邏輯。因此，他和海外的一群帶有中國情結的漢學家一樣，肩頭上自然地承受學生運動失敗後的道義重擔，積極地接待流亡的學生首領，積極地關懷坐牢於中國國內和漂泊於海外的知識分子。一九九二年我到瑞典斯德哥爾摩大學擔任客座教授時，他邀請我到他任教的魯爾大學作學術講座，並主持翻譯我的《人論二十五種》和《漂流手記》，這固然是他的本職，但也是他的中國情結所派生出來的責任關懷。在他的家裏居住幾天，我才發覺他有時不像德國的硬漢子，倒像憂國憂民的中國知識分子，在談起往事時，我看到他用報紙遮住自己的臉，悄悄落淚。那一瞬間，我有點意外，本能地把目光移向他的夫人廖天琪，心裏想問她：他常為中國落淚嗎？

在德國的這一次見面中，我已感受到他對中國自由知識分子和激進學生的失望。他覺得過去對他們期待太高，對他們的弱點看得不夠。當時他正在主持由德國福仕汽車公司基金會資助的一項研究計劃，即轉型的中國文化與經濟，並已着手主編《大陸當代文化名人——公民社會的開創者評傳》（此書於一九九五年已由台北正中書局出版）。因為他心裏總是牽掛着此事，因此就問起我的意見。當時我一面對他的人格表示敬意：世界雖大，研究中國的人雖多，但能像他如此認真、具體地做件實事，為中國異端知識分子立一里程碑的人卻只有他一個。然而，我也坦率地表達我對他所選擇的評傳對象的看法——對於其中幾位對象我並不敬佩（我一向不在外籍學者面前臧否人物，只是籠統地表示並不敬佩）。沒想到，他竟然對我表示同感，而且一點也不掩飾他的失望。

三年後，他在為《評傳》所作的序言中果然坦率地表達了他的這種失望。他說：「在中國大陸改革開放年代裏，一個開社會風氣之先的知識分子群體形成了，他們在整個受過教育的社會階層中具有領導群倫的地位，對於一九八九年之前十年的中國民主化進程亦起到了重要的推動作用。我們曾經相信，依據他們在八十年代不斷增長的影響力，這一群體的著名代表人物在九十年代也將在政治上和文化上發揮開路先鋒的作用。從今天的情況來看，我們當時對這些知識分子過高的估價似乎是值得懷疑的。收入評傳這本集子的一些人，曾經像彗星一樣在中國上空閃現過，現在又暫時消失了。」讀了這段文字，我立即想到：馬漢茂正在經歷他的第二次幻滅，這是比第一次更深的幻滅。那些彗星在「中國上空」閃耀過，其實也在「馬漢茂的靈魂上空」閃耀過，如今消失了。對於這種消失，中國並不在乎，倒是馬漢茂認真地為他們傷感和為他們「立傳」，這不正是林黛玉葬花似的悲劇嗎？

雖然是悲劇，但報春者與葬花者的耕耘、呼喚、懷愛、徬徨與歌哭並不缺乏詩意，其生涯也並不缺少光彩與光輝。由此，我確信，馬漢茂的名字不僅屬於德國，而且屬於星光明明滅滅的中華文化大地。無論是彗星似的人物還是非彗星似的朋友，都會常常懷念他的。

寫於一九九九年六月十日

原載《明報》一九九九年六月二十六日

最後的堂·吉訶德

——悼念千家駒先生

千家駒先生去世了。我以崇高的敬意送別他。像千老這種不計榮辱得失、一生為民請命的知識分子，在中國是很稀少的。對於他的逝世，本應隆重紀念，但我相信，從南到北，紀念的聲音一定是稀疏的。因為，當下社會的眼睛是勢利的，它只注視權勢與錢勢，不會緬懷赤手空拳的千家駒先生，何況緬懷他還可能帶來意外的麻煩，影響從政與從商的前途。

六七年前，我讀了千家駒先生的一些文章和他在香港天地圖書公司出版的《去國懷思錄》、《海外遊子聲》、《逝者如斯夫》、《歸去來兮》及新加坡八方文化圖書公司出版的《千家駒讀史筆記》等，敬佩千老到了耄耋之年依然童心未滅，滿身活力地搖旗吶喊，說着權勢者們不愛聽的直話真話，真不簡單，便把他與堂·吉訶德的形象聯繫起來，覺得他是二十世紀中國最後的一位堂·吉訶德，敢於獨戰風車、知其不可為而為的典範性知識分子。於是，我就寫了〈從堂·吉訶德到莊之蝶〉一文，發表於《明報月刊》，文中這樣說千老：

現在的知識者幾經鍛煉，都變得很聰明很能適應環境，誰還會充當傻子去「獨戰風車」？於是，人們紛紛提出「回到乾嘉去」的口號，嘲笑堂·吉訶德迂腐過時，以致使堂·吉訶德式的知識分子瀕臨絕種。雖然瀕臨絕種，但還是有。在海外，我就分明看到一位老堂·吉訶德，這就是千家駒先生。千老真是有點呆氣。我幾次在人大會堂聽他發言批評政府不重視文化教育，言詞灼灼，語無藏鋒，加上他削瘦的身材，使我想起堂·吉訶德先生。他本來就是第一屆全國政協的籌備委員，兼有學識與膽識，只因為總是滿身堂·吉訶德的呆氣，愛說逆耳真話，一九八九年又仗義直言，結果被「開除」出政協；開除後還是滿身呆氣，在海外仍然一路戰過去，正直之聲佈滿天下，令人聽了神往。比他聰明的知識分子早已頭頂桂冠，高高地坐落在王者之師的位置上，或者已充當「全國一級勞動模範」，惟有他還是長矛瘦馬，辛苦馳騁於沙場。不管人們對千老的立場如何評價，但都不能不否定這種堂·吉訶德似的千家駒精神在中國是何等的稀少、何等的寶貴！是中國政協需要千家駒，而不是千家駒需要政協。

千家駒的名字，我早已熟悉。一九六三年我大學畢業後到北京中國科學院哲學社會科學部（中國社會科學院前身）的《新建設》編輯部工作。沒多久，就知道千家駒先生是著名經濟學家、中國科學院學部委員（相當於院士）、中國社會主義學院副院長（院長吳玉章）。編輯部的同事們還告訴我，他是民盟的「左翼」，從少年時代就追隨共產黨和追求社會主義理想，還翻譯過《資本論》第二卷（未出版），但在一九五七年，因響應號召，和曾昭掄、華羅庚、童第周、錢偉長等科學家，一起發表了〈對於有關我國科學體制問題的幾點意見〉，提出保證科學家應有六分之五時間從事研究，可以自己選擇助手等五條建議，批評保密制度過嚴，結果被郭沫若批判為「一個反黨反社會主義的科學綱領」（發表在《人民日報》上），差點當了右派。總之，在我年輕的心目中，千家駒是社會科學界的權威人物。但他的經濟學、教育學思想，是到了八十年代，我讀了他的《中國貨幣史綱要》、《千家駒經濟論文選》、《千家駒教育文選》等才有所了解。

因為不是同行，所以儘管敬慕，卻從未拜訪過他，和他完全沒有私交。直到一九八四年我當了全國政協委員，才對他有了深刻的印象。那一屆政協最精彩的故事是他創造的。所有的政協委員和工作人員都被他的兩次大會發言所激動。一次是一九八六年，他談的是物價問題和三峽問題，與會者報以十六次掌聲；而一九八八年的一次，更是震撼大會堂，全場為他熱烈鼓掌三十一次，破了政協紀錄。他談的題目是《關於物價、教育、社會風氣問題》。事過境遷，有些內容我已忘卻，但至今還記得他呼籲把「智力投資」放在各種投資的第一位，強調「提高全民族素質」才是教育的根本目的，不可把出技術作為目的。他言詞犀利，批評政府不要把「以教育為本」掛在口頭上，要真的記在心上，要捨得給錢，他說那幾年基本建設投資一千億，教育投資僅二百億。中、小學教員工資低得可憐。發言中他引用了社會上流傳的話說：「現在樣樣都漲價，只有教師與廢品跌價了。」讓我印象最深的是他的堂．吉訶德長矛直指政府上層，大聲呼籲要制止營私舞弊貪污腐敗之風，當他說了「官風不正，民風才不正」、「皇子犯法，與庶民同罪」的話之後，會場真的「爆出雷鳴般的掌聲」。當時他引了孔孟一段話，我聽不太清，會後還特地去查閱，原來是：「政者正也，子帥以正，孰敢不正！其身正，不令而行；其身不正，雖令不從」，「上有好者，下必有甚焉者矣。」他用最決斷的語言說明：社會風氣不正，根子在「上」不在「下」，在「帥」不在「兵」，若要改變風氣，上層就要以身作則，不可含糊。他還具體地提出「大幅度增加公務員工資」、「嚴肅法紀」、「加強輿論監督」三項建議，說「官員不怕內部通報，只怕公開登報」，要給貪官污吏施加輿論壓力。

千家駒先生對當時的社會變質十分敏感，告誡執政黨一定要對自身可能的道德沉淪提高警惕。他的肺腑之言，激起了人們的同感與共鳴。他的發言在廣播電台廣播後，收到一千多件來信。全國各地許多人抑制不住內心的興奮賦詩表達敬意。形容他的廣播講話「天驚石破遏行雲，電訊遙傳正義聲」；稱讚他「白頭豈敢忘憂國，唱出丹心正氣歌」；當時真的是「街頭巷說千家駒，憂國憂民民自知」。這些詩詞收入他的《歸去來兮》集中，讀後便知千老的焦慮確實與故國的心靈緊緊相連。這兩次會議我都坐在會場前邊，正好面對着他，真感受到他的滿腔熱血，一身俠氣。我多次參加政協會，覺得會中老人太客氣，多半馴服得像幼兒園的小孩，而千老能如此直言不諱，確實罕見。他是首屆政協籌備委員，參加開國典禮，親眼目睹五星紅旗第一次升起，完全是政協的元老與功臣。可是，僅僅因為他在「六四」之後批評政府不該使用暴力（「六四」前後他在深圳，一直沒有介入運動），便被抹煞了一切前功，還被宣佈開除出政協。對一個長期參與祖國建設事業、正直忠厚誠實的老知識分子如此不講情面，實在讓人目瞪口呆。我相信，這不是千家駒先生的錯誤，而是政協的錯誤。

第二次見到千家駒先生是一九九二年春天。當時我和幾位朋友到加州大學（洛杉機分校）講演，空隙時陸鏗先生邀請我和我的妻子到西來寺吃素餐，飯後我請陸先生帶我們去拜訪正在寺裏隱居的千老。那天見面雖然只有二十多分鐘，但見到他依然一身硬朗，語無遮攔，還是當年政協裏發言時的千家駒，只是他已潛心學佛，多了一些冷靜。他說他已看破了「社會主義的紅塵」，更要實事求是地思考中國該走的路和自己該說的話。我聽了有所動，便說，千老，您實際上是共產黨的諍友，他點頭稱是。

第三次見到千老是在香港。一九九六年初，我在中文大學的訪問已結束，便向天地圖書公司的朋友說起懷念千老之情。沒想到，第三天千老果然應「天地」之邀從深圳前來香港和我一起共進晚餐，真讓我感動。那時他已八十七歲了，但頭腦仍然十分清晰。他和我們提起要求回國定居很快就得到批准一事，讓我感到一陣欣慰，那一瞬間，我百感交集：這樣好的一個中國知識分子，倘若故國還拒絕給他一席立足之所，會給後人造成怎樣的心理寒冷呵。這天晚上我和他心情都好。他說他多年流亡海外並不後悔，如果他留在國內，還繼續當他的政協常委和「政治花瓶」，哪能寫出最後這六七種書籍。除了寫作雜文論文外，他還在台北時報出版社出版了自傳《從追求到幻滅》。這一傳記對自己的一生進行總結，覺得自己的所言所行可以問心無愧。他的一生均以林則徐的詩句「苟利國家生死以，豈因禍福避趨之」為座右銘，他多次呼籲人民代表、政協委員要「多納忠言，少唱頌歌」，也是希望他們少考慮自己的名號，多一些責任感。他還告訴我，他的一生有兩次瀕臨死亡，一次是一九二八年在北大讀書時因參加學生運動被張作霖政府逮捕，同案二十三人，被殺十三人，而名列第十五名的他竟然逃過一劫。另一次是一九六六年文化大革命中他因不能容忍污辱踐踏而到香山跳崖自殺，結果只斷了肋骨卻沒有死。他說他是倖存者，死神放他一馬，讓他留在人間，是要他說真話、講真理，不是讓他追名逐利，求烏紗帽，求榮華富貴，求身外之物。聽了他這一席話，才知道他確實從內心深處早已大徹大悟。他能在時代的風波雨浪中知其不可為而為之，始終帶着一身俠氣不斷前行與吶喊，並非偶然。「為留名節存正氣，不惜暮年再流亡」，這一自白詩也就好理解了。

千老逝世了，他所象徵的中國知識分子的堂·吉訶德精神是否也會跟着終結呢？我不敢斷言，但是，我敢說，他是二十世紀最後的一位堂·吉訶德，是學膽識兼備、品格高尚的戰士型知識分子，新世紀要再產生這種精神類型，恐怕不太容易；但我還是希望，堂．吉訶德不會在中國絕種，千家駒先生的精神能注滿故國的江河大地。而我自己，將永遠銘記他的無私無垢的赤子熱腸。

二零零二年九月八日香港城市大學

原載《明報》二零零二年九月十六日世紀副刊

面對受屈辱的亡靈

——沈元先生祭

時間淘洗了脆弱的記憶，讓我遺忘許多恩恩怨怨和許多顯赫一時的名字，但有一個才華出眾卻被歷史活埋的名字，我始終難以忘懷，這就是沈元。

我從未見到沈元先生，也未曾和他有過任何瓜葛，但就是忘不了。此刻着筆，彷彿還覺得他的亡靈的眼睛看見我，眼光是聰慧的、潔淨的。

一九六三年九月，我走出大學校門，來到中國社會科學院（當時叫做中國科學院哲學社會科學部）的《新建設》雜誌社工作。剛到北京的那個秋天，老是聽到兩個人的名字：一個是周谷城，復旦大學歷史系教授，那時，我們的編輯部奉命正在批判他的「無差別境界」；另一個就是沈元，編輯部內外都在議論他。

我作為剛在科學院落戶的「小字輩」，好奇地傾聽着，並從議論中知道他原是北京大學歷史系的高材生，一九五七年，因為對赫魯曉夫有點微辭而被定為「右派分子」。哲學社會科學部的副主任劉導生和近代史研究所副所長黎澍讀到他的〈《急就篇》研究〉後，激賞不已，就把他調到近代史所工作。接着，黎澍又支持沈元在《歷史研究》上發表〈論孫中山〉等論文，其中的〈論洪秀全與太平天國革命〉還在《人民日報》上轉載，這真是不尋常的事。於是，有人就感到憤慨：怎麼可以讓右派分子的名字登上神聖的黨報？有的人雖不憤慨，但也懷疑：劉導生和黎澍豈不是在樹立一個「白專典型」嗎？聽了這些故事後，我非常佩服沈元先生，他憑自己超群的才華，披荊斬棘，竟能走出一條生路；同時也非常敬佩黎澍、劉導生：他們真是愛才如命，如果不是愛才，何苦冒提攜「右派分子」的險？後來證明果然危險。一九六六年文化大革命爆發，劉導生、黎澍作為「反革命修正主義分子」被揪出來，大字報貼滿研究所的四壁，其中一個重大罪名，就是扶持右派分子、鼓吹白專道路，沈元更是陷入人人聲討的絕境之中。

一九六八年，沈元的名字再次衝擊着我和其他在社科院工作的人員。有一天，突然傳來一個可怕的消息，說沈元化妝成黑人，衝進非洲某國駐華使館要求政治避難，但沒有成功，已被逮捕。過了一段時間，又傳來消息，說沈元已被判處死刑，並已處決。我和同事們都十分震驚。

這段期間，我又聽到許多關於沈元的故事，說他走此「絕路」之前，早已被批鬥得不像人樣，而且肝病復發，全身浮腫，醫院又因為他是「階級敵人」而拒絕給他治病。病中還被揪到院外去陪鬥，從台上栽倒，又被抓起來打，有人還故意打碎他的眼鏡，讓他在地上爬摸。飽受折磨的他實在是走投無路，最後只能走上懸崖絕壁。今天，我已記不清一些細節，只記得這一次，沈元的名字帶給我的是恐懼、是顫慄，是刻骨銘心的黑暗。

三十多年過去了，我仍然清清楚楚地記得沈元的名字，記得這位年輕傑出學者被病態政治活埋的悲劇故事。出國十幾年來，只要想到故國的昨天，就會想起沈元。一個無親無故、素不相識的名字，竟會讓我如此牽掛，真是奇怪。

在想起他的悲劇時，我首先總是想到，在過去那些荒誕歲月裏，自己也曾發過瘋，也振振有詞地批判過「右派分子」、「反革命分子」，也惟恐落後地和「沈元之流」劃清界線，甚至加入聲討的行列。我真的感到，自己在參與創造一個錯誤時代；真的感到，自己也是謀殺沈元的同謀。誰讓沈元走投無路？誰讓沈元安生不得、逃亡無處？誰把沈元推向絕望的深淵？除了文化大革命的製造者之外，我們盲目的吶喊、盲目的謳歌、盲目的義憤、盲目的聲討、盲目的批判，難道沒有責任嗎？說「受蒙蔽無罪」，在法律上也許部份可以成立，但在良知上怎能説得過去呢？受「蒙蔽」下，我們內在的惡是何等醜陋啊！

沈元的悲劇，還讓我反覆思索另一個問題：沈元最後走投無路而走上投奔外國使館的所謂「叛國」之路，這是他背叛國家，還是國家首先背叛他呢？是他有負於國家，還是國家首先有負於他呢？大約因為這個問題難於回答，所以直到今天，還沒有人敢理直氣壯地為沈元説話，許多各類「分子」均已平反，並已戴上各類桂冠，惟獨沈元的名字還諱莫如深。除了得到一紙簡單的平反通知外，沒有任何一家報刊敢面對他的悲劇，進行認真的反省。

今天，面對沉冤的亡靈，我必須坦率地說：沈元最後走到這一步，完全是歷史的結果，是錯誤的時代逼迫出來的。沈元先生從小喪父，也從小奮發讀書。他那麼酷愛祖國的語言文字，那麼酷愛祖國的歷史文化，又那麼醉心於思考祖國走過來的道路，這不是愛國是甚麼？一九五七年，他被打成右派，雖是冤屈，但他卻帶着「贖罪」心情「改造」自己，並仍然積極對待人生，這不是赤子情懷是甚麼？如果祖國是正常的、仁慈的，那會何等珍惜這樣的傑出子弟！然而，給予沈元的，卻是「極右分子」的帽子和無窮盡的折磨。折磨到無法活下去，折磨到沒有一處可以讓他安身、治病、哭訴，連栽倒在批鬥台上還不放過他。如果沈元是個庸人，是個奴才，是個麻木的靈魂，也許還可以偷生，可他偏偏又很有思想、很有才華，這叫他如何活下去？他的悲慘境遇，說明是那個時代的國家首先背叛了他，是國家有問題，不是他有問題。

沈元是個知識分子，由此，我又想起中國知識分子數千年來所走過的道路，其中，特別想起了伯夷和叔齊，並覺得他們哥兒倆還是幸運的。之所以幸運，就是有個可以逃亡的地方。他們是真正的反對派（沈元卻並非反對派，他的文章是馬克思主義的觀點），他們攔住周武王的車駕，抗議用以暴易暴的方式改變政權。然而，周武王很大度，讓他們抗議，讓他們逃亡，讓他們自由選擇首陽山去過「不食周粟」的日子，絕不會說他們是「叛國」和「反革命」。沈元最大的悲劇，不是才華無處發揮，而是作為個體生命，卻無處可以存活，也無處可以逃亡。

從伯夷、叔齊到沈元，中國歷史經歷了兩三千年，在這段漫長的時間中，中國知識分子的自由度是增加了還是減少了？歷史是進步了還是退步了？倘若退步，又是多大程度的退步？如果以一九七零年沈元的死亡為坐標，那麼可以說，在文化大革命處於高潮的這個年代，知識分子的自由度已退步到等於零。我們對文化大革命的反省，恐怕迴避不了這個可悲的血跡斑斑的零度。

沈元生前的親友在痛切懷念沈元，籌資為沈元出一本紀念文集，竟然想到非親非故的我，邀請我也寫篇文章，真使我感動。我感謝他們了解我。他們除了知道我是曾經生活在社科院的人之外，還知道我不是生活在謊言中的人。沈元生前已經夠痛苦了，不能讓他的亡靈繼續蒙受苦痛。我們只能還清白的名字以清白，還高潔的靈魂以高潔，此外，還要把他的傑出才華從歷史的沙土裏發掘出來，讓它重見天光！

二零零二年六月

原載《明報月刊》二零零二年第六期

悲傷的八月

——悼念岳父陳英烈先生

今年整個八月，我幾乎全浸沒於悲傷之中。先是遠在福建的母親病重住院，差些讓我撲回老家。後來雖然病情和緩，但想到自己朝夕耕作，依然不能給守寡五十一年的母親求得一個安寧，只能讓她帶着滿頭白髮和滿心思念望斷藍天，真是又慚愧又傷感。於感傷中，給《明報月刊》寫了〈最後的道德癡人——獻給為奴隸的母親〉，心情才稍為平靜。這之後，得到鄒讜教授去世的消息。這又是沉重的一擊。於是，又含着眼淚在《明報》上寫了祭文。鄒讜教授是屬於我熱愛的那個世界裏的人，這個世界裏的人愈來愈稀少了，聲音也愈來愈單薄。而我不愛的那個世界，人口與疆域卻在不斷擴大，強大的喧囂幾乎覆蓋一切。

剛寫完了鄒先生的祭文，又得到岳父陳英烈先生去世的消息。陷入大悲傷的自然首先是我的妻子，她慟哭而返家鄉弔唁，我雖然沒有慟哭，但一種比妻子更深廣的悲哀卻使我幾個夜晚都難以入眠。岳父是我的中學老師，教我「體育」與「衛生常識」，儘管我窮得全靠每月三塊錢的助學金過日子，而且是體育課裏全班最笨拙的一個學生，但他始終愛我並支持尚帶紅領巾的女兒對我的愛戀。他是一個底層知識分子，解放前是個小學教員，每月僅領着兩擔大米的工資。抗日戰爭時期，他和許多教員集體被編入「國民黨員」的名冊（一九四七年從名冊上取消），因此在文化大革命中被定為「歷史反革命」。他工作積極，一九五三年被評為「勞動模範」，工會獎給他一本有毛澤東像的筆記本，可是工會的印章卻蓋在毛澤東的像上，文化大革命抄家時，這成了他反對紅太陽的「鐵證」，又定為「現行反革命」。他和我的另一些中學老師，全被吊到屋樑上鞭打，還一起抬着劉少奇的棺材（棺材裏裝滿石頭）遊鬥數十里，最後被開除公職。他一再叮嚀我和我的妻子：「你們能給我一點香煙葉子就夠了，不要為我說話。」一九八八年我回家鄉，心中依舊不平，他卻說：「事情都過去了，現在已平反了，不要老想到我。打在我身上總比打在你們身上好，要是打在你身上，我就心疼。」這話說了一年之後，鞭子偏偏落到我身上，陳希同的子彈直射我的靈魂。他老人家日夜為我焦慮，一直到他讀了我的《漂流手記》，才放下心。但他看到其中〈抬着政治棺材的老師們〉一文卻又叮嚀說：「替老師們申一口氣是要的，但不要再申說了，再申說就回不來。」老人家的一切叮嚀都是心坎最深處的愛意，可是我卻沒有聽他的話，依舊常常撫摸傷痕，依舊常常翻閱過去不幸的故事，依舊常常咀嚼苦菜花似的悲劇與慘劇，就像不能給我母親一個安寧一樣，也不能給岳父一個安寧，我是一個多麼讓人失望的頑固子弟呵。

八月，悲傷的八月，佈滿哀思的八月。

一九九九年八月二十六日

哭秋鵬摯友〔註〕

哀不能言，惟有痛哭。天涯嗚咽，滄浪躊躇。舉家落淚，猶有慈母。哭我摯友，情深似海。
哭我兄弟，如手如足。四野八荒，該向誰訴？往事浩茫，無處可吐。人生苦旅，與兄共赴。
山迴路轉，感君相扶。有你結伴，何俱沉浮。薄茶對飲，魯迅同書。記否當年，長吟榕樹。
虛中責有，你曾激賞。有中叩無，你多妙悟。漫語生命，推心置腹：內不失正，外不殊俗；
終生赤子，莫論贏輸。聰慧之水，澤溉我心。琴瑟之言，常濯我足。幾重厚愛？脈脈難數。
八九惜別，淚灑北都。左叮右嚀：保重保重。年年牽掛，歲歲祝福。萬里漂泊，有你守護。
遊乎四海，你即故土。夢裏家園，信中肺腑。江津渡口，聞汝囑咐：方舟無阻，正道不孤。
清魂潔魄，照我大路。金品玉質，奈何早逝？叩問蒼天：英華何枯？既明且哲，不知保身。
獨憧科學，遺忘自顧。良朋永辭，世如空廬。安能不痛，豈能不哭？放聲悲歌，悲徹肺腑。
思緒千縷，心香一炷。哀不自禁，無計可補。語言無力，空寫此書。幸有胸臆，藏你高情，
高情浩蕩，永垂永住。

劉再復敬祭於二零零二年四月十四日香港城市大學
母親葉錦芳，妻子陳菲亞，女兒劉劍梅，劉蓮同敬祭哀悼

〔註〕我的摯友金秋鵬，是中國科學院自然科學研究所研究員，曾與我合著《魯迅和自然科學》。

寶崑兄，我懷念你！

得知郭寶崑先生病危的消息，非常震驚。去年十二月，高行健到香港接受中文大學授予的「榮譽博士」學位時，我們一起格外懷念寶崑兄。因此，就在我家裏一起打電話向他問候。他接到電話時很高興，並安慰我們，說他一定會戰勝疾病，我們一定還可以見面，可是，他的健康卻沒有好轉，這讓我多麼難過。

剛才我給行健兄打電話，他也非常震驚，並告訴我，他立即要發一封信向寶崑兄致敬，請我通過《聯合早報》的潘正鐳先生和余雲小姐轉給他。

寶崑先生去年春天代表新加坡實驗戲劇學院邀請我到新加坡訪問，並讓我作一場關於《魯迅和現代中國人》的演講，一場關於高行健創作的演講（和《聯合早報》共同邀請），我欣然答應。別人的邀請我可以謝絕，但寶崑兄的邀請我卻一定要遵從，因為我從內心敬重他。我知道他為新加坡現代戲劇的草創與發展而披荊斬棘的故事，知道他如何把生命投入這一藝術事業，知道他有多辛苦。我雖然沒有觀賞過他的戲，但閱讀過他的劇本和他的許多文章，知道他是新加坡現代戲劇的真正開拓者，是東南亞最著名也是最有成就的戲劇家，是華文戲劇史上的一座豐碑。

到了新加坡，我有幸多次與他交談。他為高行健獲得諾貝爾獎而衷心喜悅，說高行健是真人真才真成就，打從心眼裏為高行健的成功鼓掌。他們都從事戲劇，同行能如此相敬同惜，其人格境界遠遠勝過許多教授權威。他還說了許多鼓勵我的誠摯的話，一直讓我感到人間的和暖。在《聯合早報》大會議廳裏，他作為報告會的主持人，說「我們找不到高行健，但我們找到了劉再復，我們為此感到非常高興」，話語裏充滿真摯之情。而他關於戲劇和藝術的見解，更是給我許多啟迪。他告訴我：藝術比宗教更帶有愛的普遍性，人類應當在藝術上找到世界的大和諧。從他的藝術關懷中，我感到他的人類大關懷，感到他的心靈充滿慈悲。此次新加坡之行，更增添我對他的敬意。

寶崑兄，我永遠懷念你！

二零零二年九月十日下午七時
香港城市大學高級教職員宿舍
原載新加坡《聯合早報》二零零二年九月十一日

附錄：高行健的傳真信

得悉寶崑兄病重，十分掛念，可身陷馬賽計劃的忙亂之中，無法抽身為他寫個短劇。而他的劇作《棺材太大洞太小》實在是個傑作，把當代人的生存困境寫得淋漓盡致，而且充滿幽默感，十分難得。寥寥數語，請轉達對他的思念與問候。

弟行健
二零零二年九月十日於巴黎

輯四：講稿七章

共悟人间

獨立不移的文學中人

——在香港城市大學歡迎高行健演講會上的致辭

（二零零一年一月三十一日）

城市大學和《明報月刊》兩家主辦機構都要我介紹一下高行健。但是，要在十分鐘之內介紹清楚是很難的，這不僅因為高行健已名滿天下，而且還因為他的作品相當深奧，尤其是他的《生死界》、《對話與反詰》、《夜遊神》、《八月雪》等後期戲劇作品。美國的戲劇大師奧尼爾把現代戲劇傳統歸結為人與上帝、人與自然、人與社會以及人與他人等四種主題關係，而高行健卻創造了「人與自我」的第五種關係，並在戲劇與小說中精闢地表達了與薩特「他人即地獄」相對應的另一哲學命題：自我即地獄（參見高行健的《沒有主義》和萬之〈《高行健劇作選》序〉）。他是一個對尼采「自我上帝」和二十世紀藝術革命（以思辨代替審美）進行全面質疑，並全方位創造出人性圖像的國際性大作家。

高行健獲得諾貝爾文學獎之後不久，法國總統希拉克發表公告，宣佈親自提名授予高行健「國家榮譽騎士勳章」，並親筆寫信給高行健，說明這項決定是為「感謝您這偉大的作家」，「感謝您一生追求自由不息，您傑出的成就與天才讓我們的國家感到光榮」。與此同時，愛格塔市、愛克斯市、聖愛爾布蘭市、阿維農市等四個城市宣佈授予高行健「榮譽市民」稱號和城徽，而戲劇家、藝術家工會則集會向高行健致敬。法國是個文化榮譽感極強的國家，他們的「先賢祠」、拉雪茲神父墓地、蒙馬特墓地，都以最高的敬意銘刻着法國偉大思想家與文學藝術家的名字。記得先賢祠上還寫着「祖國感謝你們」。法國的確對那些為法國和為人類創造過精神業績的天才充滿感激，他們知道，正是這些天才代表着法蘭西的驕傲和鑄造了法蘭西不朽的靈魂的天空。現在，正當整個世界向着物質傾斜的時候，法國更是充份發現高行健的意義；因此，它又以謙卑的態度，感激高行健以中國文學豐富了法國文學。今天，我們在這裏歡迎高行健，也反映了我們的祖國的感激之情。我相信，我們的文化意義與情感意義的祖國，我們的方塊字意義與黃土地意義的祖國，永遠會感激高行健這個出生於江西贛州的赤子，感謝他為祖國結結實實地創造了一座文學藝術豐碑，並且為祖國贏得一個時間、空間和任何力量都抹殺不了的巨大榮譽。二零零零年諾貝爾文學獎雖然發給高行健，但首先是發給方塊字與漢語的。高行健用自己的天才證明：我們的象形文字並未衰竭，我們的母親語言雖然古老但充滿年輕的活力，它可以寫出這個星球上最漂亮的小說、戲劇和理論文章，可以打破滄海之隔與國界之隔而走進世界上不同民族、不同生命個體的情感深處。

二十年前，我就認識高行健。認識之後，就一直欽佩。他給我留下三個特別的印象：第一，很有思想，而且思想非常透徹。他藉助「禪」直指人心，直指人性，直指「自我」的內核，從小說、戲劇、藝術理論各個角度對自我進行質疑和冷觀，以及確認人的弱點的合理性和確認「此時此刻」的有效性等思想，都給我很大的啟發；第二，他的學問很廣博，胸中有一個精神十字架，縱向的兩極是中國的「古」與「今」，橫向的是世界的「東」和「西」，而且東西南北的文化氣脈完全被他打通，他的深刻的懷疑主義，他的兩部長篇和《八月雪》等十八部戲劇，顯然給西方文學藝術界注入一股清風；第三，他總是處在一種典型的文學狀態之中。最近我在明報出版社出版的《論高行健狀態》一書，論證的就是文學狀態。甚麼是文學狀態，有些作家並不明確，但高行健很明確，這就是獨往獨來、獨思獨想的狀態，就是非功利、非功名、非世故的狀態，就是逃離政治糾葛、逃離市場擺佈，面壁十年、數十年的個體精神沉浸狀態。二十世紀的卡夫卡、喬伊斯、卡繆、福克納、普魯斯特等就屬於這種狀態。處於這種狀態的高行健，對貧窮沒有感覺，對花花世界沒有感覺，對權勢地位沒有感覺；但對大自然、對音樂、對語言、對人間苦難的感覺卻極為敏銳。折磨他的只有文學藝術問題而沒有其他世俗問題。

這種狀態使他到了海外之後精神家園不斷擴大，也使他不斷地向內心深處挺進。他的代表作《靈山》正是一部內心的《西遊記》，表面上寫的是江湖上的身遊，實際上是尋找精神彼岸的神遊。全書八十一節所暗示的八十一難，實際上是在慾望與美之間掙扎的八十一段情結。他的另一部代表作《一個人的聖經》，觸及的是現實的根本，是文化大革命這場最殘酷的政治鬥爭，但他卻沒有控訴、譴責與痛心疾首的亢奮。冷靜表述的，是東方人與西方人的生存焦慮，是內心最隱秘的屈辱、羞恥、驚慌、迷惘與絕望，是物理空間、心理空間、潛意識空間的全面變形變態，從而使小說在表現現實的力度與揭示人性的深度上都達到世界文學的巔峰水平。而他的戲劇的內在圖像與形而上氣息（禪意）則是世界戲劇史上罕見的。即使是他的繪畫，也是他的心像。他用心睹物，並非用眼觀物。除了可視，我們還可以聽到畫中心脈的顫動。

我以研究中國文學為職業，努力跟蹤當代文學的足跡，但很少見到別的作家像他具有這樣強的小說藝術意識和戲劇藝術意識。一百年前梁啟超提倡新小說的時候，把新小說提升到造成新國民、新社會、新國家的救世工具和歷史槓桿的地位，卻只有小說觀念而沒有小說藝術意識。當代中國小說家太浮躁，也少有充份的藝術意識。高行健真正把小說和戲劇視為兩門藝術，因此他下功夫探索漢語的表述魅力，不遷就任何習慣性的寫法和閱讀心理，創造出以「人稱替代人物」的新小說文體和「演員——中間狀態——角色」的戲劇文體及「表演三重性」和「中性演員」的戲劇表演體系。他把自己的創作命名為「冷文學」，無論在小說中還是在戲劇中都有一雙中性的抑制自我迷戀或自我膨脹的眼睛。冷靜，的確是高行健創作的總特色。然而，冷靜，並不是冷漠，也不僅是一種寧靜的、自甘寂寞的態度，而且是一種大觀照的審美方式，一種把酒神精神壓縮在心底而讓日神精神凝聚於筆端的自我滿足的境界。冷靜所表明的是一種不受時代潮流所左右的人性尊嚴與文學尊嚴，是懸擱浪漫情緒、浮躁情緒、控訴情緒和抒情筆調的藝術大自在風度。這是雪的火炬與夜宇宙的光明。這種熱而不熱、愛而不愛、怒而不怒，把人間的大關懷化入藝術的冷文學，是高行健對整個人類文學藝術的卓越貢獻。

高行健今年六十歲。他的人生歷史是由一個一個的方塊字和某些法蘭西文字構成的，而不是行為構成的。他是一個文學中人，而不是文壇中人。是一個心性極端瀟灑自由卻幾乎沒有行動能力的人。他的人生行為只有兩項，一是捲入文化大革命，二是逃亡。前一個行為是一次大磨難，這次磨難使他經歷了一次但丁式的地獄之行，也使他如在太上老君的煉丹爐中磨煉了整整十年。後一個行為則使他從煉丹爐中跳出來。磨難使他獲得深度與刻骨銘心的洞察力，從大熱爐中走出來之後，又使他獲得大冷靜與思想的韌性。不管是磨難還是成就，都不會改變他的淳樸的平常之心，也不會改變他的以寫作為主題的生存方式。總之，高行健的歷史不是行為的歷史，而是文字的歷史。因此，要了解高行健，只能去讀他那些精彩的文字，這些文字正在新世紀中並在世界的範圍裏創造着他的千百萬讀者，讓我們也成為他的一個好讀者。

原載於《明報月刊》二零零一年三月號

高行健與作家的禪性

——在《世界華文報告文學徵文獎》頒獎會上的講話

（二零零一年十二月二日）〔存目〕

（本文收錄於「劉再復文集」第⑭卷《高行健論》。）

為方塊字鞠躬盡瘁的文學大師

——在城市大學歡迎馬悅然教授講座會上的歡迎辭

（二零零一年一月十六日）

現在坐在我們面前的尊貴客人馬悅然教授，是大家所熟悉的，用不着多介紹。大家都知道，他是譽滿全球的瑞典學院院士，諾貝爾文學獎的資深評審委員，從東方到西方的學界公認的成就卓著的漢學家。二零零零年中國破天荒獲得諾貝爾文學獎，其得主高行健的百分之九十五著作，其中包括代表作長篇小說《靈山》、《一個人的聖經》、全部短篇小說和十八部戲劇中的十四部，都是由他翻譯成瑞典文的。

從去年十月到現在，全世界的華人經歷了一次文學節日的巨大喜悦。在喜悦中，我們都以崇高的敬意注視着馬悦然的名字，哪怕是誣衊性的攻擊文字，也沒法遮住我們的衷心尊敬的目光。

一九九二年，我被邀請到瑞典斯德哥爾摩大學東亞系擔任教職，在歡迎會上，斯大校長英格．永森教授（Inge Johnson）宣佈設立「馬悦然中國文學研究客座教授」的學術稱號，表彰馬悦然對中國文學研究的特殊貢獻，並宣佈我是第一位擔任「馬悦然中國文學研究客座教授」的學者。我為自己的名字能與馬悦然的名字連在一起而感到光榮，但這不是因為馬悦然是個泰斗式的漢學家，更不是因為他擁有國際性文學評審的權力，而是因為他是一個很淳樸的人，是中國人民的最真摯朋友，是從古到今的中國文學最熱情、最積極、最無私的知音與傳播者，是一個從青年時代開始就把青春、汗水、心血、才華以至全部生命和情意貢獻給方塊字的詩人與學者，是一個用宗教般的情懷對待漢語與漢語語言藝術的文學批評家。從遠古神話中的倉頡創造方塊字以來，我們看到過一些漢學研究的傑出學者，但還沒有看到一個像馬悦然教授這樣的對中國古代文學到中國當代文學都懷有如此深情，並出版了五十多部翻譯書籍的外國漢學家。他所體現出來的對於中國語言的深情，在我心目中，一直是一種文化奇蹟。

一九四六年，正當他二十二歲的時候，為了聽取高本漢先生的「中國先秦典籍」的講座，從烏普薩拉大學轉到斯德哥爾摩大學讀書，但是當時的斯德哥爾摩大學雖有高本漢卻沒有漢學系，因此，馬悦然往校園內一時找不到棲身之所。可是，為了走進中國語言文學，他不怕餐風宿露，兩個月裏就睡在市內的公園和公共汽車的長椅上，從這裏開始他獻身方塊字的艱難事業。兩年後，他又帶着「漢語音韻學」的課題，到我國四川省北部整整兩年，廣泛地搜集了重慶、成都、峨嵋山、樂山等地的方言資料，並完成了漢語研究的學位論文。就在四川，他與後來成為他妻子的陳寧祖女士相逢，此後，他對妻子的愛與對中國文學的愛一直燃燒了整整五十年。一九九六年陳寧祖去世之後，他每天都到妻子墓地上去緬懷沉思。馬悅然教授對中國文學的酷愛，也正是這樣一種沒有古今界線、沒有生死界線、沒有國家界線、佔據整個心靈的永恆情感。在五十多年中，他研究了從《穀梁傳》、《公羊傳》到《左傳》，從莊子、陶淵明、辛棄疾到聞一多、艾青等的中國文學，發表了二百多種關於中國文學的研究論著和文章；還翻譯了從荀子民歌到郭沫若、毛澤東、卞之琳、李鋭、北島、楊煉、洛夫、瘂弦、商禽等的大量詩歌小說戲劇著作，譯作達七百種之多。其中包括《水滸傳》和《西遊記》這樣的巨大翻譯工程，也包括沈從文、高行健等現代作家代表作的翻譯工程和四卷本的《中國文學手冊》的翻譯和組織工程。為了譯好《西遊記》，他對這部長篇巨著進行了多年研究，發表了論文〈《西遊記》中疑問句結構的責任界線〉。僅《西遊記》的頭二十五章，他就發現一共有一千零一十六個疑問句，十一個反疑問句。此外，這部小說中的詩詞有七百五十首，把這些詩詞和其他特殊句式及千萬個陌生的、古怪的名詞概念準確而不失文采地翻譯出來，其高難度是《水滸傳》和其他現當代作品所沒有的。從一九九二年到一九九三年，我有幸目睹馬悅然教授一章一章地翻譯《西遊記》，多次親眼看到他為解決一個難點和完成一個章節而高興得像個天真的小孩。近兩年，他在翻譯《一個人的聖經》、《萬里無雲》（李鋭）、《台灣詩選》（與奚密、向陽合編譯）的同時，又指導自己的學生翻譯我國最偉大的作品《紅樓夢》。

馬悅然教授就是這樣一個為方塊字而鞠躬盡瘁的文學大師，一個為方塊字的興旺而樂、為方塊字的困境而憂，把最深的情意獻給漢語即獻給我們的母親語言的偉大朋友。他和他的老師高本漢教授，是出現在斯堪的納維亞半島的兩代漢學研究的豐碑。這一雙在北歐出現的春蠶，共同為東方黃土地上的方塊字吐了整整一個世紀的蠶絲，再現了讓世界的眼睛仰慕的中國語言文學織錦，為中國古典文學與當代文學在地球上的傳播作了不可磨滅的貢獻。我相信，良知尚在的中國人民與中國文化史冊，一定會銘記馬悅然教授和他的老師高本漢先生的名字和功勳。讓我們以最熱烈的掌聲，對馬悅然教授表示崇高的敬意。

原載《明報月刊》二零零一年二月號

教育、美育與人的生命質量

——在「香港課程發展議會」退思日上的演講

我首先談一個問題：教育的第一目的是甚麼。這也涉及到回歸古典，就是回歸到教育的原始目的。教育的目的是教育人，這一最基本的道理進一步演繹就是教育應把人本身作為教育目的，而不是把教育變成實現其他事務的手段，即不是為政治服務的手段、為市場服務的手段或實現某種特別技能的手段。我今天要強調兩個很重要的概念，即「生存技能」與「生命質量」，並且要很決斷地說：我們教育的第一目的不是培養「生存技能」，而是要提高「生命質量」。也就是說，教育應當把培養優秀的人性、培養有質量的生命作為第一目的。這一思路，正是回到教育的原始目的和古典目的。原始目的是指中國從孔夫子開始（他是一位大教育家），就把培養人作為第一目的，教育宗旨是學為人、學做人。換句話說，教育的第一目的不是培養職業的技能、生存的技能，而是提高生命的質量。關於這點，李澤厚在和我的對話當中曾用哲學語言表述，說我們應該是以培育人的情感本體與倫理本體為第一目的，以塑造工具本體為第二目的。我們培養學生，當然也要培養某些技能，比如當醫生、當律師的職業技能，但這是第二目的。第一目的應是培育倫理本體、情感本體，讓他們成為一個真正的人、完整的人，這才是教育的根本。這恰恰是當年孔夫子強調的，他強調教育在於學做人、學為人，這是中國教育非常優秀的傳統，我們應當回歸這個傳統。

那麼，提高生命質量的關鍵是甚麼？如果必須用一句話回答，那麼，我要說，這就是要使人了解生存的意義與人生的根本，從而確立人的靈魂維度。現在，不光是我們中國，美國很多學校也有這個問題，就是讀了十年、二十年、三十年的書，學了一些技能，但走出校門時卻不知人生的根本是甚麼。美國第二次世界大戰以後，他們的教材很多含有人文教育的內容，但他們愈來愈重視技能的教育，同樣忘記人生的根本。我在美國十幾年，很喜歡讀幾個美國散文家的書，像愛默生、梭羅的散文。愛默生的思想影響整個美國，他有一句話對我影響非常大，他說：「人生唯一有價值的，是有活力的靈魂。」他還說過一句更絕對的話：「世界是微不足道的，只有人是一切。」靈魂的健康和靈魂的活力，這就是生命的質量。這個意思，我再用另外一位歷史學家、哲學家的語言來表述，這就是史賓格勒寫的《西方的沒落》這本書所闡述的觀念。這本書講了一個意思，就是人的建設關鍵是靈魂的建設，也就是人文維度即靈魂維度的確立。如果只有知識和技能，那麼人還是平面的，只有長度和寬度；人類知識愈來愈多，寬度和長度增長了，但是缺少一個東西，即缺少第三維度，這第三維度就是人文維度；只有具備了第三維度，人才有深度，生命才是立體的。生命質量就是要求人要具有內在深度，具有完整的立體的生命。

一個只有生命長度、寬度的人，跟一個既有生命長度，又有深度的人的生命質量是不一樣的。人與人的差別最根本就是生命質量的差別，就是第三維度的差別。這第三維度就是靈魂的維度。史賓格勒道破這一點，在科學技術高度發展的時代情境下，特別是全球化、高度現代化的情境下，更顯得重要了。也就是說，一個卓越者，他除了生存技能、職業技能之外，還必須有深厚的一面，比如說，他的理想追求、人文精神、歷史眼光、道德素養、良知體系、審美能力、生活態度，還有他的人格水平等，這些就是人深厚的一面，就是第三維度。錢穆先生用更簡明的語言來表述這個問題，他用中國的哲學語言表述。中國古代認識論中早就有「格物致知」的命題，從《禮記．大學》到《朱子語類》（朱熹）、《傳習錄》（王守仁），都講「格物致知」，錢穆則提出另外一個概念：「格心」。「格」就是去領悟、去感覺、去叩問，甚至去創造。「格心」就是對心靈有高度的敏感，並去感悟心靈，創造心靈，不僅要去擁抱善，而且是要去創造善。「心」是看不見的，技能技術是看得見的，但看不見的東西，不可視的素質，比可視的更重要。錢穆先生的「格心」概念，沒有被中國知識分子充份注意，這其實是非常重要的。「格物」可致知，「格心」則可致生命的豐富精彩。「格心」意味着要培養人的心靈原則、心靈方向、心靈狀態，還有心靈的力量，這些都是屬於第三維度的內容。

我們中國的教育結構一直具有三個維度，既有智育、體育，還有德育。這一點，以前在大陸的時候，我沒有感受到非常重要。到了美國，我的女兒上了中學以後，才發現她們怎麼缺少了一個維度呀，美國中學怎麼只有體育和智育，怎麼沒有德育呀？很奇怪。後來我的女兒告訴我，如果教會辦的學校，他們以宗教教育代替德育，但她們那個學校和教會沒有關係，也就沒有德育。中國很早就有三維，有德育這一維，這是了不起的。問題是後來我們的德育，發生了變形變質，把德育變成意識形態的教育。意識形態的教育不是真正的人文教育，它往往帶有黨派性而沒有心靈原則與良知原則的普遍性，這樣，德育也變成意識形態的殖民地，變形了。

中國近代思想家王國維、蔡元培還想在德、智、體三維之外開闢第四維度，這就是「美育」之維。王國維認為，人只有當他具備審美能力時，才是「完全的人」，教育就是要培育出「完全的人」。蔡元培為了強化人文教育，提出了一個非常著名的論點，就是「以美育代宗教」。這個命題的意義並沒有被充份闡釋，譬如北京大學在紀念校慶的時候，並沒有把他們學校裏最精華的東西闡釋出來，像蔡元培先生的情懷、胸襟，還有「以美育代宗教」的觀點，都是精華，卻沒有充份闡釋出來。蔡元培提出「以美育代宗教」很了不起呀。人有宗教情懷當然是好的，但宗教有不同教派，裏面往往還有紛爭，還有偏見。當然不同宗教的情況不一樣，有的宗教可以容納其他宗教，有的宗教則不能容納其他宗教，可是，愛美卻是人類的共同天性。「美」比宗教更帶有人類美好的普遍性的品格。葉聖陶說過一句很精彩的話，教育是農業，不是工業。即教育的方式主要是幫助優秀人性的自然生成，不是按照某種先驗模式人為刻意地鍛造。而美育正是幫助人的美好天性自然生成的最好方式，也是生命質量自然形成、自然提高的最好方式。以人的感官而言，各個部份都可以通過美育來提高它的質量。比如說眼睛。沒有受過教育是一般的眼睛，但通過教育以後，就變成審美的眼睛。一個人懂得審美，他就是非常幸福的人，他不管是讀書、看電影、看戲、觀賞大自然，都能享受審美的愉悅，而且這種審美眼睛——按照蔡元培所說——一定是超脫的，是非功利的。歌德說：「人生下來最重要的是用眼睛看世界。」通過教育培養審美眼睛，感官就不一樣了，生命質量就不一樣了。還有耳朵，馬克思所說的「音樂的耳朵」，是能欣賞音樂的內感覺，音樂的語言比文學的語言更抽象，但往往也有更高的境界，音樂可直接與宇宙相通。還有口舌，口要有口德，說話要有口德，不能隨便進行人身攻擊。我批評的「語言暴力」，就是沒有口德。動不動攻擊人，就是缺德。不僅缺德，而且醜陋，離美很遠。感官經過美育的薰陶，整個生命質量就不一樣了。

第三個問題，講講教材與生命質量的關係。「五四」運動時期的文化先驅者，早就注意到這個問題。「五四」運動是發現「人」的運動，我曾經在課堂裏講中國近現代的三大文化意識的覺醒。第一次是鴉片戰爭特別是甲午海戰以後，民族國家意識的覺醒。我們本只有天下意識，沒有民族國家意識。近代一個重大發現，是發現中國是一個大國，但不是一個強國，所以那時的知識分子很悲憤，就研究我們中國為甚麼不能強大。像梁啟超，他就對中國積弱的原因，寫了很多文章，說關鍵是國民的問題，所以寫了《新民說》，但當時他講的國民是群體的「民」；而「五四」運動則從「群」到「己」，強調的是個體。完成了第二個大發現，即發現中國人不是人，只當過兩種類型，一是做穩了奴隸，一是連奴隸也做不得；中國從來也沒有真正做人的時代，所以他們要重新發現人。所謂發現人，在廣度上包括發現三個東西：

一個是發現人，一個是發現婦女，一個是發現兒童。發現兒童，就是發現我們中國兒童的生命質量有問題。魯迅先生寫了一篇〈由聾而啞〉，說我們中國的孩子，精神食糧太欠缺、太粗糙了；耳朵聾了，很多優秀的、健康的、美好的聲音聽不見，很多優秀的文學作品讀不到。聾了，聾以後就變成啞了，說不出來了，變成無聲的中國，沒有真正的聲音，沒有精彩的聲音，沒有個性的聲音，為甚麼呢？就是精神食糧有問題，教材有問題，也就是讀物的問題。我這一代人，說實在的，我們的精神食糧相當粗糙。過去我們讀的書局限很大，教材也貧乏、粗糙。我剛剛說過，我們常用意識形態的教育來取代德育，取代人文維度，如果教材老是光有一些甚麼雷鋒的故事和〈半夜雞叫〉的故事，太政治化，就會缺少一種更普遍的、古今中外的美好文化的精華。沒有這些精華的積澱和補養，我們的生命質量就會降低，甚至會犯一種「缺鈣症」，或者說「貧血症」，這就是文化的貧血症和文化的缺鈣症，缺少人文的鈣，靈魂的鈣，缺少情感本體與倫理本體的鈣。所以教材的豐富與多樣，以及教材具備真、善、美這些基本鈣質，是非常重要的。

今天我特別要商討的一點，是如何從我們中國的古代文化裏，尋找提高生命質量的教材資源。這一點很重要，但是很可惜，我不能在大陸像今天一樣充份講講這個問題。我們中國古代的文學、哲學、倫理學，是培養人的生命質量的極為豐富的資源。我認為包括西方，將來都會發現我們這裏的資源。

對於我們古代文化，首先要辨析一下，到底哪一些是精華，哪一些是糟粕。有的作家給孩子開「炎炎夏天要讀的書」竟然是《水滸傳》，這就很值得商榷了。聽說香港電視台從明天開始，又要播放《水滸傳》了。可是我們應該注意《水滸傳》作為文學作品，確實是一個好作品，是很傑出的作品；但是，它的文化價值觀念，卻有很大的問題，它的婦女觀念、英雄觀念，凡造反幹甚麼都合理的觀念等，都很有問題。我在城市大學中國文化中心講課當中，專門講了兩講，一講是《三國演義》，一講是《水滸

共悟人間

傳》，都是從文化上進行批評的。從文學上，比如它的戰爭描寫、人物塑造、故事、語言都有它的成就，但是從文化批評來說，也就是從它的文化價值觀念上說，有大問題。如果從一部作品的整體精神來說，《紅樓夢》整個作品是讓我們的生命向善、向美去發展的，可是《三國演義》和《水滸傳》則可能向惡發展，特別是《三國演義》，這本書是我們中國權術陰謀的大全。對《三國演義》如果沒有分析批判能力，那麼，我們將來人的生命就會完全變形。比如說，我們中國有非常好的義氣，像伯牙、鍾子期「高山流水」的義氣，是非功利的，一種非常純、非常美的義氣。可是到《三國演義》桃園結義卻是兩回事啦，它是「組織原則」，就是：我們三個同生死，然後我們就去奪天下，這跟我們現今社會三個小伙子，他們搶銀行之前先講講義氣，差不了多少。這個義氣變質了。還有像諸葛亮，他確實有很高的智慧，可是他的智慧一進入了權力鬥爭的系統，就帶有這種系統的系統質，智慧發生了變質，變成了許多假的東西。如果接受了這東西，很容易掉落地獄之門，《三國演義》、《水滸傳》正是中國的兩大地獄之門。說「少不看水滸，老不看三國」，是有道理的。《三國演義》會增長人的心機心術，像趙雲，他千軍萬馬救出阿斗，劉備把阿斗摔到地上，說：「你差些損了我的一員大將。」連愛心也充滿了權術呀！這種東西做教材就不合適了。再說《水滸傳》，現在我們都把武松當成是大英雄，但若無保留地學習他的行為，會造成很大的問題。武松血洗鴛鴦樓，他報仇最充份的理由頂多可以殺蔣門神、張都監、張團練三個人，那已經過份了，可是他殺了十八個人，其中十五個是無辜的，丫環、馬伕，還有那些夫人，都是無辜的，問題還不止於此，問題是殺了人之後，他還理直氣壯，在牆上寫了字：「殺人者打虎武松也！」這種以殺人為榮的態度是我們中國文化的糟粕。它正在成為中華民族的集體無意識，西方文學作品中我們看不到有殺小女子和小孩的英雄，可是《水滸傳》中武松卻連小丫環也不放過。而李逵殺戮四歲幼兒小衙內更是可怕。對中國這種英雄要警惕。那麼中國文化的精華在哪裏呢？比如說《山海經》、《道德經》，它恰恰是跟這種態度相反的，我們卻沒有充份注意。比如說老子的《道德經》，跟《水滸傳》的態度完全不一樣，《道德經》對殺人、對戰爭怎麼看呀？他說：「夫兵者，不祥之器。」「大兵之後，必有凶年。」他的大前提都已說好了，而且他說：你如果是不得已而戰爭，你必須證明你是不得已的；若戰勝了，不要搞凱旋，而要以葬禮、喪禮來對待戰爭。這就跟武松的態度完全不一樣。所以我們選教材就是要辨析，這些東西真正能提高我們的生命質量，像《紅樓夢》，對生命、對少女那麼尊重，對名利場那麼鄙視，這就是生命境界，這就是生命質量，這就完全不一樣。

《山海經》不是一部歷史，但它是我們中國最本真、最本然的歷史，是我們中華文化最本真、最本然的文化，它有一個最重要的精神，就是「知其不可為而為之」的精神。〈精衛填海〉，海是可以填的嗎？海是不能填的，但是偏偏要去填，把不可能的事情，當成可能的事情去爭取。〈夸父追日〉，日不可追，但是我就是要去追，這就是「知其不可為而為之」的精神。錢穆先生等中國文化研究家一輩子探討中華民族的文化為甚麼不會滅亡，他們談出一些理由，有的認為是有儒家的思想，有的認為是有統一的漢字，但是都沒有講到《山海經》精神這一條，我要補充這一條，就是我們中國最原始、最本真的文化裏面，有一種「知其不可為而為之」的精神，有這條，就永遠不會滅亡了。像這種教材，真正是我們最好的精神食糧，我們必須放進教材裏面，去提高我們整個民族的生命質量和每個個體的生命質量。可是，我們能杷《道德經》談戰爭的文字作為教材嗎？香港、台灣的教材我還沒有好好研究，但大陸恐怕比較難。總之，教材跟生命質量有很大關係，跟我們整個教育目的有很大關係，我說「回歸古典」，就是回歸到我們最本然、最本真的文化，回歸到有益於提高我們生命質量的精華中來。

本文由香港課程議會秘書處根據談話錄音整理，再經劉再復教授審閱。

原載《明報月刊》二零零三年二月號

慾望的權利與慾望的制衡

（一）

中國進入世界經濟結構和參與全球化的過程，是一件好事。我作此明確的判斷，不是不知道全球化可能帶來三種負面效果：社會的變質、生態的破壞和人心的黑暗。但是，這些問題既會在全球化過程中發生，也可在全球化過程中解決。工業革命時代的倫敦是個霧都，泰晤士河也被污染成濁河。可是前年我到英國時，看到這種情況已經完全改變。社會變質也不是全球化的宿命。許多拉美國家的社會發生變質，但美國和一些歐洲國家並未變質。至於人心的走向，那就要靠中國知識分子的認真研究，包括研究西方現代化的文化經驗與成果，尋找自己的道路，不應是一句空話、大話。

我支持全球化，考慮的中心不是國家的榮耀，也不是文化的榮耀，更不是知識分子的地位，而是人民的福祉，是多數中國人如何過好日子。全球化是中國人謀求生存和發展的需要。生存和發展不可能在封閉狀態下進行，自我封閉是非常危險的。中國在上世紀也封閉過，其結果是民不聊生。

現在，世界科技發展很快，更不能封閉。此次全球化浪潮的特點是技術推動。與以往的全球化性質不同，以往的全球化是槍炮推動的。十六世紀歐洲人踏上美洲的土地，全球化就開始了。經過十七、十八世紀的發展，十九世紀的工業資本主義掀起全球化的高潮。但這是槍炮推動下的殖民主義，是一元性的西化，中國那時接受西化是被迫狀態。而此次全球化是自然狀態，中國的接受也是自然狀態。所謂自然狀態，就是人類生存發展的自然結果，是多數人所思所想的綜合。我國的技術比起西方發達國家，還是落後，所以只能扮演「跟進」的角色。這樣做不是國家的榮耀，但有利於增進人民的福祉。美國的人文傳統不如歐洲雄厚，也不如中國雄厚，但它是世界的技術中心、信息中心，我們不能不跟進。

中國的大門已打開二十多年。二十年來，中國最大的文化成果，是開放精神的生長。可惜，在開放精神生長的同時，寬容精神並沒有明顯生長。鄧小平的巨大歷史功勞是打開中國的大門，即打開潘朵拉魔匣，把慾望釋放出來。慾望一放，中國便成為有動力的國家，發展得很快。但是，鄧小平沒有解決兩個問題：一是慾望的權利；二是慾望的制衡。此次現代化是從釋放慾望開始的，慾望居於文化系統中較低的層面，但如何賦予慾望的合法性和如何制衡慾望，卻是很深奧的大問題，十八、十九世紀的西方知識分子為此傷透了腦筋。現在的中國，有了權力才擁有慾望的權利，而無權力的多數人，離慾望的自由還很遙遠，許多正常的慾望依然蒙受很大的意識形態壓力、道德壓力、心理壓力。在大陸，讀原版《金瓶梅》必須具有一定的級別，平民是看不到的。香港有賽馬賭錢的權利，大陸就沒有。在文化意識上說明慾望的權利與合法性，將給中國帶來更大的動力。而慾望發展之後，又必須建立制衡形式。十八世紀西方知識分子在明確慾望不能撲滅之後，發現可以用「慾望對抗慾望」的辦法制衡慾望，因此派生出政治上三權分立和多黨制的思想，不同利益集團互相制衡，又派生出言論自由、新聞自由的制衡機制，二十世紀在經濟上制訂反壟斷法及完成各種法制改革等。建立慾望的制衡形式，可能是本世紀中國文化界最根本的使命。

〔二〕

今天討論幾個大宗教文明的對話，必須有一個充份尊重宗教文明的前提。大科學家愛因斯坦擁有大理性，但在他的精神世界裏，還是留給上帝一個位置。對於愛因斯坦來說，不是上帝存在不存在的問題，而是人要不要有所敬畏的問題。以往我們曾是徹底的唯物主義者，一徹底便無所敬畏，便胡來，做甚麼壞事都不怕。現在流氓主義十分猖獗，騙子叢生，也是無所敬畏。現代社會人慾橫流，如果無所敬畏，沒有任何宗教情懷，真會走向末日。宗教也是制衡慾望的一種形式。

文明的對話，是世界文明關係惟一可選擇的最好方式。文明之間的關係可以用「文明際性」或「文明間性」這一概念來表述。我認為，文明際性惟一正確的原則，是文明共生原則，也就是「文明對話」的原則。而這一原則最重要的是要承認文明的主體——人類，有選擇文明存在方式的權利。

人類文明史最基本的教訓是想以自己確認的某種文明存在方式，去統一全世界的文明存在方式。十字軍東征，是想用基督教的方式去統一世界；伊斯蘭聖戰，是想用伊斯蘭的方式統一世界；我們中國過去想「解放全人類」，是想以共產主義的方式統一全世界。這都是行不通的。這裏，需要藉用黑格爾的「凡存在的，都是合理的」的命題來表達我的思想。世界上現存的幾個宗教文明體系，都經過千年以上漫長時間的洗禮，至今沒有滅亡，就因為都帶有某種合理性。人類千差萬別，也應允許信仰有差別。應當承認各種文明都有長處，即使在我們看來是短處，也應當尊重。例如：伊斯蘭教實行多妻制，有的伊斯蘭國家甚至法定男子九歲、女子十五歲就可以成婚，我們覺得荒謬，但他們卻覺得合理，他們認為早些成婚可避免少年男女在路上對異性東張西望，失去純潔。所以，我們也應尊重；當然，如果他們要強制我們也這麼做，則是專制。一個人自願為某種信念去犧牲，可以理解；但如果要求我們也一定跟着去犧牲，就是專制。共產黨人要為「人類解放」而獻身，這是值得敬佩的；但如果要求別人也一定要為此獻身，則是專制。

除了不應以某種文明方式去統一全世界的存在方式之外，還有兩條是應當反對的。

一、不可使用政治權力去推動一種宗教。西方政教分離是根本性的歷史進步。西方近現代文明的大發展就得益於這一分離。我個人喜歡孤獨的上帝，不喜歡有組織的上帝，因為有組織以後，國家常常利用宗教，以至把某種宗教定為國教。伊斯蘭教開始時，只有土耳其把它奉為國教，後來，有很多國家也把伊斯蘭教奉為國教。宗教權力和政治權力一旦結盟，就會形成很可怕的專制，所有自由均從這裏開始喪失。

二、不可使用暴力實現宗教教義。每種宗教都想傳播教義，但傳播的手段是非常重要的。宗教目的最為神聖，為天國為真主，為自己的理想，因此，便形成了一種錯誤觀念，以為只要神聖，甚麼手段都可以使用，再殘忍的手段也無妨，手段和目的分開了。其實，手段本身也包含着目的，卑鄙的手段不可能有神聖的目的。我們絕對反對恐怖主義，最根本的是反對他們那種不惜「濫殺無辜」的野蠻的暴力手段。這種手段，任何時代都不合理，都應反對。

〔三〕

不久前，我在一篇文章中談論過奧古斯丁的《上帝之城》。《上帝之城》分為「精神之城」與「世俗之城」兩部份。藉用這兩個概念，我想要說，中國現在正在告別數千年的鄉村時代，進入城市時代。在新時代開始時，中國首先應當大力建設「世俗之城」，締造世俗生活的幸福。探討中國文化，也首先應當探討如何建設城市的世俗文化，即大眾文化。

大眾文化是「回到生活」的文化，是說明「生活有理」、「生活無罪」、「慾望無罪」的文化，將來一定會有大發展。面對世俗生活和大眾文化的發展，中國知識分子常有酸楚的心態，剛一發展，就大叫「道德淪喪」、「人文精神失落」，覺得「禮崩樂壞」，想的是文化的榮耀，不是人民的福祉。試想：幾億青少年如果沒有大眾文化，他們怎麼過日子？我們中國過去幾十年，過份強調「思想第一」，只知精神之城，不知世俗之城；只知未知的天堂，不知現世的幸福。結果是甚麼？看看七十年代上海那一副「恐龍骨架」的慘相就知道了。為了人民的福祉，不要害怕丟掉一些沒有生命力的文化，更不要害怕丟掉一些僵死的意識形態。部份中國舊文明與舊意識形態的死亡，並非壞事。「五四」的文化改革者雖然激進一些，但他們不怕某些舊文明的死亡，這種心態是對的。他們的意思是：要讓文化保存我們的生命、生活，而不是犧牲生命、生活去保存文化。權利的主體是人，重要的是人的生存、溫飽、發展。李澤厚和我寫《告別革命》，就是要告別革命高調，回到人的日常生活狀態之中。

文化的另一層面是精神文化，也可稱為精英文化。中國的傳統文化有很多精彩的部份，例如老莊、禪宗文化就非常精彩。西方的邏輯文化發展到極致，就是電腦顯示的程序文化。可是，人總不能只聽程序的命令，人類一定還需要內心的命令，電腦中人最終會意識到需要我國的感悟文化的調節。中國的禪宗文化非常偉大。西方基督教創造了救世體系，而中國的禪宗，尤其是慧能，創造了「自救」體系。我們談回歸古典，是提醒從自己的古典文化中吸收資源，不要光知道從現代走向後現代。回歸古典不是回到古代，而是作為文藝復興式的策略，重新回到對人的價值的充份肯定，避免人的異化。只有這樣，才不會使全球化產生變質，變成「機器化」。也才不會如現在許多學校，只談生存技能，不談生命質量與人生根本。中國的古典文化，包括儒家文化，重視的恰恰是人生根本，教育的目標是「人」，不是「技能」。所謂教育興國，正是通過提高全民族的生命質量去興國。

中國是大國，大國對於文化來説，其好處是可提供文化創造的大舞台。在全球化進程中，中國知識分子可在這大舞台上進行各種試驗，努力走出自己的路。

本文根據城市大學中國文化中心二零零二年召開的「全球化與中國文化」討論會上的三次發言（自三月十九日至三月二十一日）記錄整理而成。

原載《明報月刊》二零零二年第五期

走出「民族主義」

——在香港科技大學「民族主義講座」會上的發言

（二零零二年四月十一日）

一、民族主義不可能造成高質量的文化，也不可能探究得太深，它往往只是一種姿態，一種情緒，一種利益取向。但它在今天歷史場合中，又是非常重要的課題。世界變成以財富為中心，隨着冷戰時代的終結，意識形態土崩瓦解，全世界真如黃仁宇先生所言，從意識形態的時代走向經濟數字的時代。數字主宰世界也就是利益主宰世界。對於許多國家來說，道義原則是假的，利益原則才是真的。過去甚麼都講意識形態，造成很大問題，但舊意識形態還講國際主義與人類關懷，現在瓦解了，就剩下赤裸裸的民族利益及種族利益，而依據的便是民族主義。這種主義便引起衝突與戰爭。南斯拉夫就是典型例子，原先幾個民族在共產主義意識形態下還形成政治共同體，相安無事，但意識形態一瓦解，就陷入分裂及民族之間的戰爭。科索沃的戰爭提醒人類社會：民族主義正在成為當今世界的巨大危險，而且正在變成一些國家的新的意識形態原則。

二、一些地區、國家認同本土或本國的語言、宗教、習俗、傳統、制度、情感方式等原是正常的，但是如果把「民族認同」上升為「民族主義」，即上升為普遍的意識形態原則，就會誇大本土或本民族所認同的特點，形成「閉關」、「分裂」、「專制」、「侵略」的理由。目前台灣的獨立運動，其思想特點，正是把本土特點上升為普遍的族群意識形態原則，這將造成「分裂」的嚴重後果。

三、西歐資本主義的發展經歷了「城邦資本主義」、「民族國家資本主義」和「跨國資本主義」三個階段。現在處於跨越民族—國家界限的第三階段。這個階段考慮的中心是經濟的發展及人民的福祉，這一核心思索導致統一市場的形成。加入歐盟的國家，為了本民族利益必須放下民族界限，甚至要放下某種「國家榮耀」（如法國在加入歐盟之後宣佈取消具有百年光榮歷史的「法郎」）而走向統一貨幣。西歐的走向對中國具有兩方面的巨大啟迪：（一）走向統一是當代的歷史方向，以財富為中心的世界要求打破民族國家之隔而共同保護環境和創造貿易的更大自由度。為了中國人民的福祉，中國各民族、各地區，包括台灣，也應當維護統一和走向統一；（二）統一最好的方式是自然方式，即經濟發展導致統一的方式，而不是極端人為方式，即暴力方式。

四、中國「民族—國家」意識的覺醒是近代的事。原先只有天下意識，沒有「民族—國家」意識。

十九世紀末中國這一意識的覺醒，固然受到西方民族國家理念與進化論的影響，但最重要的是被槍炮打醒的，是被逼迫而覺醒的。甲午戰爭徹底失敗是個關鍵。大失敗的大刺激使中國近現代的「民族─國家」意識帶上「亡國滅種」的恐懼和「反帝救亡」的特點，也導致民族精英選擇了救亡的捷徑——暴力革命的道路，民族意識也上升為民族主義（「三民主義」之一）。但現在時代變了，正如汪榮祖先生所言，現在沒有一個國家能打敗中國，只有中國能自己打倒自己。八十年代中期，中國作家莫言發現，中國這個「種」真的快要滅亡了，不是被外部敵人所滅，而是被內部的教條所滅。嚴重的教條已快吸乾中國的活力和生命力。所以他用小說呼喚中國的原始生命，呼喚野性，呼喚東方的酒神精神。他的作品標題本身（《透明的紅蘿蔔》、《紅高粱》等）就是男性生命之根的象徵。的確如此，當時中國的敵人就是中國人自己製造的概念體系。因此，中華民族要在二十一世紀爭取最大的利益及福祉，就要避免自己打倒自己，特別要避免互相殘殺，而把心思和智慧放在民族內部的自我調節、自我妥協、自我完善之上。二十一世紀中國應當成為「三無國度」，即「無內戰、無革命、無飢餓」的中國。

五、以上所述的「民族主義」是在政治、經濟層面上展開的討論。如果放在文化層面上，把民族定義為文化共同體（culture group）或如史賓格勒所定義的「精神單位」（spiritual units），那麼，「民族主義」就更可懷疑。史賓格勒認為，民族不是語言單位，不是政治單位，也不是動物學上的單位，而是精神單位。這是對民族很經典的定義。在此定義之下，民族與「政權」、「王朝」無關。從文化層面看中國歷史，可說中國從來沒有「亡」過，「種」也從未被「滅」過。根本不需要有亡國滅種的過度危機感。元朝、清朝的建立，只是亡了趙氏朝廷及朱氏朝廷，南來的蒙古人及滿族人雖建立了新王朝卻被漢族文化所同化。只是經歷了二三百年時間，滿族的語言、文字、傳統滅亡了，而漢民族文化不但沒有消失，反而更加強大。元、清這段歷史浮沉，到底是誰亡誰？以往歷史學家說中國曾兩次亡國，這種說法根本不能成立。亡的只是一個王朝（政權），而不是一個民族，也不是民族國家。中國知識分子，特別是明清之際的知識分子（王船山、顧炎武、黃宗羲等），把「朝廷」視為民族國家（不把民族國家視為一種精神單位），因此就製造「亡國」的假象，而且把「亡國」的責任歸罪於明末的思想解放學說，藉此討伐關懷個體生命自由的知識分子，有意無意地打擊中國人對世俗幸福生活的追求。「五四」運動後期，郭沫若等人再次用「救亡」的口號撲滅自己提倡過的自由個性，結果直至二十世紀下半葉的前三十年，還是不斷用國家的名義來剝奪個人的慾望的權利與日常生活的權利，導致兩三代中國人只知「造反有理」，不知「生活有理」、「慾望無罪」，只知「國家至上」，不知個體生命的絕對價值。

六、如上所說，民族主義不可能造就高質量的文化，當然也包括不可能造成高質量的文學藝術。民族主義是普世價值的對立項。高質量的文學藝術追求的應當是建立在普遍人性與人類關懷的普世價值之上，而不是奠基於被一國一族利益所「隔」的民族主義。民族主義作為意識形態原則一定是「詩歌之敵」（魯迅語）、文學之敵。但民族—國家情感也可以產生一些動人的作品，如俄國的普希金和我國的屈原。然而，屈原的詩歌文本把楚懷王比作「美人」，始終放不下宮廷君主，其不平只是「不得幫忙的不平」（魯迅語），境界不高。屈原的詩歌所以有文學價值是因為它有「文采」，而中國人所以崇敬他，是因為他除了創造詩歌文本之外，還有一個更重要的行為語言，這就是投江自殺。這一行為語言不是追懷君主情感的伸延，而是「無」對「有」的叩問，包括對《離騷》等文本主旨的某種否定。詩歌文本語言和自沉行為語言的合璧才造成屈原精神整體的高境界。王國維把中國文學作品分為兩大類型，一是《桃花扇》型，這是政治的，國民的，歷史的；二是《紅樓夢》型，這是哲學的，宇宙的，文學的。前者屬低境界，後者才是高境界。我曾提出「文學放逐國家」的命題，就是說，文學應放下民族國家的理念障礙，挺進到人性深處，直接以生命連接生命，連接自然，連接宇宙，以創造中國文學之普世價值與全新境界。

風骨·性情·慧悟

觀照新文學的視角很多，我曾以二十世紀西方現代文學為參照系，論述從審美內容上說，中國現代文學大體上只有「國家、社會、歷史」維度，而缺少另外三個維度：叩問人自身存在意義的本體維度，叩問超驗世界的本真維度，叩問大自然與內自然（人性）的本然維度。說的是「缺乏」，不是沒有。此次我在城市大學講的則是以中國古代文學為參照系，找到的批評視角是「風骨·性情·慧悟」。

「五四」新文學運動開始時過於激進，以至提出「推倒古典文學」的口號，但是，若干年後這種激進態度有所軟化，其中周氏兄弟更是努力去尋找中國古文學與新文學的相通點。魯迅找到的「魏晉風度」與周作人找到的「明末性情」，就是兩個關鍵點。

一九三二年三四月間，周作人到輔仁大學作了《中國新文學的源流》的學術演講，第一次點破了中國文學的歷史乃是「載道」文學與「言志」文學兩大脈絡浮沉交替的歷史，而把言志文學推向極致的是以性情解放為主題的「明末新文學運動」。周作人認為，此次運動的倡導者公安派（袁氏三兄弟）關於「獨抒性靈、不拘格套」和「信腕信口，皆成律度」的主張，與胡適之的所謂「八不主義」差不多。胡適的主張不過是袁氏兄弟主張的復活（即袁氏觀念的現代版）。因此「五四」與明末兩次文學運動，其根本方向是相同的，即都拒絕抄襲模擬、擺官架子、以文學為載道工具的前代風氣，都主張文學應回歸抒寫真情真性的個人化立場，恢復對自由個性的追求。周作人這篇演說的貢獻是它打通了「五四」新文學與我國明末文學的血脈關係，說明了「五四」新文學運動的歷史理由，消解了現代文學與古代文學的對立。

如果說，周作人道破了中國古代文學性情精華的話，那麼，魯迅則點破了另一精華，這就是「魏晉風度」。他在著名演說《魏晉風度及文章與藥及酒之關係》中說：「曹丕的一個時代可說是文學的自覺時代，或如近代所說，是為藝術而藝術的一派。」漢代的文學與經術沒有分家，而且一些著名文人（如司馬相如、東方朔）又成為皇帝弄臣，處於「俳優畜之」的地位，因此，回到「為藝術而藝術」，便是回到文學自身應有的狀態，確立文學自身的價值。有了這一前提，才能形成不同於宮廷玩物器具的魏晉風度，才能出現曹植、何晏、嵇康、阮籍、二陸、張華、潘岳、郭璞、劉琨、謝靈運、范曄、裴頠等表面瀟脱超凡內裏卻擁抱憂患的一代傑出詩人。魯迅用「魏晉風度」這一概念而未用「建安風骨」，大約是「風度」的包容量更大，既可包括瀟脱超然的境界，也可包括憂憤悲歌的境界。儘管使用的是「風度」概念，但魯迅卻特別推崇嵇康，親自編校《嵇康集》。這位不畏強權、尚奇崇俠、敢於把頭顱付與湯火的慷慨任氣之士，是魯迅最為敬佩的。而嵇康的精神，則是魏晉風度中的「風骨」，精華中的硬核。因此，今天以「風骨」作為一種文學座標，也是有足夠的理由的。

周氏兄弟在中國漫長的詩文史中，唯獨點破「魏晉風度」（風骨）與「明末性情」這兩大文學穴位，都與推重文學的個人取向有關。風骨是個人的風骨，性情是個人的性情，文學家最重要的特性是不求任何依賴而獨自面對艱難複雜的歷史人生。政治家並不是最勇敢的，因為他們必須依賴組織與集團，真正勇敢的是文學家，他們獨立不移，獨抒性靈。無論是周氏兄弟還是其他「五四」文化改革者，他們都不喜歡以韓愈的名字為標記的載道文學，不張揚被歷來文人奉為圭臬的唐宋八大家。韓愈、柳宗元、曾鞏、蘇軾、蘇洵、蘇轍、歐陽修、王安石等，與其說是載道文學，不如說是「濟世文學」。濟世文學的長處是關注世道人心，短處是敍述方式乃是「聖人言」的方式，缺少個人的性情獨白。因此，也往往流露出官氣與堂廟氣。宏觀地看，唐宋詩文家，雖也有李商隱、柳永等性情詩人，但多數都比魏晉時代與明末時代的作家多些功名心，即使杜甫、李白也難以免俗。

除了「風骨」、「性情」這兩大奇觀之外，中國文學還出現另一奇觀，這就是佛教禪宗賜與的「慧悟」。禪意入詩，使王維獨具風格。以禪喻詩，則從蘇東坡開始。而在理論上把禪悟視為詩道的第一要義的則是嚴羽的《滄浪詩話》。後來王士禎的神韻說、袁枚的性靈說，顯然都受到嚴羽的影響。劉勰的《文心雕龍》雖有體系，可惜它如同詩文中的韓愈，也太多道經氣與堂廟氣。《滄浪詩話》雖短，卻總結了一個西方文學所沒有的真正屬於中國文學特色的「慧悟」，給中國作家以無窮的啟迪。王國維所講的「境界」，無法實證，更無法分析，全靠慧悟。

中國文學最終產生了《紅樓夢》，走上了巔峰。《紅樓夢》所以能卓絕千古，其價值無以倫比，正是它集中了中國文學中的「風骨」、「性情」、「慧悟」這三大精華。此巨著中的「性情」，人們早已發現，但是風骨、慧悟則未被充份闡釋。可惜「五四」的文化革新者雖也論及《紅樓夢》，但未能把《紅樓夢》作為旗幟高高舉起。要說「文藝復興」，《紅樓夢》一部著作完成的則是西方數百年才完成的文藝復興，它復活了自《山海經》開始的中國文化中最本然、最優秀的精神氣質。「五四」所倡導的一切，都可在《紅樓夢》中找到。

以「風骨」、「性情」、「慧悟」為參照系，便可發現中國現代文學草創時期的頭三十年，陳獨秀、魯迅、胡適、聞一多等都表現出一些反叛的、戰鬥的風骨。魯迅在解剖國民劣根性時，對浸入骨髓的奴性如此深惡痛絕，與他的崇尚風骨的審美理想顯然有關。可惜中國社會環境太惡劣，逼得魯迅的風骨變成「一個也不寬恕」的復仇情結，性情中太多憤怒。而周作人散文則表現出沖淡自然的性情，其論說希臘的文字更有慧悟，不幸的是在歷史的風口浪尖中暴露出風骨不足的弱點，至今讓後來者還為知堂老人惋惜不已。冰心、梁實秋、林語堂等在風聲鶴唳的時代中盡力保持性情，但似乎發展得並不充份，倒是沈從文於小說中、徐志摩於詩中發揮得更充份一些。郁達夫本也是性情中人，但其代表作《沉淪》結尾所表現出來的「愛國矯情」，卻令人十分困惑。今天人們常常討論的張愛玲、錢鍾書，兩人都有慧悟，聰明機智，可惜聰穎背後的慈悲之性似乎不夠渾厚，其實真正的大慧大悟，歸根結柢是屬於具有宇宙感覺的大慈大悲。

非常可惜的是在二三十年代叱咤風雲的郭沫若、茅盾、巴金、曹禺、老舍等，到了上世紀下半葉，其慧悟之性完全被教條所堵塞，其風骨與性情幾乎消失殆盡。直到八十年代，巴金才以他的《隨想錄》五卷恢復了部份個人尊嚴。「五四」新文學運動以批評韓愈的「文以載道」開始，可是，到了三十年代革命文學、左翼文學興起之後，新文學比韓愈更加韓愈。到了五六七十年代，大陸的載道文學進而發展為謳歌文學，「韓愈體」蛻化為「台閣體」（明末楊士奇、楊溥、楊榮頌揚帝王權威的阿諛文學），結果都因為離風骨、性情、慧悟太遠而沒有甚麼價值。今天紀念「五四」重溫這一節悲劇，也許有益於「五四」的真精神在二十一世紀中生長。

此文係二零零一年四月初在城市大學「華文文學」講演會上的發言。同時演講的有馬悅然、瘂弦、楊牧、聶華苓、鄭愁予。

原載《明報》二零零一年五月四日世紀副刊

輯五：歷史情思

共悟人间

又做少年中國夢

上一世紀的第一年，即光緒二十六年、公元一九零零年，三十歲的梁啟超作《少年中國説》。這一新世紀的開篇啟蒙之作，首段就説，儘管西方諸邦與日本稱中國為「老大帝國」，但在他的心目中，卻有另一「少年中國」在。這位血氣方剛的思想家把國家與朝廷分開：朝廷固然老氣橫秋，奄奄欲絕，但國家可以涅槃重生，青春洋溢。

眼睛燃燒着期待：二十世紀的中國應當告別老大帝國而變成少年中國，那個如同瘠牛、如同沼澤、如同隕石、如同鴉片煙的老中國應當消失，而如同朝陽、如同乳虎、如同俠士、如同春前之草與長江之初的少年中國應當在大地上屹立，這是梁啟超的新世紀之夢，也是當時一代知識分子共同的大夢與彩夢。梁啟超不僅劃清了國家與朝廷的界線，而且告訴人們，國家的主體乃是國民，「新民」乃是「新國家」的關鍵。衡量國家的老少衰壯，最重要的是看其「國民心力」的狀態。國民的生命狀態與心靈狀態決定一切。他期望二十世紀的中國國民當似「紅日初升，其道大光」，當似「河出伏流，一瀉汪洋」，當似「潛龍騰淵，鱗爪飛揚」，當似「乳虎嘯谷，百獸震惶」。中國是否少年英俊，不在於錢財刀兵的多寡，而在於這種生命狀態的磅礴與飛揚。

近代革命先驅與仁人志士，為了實現少年中國夢，不得不用火與劍對準清廷那佈滿皺紋與朽氣的額頭，以共和取代帝制，以民主取代專制。這些酷愛故土的先覺者知道，中國不是一家之私產，而是人民之公產。中國要如疾風捲海，湧動活力，不能指望朝廷官平庸昏悖的腦袋，而應當仰仗億萬同胞的底層智慧。民主，意味着億萬民眾對社會的參與。只有這種參與，中國江河原野才真的擁有青春氣息。

一百年過去了，今天的中國已有歡迎民眾參與社會的情懷與真誠了嗎？沒有。遠的不說，就說最近發生的加入WTO的事，這固然是大勢所趨，歷史性的步伐，但畢竟是關係到十幾億人的生活生計，應當讓大家好好討論，暢所欲言，然而，我只看到權力中心的決策，聽不到討論爭論的聲音。沒有億萬人民的參與，沒有社會論壇生動活潑的意見，沒有公眾空間坦率無私的批評，哪有少年中國的馥郁芳香？

少年接近太陽，老年接近墓地。少年的特點是天真無忌，敢想敢為，特別是敢於直言敢於說出真話真理。然而，我在青年時代體驗到的故國，卻太多陳腐的老話，落套的謊言，到處是教條、禁區與面具。六十年代文化大革命伊始，我誤認為少年中國來臨，沒想到降至的卻是統一指揮棒下跪着造反和橫掃一切的荒誕狂飆，少年中國夢不成，卻看到令人凄然墮淚的牛棚中國以及與禽獸相去無幾的瘋狂人群。八十年代，我又一次感到少年中國的來臨，但此時看到的卻是痞子的氾濫和孩子裝作爸爸的流氓主義與犬儒主義的縱橫捭闔，侏儒取代英雄，潑皮牛二奪了大刀砍殺節節讓步的好漢楊志。在文化界，詩人學者的率真十分稀有，感受到的是「世故大於學術」、「權力慾與錢勢慾大於求知慾」的各種生存策略。所有這些，都使我感到窒息，感到其中有種年輕國家不可能有的非常成熟的狡猾、非常成熟的虛偽和非常成熟的腐敗。這是幾千年積澱下來的生存技巧加上現代革命詞彙的裝飾所形成的成熟。這種成熟拒絕和抵禦一切新鮮的思想和少年的眼睛。可是我卻從這種成熟中聞到一種類似古老的沼澤所發出的瘴氣。

少年之中國，必須從成熟的精神羅網中脫出，這是十分艱難的。然而，我並不氣餒，依然要頑強地做夢。夢破了還做夢，這夢便有堅實的夢魂在。

一九九九年十二月十二日

原載《明報月刊》二零零零年第一期

論語言暴力

——「語言暴力」現象批評提綱

二十世紀二十年代，中國發生了一場語言革命，即「五四」白話文運動。這場革命的結果，產生了白話文，開創了使用現代漢語寫作的新文學史與新文化史，但也產生了一種副產品，這就是語言暴力。所謂語言暴力，是指以語言為武器進行人身攻擊與生命摧殘的暴烈現象，也可界定為暴力在語言中的表現。

「五四」新文化運動有其歷史的合理性，這種合理性在於：一、作為中國主要文化資源的儒家思想已經枯竭，即已不能幫助中國適應世界新環境，二、作為建設現代國家的理性文化，中國明顯闕如，需要藉助西方文化予以補充。這兩方面的歷史合理性使人們永遠銘記「五四」卓著的歷史功勳。然而，「五四」新文化運動由於改變現狀的心理過於急切，形成一種影響二十世紀中國命運的語言暴力。或者說，「五四」語言革命在組合進西方邏輯理性的同時，也把反理性反邏輯的造反語言帶進了新的白話語系裏。

當時的文化先驅者都是一些熱血滿腔的傑出人物，他們面對黑暗的鐵屋子，不能不採取偏激的策略，因此，陳獨秀在宣言式的《文學革命論》中一連提出三個「推倒」。在文化上以「推倒」作為綱領，這在過去中國的傳統話語中是前所未有的。或者說，這種話語方式僅僅出自史書裏所記載的一些農民造反者之口。二十世紀的語言暴力就從這裏開始萌發了。當然，由於陳獨秀本人畢竟是一個文化領袖，而不是後來的那種文化草莽，再加上另一文化領袖胡適所堅持的西方理性態度與改良主張的調節，所以這種「推倒」之論還沒有在語言上蔚為風氣。暴力之於語言僅僅小試牛刀，並未構成人身傷害。

「五四」時期對白話文運動持反對態度的林琴南認為，這場文化革命將會把「引車賣漿者流」的語言引入文學。所謂「引車賣漿者流」，包括一些痞子流氓在內，他們的語言往往粗俗而暴虐。儘管當時林氏的立場並不為「五四」文化領袖所認同，但他的憂慮在今天看來卻並非沒有道理。可以說，不僅「文革」的造反派語言證明了他的預見，而且直至今天，我們依然在文學和整個中國領教着這種「引車賣漿者流」的「文化造反」和「文化爆破」。

由語言革命而產生語言暴力，這是白話文的悲劇，但這場悲劇的真正形成是在「五四」之後。先是創造社之類激進文學社團的推波助瀾，然後是接二連三的有關文學語言口語化、大眾化的倡導和張揚，致使暴力一步步地攝去了白話文的靈魂。一九二八年八月，郭沫若化名杜荃，在《創造月刊》上發表〈文化戰線上的封建餘孽〉一文攻擊魯迅：「他是資本主義以前的一個封建餘孽。資本主義對於社會主義是反革命，封建餘孽對於社會主義是二重反革命。魯迅是二重的反革命人物，以前說魯迅是新舊過渡時期的游移分子，與他是人道主義者，這是完全錯了。他是一位不得志的 Fascist（法西斯蒂）。」短短幾句話，就給魯迅扣上「封建餘孽」、「二重反革命」、「法西斯蒂」三頂大帽子。可見，「文革」中紅衛兵的語言方式最早源於創造社的這種上綱語言。這種語言暴力，經由以瞿秋白等人為指導的左翼文藝運動，獲得了進一步發展，及至毛澤東的《在延安文藝座談會上的講話》，把文學藝術當作與所謂的革命武裝並列的另一種軍隊，從而使「批判的武器」完全等同於「武器的批判」，文字語言完全變成槍炮似的物質力量。

這種「武器的批判」式的語言暴力到了一九四九年以後，與權力結成天然聯盟，從而完成了權力話語和話語權力的一體化統治，或者說，完成了暴力語言和語言暴力的互動專制形式。專制統治首先是語言統治。從五十年代的批胡適、批胡風、批右派、批彭德懷，到六十年代的批所謂「反黨小說」，批劉少奇等「走資派」，其語言的暴虐，都是中國人自從學會說話以及倉頡造字以來絕無僅有的。在此需要特別指出的是，在十年「文革」中，形成了一種橫掃一切的大字報文體、紅衛兵語言和造反派語言。這種「文革語言」，以毛澤東的《炮打司令部》為開端，經由紅衛兵和各種造反派，最終成為全民語言。幾乎所有的人，哪怕是天真爛漫的小孩子，都會喊出諸如「打倒」、「油炸」、「批倒」、「批臭」、「鬥倒」、「鬥臭」，「踩上一萬隻腳，叫他永世不得翻身」之類的口號，從而把語言暴力推向災難性的顛峰。

德國著名哲學家本雅明（W. Benjamin）在他的《論語言本身和人的語言》中把語言分為人的語言、神的語言與物的語言三大類，指出「人類的語言存在就是為事物命名」，「作為人類的思想存在，語言的這個徹頭徹尾的總體性的精粹就是名稱，人類是命名者」。這就是說，命名是語言最重要的特徵，是極為嚴肅的根本性活動。因此，「名稱不僅是語言的最後言說，而且是語言的真實稱呼」。語言暴力是人的語言的變質，之所以變質，首先正是背離「真實稱呼」，它歪曲被命名對象的真實內涵。本雅明說人的語言是命名的語言，物的語言是非命名的語言，即啞的語言。但他沒有把物分為動物與植物。猛獸的語言其實不啞，它的語言是咆哮與吼叫。遠離真實的定罪性與誹謗性命名實際上已使人的語言蛻化為獸的語言，變成咆哮與吼叫。

經過數十年的積澱而在「文革」中形成的語言暴力，形態完備，自成系統。而最突出的暴力形式是定罪性與誣衊性的「命名」。在「文革」中，無數領導人與知識分子被命名為「反動學術權威」、「死不改悔的走資派」、「黑幫分子」、「反革命修正主義分子」、「反共老手」等，每一種命名，都是置人於死地的暴力。以吳宓先生為例，給他的命名就有如下十幾種：「反動學術權威」、「買辦文人」、「封建主義的污泥濁水」、「蔣介石的文化打手」、「美帝國主義忠實走狗」、「封建堡壘」、「雜種」、「最大的現行反革命」、「反革命分子」、「豺狼」、「新民主主義革命的死敵」、「無產階級革命的死敵」、「蔣匪幫的鷹犬」、「蔣匪幫反動政權的吹鼓手、衛道士」、「封建買辦的糟粕加資產階級的洋破爛」。

在吳宓之前，給胡適的命名也有二三十種之多。

除了胡適、吳宓這種「個體性命名」之外，還有另外幾種同樣帶有巨大暴力的命名：

一、普遍性命名。如「階級敵人」。

二、集體性命名。如「胡風反革命集團」、「資產階級司令部」、「裴多菲俱樂部」等。

三、階級性命名。如「地主分子」、「富農分子」、「資產階級分子」等。

上述命名所以會構成暴力，不在於命名，而在於這種命名帶有三個問題：

一、這是一種極端「本質主義」的命名。不僅命名的方式是「本質先於存在」的方式，而且是「本質嚴重歪曲存在」的方式，即概念與其描述的對象內涵差距極大。

二、這是一種定罪性、誣衊性命名。它包含着「惡」的道德判斷和「敵」的政治判斷。

三、命名構成傷害效果與懲處效果。被命名之後總是伴隨着相應的「無情打擊」和專政措施，即語言暴力之後總是伴隨着國家機器的暴力語言。生命個體被命名後不再是人，而是罪惡的概念，因此在實際上被開除「人籍」，而集體被命名後則便形成「賤民集團」，被剝奪人的基本權利。

除了定罪性、誣衊性命名之外，語言暴力還有其他形式，這些形式與命名相關，但又有自己的特殊形態，且列舉幾項：

一、兩極性分類。在「誰是我們的敵人？誰是我們的朋友？這是革命的首要問題」的理論前提下，對人進行概念分類，如「黑五類」與「紅五類」，「革命路線」與「反動路線」，「革命派」、「中間派」與「頑固派」等等。

二、抹黑性隱喻。如「文革」中的「牛鬼蛇神」、「落水狗」、「害人蟲」、「小爬蟲」等，現今出現的「文化口紅」、「文化避孕套」等。

三、獨斷性前提。強設邏輯前提，然後加以打擊，如強設「赫魯曉夫式的定時炸彈就在身邊」這一前提，然後追查這種人物。

四、軍事化概念。用軍事命令取代政治、文化術語，也造成語言暴力。如「向右派分子猛烈開火」，「攻克反動學術堡壘」，「敵人不投降就叫他滅亡」，「乾淨、徹底、全部地消滅一切走資派」，「橫掃一切牛鬼蛇神」。

此外，語言膨脹，把語言視為炸彈、精神原子彈，把領袖語言一句誇大為一萬句以及語言重複、語境偷換、主語掉包等也形成了語言暴力。

上述提到的命名只是靜態的命名。而語言暴力還有一個不斷升級、不斷創生，從量變到質變的動態現象。用過去的習慣語言表述，便是一個不斷上綱乃至無限上綱的過程。

一、不斷升級。如對胡風的命名，第一級是「宗派主義」，第二級是「反馬克思主義」，最後一級是「反革命集團」：「過去說他們好像是一批明火執仗的革命黨，不對了，他們的人大都是有嚴重問題的，他們的基本隊伍，或是帝國主義、國民黨特務，或是托洛茨基分子，或是反動軍官，或是共產黨的叛徒，由這些人做骨幹組成一個暗藏在革命陣營的反革命派別，一個地下的獨立王國。」（毛澤東批語）對劉少奇的批判，開始是機會主義與路線錯誤，而後是「走資本主義道路的當權派」，之後是「死不改悔的走資派」，最後是「資產階級司令部總頭目」，「叛徒、內奸、工賊」。升級過程大體上的模式是：思想問題——路線問題——反革命問題，即從人民內部矛盾上升至敵我矛盾。

二、不斷創生。語言暴力是最簡陋、最貧乏的東西，它使漢語喪失想像力與美的魅力，然而，它卻有極強的再生能力。如「四類分子」可以再生為「五類分子」，又可以繁衍為「九類分子」；本來只是「右派」，然後又有「極右派」、「資產階級右派」、「反革命右派」；本來只有「不純分子」，後來則衍生出「蛻化變質分子」、「壞分子」、「階級異己分子」；本來只有「劉少奇的親信」，後來又有「劉少奇的走狗走卒」、「劉少奇的徒子徒孫」；本來只有「反革命」，後來又有「歷史反革命」、「現行反革命」、「雙料反革命」、「一貫反革命」等等。

升級，再生，不斷量化，說明政治愈激進，命名就愈激烈；命名愈激烈，又推動政治愈激進。政治權力與語言暴力的互動與互相激化，是語言暴力中很值得研究的現象。它至少造成下列一些後果：

一、製造了千百萬的語言暴眾。二十世紀下半葉的政治運動，製造了一代又一代的語言暴力主體，這就是語言暴眾，即「語狂」。這種暴眾高舉「造反有理」的大旗，使用的全是紅衛兵語言和造反派邏輯，他們以爆破名人權威為人生策略，其心態是「蒼天已死、黃天當立」的農民起義心態。誰最有名，就對誰「舉義旗」、施暴力。昨天批錢穆、錢鍾書，今天批高行健，而且非「批倒」、「批臭」不可。權威高明，批權威自然更高明，權威們都不行，自然就應當從零開始，即從我開始。這套策略背後是實現「老子天下第一」的機心與野心。

二、造成病態的認知方式與心理結構。刀槍等物質暴力對人的摧殘與破壞是外部摧殘與外部破壞，即肉體摧殘，而語言暴力則是對人進行內部摧殘與內部破壞，即心理摧殘與心理破壞。在語言暴力橫行的年代，一個知識分子如果被命名為右派分子，就會相應地「夾起尾巴」，正常人的心態也隨即變為「賤民心態」。一代革命者與知識分子千百次地被稱為「牛鬼蛇神」、「落水狗」，人們就在認知上發生變化：忘記他們是人與人才，而誤認為他們真是甚麼「牛鬼蛇神」、「落水狗」，就劃清界線，跟着「痛打」，並產生「暴民心態」。在文化大革命中，億萬中國人最後只剩下兩種人：虐待狂與被虐待狂。兩種狂人都以語言暴力摧殘他人與自我摧殘。暴力愈烈，愈有安全感，也就愈有快感，這樣，就形成一種以「暴虐為快」的病態心理，乃至形成嗜好語言暴力與藉助語言暴力投機的病狂。

三、對社會人文生態環境的污染與破壞。當代人類對自然生態環境的污染已經十分警惕，但對人文生態環境的污染卻缺乏警惕。至今，人類仍然缺乏對人文生態環境的保護意識。對自然環境的污染與破壞是風沙、洪水、毒物等，而對人文環境的污染與破壞則是語言暴力。語言暴力首先是暴力，它會造成社會心理的緊張、人際關係的仇恨與敵意。其次，語言暴力又是毒菌，它會腐蝕社會的基本禮儀、基本精神準則、心靈準則和道德規範。在語言暴力的籠罩下，社會失去和諧，人失去尊嚴。語言暴力在本質上是語言恐怖，深刻意義上的反恐怖活動，應當包括反對語言恐怖。鉛字是有毒的，應當對語言的污染有所警惕：語言暴力是人文生態環境的主要污染源。

運筆至此，我們要問：語言暴力是不是來自中國文化傳統？回答是否定的。中國是個禮儀之邦，講究「溫、良、恭、儉、讓」。中國的尚文傳統和文章「溫柔敦厚」的傳統，都不是產生語言暴力的土壤。中國的古代先賢，如先秦諸子，他們雖有激烈爭論，但文章都很有風度，很有文采。個別先賢如孟子，在爭論時使用「獸畜」、「豺狼」等字眼，而且有種不容他人置辯的霸氣，可算是帶有語言暴力傾向，但就孟子思想論著的整體而言，還是具有儒雅風度，絕沒有當代論者的粗鄙粗暴和人身污辱。在先秦以降的歷史傳統裏，皇統與道統是有區別的，權力話語（皇權）與話語權力（道權）通常是相對獨立的，因而也是彼此制約的。帝王擁有至高無上的權力，但他並不同時佔有「聖人聖言」，以致他的臣子尤其是手中握有話語權力的士大夫可以依據聖人聖言來批評他、限制他。換句話説，帝王擁有暴力，但他並不能把暴力變成語言。

那麼，是否外來原因？語言暴力是不是國際現象？筆者的回答既「是」又「否」。説它是國際現象，是指在世界上的任何一個國家中，語言都不可能是絕對純正的，都有語言暴力的許多案例，包括歐美這些民主國家。此外，國際上的另一方，即社會主義國家，更有明顯的語言暴力現象，如列寧在與考茨基爭論時，在自己的著作中就有「叛徒考茨基」的命名，斯大林對布哈林等人的批判更是充滿火藥味與血腥味。歐威爾（George Orwell）的名著《動物農莊》所諷刺的牲畜革命者們的造反語言與造反原則，都帶有極端簡單化的暴力傾向。其精神領袖「老少校」所宣佈的「動物主義」最主要的一條是：「所有人都是敵人，所有動物都是同志。……只要是靠兩腿走路的，就是敵人；四條腿走路的或有翅膀的，都是朋友。」而他的繼承人則進一步反覆說明：「四足者為善，兩足者為惡。」政治判斷後面跟着道德判斷，敵人即惡人，歐威爾小說的原型，並非中國，可見，對人的簡單分類和簡單粗暴的道德審判早已有之。然而，西方民主國家的個別語言暴力傾向，受到法律的規範和制約，不帶普遍性。共產主義革命運動中的暴力傾向影響過中國，但不具備中國語言暴力的幾個基本特徵：（一）全民性投入，從領袖到孩子高喊「炮打司令部」、「打倒劉少奇」，形成暴力普及；（二）由國家機器對千百萬國民進行定罪性命名；（三）報章、書籍、網絡上充滿誣衊性、誹謗性、暴虐性的語言，而且不受法律制約。

綜上所述，可以確認，語言暴力的產生主要是內部原因，這些原因包括：

其一是革命動員的需要。暴力革命確實不是請客吃飯、繪畫繡花，不是溫良恭儉讓，而是一個階級推翻另一個階級的暴烈行動。對這種暴烈行動的動員需要語言的簡單化與煽動性，需要對敵手進行摧殘性的聲討、控訴、揭露、抹黑，把敵手置於死地，這就需要相應的暴烈性語言，需要畸形地強化語言的「威力」。

其二是群眾專制的需要。紅衛兵造反後進入群眾專政，群眾專政的特點，一是沒有法律根據與法律程序；二是沒有證據。這兩個特點衍生出第三種特點，便是一切全靠語言暴力對審判對象進行「突破」。

其三是宣洩的需要。中國長期屬於非法治國家，許多本來應由法律解決的問題卻無法解決，在此困境下，民眾的冤屈無處申訴，情緒無法宣洩，便以謾罵代替法律，導致語言負荷過重，也導致不僅把語言變成革命工具、政治工具，而且也變成宣洩的工具。

其四是實現慾望的需要。市場經濟發展之後，權力與名聲都可以轉換為金錢，為了在最短的時間內取得最高的社會效益特別是經濟效益，一些投機的文化人便拋開一切道德約束，以打倒權威名人為終南捷徑，而這又得藉助語言暴力去「暴得大名」（胡適語），即刺激社會的注意力和獲取最大的市場效應。

有人說：只要有崇高目的尤其是革命的崇高目的，就可以使用語言暴力手段。這種論點有兩方面是值得質疑的。首先，政治立場與語言作風並不是同一層面的東西，如同人格精神之具有獨立性。不同政治立場的人都可能有良好的人格精神與語言作風，不能以政治立場的正確性來掩蓋使用語言暴力的反人性及其對社會的破壞性。以某種黨派的政治遊戲規則來看語言暴力，可以承認語言暴力存在是合理的，但如果以人類尊嚴的原則和社會人文生態環境的保護原則來看語言暴力，那就可斷定：語言暴力存在並不合理。目的與手段兩者的關係一直有爭論。筆者認為，沒有純粹的絕對抽象的目的，目的是個過程，手段是此過程的一部份，因此也是目的本身的一部份。說卑鄙的手段可以達到崇高的目的，這是一種帶有極大欺騙性的哲學，熱衷骯髒語言手段的人不可能具有乾淨的人格與乾淨的目的。

發生在大陸的語言暴力現象已從巔峰狀態下滑，但其影響仍然存在。革命動員、群眾專政所需要的暴虐語言已經減少，但流氓痞子式的粗鄙語言和造反派的誹謗性語言仍然在毒化社會。令人不安的是，在大陸語言暴力衰退之際，香港、台灣的語言暴力現象卻正在往前發展。報刊上隨時都可以讀到暴虐性語言：謾罵錢鍾書先生是「巧妙的無恥」的語言，攻擊巴金是「貳臣」的誹謗文字，誣衊競選對手是「走狗」、「漢奸」、「賣國賊」的污辱性口號等等，這些在當今大陸報刊上也不可能發表出來的文字，在香港則可以暢通無阻。香港是自由的多元社會，發表文章不必受到審查，貼大字報也得到允許。自由新聞制度帶給正義言論以方便，也給語言暴力帶來「用武之地」，文化特別容易變成武化，大學生特別容易變成紅衛兵，文人特別容易變成文棍。自由社會往往伴隨着濫用自由的嚴重問題，如果香港對語言暴力缺少警惕，任由語言暴力污染公眾空間與整個社會，人們最後就會渴求有一個能夠控制語言暴力的一元化統治結構，多元化社會就不能維持下去。文明社會的瓦解，首先是文明語言的瓦解。

二十世紀下半葉，香港最讓大陸人羡慕的是它既是一個自由的社會，又是一個有序的具有日常生活狀態的社會，它有自由的、尖銳的社會批評與文化批評，又尊重人的尊嚴尤其是尊重知識分子的尊嚴，尖銳中有分寸，不構成污辱效果與傷害效果。保護這一傳統與人文生態環境，是香港不同黨派和持不同政治傾向的所有人的責任，而這種責任最要緊的一點，就是在對立競爭中都要共同遵從道德約束與語言約束，共同守衛不受人身攻擊的人類尊嚴，拒絕語言暴力的毒菌對公眾社會的污染與侵蝕。

原載《明報月刊》二零零一年四月號

可畏而不可信的學術年代

十年前，《二十一世紀》創刊之初，方正兄飛往芝加哥大學籌劃，其風塵僕僕之狀，至今印象猶新。當時歐梵、甘陽二兄和我皆是熱心人，毫無保留地支持。到了海外，才知道學術論文幾乎無處發表，僅此一項，就足以悶死。因此，一聽說中文大學有心建設一個以人文科學為主的學術刊物，便如聞福音。

記得當時還討論過刊物的名字，我有點悲觀，便開玩笑地說，可叫做《世紀末論壇》。因為我又知道，在商業社會中，學術刊物全是孤島，財少氣弱，能有世紀末期的十年壽命就不錯。沒想到，《二十一世紀》果真苦撐到二十一世紀，名副其實，單憑這一點，就值得慶賀了。

《二十一世紀》創建初期，我的態度比較積極，近幾年則有點疏遠。主要原因是對九十年代故國學術狀況有點失望與害怕。這不是說，九十年代沒有好的學術成果產生。好著作還是有，如季羨林先生的《文化交流的軌跡：中華蔗糖史》，楊寬先生的《中國古代都城制度史研究》等等，都是學術上品。我之所以失望，是看到太多文章表現出下列幾種不健康的狀態，這些狀態不僅使學術界變得可畏而不可信，而且使我倦於閱讀。

第一，姿態大於學問。無論是熱衷於「國學」還是熱衷於「西學」，許多文章「玩」的主要是學術概念、學術語言、學術姿態，為了表現出學問的所謂「功力」，便刻意引經據典，刻意轉述各種時髦的主義、後主義，這不僅使文章顯得過於冗長龐雜，而且形成一種很厚的覆蓋層。覆蓋層之表是華麗，覆蓋層之裏是蒼白。雖是洋洋萬言，縱橫恣肆，但立論並不清楚，作者要說些甚麼也沒想清楚。八十年代的學術文章沒有覆蓋層，倒有真問題；九十年代的學術文章有覆蓋層，卻少有真問題。這是因為真問題被語言和姿態所遮蔽，作者在自造的概念包圍中迷失。

第二，世故大於學問。世故是與天真、誠實對立的一個概念。所謂世故，表現在學術上便是寫文章均從利害關係出發，而不是從真理之愛出發。八十年代的學術，有些地方雖然幼稚，但畢竟有天真在，有生命真實的脈搏在；而九十年代的許多學術文章，包括許多年輕學人所作的文章，反而世故味很重，尤其是一些反省八十年代的文章。八十年代的反省，是對極權的批判與反叛，這是反叛者之音；而九十年代的反省，則是反叛反叛者。這種反叛作為另一種質，是沒有靈魂指向的質。一有世故之念，就不敢觸及社會現實的根本與理論的根本，「經世之學」方面的學術就不可能有實質上的發展（在中國處於社會轉型的大變動時期，逃避現實根本的「經世之學」一定會失去靈魂的活力）。由於世故，也往往急功近利，所以學術的另一方面——獨立精神架構方面，也看不到突出的成就。

第三，暴力大於學問。這裏指的是語言暴力。許多文章名為學術，但留給人的印象最深的則是語言的攻擊性與暴破性。這類文章沒有認真地進入學術問題，倒是在學術問題之外下了許多功夫。這些功夫包括抹黑性的命名，包括揭露阿Q瘡疤的策略，包括暗示對方乃是官方別動隊或帝國主義別動隊等等。更為嚴重的是乾脆使用三十年前的紅衛兵邏輯和造反派語言，用一句話或一個偶然事實暴破一個學者一生的卓越建樹（如對錢穆先生的暴破）。關於語言暴力進入文學、進入政治、進入學術的問題，我在今年七月維也納《展望二十一世紀中國》的學術會上，通過《告別語言暴力》的發言作了揭示。語言暴力是「五四」白話文運動的負面產物，後來經過數十年的文學、文化革命運動的發酵，已發展到非常嚴重的地步。如果對語言暴力不作認真的批評與遏制，那麼，學術文化界從今往後將不得安寧，整個中國的學術生態環境將會惡劣到難以設想的地步。在《二十一世紀》創辦十週年之際，我要再次呼籲學術界的朋友放棄語言暴力和抵制語言暴力。

二十世紀中國的學術生態環境相當惡劣，無論是戰爭時期還是和平時期，均無一張平靜的書桌。戰爭時期受到炸彈的震蕩，和平時期則經受政治運動的震蕩。尤其是二十世紀下半葉，激進政治更是帶給學術以致命的危害。但是，我們現在則不幸地看到，帶給學術生態環境以污染和破壞的，不僅來自激進的、缺乏人文眼光的權勢者，而且也來自心胸狹窄的知識分子本身病態的作風與心態。後者的兩種心態一直使我害怕：一是年長者的帝王心態；一是年輕者的農民起義者心態。兩者都是自我感覺太好，都缺少平常之心。具有帝王心態的人，只知讓別人膜拜、頌揚、服務，不知尊重他人與提攜他人，誤認為自己的幾部著作真有雄鎮乾坤之力。具有農民起義者心態的人，則一味想走造反捷徑，一味幻想通過幾番「暴破」而翻身解放，雞毛上天。面對這兩種心態，我格外緬懷蔡元培和胡適的作風，他們是改革者，而且成就卓著，但始終虛懷若谷，遠離帝王趣味與造反派趣味。

近幾年，關於中國的未來走向，知識界的看法很不一樣。意識形態上的分歧正在呈現為不同的學術方向，不爭論是不可能的。但是，爭論中守住學術上應有的心靈原則與尊重對方的原則，維護學術尊嚴與學術紀律，則是共同的責任。意識形態的分歧，也不一定要導致知識界的分裂。我非常欣賞美國的思想先驅者傑弗遜（Thomas Jefferson）所說的一句話：「我從不因為宗教上、政治上、文化上的分歧而拋棄任何一位朋友。」創造一種爭論的朋友狀態而非敵我狀態，拒絕語言暴力進入刊物，這應是《二十一世紀》雜誌的光榮使命。作為一個編委，表達這點期望，也許不算非份。

原載《二十一世紀》二零零零年十月號

誰在統治中國？

誰在統治中國？筆者在這裏提出的是文化問題，不是政治問題。在政治層面上，無論是古是今，誰當皇帝誰執政，自然就是統治者，這是無須論證的。但在文化層面，誰是統治者？誰在統治中國，卻是一個大問題。

誰在統治中國？我要回答：是兩部書的文化價值觀在統治中國，一部是《三國演義》，一部是《水滸傳》。可以説，從明代這兩部書產生之後，中國就逐漸被這兩部書所統治。到了現代，則從毛澤東到老百姓，都被這兩部書所塑造、所改造，並被書中的基本觀念主宰着。毛澤東雖然批判過《水滸》，但他批判的是宋江只反貪官、不反皇帝的投降主義，而腦子卻被《水滸傳》中的「造反有理」的基本理念所統治。至於《三國演義》，他有數以百計的「批示」，從諸葛亮的精緻戰法到張魯的道教社會主義，都極為欣賞。

「五四」之後，中國從西方引入各種主義、各種學説，但都未能真正統治中國。惟有一九四九年革命成功之後，馬克思主義才在思想上取得幾十年的統治地位，被執政黨宣佈為統治思想，但是，馬克思主義在文化層次上真的統治了中國嗎？怕未必。或者説，在意識的層面上，中國人被馬克思主義所統治，但在潛意識層面上，則仍然被《三國演義》與《水滸傳》所統治。在文化大革命中，馬克思主義意識形態被推向歷史高峰，但毛澤東把馬克思主義的千頭萬緒歸結為一句話，就是「造反有理」，骨子裏還是《水滸傳》的基本思路。至於文化大革命中和這之前歷次政治運動中的暴力、權術、陰謀、橫掃一切的氣勢等更是來自《三》、《水》無疑。當年紅衛兵、造反派拉山頭、結幫派，打得你死我活，其殘忍程度讓人瞠目結舌，講的是「革命路線」，實際上全仰仗《三國演義》中桃園結義的行為模式與準則。

馬克思主義之外的其他主義與思潮，包括當今在大陸還常常談論的存在主義、結構主義、後結構主義、後殖民主義等等，都只能在很小的範圍內（主要是知識分子中的一部份）產生影響，可說是「無關大局」。而真正在影響、感染、掌握中國的世道人心的是《三國》與《水滸》。特別是這兩部小説改編為電視連續劇之後，其影響之大，更是難以估量。通過電視，《三國》與《水滸》再一次征服了中國的男女老少，再一次塑造中國人的文化性格。這種塑造力與影響力是看不見的，但它勝過千軍萬馬。一九四九年之前，中國人的文化心理，就被《三國》、《水滸》所塑造，廣大的鄉村中到處都有關帝廟、趙公元帥廟。但是，這些人格神主要活動在鄉村，難以進入城市。而現在，《三》、《水》通過最先進的科學技術走遍世界上所有華人居住的地方，所到之處，都像英雄降臨，華族的新一代人再次被《三》、《水》所統治。

對於《三國》、《水滸》在中國的巨大影響，特別是它的負面影響，以往的文化先驅者如魯迅也曾憂慮過。他在〈葉紫作《豐收》序〉中說：「中國確也還盛行著《三國志演義》和《水滸傳》，但這是為了社會還有三國氣和水滸氣的緣故。」魯迅的意思是說，《三國》與《水滸》所以會在中國盛行，是因為中國有接受《三國》與《水滸》的文化心理基礎，即國民性的基礎。這種文化基礎當然包括喜好拉幫結派的江湖義氣。魯迅畢竟是文化偉人，他看到了三國氣與水滸氣的禍害，但是他在說明《三國》、《水滸》被接受的文化原因之後尚未說明這兩部書如何加劇中國文化中陰暗的一面，即使早已存在的三國氣、水滸氣如何凝聚成江河巨流在中國氾濫，以至使中國人的文化心理結構幾乎要變成三國式及水滸式的結構，《三國》、《水滸》的文化意識幾乎要成為中華民族的集體無意識。而這，才是真正可怕的。

《三國》、《水滸》電視連續劇播放之後，海內外一片頌揚之聲，都以此為故國文化之光，卻很少看到認真批評這兩部小說所體現的文化觀念的文章。經過數百年的傳播，經過一代又一代不同形式的擴張，如今《三國》與《水滸》的文化價值觀已深深地扎根於中國人的心中，也空前牢固地統治着中國。《三國》中的權術、心術、心機系統，《水滸》中的「造反有理」、「情慾有罪」的觀念體系，正牢牢掌握世道人心。現在到處可以看到三國中人與水滸中人，中國的集體無意識恐怕需要再次療治。

中國的地獄之門

從一八八零年開始，羅丹就開始創作《地獄之門》，可是直到一九一七年羅丹去世，這座巨型雕塑仍然沒有完成。《地獄之門》折磨了羅丹近四十年。在創作中，他反覆研讀但丁的《神曲》，尤其是其中的《地獄篇》。他覺得但丁對他那個時代的評語也是自己對當下時代的評語。他要通過雕塑語言把這個時代的痛苦與荒謬表達出來。在這個時代中，支配人的並非美與真理，而是焦慮、疑懼和罪惡。但丁那句著名的話：「凡是進入此門的人們，切莫存有僥倖之念。」常在他腦中盤旋。他決心描繪出一座充滿苦刑、痛苦、絕望的地獄。這座地獄雕塑不僅要美，而且要有振聾發聵的力量。它將是法蘭西精神的紀念碑。可是他創作了一年又一年，提供資金的藝術部不斷催促，他總是「尚未完成」。

我五次到巴黎，每次都來到《地獄之門》的門口，而且都想追問羅丹為甚麼完不成地獄之門的謎。有一次，一位陪我參觀的朋友告訴我：據說羅丹一直想不清地獄之門是甚麼模樣，最後想清了，地獄之門根本就沒有門，人間到處都是地獄之門。聽了這句話後，我又閱讀大衛·韋斯所著的《羅丹傳》和其他有關羅丹的書籍，都不能證實羅丹最後這一困惑。但我卻相信羅丹作為一個思想者，完全可能超越但丁地獄的意象內涵。

人間到處都有地獄之門，這是令人震驚的意念，但確實如此。地獄沒有門，又處處都是門。戰爭、暴力、毒品、欺騙、誹謗、投機倒把的數字遊戲，拍賣良心的權力交易等等，都是地獄之門。這些「邪門」大家都可想到，還有一種常常被忽略的地獄之門就在我們身邊，就在身邊的書桌、書本上，這就是人造的概念。一個「右派分子」的大概念，就讓五十萬知識分子落入黑暗的深淵，而一個「全面專政」的大概念，又不知讓多少無辜生命遭殃？先不說這些大概念，就說我自己，在青年時期，整天高喊「革命」、「造反」、「戰鬥」、「打倒」，這些概念，哪一個不是漆黑的陷阱？哪一個不是地獄？今天雖然揚棄了這些語言，但是另一群概念又君臨天下，甚麼「後現代主義」、「後殖民主義」，甚麼「顛覆」、「聖戰」，哪一個不是混沌的深淵？所謂「新人類」、「新新人類」所崇尚的品牌、包裝和種種製造夢幻的廣告，其中也有地獄。我說應當「放逐概念」，實際上是放逐地獄，免於落入看不見的死亡黑洞中。

近年來，我在思考地獄之門時，則更為具體，而且發現直接面臨的兩種地獄：一是主觀世界中的自我地獄，一是客觀世界中曾被當作文學經典的古典小說《三國演義》與《水滸傳》。關於自我地獄，我已談論了不少，而斷定上述兩部小說在文化價值觀念上帶着嚴重地獄性質，則是我從去年開始要努力說明的。在城市大學中國文化中心的講座中，我已分別講了兩次，講稿正在整理。講座中我闡釋了這樣的基本論點：

一、《三國演義》是中國統治術、權術的大全。它集中了中國長期積澱的兵術、道術、法術、陰陽術、儒術。法術的殘忍欺詐自不必說，而崇尚仁義的儒家思想一旦進入三國的權力鬥爭系統，則變成劉備式的虛偽的儒術。趙雲出生入死救出了阿斗，劉備竟然摔到地上說：「差點損了我一員大將。」連親子之愛也變質為心術。中國自古以來就有美好的義氣，如伯牙與鍾子期那種高山流水似的義氣，就是完全超功利的人性之美。但是，《三國演義》中的「桃園結義」之義氣，則是排斥普遍之愛的幫派原則，它是功利化的小集團、小山頭的組織法規。

二、《水滸傳》展示的「水滸原理」是：「凡是造反的，都是合理的」，為了「替天行道」，一切手段都可以使用，包括陰謀詭計、濫殺無辜、殘酷屠城。一百零八將之外的個體生命沒有價值，可任英雄「排頭砍去」。與「造反有理」這一正原理相應的水滸負原理是「情慾有罪」。所謂「淫婦」不僅是萬惡之首而且是萬惡之源。潘金蓮、潘巧雲、閻婆惜等漂亮女性均是「萬惡皆備於我」的禍根，惟有雄性化的顧大嫂、孫二娘這些無情的力量化身，才符合水滸原則。水滸的造反觀念、英雄觀念、婦女觀念全是萬丈深淵。

我在講座中首先把文學批評與文化批評區別開來。文學批評是從語言、氛圍、結構、想像力、形象塑造、戰爭描繪等角度進行評價，而文化批評則是對作品中潛藏的文化意識、文化價值觀進行審視。因此，從文學批評的角度，可以肯定《三國演義》和《水滸傳》不愧是卓越的文學作品，但從文化批評的角度，我則要說，這二部小說基本上是兩部壞書。以這兩部書為起點，人就會一步一步進入權術之門與暴力之門。中國老百姓早已提醒，「少不讀水滸」、「老不讀三國」，對這兩本書充份警惕。這種發自民間的心靈信號早已證明這是兩扇地獄之門，一旦進入，就別再有健康人性的僥倖之念。

器世界與情世界的衝突

二十世紀的哲學大師海德格爾曾援引荷爾德林的詩句，表述一種特有的存在狀態：「人應該詩意地棲居在大地上。」可是，在二十一世紀之初，我們卻發現這個地球愈來愈沒有詩意。

有心靈，有性情，有率真，才有詩意。然而，我們發覺，在人類製造的航天器飛向宇宙深處而離地球愈來愈遠的時候，人類本身離心靈、離性情、離率真也愈來愈遠。我在城市大學所作的第一次講座的題目是：《中國文化的原始精神》，談論的是《山海經》。這部神話不是歷史，但它卻是中國最本真的歷史，體現的是中華民族最本真的不計得失、知其不可為而為之的精神。《山海經》時代的人很可愛，他們不怕軀殼的毀滅而追求存在的意義。可是，人類的知識愈多，頭腦愈複雜，便愈精明世故，離原始時代的天真天籟也愈遠。人類的精神並不是隨着物質的遞增而不斷進步，反而是不斷衰滅與沉淪。

由此，我想到：二十一世紀將是大腦與心靈激烈衝突的世紀，文明與文化激烈衝突的世紀。新世紀的思維，大約只有抓住這一根本衝突，才能說到點子上，才能擊中今後一百年的「要害」。

史賓格勒在其卓越著作《西方的沒落》中對「文明」與「文化」這兩個大概念進行定義。他所界定的文明，是物化了的文化，或者說，是文化的物質形態，即以生產工具為標記的最表面、最人為的工藝系統；而文化則是未被物化的基於生命底蘊的精神系統。也就是說，文明是器世界、物世界；文化是情世界、心世界。人類的行程，乃是文明不斷遞增、器世界不斷壯大的歷史，卻不是文化不斷進步、情世界不斷豐富的歷史。反之，在文明高度發展的同時，文化卻可能走向衰落。可以預料，二十一世紀將是器世界進一步膨脹與擴張，心世界與情世界將遇到更大破壞與摧殘的世紀。器世界是人類社會的長度與寬度，情世界則是人類社會的深度。物慾的氾濫，使人類忘記自身的深度與人生的根本，於是，世界變得愈來愈膚淺，愈來愈浮躁。情世界與心世界被各種「現實問題」、「物質問題」、「生存問題」撞擊得支離破碎。器世界的霓虹燈空前燦爛，拉斯維加斯的火燄直射天穹，但人心卻日益黑暗。二十世紀末和二十一世紀初，我看到的是人類美好心靈的落日景象。

八十年代，中國學界討論過「文明與野蠻」的衝突，即器世界現代化與反器世界現代化的衝突。然而，這是屬於十九世紀和二十世紀的問題。而二十一世紀雖然部份國家與地區還有這個問題，但最尖銳、最根本的問題則是「文明與文化」的衝突，即器世界、物世界與情世界、心世界的衝突。因為物質形態的器世界是頭腦的產物，而生命形態的情世界是心靈的產物，因此，二十一世紀的根本衝突也可說是腦與心的衝突。在此衝突中，人類不可能像打仗一樣，一方吃掉一方。只要人的慾望在，就有器世界發展的根據在，文明也就有它的歷史合理性，因此它對文化（情世界）的破壞便屬合理性破壞（這與專制、野蠻的非合理性破壞有質的不同）。然而，情世界對合理性破壞的挑戰則具有更大的合理性。它要在器世界的壓迫下保持人的尊嚴與人的驕傲，要在花花世界的誘惑中與生存困難的打擊中保持人的真情真性和發出自由的聲音。高行健在諾貝爾講壇上論證「文學的理由」，其根本的理由正是文學可以在器世界的種種壓力下守住情世界的理由，即人的尊嚴和人的驕傲成為可能的理由。也就是說，人，不會注定要成為器世界的奴僕、附庸和螺絲釘，他可以通過自己在心世界與情世界中的精神價值創造，以人性的光明燭照人心的黑暗與器世界的荒誕，並由此留下生命的文化痕跡。

原載《明報月刊》二零零一年第一期

心靈國有化的劫難

一九四九年革命成功和文化大革命結束後中國重新打開大門，使中國擺脱帝國主義壓迫的陰影，從而以強勢的姿態立於地球列國之中，結束了自鴉片戰爭以來的弱國狀態，完成了一次「民族解放」。這是中華人民共和國最大的成就。

共和國最大的失誤則是在革命成功，取得政權後未能及時把民族生活的重心轉向國家經濟建設、謀求社會福祉，反而迷信戰爭時期的經驗，以為革命可改變一切與解決一切。於是，又把民族生活的重心放在無休止的階級鬥爭和新政權條件下的繼續革命。這種錯誤的選擇，導致數十年民族內部不斷煽動仇恨，不斷膨脹政治神話，卻失去民族生活的正常、從容、和諧和踏實建設家園的時間，使中國至今在經濟實力、生活質量、知識水平上仍然不是世界上第一流的國家。

與上述最大的失誤相關，在思想文化領域上，便是在完成經濟上的國有化革命之後，又進行思想上和心靈上的國有化革命。這種革命通過「政治運動」的形式，強制知識分子向國家「交心」和實行人性改造，又通過「組織」形式，把知識分子的精神價值創造計劃化與國家化，從而泯滅了創作個性。思想文化的國有化革命發展到極端，便是無產階級文化大革命。這場革命的核心口號是「全面專政」，其要旨是說，僅僅在政治、經濟領域上實行無產階級專政是片面的，只有把專政推向思想文化領域，即心靈領域才是全面的。在這種口號下，中國知識分子經受了一次深廣度史無前例的摧殘。這種摧殘，在表層上是許多優秀知識分子的死亡和受盡折磨，在深層上，則是敢說真話、面對真理、捨身求法、為民請命等高貴品格鑄成的良知系統的崩潰。文化大革命的巨大劫難說明：「民族解放」並不能同時帶來「個人解放」。

文化大革命結束後，中國共產黨和中國人民面對歷史性的劫難進行反省，這之後，從統治集團中又站出一位改革家鄧小平，他成功地打開中國的大門，把民族生活重心從階級鬥爭轉向經濟建設，從而使八九十年代的中國贏得一個大發展的時期。然而，中國自上而下的改革仍然缺少結構意識，即沒有意識到經濟上的改革之後一定要有相應的政治改革與文化改革，慾望釋放之後一定要建設各種制衡的形式；同此，發展過程中已發生嚴重的政府腐敗、社會變質、道德瓦解、生態破壞等問題，通過政治改革抑制這些問題，將是二十一世紀中國的主要課題。

寫於一九九九年九月

本文係應《明報月刊》之約而寫的關於「新中國五十年總評説」的答卷

（原載《明報月刊》一九九九年第十期）

中國文化的原始精神〔註〕

到香港已整整兩年了。兩年裏我給城市大學中國文化中心作了大約二十次的講座，講的題目多數是清代和清代以前的文學文化，而開講的第一篇便是《中國文化的原始精神》。開篇中我就告訴年輕學子：三十多年前，我天天讀的是「老三篇」（〈為人民服務〉、〈紀念白求恩〉、〈愚公移山〉），現在則天天讀「老三經」，即《山海經》、《道德經》和《六祖壇經》。這三經是中國文化精華中的精華，讀懂讀透了真的可以「受益無窮」。用於個人，則個人的生命質量與生命境界一定會提高；用於社會，則社會將更加健康、和諧，而且也將更有活力。

老三經中尤其讓我傾心的是《山海經》。《山海經》是神話，不是歷史，但它卻是中華民族最本真的歷史。它所代表的文化是中華民族最原始的文化，又是最本然最重要的文化。以往研究《山海經》的著作不少，但都側重於考證，缺乏文化闡釋，於是，也未能把《山海經》所凝聚的中國文化的原始精神充份開掘出來。

那麼，《山海經》所凝聚、所體現的中國文化精神是甚麼呢？這裏，我必須用非常決斷的語言說，它體現的是一種「知其不可為而為之」的精神。〈女媧補天〉、〈精衛填海〉、〈夸父追日〉、〈后羿射日〉等等，全是這種精神。天可以補嗎？海可以填嗎？烈燄可以追趕嗎？太陽可以射落嗎？都不可能。但遠古的英雄卻偏偏說：能！偏偏把不可能的事當作可能去爭取，去奮鬥。這就形成一種大精神。精衛是一隻小鳥，牠嘴上所噙的樹枝那麼細微，而滄海卻那麼深廣浩瀚，這是何等巨大的反差，但是堅韌的生命不在乎這種反差。因為他們有一種原始的天真，不知計較成敗，不知計較得失，只知一往無前地進取。進取的過程是最重要的，結果倒在其次。生命的精彩全在爭取另一種可能性的過程之中。

我國古代的神話英雄，不僅知其不可為而為之，而且其所作所為的一切都是建設性的，都是為人間造福的。要麼是為世界填補空缺，要麼是為生民創造綠洲，要麼是為天下贏得安寧，要麼是為百姓治理洪水。這與後來《水滸傳》、《三國演義》中那些殺人英雄和玩弄權術陰謀的英雄完全不同。中國人常誤認武松為英雄，忘記他濫殺無辜的暴虐行為。他「血洗鴛鴦樓」，殺了十八個人，除了蔣門神、張團練、張都監三個仇人帶有某種理由之外，殺戮其他無罪的丫環、馬伕等都是沒有道理的，更為嚴重的是他殺了人之後，還理直氣壯，在牆上寫道：殺人者，打虎武松也。可是，中國人卻把武松當作大英雄，至今仍然謳歌不止，沒有批評。現在電影電視連續劇又把武松及其他水滸英雄、三國英雄推向銀幕，用他們的面貌塑造年輕一代，而遺忘《山海經》式的英雄。其實，真正的英雄是救人和為人類造福的英雄。

魯迅先生在〈拿破崙與隋那〉一文中批評過英雄崇拜的混亂與顛倒。隋那是牛痘疫苗的發明者，救活了無數孩子；而拿破崙則侵略大半個歐洲，殺了無數人，也把自己的國民當作炮灰，但人們總是不斷地讚頌拿破崙而忘記隋那。所以魯迅批評說：「拿破崙的戰績，和我們甚麼相干呢？我們卻總敬服他的英雄，甚而至於自己的祖宗，做了蒙古人的奴隸，我們卻還恭維成吉思汗；」「自從有這種牛痘法以來，在世界上真不知救活了多少孩子——雖然有些人大起來也還是去給英雄們做炮灰，但我們有誰記得這發明者隋那的名字呢？殺人者在毀壞世界，救人者在修補它，而炮灰資格的諸公，卻總在恭維殺人者。」《山海經》中的女媧、精衛、夸父、后羿等都是世界的「修補者」，全是救人英雄。他們知其不可為而為的，全是修補世界的創造行為。

中國的人文學者如錢穆先生等，不斷思索、研究一個問題，這就是中華民族和中國文化為甚麼不會滅亡？世界上有些古老文化早已滅亡了，如美洲的瑪雅文化，非洲埃及的法老文化，亞洲的巴比倫文化都已灰飛煙滅，可是中國文化卻仍然健在，中華民族也仍然強大地站立於世界之林，這是為甚麼？有的學者認為是因為中國有儒家思想支撐，有的則認為是因為中國有統一漢字，這些可能都是原因。然而，沒有人指出，中國之所以數千年不滅不亡，關鍵是中國文化有一硬核，或者說有一個強大的「文化基因」，這就是「知其不可為而為之」的精神，正是這種拚命硬幹、不屈不撓的韌性精神，使得中國人獲得永不枯竭的精神能源，從而在極端艱難困苦的環境中生生不息地傳承、發展下來。

中國文化與西方文化相比，最根本的差別是西方文化是兩個世界（人與神、此岸與彼岸並存的文化），而中國則是只有一個世界（人、此岸）的文化，因此，中國一直沒有嚴格意義的宗教。但是，這也造成中國人的一種基本理念：在風雨交加的大地上生存搏戰，不能指望神的肩膀與手臂，而只能依靠自己的雙肩與雙手自強不息，也就是要仰仗自身的力量尤其自身的內在力量實行自救和爭取美好的前程。而中國原始時代就形成的「知其不可為而為之」的精神正是一種通過人自身的力量開天闢地、創造世界的精神。有了這種精神，中華民族就打不倒，任何艱辛的命運都無法把它擊垮。

加拿大的華人文化團體加拿大卡爾加里中華文化中心成立十五週年，何銘思先生要我寫點文字，我敬重何先生和遙遠的父老兄弟，便想到老子在《道德經》中所說的「復歸於樸」四個字，覺得在物質潮流席捲一切的時候，人倒是應當回歸到質樸與天真，也回歸到中國最本真、最本然的文化精神。《山海經》中的「樸」，正是我可以奉獻的贈品，略作闡釋，也算是一種慶賀。

二零零二年七月二十三日
香港城市大學

〔註〕此文是應何銘思先生之約，為加拿大卡爾加里中華文化中心成立十五週年而作的慶賀文章。

《告別革命》第五版前言〔存目〕

（本文收錄於「劉再復文集」第⑤卷《告別革命》。）

《告別革命》韓文版序〔存目〕

（本文收錄於「劉再復文集」第⑤卷《告別革命》。）

輯六：才學鑒賞

共悟人间

《「金庸小說與二十世紀中國文學」論文集》序

一九九八年五月十七日至十九日，美國科羅拉多大學東亞語言文學系召開了「金庸小說與二十世紀中國文學」國際學術討論會。來自亞洲、歐洲、美洲各地的作家學者在洛磯山下共同研究討論中國當代文學的一個成就卓著、讀者覆蓋面最大的文學現象。作為會議的策劃者和組織者之一，我深感榮幸。

以中國現代、當代的單個作家作品為專題召開國際學術討論會，在美國學界裏是罕有的。在我們的記憶中，八十年代有過一次討論魯迅的會。此次研討金庸的會，算是第二次盛舉。正是意識到召開國際學術會議行為本身的重要象徵意蘊，所以我們在會議的準備過程中便採取十分認真嚴肅的態度。從發出會議通知到會議開幕就花了兩年時間。為了使會議免於一般化，我們甚至不顧可能被非議為「定調」的嫌疑，發了一份「關於展開金庸作品研究及召開有關學術會議的一些初步設想」，坦率地表明會議組織者關於金庸小說研究的意見。

在這份意見書裏，我們首先說明兩點召開學術會議的必要性：一、儘管金庸小說在漢語世界裏已發生最廣泛的影響，但其小說研究還未獲得理想成績，絕大多數有關金庸小說的著作及文章都是各界金庸愛好者的業餘寫作，能夠真正納入學術軌道的十分稀少；二、對金庸寫作有興趣的學者大體上都還沒有真正意識到金庸小說及隨金庸小說而來的諸種文化現象的重要性，尤其是看不到金庸小說遠遠超過一般通俗小說、大眾文化範圍的特殊意義，因此，金庸小說一直還未被學術界當作必須認真嚴肅對待的學術對象。鑒於此，通過一個鄭重的學術會議強化金庸小說的學術研究是非常必要的。

從這一認識出發，我們認為此次學術會議應打破金庸小說屬於「武俠小說」這一成見，把金庸小說放在更廣闊的視野之中，重估金庸給二十世紀漢語文學寫作所帶來的生機和特殊的意義。為此，我們作了如下構想：

一、設想金庸的寫作的意義和水準不僅超出「武俠」之類的通俗寫作的範圍，而且可以當做某種特殊的嚴肅寫作來對待，是否可以把金庸的寫作與「五四」以來的「嚴肅」作家們（如茅盾、巴金、老舍、沈從文等）放在一個層面去研究？這種設想對某些人來說可能是異想天開，但文學史上的事實是，許多在當時被歸納為通俗寫作的作家，後來成為「大作家」，那些作品也成為「經典」，歐美如大仲馬、狄更斯、馬克·吐溫，中國古代如《三國演義》、《金瓶梅》、《紅樓夢》等等（可說數不勝數）。為甚麼當代的金庸就不能？為甚麼一定要等我們的後人去做這件事？當然，如此說並不意味《射鵰英雄傳》就一定可以和《紅樓夢》比肩，但我們可以毫不猶豫地指出，被中國現代文學史所肯定為「名作家」的許多人，其中許多人的寫作水平遠不及金庸——這又如何解釋？

二、設想武俠小說這個文類在金庸的寫作中已經變了性質，獲得了新的意義。如有人在研究中強調金庸的寫作與源遠流長的「武俠」傳統（如清代俠義小說、唐人豪俠傳奇乃至《史記》中的刺客遊俠）之間的聯繫，自然是無不可之事；但如果在研究中強調武俠小說在金庸手中發生了突變，上升或轉化成新的文類，需要給予新的命名，把它當做一種新的小說形式來研究，也應該是可以的，甚至是必須的。此種設想如能成立，意義將十分深遠。因為自「五四」以來，除鴛鴦蝴蝶派等通俗寫作外，中國作家的小說寫作大多取法西方，以一種十分歐化的語言和形式寫作，這自然為漢語寫作開出一片新天地，自有其不可磨滅的功績，但也使中國的現代小說與傳統寫作之間產生了斷裂。如果考慮到鴛鴦蝴蝶派的寫作至當代已十分衰微，則金庸作品於近二十多年大行其道，實在是一件令人振奮之事。因為在其中我們不僅看到一種古老的寫作在今天的延續，而且從中發現與「五四」傳統相對立的另一種寫作——這種寫作更只有中國作風和中國氣派。

三、設想金庸的研究不局限於文學範圍，而應將其引入更開闊的視野，與人類學、文化學、民俗學及大眾傳播、文化批評等多種領域的研究相結合。無論是作為一種特殊的文本的金庸的作品，還是這種文本被生產、被讀解的歷史語境，都是十分複雜的。金庸的研究似應充份考慮這種複雜性。這就涉及到文學研究及文學批評方法的更新問題。如果說老一套的作家論和歷史主義在一般文學批評中很多已很難對複雜的文學現象進行令人滿意的解釋，都難免有意無意以倫理主義的方式逃避文學和政治、經濟、文化等方面的複雜關聯，則金庸小說的研究似乎更應避免這種路子。因為金庸著作與我們熟悉的「五四」以來的作家很不相同，他的寫作處在很多領域的交叉點，如消費文化和高雅文化，通俗寫作和嚴肅寫作，文人趣味和大眾趣味，傳統價值和現代價值等等，這給文本的讀解帶來很大難度（雖然「通俗易懂」是金庸小說的大特色），但也帶來無限的可能。任何一種本質主義的概括，都會在金庸面前更顯其方法上的簡單和粗陋。

如果不受「武俠小說」這一老套的限制，對金庸小說的研究就比較容易獲得學術性，並且在多方面體現這種研究的重要意義，其中特別值得重視的幾點是：

一、金庸的寫作在漢語寫作中的重要地位。大體上說來，「五四」以來的主流文學，都是以一種相當歐化的現代漢語進行寫作，這種寫作無論對其他敘事形式的發展，還是對現代漢語本身的形成都產生了很大的推動作用，具有重大的意義。但是，其代價是中國具有上千年歷史的散文傳統的中斷，在古代漢語和現代漢語之間形成隔閡，因此漢語的魅力和其中蘊涵的文化價值都於無形中受到極大損害。金庸的寫作則明顯與「五四」以來的主流文學傳統相異（反倒和晚清小說及鴛鴦蝴蝶派有一定繼承關係），其寫作的語言不僅歐化成份（完全避免歐化似不可能）十分有限，而且與古代經典的散文語言和宋以降的話本小說語言有更多血肉的聯繫。金庸的寫作不僅形成了自己的獨特的文體，甚至可以說形成了一種獨特的語言，在當代白話中另闢了一片天地。作家阿城曾尖銳地指出，「五四」之後形成的白話文，是只有「白話」而無「文」。如果這個「文」是指在中國文言寫作中所獨有的文采以及這文采所擔負的文化價值，則金庸的寫作無疑摸索到一條將「白話」和「文」予以相當完美結合的路子。金庸所創造的這種語言的重要性在過去的金庸研究中可以說完全沒有得到應有的重視。

二、金庸的寫作對全球現代性擴張的抗拒的意義。金庸的小說出現在香港這樣一個充份現代化的環境中絕非偶然。金庸小說的流行，也與中國大陸、台灣及東南亞地區急劇現代化的進程同步，這也絕非偶然。其間的複雜而緊張的關係需要學術界作深入的討論。一個明顯的事實是：金庸的寫作所體現的種種文化價值與「現代化」的追求有相當的衝突。或許有人可以把這衝突看做是一種文化保守主義對現代化的反動。但如果考慮到，現代化並不是一個抽象的「進步」、「發展」過程，而是具體地包含着帝國主義的文化、經濟擴張，第一世界對第三世界的剝削和宰割，西方中心主義文化霸權對弱勢文化的壓抑等複雜關係，則金庸的寫作對「現代化」的抗拒和反動，就頗值得人深思。例如，金庸小說中常常出現具有宋元山水畫意境的山水風景描寫，以及在這風景中體現的人與自然的和諧，這其實是對啟蒙主義以來盛行於世的自然觀（人和自然是征服和控制的關係）的尖銳批判，只是這批判隱於一種具有「武俠小說」形式的通俗作品中而已。

三、金庸的寫作在大眾文化中的特殊影響。與晚期的資本主義文化工業相連繫的大眾文化，近二十年已在台灣、香港迅猛發展，自八十年代末期開始，又在中國大陸以星火燎原之勢全面擴張，形成了一個空前規模的文化市場。由於學術界還很少有人正視這一形勢，也未把大眾文化當作一個嚴肅課題來對待，因此大眾文化發展中種種嚴肅問題都還沒有被充份認識。例如由於市場和娛樂的壓力，通俗小說中充滿了性、暴力等因素，似乎小說如欲「暢銷」則非如此不可。但金庸的小說卻顯示另一種可能性，通俗小說並不一定要媚俗，甚至可以「雅」，可以在一定程度上對商品社會的種種文化價值和意識形態進行尖銳的抗拒和批判。法蘭克福學派曾斷言大眾文化只能是資本主義社會中統治意識形態的幫兇，金庸的寫作卻顯示事情並不那樣簡單，對大眾文化的研究要進一步複雜化。

上述這些期待在此次會議的部份論文中有所體現。這使我們十分高興。當然，這僅僅是個開始。我們相信，會議之後，對金庸寫作的評價會有更多的爭論，但一定也會在學術層面上更深地發現它的文學價值和它的這一寫作多方面的意義。

一九九九年五月
美國科羅拉多大學校園

李澤厚的新五論

澤厚兄到 Boulder 城後，不必教書，贏得時間潛心思索與研究，終於在這一年裏又完成一部新著，起名為《波齋新說》。澤厚兄在序言中先為書正名：「波齋者，美國科羅拉多州（Colorado）波德市（Boulder）之寒舍也。『齋』『災』諧音，之所以有『波齋』者，東門失火波災池魚而遠遁故也。既有今典，乃作書名。」歷史真是充滿偶然，十年前一場劫難，把李澤厚推到洛磯山下，但也把他推向愈來愈深的精神滄海，以至推出《告別革命》、《論語今讀》、《世紀新夢》和《波齋新說》等四部新著。劫難出智慧，東門失火，西門卻反射出光輝，約伯的天平總是非常奇妙。

《波齋新說》於今年六月初完成。我是近水樓台，便得以先閱讀他夫人馬文君的手抄稿，興奮之餘，又立即把它郵寄給天地圖書公司。「天地」如獲至寶，竟在兩個星期內寄回清樣，想趕上七月下旬的國際書展。此時我手頭沒有書稿，但書中的要義卻沒有忘記。此書由五篇論說組成：〈說巫史傳統〉、〈說自然人化〉、〈說儒法互用〉、〈說歷史悲劇〉、〈說儒學四期〉。這「五說」中一些觀點在李澤厚近年來的談話、文章、序跋中曾零散發表過，但如此集中、完整而帶學術性的表述，卻還是第一次。

書中具有學術針對性和文化批評性的「儒學四期」、「歷史悲劇」兩說，可能會首先引起讀者的興趣。「儒學四期」以鮮明的態度批評由牟宗三提出、杜維明承繼的「儒學三期」說，指出「現代新儒學」無論在理論上或實踐上都落入失敗的原因。「歷史悲劇」說則對大陸目前正在進行爭論的兩派——民粹派與自由派提出批評，認為雙方都脫離中國實際，因此其爭論不可能影響社會，只能是知識者圈子裏的「杯水風波」而已。

五說中我最感興趣、也是新著中最重要的一論，是「巫史傳統」。李澤厚認為，中國文明有兩大徵候特別重要，一是以血緣宗法家族為紐帶的氏族體制；一是理性化了的巫史傳統。在過去的著作中，李澤厚曾用「實用理性」、「樂感文化」、「情感本體」、「儒道互補」、「一個世界」等等來描述中國文化思想，而此書則用「巫史傳統」一詞來統攝中國文化的源頭與特徵。近年來，李澤厚在其論著中一再強調：中國文化是「一個世界」的文化（天人合一、人神合一），而西方文化是「兩個世界」的文化（人神分離），這一大區別是如何發生的？「巫史傳統」說從巫的特質、由巫而史、巫史的理性化等幾個角度進行考察，然後道出中國上古思想史的最大秘密：「巫」的基本特質通由「巫君合一」、「政教合一」的途徑，直接理性化為上古君王、天子某種體制化、道德化的行為與品格，從而形成為中國思想大傳統的根本特色，而不同於西方巫術禮儀走向神話、宗教和科學、哲學的途徑。

此文發表時，《波齋新説》可能已在香港問世，那就把此文作為新著誕生的告知鈴聲吧！

原載《明報》一九九九年七月二十二日

范曾畫品居上之上

（一）

天涯羈旅十年，東漂西泊，浪跡二十幾個國家。無論走到何方，總是聽到大海的波語濤聲和對范畫的品評。人們毀譽的起落，范曾命運的浮沉，全都不能改變我對范畫的喜愛與仰慕，也改變不了我心目中故國藝術大原野一代天驕的形象。

一九九二年臘月，我在斯德哥爾摩大學東亞系擔任客席教授時，瑞典文學院馬悦然教授譯就我國古典巨著《西遊記》。當時他對我表達一個心願，就是想請范曾為譯本作一彩圖封面。次年初春，我到巴黎時轉告了這一願望。范曾立即欣然命筆，作《諸神製飲圖》，下手如風雨之疾，頓時滿屋生輝。此圖展示給悦然夫婦時，他們大喜過望，連說這是「人間至寶」。我當即提醒，對范曾可有許多爭議，詬罵者不少。悦然教授立即說：「我早已知道，但大藝術不可動搖！」果真，范曾之大藝術，如巍峨崇山峻嶽，凜凜然成一大自在，任霜打雪擊，千難萬劫，自是不折不衰，不滅不敗，其風華精彩自是無邊無涯，無終無極。

（二）

因對范畫情有獨鍾，我便在一九八八年認真請教論藝大師錢鍾書先生。這之前范曾採用白描為詩人文懷沙先生造過像，錢先生看到後便揮筆題詞，毫無保留地讚許范畫：

文子振奇越世，范生超詣傳神，畫品居上之上，化人現身外身。

為了鄭重起見，我把這一發表在報刊上的讚詞和引述讚詞的文章寄給錢先生。錢先生立即給我回函，肯定他對范畫的評價。信的全文如下：

再復我兄：

大函奉悉。拙詩後二句，第三句專讚范畫，第四句切合范畫的是人象（不是山水）。舊詩技巧所謂扣題不漏不欠，江西派所謂「字字有來歷」。因此乃題畫詩，不是讚人詩，以范畫為主也。故僭改幾句，請酌定。草此即頌日祺。

錢鍾書上

在我寄去的剪報上，錢先生在他所「僭改」的文字中又說：

「化人」藉用《莊子》的語，指范曾的畫，說畫人而如真人，牽合唐僧淡交自題畫像：「浮生身外身」。

錢鍾書先生的評語真的是「字字有來歷」。唐司空圖的二十四詩品，有「超詣」一品，闡釋中有「扣將白雲，清風與歸。遠引莫至，臨之已非」數語。以此境界言范畫「傳神」，是錢鍾書先生至高評價。而他所說的「上之上」，則出自南齊謝赫的畫論經典《古畫品錄》。謝赫把畫分為六品，其第一品中第一人為陸探微，謝赫極言讚之：「窮理盡性，事絕言象。色孕前後，古今獨立。非復激揚所能稱讚，但價重之極乎上上品之外，無他寄言，故屈標第一等。」錢先生藉用謝氏的論畫語言和尺度，給范畫作了「上上品」的崇高評價，可謂「一言九鼎」。錢先生數十年論衡藝術，其審美的眼睛嚴謹而超凡脫俗，非同尋常。他指涉的「藝」，除了詩文、小說、戲曲之外，還包括繪畫。他所作的〈中國詩與中國畫〉便是一篇有口皆碑的談論詩畫的傑作。在這一論文中，他指出：「中國傳統文藝批評對詩與畫有不同的標準；論畫時重視王世貞所謂『虛』以及相聯繫的風格，而論詩時卻重視所謂『實』以及相聯繫的風格。因此，舊詩的『正宗』、『正統』以杜甫為代表。神韻派當然有異議。」由於詩、畫傳統裏標準分歧，因此蘇軾在論王維、吳道子畫時，就說「吾觀畫品中，莫如二子尊。吳生雖妙絕，猶如畫工論；摩詰得之象外，有如仙翮謝籠樊。」錢鍾書先生由此說明，中國的權威畫論乃是把畫品與畫風區別開來。以「畫品」論，吳道子沒有王維高。但比較起畫風和詩風來，評論家則把「畫工」吳道子和「詩王」杜甫歸為一類。換句話說，畫品居次的吳道子，其畫風卻相當於最高的詩風，而詩品居首的杜甫的詩風則相當於次高的畫風。蘇軾論畫傾向南宗，重在象外之象，所以激賞王維畫。後來他論詩也傾向於神韻派，講究「蕭散簡遠，妙在筆墨之外」，「有遠韻」，並說「維也得之於象外」。

錢鍾書先生對范畫的評論，乃是「畫品」論。所以他特別注意到范畫的「人象」（不是山水）具有象外象，即顯「身外身」。這也就是「得之象外，有如仙翮謝籠樊」的意思，其美之核心在於超越外在形象，而得之不朽的精神本體。這種本體之「身」，其絕塵高風全在筆墨之外與遠韻之中，不可在形內象內尋找。錢先生顯然認同於南宗的畫品論，並以此為審美座標，給予范畫以「上之上」品的最高評價。

〔三〕

就近而言，錢鍾書先生的藝術論給我以啟迪；就遠而言，王國維先生的「意境」說則給予我一面文學藝術批評的明鏡。「意境」說，講的是詩詞，本屬「詩品」，但以境界說論畫，作為「畫品」，卻也極其恰當。其實，不僅詩與詩的差別，關鍵在於境界的差別，而且畫與畫的差別，關鍵也在於境界的差別。

「意境」是比「形象」、「情感」更高一級的美學範疇，它不僅包含了「象」、「情」兩個方面，而且還揚棄了它們的主（情）客（象）觀的片面性而構成一個完整統一、獨立的藝術存在。王國維所說的「不隔」之境，先是不為概念、理念所隔，顯出可感之象；後又不為形象本身所隔，現出象外之象。

在有我之境中，以我觀物，須有性情，但「我」也可能成為隔之牆垣，惟有超越「我」之所隔，在極寧靜中以物觀物，淘泳於山川大神般的忘我無我之「大和」宇宙中，才能揚棄血肉之軀在世俗世界中的一切執着與妄念，達到無是無非、無善無惡、無始無終、無因無果的大自在境界。王國維所以強調藝術家須「不失赤子之心」，便是因為詩人只有在擁抱知識、閱覽萬物之後回歸嬰兒狀態，才能不為知識、萬物（包括自我）所隔，而直接與永恆之謎對話對語，以至音籟相通，大心相印。一個藝術家的成功，不在於掌握知識技藝的多寡，而在於其心靈境界的高下，即在於是否以自己純真的生命去提升和穿透知識技藝，從而到達沒有人我之分、物我之分、天人之分的大徹悟與大圓融。

范曾兄和我是多年摯友。作為現實主體，他有人間大關懷，但不通政治，所以常有浮躁之論。對此我曾稍有調侃。而作為藝術創造主體，他則格外清脱平和，冷靜得出奇。斗室之中，畫紙一展，他便進入一個神聖而不可有任何囂聲、任何染污、任何世俗之煩的世界。創作的瞬間，他把一切現實的雜念完全從自己的生命中徹底放逐，頓時邁向參悟永恆的禪境。他的成功，當然在於他的筆力，但首先是這種瞬間進入忘我之境的心力。不知內修外煉了多少歲月才形成的心力。

范畫所以讓我長久傾心，便是他的心力所展示的高遠清澈的境界和支持這種境界的雋永的韻味。中國畫論中把高於「人境」、「妙境」、「神境」的境界稱為「逸境」。所謂「逸境」乃是打破一切我執他執甚至打破神執的自由高遠、自由清澈之境。「逸品」在「神品」之上，禪、趣、韻、味在道、氣、理、法之上。范曾最近幾年的畫，比中年時代的畫顯得更為平正、沖淡、自然，正是因為他不斷地朝着天人同構的逸境提升，並意識到此境乃是他的最後歸宿。在今年香港天地圖書公司出版的《范曾論畫、詩詞》集子中，他說：「東方的藝術，尤其中國的藝術，不以險絕為目標，最後還是達到平正之境。因為最高的藝術之境，宛若佛家蓮界，總是使人歸於淡泊、樸雅、博大、沖融的。以我個人藝術上的追逐，竊以為使人過度痛苦、興奮、歡樂、悲涼的藝術還居神品，不在逸品之列。」在〈梵高的墳墓〉散文中，他又說：「古往今來的畫家，車載斗量，可謂恆河沙數，不可勝計，然而可大分為三：第一類畫社會認為最好的畫；第二類畫自己所認為最好的畫；第三類則是置好壞於度外，被冥頑不朽的力量驅動着筆作畫。第一類人終身勤於斯而不聞道；第二類人則『朝聞道夕死可矣』，第三類則如《莊子》書中的齧缺與道合而為一，其人『若天之自高地自厚，日月之自明。』他的藝術就是天然本真的生命，世俗形骸消亡之日，正是他的藝術永恆之時。」范曾在這裏所作的三類之分，不如說是藝術的三大境界。最後的「逸境」，才是「夢裏尋它千百度，驀然回首，卻在燈火闌珊處」中的畫魂。而范曾本身，也經歷了前二個境界的階梯。為魯迅小説插畫，可謂第一境；寄我情我思於鍾馗等，可謂第二境；寫達摩、老子、牧童等，可謂第三境。第一境中，畫內畫外世界可分為二；第二境界則歸於一；而第三境界則破除「二」執，也破除「一」執，化為「無」——無主無客、無內無外而達至無界無岸、無垠無限。唯在「無」中，才潛藏着無窮無盡的形上之「有」，天地、人生、藝術之自由與至樂，全在其中。

(四)

在海外遠遊的歲月中，我五次走進巴黎，心存虔誠地瞻仰藝術之都，一次又一次觀賞羅浮宮、奧賽宮中遠自古希臘、近及印象派的大藝術。同時也並無偏見地參觀蓬皮杜文化中心的前衛藝術展覽，留心二十世紀藝術史程。而在美國的芝加哥、紐約、洛杉磯等城，我一面仰視古典巨製，一面也關注藝術先鋒。經過多年的觀察與思索，終於看出畢加索之後前衛藝術的虛空，而理出「返回古典」的思路。

本世紀的前衛藝術家，可稱之為「藝術顛覆狂」，他們不斷革命，以藝術顛覆取代藝術創造，以哲學觀念取代審美判斷。他們不斷地宣佈前代藝術的死亡，而把自己裝扮成從零開始的第一創世主。一九六九年西格勞伯在紐約籌辦《零作品、零作家、零雕塑》的展覽，就標誌着藝術審美走到零點。二十世紀的藝術革命發展到最後二十年，已如時裝表演，花樣變幻頻繁，生命卻蒼白短促，每次畫展之後留下的不是藝術家的作品，而只是命題展覽和觀念展示的目錄與所謂「文獻」。藝術變成非藝術、反藝術，藝術的基本界限和規範在時髦的藝術思潮中消失，這是本世紀藝術的不幸與悲劇。這種悲劇不僅製造出甚麼也沒有的「皇帝的新衣」，而且製造出隨風轉向的千百萬盲觀眾與盲批評家。正是有感於前衛藝術對古典藝術的否定，我和李澤厚才作了「返回古典」的藝術對話，推出「否定之否定」，呼籲告別藝術革命。

范曾在巴黎期間，懷着愛意與敬意學習羅丹、梵高、莫奈等古典大師的精神境界與藝術筆法，開拓自己的藝術視野；另一方面，他又保持對中國畫的絕對信念，堅信中國畫的繪畫語言——筆墨線索可自成大氣象，可毫無愧色地自立於世界藝術之林，不必自生顛倒。吸取梵高等西方大師的藝術殉道精神和追求永恆的精神，剔除前衛藝術家的顛倒妄想和所謂進步觀念，范畫更是邁入了自己憧憬的高華逸邁之境。

一九八八年在范曾五十壽辰的歡聚會上，我就説，范曾現象是一個特殊的現象。范曾的形成，固然得益於范曾本人的天縱之才，集詩、書、畫、文四絕於筆端，攬萬物萬法於胸內，也得益於他後天的潛修苦煉，殫精竭慮，永不停留地感悟提升，在「上之上」中又精益求精。十年過去，我從故國之都來到洛磯山下，側身於草園林間，百慮澄清，萬念歸淡，無須溢美與溢惡，但看到產生於父母之邦而且是同一代的兄弟運作如椽大筆，創造出一代的藝術風流，不免要心馳情湧，站出來喝彩幾聲，以傾訴於山川日月和今世後世的知音。

一九九九年十二月十六日
於美國科羅拉多大學校園

序李劼歷史小說《吳越春秋》

李劼到美國之後開始還有點心理不平衡，他在一九九九年所著的那部長篇預言小說，雖有才氣但還是有點躁氣。可是，這之後不久，他卻奇蹟般地平靜下來了。彷彿是得到神的啟示，他告別了昨天的自己，重新組織生命和開掘生命，並有意識地向內心深處挺進。生命的深處，是個大海，他就在大海裏用功，思索，潛游。他常告訴我，有些朋友已高高山頂立，而他卻只想深深海底行。他真的在海底越行越深，越行越有獨到的心得。

在他出國後的四五年裏，我們經常通話和交流，而每次通話之後，我都感到他在往前走；並感到這個被稱為中國文學界的「馬拉多納」，已不是競技場上橫衝直撞的明星，而是一個敢於突破各種語言防線但又能深入思索的思想者了。他的才氣不再四處橫溢，而是集中在對故國古代文化精華的重新發現與重新闡釋之上。而且，他並不是刻意地去做翻案文章，而是用人性和人情味十足的眼光，去穿透舊的歷史情結，從而讓那些被歷史塵土所活埋的生命，尤其是讓那些婦女、兒童和失敗者的生命，重見天光。因此，新世紀伊始，他就着手寫作醞釀已久的歷史小說「春秋三部曲」，並且完成了其中的第一部，《吳越春秋》。

作為北美的第一個讀者，我讀後感到異常喜悅。覺得這部歷史小說無論是歷史觀還是審美方式，都有極其鮮明的新意，而且是突破性的新意。春秋時代，吳越之爭中那些熟悉的名字，夫差、西施、范蠡、伍子胥等等，個個都在這部小說中獲得了嶄新的生命，煥發出了奇麗的光彩。並且，其中的每個生命，都能讓人引發出一番詩意的思索。興奮之餘，我寫下這部小說如下幾點獨特之處。

其一，該小說所寫的歷史不再是勝利者的歷史，而是人的歷史，生命的歷史，人性的歷史。人性，而不是歷史性或者說甚麼歷史規律、歷史本質之類，成為其主要的審美觀照點。小說由此所基於的是古希臘史詩所立足的人文立場，及其相應的人文精神，而不是歷史主義、歷史規律等等。

其二，該小說通過一齣男人的悲劇，或者說一個悲劇的男人，寫出了愛情之於歷史的崇高意味，從而把被二十四史摒除在外的中國女子重新請回中國歷史。小說藉此表明，沒有女人的歷史是黑暗的，毫無人文氣息的，因而也是難以成立的。

其三，該小說着力於追求古希臘戲劇那種俄狄浦斯式的悲劇精神，以命運和與之相應的性格作為悲劇的基因，不再重蹈中國文學傳統中那種被魯迅當年斥之為瞞和騙的大團圓模式。

其四，該小說解構了所謂時勢造英雄的神話，揭示出英雄人格的形成往往是因為過度壓抑而造成的心理扭曲和心理變態所致。受虐和自虐，通常是英雄人格形成的一個主要動因。因此，英雄人格就其心理成因而言，乃是一種變態而不是常態，或者說，英雄其實是一種非常態的心理和非常態的存在。比如，相對於夫差的健康，勾踐是變態的；而相對於英雄伍子胥，小人伯嚭恰恰是個正常人，如此等等。由此，小說努力追尋人性的多面性和複雜性，伯嚭那樣的小人，常常能夠通情達理；而伍子胥那樣的英雄，有時卻可能是專橫的，更不用說勾踐那樣的一代梟雄。

其五，該小說不以追求謀略的多變，人心的詭異作為閱讀上的誘惑，而以悲憫作為整個故事的講說基調。藉此，小說尋求人性和人心的相通，而不以運用心計上的變化多端和人情世故上的老謀深算為趣。

其六，一如該小說所追隨的是古希臘的悲劇精神，該小說在審美意象上崇尚從《山海經》到《紅樓夢》的古典風格，追求高山流水般的情意相投，以及清風明月式的空靈境界。

其七，該小說採用了全息式的敘事方式，不僅隨意轉換時空，而且不再讓敘事呈線性展開，而是，經常將後事前置，讓整個敘述不斷地倒流，形成一種多維度的迴環。這就使閱讀有了一種新的可能，即可以從任何一章任何一節進入，也可以從任何一章任何一節讀出。

其八，該小說既是一種新的歷史小說，也是一種新的尋根文學，而且其寫作狀態又是漂泊的，從而是空前自由的。

其九，這部小說乃是作者三部以春秋命名的中國歷史小說中的第一部。該春秋系列歷史小說雖說基於作者本身的生命體驗和創作衝動，但就其客觀上的文化效應而言，可以被看作是作者繼八十年代的重寫文學史，到九十年代的重建人文精神以及重寫中國晚近歷史之後，又一次在人文關懷方面的努力，即重寫中國歷史和重構中國文化，修復集體無意識創傷。作者以展現《紅樓夢》式的人文景觀，體現古希臘史詩和古希臘悲劇式的審美精神，承接從禪宗到《紅樓夢》，從《紅樓夢》到「五四」新文化（包括北大新青年和清華國學院在內）的中國文藝復興的文化命脈。

李劼兩手空空走出國門，到北美後，可說是「囊無一錢守」。這個「美利堅合眾國」並不為作家準備好白書桌與紅地毯，每一簞食和每一瓢飲，都得靠自己的雙手去爭取。李劼也不例外。他雖聰慧過人，但也得一板一眼去謀生。從教美國學生學漢語到教他們研習老子的《道德經》和禪宗的經典《壇經》；從給《明報》當編輯排版式，到進入紐約的一個電腦速成學校從零開始攻讀電腦數據庫管理；從自己研習靜心和太極拳，到在中央公園教學生打坐和打太極拳；他甚麼都學，甚麼都幹。可喜的是，這位恃才傲物的才子，終於能夠以平常之心戰勝新生活與新規範的挑戰，並在挑戰中保持讀書的沉浸狀態與思想的活潑狀態。幾年來，他雖一無所有，但畢竟擁有一支能夠生花結果的筆，而且，這支筆又是如此充滿生命的活水與思想的活水。一個作家重要的不在於他身處何方，也不在於他頭頂何種桂冠，而在於他的心是否在不斷生長和不斷發展，其靈魂是否保持活力。李劼的新著《吳越春秋》帶給我們的信息恰好正是，他的生命正充滿活力地向大海深處前行；其寫作的靈感，正與海中的碧波激流相連。這是值得所有關心他的朋友們高興的。

是為序。

二零零二年十二月三日於科羅拉多大學

原載《世界日報》二零零三年二月十八日

赤子莫言

過十天莫言就要來訪。洛磯山邊科羅拉多大學校園裏有他的兩位知音——葛浩文和我。尤其是葛浩文，「莫言」二字是他口中最積極的語彙。和他見面時如果聽不見「莫言」，一定是身體出毛病了。莫言的小說他一概翻譯，《酒國》剛出版，本月二十日莫言將在丹佛大書店出席新書發佈簽名儀式。《豐乳肥臀》也已開譯，這部五六百頁的大書，夠老葛「爬行」三五個月了。

因為莫言要來，我便讀他出版不久的散文集《會唱歌的牆》，也讀同時同社出版的賈平凹的《造一座房子的夢》、蘇童的《紙上的美女》、余華的《我能否相信自己》。四部散文集都好，但我尤其喜歡莫言。

莫言在散文中坦露了一個赤裸裸的自己，一個光着屁股走進學校然後又帶着渾身野氣走進軍隊走進文壇的自己。他一點也不遮醜：「據母親說，我童年時醜極了，小臉抹得花貓綠狗，唇上掛着兩條鼻涕，鄉下人謂之『二龍吐鬚』。母親還說我小時候飯量極大，好像餓鬼托生的。去年春節我回家探親，母親又說起往事。她說我本來是好苗子，可惜正長着身體時餓壞了胚子，結果成了現在這個彎彎曲曲的樣子。說着，母親就淚眼婆娑了。」莫言長身體的兒童時代正是大陸的「困難時期」，他被飢餓折磨得變態了：「我從小飯量大，嘴像無底洞，簡直就是我們家的大災星。我不但飯量大，而且品質不好。每次開飯，匆匆把自己那份吃完，就盯着別人的碗嚎啕大哭。母親把自己那份省給我吃了，我還是哭。一邊哭着，一邊公然地搶奪我叔叔女兒的那份食物。」母親常常批評他「沒有志氣」，他也曾多次下決心要有志氣，但是「只要一見了食物，就把一切的一切忘得乾乾淨淨」。莫言不僅在家族中是最不討人喜歡的一員，而且在學校裏又是一個直到讀三年級還穿開襠褲，常尿尿課堂裏的「熊孩子」，而十二歲讀五年級開始「創作」時寫的「詩」又是「造反造反造他媽的反……砸爛砸爛砸他媽的爛……」然而，「不幸的童年是作家的搖籃」（海明威語），黑暗、恐怖、飢餓相伴的兒童時代贈給莫言不拘一格的心靈、天馬行空的個性和活潑到畸形的感覺，從而也導致他的千奇百怪的夢境和對自然、社會、人生的驚世駭俗的看法。許多作家，也有不幸的童年，但是，長大成人後卻被沉重的理念覆蓋住了，因此，對宇宙人生的看法也被理念牽向蒼白而世故的絕境。而莫言則不同，他說童年時的記憶刻在骨子裏，成年時的記憶留在皮毛裏。刻在骨子裏的記憶和根深蒂固的童心，使他衝破一切教條的羈絆而把想像力和創作力發展到極致。

我喜歡莫言，正是他至今仍然像個孩子，仍生活在長滿紅高粱的兒童共和國裏。這一共和國的公民是拒絕一切面具和一切包裝的。莫言的散文沒有任何包裝，連知識的包裝也沒有。散文最能反映作者本人的性情人格，這部散文集所反映的莫言是活水，是滄浪，是獅子，是粗獷的大自然。當作家們在玩語言、玩技巧、玩知識而玩得走火入魔的時候，莫言卻說「不」，他拒絕語言的遮蔽和學問的遮蔽，絕對不能讓詞章和書本遮蔽真生命，更不能遮蔽那顆在高密故鄉生長起來的敢哭敢笑敢愛敢恨的童心，無論是今天還是明天，只能讓爺爺的手臂和歌聲推着自己的肉體和靈魂一直往前走。正是這種選擇，造就了當代中國的赤子和天驕似的作家莫言！

原載《明報月刊》二零零零年第四期

黃土地上的奇蹟

結束在加州的訪問之後，三月十八日莫言來到科羅拉多。十九日先到洛磯山中遊玩後到我家中聊天，二十日在丹佛大書店參加英譯本《酒國》發行簽字儀式，二十一日在科羅拉多大學東亞系作《我在美國出版的三本書》的演講，並和葛浩文一起朗讀《酒國》。演講之後，教學廳裏排長隊購買《酒國》，我站着觀賞莫言簽字四十分鐘。二十二日，莫言飛往紐約到哥倫比亞大學等處訪問，我則埋頭閱讀他的兩部小說集《師傅愈來愈幽默》和《長安大道上的騎驢美人》以及他在美國的另外三篇講稿：〈飢餓和孤獨是我創作的財富〉、〈福克納大叔，你好嗎？〉、〈我的《豐乳肥臀》〉。

聽了莫言的演講和閱讀他的新書之後，我的腦子裏立即產生這麼一個意念：莫言，中國當代文學的奇蹟。既是文學創作的奇蹟，又是個體生命的奇蹟。

莫言出生於一九五五年，童年時代正好遭逢到大饑荒。六十年代初的饑荒我也經歷過，也達到「刻骨銘心」的程度，但聽了莫言的飢餓故事，仍然吃驚和震動。他的童年真正是在死亡線上掙扎。一個五六歲的孩子，一年三季（春、夏、秋）赤身裸體，冬天只穿着一件破爛的單衣，那時連渾身羽毛的小鳥都凍得唧唧亂叫，他卻依然在雪地上滾爬。除了寒冷之外，便是令人難以置信的飢餓，餓得他和其他孩子「就像一群飢餓的小狗，在村子裏的大街小巷嗅來嗅去，尋找可以果腹的食物」。他們吃光了樹上的葉子就吃樹皮，樹皮吃光後就啃樹幹。「那時候我們村的樹是地球上最倒霉的樹，它們被啃得遍體鱗傷」。一九六一年春，村裏的小學拉來一車煤塊，他們就一擁而上，每人搶一塊咯嘣咯嘣吃起來，而且愈嚼愈香。在飢餓的煎熬下，他的身上幾乎沒有肌肉，肚子卻大得像大水罐子。為了生存下去，他的母親和村裏的幾個女人在給生產隊拉磨時趁着幹部不注意將糧食囫圇着吞到胃裏（以逃過下工時搜身檢查），回家後跪在一個盛滿清水的瓦盆前，用筷子探自己的喉嚨催吐，把胃裏還沒有消化的糧食吐出來，然後洗淨、搗碎，餵養自己的婆婆與孩子。

在這種難以存活的環境中，莫言竟然沒有餓死，竟然活了下來並生長出一顆充滿活氣的大腦袋，這顆大腦袋竟生產出第一流的小說，這不是奇蹟是甚麼？如何解釋這一奇蹟？他奶奶說：人只有享不了的福，但沒有受不了的罪。在老人家的解釋裏透露出一個信息：莫言擁有家傳的奇異的生命意志。除了意志之外，「受罪」的體驗又賦予他無盡的寫作資源。經歷、意志，再加上一個天才的感覺，便使莫言獲得成功。

原載《明報》二零零零年三月三十日

洛夫：走向王維的大詩人

剛剛讀了洛夫新出版的詩集《雪落無聲》（台北爾雅），與幾年前讀他的另一詩集《天使的涅槃》一樣，心旌久久搖盪。面前就是中國當代第一流的詩歌，多次讓我讀罷落淚的詩歌，我怎能不說幾句話。

一九八八年洛夫帶着盛名回到久別的大陸，九月中旬抵達北京時，《詩刊》社特為他舉行歡迎座談會、朗誦會，幾乎所有在京的著名詩人（如艾青、馮至、卞之琳、鄒荻帆、綠原、鄭敏、李瑛、邵燕祥、公劉等）都參加了。當時擔任《詩刊》副主編的劉湛秋也請我參加，但我沒有去，因為我實在沒有好好讀過洛夫的詩，只是身在文學研究領域，一般地知道他是台灣「創世紀」詩人群中的主將之一，出版過《靈河》、《石室之死亡》、《魔歌》、《時間之傷》、《釀酒的石頭》等詩集和《詩人之鏡》等詩論集。洛夫離京之後，我的好友、著名詩人任洪淵告訴我，洛夫是他最敬佩的中國詩人，他的《石室之死亡》可與艾略特的《荒原》比美，他的全部詩歌都在撕裂自己的胸膛，想要掏出「人」的最高奧義，就像普里戈金在撞擊宇宙的胸膛，想要掏出「物」的最後秘密一樣。

朋友的話不錯。到了海外之後，我終於讀到洛夫的大感憤、大悲愴與大叩問。只是我最受感動的並非《石室之死亡》那種探尋生死奧秘的形而上思緒，而是《天使的涅槃》中那種搖撼天地的大悲憤：「為了你，為了／中國，與你同質的中國／為了焙製了一塊黃土地那麼大的餅／為了舌頭伸縮運轉的自由／為了選擇玫瑰或罌粟的自由／為了拒絕只許愛一個人而去恨一群人／為了阻止銅像過度升高而擋住我們的陽光／……新的中國需要我的血／我就給她血／需要我的頭顱／我連額上的疤一起捧上。」這是真正屬於中國的歌哭。在此歌哭的背後，是深沉的憂傷。洛夫的詩核，是一種具有無限滄桑感的「時間之傷」，這是對歷史給生命留下荒蕪和迷惘的悲憫與慨嘆，這是錐心的大寂寞：「……書籍睡了而詩句醒着／歷史睡了而時間醒着／世界睡了而你我醒着。」醒來的詩人無路可走，醒來的歌哭沒有知音，醒來的吶喊沒有迴響。雪落無聲。詩人以滾燙的生命投入歷史，但歷史的唯一結果，只有青苔，連英雄們的魂魄也長滿青苔。

《雪落無聲》是洛夫的時間之傷走向超越的寧靜之作。如果說以往的傷痛外化為熾烈與沉鬱，那麼此時的傷痛卻凝結為肅穆。這一詩集標誌着洛夫從李杜「走向王維」。詩中的「空」、「無」感，並非消極，這是對現存的「色」和「有」最後的質疑。一個創世紀的詩人雖以「走向王維」的悲劇結束，但畢竟留下火的悲壯與雪的潔白。這正是二十世紀中國一位大詩人精彩的邏輯。

讀西零的《總是巴黎》

一九九三年我到巴黎看高行健時，第一次見到西零。行健介紹說：這是芳芳，也喜歡寫作。芳芳除了點頭微笑之外，沒說一句話，非常靦腆。此次她隨高行健訪問香港，住在我家，仍然非常靦腆，三天裏只聽到她說三五句話，其中有一句我是記得的：回去一定寄我的小書給劉老師看看。

西零說的「小書」，是指她的小說集《總是巴黎》，集子中包括《總是巴黎》和《西行故事》兩部中篇。今年一月馬悅然教授到香港時就對我說，他在飛機上讀了這部小說，寫得真好。他一定要譯成瑞典文。還說，「這不是因為高行健的緣故，而是小說的確寫得很有意思，你一定要看看」。

讀了《總是巴黎》，真覺得「一定要看看」。沒想到這個不愛說話的女子說起話來這麼有趣，叫你笑個沒完。筆調非常冷靜，但十分幽默。最讓我感到意外的是文字有種奇怪的透明與乾淨，沒有一句廢話。中國女作家中傑出者確實有，但文字如此透明乾淨的似乎不多。我讀過一些作品，語言雖然也漂亮，但往往語氣過重、過煩，讓人感到有故作姿態與煽情之嫌，而西零的小說則沒有矯情，更不煽情。她把當代社會人生中的一些「嚴重問題」，寫得十分輕鬆，可說是「舉重若輕」。無論《總是巴黎》還是《西行故事》，都「顛覆」了一些流行的世俗觀念，包括愛情、婚姻、家庭、留學中的傳統觀念。在「顛覆」中，西零對法國學子和到法國深造的中國學子進行善意的調侃與嘲弄，也對自己進行自嘲。能把留學的困境寫得如此透徹又寫得如此輕鬆，真不簡單。

《總是巴黎》集子中的兩部中篇寫的都是留學生的生活。十幾年來我陸續讀過一些這類題材的作品。其中有寫得很精彩的，如查建英的《到美國去》，它不僅揭示留學生的困境，而且有幽默感，但多數作品都沒有跳出留學生的眼光與心態，或者說，沒有跳出留學生的處境，皆在處境內思索。而西零則與留學生的心態拉開距離，而且是拉開了足夠的距離，屬於處境外的寫作。大約正是這種「檻外人」和局外人的位置，使她的文字顯得格外冷靜，也使她的小說超越了「留學生文學」的範疇。

我從未與西零交談過她的寫作，也未曾與她討論過《總是巴黎》，不知道她的創作立場。但從小說文本可以判斷，她不是一個女權主義者，作品中沒有任何女權主義的意識形態痕跡，然而，她的寫作卻明顯是女性寫作。她顯然承認女性的特點並用女性的眼光看世界。她不排斥男人，更沒有把男人當作壓迫者。我曾寫過文章表達自己對女權主義介入文學的警惕，擔心女權主義會損害文學的審美向度，但支持女作家用女性的特殊眼光觀察人生百態。這就是要把「女性寫作」與「女權寫作」這兩個概念區別開來。此外，我還想把美國的女權主義與法國的女權主義加以區分。我認為，西蒙·德波娃所開創的法國女權主義傳統強調的是女子的獨立性，並不排斥男人。她作為一個女性權利的啟蒙者，只是告訴女子應把自身價值視為一種並不隸屬於男人的獨立價值，女子不僅擁有靈魂的主權，而且應當活得充份。這種觀念不是來自清教徒的傳統，而是來自法國瀟灑貴族的傳統。如果說，西零小說具有女性寫作的特點，那麼，這種特點也是從法國瀟灑貴族傳統裏產生出來的特點。這種特點與美國那種戰鬥式的女權主義是絕不相同的。西零小說所表現出來的輕鬆味，大約可從法國的文化傳統中找到一些解釋。

西零還出版過長篇小說《尋找露意絲》，我尚未讀過。不過，從《總是巴黎》中就可以看出她是一個非常聰穎的、完全具有獨特表述方式的作家，她的寫作前程將會繼續出現讓我們感到意外的好故事。

二零零零年四月十五日
香港城市大學

對學院與城市的詩化叩問

——林幸謙《原詩》序

去年秋天，因為要參加嶺南大學的張愛玲學術討論會，便閱讀了一些有關張愛玲的研究資料，閱讀中才發現研究專著中最有份量的是兩部學術論著：《歷史、女性與性別政治》（台北麥田）和《張愛玲論述：女性主體與去勢模擬書寫》（台北洪葉），作者都是林幸謙。這樣，我才第一次注意到林幸謙的名字。這兩部專著共八九百頁，每一節的概念都相當密集：性別政治、陰性書寫、陰性歡愉、陰暗複本、象徵秩序、閨閣身體、閨閣話語、傳統恐懼、儒家她者等等，學術語彙層層疊疊，壓得你喘不過氣。然而，雖然費力，我還是很有興趣地一頁一頁讀下去，因為一頁一頁都有分析的力量與邏輯的力量在吸引你。書中有理論磁場在。讀到最後不能不說：這是兩部對一個具體對象進行充份學術化的批評，也不能不佩服著作者所下的苦功夫和作者的思辨能力。

「學者林幸謙」才剛剛認識，「詩人林幸謙」又緊接着出現在面前。在討論張愛玲的會上，見到林幸謙，會後他送給我詩集《詩體的儀式》和新詩集《原詩》的打印稿。讀後竟發現：詩人林幸謙與學人林幸謙除了「均有思想」之外，兩者完全不同，甚至可以說，詩人林幸謙是學人林幸謙的反叛者與顛覆者。

作為學人，林幸謙是那樣嚴謹，他嚴格地按照學院的規範與邏輯去研究、去分析、去構築那個符合學院程序的理論建築，而詩人林幸謙則桀傲不馴，自由狂放，在詩中反叛學院那些僵化的規範、邏輯與禁忌。

學院的景色
今天的側影有些憂傷
穿透堅硬的虛空
刺破黑板
穿過講堂的死牆
直入室外的天空

詩人感受到的學院的景色不是雪白的四壁，明淨的樓閣，更沒有書聲琅琅的詩意，他一掃學院的童話幻象，展示一個讓人驚心動魄的知識權力的牢房。構築牢房的是堅硬的虛空，變態的黑板，講堂的死牆等等。詩人在牢房感受到只有一個，這就是壓抑。在寫作《原詩》的時候，詩人已不是大學中文系的學生，而是學院的教授，但他仍然感受到壓抑：

踏上講台
神授的粉筆破體而出
為長年病態的黑板進行漫長的心理分析

如果說，心理分析學的草創者弗洛依特講的文學動因是性壓抑，那麼，林幸謙詩的動力則是智能壓抑。人有兩種本能，一種是感官本能（生存本能），一種是精神本能。當學院還是人的原鄉：即培育人的靈性的搖籃時，學院是可愛的；然而，當學院變成只會製造生存技能的工廠時，學院就變成詩情的墳墓、埋葬青春活力的牢房，讓人感到壓抑。林幸謙對這種壓抑的感受不僅是心理感受，而且是直刺生理的痛切之感與痛楚之感，顯得異常強烈。表現於詩中，便是激越淒厲的生命吶喊。

《原詩》整部詩集中有一學院與生命的張力場，場中的詩人如同被囚禁的天馬，徬徨、迷惘、喊叫、掙扎、叩問。林幸謙的詩正可以讀作詩人對知識殿堂的叩問和對自身化為知識界一分子的叩問。

黄昏臨近的時候
知識的原鄉成為懲罰的地帶（《知識分子》）

知識分子原有的姓名成為逃犯
暴雨與烈日
成為告別的主詞（《學者》）

在知識地帶中，他自己是誰？

從前黑板前面的叛亂分子
如今講堂中的流亡人
繼續片斷的餘生（《學院》）

在學院與生命的張力場，詩人高撐生命的旗幟，為掙脫傳統的鎖鏈而呼嘯、悲訴。儘管無望與絕望，但還是呼嘯着、悲訴着。於是，我們便看到了一種不屈的生命的骨骼，一種堅韌的思想的舞姿，這是悲情美，也是悲壯美。

林幸謙像卡夫卡似的，發現學院其實也是一個可望而不可即的迷宮似的「城堡」。卡夫卡的《城堡》最讓人困惑的是主人公K的慾望與目標總是若即若離。不過，K徘徊在城堡之外，而詩人卻進入城堡之中，但同樣是不可捉摸：

介入學院的門廊樓窗
所有忘情的筆畫、色調與感觸
把我懸掛在儀式幻化的雕框
所有的豪情壯志都獲得無微不至的精神療法

和卡夫卡一樣，林幸謙揭開城堡的面紗，展示城堡體制的荒誕：活生生的生命一旦進入這個城堡，不僅不能激活自己的靈魂，反而衰敗、淪落、失語、變態，或變成知識的甲蟲，或淪為道德的文盲，或犯青年癡呆症。所有不甘於平庸的詩人和作家所採取的文本策略都是把自己的思想與手法推向極致，或者說把自己獨特的藝術發現或藝術感覺徹底化。林幸謙正是這樣，他坦率得近乎無情。他撕破學院溫情脈脈的面紗，直指他感覺世界中的城堡是「最具典範的人肉圖景」，在此場景中，人們「用承諾謀殺自己」，「所有的豪情橫屍遍野」。

人家說，那是偽專業主義下的學院
白髮蒼蒼的教授被揪到講台的曠野

那是孔子漂流終生的荒原
不論不語不學
不院不文不理

艾略特的「荒原」，魯迅的「人肉圖景」。林幸謙竟然在人們所仰慕的殿堂中發現，而發現之後，他則奮起抗爭，毫不妥協，抗爭之聲時而淋漓酣暢，時而沉鬱淒切，時而婉轉憂傷，但都一概詩化。這種知識分子的慷慨悲歌，這種要求學術和生命銜接的籲求之歌，在當今詩歌領域中確實是罕見的，可謂擲地有聲的孤絕之響。

在《原詩》中，城堡的荒誕不僅存在校園內，還在校園外的整個城市中。林幸謙不僅叩問學院的意義，而且叩問城市的意義。這是歷史性的大哉問。當整個世界進入城市時代之後，浮出地表的高樓大廈被誤認為這就是現代化的一切。然而，這是致命的錯誤。按照詩人的理想，城市應當貼近亞里斯多德的預言：

一座設計良好的城市
必須充滿生命
讓我們可以面對完整的人生

然而，現代的許多城市卻金玉其外，敗絮其中，幾乎所有的城市都向物質傾斜，並形成一個極端功利、連靈魂也進入市場交易的看不見的城市。這種城市只見物，不見人。「每個人，都是地圖的構成物」。每個人，都「用符號的方式生兒育女」。生命在城市中流失，精神在市場中沉淪，「生活漂流四散」，「歷史打斷自己的背脊骨／在正史中缺席」。林幸謙對現代城市意義的叩問，是比對學院的叩問更為宏觀的叩問。這一叩問擊中了時代的主要病症，它是「一個異鄉旅人反街道反空間反現代的反抗」，又是一個詩人對未來世界將喪失生命尊嚴的預言。它沒有對城市進行謳歌，但給正在淪落的城市敲下警鐘。有識者也許會聽到這是赤子的愛的呼喚，關於重新擁有生命活力與靈魂活力的呼喚！

《原詩》於二零零二年由香港天地圖書公司出版

題薛興國的《吃一碗文化》

李澤厚和我合著的《告別革命》發表之後，有人嘲諷我們在鼓吹「吃飯哲學」，沒想到這是對「生活無罪」這一人生基本原理的通俗表述。通俗中有尖銳。穿越過階級鬥爭生活狀態的人，才知道「請客吃飯」很好，「繪畫繡花」很好，「溫良恭儉讓」很好。薛興國先生的《吃一碗文化》，貌似平常，支持的卻是人們追求世俗幸福的慾望的權利，構築的是日常生活秩序的「太平天國」。唱過革命高調的我，一面走向內心，一面也明白薛先生文章的價值。

二零零二年四月二日於香港城市大學
《吃一碗文化》於二零零二年由明報出版社出版

百年成就不理想

從總體上說，本世紀一些有代表性的中文小說取得兩項不可磨滅的成就：一是共同創造了有別於《紅樓夢》、《水滸傳》等古代白話小說的中國現代漢語小說寶庫，小說創作量超過任何世紀，使小說進入中國文學的正宗範圍；二是由於對社會現實的格外關注，它們成為二十世紀中國的一面巨大鏡子，並對中國的社會面貌和歷史進程產生了巨大影響。

然而，也應坦承：本世紀中國小說創作成就不夠理想。從世界文學史（包括中國文學史）來觀察，只有魯迅的《阿Q正傳》等小說加上他的散文（包括雜文）堪稱偉大作品。這裏應當聲明的是，甚麼才算偉大很難掌握。我雖然使用「世界文學史」視角，但並不接受歐洲中心論。按中國的文學眼光，散文雜文才是文學主脈，而魯迅散文的成就舉世罕見。因此，如果小說加散文，魯迅當然無愧是偉大作家。本世紀未產生舉世公認的偉大小說，原因大約有三：

第一，本世紀中國社會處於大轉型、大動盪時代，作家缺乏從容的時間從事個體精神價值創造，也無法從容地思考人類生存發展的一些更根本的問題，例如生存困境、人性困境、精神家園等，因此很難產生世界影響。

第二，「五四」之後，中國作家創造了另一種漢語，進入另一種寫作方式，嚴格地說，八十年來，還只是這種漢語寫作方式的開始和試驗階段，要真正成熟，還需時間。

第三，本世紀一些時期，文學生態環境不好，人為干擾太多，以至上半葉代表性作家在下半葉無所作為，又使五六十年代新起的作家在大思路上發生問題（陷入敵我、社資衝突的極端世俗視角）。

八十年代中國一群中青年小說家改變思路，語言文字日趨成熟，產生一批傑作。他們是下世紀中國文學的曙光。

本文係一九九九年參加《亞洲週刊》百年小說評選後的談話

輯七：世事雜感

共悟人间

新世紀第一篇

耀明兄組織《明報月刊》二零零零年第一期特輯：《新世紀開篇》，請我也參加，和其他朋友共寫新世紀第一篇。

又是新世紀、新千年，又是第一篇。當然該說點吉利話、喜慶話。所以想到上個世紀頭一年（一九零零年）梁啟超所作的《少年中國說》，便寫了〈又做少年中國夢〉。從吉利的願望出發，寫着寫着，卻滑到有點不吉利的結尾。因為想到少年，想到青春活潑，就想到其對立面的老化和成熟。這才發覺故國有種可怕的成熟，這就是成熟的狡猾，成熟的虛偽和成熟的腐敗。但因為篇幅限制，點破之後也就停筆，未能盡興。

其實我的這一「覺」，也不是在最近。去年我看《三國演義》電視連續劇時，就想提醒觀眾，《三國演義》作為小說，很有文學水平，作為電視劇，不少演員也演得好；但是作為一種文化，可別忘了它在傳頌爾虞我詐、陰謀詭計。生活在三國世界的人，固然有張飛、關羽的兄弟真情在，但多數梟雄卻是一肚子壞水，絕無真誠可言。在三國世道裏，有非常成熟的陰謀詭計，非常成熟的陷阱，非常成熟的假話、假哭、假笑、假情、假義。其所以「成熟」，不僅在於陰謀詭計設置得嚴嚴實實，而且全都有「忠孝仁愛」等漂亮的裝飾。

我生活的年代，特別是文化大革命年代，到處是互相折磨、互相虐待的殘忍行為，但也是非常成熟的殘忍，因為這殘忍均有革命詞句的包裝。當時無論是牛棚，還是陰謀陽謀，全都是天經地義，符合經典，連把人踩上一萬隻腳，也符合神聖原則。倘若未體驗過這個時代，真不知我們的革命文化與鬥爭哲學如此天衣無縫。九十年代中，同胞們從「鬧革命」轉入做生意，又顯示出另一番成熟。當年打着紅旗打砸搶，紅旗的形式還是有限，如今使用紅包詐取權力資源，其紅包的花樣則有千種萬種，或給官方的合作者辦子女出國手續，或給當權者在海外買一別墅，或把國家機密當作笑談作點訊息交換，一切均無懈可擊，甚至也完全符合經典。

近年來在大陸盛行的犬儒主義與流氓主義，其踐踏人的技巧，也成熟得讓人驚嘆。以往魯迅只看出流氓的理論無一定線索可尋，要鬥爭時，用的是階級論；要幫忙時，用的是互助說；魯迅尚未看到今天的流氓在無產階級面前大咬資產階級，在資產階級面前大咬無產階級。雖是咬，卻講究幽默，不露牙齒，還讓人們笑得連聲叫好，這又不能不承認中國潑皮無賴的高明與練達。

原載《明報》二零零零年一月六日

生態意識的覺醒

近日，一位從事數學研究的年輕朋友來訪，他告訴我，去年他到太湖遊玩，才發現太湖已經發臭，說得難聽一點，太湖幾乎變成一個巨大的廁所。我聽了十分驚訝，但不太相信，他見到我投以懷疑的目光，便說：你可以自己去看看，我建議你專門為故國的生態、為你所熱愛的大自然回國去看看。

回不回國再説，但我的確為故國的自然生態擔憂。前年我在專欄文章寫了〈救救黃河〉之後，有兩位朋友告訴我：現在不僅是黃河斷流、長江氾濫，而且還有淮河變質。整個淮河水系幾乎已經不能飲用，如果不能控制污染，以後水系地區就沒有水喝了。他們還帶着激憤的口吻説，現代化可不能付出「山川變質」的代價。

聽到這些從大陸來的信息，不能不心有所動。想了一段時間，便想到，中國現在從上到下真需要有一個全民族共同的意識覺醒，這就是生態意識的覺醒。兩年前，我寫過〈本世紀三大意識的覺醒〉，論述清末民初的「民族—國家」意識、「五四」時期的「人—個體」意識和二三十年代階級意識等三大意識的覺醒決定了中國二十世紀的基本面貌。最後這一意識的覺醒不幸走向極端，導致中國在數十年中陷入「以階級鬥爭為綱」的黑暗深淵。幸而到了七十年代末和八十年代，中國的現代化意識突然覺醒，發展與建設壓倒了鬥爭與革命，中國才恢復了生機。如今，發展與現代化建設已展開了二十年，這二十年的成就有目共睹，但它也付出了巨大的代價，這個代價主要有兩方面：一是精神的潰敗，一是生態的破壞。代價是一定要付出的，但可以通過努力把它減少到最低的限度，想到這裏，我便覺得，在世紀之交，如果中國人能有一個生態意識的大覺醒，就像「五四」時期的「人—個體」意識覺醒那麼強烈，也像後來的階級意識的覺醒那麼牽動知識分子和人民的心，該有多好啊。在上一個世紀「民族—國家」意識覺醒時，隨之而來的是救亡意識，現在雖然沒有亡國的問題，但卻有另一種意義上的山川危亡的問題，這是值得整個民族都來關懷、都來呼籲、都來研究的問題。西方進入現代社會比較早，其生態意識也覺醒得比較早。到了今天，他們已充份意識到：宇宙中地球只有一個，糟蹋了可沒有別的去處。而中國人恐怕也應想到這一點，想到地球是人類共同的母親，而且還應想到：中國只有一個，長江只有一條，黃河只有一條，如果毀壞了，我們的後代子孫可沒有別處可以安居。

原載《明報》一九九九年七月二十日

感覺殘廢

五月間，韓少功和蔣子丹（《天涯》雜誌主編）來訪，還在科羅拉多大學裏作了講演。少功講的題目是《九十年代大陸文學的感覺殘廢》，子丹演講的題目是《女性寫作的誤區》。

少功是我喜愛的作家，他的小說、散文都寫得好，近年出版的長篇《馬橋詞典》也寫得好。早在八十年代我就寫過〈論丙崽〉評論他的傑作《爸爸爸》，可惜我現在對當代文學的評論熱情減退，否則應當好好寫一篇欣賞《馬橋詞典》的文章。大約因為愛讀少功的文字，所以他演講時我便注意聽。他說，九十年代大陸的文學，有三種感覺「殘廢」了，也可說是三種感覺退化了：一是對大自然的感覺退化；二是對弱者的感覺退化；三是對高尚精神感覺的退化。第三點他是否這樣表述，我聽不太清，但這個意思是明白的。他說現在有千萬個王朔在成長，到處是「貧嘴雷鋒」。連雷鋒也痞子化，高尚精神怎能不殘廢？

關於對弱者感覺的殘廢，我聽後很有些感觸。作為一個作家，他們本來就應當有一顆對弱者的同情心，天然地和弱者站在一起，關懷弱者，保護弱者，為弱者的不幸呼喚。中國現代文學的發生之初，其代表人物魯迅的小說，也是對祥林嫂、孔乙己、閏土這些弱者的深切同情。魯迅特別推崇俄羅斯那些描寫被侮辱和被損害者的小說，也表明這一代作家的心靈傾向。八十年代的傷痕文學與尋根文學，仍然有對弱者的同情與關注。可是，九十年代時代風氣變化之後，雖還有一部份作家仍在描寫弱者，但卻有許多作家的眼睛與心靈，全轉向所謂「成功者」，這些「成功者」有的是商場的強人，有的是情場的猛人，有的是官場的巧人。尤其是報告文學，更是一篇又一篇地為「企業家」、「大款」、「大亨」唱讚歌。往日的革命對象成了今天的當代英雄。至於弱者，那些在資本興起的大潮中被淹沒的小人物，那些離鄉背井到深圳充當超級廉價勞動力的童工與女工，那些掙扎在犯罪線上的小偷與妓女，那些丟失了家園的災民和丟失了工作的下崗工人等等，已經不屬於當代作家關注的對象。這些弱者的不幸，彷彿只是警察和民政科的事，與詩人作家無關。經少功點破，我才發覺中國的一部份當代作家確有勢利眼，眼睛只朝上不朝下，興奮點全放在名人強人猛人身上，神經全被權勢錢勢所麻木，再也聽不到弱者的呻吟與呼喊。這樣的感覺殘廢，還能產生好作家、好文學嗎？

原載《明報》一九九九年六月二十二日

為妓女立傳

寫了〈批判型知識分子的消失〉、〈媚上：不怕神的故事〉、〈無所畏懼與流氓主義〉之後，因為不滿於知識界現狀，便懷念起陳寅恪先生，並又翻翻他的《柳如是別傳》。近年來，回憶推崇陳寅恪先生的文字很多，在閱讀過程中，有一個問題始終困擾着我：為甚麼用八十萬字的篇幅為一個妓女立傳？在文學作品中，美麗而有心靈的妓女形象不少，如中國的趙盼兒、玉堂春、杜十娘、李香君、月牙兒、陳白露等；而外國的妓女形象也很出名，愛芙姬琵達（《斯巴達克思》）、芳汀（《悲慘世界》）、瑪格麗特（《茶花女》）、羊脂球（《羊脂球》）、黛依絲（《黛依絲》）、娜娜（《娜娜》）、魯維埃（毛姆《刀鋒》）、索尼雅（《罪與罰》）、瑪絲洛瓦（《復活》）、鮑妮法西婭（略薩《綠房子》）等，這些形象畢竟是虛構的。而陳寅恪先生是史學家，寫的是一個真實的風塵女子。明末清初，那麼多英雄豪傑，顧憲成、左光斗、魏大中、李自成、袁崇煥、顧炎武等都大可立傳，可是陳先生卻偏偏選中河東君柳如是。

說柳如是是個妓女，似乎簡單一些。她二十三歲時當了錢謙益的小妾（當時錢五十九歲）直到殉錢而死，身心才遠離風塵。但在這之前，她出身青樓，乃是一位名妓，卻無可迴避。當然，她不是一般的妓女，是妓中之俠。不僅有才情，而且有俠情。明朝覆滅前，她就勸錢謙益以死報國，不成，又支持反清復明活動，其俠氣、正氣、骨氣均在當時的名儒之上，也就是說，當時許多著名知識分子，其人格、氣節、見識都不及柳如是這位妓女。對錢謙益的評價，雖不必沿襲乾隆皇帝把他說成「貳臣」，但他作為「名儒」，在人格上不如自己的愛妾「名妓」，恐怕也是事實。「名儒」想得太多，名位的考慮總是要腐蝕自己的靈魂，只是錢謙益並沒有全被腐蝕掉，所以當了清朝臣子之後，還有反叛之聲。

陳寅恪先生自嘲「著書唯剩頌紅妝」，但也明確地說他寫這本書是為了「表彰我民族獨立之精神，自由的思想」，（「緣起」）是「絕非消閒風趣之行動也」。（吳宓語）五十年代初知識分子在思想改造中自虐自戕得太過份，拚命給自己帶上種種反動帽子，為此，陳先生寫了《男旦》一首七絕，批評讀書人已變成沒有骨氣的男旦。這之後，陳先生的心境一直不好，所以才有「任教憂患滿人間」的詩句。聯繫到陳先生的詩境，可以知道《柳如是別傳》既是一部表彰之作，又是一部憂患之作，即憂今儒古儒人格沉淪之作。我們彷彿可以聽到史學家內心的概嘆：淪為「男旦」的知識分子怎及一個紅妝小婦？淪為「奴才」的學者權威還不如一個妓女。

流氓的屁股摸不得

流氓可以宣佈：我是流氓，我怕誰。流氓真的甚麼都不怕，無所畏懼。但是一般人尤其是知識分子卻非常害怕流氓，這除了有「近君子、遠小人」的古訓提醒之外，還因為當今流氓有些才氣，屬於流氓加才子。和這種流氓較量，免不了要把自己弄得一身髒。「千萬別跟流氓扭打，否則自己一定也不會乾淨」，有朋友警告說。

於是，我慢慢形成一種念頭，流氓可是真老虎，這個老虎摸不得。把這一心得告訴朋友，朋友卻說，流氓不是老虎，而是賴皮狗。像《水滸傳》的牛二，只是個耍賴的潑皮，怎能算老虎。武松打虎令人氣旺，楊志殺牛二，令人氣餒。雖有不同看法，但有一點是相同的，最好是遠離牛二，像牛二鎮上的人，牛二一出現就趕緊躲開，牛二的屁股真是摸不得。

流氓的屁股所以摸不得，原因是與流氓無理可講。中國古代文人倘若有爭吵，雙方均有君子作風，語言也有禮貌與文采。戰國時期對抗孔子的是莊子、老子、韓非子等，雙方都不失人性光澤。當今對抗孔子的是痞子。痞子的鬥爭策略是不管三七二十一，先把對手弄髒弄臭，用一口精彩的流氓腔加唾沫，把對手說成等於零，甚至等於負數。這種「抹黑術」在文化大革命中十分流行，或給對手戴上無常鬼似的高帽，或給鬥爭對象扣上「叛徒」、「內奸」、「特嫌」的罪名，尚未弄清事實，對手的名聲已臭。所以文化大革命實際上是一場痞子運動與流氓運動。文化大革命雖亂，但有毛澤東這一權威在，他開始支持痞子造反摸一些大官們的老虎屁股，之後，又反過來支持工、軍宣傳隊摸摸痞子流氓的屁股，所以還有點平衡。而今之社會變了，新痞子一上台便威懾四方，聰明人有的趕緊出來捧場，有的趕緊退避三舍，誰也不敢摸痞子的屁股。由於人們都怕痞子流氓，現在的中國已進入一個流氓自由化的全盛時代，流氓不僅在文壇縱橫捭闔，揚言要奪天下第一獎，而且開始問津總統桂冠。幸而總統選舉是秘密投票。倘若投票必須公開，恐怕潔身自好的知識分子都得投流氓痞子的票，躬祝流氓龍體聖安，否則自己一定也會被弄得一身髒，日子從此不太平。

在今日的中國，有各類學者，既有學問又大義凜然，他們敢罵胡適，罵蔣介石蔣經國，罵劉少奇彭德懷，罵鄧小平，但沒有人敢罵流民痞子。這原因很簡單，罵前者決不會自己弄得一身髒，罵後者肯定得倒霉。

生物學家說自然界的競爭是優勝劣敗，但人界似乎正相反，乃是優敗劣勝。這其中的奧妙，乃是動物界不懂的人界有一種最高超的戰術：流氓術。

被歷史活埋過的作家

因為常常思考上一世紀的滄桑，於是也常常緬懷一些被這個世紀的歷史活埋過的作家、思想家與改革家。

讀范文瀾的《中國近代史》和胡繩的《從鴉片戰爭到「五四」運動》等書，我首先感到被活埋的是曾國藩。這位與李鴻章、左宗棠創辦上海江南製造局、福建馬尾船政局並與李一起上書朝廷要求選派留學生的近代改革家，被當作「劊子手」活埋了大約半個世紀。康有為、梁啟超等也被活埋過，但時間較短。

二十世紀下半葉被歷史活埋的思想家、作家很多，時間也長短不一。大約是文學研究的職業關係，所以給我留下最強烈印象的被活埋者是胡適、周作人和陳獨秀，至今還沒有完全「出土」。在胡適被活埋的前後，中國一些現代作家，如沈從文、張愛玲、施蟄存等也被活埋過，但沈、張比較幸運，夏志清的《中國現代小說史》，硬是把他們「挖掘」起來，讓他們在海外首先重見天光。到了今天，他倆的運氣很好，只是有點被神化的危險。胡風、路翎、艾青、蕭乾等也被新編的文學史活埋過，時間二十年左右。

被活埋得最深的還是周作人、胡適和陳獨秀。八九十年代大陸雖發表一些較公平的文章和書籍，但讀後覺得被活埋者仍然沒有被放到應有的歷史位置上。王觀泉的《陳獨秀傳》寫得最公正也最有功力，但在大陸仍然未能出版。陳獨秀的墓碑，經再三考慮，既不稱「先生」也不稱「同志」，只寫「陳獨秀墓」，死者仍以機會主義者之名被深埋於歷史之中。周作人是中國現代的一個人文主義代表，和魯迅、陳獨秀、胡適並肩的「五四」新文化運動的主將，可是，前年北大校慶時卻諱言他的功勳。因為他在抗戰時確有污點，所以不寬容的同胞恐怕要繼續活埋他。

在五十年代初被大規模活埋的是胡適。當時我正在讀初中，由於喜歡閱讀報刊，所以從少年時代開始就知道，有一個被中國名人們共討之、共誅之的大知識分子名字叫做胡適。當時中國在一次巨大的社會動員之後，自然科學界、哲學社會科學界、文學界、藝術界、新聞界所有可能發表言論的專家學者，全都參與這一活埋的工作，所有的髒水都潑向這位心地平和善良、成就卓著的新文化前驅者。也許因為有少年時代的體驗，所以後來我閱讀了胡適的全部著作和他的許多傳記，這才覺得歷史對他是多麼不公平，許多批判是多麼不正直。胡適的功勳不在於他介紹了西方的科學主義方法，而在於他的整個人生和全部著作，體現了自由、寬容、改良漸進的人文精神，這正是中國最缺乏的。我對他真是敬佩之至。

原載《明報》二零零零年三月九日

再談歷史的活埋現象

寫了〈被歷史活埋過的作家〉之後，感到悲哀，不僅是為被活埋者，而且是為參與活埋被活埋者的知識人。

通過文化大批判和文學史、哲學史、通史的寫作活埋作家和思想家，這本來就是一種典型的權力遊戲。前台是知識，後台是權力，這是再清楚不過了。活埋胡適時，文、史、哲及自然科學等各領域的最著名學者個個都投入，而且個個都亢奮、激烈、緊張，許多老知識分子甚至像憶苦思甜的老太婆控訴起胡適對自己的毒害。從一九五四年到一九五五年，當時數以千計的文章，調子一篇比一篇高，「帝國主義的文化買辦」、「帝國主義的走狗幫兇」等帽子也一個比一個可怕。重讀這些文章，我跟着感到緊張，彷彿不參加活埋胡適，就不足以自保、自救，不給已經落井的胡適再投下一塊石頭，就不足以證明自己

共悟人间

已經悔過自新。

二十世紀的中國文學和中國人文科學的成績如何，常有爭議，但二十世紀中國的精神現象、文化現象之豐富奇異，卻是無可爭議的。像活埋胡適這種現象，其規模之壯觀，其撻伐之無情，其語言暴力之猛烈，都是其他國家望塵莫及的。現在大陸的文學史家和其他史家都很乖巧，他們寫二十世紀的文學文化史，只注意其燦爛的「活動史」，不正視這猛烈的「活埋史」，其實這活埋史更值得記取。

也許因為記取了，所以我不僅為被權力活埋的胡適和其他作家思想家悲哀，而且也為被權力支配、被權力弄得十分亢奮而滿口暴力語言的參與活埋他人的作家學者悲哀。十多年來，我所以喜歡談論懺悔意識，正是從這些活埋史和文化大革命的「牛棚」中領略到一個道理，即雖然故國出現了「四人幫」這種窮兇極惡的大惡人，但在某種意義上，我們又都是他們的共謀者，都參與了他們活埋民族優秀分子的活動。我們曾經聲討過胡適的點滴改良論和踐踏他的寬容，我們曾經聲討過胡風的意見書和活埋過與胡風相關的詩人學者，我們曾經聲討過艾青等「右派」尊重知識分子的請求和他們正直的詩行，我們曾經頌揚過個人的絕對權威，所以我們實際上為「四人幫」的橫行創造了文化條件。文化大革命這一政治浩劫活埋了無數知識分子，現在想起來，我們也在統一的指揮刀下參與了活埋這一集體犯罪行為。對於這種共犯行為有所感覺，才是良知未滅的信息。

提起以往的活埋史，並非要翻討舊債。當年活埋胡適時也活埋了寬容精神，今年我們提起這些故事時都應當讓寬容精神復活：記住在那個特殊歷史場合中，許多知識分子不那麼做，日子確實過不下去。

原載《明報》二零零零年三月十六日

《二零零零年文庫》讚

明報出版社與《明報月刊》編輯的《二零零零年文庫——當代中國文庫（精讀一）》（主編潘耀明，責任編輯彭潔明）已陸續出版。我原先只想到「精讀」，接到書後，才知道印得非常精美，令人愛不釋手。高興之餘，便不避嫌疑（因我的作品也入文庫），想藉文庫說幾句話。

文庫籌劃之初，耀明兄請我也當一名「顧問」，當時我不僅出不了甚麼主意，而且連聲叫「難」。其所以「難」，有三個原因：第一，文庫編選的對象是大陸八九十年代的文學作品，這個時期的創作量如此之大，作家如此之多，該選誰？第二，這個時期具有代表性的作家，除了幾位作品較少外（如阿城），其他的皆創作量很大，該如何精選？第三，每種選本「導讀」都不能太長，而且只能有一篇，如何讀法？我想的是困難，但耀明兄真是有點「牛勁」，他知難而進，知其不可為而為之，硬是把文庫推出，「為中國大陸八十年代以來的文學精品建立『典律』。」（黃子平對文庫的評論語）這種精神是值得禮讚的。

連聲叫「難」，除了想到編選的困難之外，還想到銷售之難。到了海外，我在「長進」中也長出了「經濟效益」這一根弦，知道市場原則的厲害，並遺憾地看到：從東方到西方，漂亮話有的是，但在真理與市場的選擇中，為市場而犧牲真理的人很多，而為真理而犧牲市場的人卻極少。與此相通，為錢而犧牲美的商人很多，而為美而犧牲錢的志士很少。台北麥田、爾雅出版社的負責人是文學志士，他們出了不少大陸的文學作品，但據說都虧本。我把「虧本」的信息告訴耀明兄，他不在乎，說「虧本也要出」，決心為美而犧牲錢。這幾天，我由此想到，出版社在商業社會中，真需要有點精神，除了講究市場原則之外，真需要保住一點心靈原則，換個說法，除了需要有個利益向度之外，還應當有個審美向度。而在人慾橫流、出版事業十分艱難的情況下，要認真建立審美向度是很不容易的。《二零零零年文庫》的寶貴之處，恰恰在於中國上上下下都忙於經營利益向度的時候，他堅持了審美向度。利益是收入，審美是付出，正如慾望是收入，情感是付出。然而，利益畢竟是暫時的，審美是永恆的。歷史的公平在於它只銘記永恆的付出者。

臨末，我且用本世紀第一個在中國開闢審美向度的先知型學者王國維的話贈予文庫：

天下有最神聖、最尊貴而無與於當世之用者，哲學與美術是也，天下之人囂然謂之曰無用，無損於哲學美術之價值也。聖為此學者自忘其神聖之位置，而求以合當世之用，於是二者之價值失。夫哲學與美術者，真理也。真理者，天下萬世之真理，而非一時之真理也。

鄧國光先生的新思路

香港回歸前夕，我寫了〈天變，道不變〉等七篇短文。如今澳門回歸，又不免想到澳門。先是想到，澳門這麼小的地方，竟然有澳門大學這樣一所現代化的綜合性大學。正如我前兩年想到香港這樣一個小島嶼，竟然有香港大學、城市大學、科技大學、嶺南大學、中文大學、理工大學、浸會大學等。年少時我咒罵殖民主義者，並沒有想到應當客觀地分析他們的功罪。此時冷靜下來，知道大學畢竟是衡量統治者政績的一種尺度，英、葡政府在港、澳的確也做了好事。

香港、澳門雖小，但全球關懷、研究中國文化的知識分子都紛紛前去瞻仰。其原因大約是「山不在高，有仙則名；水不在深，有龍則靈」（劉禹錫語）。這一名句，放在當今語境闡釋，便是港、澳雖小，但因有大學在、人才在，所以便有吸引四面八方的名氣與靈氣。

澳門比香港小，澳門大學大約也沒有香港大學的規模，然而，只要有人才在，也不可輕視。近日讀《明報月刊》的「澳門回歸特輯」增刊，其中澳門大學中文學院院長鄧國光教授的文章〈儒家精神的再認——澳門在中西文化交流中的抉擇〉，思路可謂不同尋常。他認為，市場經濟建基於個人慾望，但社會前進的步伐，不能任由「看不見的手」擺弄。身外的物質再多也填塞不滿慾望的溝壑，只有在精神上、心靈上取得實在的意義，個體生命取得健康、充份的發展，開啟全民進取的局面，整個社會才能建立在有情、有義、有理的和諧秩序之內。儘管在對儒家思想的總評價上我和鄧先生可能有些差別，但不能不承認，他這種形似「保守」、實則極端負責任的思路卻是非常寶貴、非常有價值的。這是在「歷史主義」進程中尋找「倫理主義」平衡的思路，是崇尚自由又防止自由濫用、尊重物質需求又尋找物慾橫流制衡形式的思路。

讀了鄧先生的文章，我便與好友施議對通了一次電話。他是鄧先生的伙伴，中文學院的副院長。議對兄是社科院文學研究所第一位博士，夏承燾與吳世昌先生的得意弟子，中國詞學的傳人。他告訴我，按照鄧先生的思路，中文學院已設計出一套以「經學」和「詩學」為重心的、涵蓋中國正統學術的課程，致力於中國深層文化的研究與建設。我聽罷又覺得思路不同一般。經學乃是精神向度，以此可把握思想價值觀，建構良知體系；詩學乃是審美向度，以此可把握宇宙人生永恆境界，通曉文學藝術史。中文學院顯然找到自己的位置與角色。

我對中國詩學十分傾心，但在《傳統與中國人》中卻對經學採取批判態度。來日若有機會到澳門遊玩，鄧、施二兄大約不會把我視為數典忘祖的「異端」吧。

無所畏懼與流氓主義

我在上一個月發表的〈媚上：不怕神的故事〉一文中，提出一個問題：一個民族，當它無所信、無所「怕」的時候會怎樣？問號剛落，專欄的框框就命我停筆，今天，只好再繼續。

我會怎樣？提出問題後我想到兩個名字，一個是王朔，一個是賈環。王朔說過一句話：我是流氓，我怕誰。王朔的小說以喜劇形式撕毀了舊價值，作品中又充滿北京的活語言，不可簡單否定。他說的這句話，也不能視為他的人生態度，而應視為開啟小說主題的鑰匙。而此時，這句話幫助我解答了自己的問題：一個民族，一個人，如果它（他）甚麼都不信、都不怕，無所敬畏，那麼，它（他）將走向流氓主義或犬儒主義。

想到賈環，也是想到他的一句話。幾年前，我在〈賈環執政〉一文中，就說此人雖然生在貴族之家，但沒有半點貴族氣，倒是滿身的潑皮氣、流氓氣。賈府被抄之後，賈母、王熙鳳先後去世。在榮國府裏，賈赦坐牢，賈政扶賈母靈柩南行，賈璉到配所看望牢中的父親，寶玉和賈蘭又前去赴考，賈府的主子集團就剩下一個賈環了。真是「山中無老虎，猴子稱大王」，頃刻間雞毛就上天了。翻身上天之時，賈環說：「我可要給母親報仇了。家裏一個男人沒有，上頭太太依了我，還怕誰？」最後這個「還怕誰」，才是賈環的本色。《紅樓夢》寫了他宣佈無所怕之後在短短的幾天內就幹盡壞事：宿娼濫賭，偷典家當，挑唆邢夫人把年僅十三四歲的親姪女巧姐兒送給外番王爺作妾。賈環的表現又一次幫我回答了問題：無所畏懼之後，就會走向賈環式的胡來即賈環主義。賈環主義即流氓主義。

由賈環的「還怕誰?!」又想到了文化大革命的流行歌詞：「東風吹，戰鼓擂，誰也不怕誰！」除了歌之外，那時人們還把毛主席說的「徹底唯物主義者是無所畏懼的」當作口頭禪。這一最高指示，本是要人們勇敢，可是到了民眾和官員們那裏卻變了質，人們幹起甚麼壞事也「徹底唯物」，不怕蒼天的眼睛，不怕公道的報應，不怕良心的譴責，一味幹下去，打砸搶，逼供信，設置陰謀，踐踏神聖，製造謊言，甚至吃人肉，甚麼都不怕。這種「無所畏懼」的毒液流到今天，便是把市場當作騙場。只要能把錢拿到手，甚麼謊言都敢說，甚麼權術都敢耍，甚麼原則都敢賣。像賈環策劃把自己的姪女巧姐兒賣給外番王爺作妾一樣，現在把自己的靈魂寶給金錢爺權力作押的人並非少數。中國人在世紀末變成如此膽大，原因之一便是無所敬畏。

原載《明報》一九九九年十一月四日

世紀終結前夕的鳴謝

《漂流手記》延續了將近十年的時間，使我少做了不少學術文章。《獨語天涯》與《漫步高原》編完後，我和長女劍梅將把《父女兩地書》潤色一下，作為《手記》第六卷。這之後，我就可以用多一些時間放在學術研究上。不過，經過這十年的滄桑，我對學問的看法也和以前有些不同。我不覺得學問是「做」出來的，而是「逼」出來和「燒」出來的，也就是說，學問不是知識的展覽室，而是思想深處的燃燒，它只是面對個體生命的大困惑與人類整體生命的大困惑而提出問題與回答問題。和散文一樣，它只是我的思想、見解與人格的另一種註疏與表達形式。學問的方式是多元的，我用我的形式。不論選擇甚麼說法，我認定的學問絕對不是一種姿態、一種架子、一種面具、一種保護自己的羽毛不被損傷的堅硬外殼，一種嚇唬他人的冷面金剛，一種電腦和機器人最終可以取代的技術和匠藝。

漂流五卷全由香港天地圖書公司一一出版。出版社的社長陳松齡先生，副社長劉文良先生，責任編輯顏純鈎先生都是我最可靠的支持者。由於他們的支持，我的心靈才有處存放，我在海外的心史也能完整地得以表述，那些想把我的情思困死於異國的妄想也才無法實現。我在此應當鄭重地感謝他們。我還要鄭重地感謝為《漂流手記》第一卷作序的李歐梵兄和為第三卷作序的余英時教授，他們是我的知音，他們以學者的慧眼和朋友的赤誠鼓勵我，使我不忘鍥而不捨地努力。此外，我還要感謝十年來積極在他們主持的報刊中發表我的文字的朋友潘耀明、李怡、王瑜（《今天》）、瘂弦以及獻予《漂流手記》以真切美好評論文字的幾位評論家：絢靜、董橋、黃子平、璧華、顏純鈎等。十年前，評論我的文章遍佈大陸報刊，然而，因為一聲「救救孩子」的呼籲，我立即變成「罪人」，十年之中大陸再也沒有一家報刊敢於登載我的文字，打殺得乾乾淨淨，從南到北，了無痕跡，連一家廣播電台播送我的《慈母頌》，也不敢公佈作者的名字。社會的無情、勢利、淺薄、脆弱、冷漠，到了這個時候，我終於有所領悟。但於大冷漠中我仍然對人類抱有信念，支撐這一信念的自然有多種因素，其中的一種，便是上述這些在我路上投射光明的名字。我相信，這些名字所反映的不僅是一種情誼，而且是一種正直與正義，在市場席捲一切與專制籠罩一切的時候，這些名字是值得我存入心中的。這些名字多數在香港。有香港這個特殊的地方，我的《漂流手記》才能存活。正是從這一具體的體驗中，我才領悟到香港的意義，並對它一直心存感激。

原載《明報》一九九九年六月十七日

走出無望村

《明報月刊》三月號的專題《世紀末情緒與慾望》，是個好題目。這一專題之下四位女作者（劍梅、堅妮、虹影、沈雙）的文章揭示了四種世紀末的文化病態：預言的潰敗；性流感；包裝統治；網絡病，也切中要害，值得讀一讀。潘耀明兄之〈編者小語——世紀末的迷失〉中把這些文化病態視為一種無望情緒，因此借師陀小説《無望村的館主》的語言，表明一種期待：走出無望村。

毋庸諱言，世紀末確實有許多地方被無望情緒籠罩着。遠的不説，就香港而言，這種情緒可能就徘徊在許多人心頭。去年在股災的襲擊下，一個值得驕傲的黃金時代突然消失，經濟衰退和危機突然威脅着每一個人和每一公司。掙扎苦鬥了一年，今年前去的路上仍然佈滿泥濘，步履維艱。

一時還看不出好的未來，這就難免要產生無望情緒。在這種情況下，香港便有兩種可能：一是陷入無望村，迷失在不知所措之中；一是走出無望村，爭取在新的世紀開始時看到地平面上新的曙光。《明報月刊》的編者與作者對無望情緒的批評，寄託着一種希望：港人與所有的中國人都應做個心理的強者，從無望的情緒中解脱。

我離開大陸已近十年。大陸是否也籠罩着無望情緒已不太明瞭。不過，一千多萬下崗工人產生無望情緒恐怕難免。大陸前些年一直在營造希望工程，也是擺脱無望的努力。在海外和朋友們説起這個工程，我曾表達這樣一種意見，要從根本上為孩子和年輕一代締造希望，不在於捐獻一些錢財，而是應當為他們展示這樣一種希望：一個人，如果他從小就勤奮努力，誠實地讀書、耕耘、修煉，他就會有光明的未來，就有希望。我説這句話是因為我和我同代的許多朋友都有痛切之感，都親身目睹一種粉碎希望的世紀現象，這就是無數從小就勤奮努力、刻苦地讀書、耕耘、修煉的老一代志士和知識分子，最後走入牛棚和地獄，愈是誠實愈是勤勞愈是有思想下場就愈慘。這種現象給中國的兩、三代人造成巨大的影響。

所以要提起往事，是想説明，世紀末文化病態的產生除了市場潮流的襲擊之外，還與過去的經驗有關：既然嚴肅誠實地對待生活變得無望，自然就要以痞子犬儒的態度對待生活；既然預言、理想、激情都是假的，今天為甚麼還要當真？既然説真話難以生存，今天怎能不戴一點面具，做一點包裝？因此，世紀末無方向、無着落、無思想、無預言，雖屬世紀末現象，而它的由來，則屬於整個世紀，特別是本世紀下半葉。冰凍三尺，非一日之寒。

原載《明報》一九九九年三月十八日

漫步高原

香港天地圖書公司為了參加七月的國際書展，正在趕印我的兩本書，即《漂流手記》第四卷《獨語天涯——一千零一夜不連貫的思索》和第五卷《漫步高原》。讀完近八百頁的清樣後才驚覺到《漂流手記》已寫了整整五卷，漂流海外已將整整十年。五本散文集也許可以留贈將來，然而，十年歲月卻已消逝於過去。儘管可以安慰自己：歲月已沉澱於文字裏，你並沒有虛度。然而，我還是固執地認定：十年生命無可挽回地失落了，它在昨天雖然創造過意義，但它本身只有一次性的活潑與活力，卻永遠不會再回來了。想到這裏，不免感到悲哀。

除了驚覺生命的消失之外，還驚覺到：十年追求自由之輕，到頭來，竟然放不下責任之重。散文最難摻假，一篇篇都在證明我雖平靜但無法清閒，雖也有飄逸但無法放下人間關懷。尤其是《漫步高原》中收了發表於《明報》及《中國時報》的一些專欄文章，更可分明看到人間煙火。本來報社並沒有要求我去盡社會責任，我完全可以玩玩「花邊文學」，做些語言小體操和談些身邊的小悲歡，可是，一鋪開稿紙，便聽到召喚，便要去擁抱那些苦難的靈魂，從赫赫有名的大元帥到默默無聞的無名氏。我真的被苦難抓住了心靈，心底總有抹不掉的憂傷。在編選這本集子時，我甚至想給集子命名為《死亡教育》，以告訴朋友，給我的人生以最深刻的影響的，畢竟是一份死亡的名單，是這些死者教育了我，並把我推向精神的深層，無法生活得太輕，每一方格都要把生命放進去冶煉與燃燒。

此時我說的責任之重與十年前所說的責任之重有點不同，是此時並不要求別人也和我一樣想、一樣寫。作家有迴避沉重的自由，有為藝術而藝術的自由。但我個人不想迴避，因為我經歷的沉重是我生命歷程中最重要的部份，這部份生活在我心靈中形成陰影，形成噩夢，形成世界觀。我必須去面對、去思索、去抒寫，以走出陰影和走出噩夢。我要獲得自由之輕必須承擔責任之重和穿越責任之重，這是我的一種宿命。此刻我讀讀自己寫下的文字，感到一陣輕鬆，覺得自己雖生活在玩語言、玩策略、玩姿態的時代裏，但沒有跟着時尚跑，還是緊緊抓住自己生命中最真實的部份，不為精神上如牛負軛。而且，也沒有把自己變成拯救者，責任之重也只是存放於平常之心，關懷只是個人的性格，抒寫苦難時代，也只是性情所至，並非煽動與控訴，更不想去普渡眾生，所以也沒有大陸那些師爺們的激昂與火氣。能夠把心放在自己願意存放的地方，便是幸運。

從悲劇中學習

翻開日曆，知道我下一週的星期四專欄文章發表的日子是六月三日，正是「六四」十週年的前夜。這又使我想起十年前那場悲劇。為了更安靜地讀書，我迴避了一切人群的紀念活動，但還是要以自己的方式哀悼悲劇中的死者。死了那麼多的人，流了那麼多的血，想起就不安，就覺得自己對於悲劇的形成也應負一分責任。倘若那時我冷靜一些，知識界的朋友也冷靜一些，情況應當會好一些，許多孩子也許可以保住像小牛一樣強健而活潑的生命。

然而，悲劇已經鑄成。此刻我唯一的念頭是應當從悲劇中學習。十年來，我從悲劇中學習到不少東西。和李澤厚兄作《告別革命》的對話也是學習的結果。告別革命，最重要的是涉及到對中國近代史的認識，而對於我個人，則首先是告別激烈的革命心態。這種以情緒代替理性的心態，曾經左右過我，但在反省中，我終於把它放下了。知識分子總是不滿現實，無論是東方的知識分子還是西方的知識分子都是這樣。因為知識分子的腦中心中有一個更高的現實，這就是理想。在理想的推動下，便是滿懷激情，滿心義憤，竭力想改變現實，然而，一旦操之過急，反而苛求現實，於現實的改良並無補益。十年過去了，我已從悲劇中學到一點理性，將來把理性深化了，也許會有更多的長進。

除了自己，我也很希望當年悲劇衝突的各方也能從悲劇中學習。政府該學的地方很多，例如，政府已學會和其他國家對話，但如何和自己的人民對話，這可不容易。無論如何，用子彈的語言和人民對話是不對的，應當學會用非子彈的語言和人民對話。八十年代，政府已從包攬一切的全能主義中撤退，但仍然沒有學會從民間社會中撤退。群眾示威遊行了，一種辦法是把他們壓下去，一種辦法是藉此積極地建設獨立自主自律的公民社會，如果能選擇後者，中國就進步了。

在「六四」中與政府對立的一方，也應從悲劇中學習。倘若「六四」時這一方冷靜一點，理性一點，倘若知道政治較量中不可能全輸全贏而彼此需要一點妥協和禮讓，那麼，「六四」的悲劇也許就不會如此慘重。我在海外十年，常留心認真的反省者，但很遺憾，能從悲劇中認真學習的人不多。許多當年激烈的人此時仍然激烈得很，沒有太大長進。

如果大家都能從悲劇中學習，「六四」的悲劇並不是不可能化解。我相信，時間和理性會幫助中國放下這個包袱。

原載《明報》一九九九年六月三日

逃離表態文化

暑期結束，回大陸的朋友與學生紛紛返美。幾位家住北京的朋友告訴我，此次回國有兩個最強烈的印象：一是天氣特別熱，從未見過的酷熱；二是到處都在表態，從團體到個人，對法輪功不斷表態。他們還告訴我：自然空氣和社會空氣都不好。

也許這些朋友被暑熱煎烤得有點急躁，說話時很有些情緒。但聽了之後，有一點使我暗自慶幸：這回終於逃脫了表態文化，免於再次充當表態生物。

批胡適，批俞平伯，批胡風，批右派，知識分子都得表態，發生這些運動時，我因為太年輕而躲過了，可是，到了文化大革命，我便陷入成年累月的表態中。每天都得表態。最高指示，江青同志講話，中央文件，黨報社論，「梁效」文章等正面的、發自無產階級司命部的聲音要一再表態自然不必說了，而對於反面的、屬於資產階級司令部範疇的，也得表個沒完沒了：一號走資派，二月逆流，三家村，四條漢子，五一六反革命集團，六十一個叛徒等，我們至少表了一千次態，咒罵了一千遍。由於運動千變萬化，我們表的態也跟着不斷變化。例如江青是偉大旗手時，我們表的是「向偉大旗手江青同志學習」的態；而江青變成政治扒手被判處死刑（緩期執行）時，我們表的則是「江青死有餘辜」的態；前者是悲壯態，後者是憤怒態。鄧小平一生三落三起，後兩落兩起和我們有關，因此我們也來回表了四次態，兩次表態罵他，兩次表態擁護他。罵他時是憤怒態，擁護他時是悲壯態。

倘若沒有腦子與心靈，不是人，真的只是表態生物，還是可以混日子的。在文化大革命中，我們就時而悲壯時而悲憤地混了整整十年，還學到了許多表態策略與技巧，例如「君子動口不動手」（避免寫成文字材料）等。然而，倘若是人，有人的尊嚴，有人的腦子與心靈，要天天對付表態是不容易的。

中國歷代皇朝中的「廷議」，有些是獻策，有些是諮詢，有些是論辯，有些則是皇帝讓臣子們表態；倘若皇帝開明，表錯態便無妨，倘若皇帝專橫，表態可就關係到生死榮辱。臣子如果不懂得看皇帝的臉色表態，烏紗帽和腦袋就會保不住。秦代的趙高，雖不是皇帝，但他權傾朝野，對他表態也是奔闖榮辱生死大關。他指鹿為馬之後要大臣們表態，誰敢說鹿不是馬。敢言「鹿是鹿、鹿非馬」這種真話的人，恐怕連命也保不住。不過，趙高的表態文化，僅止於宮廷，並沒有普及到民眾之中。我生活的時代，是表態文化太普及的時代，從總理部長到小老百姓小學生，無一可以逃遁。我充當了十年的表態生物，也是很正常的。

家鄉醜聞

在福建時，說起家鄉，指的是南安縣高蓋山下那個靜幽幽的小山村；在北京時，說起家鄉，指的是包括武夷山的福建省；在國外，說起家鄉，指的是黃河長江的中國。此時我說的家鄉，是指自己曾經在那裏讀過大學的廈門市。

廈門市最近被清查的遠華走私案，震動了中國內外。無論是報刊還是朋友，在描述這個案件之後，讓我的感覺不僅是特別可惡，而且特別醜陋。這是一種最低級的慾望之醜、野心之醜、手段之醜。

一個小小的廈門市，竟能吞食國家八百億的巨款，官匪結合的集團，其肚腹之巨大，本身已是醜極，而其細節更令人噁心。例如，此案的主角、走私集團的主角賴昌星，為了拉攏上級官員，在廈門湖里區建造一座豪華的大酒店，命名紅樓。官員一進入樓中，便瘋狂地吃喝嫖賭。賴氏是個有心機的財棍，他在「紅樓」設有秘密錄像線路，竟拍下入圍下水官員的一切醜行。據說這些錄像已被繳獲。民間正在傳說錄像中有廈門某一副市長一手摟住一個女子的色情鏡頭，女的弄姿搔首，男的狂態醉眼，其醜無比。另一傳說更使我驚訝，有一財政官員（忘了是局長還是行長），人們給他送的紅包堆積如山，竟懶得打開。這一細節使我連想起明代魏忠賢做壽時人們的送禮狀況，也是禮品成山，無法及時處理，從而導致「連升三級」的故事。因案情嚴重，廈門的幾個副市長，一個心臟病突發而死；一個逃亡國外；一個已被捕。國內的官僚機關可不能輕易「揭蓋子」，不揭則已，一揭則見一團爛泥，一道深淵，一片醜劇。

家鄉這一事件再次說明：人的慾望是無窮盡的，魔鬼的肚腹沒有邊際，全面建構限制魔鬼的制衡形式已迫不及待。此外，我還由此知道，從上而下，世道人心已變質、腐敗到空前的程度，繼續下去將不可收拾。中國走現代化的道路，這是唯一可選擇之路，路子沒有錯，然而，現代化的負面效應則不能不正視。這種負面效應包括三個方面：一、對大自然生態的破壞；二、對社會的破壞（導致社會的惡質化）；三、對人心的破壞。三者之中，最後一種破壞是看不見的但又是最嚴重的。家鄉的壞故事所反映出來的世道人心，是只要能賺到錢便不顧一切地巧取豪奪，不顧一切地踐踏經濟法則、道德法則與心靈法則的病態之心。本來是屬於土匪、流氓才幹的事，身為「社會公僕」的官員也瘋狂地幹。其心之黑，其膽之大，其手段之成熟，樣樣讓人目瞪口呆。這種人心人膽人術如果瀰漫中國，現代化還有何意義？

原載《明報》二零零零年一月二十七日

〈家鄉醜聞〉補正

在一月份的專欄裏寫了〈家鄉醜聞〉，有一位朋友讀後告訴我，文中說「一位副市長死」有誤：不是死亡，乃是中風。在此，我應作一更正，並向這位副市長表示歉意。

家鄉廈門的走私案確實震撼了我。能認真查辦此案，說明北京有清醒的領導人在，但案情的嚴重卻值得好好想想。說這是一九四九年建國以來最大的走私案，帶有「空前」的意思，但破了此案卻並非「絕後」。如果不及時建立一套監督制衡形式，以後肯定還會有類似的案件發生。

廈門海關和一部份政府官員雖然表現出瘋狂的慾望，但並沒有達到慾望的高峰。人的慾望之峰永遠無法見到它的頂端。清朝乾隆年間，官居宰輔的和珅，聚斂自豐，搜刮來的財產達八萬萬両白銀，相當於全國二十年收入總額的一半。當時清室國運的衰竭，與和珅的胡作非為大有關係。有位史學家甚至說，滿清王朝就敗壞在和珅一人手裏。而我並不這麼認為。和珅固然責任重大，但清室覆亡的根本原因卻不在於和珅，而在於清室缺少一套制衡和珅的制度。嘉慶四年抄了和珅家，其打擊腐敗的決心不能說不大，但是查辦了和珅並不能挽救清朝的危亡。這裏的歷史教訓是體制不完善的教訓。

廈門走私案再次告訴人們，在現代化的過程中，市場的成長與體制的腐敗一定會形成「並置現象」，即一方面是市場機制的發育，另一方面是體制的被腐蝕。西方社會的發展過程也是如此。在這個矛盾的過程中，關鍵是解決慾望制衡，最終依賴公正的法律制度突破倫理的僵局和保證市場的健康發展。西方從「壓抑慾望」、「駕馭慾望」到「抗衡慾望」，經歷了幾個世紀時間的努力。直到十八世紀，「制衡慾望」

（設置慾望對抗慾望，讓慾望彼此相互制衡）的思想才成為知識界的共識。三權分立，多黨制，執政黨內的合法反對派，經濟上的反壟斷法，嚴格的契約方式，民間輿論監督系統等，都是從制衡慾望的思想上產生出來的。中國在今天與未來的社會大轉型中，也必須設置一套有效的抗衡慾望的法律制度和其他制衡形式，否則，不僅市場機制不能健康發育，社會也不可能健康發育。

廈門走私案還告訴我們一個消息：在中國經濟發展的現階段，權力市場化、黑市化的現象十分嚴重，在許多地方，根本沒有真正的商人，只有權力地下黨。這些當權派正在拿着國家的權力去獻禮、去交易、去拍賣、去走私，這裏頭有着許多醜陋但值得深思的故事。

原載《明報》二零零零年二月十七日

「資產階級」概念的重炒

王朔對金庸的挑戰，原是市場需要，我不感興趣。但他的《我看金庸》，最後有個大概念與大結論引起我注意。他說：「中國資產階級能產生的藝術基本上都是腐朽的，他們可以學習最新的，但精神世界永遠浸泡、沉醉在過去的繁華舊夢之中。上述四大俗天天都在證明這一點。」

自從鄧小平拋卻「以階級鬥爭為綱」的極左口號之後，中國大陸已很久不講「資產階級」概念了。

因為過去這一概念殺人太多，所以現在即使要用，也改為「中產階級」。久擱置了，現在突然又提出，而且把金庸小說和港台文學劃入中國資產階級藝術，便給我一種新奇感。

資產階級概念，如果在學術上使用，本沒有甚麼。但在中國當代的歷史環境中，它因為被濫用過，而且沾滿了血，所以一提起便不免讓人心有餘悸。「文革」時有一個資產階級司令部，劉、鄧、陶、彭、羅、陸、楊等都是確定無疑的資產階級司令官。司令部之下的兵將則是數不清的資產階級作家，資產階級反動學術權威，資產階級戲劇、音樂、繪畫。中國文學藝術中的真金子，如老舍、嚴鳳英等就被「資產階級」大概念所謀殺。吳世昌先生曾說，「封、資、修、名、洋、古」這六個字，如天網恢恢，所有的知識分子都在劫難逃。確乎如此，中國的現代作家，除了魯迅、郭沫若若干幸存的名字之外，誰能逃脱資產階級帽子的天羅地網？

文化大革命是一個瘋子加痞子的造反運動，資產階級概念被泛化到無邊無際，我們暫且不再說它。可在這之前，文學藝術領域中對資產階級文學藝術如何定義也是個麻煩事。一九五八年新編的中國文學史，就把艾青、沈從文、蕭乾、丁玲等作為資產階級文學加以開除，更不用說錢鍾書、張愛玲、張恨水、施蟄存等了。八十年代，文學批評界在反省這段歷史時已覺悟到往昔的荒唐，覺悟到給作家藝術家一個資產階級或封建階級的命名而打翻在地，乃是一種語言暴力和造反策略。命名是一種本質化規定，這種規定恰恰又是不顧被命名對象豐富內涵的極其簡單化的權力把戲。正因為濫用資產階級概念所造成的劫難，所以近二十年裏，中國人便像迴避瘟疫和愛滋病一樣逃避這個已喪失學術內涵的資產階級概念了。王朔此次重新使用「資產階級文學」大概念，給金庸和港台文學一個駭人聽聞的命名與價值判斷，其策略內涵且不去說，僅僅這一概念的重提，就使我不能不想起六七十年代的紅衛兵歲月和無限上綱上線的血腥噩夢。玩的絕不只是心跳。

原載《明報》二零零零年三月二日

文壇的市場「炒」作

春節那天晚上，我邀請科羅拉多大學東亞系和比較文學系的一些朋友到我家吃炸丸子和聊天，便一起談起大陸的文化現象。也許是廚房裏炒菜聲音的影響，大家都說大陸的「炒文化」特別值得注意。

要讓一顆新星走上舞台，要讓一個作家提高身價，要讓一本新書成為暢銷賣點，要讓一部電影提高票房價值，就先「炒」一下，即在報刊和其他媒體上製造新聞熱點，吸引讀者觀眾注意。這本來和小攤販的大聲叫賣差不多，但因為有現代文明工具的助陣，便顯得很有聲勢，往往弄得人們眼花目眩，真分不清真貨假貨。

「炒」的場地主要是報刊，因此編輯記者成了中心。要捧誰抬誰打誰罵誰即「炒」誰，全由他們決定和安排。當然，也有一些聰明的作家為了製造新聞熱點，事先設計好方案，讓媒體接受，然後取得雙方互利的效果。當今中國文化界，記者編者舉足輕重，並取代了批判型知識分子的地位，就因為他們身處炒作的中心。炒作家當然比寫作家更容易被社會所看重。所以，除一部份記者之外，一部份聰明的寫作家也兼任炒作家，或者幾乎就是一個炒作家。

炒作家現在已經擁有一套成熟的策略。前些年他們的策略較為一般。為了讓自己的書籍暢銷，他們只懂得請一些哥兒們在報刊上寫寫捧場文章和作些花錢的廣告，如今策略卻變得多種多樣，有焦點炒，有散點炒，有合縱炒，有連橫炒，有製造假論爭式的炒，有打倒批判名家式的炒，最近較時行的是「打倒名家」式的炒。打倒四大俗八大雅，橫掃四大天王八大金剛，「修理」了金庸之後再修理老舍和魯迅。

大言不慚，危言聳聽，管它甚麼道德原則與心靈原則，管它甚麼崇高卑劣，管它甚麼有行無恥，能成為新聞熱點，就能把書暢銷出去，就能佔領市場，就有錢，就有黃金屋與顏如玉。當今的炒作家真是聰明到極點的人。

隨着市場經濟的迅速發展，中國作家將會急速分化。一部份死守文學信念退出市場的，將成為真正的寫作家，他們不會被時代風氣所左右而繼續生產出堅實的作品；而另一部份熱衷市場的作家將變成愈來愈精明與世故的炒作家，他們把市場的炒作法尤其是廣告法搬入文壇，製造事端與新聞，文學只是他們的賺錢工具。可悲的是，炒作家正在從邊緣走向中心，縱橫天下，他們並不滿足於自己已在炒作中「暴發」，而且還要把其他寫作家弄得心裏惴惴不安。

原載《明報》二零零零年二月二十四日

書禁與出版改革

香港的國際書展本來是讀書人的節日，我不應當談論「書禁」這種掃興的事。但倘若能藉此想想出版自由與出版立法的事，倒是一件積極有益的事。

我曾寫過一篇短文，介紹上海文化出版社於一九九零年出版的《中國禁書大觀》（安平秋、章培恆主編）。這部書分兩大部份，上半部是「中國禁書簡史」，下半部是「中國禁書解題」。最後還有一個「中國歷代禁書目錄」。讀了這部書之後，總的感覺是歷代統治者的書禁都沒有成功。禁的結果除了給統治者留下一些荒唐愚蠢的故事之外，便是激發人們閱讀的好奇心。「雪夜閉門讀禁書」就反映了這種心理。

書禁給實行書禁的統治者留下的笑柄很多。有些官僚身居高位，在世時十分顯赫，但歷史早已忘記了他，只記得他一生曾有一件荒唐事，就是禁書。例如清代任江蘇巡撫的丁日昌，他最有名的「事蹟」就是兩次奏請皇上禁絕《紅樓夢》，把中國這部最偉大的小說稱為「淫詞小說」，請求「一體查禁」。《紅樓夢》乃是千古豐碑，而丁日昌的名字只是《紅樓夢》發生史上的一個小丑而已。因此，實行書禁的權勢者往往是在作靈魂的冒險。不過，這種權勢者有沒有靈魂，還是一個問題。

閱覽一下中外的禁書史，就很容易了解禁書的荒唐。中國秦代所禁的書籍有《尚書》、《詩經》、《左傳》、《論語》、《孟子》、《國語》、《戰國策》、《老子》、《莊子》、《公孫龍子》、《墨子》、《呂氏春秋》、《山海經》、《吳孫子兵法》、《齊孫子》等。這就是說，包括孔夫子在內的經典經章全都在禁絕之列。真正影響歷史進程的文化典籍和文化巨人被查禁不僅在中國，西方和其他地區的國家也是如此，從古代的荷馬、蘇格拉底、但丁、薄伽丘，到本世紀的蕭伯納、羅素、杰克·倫敦、德萊塞、海明威、斯坦貝克等都被禁行過。現在被視為最了不起的精神星斗如莎士比亞、孟德斯鳩、伏爾泰、康德、歌德、達爾文、巴爾扎克、雨果、馬克思等，也難逃被禁的命運。但是，禁止的結果只有一個，就是使這些星斗更加燦爛。

因為禁書不是辦法，所以我就想到大陸的書刊控制和書刊出版應當改革。改革的要點便是出版不使用禁令、書號、黨組織監督等手段，而應使用法治手段。把出版部門變成獨立的、擁有出版自由的公民社會的一部份，但其出版自由，又並非濫用自由、放縱壞書，它必須依法治理，必須具有對社會的負責精神。香港的報刊出版社多數就是這種自治、法治的社會肌體，並非政府部門。大陸倘若要擺脱書禁的冒險，可借鑒一下香港。香港沒有書禁，但他們的書展並不放毒。各種見解都可上市，政府也不會因此就垮台。

原載《明報》一九九九年七月十五日

救救宋永毅

新世紀伊始，聽到的第一個消息，竟是：宋永毅被捕。去年美國以提供情報為理由抓李文和，我就覺得荒唐之極，此次中國又以「為境外收買非法提供情報」為理由抓宋永毅，則讓我感到這是「又向荒唐演大荒」。一九九一年我到科羅拉多大學東亞系時，宋永毅正是該系的碩士學位研究生。當時他已出版了《老舍早期創作與中國社會》、《老舍與中國文化觀念》、《文學中的愛情問題》等著作。他一面讀書，一面打工養家，非常辛苦。凌晨四點就上街送報，一天上課、工作十四個小時，其精神令人感動。拿到了文學碩士學位後，他又到另一學校獲得圖書信息管理學學位，並任職於Dickinson College圖書館。其後，他便以文化大革命作為自己的研究目標，很快就出版了《文化大革命與它的異端思潮》和*The Cultural Revolution: A Bibliography, 1966-1996*兩部資料性與工具性書籍。所有認識宋永毅的人，都知道他是個「拚命三郎」：既不參加任何政治活動，也不參加任何文娛活動，只知起早摸黑幹活。前三年，他得了膀胱癌，但還是照樣起早摸黑工作，整天泡在文化大革命的故紙堆裏。倘若發現一件新的材料，他就高興得手舞足蹈，禁不住要打電話告訴朋友。

發生在二十世紀的文化大革命是中國空前的歷史災難，它給中國心靈留下的巨大傷痛在二十一世紀也難以消失。這一浩劫的嚴重教訓是一定不可忘記的。可是，中國內外，能認真研究「文革」的人卻寥寥無幾。宋永毅不顧重病在身和各種困難而獻身這一研究事業，其精神是何等寶貴。但是，北京市的安全機關卻選擇宋永毅作為打擊對象，把搜集三十年前文化大革命歷史資料的學術工作，歪曲成收集政治情報的間諜工作，給予一個「為境外收買非法提供情報」的莫須有罪名，這完全是顛倒功罪、顛倒是非、顛倒正義與邪惡的荒唐行為。甚麼是「境外」，境外是一個擁有近二百個國家、近五十億人的世界，宋永毅向境外哪一個國家、哪一個地區、哪一個機構提供了情報？時隔三十多年天下皆知的歷史資料能不能算是機密情報？這是應該説清楚的。應當把立罪的根據公開，不能以一個連語言邏輯都不通的罪名欺人欺世。而在宋永毅正式逮捕之前，專政機關還把宋永毅的妻子姚曉華一起送入牢房和拘留所，關押一百零一天，對於這種嚴重侵犯人身自由的行為，不僅不作檢討和賠償，而且還要姚曉華在「悔過書」上簽字，這又是甚麼道理和章法？這是「合法」還是「非法」？這也是需要講清楚的，可不能以一個連起碼人性都沒有的藉口來欺人欺世！

救救宋永毅！救救宋永毅一家！

原載《明報》二零零零年一月十三日

給同胞兄弟以安全感

宋永毅被捕的消息傳開後，驚動了他的母校科羅拉多大學，許多教師、學生正在簽名為宋永毅呼籲。我是絕對的個體戶，不願意參加集體行動，只是獨自用文字為無辜者請命。

從少年時代開始，就吶喊着「解放全人類」的口號。到了今天，才切實地明白：「解放全人類」容易，解放一個人難。或者說，救全人類容易，救一個人難。抽象地高談「解放」與「拯救」，沒有危險，也無須太多氣力，而要具體地為一個被囚禁的戴着可怕罪名的無辜者辯護、請命、奔走，卻不僅要得罪權勢者，而且要被清高的聰明人取笑「熱心於政治」。但我想得很簡單，只知道一個真實的宋永毅做着真實的文化大革命研究工作，絕不是甚麼收集現實情報的情報人員。所以要維護學術工作者的天賦權利，為一個受難的學者鳴不平。

迄今為止，我仍然相信，逮捕宋永毅這種荒唐事，乃是缺少國際政治文化知識的下級安全人員所為，仍然希望政府能妥善處理此事，及時「解放宋永毅」。如果不是這樣，其效應將是非常惡劣的。這幾天，我已多次聽到持有中國護照和美國綠卡的年輕學人說：還是趕緊加入美國國籍為好，否則以後回國搜集、複印材料也要提心吊膽。這種不安全感正在蔓延。有些好心的朋友也勸我要入籍，以免落入宋永毅的命運。我雖不在乎，但這種突來的緊張的空氣，使我最近的「七日心情」很不好。

在緊張與不安的氛圍中，我想到，一個好的政府恐怕至少得給它的同胞兄弟兩種起碼的需求，一是溫飽的需求，一是安全的需求。人是生理存在，更是心理存在，倘若心理上沒有安全感，那麼，其他的一切都會變得非常沒趣。人天生擁有尊嚴和正常生存的權利，關押、逮捕一個人，是大事，不是小事。逮捕宋永毅是大事，關押宋永毅的妻子姚曉華也是大事。把不該關押的姚曉華關押了一百零一天，釋放時就該認錯。認錯，既表明自己是嚴肅的機構，對人身自由又是一種尊重，對社會則給人以安全的感覺。如果相反，關押錯了還要讓無辜者寫悔過書，就等於流氓行為。抓了宋永毅，肯定也是錯了，如果能尊重人們的請求，釋放宋永毅，這不僅是給宋永毅一種「解放」，而且會給回國尋找研究的海外學人一種心理解脱，獲得一種安全感。有安全感，才有親近感與信賴感。

負有解放全人類使命的故國朋友們，請你們首先解放一個無罪的背負着文化大革命巨石而埋頭勞動的奴隸。

原載《明報》二零零零年一月二十日

宋永毅事案的教訓

今天確鑿地聽到宋永毅被釋放並已到達底特律機場的消息，我真高興。宋永毅對記者說，他沒有做錯甚麼事，也沒有寫過一個字的檢查，對文化大革命，不僅要繼續研究，而且要愈來愈深入。不知道釋放者為甚麼要編造一個他在監牢裏「表現好」、「已悔過」的謊言？我也納悶，折磨了近半年，最後的一筆還要給被折磨者「抹黑」，這是甚麼「政治藝術」與「政治道德」？

不過，宋永毅畢竟「解放」了。原先抓錯，釋放便是改錯，能改就好。糾正錯誤不會丟失面子，反而會證明中國尚有理性在，而且也可挽回一部份此事造成的極為惡劣的心理影響。總之，放了就好。

雖說放了就好，但要引為教訓。此事教訓很多，我想到的只是以下三點：

一、不能隨便抓人。一個具有法制觀念的國家，一定要意識到：抓人，是一件大事。抓人，涉及到人的基本權利、基本價值、基本尊嚴。一抓人，法律就受到嚴峻的考驗。天地間，人是最重要的，而且每一個個體都是非常重要的，都是不能隨意侵犯的。一個嚴肅的政府，一定要教會自己的部屬，應當無條件地尊重每一個人的尊嚴和基本權利。

二、對「情報」一定要有嚴格的定義。宋永毅的罪名是「為境外收買非法提供情報」。十分嚇人。這種罪名是不可輕意下的。所謂「情報」，一定是帶有機密性、現實政治性並威脅國家安全。宋永毅搜集的材料是學術資料、歷史資料，它的機密性與現實政治性已被三十年的時間所融化從而早已變成學術資料，這些界線一定要分清。此外，從境外接受資助，也會分清是來自學術基金還是來自間諜機關，不可一鍋煮。一鍋煮至少是水平太低。文化大革命中，到處都是「特嫌」，連劉少奇的夫人王光美和著名的黃梅戲演員嚴鳳英都是「特嫌」，這種隨意界定「特務」、「情報人員」的惡劣慣性必須制止。

三、公安人員、安全人員應有一種辦事「信實」即實事求是的態度。安全人員常因為自己是國家保衛者，做的事神秘又神聖，便以為天然一貫正確，抓錯人、做錯事傷害人也沒有任何負疚感。這種心態常常引導他們脫離謙遜與信實，形成愛誇張（膨脹事實）、愛捕風捉影的壞脾氣。宋永毅如果真的是國外間諜機構派出的情報人員，那就應當抓；如果不是，就不應當抓；抓錯了，就應當賠禮道歉。實實在在，這才會讓人尊敬。美國的開國元勳、傑出思想家傑弗遜說過一句很精彩的話，在此我試譯為中文並贈予護國戰士們：「在人類智慧這部巨著裏，誠實是它的第一個章節。」

原載《明報》二零零零年二月三日

批判型知識分子的消失

在〈上帝、警察、記者〉一文中，我對大陸的記者取代批判性知識分子的地位，說了幾句話。專欄的篇幅有限，只能點破而已。事實上，這是九十年代中國社會文化的一種大現象，值得注意與研究的大現象。

八十年代，中國大陸的知識分子，面對文化大革命這一歷史性的災難進行一次大反省，在文學領域，它以「眼淚」與「傷痕」出現；在學術思想領域，它則以「啟蒙」、「重寫歷史」出現。不管以甚麼形式出現，八十年代的中國知識分子表現出知識分子之所以高尚的基本特點，這就是敢說真話、敢於批判的特點。薩依德給知識分子下了一個精闢的定義，他認為，所謂知識分子，並不是專業人，而是對權勢說真話的人。知識分子絕對不應當為了奉承、討好極有缺陷的權力而喪失天性，任何時候都應當保持他們對於權勢的質疑精神。這種質疑，就是負責任的不謀私利的社會批評。薩依德說得很好：「批評必須把自己設想成為提升生命，本質上就反對一切形式的暴政、專制、虐待；批評的社會目標是為了促進人類自由而產生的非強制性的知識。」（參閱薩依特的《知識分子論》）自從一九五七年五十萬知識分子被打成右派分子之後，中國知識分子便喪失了對社會的批判功能；到了文化大革命，這種批判功能更是變成「罪惡」被徹底清算。在六十年代，中國知識分子除了極少數還保持自身的天性之外，多數已變成知識順民與知識暴民，許多知識分子變成奉迎權力的非常卑微甚至非常卑鄙的工具。八十年代的知識分子群體能夠贏得一次徹悟，一次自我救贖，真是大幸。一群在歷史劫難中傷痕纍纍的知識分子居然再次在中國大地上站立起來，居然又高舉獨立的、不屈的心靈審判牛棚時代的罪惡。這是中國知識分子的一次激動人心的復活，是二十世紀中國思想文化史上不帶恥辱的一頁。

然而，九十年代中國又出現另一些知識分子。這些知識分子比八十年代的知識分子聰明、靈活、世故，而且擁有更多的學術語彙和國故語彙。他們在反思八十年代和反思啟蒙的口號下，完全拋棄八十年代知識分子的質疑精神和批判精神，否定在八十年代剛剛復活的十分脆弱的批判熱情。在這些知識者中，文雅一點的是一邊否定一邊盡可能地表現學術姿態，扮演話語英雄的角色；粗俗一點的則一邊否定一邊趨奉權力的要求，扮演「王者謀士」的角色。他們在自我辯解中說自己也有批判，可惜，他們是批判八十年代的批判者，反叛八十年代的反叛者。而反叛反叛者乃是媚俗與媚上。這與現存秩序十分貼近，但距離「對權勢説真話」的定義，倒是非常遙遠。

文學評論中的「胡來」現象

我雖然以文學評論與文學研究為職業，但愈來愈害怕當今的漢語文學評論。換句話説，我的工作愈來愈陷入困境：一面必須繼續從事必要的文學評論，另一面又想逃離文學評論。

產生對文學評論的厭惡，是因為清楚地看到評論界的一種「胡來」現象。

所謂「胡來」現象，就是不顧文學評論的前提，不顧文學評論一切最起碼的準則、規範和紀律，為隨心所欲，任意地胡評、胡說、胡鬧。

首先把「胡來」這個世俗概念引入寫作評論，即首先發現藝術創作和藝術評論中的「胡來」現象的是法國的藝術評論家葛亞爾（Françoise Gaillard）。她在一篇題為〈胡搞〉的文章中，批評前衛藝術家那種「怎麼弄都行」的觀念，批評這種觀念的始作俑者杜尚一九一七年在一個現成的瓷子便池上簽個名「R. Mutt」就算是對傳統藝術的「顛覆或嘲弄」，批評藝術和美學完全分離而靠「各種各樣的挑釁」策略而謀取社會轟動效應的伎倆。弗．葛亞爾使用「胡來」這個概念是在一九九二年，那時我尚未看到中國文藝界的胡來現象。而在九年後的今天，我面對的卻是十分嚴重的評論界的胡來現象，覺得除了用「胡來」這個概念來描述中國文壇，竟找不到另一個更恰當的字眼。

文學評論本是一種鑒賞、研究、審美判斷的十分辛苦、十分嚴肅的事業，它有一個公認的、無可爭議的前提是必須閱讀作品。對一部作品或一個作家，尚未進行認真閱讀，就妄加評論，這就失去評論的最起碼的嚴肅性。可是，近年來，我卻眼睜睜地看到一些文學評論者恰恰是未讀作品就進行慷慨激昂的評論。一九九九年王朔批評金庸小說是港台文學藝術「四大俗」之一，可是他聲明他只讀過金庸十四部小說中的《天龍八部》，而且是否讀過這一部也很可疑，他說這部小說一共六本，可是迄今為止我仍找不到有這種版本的書籍。二零零零年十二月，《二十一世紀》雜誌發表張旭東的〈承認的政治與被承認的期待〉，對高行健獲得諾貝爾獎作出最快速的評論。論中除了作出許多大而無當的論斷之外，還對高行健的地位作出一個很具體的判斷。他說：「第一個得諾貝爾獎的中國作家，大概是在賽珍珠（Pearl Buck）和索爾仁尼琴（Aleksandr Solzhenitsyn）之間。這多少令人感到可悲。」這個判斷至少得閱讀賽珍珠、索爾仁尼琴、高行健的主要作品，可是，張旭東卻沒有讀，所以只能作「大概」的猜想和臆斷。一種嚴肅的審美判斷變成大概性的猜想和臆斷，這怎麼可以？當然，張旭東畢竟不是騙子，他在文章的結束語中承認自己沒有讀過高行健的近作。他說：「作為一個還沒有讀到他近作的職業文學研究工作者，我個人對作家高行健的善意祝願，就是他已寫和要寫的同他所說的和不得不說的並不一樣。」

胡來現象的另一表現是對卓有成就的學者作家進行誣衊性的攻擊與中傷。近兩三年，這種攻擊、中傷達到十分驚人、離奇的程度。比如因為錢鍾書「沉默」，就罵他是「巧妙的無恥」；因為錢穆被蔣介石接見過，就罵他是「國民黨的奴才」；因為余秋雨在年輕時批評過胡適，就否定他的散文成就；因為巴金說過郭沫若一句好話，就把他放入「無恥」的行列。高行健因為獲得諾貝爾獎，就硬把他的歷史性成就一筆抹煞甚至殃及瑞典文學院，揚言要把諾貝爾獎「埋葬一萬次」等等。錢鍾書等不是不能批評，更無須把他們聖化，但是必須尊重事實，必須尊重他們的作為人與學者、作家的尊嚴，文化大革命中最殘酷的教訓就是抓住作家學者的某些歷史、言論而給予瘋狂的踐踏和徹底的撕毀，肆無忌憚地把民族精華推入「絞肉機」，從而造成黑暗的文字獄。三十年後，這種歷史悲劇又以新的形式出現，許多作家又面臨着痞子潑皮的髒水。

這種文學評論的「胡來」現象，使文學評論完全變質，變成絞殺作家學者的骯髒工具，造成文學評論本身的深刻危機和毀滅性的沉淪。而在文學沉淪背後則是毀滅性的人格沉淪。這裏，我必須鄭重地說一下人格的定義。所謂人格，除了敢於對權勢者說真話之外，還有另一面，這就是對卓越者要心存敬意，不能懷着卑劣的動機而否定他們的成就。關於這點，歌德說得特別清楚。他說：「在藝術和詩裏，人格確實就是一切。……當然，一個人必須自己是個人物，才會感覺到一種偉大人格而且尊敬它。凡是不肯承認歐里庇得斯崇高的人，自己不是夠不上認識這種崇高的可憐蟲，就是無恥的冒充內行的騙子，想在庸人眼裏抬高自己的身價，而實際上也居然顯得比他原有的身價高些。」（《歌德談話錄》，人民文學出版社，第二二九頁）藉打名人以抬高自己，歌德一語中的。這位偉大的作家的人格定義是一面鏡子，它正好可以說明「胡來」現象背後的人格原因。

又見莎士比亞

今年秋天，情同手足的好友、在聯合國工作的蘇仲麟攜同妻子慧美，特地到 Boilder 來看望我。他最了解我，給我帶來一件最珍貴的禮物，這就是莎士比亞中譯本全集。我在北京珍藏一套，沒帶出來。到了海外，對這套書一直有種思念之情。儘管在美國多次地看《哈姆雷特》、《麥克白》等電影，但總覺得自己從少年時代就熱烈擁抱過和用生命之火照亮過的娥菲莉亞、茱莉葉、苔絲德蒙娜、伊摩琴等全呼吸在母親語言的譯本中。我說過我有兩個未曾謀面的譯界恩人，一個是傅雷，一個是朱生豪。正如傅雷把巴爾扎克與羅曼·羅蘭帶入我的生命一樣，朱生豪把莎士比亞帶入我的情感宇宙之中。我人性中美好部份能有一些根柢，不那麼容易被邪惡所裹脅，全仰仗莎士比亞、歌德、巴爾扎克、托爾斯泰等作家。當我從仲麟手裏接過「全集」的時候，心劇烈跳着，並立即想到此刻是雙向的回歸：既是莎士比亞回歸到我的生命之中，又是我的生命回歸到莎士比亞世界裏；這是一個把人的尊嚴與人的精彩展示得無比燦爛的世界。今生今世，僅僅因為能與莎士比亞和故國曹雪芹的作品相逢，我就不會感到遺憾。

我沒有辦法離開莎士比亞的劇本與曹雪芹的《紅樓夢》。一旦離開，就會產生一種刻骨的鄉愁。這是性情深層的鄉愁。莎士比亞全集中譯本離開我的這十年，這種鄉愁就常常煎熬着我。這兩位奇蹟般的作家給予我的啟迪很多，但最寶貴的是給予我永恆的人性之光。人性的彈性太大了，它可以走向醜惡、卑劣與貧乏，也可以走向美好、高貴與豐厚。靠近莎士比亞與曹雪芹，就是向美好、高貴、豐厚靠近。

除了贈予人性的光明之外，莎士比亞戲劇與《紅樓夢》又為我樹立了文學的座標。甚麼是文學？甚麼是最偉大的文學？甚麼是最美的人文境界？莎士比亞與曹雪芹筆下的不朽傑作就是。這是最恢宏的氣魄與最精緻的筆法的結合，是最深厚的人性與最輝煌的文采的結合。

自從艾青引述了一位英國人說「寧願失去印度，也不願失去莎士比亞」而遭殃之後，我一直留心是哪一位英國人說了這句話。前幾年，我終於「考」出來歷。原來，這是英國著名史學家與思想家卡萊爾說的。他對此有過非常漂亮的論斷。在海外，我的論文無處發表，只好寫一篇〈莎士比亞橡樹〉散文，記錄我的發現（收入《西尋故鄉》）。真的，要說明莎士比亞的價值是很難的，只有用卡萊爾這種「寧可失去印度」的極端性說法，才能盡興。這個世紀末，從西方到東方都在評選一百年來最好的文學作品，倘若要評選一千年以來最好的文學作品，我相信，莎士比亞應當會贏得冠軍。

原載《明報》一九九九年十一月十八日

格拉斯：充份燃燒的活火

瑞典文學院宣佈把本世紀最後一屆的諾貝爾獎授予德國作家岡特．格拉斯時，我的第一感覺是：很好。文學院最近幾年為了加強大獎的國際性，不得不考慮地理平衡，照顧小國家和小語種，結果選出來的對象都是冷門，但並非第一流作家。此時得知文學獎授予一個早在四十年前就著名的大作家，心裏挺高興。

格拉斯在一九五九年發表他的第一部長篇小說《鐵皮鼓》便一舉成名。十年後被拍成電影又得奧斯卡獎，更是譽滿全球。瑞典文學院的《頒獎詞》讚揚格拉斯「用黑色幽默寓言描繪出被人遺忘的歷史面目」，心裏想到的顯然也是《鐵皮鼓》。這部長篇展現二戰期間及其前前後後的歷史。小說主人公奧斯卡，馬策拉特於一九二四年生於但澤市的一個小市民家庭。他生性異常，聰明過人，而且具有洞察一切、預見未來的特殊能力。因此，他在三歲時就決定停止發育，從而變成一個醜陋的侏儒，並在胸前總是掛着一隻紅白色的鐵皮鼓，用擊鼓的方式表達自己的心聲，特別是表達對世界的抗議。在納粹的集會上，他更是大聲擊鼓以對抗法西斯的宣傳。整部小說就用孩子的目光來穿透法西斯橫行的時代，把德國國民性醜陋的一面揭露無餘，一點也不給故國面子，思路特別而有趣。

四十年前，人們通過《鐵皮鼓》看到一個才華出眾而又怪異的作家格拉斯，四十年後的今天，人們又通過《貓與鼠》、《非人歲月》、《局部麻醉》、《蝸牛日記》、《鈴蟾的叫聲》等大量作品和寫作之外的社會活動看到另一個格拉斯，這是一個完全獨立的、渾身充滿「靈魂的活火」的知識分子。

他在文學上成名後積極參與政治和參與社會，既沒有歷史的包袱，也沒有名聲的包袱，尤其是沒有文人的矯情與酸氣。他坦然地說該說的話，坦然地站在社會民主黨的競選台上發表演說和朗誦詩歌。在一九六三年的德國聯邦大選中，他參加了五十二次競選集會；在一九六九年的競選中，進而參與了一百九十次。他公開宣佈自己是「修正主義者」，一點也不隱瞞自己的政治觀點。而在創作中，他又渾身是勁，不斷突破自己，而且一點也不迴避現實。到了今年，他還寫作紀實小說《我的世紀》，評論本世紀的重大事件。一百年，一百篇，一百個故事，一百種視角，一百束信息，真是大手筆。頭一篇就是一個侵華德國士兵眼裏的義和團和殘暴的八國聯軍，作為一個中國人，僅讀這一篇，就知道格拉斯胸脯裏跳動着怎樣美好的人類良心。

由於格拉斯熱烈地擁抱社會、干預社會，因此，德國社會對他也有許多爭論，但是，他的祖國在他得獎後卻一致歡呼，他們最終發現，這是一個德國的偉大兒子，一個信賴社會同時也坦率批判社會的真正的知識分子，一個充滿生命真實和靈魂活火的作家。他的存在、活動、發展、成就和光榮，都證明二戰後的德國社會是正常的、寬容的、符合人性的。

仲夏夜之夢

剛觀看了新出產的影片《仲夏夜之夢》（據莎士比亞的原著改編），便想説説我的一個大夢。

鄧小平去世後，中國的「偉人時代」結束了。在二十世紀中國，能稱得上政治偉人的大約是孫中山、毛澤東、鄧小平、蔣介石，他們的名字可以作為時代的符號，不管我們喜歡不喜歡他們。

四個偉人都去世了，站在他們身旁的次偉人周恩來、蔣經國等也去世了。他們在世時，中國分裂成兩大戰陣，勢不兩立。緊跟偉人，中國的老百姓也都捲入戰火烽煙，在熱戰與冷戰中視一部份同胞兄弟為不共戴天之仇敵。由於革命的需要，由於階級鬥爭的極端嚴酷，偉人們總是教導老百姓：分清誰是我們的敵人誰是我們的朋友是最重要的。這一觀念統治中國近一百年，影響到大陸形成一個龐大的敵對體系：外部的帝、修、反，內部的地、富、反、壞以及後來發展的胡風分子、右派分子、右傾機會主義分子、走資派、資產階級反動學術權威、叛徒、內奸、工賊、黑幫分子等等，如果加上意識形態之敵封、資、修，這個系統就更加嚇人。製造這個敵對系統，把佔人口百分之五即數千萬同胞兄弟驅入這個數字獄之中，是中國人在本世紀中形成的一個最慘重的包袱。

今天時代變了，我懷着對故國和故國同胞的真摯之愛，提出一個問題：隨着「偉人時代」的結束，是否也應結束「敵人時代」。如果本世紀政治機器生產的敵人包袱不帶入下一個世紀，我將焚香叩謝蒼天大地。

除了中國，我還要問：世界是否也可以拋棄「敵人」這個概念？

世界的冷戰時代結束了。原來被美國視為頭號敵人的蘇聯不存在了，那麼，美國是不是還要再尋找一個或一群敵人呢？這幾年，我在美國一直留心「敵人」這個概念。於是，發現儘管有激進派把中國視為「假想敵」，但美國政府已不把「中國」稱為「敵人」，而中國的領導者也不再把「美國」稱為「美帝國主義」。彼此都在稱呼對方為「戰略夥伴」。當我發現「敵人」這個牽動世界命運的大概念悄悄消解時，真有一種不可抑制的喜悅。而在中國，隨着鄧小平提出拋棄「階級鬥爭為綱」的口號之後，「階級敵人」這一概念的內涵也減去一大半甚至減去百分之九十以上。很奇怪，過去我們都把蔣經國視為敵人，而現在卻說不出口——幾乎看不到有人再把「敵人」的帽子戴到蔣經國的頭上，「蔣匪」與「共匪」

的概念消失了。這也是驚人的變化。儘管海峽兩岸還有爭論，但「敵人」概念慢慢在淡化。我還發現，大陸籠統使用非法律性「敵人」概念的文章少了，而使用「犯罪分子」等法律概念多了。犯罪分子不一定是我們的敵人，他們也是我們的同胞兄弟，我們要為他們的犯罪而惋惜，這種觀念與情感，和「你死我活」的「打倒敵人」的觀念大不相同。儘管目前中美關係有些緊張，儘管無論是中國還是世界，告別「敵人」這一概念還需要一段時間，但我還是要在世紀最後一年的仲夏時節做一個好夢：二十一世紀將是一個拋棄偉人們留下的包袱——「敵人概念」的世紀。

原載《明報》一九九九年七月一日

仲夏夜第二夢

寫了《仲夏夜之夢》後，連日來又有夢。《仲夏夜之夢》中，做的是一個新世紀應放下「敵人」概念的好夢，近日做的夢與此相關，是二十一世紀放下「暴力」的大夢。

這個夢其實是從《告別革命》做起的。所謂告別革命，就是告別暴力革命，就是期待用改良、妥協、互讓、合作等辦法解決各種紛爭。儘管夢早就開始，但因臨近二十一世紀，便愈做愈強烈。近日，正值仲夏之際，看到這裏的英文報紙 *Rocky Mountain News* 在頭版通欄的大標題寫着「Hope for peace is rising」（中東和平的希望在上升），更是浮想聯翩。以色列和阿拉伯國家從六十年代到九十年代，戰火紛飛，雙方訴諸暴力，一定要火拚個你死我活、你亡我存；但是，到頭來，他們還是不得不承認暴力的辦法不是辦法，雙方要生存，要發展，要讓自己的百姓擁有安寧的家園還是得用談判、妥協的辦法。他們已和平協商好幾年了，這中間也仍然有衝突、摩擦、流血，但是看來他們雙方已覺悟到放下暴力乃是唯一的「金光大道」了。「十年一覺揚州夢」，中東這一覺，可不止用了十年，而是整整四十年。我曾與李澤厚兄開玩笑說，我們「告別革命」這一覺，幾乎用了一輩子。

無論是南斯拉夫，還是美國和北約，在科索沃使用暴力，我都反對。其道理也與我的和平夢有關。我相信，當今世上尚存的爭端，例如南、北韓的爭端，中國台灣海峽兩岸的爭端，儘管此時雄兵對峙，但最後還是得彼此放下槍炮，選擇「化干戈為玉帛」的道路。三十六計，和平妥協為上上計，暴力解決為下下計。我堅信，世上沒有甚麼事情不可以用妥協的辦法解決。

在《漂流手記》的第四卷《獨語天涯》中，我特寫了四十則「二十世紀的咒語」。其中詛咒的便是這個世紀的「暴力」。暴力崇拜的錯誤觀念產生了兩次世界大戰和人類史上最黑暗的怪物：希特勒、集中營、萬人坑、古拉格群島、斯大林、原子彈、波爾布特等等。如果人類不放下暴力和暴力崇拜的觀念，下個世紀還會出現比這些怪物更可怕的怪物。

儘管有怪物擾亂二十世紀，但也有吉祥的偉大人物值得我們尊敬，從上一世紀活下來的托爾斯泰、甘地，在這個世紀中誕生的馬丁路德·金、曼德拉等，就是一些在政治爭端高舉非暴力信念的值得我們緬懷的思想家與政治家。他們從事政治和各種社會事業，有一種很高的境界，這就是遠離暴力、堅信暴力不符合人性的思想境界。在我仲夏夜的夢中，常出現他們的音容笑貌。

原載《明報》一九九九年八月十二日

仲夏夜的噩夢

在仲夏夜做着兩個好夢的同時，也做了一次噩夢。不妨把噩夢也說說，以免讓人們沉醉於好夢，也可免於讓人說做夢者太浪漫、太天真。

我的噩夢非常簡單，就是非洲盧旺達的戰火燒個沒完，科索沃的戰火也燒個沒完，最後連成一片，把地球都燒了，最後也燒了我原先做的兩個好夢。

這個夢反映我對下一世紀一個最根本的擔憂。我擔心，下個世紀民族主義、種族主義、地方主義將會抬頭。這三個主義將會導致下個世紀意想不到的劫難。

二十世紀人類一大部份的爭端，特別是下半葉冷戰的形成，乃是意識形態的爭端及其惡果。到了世紀末，人類普遍厭倦意識形態。能夠放下政治意識形態，回到人類生存發展的實際問題上，這是好事。但是，一旦放下意識形態，人們就會發現，他們面對的不是宏偉的目標，而是赤裸裸的切身利益，這種切身利益，除了個人利益之外，最重要的就是與個體利益緊緊相關的民族利益、種族利益與地方利益。在利益原則壓倒一切、包括壓倒意識形態原則的時候，民族主義就會隨之而壓倒其他一切主義，包括國際主義、人道主義等。九十年代冷戰結束後，人類社會所產生的最悲慘的事件是盧旺達的相互殘殺和南斯拉夫的多次戰火，而引起血腥的戰爭的都是民族主義與種族主義。這兩個主義是第一縱火者。

民族主義是一種情緒性最強因此也最容易被政客利用的主義。這除了它緊連着民族範圍內生存個體的切身利益之外，還因為它擁有最神聖的名義，這就是愛國的名義。一個膚淺的、狹隘的愛國主義者可以從擁護民族主義立即走到擁護民族霸權主義、民族專制主義乃至民族帝國主義。許多理性的（也是愛國的）知識分子在民族主義面前往往無能為力就因為他們害怕背負一個不愛國的罪名。只要關注一下二十世紀的歷史，就知道這個世紀最大的災難——第二次世界大戰的災難，其發源點，正是民族主義和種族主義。戰火正是希特勒通過日耳曼優等種族論煽動起來的，當時德國廣場上種族主義的掌聲與呼聲壓倒一切理性，誰要是敢說一個「不」字，肯定馬上會被撕成碎片。然而，歷史很快就證明民族主義不僅給世界其他民族，也給高舉民族主義的民族帶來無窮的災難。

二十一世紀還要重複二十世紀的大悲劇嗎？我做噩夢大約是對這種重複的可能性感到了恐懼。

原載《明報》一九九九年八月十九日

怪物五種（存目）

（本文收錄於「劉再復文集」第㉘卷《閱讀美國》，增寫後改名〈怪物六種〉。）

為甚麼不讓馬悦然到中國？

在本世紀即將結束的時候，我最後的一個困惑是瑞典學院的馬悦然教授申請到中國，竟然被我國的「有關部門」拒絕給予簽證。

好幾個月沒和馬悦然聯繫了，近日想念他，便給他打電話。他告訴我，今年他和奚密、向陽編譯《台灣詩選》，並將在美國哥倫比亞大學出版社出版，這是最高興的事。可有一件事使他很不愉快，這就是他申請到大陸，想到山西去看看李鋭，看看李鋭筆下的呂粱山，但沒想到，他被拒簽了。為甚麼不讓他進入中國？他想不清楚，而我聽到這一消息時感到驚訝，也想不明白。在電話裏，他喃喃地說，該不會害怕我進去支持法輪功吧?!除此之外，他唯一的「罪過」，就是在「六四」的時候，批評過中國政府。可是，作為一個瑞典公民，是有批評的自由的。他不僅批評過中國政府，也批評過瑞典政府和美國政府。這種批評，對於知識者來說，只是一種本份、一種很平常的事。

雖想不明白，我還是寬慰他，說今年不行明年也許就行。他卻說：不了，我已七十五歲，以後不會再申請了。說到這裏，我有點難過。我在瑞典的一年裏，對他有很深的了解，知道中國和中國文學在他心中有着怎樣的位置。中國是他妻子的祖國，也是他的第二故土。年僅二十四歲的時候，他就踏上這片土地，到西南山區跋山涉水整整兩年，收集了重慶、成都、峨嵋、樂山等地的方言資料，從此之後，他就把生命投進中國語言文學的研究與傳播。五十年裏，他起早摸黑、殫思竭慮，為的全是中國文學。他除了完成《水滸傳》、《西遊記》等巨大的翻譯工程之外，還翻譯了自《荀子》、辛棄疾到老舍、艾青、沈從文、高行健、聞一多、李銳、北島等數百種的小說與詩集，連《毛澤東詩詞》，他也認真譯出，絕無政治偏見。在他心中，永遠有一塊不可褻瀆的聖地，一塊和他的妻子共有的精神家園，這就是中國文學。可妻子去世之後，兩年裏，他每天都到墳前徘徊默想思念，感情之深，真是動人，而他對中國文學的情感，也是如此真摯。他是一個富有童心的人。赤子之心不僅未被功利、偏見所「隔」，也不被國界、種族、民族之界阻隔。他在「六四」時的哭泣，也只是赤子之心的悲泣。嬰兒棄地，狼虎不食，一顆赤子之心的悲泣，人間的權勢者該不會對此進行審判吧。

馬悅然年事已高，現在又輪到他擔任瑞典文學院諾貝爾評獎委員會主席，擔子很重，卻放不下中國，而中國又如此不了解他，這不能不讓我困惑不已。

一九九九年十二月十六日

走出平庸

在以往的文章中，我就說過，文學作為自由情感的存在形式，最忌諱的是平庸，因此，作家的最重要的文本策略應當是把自己的藝術發現與情感表達方式推向極致，只有推向極致，才能走出自己的路來。作家不怕別人説自己「怪」，也不怕別人説自己「偏」，就怕自己落入平庸的陷阱。

昨天晚上與友人談論日本文學，我説川端康成把唯美推向極致，而大江健三郎把社會情懷推向極致，兩者都獲得成功。目前流行在日本、中國大陸、香港、台灣以及東南亞的村上春樹和渡邊淳一，所採取的文本策略，也是一種極致的策略。以往作家在描寫情愛時，相戀的雙方常常彼此表示願意為對方獻身，願意承認自己是弱者，是輸家，甚至願意承認自己是對方的俘虜與奴婢。這種觀念與情感，倘若推向極致，也可寫出好作品。但是渡邊淳一的《失樂園》則是另一相反的意念和方式，男女主人公在愛的面前均呈現為強者，為對手。他和她的愛慾狀態是一種搏鬥狀態，一種力圖戰勝對方的瘋狂狀態。做愛的過程幾乎就是戰爭過程。戰爭之後，精疲力盡。然而，所謂戰爭全是愛的較量，絕非恨的交織。渡邊淳一撕碎任何虛假的面紗，從一種自己理解和把握的絕對精神與絕對方式出發，讓自己筆下的人物進入最深的人性層面，把赤裸裸的生命投入慾望燃燒的烈火之中。最後共同在慾望中燒盡。愛慾既然已達到最高峰，便找不到昇華之路，最後便以死來維護愛的永恆。整部小説除了篇末的調查報告屬於畫蛇添足之外，其他部份均扣人心弦。

與我國的《紅樓夢》相比，《紅樓夢》寫的是「水」，《失樂園》寫的是火；《紅樓夢》中的女子是「水」，《失樂園》中的女子是「火」；《紅樓夢》有愛憐，有羞澀，有昇華，《失樂園》則沒有。我們可以説《失樂園》的精神總量和藝術總量不如《紅樓夢》，但不能不承認：《失樂園》也是一部非常成功的精彩的作品。而它的精彩，就在於它蘊含着一種文學的徹底性。文學的徹底性，不允許作家有任何心術，也不允許作家走一般化的創作之路。

在一個充滿教條、充滿世故、充滿圓滑的中國人文環境中，作家要自救，恐怕就得講點寫作的徹底性。一個徹底的作家，既不能把文學方式等同於科學理性方式，更不能讓世俗的教條、世故、圓滑、投機趣味來毀掉自己的才華。魯迅先生說，沒有天馬行空的大精神，就沒有大藝術。在文學新世紀開端之際，重溫這句話，走出平庸，也許是我們應當共勉的。

二零零二年九月十四日
香港城市大學校園

後記：滄桑有感

本集都是世紀之交所作，從一九九九年至二零零四年，其間我到香港城市大學兩年三個月，又經歷了幾次東西穿梭。五年之中，有新舊一千年的轉換，有洛磯山下的寧靜和東方大都市的喧騰兩極的更替，有關懷我的親朋師友的永別，有摯友高行健走上榮譽的巔峰，有大女兒劍梅第一部英文著作《革命與情愛》的出版，有面向大時代說話與面壁沉思的雙重體驗，真難免要產生滄桑之感。這些感觸，除了用《面壁沉思錄》（共五百則）來作形上表述之外，還用敍事抒懷演說等普通寫作方式來表述，於是便有集子裏的文章。蒐集編輯後才知道有一百多篇，便給集子命名為《滄桑百感》。

這幾年當中，我還再次到歐洲遊歷了奧地利、英國、西班牙，有許多感觸，但因全身心投入《罪與文學》的學術思索，至今沒有寫下一篇遊記，像欠了一筆債，但願以後能償還。還有去年十一月到耶魯大學東亞系訪問十天，作了《中國的漂流文學》的演講，並得到孫康宜、鄭愁予等許多朋友的熱情鼓勵，也是很有詩意的難忘之旅，但因一心寫作《面壁沉思錄》，竟也沒有文字留下。編此集子時，才感到遺憾。遺憾的事總是很多，以後再補救吧。

《漂流手記》皆是海外寫作，惟有這一集中的〈又想聶老〉一文背後放了一篇〈初祭聶紺弩〉，是一九八八年聶老去世後所寫的悼念文章。此文從未收入我的散文集，因思念太切，把它放入本卷之中，也算作一種漂流情思。

另外，本集中的〈我的散文理念〉發於《香港作家》和《聯合報》，〈走出平庸〉發於《文學世紀》，

〈不敢先進的故鄉〉發於二零零二年的《亞洲週刊》，而〈批判型知識分子的消失〉、〈逃離表態文化〉、〈漫步高原〉、〈《二零零零年文庫》讚〉、〈洛夫：走向王維的大詩人〉、〈為妓女立傳〉、〈為甚麼不讓馬悅然到中國？〉、〈流氓的屁股摸不得〉等均發表在一九九九至二零零零年間的《明報》副刊。因一時找不到報紙，篇末皆未註明日期與出處，請原諒。

二零零四年五月十日　美國

劉再復簡介

一九四一年農曆九月初七生於福建省南安縣劉林鄉。一九六三年畢業於廈門大學中文系，被分配到中國科學院《新建設》編輯部。一九七八年轉入中國社會科學院文學研究所，先後擔任該所的助理研究員、研究員、所長。一九八九年移居美國，先後在美國芝加哥大學、科羅拉多大學，瑞典斯德哥爾摩大學，加拿大卑詩大學，香港城市大學、科技大學，台灣中央大學、東海大學等高等院校裏擔任客座教授、訪問學者和講座教授。現任香港科技大學人文學部客座教授。著作甚豐，已出版的中文論著和散文集有《讀滄海》、《性格組合論》等六十多部，一百三十多種（包括不同版本）。中文譯為英文出版的有《雙典批判》、《紅樓夢悟》。韓文出版的有《師友紀事》、《人性諸相》、《告別革命》、《傳統與中國人》、《面壁沉思錄》、《雙典批判》等七種。還有許多文章被譯為日、法、德、瑞典、意大利等國文字。由於劉再復的廣泛影響，冰心稱讚他是「我們八閩的一個才子」；錢鍾書稱讚他的文章「有目共賞」；金庸則宣稱與劉「志同道合」。

劉劍梅簡介

美國哥倫比亞大學東亞系博士，曾為美國馬里蘭大學亞洲與東歐語言文學系副教授，現為香港科技大學人文學部教授。出版過中文著作：《小説的越界》、《徬徨的娜拉》、《莊子的現代命運》、《共悟人間：父女兩地書》（與劉再復合著）、《狂歡的女神》，《共悟紅樓》（與劉再復合著），《革命與情愛》。英文專著：《莊子與中國現代文學》，《革命與情愛：文學史、女性身體和主題重複》，《高行健與跨媒體美學》（與 Mabel Lee 合編），《金庸現象：中國武俠小説與現代中國文學史》（與 Ann Huss 合編），另有中英文文章近百篇，發表於各種報刊。

「劉再復文集」

① 《性格組合論》 劉再復
② 《罪與文學》 劉再復、林 崗
③ 《文學四十講》 劉再復
④ 《文學主體論》 劉再復
⑤ 《告別革命》 李澤厚、劉再復
⑥ 《傳統與中國人》 劉再復、林 崗
⑦ 《教育論語》 劉再復、劉劍梅

⑧ 《思想者十八題》 劉再復

⑨ 《人論二十五種》 劉再復

⑩ 《紅樓夢悟》 劉再復、劉劍梅

⑪ 《紅樓人三十種解讀》 劉再復

⑫ 《賈寶玉論》 劉再復

⑬ 《雙典批判》 劉再復

⑭ 《高行健論》 劉再復

⑮ 《魯迅論》 劉再復

16 《魯迅美學思想論稿》 劉再復

17 《魯迅和自然科學》 劉再復、金秋鵬、汪子春

18 《共鑒「五四」》 劉再復

19 《現代文學諸子論》 劉再復

20 《走向人生深處》 劉再復、吳小攀

21 《科羅拉多答客問》 劉再復

22 《序跋集》 劉再復

23 《三讀滄海》 劉再復

24 《漂流手記》 劉再復

25 《西尋故鄉》 劉再復

26 《獨語天涯》 劉再復

27 《共悟人間》 劉再復、劉劍梅

28 《閱讀美國》 劉再復

29 《五史自傳》（上） 劉再復

30 《五史自傳》（下） 劉再復

www.cosmosbooks.com.hk

書　　名　共悟人間（「劉再復文集」㉗）
作　　者　劉再復
責任編輯　郭坤輝
封面題字　屠新時
美術編輯　Dawn Kwok
出　　版　天地圖書有限公司
香港黃竹坑道46號
新興工業大廈11樓（總寫字樓）
電話：2528 3671　傳真：2865 2609
香港灣仔莊士敦道30號地庫（門市部）
電話：2865 0708　傳真：2861 1541
印　　刷　亨泰印刷有限公司
香港柴灣利眾街德景工業大廈10字樓
電話：2896 3687　傳真：2558 1902
發　　行　聯合新零售（香港）有限公司
香港新界荃灣德士古道220-248號荃灣工業中心16樓
電話：2150 2100　傳真：2407 3062
出版日期　2023年11月／初版

（版權所有．翻印必究）
©COSMOS BOOKS LTD. 2023
ISBN：978-988-8550-76-0